看见20年

——浙江水利媒体报道作品集

（2003—2023）

浙江省水利厅 编

中国水利水电出版社
www.waterpub.com.cn
·北京·

图书在版编目（CIP）数据

看见 20年 : 浙江水利媒体报道作品集 : 2003—2023 / 浙江省水利厅编. -- 北京 : 中国水利水电出版社, 2024.3
ISBN 978-7-5226-1966-8

Ⅰ. ①看… Ⅱ. ①浙… Ⅲ. ①新闻报道—作品集—中国—当代 Ⅳ. ①I253

中国国家版本馆CIP数据核字(2023)第239366号

书 名 **看见 20 年**
——浙江水利媒体报道作品集（2003—2023）
KANJIAN 20 NIAN
——ZHEJIANG SHUILI MEITI BAODAO ZUOPINJI（2003—2023）
作 者 浙江省水利厅 编
出版发行 中国水利水电出版社
（北京市海淀区玉渊潭南路 1 号 D 座 100038）
网址：www. waterpub. com. cn
E-mail：sales@mwr. gov. cn
电话：(010) 68545888（营销中心）
经 售 北京科水图书销售有限公司
电话：(010) 68545874、63202643
全国各地新华书店和相关出版物销售网点
排 版 中国水利水电出版社微机排版中心
印 刷 天津嘉恒印务有限公司
规 格 184mm×260mm 16 开本 22.5 印张 418 千字
版 次 2024 年 3 月第 1 版 2024 年 3 月第 1 次印刷
定 价 **108.00** 元

本书编委会

主　　编　邢　云

副 主 编　郑盈盈

编写人员　徐鹤群　马瑜彬　梅林蓉　朱欣超

葛芳妙　蔡麒麟　钟若茜　王　超

姚晨圣

前言

山与海同频，河网与水系共振。认识浙江，水是她的姓氏，也是她的名字，还是她的灵魂。“鱼米之乡”“丝绸之府”，贯穿了浙江千年生活图景；“勇立潮头”“向涛头立”，丰满了浙江人的精神图谱。

然而，降雨时空分布不均，人均水资源占有量不及全国平均水平，全国最长的海岸线上风云变幻，也让这片土地吃尽了水患、干旱、风暴潮的苦头。“水进人退、水退人进”的生活在浙江大地上反复拉锯。从兴建太湖溇港到建设通济堰，从筑捍海大塘到引西湖水入城，从新安江水库“高峡出平湖”到乌溪江边贯通“江南红旗渠”，从千军万马治太湖到千辛万苦修水库，从古至今，浙江人民积累了丰富的江河治理经验和智慧。

进入21世纪，新的问题接踵而至。浙江经济社会驶入快车道，GDP总量从1978年的124亿元跃升至1998年的5000亿元，2004年更是突破了1万亿元。高速发展的经济社会给水资源配置、水环境治理和水生态维护带来严峻挑战。

历史总是在一些特殊年份给人们以汲取智慧、继续前行的力量。2003年6月，履新浙江省委书记不久的习近平同志，专门花了3天时间调研水利工作。在先后走访慈溪、上虞、海宁、德清、余杭等地后，他来到了浙江省水利厅，听取水利建设、防汛工作等情况汇报。也正是在这场会议上，习近平同志为浙江水利改革发展事业，擘画下了新的蓝图。历届浙江省委省政府一任接着一任干，趟出了一条符合浙江省情的治水之路。

党的十八大以来，习近平总书记站在中华民族永续发展的战略高度，提出“节水优先、空间均衡、系统治理、两手发力”治水思路，为新时代治水工作提供了根本遵循。牢记嘱托，感恩奋进。沿着习近平总书记擘画下的蓝图，沿着“节水优先、空间均衡、系统治理、两手发力”治水思路的指引，浙江水利走上铿锵有力的高质量发展之路。

一串串跃动的数字见证着20年来浙江水利坚实的步伐，一个个厚重的文字凝练为盛世治水的浙江篇章——

从“抗防结合，以抗为主”到“以人为本，科学防台”，20年，我们看见人民至上、生命至上的担当。河网密布，海岸线绵长，特殊的地理位置，决定了浙江洪涝台潮旱灾害频发。在防御自然灾害的问题上，传统思维是“抗”，认为在强台风面前，人员伤亡可能难以避免。2004年，在防御“云娜”台风时，习近平同志首次提出了“不死人，少伤人”的防台目标要求。“以人为本”“科学防台”的理念和宗旨彻底代替了原有的抗台思路。浙江先后开展了“千库保安”“强塘固房”“五水共治”“百项千亿防洪排涝工程”等一系列水利基础设施建设，构筑起“上蓄、中防、下排、外挡”的防洪减灾工程体系，全省80%以上的市、县城市核心区防洪能力达到50年一遇以上。

从“节水为先”到“节水优先”，20年，我们看见南方丰水地区的节水之道。作为江南水乡，浙江降雨丰沛，水资源禀赋较好，却依然存在区域性、季节性、工程性、水质性缺水问题。早在2003年，浙江组织编制《浙江省水资源保护和开发利用总体规划》，提出“节水为先”原则，把节水作为经济社会高质量发展的重要载体。20年来，浙江进一步统筹安排好生活、生产和生态用水需求，促进水资源、水生态、水环境质量的全面提升，高质量推进全省节水型社会建设。连续8年获国家最严格水资源管理制度考核优秀等次，在“十三五”期末考核中列全国第一。提前2年超额完成县域节水型社会达标建设国家任务，国家县域节水型社会达标数量和覆盖率均列南方省份第一。2022年，浙江全省用水总量、万元工业增加值用水量较2013年相比分别下降25.33%、65.73%。在GDP持续增长的背后，是用水总量的持续下降和用水效率的显著提升。

从“两江引水”到“空间均衡”，20年，我们看见全域用水“一张网”的决心。18年建设，浙东引水工程全线贯通；跨世纪接力，千岛湖水交汇在杭州高质量发展的全新图景里，以新安江、富春江为源头的千岛湖配水、浙东引水等工程，在环杭州湾形成了“人”字形水资源配置格局……省委省政府“从新安江、富春江两江引水解决浙东、浙北缺水问题”的设想成为现实。20年来，浙江立足水资源空间均衡配置，系统谋划、超前布局，千岛湖配水工程等一批引调水工程，钦寸水库、朱溪水库等一批“水缸”陆续建设，全省水利工程年供水能力达到270亿立方米。千万农民饮用水工程、农村饮用水达标提标行动、单村水站改造提升陆续接力，实现农民从“有水喝”到“喝好水”的转变。一条条“大动脉”翻山越岭，一条条“毛细血管”一路延伸，经纬交织、纵横成网，为浙江水网画下底图，为全省经济社会实现高质量发展提供了强有力的水资源保障。

从“综合治理”到“系统治理”，20年，我们看见“绿水青山就是金山银山”的生动实践。世纪之交，随着经济社会的高速发展，全省水利工程建设标准显著提高，人水和谐的需求也日益凸显，因此浙江的治水理念也开始从单项发力向综合治理转变。20年来，从一地试点到全省推行，浙江以改革创新、走在前列之姿，不断开创河湖长制工作新局面，为全国全面推行河长制先行探路、提供经验。以河湖长制为抓手，浙江先后开展“五水共治”、美丽河湖、全域幸福河湖建设，累计建成6100公里省级美丽河湖，实现了江河湖泊由“脏”到“净”、由“净”到“清”、由“清”到“美”的持续蝶变。系统治理让开化马金溪成为“百里黄金水岸带”，水系连通让天台塔后村“碧水流过地生金”，一个凤凰湖带动11家头部企业的总部大楼落地桐乡，以海拔为界线因地制宜对小溪流域开展综合整治引来网红酒店落户景宁，安吉一家水景咖啡店一天最多卖了30多万元，建德水景民宿一到节假日便一房难求……绿水青山向金山银山的转换通道不断拓展，点“绿”成“金”的美丽故事在这里生动演绎，为浙江深化新时代“千万工程”、全面打造乡村振兴浙江样板提供了有力支持。

从“五自水库”到“两手发力”，20年，我们看见“跨山追海争雄长”的魄力。1996年，省政府推出的“自行筹资、自行建设、自行收费、自行还贷、自行管理”“五自水库”建设模式，首次将市场机制引入水利事业。此后，敢为人先的浙江水利人，充分发挥改革创新的先发优势，持续健全多元化水利投融资机制、深入推动重点领域改革、积极探索水生态产品价值实现路径，以健全“有效市场”与建设“有为政府”相结合，一次次突围市场化探索的制度藩篱，走出了一条具有时代特征、浙江特色的水利发展之路，成功实现了从资源小省向水利投入大省的历史性跨越，为全国治水提供了宝贵的“浙江经验”“浙江方案”。2023年，全省水利投资财政资金与社会融资首次达到1：1，政府与市场的投入占比进一步趋于平衡。

这20年，在水旱灾害防御一线、在重大水利工作部署会上、在水利工程建设现场、在水利改革创新前沿，新闻人始终与浙江水利并肩同行，用他们的笔触与镜头，记录下水利人砥砺前行的身影，让我们穿越时光，从鲜活的过往中汲取接续奋斗的力量。特此制作《看见 20年——浙江水利媒体报道作品集（2003—2023）》，馈赠读者。

编者

2023年11月

目录

节水优先

空间均衡

系统治理

两手发力

勇立潮头

人民至上

习近平在调研水利和防汛工作时强调 兴水之利 除水之害 保障经济社会可持续发展

水利事业是一项功在当代、利在千秋的德政善举，我们要站在实践“三个代表”重要思想的高度，从浙江实际出发，依法治水，科学用水，兴水之利，除水之害，扎实推进水资源的综合开发和可持续利用，为我省经济社会可持续发展提供保障。这是省委书记、省人大常委会主任习近平在专题调研水利和防汛工作时强调的。

日前，习近平分别在省、市领导周国富、王国平、张曦、徐志纯、章猛进等陪同下，先后到慈溪、上虞、海宁、德清等市（县）和杭州市余杭区，检查水利和防汛工作，实地察看海塘江堤建设、水利枢纽工程、水库、闸址和防汛物资准备等情况，听取省水利厅和省气象局关于我省水利建设、防汛工作的情况汇报和有关市（县）的工作汇报。

习近平充分肯定了我省水利建设取得的显著成就。他说，水是生命之源，是人类生产和生活不可缺少的自然资源，是经济发展和社会进步的生命线。水利建设和防洪抗灾、水资源的保护和开发利用、水生态环境的治理和有效改善，始终是各级党委、政府的一项重大任务，是加快我省全面建设小康社会、提前基本实现现代化的一个关键问题。我们必须坚持把水利建设放在十分重要的位置，在现有基础上一任接着一任、一年接着一年地抓下去，不断取得新的成效。

习近平指出，针对我省水资源分布特点和生活、生产、生态对水资源的需求实际，加强水资源合理开发和可持续利用，必须着力于建立完善的防洪减灾体系、水资源配置体系和水环境保障体系，坚持遵循自然规律，坚持与经济社会发展相协调，坚持按经济规律办事，坚持依法治水、科学用水的原则，正确处理人与自然、生态和环境、水利与水害的关系，统筹规划，解决我省部分地区存在的资源型缺水和水质型缺水问题，切实把管水、用水、治水有机结合起来，全面推进我省水利事业的现代化。

习近平强调，当前全省即将进入主汛期。各级党委、政府和有关部门要立足防大汛、抗大灾，全面落实以行政首长负责制为核心的各项防汛责任制和责任追究制度，从思想上、组织上、工作上、物资上认真落实各项措施；抓紧对有关水利设施进行全面检查，仔细排查存在的安全隐患；进一步完善各类防汛抢险应急预案，加强对天气、风暴潮、水情的监测、预报工作，认真做好抢险物资准备工作，特别要完善防洪抗台人员转移方案，始终把人民群众的生命安全放在首要位置，确保全省安全度汛。

（原载于2003年《浙江日报》 施扬）

群众利益高于一切

——万众一心抗旱魔

杭州，40.3 摄氏度；丽水，突破 43 摄氏度……入夏以来，一个个城市的历史最高气温纪录被打破，加上今年以来雨量一直异常偏少，水库、河网蓄水不足，一场 50 多年来罕见的干旱袭击着浙江大地。

旱情似火，成为浙江保持经济强劲增长的一大制约因素，部分地区甚至出现了人畜饮水困难。危急时刻，省委、省政府从切实维护广大人民群众根本利益的高度，从确保经济社会健康发展的高度，紧急动员全省上下投入了抗击旱魔的战斗。

目前，在抗旱一线的干部群众超过了 300 万人，投入抗旱资金已达 2.1 亿元。

据省防指的水利专家介绍，我省此次遭遇的 50 年未遇的连续高温。历史上也曾出现过，但目前我省把干旱损失降到了最低程度。这其中，省委、省政府的科学决策、坚强领导，广大干部群众的团结协作，以及这些年浙江农业结构的调整，水利工程蓄水、引水能力的增强，起到了关键作用。

及早部署　科学决策　情系群众

我省从 20 世纪 90 年代中期起就连续发生较大洪水汛情，但大汛之后必有大旱，这一情况早已引起了省委、省政府的警觉。今年四五月份我省进入汛期不久，省防指就根据省委书记、省人大常委会主任习近平等省领导对水利、防汛工作作出的重要批示精神，发出了切实做好防汛防旱工作的通知，要求各地、各部门对防汛防旱工作进行再部署、再检查、再落实，采取有效措施完善预案。5 月 9 日，省委副书记、省长吕祖善在省长办公会议上强调，要做到防汛防旱两手抓，对可能出现的旱情也要制订出应对预案。

6 月 30 日，为时仅 7 天的梅汛期结束，我省开始出现持续高温晴热天气。

旱魔逼近。虽然只是部分地区出现了不同程度的旱情，但仍引起了省委、省政府高度重视。7 月中旬，习近平再次作出批示：若仍持续高温无雨，旱情将继续扩大，防旱抗旱的形势十分严峻。他要求各级党委、政府必须高度重视，及早部署并落实各项防旱抗旱措施。

7 月下旬，旱情进一步蔓延，出现了全省性严重干旱，抗旱进入关键时期。省委、省政府领导相继在上半年经济形势分析会、全省抗旱工作电视电话会议、省委常委扩大会议及基层调研中强调，各级党委、政府和有关部门要积极行动起来，立足于长期抗旱抗大旱，全力以赴把灾害造成的损失降到最低程度。

群众利益无小事。旱情面前，省委、省政府把维护最广大人民的根本利益作为科学决策、部署抗旱措施的依据。一是确立了“先生活，后生产”的调度原则，强调要合理配置现有的水资源，首先要确保人民群众的生活用水。二是为缓解旱情，解决群众实际困难，再多的钱也必须花、花得值。省政府动用省里预备应急的资金补充抗旱所需；省政府还决定在全省范围适时进行飞机人工增雨作业，这将是 1994 年以来第一次飞机人工增雨，最起码需要 600 万元资金。

面对旱情，省委、省政府领导深入基层，到抗旱抗高温一线和群众中去，倾听群众呼声，为群众排忧解难。习近平在省电力公司调研时强调，要确保群众生活用电用水，合理调配生产用电用水。他在衢州调研时要求各地高度重视，对抗旱等各项工作决不能掉以轻心。吕祖善专门到省防指和专家一起分析旱情，进一步明确了下一步抗旱工作的指导思想和部署。省委副书记周国富在杭州慰问在一线值勤的交警和消防官兵，要求各地做好抗高温保安全工作。省委常委、常务副省长、省防指指挥章猛进先后两次前往温州及绍兴、台州，检查指导抗旱。

紧急行动，团结抗旱，共渡难关

“应急水管要不要铺？县啤酒厂要不要停？”在防旱抗旱关键时刻，两道难题摆在了玉环县委、县政府面前。

玉环县水量分布不均，铺设应急管道可以把水引入缺水地区，但需耗资 1500 万元；而啤酒厂既是用水大户又是利税大户。如果这里建、那里停，县财政就要背上一大笔钱。

“为了保障海岛居民的基本生活用水，再多的钱也要出，再大的损失政府也要承担。”正是从群众的切身利益出发，当地党委、政府作出了正确选择：开工建设引水管道，停止啤酒厂生产。到 8 月 15 日管道工程竣工，汩汩清水就将流进缺水地区群众的家中。

赤日炎炎，群众生活生产用水困难，各级党委、政府看在眼里，急在心头。全省上下都行动起来了，地方党委、政府领导纷纷到农村、工厂、居民街道查看灾情，采取切实措施帮助群众抗旱，与群众共渡难关。

在舟山，市政府出资 500 万元弥补因水库保生活用水、停止灌溉用水给农民群众带来的损失。在丽水、金华，党员、干部纷纷组织了抗旱小分队，到农村、田头帮助群众抗旱。在温州，瑞安市紧急下拨了 200 万元财政资金用于抗旱，平阳县出资补助、紧急打井 26 口让群众喝上干净水……

水资源分布不均，旱情各有差别，各级地方党委、政府发扬风格、维护大局、团结抗旱。7月30日，衢州市比计划提前2天打开乌溪江引水工程的大闸向金华供水，当清水经过衢州柯城、衢江、龙游3县（区）十几个乡镇流到金华时，当地农民在交界处夹道欢迎。在绍兴，河网蓄水还算丰富的上虞打开了上浦闸，每天向毗邻余姚市供水近70万立方米。在宁波市，余姚市支援慈溪用水，鄞州区又补充北仑区用水，唱响了一曲曲团结抗旱的颂歌。

科学调度，密切配合，着眼基层

干旱高温，既缺水又缺电，供水与供电的矛盾就摆在水利部门和电力部门之间。位于衢州境内的黄坛口水库，下游群众、企业需要的供水流量为61立方米每秒，如果开动老发电机组，正好不浪费；如果开动新发电机组，可以多发电但下泄流量增加到了100立方米每秒，40%的水就白白流走了。权衡利弊，水还是第一位的，省电力局与省水利厅协商后决定，除紧急情况外尽量只开老机组，首先保供水。

旱情面前，水利、农业、气象、计划、经贸、电力、财政、城建等部门也密切配合，科学调度，确保群众用水，确保水资源合理使用。各级农业部门纷纷派人深入田间地头，指导农业抗旱。气象部门及时分析高温天气形势，在台州、宁波还及时指导进行了火箭人工增雨作业。环保部门为确保河网蓄水，加大了对污染企业的查处力度，并裁减了部分地区的排污量。省经贸委严格控制各地高耗水企业生产……

各级水利、防汛防旱部门更发挥了抗旱主力军的作用。省防指先后数次发出通知，要求各地切实做好防旱抗旱工作。在当好省委、省政府参谋的同时，省防指和省水利厅还多次派出工作组分赴甬、台、温、金、衢等地，了解旱情，指导抗旱，并做好跨地区调水的准备、协调工作。

（原载于2003年《浙江日报》 管哲晖）

解读第14号强台风“云娜”留给浙江的两个惊叹

狂风肆虐，暴雨倾盆，巨浪翻天。8月12日20时，今年第14号强台风正面袭击浙江。

这个叫“云娜”的强台风来势凶猛，挟“风、暴、潮三聚头”的巨大破坏力，在浙江这块灵秀且欣欣向荣的土地上整整肆虐了15个小时。

在这个罕见的自然灾害面前，浙江干部群众经受住了考验，他们在强风、暴雨、狂潮等不可抗拒的严重破坏力面前，齐心协力地将凶猛的“云娜”造成的生命财产损失降到最低程度，留下了一个个令世人感慨不已的惊叹号。

凸现人本，在罕见的强台风中将伤亡与损失降到最低点！

台风是浙江的常客，历次重创带来的重大损失让浙江人难以忘怀。中华人民共和国成立以来，浙江先后遭遇 11 次大规模的台风，平均死亡人数近 700 人。1956 年 12 号强台风，造成 4925 人死亡；1994 年的 17 号强台风夺命 1126 人；1997 年 11 号强台风造成 236 人死亡。

“云娜”是 1956 年以来登陆我国大陆强度最大的台风，它在新世纪第一缕阳光到达地——台州温岭石塘登陆后，以大大高于 12 级台风、近中心最大风力 45 米每秒的罕见速度呼啸席卷，以浙江历史上从未有过的最高雨量纪录倾泻暴雨，所到之处，满目疮痍。在“云娜”带来的飓风、暴雨、狂潮中，虽然有 164 个生命不幸逝去，但由于浙江准备及时，措施得当，在不可抗拒的严重破坏力前，将人员伤亡和各项直接损失减少到最低程度。

一切以民为本，一切以民为先，科学决策，周密部署，靠前指挥，是这次抗击台风取得重大胜利的重要法宝。“把群众生命放在防台工作首位！”是此次抗台工作中各级领导讲得最多的一句话。面对不可抗力的强台风，浙江各地在台风登陆前的 12 个小时，按照浙江省委、省政府的命令，立即做好危险地段人员的转移，落实人员逐村、逐户、逐个工地进行动员，共紧急转移危险地带群众 46.79 万人、组织 9900 余艘出海船只回港避风，从而使人员伤亡与各项损失降到最低程度。

与此同时，沿海各地还全面检查沿海海塘、水库等水利工程设施，封堵堤防开口；对容易暴发山洪和出现山体滑坡的地段，加强巡查预警；组织全省沿海和河湖上的船只回港；暂停建筑工地施工；封闭高速公路通行；加固城镇广告等高空设施，保护城市街道树等，千方百计减少灾害损失。全省的水利、民政、海洋渔业、国土资源、建设、卫生等部门及时派出 10 多个抗台指导组，分赴重点市、县检查指导抗灾工作。

前些年浙江人民“勒紧裤带”投巨资建成的一大批水利设施在抵御台风中发挥了巨大的作用。50 亿元巨资打造的 1400 公里的高标准海塘在“风、暴、潮三聚头”的肆虐中岿然不动，成为浙江沿海千百万人民的生命线；从 1998 年以来共投入近 20 亿元资金除险加固的山塘水库也经受考验，不仅 4000 多座小（2）型以上水库无一出险，还为下一阶段抗旱增加了宝贵的蓄水量。“如果没有这一千里海塘，或是水库出险，那么浙江在此次台风中的损失至少还要再增加 30 亿元，造成的人数伤亡情况更是无法想象！”浙江省水利专家言隽达感慨万分。

军民众志成城，是浙江抵御强台风的另一钢铁长城。狂风暴雨中，浙江省军区派出了官兵342人次，出动民兵预备役部队超27460人次；省武警部队派出官兵超6840人次，动用车辆1083台次、舟艇356艘次，参加各地的抗台抢险和营救工作。部队官兵用血肉之躯搭建了一艘艘“生命之舟”，使9450多名被洪水围困的群众及时得到解救，11.5万余群众被安全转移。各级防汛、水利、气象、海洋、交通、电力、城建、通信、财政、民政、卫生、公安、农业、宣传等部门各司其职，一张遍布各行各业的防台抗灾网全面张开。

浙江高速奔驰的经济列车不会因为“云娜”而放慢脚步！

“云娜”肆虐之后，浙江这列高速奔驰的经济快车会不会因此而放慢脚步？

“虽然台风对台州和温州等地方的经济造成重创，但这个影响是局部的，不是全局的。”浙江省委书记习近平要求各级党委、政府把抗灾救灾作为压倒一切的中心任务来抓。“灾区的损失全省补。克服困难，确保实现今年全省经济社会发展的目标任务。”

为加快灾后重建，浙江省政府迅速下拨4000万元救灾资金，民政部和财政部紧急向灾区拨付4600万元中央特大自然灾害救济补助费，水利部也会同财政部向浙江拨付特大防汛补助经费1500万元。各项抗台救灾工作随即有序展开。

在这次强台风中，台州与温州共有8万多家企业受灾，6.43万间房屋倒塌。但温州、台州这两个中国经济发展最迅猛的地区，也是民营经济最集中的地区，有着顽强的再生能力。记者在采访中一次次深切地感受到，白手起家、自力更生的创业氛围再一次充溢在这个浙江草根经济的发祥地，到处是建设者恢复生产重建家园的忙碌身影，“生产自救”正在成为这一区域的最强音。

台风登陆第二天，温岭的干部和农村指导员奔赴第一线开展检查排除隐患、生产自救和维护社会稳定的工作。与石塘镇同处海滨的松门镇，为了确保灾民的受灾情况得到及时、真实上报，台风一过就抽调了镇里的工作人员，设立了“灾民接待处”，灾民可以立即上报损失并进行登记。浙江各保险公司向台风灾区派出的500多个理赔工作组，正日夜奋战在查勘理赔工作一线。中国人保浙江省分公司于13日启动了“大面积灾害理赔预案”，目前已把1300万元预赔款送到台州重点受灾企业手中。

浙江省卫生部门组织的医疗和防疫队伍在台风登陆后的第二天一早便赶赴灾区，使灾民有伤有病能及时得到医治，浙江省疾病预防控制中心还紧急调拨投放67吨消毒杀菌药品和26万册的宣传资料。为了确保大灾之后无大疫，温岭市温峤和坞根等地消毒深埋了因受淹而死亡的170余万只死禽。

与此同时，电力、供水、交通、通信和城建等部门也立即组织抢修水毁设施，尽快恢复灾区正常的生产生活秩序。台风后第二天一大早，温岭市电力局局长就亲自带领抢修队伍进行突击抢修，以期最快速度恢复供电。农技人员已经到田头帮助农户开展防病植保的工作，田间也正在进行清沟沥水、抢排内涝和查苗补苗等补救工作。仅仅过了 4 天，在台风中瘫痪的台州、温州电网的 35 千伏及以上的变电所全部带电运行。

为帮助灾区人民恢复生产、重建家园，浙江省领导习近平、吕祖善等还带头向灾区捐款。社会各界也纷纷伸出援助之手。仅在 16 日上午的短短几个小时内，浙江省私营（民营）企业家协会就收到了民营企业家捐款达 100 多万元，而浙江省民政厅在 16 日晚，就已经接到各界捐款 1500 多万元。大家一个共同的心愿就是：帮助灾区尽快开展生产自救，使浙江这列高速列车继续快速奔驰！

办法总比困难多。顽强的浙江人就是这样演绎出“云娜”留下的惊叹号。

（原载于 2004 年新华网浙江频道）

最强台风摧不垮浙江千里海塘

面对近半个世纪以来登陆中国大陆的最强台风“云娜”，昔日浙江人民“砸锅卖铁”兴建的近 1400 公里标准海塘岿然不动，无一坍塌、决口，沿海无一人因海潮淹没而死亡，创造了新中国抗台史上的奇迹。这是笔者今天从省防指获悉的。

今年 8 月 12 日 20 时，强台风“云娜”在台州温岭登陆。据国家气象局分析认定，其风力之强、风暴增水之高、降雨强度之大为 1956 年以来之最。国家海洋局预报中心专家当晚目睹了台州海门潮位几近历史最高，海塘安然御潮的场景，感慨万分：浙江海塘确实全国一流。

1997 年 11 号台风后，浙江省委、省政府为保护沿海人民生命财产安全，举全社会之力，投入 50 多亿元巨资，兴建了北起杭州湾、南至浙闽交界的东海岸以及海岛舟山的千里海塘，其御潮抗风能力普遍在 50 年一遇以上标准。翻阅浙江史书，自晋代在象山修筑南岳头塘以来，历朝历代从未把沿海全线海塘修筑得如此高大坚固。

农民们或在养殖塘、稻田中排水，或在家庭工厂忙着清洗机器……在台风登陆点温岭，箬横镇副镇长林夏法说：“这些积水是强降雨带来的。海塘造好前，咸潮冲进来，每次都是水稻、橘子绝收，养殖塘彻底被毁；有了海塘，就保住了丰收。在 1997 年 11 号台风中被海潮倒灌、积水 1 米多深的三门县城，这次也因有高标准海塘而安然无恙。”

新中国成立以来，浙江受台风影响 180 多次，因无高标准海塘，海潮往往突破堤防直冲村庄城镇。尤其是 1994 年 17 号和 1997 年 11 号强台风，沿海海塘几乎全线崩溃，淹没农田、城区面积共160多万亩，不少群众因海塘决口来不及逃生而殒命。

经受强台风考验的千里海塘是党和政府以人民利益为重的真实写照。三门县健跳镇镇长任传郎说，人是最宝贵的，以前抗台主要精力放在堵缺口、抢险上，现在可以放心地把人力投入到转移危险地带的群众上。据了解，本次台风期间，全省及时转移群众46.8万人。

经受强台风考验的千里海塘，也是沿海人民以科学精神战胜自然灾害的成功实践。省水利厅专家说："以往海塘标准低，年年修年年垮，1994年17号台风仅因海潮入侵直接损失就达30多亿元。而高标准海塘采用迎潮面、塘顶和背水面坡都浇注混凝土的'三面光'结构，冲而不垮，漫而不决，投资虽大，但效益极高，这50多亿元花得值。"

（原载于2004年《浙江日报》 管哲晖）

习近平在全省防御18号台风紧急会议上强调 高度重视 严阵以待 连续作战 切实做好防御台风各项工作

省委书记、省人大常委会主任习近平今天中午在省委、省政府召开的全省防御18号台风紧急电视电话会议上强调，各级党委、政府和领导干部要本着对党和人民高度负责的精神，坚持以人为本，克服麻痹、厌战思想和侥幸心理，发扬连续作战的作风，紧急部署，迅速行动，严阵以待，宁可把灾害想得严重些，把问题考虑得复杂些，一定要把防御台风的各项工作做深、做细、做实，全力以赴迎战18号台风，争取不死人、少伤人，最大限度地减少人民生命财产损失，努力夺取防台抗灾斗争的全面胜利，让党中央、国务院放心，让全省人民满意。

省委副书记周国富，副省长、省防指指挥茅临生等讲话。省委常委、常务副省长章猛进主持会议。副省长陈加元等出席会议。

根据气象部门报告，今年18号台风"艾利"正在向浙闽沿海靠近，最大可能于明天中午前后在福建福州到我省温州一带沿海登陆。正在绍兴等地调研的习近平对此十分关心和重视，昨天专门就切实做好防御18号台风各项工作作出批示，今天中午又提前结束调研回杭来到省防指，详细了解18号台风的情况，检查和部署全省防御18号台风的各项工作，向正在忙碌的工作人员和奋战在防御台风第一线的全省广大干部群众表示问候。

习近平在讲话中指出，继14号台风后，18号台风接踵而至。这次台风强度强、范围大，后面又紧跟着17号台风，我省防台抗台形势十分严峻。全省各地要高度重视，在思想、人员和物资等各方面切实做好防御18号台风的各项准备工作，全力以赴迎战这次强台风。各级领导干部和有关部门负责人要到岗到位，尽心尽职，科学指挥防汛抗台工作。要深入抗台第一线，一旦发生险情，及时组织抢险救灾。要严肃抗台纪律，对领导不到位、工作不到家、失职渎职的，要严肃追究责任。

习近平强调，各级党委、政府要认真落实各项措施，切实加强沿海水利工程的安全防范、出海作业渔船的进港避风、沿海滩涂养殖业和各地质灾害危险区域以及危旧房屋人员的转移等工作。特别要认真汲取14号台风的经验和教训，哪些地方可能会出现人员伤亡的，要深入研究，全面分析，一丝不苟，逐乡、逐村、逐户检查落实，认真细致地做好可能受影响群众的避险和安全转移等工作。各有关部门要齐心协力，团结协作，加强安全防范的各项工作。水利等部门要加强对江堤海塘、山塘水库等水利工程的安全检查，认真落实防台抗台措施，尤其要应急抢修14号强台风受损的水利工程，并落实应急测报方案。城建、电力等部门要切实对高空建筑、房屋、厂房和在建工地、广告设施、电线杆和电力设施等安全状况进行全面检查，妥善做好安全防范工作。国土资源部门要配合各地进一步做好小流域泥石流、山体滑坡、山洪暴发等地质灾害的防范工作。供销等部门要保证抢险物资的供应。民政、卫生等部门要一手抓14号强台风灾民、伤病人员的安置救治，一手抓18号台风救灾救治工作的准备。交通运输和水产等部门要保障抢险物资的运输和沿海船只的进港避风工作。气象、水文、海洋等部门要加强值班，继续密切监视台风的动向，及时做好预测预报。新闻媒体要做好舆论导向工作。要充分发挥驻浙部队、武警官兵在抗台救灾中的重要作用，做到军民团结，合力抢险救灾。

（原载于2004年《浙江日报》 周咏南）

最牵挂的是百姓

——我省紧急转移群众124万纪实

以人为本——运筹帷幄早部署

8月3日，省气象台发出台风警报，今年第9号台风“麦莎”中心位置在象山县石浦镇东南偏南方向大约945公里的洋面上，正向我省沿海扑来。专家预测，“麦莎”的强度将超过去年第14号台风“云娜”。

刚刚遭受了今年第5号台风“海棠”袭击的浙江，再次面临严峻考验。

当天，正在嘉兴参加全省“千村示范万村整治”工程现场会议的省委书记、省人大常委会主任习近平一接到警报，就在会上对做好各项防御第9号台风的工作进行了专门部署，宣布启动防台预案，全面进入临战状态。当时预报台风还不一定会在浙江登陆，但省委、省政府主要领导没有丝毫麻痹大意。习近平在会上强调，宁可信其有，不可信其无，宁可十防九空，也不可万一失防，要求积极行动，争取时间，及早准备，严阵以待。特别要坚持以人为本，把确保人民生命安全放在第一位，最大限度减少人员伤亡和灾害损失。正在杭州调研文化产业发展的省委副书记、省长吕祖善也专门作出批示，要求各地务必落实好人员撤离预案，及时安全转移。省委副书记周国富，省委常委、常务副省长章猛进等都分别作出批示，要求把确保群众生命安全放在第一位。

当晚，省防指召开成员单位会议，并连线各地防指，传达省委、省政府主要领导指示精神，并作出具体部署。

8月4日，台风步步逼近我省。吕祖善、周国富、章猛进、茅临生等领导上午赶到省防指会商防台抗台工作，他们要求各地做最坏的打算，并对人员转移的具体时间进行科学测算。

晚上，省委、省政府在省防指召开防御第9号台风电视电话会议，对各项工作进行了全面部署。习近平特别强调要把人民生命安全放在首位，特别强调领导干部要在位到岗，共产党员要冲在最前面，特别强调水库、海塘等的防备和安全。接着，习近平宣布人员转移命令。吕祖善也对防御第9号台风作了工作部署。

会后，省防指正式下发人员转移传真电报，要求5日中午12时前完成人员转移。

8月5日子夜，习近平、吕祖善、周国富等省领导再次来到省防指，与在这里直接指挥防台抗台工作的茅临生一起，通过省防汛远程会商系统直接听取各市防御台风工作情况，认真研究抗台救灾工作。习近平再次要求各地一定要把转移出来的群众生活安排好。同时，要把新出现的危险地段的群众一个不漏地转移到安全地方。

（原载于2005年《浙江日报》）

习近平在调研防汛防旱工作时强调　以人为本
科学防控　扎实做好防汛防旱工作

省委书记习近平今天在桐庐等地调研防汛防旱工作时强调，全省各地各部门要以科学发展观为指导，充分认识今年防汛防旱工作面临的复杂形势，坚持以人为本、科学防控，把保障人民群众生命安全放在各项工作的首位，精心做好各项防汛防旱准备，严格落实各项防汛防旱措施，切实把防汛防旱各项工作落到实处，最大限度地减少洪涝台旱灾害损失，努力夺取今年防汛抗台抗旱工作的全面胜利。

上午，习近平在省委常委、杭州市委书记王国平，省委常委、秘书长李强，副省长茅临生等陪同下，冒雨在桐庐县考察了分水江水文站、富春江水电站、桐庐城防工程等防洪水利工程。在分水江水文站，习近平向值班人员表示慰问，认真察看水文缆道综合控制系统，查看水文和水温记录。在考察富春江畔的城防工程时，习近平顶着大雨在大坝上察看大江汛情和防洪调控设施，详细了解钱塘江、富春江流域的防汛工作情况。他强调要从实际出发，深入分析和把握可能出现的降雨不均、先涝后旱、旱涝交替、旱涝急转等不同情况，做到有汛防汛，有旱抗旱，防汛防旱两手抓。

下午，习近平一行来到省防指，听取有关情况汇报。省军区司令员王贺文、省武警总队总队长王平安和省防指部分成员单位负责人参加会议。习近平在同与会人员分析研究防汛防旱工作时指出，我省是一个自然灾害频发的省份。现在，全省即将进入主汛期。各地各部门务必保持高度的警惕，对可能出现的灾情必须充分估计，对存在的问题必须十分重视，对工作中的薄弱环节必须切实改进，对各项应对措施必须及早准备，突出加强水库安全管理，做好防御台风、流域性大洪水和地质灾害的准备，尽最大努力减少水患灾害损失。

习近平强调，要始终坚持把人民生命安全放在首位，牢固树立预防为主的意识，进一步完善有关预案并加强对预案的宣传和演练，切实落实相关预防措施，提高防汛应急反应能力，扎扎实实地把各项防汛准备工作做实做细做好。严格落实防汛抗灾责任制，把防汛责任和任务落实到具体单位和具体人。切实加强对天气、汛情、地质灾害的监测预报，努力提高预报精度。突出抓好水库和在建工程的安全度汛，尽快恢复和提高防洪工程的防洪抗灾能力。高度重视“农房普查”工作和防灾能力建设，加强对台风、山洪、地质灾害多发易发地区的汛前安全检查和农村住房安全隐患的排查和防治。抓紧做好防汛抢险队伍建设和物资筹措等各项准备，做到组织落实、人员落实、任务落实、措施落实、物资到位。各地各部门要增强全局观念，加强团结协作，严肃防汛纪律，坚决服从指挥和统一调度。要及时准确上报汛情灾情，对延误不报错失抢险时机，或者因领导不力、工作疏忽或处置失当而造成严重后果的，要追究责任，严肃处理。

（原载于2006年《浙江日报》 周咏南）

暴雨中，千座水库固若金汤

——浙江确保大灾面前水库平安

“头悬一池水、祸福永相依”的历史在浙江正渐行渐远。

当十多天前超强台风“桑美”裹挟着如注暴雨呼啸而来时，浙江数千座水库不仅固若金汤、无一垮坝，而且还最大限度地拦蓄洪水，充分发挥了水利工程防灾减灾作用。

浙江省防指的最新统计表明：在这次重大灾害面前，全省各类水库共拦蓄洪水 1.74 亿立方米，预泄 1.44 亿立方米，有效地削减了洪峰，避免了上、下游的洪涝灾害。

这一切，均得益于“千库保安”工程。

“千库保安”保太平

浙江省目前共有小（2）型以上水库 3977 座，总库容达 370 多亿立方米，这些水库在防洪、灌溉、发电、供水等方面发挥着巨大的作用。但是，和全国其他省份一样，浙江水库工程大都建设标准低、施工控制不够规范，经过几十年的运行，安全隐患较多，而且由于浙江特殊的地理位置和气候条件，强降雨和强台风频发，水库险情时有发生。

2003 年，一项战略性水利工程——“千库保安”工程在浙江大地上拉开帷幕。

浙江省水利厅水利管理总站主任姚月伟告诉记者，工程目的是除险加固 1000 座水库。“这不是以往‘头痛医头、脚痛医脚’的除险加固，它是全方位、立体化的水库安全工程，目的是让病险水库彻底脱胎换骨，这项工程的范围涉及水库所有硬件建设和软件管理。”

为了确保“千库保安”工程顺利实施，浙江省建立了省市县三级财政投入体制。姚月伟说：“‘千库保安’工程预计投入资金 20 亿元，根据各地财力状况和水库数量多少，全省分成三类县，一类县省里补助 10%，二类县补助 25%，三类县补助 40%，市县财政按照省里补助额度等额配套，通过省市县三级财政投入，基本解决了‘千库保安工程’的资金问题。”

近三年来，浙江省各级党委、政府以“千库保安”工程为抓手，一方面加强水库硬件建设，对病险水库除险加固；另一方面，狠抓水库内部管理，水库除险工作逐步走出了“头痛医头、脚痛医脚”怪圈。

一位水库巡查员的安全日记

时间：2006 年 5 月 5 日 16 时；天气：阴转阵雨；库水位：6.5 米；……坝面有无凹陷：无；坝内涵管闸门能否有效启闭：不能，因闸门有杂草；启闭机是否良好：导杆弯曲，不能启闭；上述异常情况已向谁汇报：已向水利站站长朱爱国同志汇报；……

这是临安市逍遥坞水库巡查员吴卫林的水库巡查日记。根据他的巡查记录，有关部门采取了有效措施进行紧急处理。当超强台风“桑美”来袭时，逍遥坞水库安全运行，从容拦蓄。

巡查员制度是水库安全的一道重要防线，因为险情的发生是一个渐变的过程，如果巡查员能及时发现，可以避免很多险情。

根据“千库保安”工程的安排，从 2003 年开始，浙江省级财政对小型水库巡查实行专项补助，每座水库每年补助 800 元到 1200 元不等，各市县均按比例配套，这笔资金专门用于聘请有责任心的农民巡查员。除定额补助外，浙江一些市县每年还对巡查员进行考核评比，重奖先进工作者。同时，各级水利部门还统一印制巡查记录本，要求巡查员分类分项记录每一次巡查情况。

记者从逍遥坞水库巡查记录本上看到，巡查员除了要记录水库各项硬件运行情况外，还必须记录发现情况后向上级哪个部门、哪个领导汇报。昌化溪流域水利站站长朱爱国说：“这是一道紧箍咒，巡查员一旦向上级汇报，就有白纸黑字为证，如果上级不重视、不去做，出了事就逃不了。”

水库安全督察：第三方力量的介入

记者在采访中了解到，浙江省除了建立行政责任追究制、厅领导明察暗访制等监督制度外，在“千库保安”工程实施中，还组织浙江省水利水电勘测设计院、省水利河口院、省水电工程局、省水电建筑机械有限公司等机构开展专项督察行动，第三方力量的介入使得监督的效果更客观、更公正、更专业。

2006 年 4 月，浙江省水利水电勘测设计院的专家对衢州、台州、金华三市 11 座水库进行了督察。专家们在听取水库管理单位汇报的基础上，通过现场检查、机电设备试运行、查阅水库档案和管理资料等方式，发现被督察水库存在一系列问题：泄洪河道阻水、工程管理制度不健全、工程设施老化等问题。专家们经会诊后，提出了科学的整改与督办意见。

浙江省水利厅水利管理总站主任姚月伟说：“如果没有专家们的独立督察，‘桑美’来袭时，这些水库的安全肯定让人提心吊胆，一个良好的水库安全动态管理机制，应该具备这两大特点：一是有较强的灵敏性，能够随时发现问题；二是有较强的资源整合能力，能迅速处理问题，浙江的水库安全工作机制建设正在朝着这两大方向继续努力。”

（原载于2006年新华社　傅丕毅）

齐心合力战台风

——浙江省防台风攻略解析

8月6日以来，浙江全省遭受8号台风“莫拉克”袭击。作为一个在防台抗灾方面有着丰富经验的省份，浙江省早动员、早部署，把防台抗灾作为全省压倒一切的中心工作来抓，尽全力把灾害损失降到最低。

全省动员，严密组织　各级领导迅速到位到岗，坐镇指挥

“莫拉克”来临前，浙江省委、省政府高度重视此次防台风工作。省委书记、省人大常委会主任赵洪祝，省委副书记、省长吕祖善等省领导多次作出重要批示，先后3次到省防指检查指导防御工作，2次召开全省防台动员会议，并视频连线防台风重点地区，了解一线动态，要求把防台抗灾作为压倒一切的中心工作来抓，立足于强台风正面袭击浙江来防御，立足于风、雨、潮“三碰头”的最恶劣形势来应对，把台风带来的影响考虑得更严重些，把防御的措施考虑得更周全些。赵洪祝书记还特别强调，在防御工作中要做到坚持以人为本，坚持科学防台，实现“不死人、少伤人”目标。副省长、省防指指挥茅临生更是一直坐镇省防指，组织指挥防台工作。

防台期间，省防指先后启动了Ⅳ级、Ⅲ级、Ⅱ级和Ⅰ级应急响应，并根据台风风力和降雨情况，及时进行分析研判，在每个关键时段下达针对性很强的防台抗灾指令，加强与重点地区的视频会商，指导落实防台抗灾措施。温州、宁波、丽水等市也及时启动了Ⅰ级应急响应，台州、衢州、舟山、湖州等市启动了Ⅱ级应急响应。

各级党委、政府主要领导和分管领导迅速到岗到位，集中精力，进行具体部署和指挥。全省广大基层党员干部在关键时刻挺身而出，冲锋在前，充分发挥基层党组织战斗堡垒和共产党员的先锋模范作用。台风肆虐期间，无论你是到省防指，还是市防指、县防指，或者是乡（镇）、村的防汛办，都会见到双眼血丝密布、声音嘶哑的各级领导，他们连续四五个昼夜不停地忙碌，始终站在防台工作的第

一线。

正是这种全民式的全省总动员，加上各级党委、政府的严密组织，使浙江防御“莫拉克”的工作得以有力、有序、有效开展。

以人为本，突出重点　把确保人民群众生命财产安全放在首位

为实现“不死人、少伤人”的目标，浙江省始终把确保人民群众的生命财产安全放在首位，针对这次台风特点，把防强降雨、防强风、防风暴潮作为工作重点。

海上船只避风，是确保人员安全的重要环节。在前些年全面落实水库山塘巡查责任制的基础上，今年，浙江全面建立渔船安全避风责任制，全省 3 万多条渔船逐船落实了安全监管责任人。各级防指对船只防台安全监管责任人及船主进行电话抽查，确保不漏一船。同时，做好已回港避风船只在港内防撞保安工作，在台风警报解除前，船只不得擅自离港。

抓好危险区域人员转移，是确保人员安全的关键环节之一。省防指及时启动防御台风预案，实行按梯次转移危险区域人员，并明确要求在 8 月 6 日 18 时前，所有渔船回港避风或驶入安全地带、可能受影响的沿海作业人员完成转移任务。同时，充分发挥基层防汛体系作用，确保不漏一船、不漏一人。

浙江还把抓好水库河网调度保安摆在防台工作的突出位置，加强水库特别是小型水库和山塘的安全管理，全省近万名水库安全监管责任人和巡查人员到岗到位，实行 24 小时驻库巡查，并加强水利工程科学调度，根据水库蓄水和河网水位情况及气象部门预报降雨量级，做好水库预泄和河网预排，腾出库容，提高拦蓄洪水能力。据统计，此次防御“莫拉克”，全省水库预泄 9.11 亿立方米，河网预排 6.96 亿立方米，拦蓄洪水 20.68 亿立方米。同时，根据国家防办《关于加强太湖流域防汛工作的紧急通知》，嘉兴、湖州等市紧急行动，加强环湖大堤和河网堤防巡查保安。

浙江省十分重视抓好山洪地质灾害防范工作，省委、省政府主要领导反复强调，必须切实加强山洪与地质灾害防范工作，以落实巡查、监控和避险为重点，做到任务到人、责任到人，全省 1.3 万余名山洪与地质灾害预警员及时进岗到位，认真做好预警工作，并按预案转移危险区域群众。8 月 9 日，苍南县腾垟乡、泰顺县下洪乡的 3 个村相继发生山体滑坡，当地巡查人员及时发现隐患，及早转移人员，从而避免了人员伤亡。由于加强了山洪与地质预警，及时转移地质灾害点人员，此次台风期间，浙江省有效防御了多起山洪和地质灾害，避免了人员伤亡。

考虑到台风带来的强降雨影响，浙江省在防台工作中，突出抓好城市和平原防洪排涝，在台风来临前，对高水位河网进行预排，并对排水管道、水闸、泵站

等排涝设施进行检查维护，确保排水通畅。

职责明确，密切配合　各部门协作，全力防台抗灾

防台期间，各有关部门按照浙江省委、省政府的部署和要求，按照防台风预案和职责分工，落实各项防御措施。气象、水文、海洋等部门加强监测预报和预警；防汛和水利部门加强水利工程安全管理，科学调度，确保安全，并及时组织专家组，迅速奔赴出现险情的小水库山塘、堤防指导应急排险；国土资源部门加强地质灾害隐患点的排查、监测，做好预警避险；建设、市政、园林等部门加强城市防台风工作，重点落实高空设施、建设工地、工棚、临时设施、危房、低洼易涝等地带的防范措施；交通部门积极落实水上航运安全防范和交通道路的抢险救灾措施，及时组织抢修水毁道路；海洋与渔业、海事等部门全力开展海上船舶回港避风的保安、网箱养殖加固和搜寻救助工作；电力部门及时组织力量，抢修损毁电力设施，做好应急保障工作；农业部门指导各地做好大棚等种养设施的防风工作，组织抢收农经作物和养殖水产品；教育部门加强了各类学校留校师生的安全防范工作；公安部门组织干警投入应急抢险救灾，维护灾区社会秩序；民政部门密切关注台风动向，及早启动救灾应急预案，调运救灾物资；经贸部门加强工矿企业的防台安全指导；宣传部门和新闻媒体加大力度，宣传防台抗灾自救知识，广大新闻工作者贴近灾区现场，重点报道基层干部和群众抗灾救灾的事迹；电信、移动、联通等单位和“浙江农民信箱”在台风影响前，发出防台短信1亿多条，提醒或指导群众应急避险。其他有关部门也按照各自职责，积极开展防台抢险救灾。

特别是驻浙某集团军和浙江省军区、省武警总队，主动请缨，支持地方解救被围困群众，转移遇险物资，抢修被毁基础设施，发挥了突击队作用。据不完全统计，截至8月10日17时，驻浙部队、武警部队出动兵力776人、民兵预备役人员18990人、车辆及冲锋舟71台（艘）次，转移群众21.6万人，并运送了一大批救灾物资。

（原载于2009年《中国水利报》 欧阳光）

灾害面前坚强驻守　浙江构筑防灾“安全网”

历史罕见的早春汛、中心风力17级的强台风、一次又一次的强降雨……的确，今年是一个自然灾害频发的年份。

然而，浙江大地，千里海塘安然无恙，沿岸人民生活平静如常。

不独今年，去年、前年……连续多年，浙江没有发生一起水库垮坝、堤防决

堤事件。

浙江，能创造这一惊人奇迹，缘于历届党委、政府倾力筑起了覆盖城乡的防灾、减灾、抗灾“安全网”；缘于全省干群用全新的防台御洪理念，谱写出一曲又一曲的新时代御灾壮歌。

极端气候现象增多，江堤海塘不胜负荷

浙江，背倚大陆、雄踞东海，属亚热带季风气候区。这个面积不大的省，海岸线和海岛岸线却超过 6500 公里。绵延漫长的海岸线以及起伏较大的地形地貌，为台风肆意登陆和对流雨形成提供了天然的温床，著名的鱼米之乡似乎随时都会转为自然灾害之乡。

时常到访的梅雨和台风更是加剧了这种转化的可能。浙江山区大多土层瘠薄，兼旬梅雨会使土层松软坍塌，由此常常引发山洪和泥石流。而台风登陆，沿平缓的海岸线一路袭来，风过处，往往陵岸崩坼、楫摧樯倾。

尤其是近些年，随着极端气候现象增多，自然灾害出现的频率与强度明显上升，台风影响浙江的次数增多、强度增强，短时暴雨降水量屡创历史新高。

而浙江人盘桓的余地已越来越小，经济快速发展，人口和财富日益集中。浙江已淹不起、涝不起……

另一个让人忧心的现实是：许多防台御洪工程建于 20 世纪五六十年代，由于工程年代久远，设计标准低，部分山塘水库、江堤海塘危如累卵，越来越不胜负荷。

据浙江水利部门统计，全省有近千座病险水库需要除险加固，其中存在严重安全隐患、不能正常运行的三类坝水库有 415 座，直接影响到下游 6 个县级城市、700 个乡镇街道、2400 多个村庄和近 1000 万人的生命财产安全；1400 公里海塘经过多年运行，出现沉降变形；山区小流域防御短时暴雨引发的山洪、泥石流等灾害的能力偏低，近 2 万座 1 万至 10 万立方米的小山塘犹如一盆盆满水，颤悠悠地悬在浙江人头顶。

试想，若水盆倾覆，那会是什么后果？

1994 年 17 号台风在瑞安登陆，冲毁海塘 500 余公里，死亡 1216 人。

1997 年 11 号台风在温岭登陆，毁损海塘近 800 公里，死亡 236 人……

宁可少建几幢楼、晚修几条路，也要筑牢“生命线”

惨痛的教训，为防汛防台敲响了警钟，也使浙江人痛下决心：宁肯少建几幢楼，晚修几条路，也要加紧建设防台御潮“生命线”。

1997年11号台风后，省委、省政府作出决定：投入50多亿元，建设标准海塘1400公里。1999年，浙江再次投入110亿元，建设标准江堤1200公里。此后，历届党委、政府均把建设海塘、江堤视为重要使命，全省6000余公里的海岸线上，防台御洪的“安全网”在不断延伸。

与此同时，浙江启动120多个重要城镇的高标准城市防洪工程；对存在病险问题的1021座水库实施“千库保安”工程；“千村示范、万村整治”工程也拉开帷幕……

2008年，浙江省委、省政府又作出一项重大决定——全面推行“强塘固房”工程。

按照规划，3年内，浙江将在全国率先完成三类坝水库和重点小（2）型水库除险加固工作，大幅提高全省水库安全度；做好海塘、江堤加固维修和配套工程建设，进一步提高海塘、江堤防台御潮能力；为避免因灾倒房而造成群死群伤，将深入推进农村困难家庭的危旧房改造，引导和推动新建农房特别是沿海地区的农房提高质量安全水平。

这环环相扣的工程将带来什么样的效果？可恢复水库、山塘调蓄能力33亿立方米，新增兴利库容约8亿立方米，增加日供水能力200万吨，改善灌溉面积500万亩。全省近4000万的人口因此受益。

这一工程，将浙江的“生命线”建设又推向了一个新的高度。

如果说之前的“千里标准海塘建设”和“千库保安”两大决策是浙江大灾之后的“奋起”，那么“强塘固房”的提出，则是完善防灾减灾体系，确保经济社会平稳持续发展的科学决策的进一步延续。

12月的江南，已是寒气袭人。然而，记者在浙江省兰溪市塔山农防加固工程工地上看到的却是一派热火朝天的建设景象。正在大堤上运送石料的农民张小科见记者采访，主动凑过来说：“这项工程太得民心了。大堤修得坚固、结实，把洪水灾害挡在家园之外。”

兰溪市委书记宋志恒介绍，这项工程总投资9.65亿元，是兰溪水利史上规模最大、百姓受益面最广的项目。工程完成后，防洪能力将从目前的五至十年一遇提高到二十年一遇，9.7万多人口和8.1万多亩农田将得到有效保护。

不怕“十防九空”，宁听群众一时骂声，不听群众事后哭声

在加强水利基础设施建设的同时，浙江不断完善防台御洪机制。

如果说，工程措施是防台御洪的硬件，那么，防范机制则是软件。浙江双管齐下，力求“两手都要硬”。

时任浙江省委主要负责同志明确要求：不怕“兴师动众”、不怕“十防九空”，宁听群众一时骂声，不听群众事后哭声。

台风、洪水变幻莫测，预警是关键。总结以往的经验和教训，浙江首先从完善“预警体系”上下功夫：台风登陆前，省委、省政府都及时召集防汛、气象、水利、海洋、国土等部门领导和专家进行会商，分析台风移动路径、风情、雨情、潮情，针对台风影响的时间范围、可能带来的危害和防御能力，提出应对思路，明确防御重点，确定工作措施。

与此同时，一些现代化的科技手段也被广泛运用到“预警体系”之中。

走进象山县新桥镇东溪村，村委会办公大楼内的视频系统很是醒目。大屏幕上不时显示着村里几个重要地段的天气实况，并将视频数据实时传输到县、市三防指挥中心，全面实现了防汛减灾指挥省、市、县、乡镇、村五级远程视频会商。

目前，象山县274个村都装上了这样的气象预警显示系统，并与各村的广播喇叭相连接。一旦村里小流域水位达到警戒水位，立即自动报警，并通过电视、广播、手摇报警器等，确保农民在第一时间收到预警信息。

浙江省水利厅厅长陈川介绍，目前，浙江已实现了防台御洪监测预警全覆盖——各地均装备了多普勒天气雷达、天气状况视频监视系统，可准确预测台风移动路径、登陆时间地点和风雨影响程度；水雨情自动测报系统和洪水预报调度系统也配置到城乡的各个角落，洪水预报和强降雨预警准确率达95%以上。全省还启用了地质灾害预报预警系统，对1771个地质灾害点实行巡查监测，对上千座水库实施驻库安全监管，提高了地质灾害隐患点的监测水平。

陈川自豪地说，有了这些“千里眼”“顺风耳”，就可以根据台风发展趋势、影响范围和严重程度，及时调整防御重点区域和重点对象，果断采取应急防范措施，提前实施危险区域人员紧急转移，最大程度地减少了人员伤亡和财产损失。

全省上下齐心协力，“五级梯次”协同作战

预警重在防范。那么，一旦台风、洪水袭来，又该怎么办?

浙江还有一套完备的预案体系。

“台风警报发布之时，便是预案体系启动之时。”指着电脑上的模拟图形，浙江省水利厅办公室主任俞锡根给记者上了堂“预案体系”课：当台风警报发布后，省防指办公室立即发出通知，有关责任人迅速进岗到位，有关部门将紧急落实防汛物资、抢险队伍、应急通信、供电等各项防御措施，对水库、河网进行预泄预排，做好人员转移准备。

而当台风生成登陆后，省委书记、省长及各级党政领导都会亲自坐镇防汛指

挥部，各地紧急封堵海塘旱闸等通道，封停内河（湖）船只航行，暂停各类建筑工地施工，关闭机场、高速公路、渡口和旅游景区……与此同时，广播、电视、网络等媒体滚动播报台风动向，宣传防台抗台知识；各级各类抢险组织和救灾人员严阵以待，随时处置危急事项；发布人员梯次转移命令，按受影响区域和时间等确定人员转移范围和时间，分批转移危险区域人员。

“当然，无论是预警体系，还是预案体系，最终还要靠强有力的组织去保障。”俞锡根说，浙江探索出了“党委统一领导、政府组织实施、部门分工配合、上下分级管理”的组织指挥体系。全省实行省、市、县、乡镇、村五级梯次指挥。为及时处置突发事件、提高应急指挥效率，还设立了水上、地质灾害、城市防台防洪等指挥分部，分别组织指挥特殊区域的防台抗灾工作。

“每当台风来临，如同进入战时状态一般，全省上下齐心协力，‘五级梯次’协同作战。”具有丰富防台经验的长兴县委书记刘国富讲起来绘声绘色。

实行层级负责，确保了防台御洪日常管理工作有条不紊开展，使全省基层组织基本达到“乡自为战、村自为战”的能力水平，最大程度地保障人民群众的生命财产安全。

这一点，建德市李家镇三溪村的几户村民感受最深。今年6月18日，李家镇突降暴雨，短短三四个小时内降雨量达127毫米。凌晨4点多，该镇防汛指挥部与三溪村干部分成4个组到各处巡查，发现吴时复等3户群众屋后有山体滑坡迹象，便迅速组织18名群众撤离。最后一名群众刚转移出来，泥石流就从房后窗户直冲进屋了。大家刚喘了口气，村民陈怡富的儿子又吵吵着回家拿些衣服，被村干部坚决制止，强制转移，5分钟不到，泥石流就将他家的4间泥房冲毁了3间……

一个个奇迹在浙江大地上诞生

工程措施、防范机制双管齐下，一个个奇迹在浙江大地上诞生。

2005年7月至10月，“海棠”“麦莎”“泰利”“卡努”“龙王”5次强台风轮番蹂躏浙江大地，次数之多，风力之强，雨量之大，影响范围之广，历史罕见。

台风裹挟着暴雨带来强降水，使江河湖库水位暴涨。全省29个水文站出现超危急水位。告急！乐清、平阳埭头、仙居下回头和青田白岩水文站超历史最高水位;告急！温州市3日平均面雨量427毫米，超历史最高纪录;告急！宁波柴桥、舟山金塘24小时降雨达589毫米和455毫米，接近百年一遇……

告急！告急！告急！国人焦虑的目光投向浙江。

然而，浙江没有辜负人们的期望：数千里海塘在一拨接一拨的台风面前，岿然不动；水库库区，群死群伤事件没有发生；所有城区和平原地带，没有形成内涝……

2007年的超强台风“韦帕”、2009年的超强台风“莫拉克”……尽管一拨拨台风气势汹汹直扑浙江，但在坚固的堤防和严阵以待的浙江人民面前，都抖不起威风，只好夹起尾巴悄然遁去。

今年，更是一个多灾的年份：前5个月，浙江省平均降水量比常年同期偏多约四成，防汛压力陡增；之后，又遭受今年全球最强台风“鲇鱼”等多次台风的影响，但浙江的水库和重要堤坝，依然是“风雨不动安如山”……

“鲇鱼”过后不久，记者随浙江省委书记赵洪祝在浙江沿海考察，但见千里海塘巍然屹立。离海塘不远处，耕牛在田埂上悠闲地啃着青草，一座座农家小楼掩映于绿树丛中；而远处浩瀚的海面上，渔船点点，水鸟翱翔。好一派海晏河清的景象！

赵洪祝告诉记者，由于历届党委、政府的共同努力，近年来，在历次洪涝、台风等特大自然灾害中，浙江没有发生一座水库垮坝、重要堤防决堤事件。“十一五”期间，水利工程直接减灾效益达92亿元，有效保障了人民群众生命财产安全和浙江经济社会平稳健康发展。

对于已经取得的这些成绩，这位务实的书记并不满足，他说：“我们将进一步加大‘强塘固房’工程实施力度，到2020年，浙江将在全国率先建成布局合理、标准适宜、体系完备、功能完善、管理规范、保障有力的防灾减灾工程体系。防御洪涝台能力将达到中等发达国家水平。”

（原载于2010年《人民日报》 王慧敏）

“三撤四保五防”战“海葵”

——浙江以人为本科学调度夺取防台抗灾重大胜利

编者按：七下八上，风暴突袭。8月2日至8日，我国东部沿海自1996年以来首次遭遇三个强台风一周内集中正面袭击，“达维”“苏拉”“海葵”接踵而至，路径诡异，中心风力强，影响范围广，降雨时间长，暴雨强度大，创下多个首次：1949年以来登陆我国长江口以北地区的最强台风、今年首个二次登陆我国的台风、今年登陆我国大陆的最强台风——三大风团给我国十多个省份带来累计雨量约1576亿立方米，100毫米以上降水的覆盖范围约55万平方公里。

考验当前，众志成城。党中央、国务院秉承“以人为本，生命至上”的执政理念，高度重视防汛防台风工作，中共中央政治局常委、国务院总理温家宝先后深入河南洛阳、湖北荆州考察黄河长江防汛，要求全面做好防汛抗灾各项工作；中共中央政治局委员、国务院副总理、国家防总总指挥回良玉主持召开国务院防汛抗洪救灾专题会议，强调防汛防台风和抗洪救灾要坚持以人为本，科学指挥调度，抓好关键环节。国家防总副总指挥、水利部部长陈雷连夜主持召开防汛防台风会商会，分析研判雨情水情汛情工情，部署安排各项防御工作，并率领工作组深入太湖流域考察指导。国家防总科学研判，超前部署，在迎战三次强台风中，先后派出20个工作组第一时间赶赴前线协助地方做好防汛防台风工作。受台风影响的各省市党委、政府果断决策，主要领导亲临一线，靠前指挥。各流域防总和各省市防指科学指挥，精心调度，有效应对。不断加强建设的水利基础设施在此次防台风中彰显强大防御威力。全国上下党政军民众志成城，合力防灾抗灾减灾，我国防汛防台风工作取得重大胜利。

奔赴一线，生动记录。中国水利报社第一时间集结骨干组成防御强台风一线报道组，10多名记者深入一线，直面台风，各地记者站紧密配合，全力完成防汛防台风报道工作。自本期开始，本报推出“成功防御强台风系列报道”，陆续展现各地科学防御强台风的生动画面和典型经验，敬请关注。

8月8日20时，省防指大屏幕上，强台风“海葵”缓慢移出浙江，人们松了一口气。

“海葵”是浙江省近5年来第一个正面登陆的强台风，从8月8日3时20分以鼎盛状态在三门湾北侧的象山县鹤浦镇沿海登陆，到向北移出省界，气势凶猛的“海葵”横扫整个浙江，历时近18个小时，最高风力达到14级以上，掀起狂风巨浪，摧残着城市与农田。但令人宽慰的是，这样一个破坏力惊人的强台风，事后统计表明没有造成人员伤亡，堪称奇迹。

同样是8月8日，同样是在象山，但是24年前登陆的那场台风，却给浙江人民留下了痛苦的记忆。在那个台风只有编号没有名字的年代，这样一场“无名”台风，横扫浙江41个县市，一夜之间，美丽的杭州面目全非，数以万计的树木被刮倒，水泥电杆被拦腰折断，供水、供电、通信、交通等一度中断，据统计，当时全省死亡160余人，直接经济损失达11亿元。同样是8月，56年前在象山登陆的那场台风使宁波地区严重受灾，仅象山县就死亡3400多人……

同样的台风，结果大相径庭。今天能打赢防台抗灾这场胜仗，得益于党中央、国务院的高度重视和“以人为本，生命至上”的执政理念，得益于省委、省政府主要领导精心组织和靠前指挥，得益于各级防汛指挥部门科学防御有效应对和党政军民合力御灾，也得益于水利基础设施不断加强、防汛防台风能力不断提高。

高度重视　周密部署

从 8 月 3 日 8 时在西北太平洋洋面上生成，“海葵”开始玩起了变速跑。从前期的“百米冲刺”到后期的“竞走”，“海葵”的移动速度越来越慢，但强度却不断加强，并在强盛期登陆浙江象山。由于移动速度慢，“海葵”长时间滞留浙江，加之刚刚过去的“苏拉”和“达维”两个台风给浙江带来的影响还未消除，使“海葵”的防御工作难度大大增加。

面对复杂的形势和可能遭遇的严峻灾情，党中央、国务院高度重视，国务院总理温家宝、副总理回良玉作出重要批示指示，要求各地各部门高度重视，严密防控，做好台风“苏拉”和“达维”应对工作。要以保障人民群众生命安全为核心，进一步完善和强化各项举措，坚决打好今年防汛抗洪救灾这场硬仗。6 日上午，国家防总副总指挥、水利部部长陈雷主持召开国家防总防御今年第 11 号强热带风暴“海葵”异地视频会商会，对防台工作进行部署，要求有序转移受威胁地区的群众，确保人民群众生命安全，最大程度地减轻台风灾害损失。当天晚上，国家防总派出工作组赴浙江一线，检查指导防台风工作。

浙江省委、省政府主要领导及时动员部署，靠前指挥。早在“海葵”生成时，省委书记赵洪祝、省长夏宝龙、省委副书记李强等主要领导就作出指示。为打一场防台抗灾的主动仗、必胜仗，省委、省政府打破常规，于 5 日提前召开全省各市、县政府领导参加的视频会议，全面动员部署防台风工作。6 日下午，省防指再次召开全省视频会议，夏宝龙省长亲自动员部署。随着台风逐渐向浙江沿海逼近，省委书记赵洪祝，省委副书记、省长夏宝龙，省委副书记李强等领导又连续作出批示，多次听取省防指和有关地区汇报，部署指挥防台工作。7 日下午，随着“海葵”升级为强台风，向浙江正面袭来，防台抗灾到了决战的紧要关头。17 时，赵洪祝、夏宝龙、李强等再次来到省防指组织指挥防台抗灾，按照“不死人、少伤人、少损失”和“作最坏打算”的要求，以确保人员安全为首要任务，坚决做到“三撤四保五防”，全面打响防台风决战：撤船，撤人，撤库容；保海塘，保山塘，保通信，保交通；防洪水泛滥，防城区内涝，防危化品意外，防在建工程垮塌，防山体滑坡泥石流。8 月 8 日凌晨，赵洪祝、夏宝龙、李强等亲临省防指指挥抗灾。副省长、省防指指挥王建满台风期间一直在省防指坐镇，贯彻落实国家防总和省委、省政府对防台风工作的部署，指挥防台抗灾工作。

一场应对“海葵”登陆的防御攻坚战全力展开……

船老大：“我们船上资产那么大，假如风大了，我们停锚了，船没有了，我们以后的日子怎么过，肯定要留人的……”

执法人员：“生命第一呀，你们最好随我们的船一起转移……”

这是发生在台州市三门县健跳镇的一幕。8 月 7 日在“海葵”登陆前，仍然有部分船老大为看护财产不愿意上岸，当地联合执法小组连夜巡逻劝导，争取在台风登陆前将他们转移。

“该撤的人员一定要全部撤出！”省委、省政府主要领导在会商会上多次强调，人的生命是最重要的，防台抢险，必须把保护人民生命安全放在第一位。

“现在所有的渔船都回港了没有？渔民和养殖人员有没有全部撤离上岸？”这是各级干部这几天问得最多的两句话。

在省防指的统一领导和协调下，各地区各部门按照“不死人、少伤人、少损失”的要求，将确保人员安全作为首要任务，突出做好人员安全转移避险。根据预案，各地组织开展地毯式排查，全力转移处于沿海危险地区从事生产作业、养殖业等的各类人员。实行网格化管理，组织居住在危房、工棚、地质灾害隐患点等其他危险区域的人员转移，做到不漏一处，不存死角。同时，组织相关渡口、码头、运输船舶停止营运，对台风影响地区的内河水域实行交通管制，做好沿海高速公路、跨海大桥等重大基础设施的安全管理，并做好交通道路的抢险救灾和防汛车辆的通行保障工作。对台风影响区域的铁路和运行列车严密管控，切实做好铁路防台保安工作。做好各类学校留校师生的安全防范工作，台风严重影响区域的学校、培训机构一律暂停各类补习班和兴趣班等。及时关闭台风影响地区的旅游景区特别是海岛景区，停止游乐设施、游览船只营运，保障游客安全。宁波、舟山、杭州等机场关闭。通过采取停工、停业、停市、停运、停学和关闭景区等应急措施，尽量减少人员户外活动，千方百计避免人员伤亡。截至 8 月 9 日 8 时，浙江紧急转移人员 163 万人，实现了零死亡的奇迹。

为做好防台转移、自救等工作，浙江省还采取多种形式开展工作。在嘉兴、湖州等地，市长发表电视讲话，紧急动员全市人民立即投入到防台抗灾自救中；在台州，“海葵”登陆时，在全市拉响防台风警报；在杭州、金华等市，除参加防台工作人员外，其他人员全部于 8 月 8 日放假 1 天……这些有力措施，极大地减少了人员的伤亡。

被转移出来的居民也得到了妥善安置。在温岭市石塘镇的一个安置点，7 日晚间台风来袭前夕，大约 200 人坐在大厅铺设的简易地铺上。来自河南商丘的陈振学说，他去年来温岭市开发区务工，和工友们一起住在工棚，12 时左右，管委会抢险人员将他们带到了这里，一开始他们还不愿意，觉得麻烦。“以前没经历过台风，觉得没什么，现在看到台风这么大，真庆幸听从政府安排来到避灾中心。现在，中午和晚上吃饭都免费，政府考虑得很周全。”他说这话的时候，温岭市沿海海面正刮着 12 ~ 14 级大风，最大降雨量达到 205 毫米。

“我们准备有饮用水、食物，以及给他们睡觉用的草席，还有保健药品。”石塘镇的工作人员介绍说。“海葵”登陆的晚上，外面狂风肆虐，但是屋内井然有序，透着浓浓的暖意，被迫转移安置的群众平静地度过了台风肆虐的夜晚。

科学调度　合力抗灾

“我们始终坚持以人为本，把握规律，科学防台抗灾，最大程度地减少了人员伤亡和经济损失。省防指各部门通力合作，全力以赴，更为我们防御台风取得重大胜利增添了胜算。”省防指副总指挥、省水利厅厅长陈川表示。自从 8 月 5 日 8 时浙江省启动防台风Ⅳ级应急响应开始，一场科学防控，通力合作，与台风抢时间、比速度的台风阻击战，在全省迅速打响。

“每天早上我们省防指都要召开会商会，防汛、水利、水文、气象专家通过卫星云图、实时水情及雨情分析图，结合美国、日本及我国中央气象台等世界各地的最新、最权威的分析预报，对‘海葵’的走向、强度展开密集会商。然后根据会商结果，发出一道道指令。”浙江省防办常务副主任王春来介绍说。

“在‘苏拉’和‘达维’两个台风登陆的时候，我们就根据省防指的部署，提前预降河库水位。这次‘海葵’的降雨量虽大，但是我们的水库水位基本在警戒水位上下一点，刚刚好。”台州市水利局河道处处长徐海龙说，曾经担心减少库容，万一台风改道蓄不到水的顾虑烟消云散。浙江省针对前期降水较多，全省 4000 余座水库水位较高的实际，在“海葵”登陆前，以确保水利工程安全为目标，突出加强了水库河网科学调度。各地根据气象预报和蓄水情况，充分利用台风影响前的有限时间，抓紧对超汛限水位和水位较高的各类水库实施预泄预排，降至汛限水位以下；病库严格限蓄，险库空库度汛。水库安全管理责任人和水库巡查员全部上岗到位，实行 24 小时驻库巡查、预警。同时，加强海塘、屋顶山塘巡查管理，将沿海地区在建的围垦工程和其他临港工程等涉水、涉海工程按照预案，做好防台准备。据统计，此次台风期间，浙江水库预泄 1.5 亿立方米，河网预排 1.3 亿立方米，海塘等水利工程总体安全。

在做好工程防台的同时，浙江省以暴雨网格化管理为重点，突出做好小流域山洪与地质灾害防范工作。“我们根据全省多山区的实际，预判台风强暴雨可能造成小流域山洪和地质灾害，要求各地任务到人、责任到人，落实到乡、村等基层单位，并组织动员基层干部实施网格化管理，不存死角。对地质灾害隐患点进行了逐一排查，按预案做好泥石流、山体滑坡等地质灾害的监控、防范、避险工作。按照'乡自为战、村自为战'的要求，及时转移危险地段的群众，保障人民生命财产安全。"浙江省防办副主任赵法元说。

借鉴北京"7·21"特大暴雨的经验教训，城市防洪也成为这次浙江科学防台的工作重点。浙江省以防洪排涝为重点，突出做好城镇和沿海平原防汛防台工作。对强降雨可能导致城镇受淹和沿海平原积涝，以及强降雨可能引起积水的城镇地下通道、地下商场、地下车库等地方，事先做好排涝救灾准备。台州、宁波、温州、舟山、嘉兴等沿海地区，提前组织低洼易涝区域群众安全转移，并充分利用退潮时机，及时开启出海排涝闸和泵站等排涝设施，预排内河水，抢排涝水。同时，做好城镇防风工作，加固行道树、电线杆和广告牌等高空设施，大大减少了台风对城市的危害。

面对可能出现的疾风暴雨，各级各部门密切配合，协作联防，严格落实各项防御措施，构筑起一道"横向到边、纵向到底"的应急防御体系。电力、通信等部门做好电力、通信设施等抢险救灾和应急保障；公安系统已投入6万余名警力参与防台抗灾；民政部门做好灾民安置和救济救助准备；安监部门加强对沿海核电、化工等重大企业的安保管理工作，严防石化、医药等泄漏造成次生灾害；供销部门保证防汛抢险救灾物资的供应；驻浙部队和省军区、省武警总队严阵以待；宣传、新闻部门运用电视、广播、报纸、网络、手机短信等媒体，及时或滚动播发台风动向、自防自救知识和各级党委、政府防台风部署及要求，增强全社会的防台风意识和广大群众的自救能力，动员全社会力量参与防台抗灾工作……

"这次的防台工作成绩斐然，除了非工程措施保障有序外，也与近年来我们浙江省抢抓国家发展水利的大好时机，全力建设'强塘工程'等一大批水利基础设施有着密不可分的关系。"陈川厅长说。

从空中俯瞰浙江的甬台温海岸线，便可发现其中1000多公里海岸线有明显人工雕琢的痕迹。这些打上人工烙印的海岸线，是记录着浙江人抵御洪涝台灾害的座座丰碑。尤其是近年来，浙江省紧紧抓住加快水利发展大好机遇，深入实施"强塘工程"，完成了226座病险水库、141公里海塘、66座水闸、184公里各类重点堤防和中小河流治理试点任务，整治山塘1642座。随着除险加固的深入推进，全省水库等水利工程的安全度明显提高，拦洪错峰功能有效增强。据统计，2011年全省水利建设投资预计达270亿元，再创历史新高，大大提高了浙江省的防台防汛抗旱能力，"十一五"以来，减灾效益超过1000亿元。

正是有了以人为本、科学防台抗灾的防汛防台理念，有了各级领导的高度重视、各级政府的精心组织和各地各部门的积极行动，有了“强塘工程”等基础水利设施的不断加强，浙江省才有了面临超强台风没有一起人员伤亡、没有一座水利工程失事、重要公共设施完好、社会秩序正常的奇迹。

8月8日20时，省防指的会商室灯火通明，省委书记赵洪祝在全省防台救灾视频会议上铿锵有力地说：“面对强台风的袭击，全省各地、各部门警觉得早，部署得快，落实得好，做了大量扎实、细致、艰苦的防御和抗灾工作，夺取了抗台救灾斗争阶段性胜利！”

（原载于2012年《中国水利报》 邱军 谢根能）

情系百姓赶大“烤”

——浙江抗击高温干旱纪实之一

热浪滚滚，旱情汹汹！7月以来，60年来气温最高、持续时间最长、降雨量最少、蒸发量最大的极端灾害天气袭击浙江。

稻田干涸、茶树枯萎、山塘见底、饮水困难……据省防指截至8月15日16时的统计，我省11个地市90个县（市、区）中有81个受旱，作物受旱面积696万亩，其中干枯面积合57万亩；因旱饮水困难人口75.8万人，因旱饮水困难大牲畜11.8万头。

突如其来的自然灾害，让人不由为浙江捏了一把汗：宏观经济形势复杂严峻，转型升级正全力攻坚，多重压力叠加下，浙江能否化解这场不期而遇的挑战？在发展和民生的双重考验下，党委、政府将交出怎样的执政为民答卷？

面对历史罕见高温干旱，全省各级党委、政府快速反应、科学决策、周密部署，围绕民生优先这个防旱抗旱第一原则，抗灾救灾有条不紊，各项基础设施厚积薄发，党员干部深入一线、以身作则，农技人员、社会团体、企事业单位群策群力，努力将高温干旱造成损失降到最低，保持经济平稳运行，群众生活正常，社会平安稳定。

眼下，虽然高温渐缓，但战高温、抗干旱、护民生的一曲江南壮歌仍在继续。人们有理由相信，已经扛住自然灾害考验的浙江，一定会交出一份科学发展的“全年红”成绩单！

灾情就是命令，民生压倒一切

每一次重大自然灾害，都是对以人为本执政方针的一次检验。

面对7月以来持续发酵的高温干旱，浙江警觉早、行动快，早在7月中旬，全省各级防指就进入了防旱抗旱状态，应对机制全面启动，应对措施稳步开展。

“快”的背后是“情”。正是基于以人为本、民生优先的情怀，才有行动上的快。浙江在这场攻坚战中的应对，正是深入开展党的群众路线教育实践活动的生动体现。

7月下旬，面对日益严重的高温热浪，省委书记、省人大常委会主任夏宝龙，省委副书记、省长李强分别作出批示，要求高度重视防暑降温工作，防备高温热浪对农业生产、供水供电和人体健康的不利影响，尤其要关心户外工作人员的防暑工作，努力改善劳动生产环境，避免对健康造成损害，要加强安全生产管理，切实防范火灾等安全生产事故发生。字字句句，尽显民生情怀。

7月25日，省政府办公厅发出《关于切实做好高温天气应对工作的紧急通知（浙政办发明电〔2013〕166号）》，要求各地、各部门坚持以人为本、民生优先，全面落实各项应对措施，切实解决好高温天气给百姓生产生活带来的困难和问题。

高温下，用水用电保障最关键。7月26日，夏宝龙来到省电力公司，要求全省各地和供电、供水等各有关部门迎难而上，为城乡居民安全度夏提供能源保障。8月1日，李强深入杭州抗旱一线，要求努力保障用电用水，确保百姓安全度夏。

群众疾苦就是第一信号！7月28日，省人力资源和社会保障厅发出紧急通知，要求全省各地各单位做好夏季防暑降温和高温天气作业的劳动保护工作，严格执行高温津贴发放规定。抗旱最需要的是水。为了百姓生产生活用水，水利工程跨流域调水、人工增雨抗旱作业、消防车送水、抗旱队找水……全省几十万人的饮水困难得到临时解决。

持续高温，杭州城区日用水量创下159.17万吨的新纪录，几乎达到杭州市区供水能力极限。杭州市拟定有序用水应急预案，明确首先保障市民生活用水需要，必要时企业让水于民。

民生用电优先保障。7月30日，浙江紧急将有序用电方案由B级调整至C级，把保障居民生活用电放在第一位，并优先保障医院、学校、铁路等涉及公众利益和社会稳定等重要用户的用电需求。

步入8月，极端高温屡破纪录，浙江抗旱保民生的力度同步加大。

8月11日，李强再次冒着酷暑到杭州龙井茶园察看旱情，并赴浙东引水萧山枢纽工程察看应急引水情况，要求把确保旱区群众能喝上干净水作为抗旱工作的首要任务。

8月12日，省委常委会专题研究抗旱工作。夏宝龙再次强调，要把保生活摆在首要位置，采取一切有效措施解决部分群众的饮水困难，帮助困难群众解决防暑纳凉的问题，加强相关疾病的预防和控制。

水利发力机制高效

旱灾中，这是一份令人心安的数据：

7月30日，高温炙烤已近一个月。截至这一天的上午8时，全省大中型水库蓄水量为253亿立方米，蓄水率为79.1%，蓄水率接近常年，相比2003年的大旱之年，蓄水量同期增加了60亿立方米。按照这个蓄水率，浙江主要供水水库还能保证50到80天的正常供水需求。

防旱抗旱，水是最宝贵的资源。有水不慌，有水心安。水从何来？

连续10余年喊渴的乐清，今年高温干旱，用水却有了充分保障。这得益于去年正式启用的楠溪江引水工程。7月31日，随着浙东引水工程萧山枢纽大功率水泵的轰鸣声，清澈的富春江水沿着60米宽的引水河道向浙东大地欢畅流去，截至8月14日傍晚，共有6500多万立方米的富春江水润泽浙东大地，水量相当于6个西湖，有效缓解了沿线各地旱情。

近十年来，我省建设了一大批这样的引调水工程：舟山大陆引水工程、长潭二期供水工程、温州向洞头供水工程、象山县白溪引水工程……

此外，近年来我省新建和加固了一批蓄水工程。合溪、沐尘、周公宅、老虎潭、佃石、凤凰等一批大中型水库建成蓄水。并且，通过千库保安和强塘固房工程，一批水库蓄水功能也得到了恢复。据统计，与2003年相比，全省新增水库库容达到64.6亿立方米。

在德清，连续高温干旱，西部山区村民却基本不缺水。奥秘就在于近年来投入5000多万元建设的147组集中式供水点、360座供水池，受益村民超过1万户。

在海岛，一批海水淡化厂的兴建，也让我省民用海水淡化总生产能力达到了每天5.37万吨。

正是这十年来坚定不移投巨资建设的一大批水利工程，才让浙江在这场60年来最严重的高温干旱灾害面前，较好地保障了城乡居民饮水安全，为打好防旱抗旱攻坚战奠定了基础。

这些年，浙江不断探索建立健全防灾抗灾动员机制。7月26日，浙江启动抗旱Ⅳ级应急响应，各项防旱抗旱举措有序展开。省防指、省水利厅迅速协调有关市、县（市、区），开展跨流域调供水。乌溪江引水工程由衢州向金华跨市供水，浙东引水工程萧山枢纽向绍兴、宁波、舟山等地供水。列入国家防总计划的12支县级抗旱队伍，在这次防旱抗旱攻坚战中快速反应、勇当先锋。全省各级农技人员深入一线，各地加强农产品产销衔接，保障重点农副产品不断档。省气象局启动高温热浪气象服务三级应急响应，并全面部署人工增雨抗旱工作，40支标准化人工影响天气作业队24小时随时出击……

科学调度形成合力

“洪灾一条线，旱灾一大片”。面对历史罕见的高温干旱，浙江动员一切可以动员的力量，科学调度一切可用资源，发挥出防旱抗旱的最大合力。

今年汛期一开始，浙江就坚持防汛抗旱两手抓，未雨绸缪及时掌握天气变化趋势，蓄好出梅前最后一库水。统计显示，出梅时浙江大型水库蓄水量较入梅前增加了31亿立方米，为抗旱提供了宝贵的水源。

因应高温旱情发展，省水利厅快速反应、科学调度水资源。

7月31日，我省最大水资源配置工程浙东引水工程开始应急供水。宁波市启动姚江应急抗旱调度，姚江进入节制供水期。温州从珊溪水库引水，向瑞安陶山等供水困难地区供水；嘉兴向上塘河水系翻水；金华协调乌溪江引水工程向乌引灌区引水……

一边是地面调水，一边是空中增雨。截至8月16日，全省已组织开展人工增雨作业246轮次，累计受益面积7.87万平方公里，估算累计增水2.943亿立方米。

7月24日下午1时20分，浙江省用电负荷创下新纪录，达5463万千瓦。7月30日，浙江紧急将有序用电方案由B级调整至C级。省电力公司一方面充分挖掘省内发电能力，一方面全力争取最大外购电力，从7月1日到8月8日，外购电量达109亿千瓦时。华东地区最大火电厂之一的浙能嘉兴发电公司克服困难和压力，自7月23日起，日发电量已连续突破1亿度[1]大关，相当于一座中等城市的用电需求。

防灾减灾，农业是重点。省农业厅紧急启动农业自然灾害防御应急预案，全省各市、县（市、区）农业部门先后组织490个救灾服务组、农技“会诊团”，3190多名农技人员深入一线指导抗旱。全省上下总动员，协调解决农业抗旱救灾物资的供应和调配；抢抓时间和进度，充分做好补种或改种农作物的准备。

截至8月13日，浙江已投入抗旱人数160.9万人、抗旱设施14.5万台套、抗旱资金3.85亿元，抗旱用电5794万度、用油3047吨。抗旱浇灌农作物1408万亩，临时解决饮水困难人口58.5万人、大牲畜17.4万头。

科学调度、有序应对，让全省各地干部群众忙而不乱、心中有底。在杭州西湖龙井茶最大产区梅家坞村，村民只能通过水泵从3公里外抽水灌溉茶园，但村民们轮流值班，分批浇水，实现了宝贵水资源的高效利用。

[1] 1度等于1千瓦时。

干群同心共渡难关

灾难，更是一场精神与意志的考验，一场人与人关系、干群关系、全社会凝聚力的检验。

叶定英是松阳县新处绿谷漂流负责人，干旱面前，是保自己生意，还是保受旱作物？他的选择是：打开拦水闸，为周边受灾茶园送去救命水。这还不算，他又自己掏钱买了台大功率水泵，免费给村民使用。

天台县平桥镇下曹村，面对仅存的 7 万吨水，是用来养自己的鱼，还是浇别人的田？养鱼户蔡显中选择了后者。

灾害无情人有情，一方有难八方助。这也是舟山市普陀区桃花镇客浦村人的集体选择。

面对持续高温干旱，有一座让人羡慕的水库的客浦村人，在发现隔壁茅山村旱情严重后，为给茅山村 900 亩土地解渴，放掉了水库里近一半的水。受客浦村带动，桃花镇其他村也开始联系兄弟村互助抗旱。

8 月 12 日，浙能集团所属的龙泉岩樟溪水电站继续开闸放水，哗哗清流从坝底泻出，流向下游。这是该水电站连续第 12 天开闸放水了。高温干旱以来，浙能集团遍布全省的 11 个水电站均放水抗旱，灌溉农田超万亩。

关键时刻，正是对党员干部心中有没有群众、能不能以身作则的最好检验。在浙江抗旱攻坚战中，基层党员干部无可争议成为抗旱救灾的主心骨。

衢州柯城区七里乡新店村，村两委干部将集体所有资金全部投入取水工程。村干部带头出工出力。引水进村后，告别"水荒"的村民们奔走相告。

四明山革命老区宁波鄞州区章水镇杖锡村，党支部书记王继淼带着村干部深山寻水，解决村民用水燃眉之急。找到水源后，他又与党员干部一起带头捐钱，20 多天来为村里修浚古井、添置水泵等，总共花了 10 多万元。

宁海县胡陈港水库翻水站站长冯统飚带着工作人员，顶着烈日在一处处翻水点作业，全力保障水库周边 10 多万亩农田的灌溉用水。

高温持续，中暑、发烧的病人急剧增多，在杭州市急救中心红十字会医院急救点，急救医生们随时准备跳上待命的救护车。7 月以来，这里平均每天有 250 多名病人被抬上救护车，得到及时救治。

从农村抗旱一线到城市社区，浙江高温下的感人故事每天都在发生。

哪里有需要，哪里就有党员干部的身影；哪里有困难，哪里就有团结互助的光辉。在这个历史罕见的高温干旱季中，浙江人用一致的行动交出了一份沉甸甸的信心答卷。

灾害过后，浙江前行的动力必将更加充沛。为浙江加油！

（原载于 2013 年《浙江日报》 刘刚）

科学防灾　砥砺前行

——浙江抗击罕见高温干旱纪实之二

连日来，几场期待已久的雨水光临浙江，各地百姓的欣喜和渴望溢于言表。

降雨，本是江南夏季的常见天气，但在 60 余年最严重的高温热浪中，浙江七月以来降水比同期偏少八成。天干地燥，河床裸露，农田龟裂……若不是一组组照片呈现的细节，人们永远也不会把“江南水乡”和“旱”联系在一起。

不止是浙江。“五十年不遇”“百年不遇”“超历史高温”，这些词汇正频繁地出现在世界各地的气象新闻中。全球范围的历史观测数据表明，至少从 20 世纪 50 年代以来，洪涝、干旱、台风等极端气候事件发生的频率呈现显著上升的趋势。

全球同此凉热，中国的气象图景悄悄变动。“北涝南旱，北方降水增加、南方降水减少的趋势更为明显。”大气环流微妙的变化，搅动着中国未来降水格局，气象专家这样预测。这意味着，滋养我们的山川河流、习以为常的生活环境或许将呈现出新的态势。

放眼未来，一场 60 余年来最严重的高温热浪，带给我们更长远的考量。

抗旱，底气从何而来

仿佛是一种回答，更是一种象征。

10 年前，在几乎同样的时间节点上，一场同样令人焦灼的干旱发生在浙江大地。那年夏天，229 万人饮水困难，近 60 万公顷农作物受旱。

10 年后的今天，至 8 月中旬，这一组数字分别降至 76 万人和 46 万公顷，水库蓄水率仍与正常年份基本持平。

数据的增减并不容易——今年 7 月至 8 月上旬，全省平均降水 54 毫米，只及 2003 年同期的一半，平均蒸发量还比 2003 年多出 22 毫米。

“在水利系统工作 30 多年，从来没有看到今年这么旱。要知道，往年这个时候我们正在防汛抗洪呢。”绍兴县水利水电局总工程师来移年这样感叹。

的确，高温多雨是以往浙江夏季的常态，变化多端的气象条件下，考验的是认识自然、及时调度的能力：气象灾害频繁，我们对灾害如何做到更早、更准确的预判？资源小省浙江，我们怎样建立更完善、更可靠的应急机制，满足群众生活需求？

时间推回到两个月前，还处于梅雨季节的浙江面临着一场关于水多水少的“抉择”：究竟是少蓄水防汛还是多蓄水抗旱？

正常年份下，常常是把重点落在防汛，水利、气象专家一轮轮充分讨论后，浙江决定蓄水抗旱。

正是因为科学的预判，使得全省 100 多座大中型水库赶在出梅前的最后一场雨中蓄足了一库好水。两个月后，高温干旱持续，浙江仍保持着抗旱底气。

再将空间定位到各个水电站，在那里，每天都面临着一场能源“保卫战”：究竟是蓄水发电还是开闸供水？常年缺电的浙江，已经在 7 月底将有序用电方案升级到 C 级；在龙泉、松阳等地的 11 个水电站里，在确保城乡居民生活用电的基础上，哗哗清流从坝底泻出，为下游抗旱供水。

正是因为综合协调，使得水电站下游旱情初起的万亩农田及时得到灌溉；同时，水电站供水减轻了大型水库的负担，为浙江“抗长旱”作充足准备……

历史的长河，静观时往往风平浪静，是一场场突如其来的灾害，让人们改变习惯性思维模式，才有了波澜壮阔的未来。在高温热浪中，我们在探索，每一次改变，都是宝贵的经验。

水乡，怎样长治久安

在中国的版图上，地处东南、受亚热带季风气候影响、拥有八大水系的浙江似乎不缺水。突如其来的大旱，带来的是一场关于水资源、水环境的重新思考。

据省水利厅的水利普查报告，浙江省人均水资源已逼近世界缺水警戒线。客水少、水资源自成体系；河流短、径流量大；丰水期集中，雨水下得猛、留不住，这是浙江水资源短缺的客观因素。

另一方面，人口的大量增长，低层次产业造成的工业污染，使杭嘉湖甬绍温台等全省经济发达地区，个个喊“渴”。水资源短缺和污染问题，已成为浙江未来可持续发展的重大挑战。

在我们脚下的这片土地上，深藏着对于水资源的科学利用和合理调度的密码——远古大禹治水，越王勾践围堤筑塘，唐代白居易兴建西湖灌溉工程，明代汤绍恩筑造三江闸……因势利导、定期整修，方能长治久安。

如果我们把浙江现有的引水工程路线都标注在一张图上，得到的是一张像极了人体神经系统的脉络图，其中的奥秘就在于，不是简单的区域间调水，而是结合水源、河道、水库以及引水管网等种种水路，将水资源跨区域地进行优化配置。

放眼浙江，最新、最长、流域面积最广的一个引水工程，就是浙东引水工程。从萧山枢纽启程，富春江水经过沿线 71 座水闸和泵站的有序开闭，流向浙东平原和海岛舟山；监测数据显示，萧绍平原、虞北平原、余姚西北及慈溪西北河区水质类别提高 1 至 2 级，消除了劣Ⅴ类水。

与此同时，楠溪江引水、乌溪江引水、洞头大陆引水等水利工程也正显现出减灾效益。

“雨丰而忘旱，临旱再掘井。”这是南方抗旱最常见的现象，我们必须时刻警惕——虽然大中型水库在用水调度上井然有序，但在水资源匮乏的当下，亟须恢复湖泊河道的功能，治水的任务更为严峻……

要有水，更要有好水，在抗旱的大环境中，浙江对“水”认识的升华，尤显珍贵。

生态，何以保障未来

8 月 16 日，杭州今年的第 46 个高温日。在省防指值班室，指挥部副主任胡尧文目不转睛地盯着天气实况图——干旱橙色预警的箭头在浙北、浙东频频闪动。他担心着一件事：连旱。

综合浙江 1966 年、1971 年和 2003 年遭遇的旱灾来看，旱情都一直持续到次年汛期到来。专家指出，相比于来势汹汹的台风，旱情形成的过程比较温和、比较慢，但危害可能更甚。

“靠天吃饭”，江南地区气候温润，世世代代，生活生产方式大多如此。罕见旱情之下，我们的抗风险能力足够强大吗?

首当其冲的就是农作物。嘉兴的杭白菊、西湖的龙井、临安的山核桃、临海的柑橘……在省农业厅，每天都有统计损失的汇总表，浮动的数据背后，规律却只有一个：在同样缺水、缺电、缺人的条件下，设施农业装备越齐全、灌溉系统越完善的基地，损失就越少。

然而，省水利厅农村水利局的数据显示，从 20 世纪 80 年代初推广滴灌、喷灌技术以来，目前还只覆盖到 160 多万亩，不及可推广面积的十分之一。

高投入高产出、资金技术密集，这是设施农业的特征。一场干旱，人们开始把传统农业生产方式的期望寄托于此，尝试解开千年农耕社会粗放生产、低产出的困扰；而更深层面的，是一场关于可持续发展的思索。

比如，山区农户近年来开始大面积栽种经济作物，但山上蓄水功能差，生态脆弱，山民尴尬地发现，经济作物还没开始受益，因为破坏了原有的植被，无雨即旱、有雨即涝的情况愈加严重。

农耕，是一代代人最基本的生存保障。高温干旱中，农村、农业和农民，经历着最深切的挑战；再提农耕，并不仅仅是努力发展农业、增加效益的问题；更在意的，是农业环境和生态基础，是人与自然和谐相处。

我们，怎样与自然相处

若干年后，我们怎样回顾这次历史罕见的极端高温干旱灾害天气？

我们是否能肯定地回答以下问题：灾害预警和应急细节，我们是否做得更好？我们的生活生产方式，能否为我们换得可持续发展的环境？

抗旱预警能力、城市规划布局、水资源开发……热浪中的思考，让我们更清晰地看到生态环境和社会管理的重要。从高温干旱带来的思考出发，也许我们更懂得怎样与自然相处。

“建立预测为10至15天，甚至是1至3个月的中长期预报，这样就可以在农业安排、产业结构、节水限水上作出相应调整。”防洪抗旱一线的工作人员提议。

“城市绿化、房屋绿化、水景池塘，要与群众的生活形态、生活情趣打通，城市规划强化生态效应。”环保人士提倡。

“节约用电用水，邻里互帮互助，等等，其实，我们每个人都可以出力……”网友们纷纷跟帖。

美国历史学家胡克说过，判断一个社会能否解决它所面临问题的依据是制度的保障和人们的品质。一场旱灾，带给我们的是警示，是历练，是机遇，应对自然灾害，需要全社会共同努力，建设科学高效的防灾治灾系统。

一场旱灾，让我们警醒，让我们领悟，让我们奋起。在我们面前，环境是共有的，影响也是关联的。上游与下游，农村与城市，你或者我，没有谁可以是旁观者。

（原载于2013年《浙江日报》 裘一佼）

狂风暴雨搏洪流

——浙江防御秋季强台风“菲特”纪实

“菲特”，注定被载入世界台风史！

带着密克罗尼西亚美丽花语的名字，旋起秋季少有的强大降水云团，在国庆假期强行登陆，风扫沿海，瓢泼浙江。

浙江史上最强秋台风，最大强降雨，让水乡遭受重创！

江河漫堤，道路被淹，房屋进水，城市积水，停水停电……

风雨突变，更显英雄。从中央到地方，从国家防总、水利部到浙江省，有关各方众志成城，团结抗战，谱写了一曲在狂风暴雨中搏击洪流的壮歌。

诡异秋季强台风

9 月 30 日 20 时，国庆长假正待启幕，“菲特”却在千里之外的菲律宾以东洋面上悄然生成。

广袤的太平洋面,为“菲特”集聚能量提供了无尽源泉,“菲特”风力不断加强。

10 月 1 日 17 时，“菲特”加强为强热带风暴；10 月 3 日 5 时，“菲特”加强为台风；10 月 4 日 17 时，“菲特”已经升级为强台风……

作为罕见秋台风，“菲特”有着扑朔迷离的路径，难以琢磨的强度，在天文高潮的推波助澜下，其破坏力之大不可预知。

一面是咄咄逼人的罕见形势，一面却是现实面对的不利因素！

“菲特”来袭恰逢国庆长假和旅游高峰期，山清水秀、海岛众多的浙江，此时正敞开胸怀吸纳了众多的八方来客。浙江众多的农家乐、渔家乐里正聚集着大量没有任何防台经验，甚至对台风充满无限好奇的外来游客。

与此同时，在这个本该属于收获的季节里，大大小小的各式渔船，正抓住黄金捕捞期，扬帆起航，捕捞作业……

这一切，都让防御“菲特”任务，变得十分艰巨！

假日紧急总动员

台风吹响了紧急集合的号角。

10 月 3 日、5 日，国家防总副总指挥、水利部部长陈雷先后两次主持召开国家防总会商会议，进行全面部署。10 月 5 日，国家防总工作组紧急赶赴浙江，现场指导台风防御工作。

10 月 3 日上午，假日里仍坚守值班的浙江省防指办，根据国家防总副总指挥、水利部部长陈雷部署要求，开始了防御“菲特”的最初部署。

10 月 5 日 8 时，浙江省防指启动防台风Ⅳ级应急响应。当天下午，浙江省省长李强组织召开全省防御台风“菲特”视频会，要求全省党政机关一把手，立即停止休假，迅速上岗到位！当天 19 时 30 分，防台风应急响应升至Ⅱ级。

10 月 6 日，“菲特”，气势汹汹直冲浙江温州而来。

6 日 9 时，温州市防指启动防台风Ⅰ级应急响应；一个小时后，温州市市长陈金彪发表防御第 23 号强台风紧急电视讲话，要求全市人民齐心协力、团结抗灾。

6 日下午，“菲特”的脚步越来越近，浙江台州、温州沿海狂风已经掀起狂浪，暴雨开始倾泻！

“防台已经进入关键时刻！”浙江省委书记、省人大常委会主任夏宝龙在省防指办对防台做出进一步部署：“坚守岗位，严阵以待，全力防御‘菲特’！”

6 日 11 时，省防指启动防台风Ⅰ级应急响应！

6 日 16 时，温州宣布全市进入紧急防汛期！

浙江，争分夺秒，与“菲特”赛跑。截至 7 日 6 时，浙江沿海进港避风船只达 35795 艘，全省共安全转移人员 99.1 万人，做到“不漏一艘船，不漏一个人”！

大水压境浙江告急

2013 年 10 月 7 日 1 时 15 分，“菲特”在浙闽交界处（福鼎市沙埕镇）沿海登陆！

“菲特”登陆时，中心附近最大风力 14 级（42 米每秒），一举成为 10 月以后登陆我国大陆的最强台风！

其中，苍南的石砰山，瞬时风力更是达到 76.1 米每秒（> 17 级），刷新历史纪录！

当初执意留在南麂岛上的游客后悔不迭：“那一晚，门外的风雨，就像千万只蝙蝠集体‘撞墙’！”

这一夜，浙江未眠！从省到市到县再到乡镇，各级防指灯火通明，彻夜值班；水文职工在风雨中抢测；所有水利职工，绷紧神经，随时待命！

“菲特”重创温州！民房倒塌，电力、交通、水利、农业等设施严重受损！

然而，这些只是“菲特”威力的“冰山一角”！

7 日上午，风，慢慢变小；雨，却越下越大！停下脚步的“菲特”，将主体云团覆盖整个浙江，洒下了瓢泼大雨。

仅 7 日一天，浙江全省面雨量 149 毫米，创造了这个频受台风侵袭的省份有记录以来的最大日面雨量。其中，安吉天荒坪更是出现最大单站面雨量 1056 毫米。

地处四明山下的宁波余姚，三日面雨量 527 毫米，相当于直接倒进了 68 个西湖！

河网水库迅速上升，浙江八大水系中的鳌江、甬江、苕溪、杭嘉湖东部平原（运河水系）等四大水系均发生了超历史最高水位的洪水。

余姚最高洪水位 3.46 米，超过历史最高水位 0.53 米；嘉兴最高洪水位达到 2.59 米，超过历史最高水位 0.06 米；温州鳌江站实测高潮位 5.22 米，超历史最高潮位 0.42 米。

一个多月前，还在历史罕见高温干旱中嗷嗷“喊渴”的浙江，一夜之间，旱涝急转，水漫金山……

越是危急越要科学调度

“菲特”余威凶猛，浙江险象环生。

8日0时30分，杭州市余杭区的径山镇北苕溪丈母塘吴山闸旁，被凶猛的洪水拉开6至7米的口子。决口，迅速扩大到30米左右。

面对风雨突变、旱涝急转，省防指立即召集水利专家紧急商讨对策。一方面，省防指迅速加大北湖分洪流量，开启德清大闸，确保苕溪堤防安全；另一方面，迅速派出由省水利厅总工程师带队的专家组前往出险地点，指导抢险。

经过武警官兵的彻夜奋战，决口终于堵住了！然而，新的险情仍不断涌现！

西苕溪安吉段6个小斗倒斗，长兴段12处发生管涌，姚江余姚段多处发生险情，全省13座大型水库和39座中型水库超汛限水位，压力倍增！

越是危急时刻，越需要冷静分析，科学决策！

面对险情，两天没有合眼的省防指副指挥、省水利厅厅长陈川，省防指副指挥、省水利厅副厅长虞洁夫及其他厅领导，继续坐镇省防指，召集相关水利专家，缜密研判，科学调度，沉着应战，确保将灾害损失降到最低。

省水利厅全厅上下，迅速动员，所有水利专家到岗到位。水库、河道、农水、水政等处室干部带队，哪里有险情，他们就第一时间出现在哪里，现场指导，合力抢险。

然而，“菲特”带来的雨量，还是大大超乎了预报、超出了人们的想象，水位还在不断上涨……

8日7时，宁波市防指宣布，全市进入紧急防汛期，10月9日停课、停班，请市民尽量减少外出，注意安全。

8日8时30分，省防指启动最高级别的防汛Ⅰ级应急响应。转移组、调度组、物资组、后勤组……迅速按照预案开展工作！

省防指统一及时调配防洪抢险救援力量及防汛物资紧急支援重灾区。8日早上，应宁波申请，省防指联系省军区司令部后，第一时间调运22艘冲锋舟、23艘橡皮艇（含操作人员）赶赴现场救援。

9日上午，宁波余姚防汛物资仍然告急！国家防总秘书长、水利部副部长刘宁协调，国家防办立即组织中央防汛抗旱物资南昌、蚌埠仓库，紧急调运80艘冲锋舟、60艘橡皮艇、20套救生抛投器和应急发电照明设备等防洪抢险物资驰援浙江。

把灾害损失减到最低

由于地势低洼，降水太大，下游受潮水顶托，需候潮排涝，宁波、嘉兴等地积水难排！

地处“锅底”位置的余姚市，大水围城，70% 的城区泡在水中。

断水断电，交通瘫痪，通信受阻，余姚老百姓正常生活受到严重影响。

8 日 6 时，余姚市防指宣布全市进入紧急防汛期，余姚市政府发布告市民书，号召市民发扬抗灾自救。

余姚的灾情牵动了国人的神经！

8 日凌晨，由省水利厅领导带队的专家组，以最快速度从台州抗台第一线直接赶赴余姚，协调防汛调度，并根据雨情水情及时确定调度方案。

8 至 9 日，浙江省委书记、省人大常委会主任夏宝龙，浙江省长李强，分别再次赶赴省防指检查指导防汛工作，要求各地各部门充分认识灾情的严重性，全力以赴做好抗洪救灾工作，确保老百姓的基本生活得到保障。

10 日一早，省长李强代表省委、省政府赴余姚、嘉兴等地慰问受灾群众，指导当地抗洪救灾。

10 日白天，国家防总紧急调拨 9 台大功率排水车支援余姚排水。省水利厅科学调度，发挥水利工程作用，蜀山大闸全力下泄，姚江大闸也根据宁波三江口潮位情况，及时启闭，全力外排姚江洪水。

10 日晚上，省委书记夏宝龙第三次赶赴省防指，主持召开全省抗灾救灾视频会议，传达贯彻习近平总书记重要批示精神，研究部署下一步抗洪救灾工作。

11 日下午，李强主持召开省政府常务会议，专题研究抗洪救灾工作。

……

全省万余名水利职工持续展开卓有成效的工作，8.7 万人次人民子弟兵冲锋在前，2000 多名公安干警持续实施救助，还有大批的记者、志愿者，挺进灾区……

面对历史上罕见的秋台风，面对百年不遇的暴雨洪水，水利基础设施发挥了无可替代的作用，浙江全省水库发挥拦洪错峰的作用，硬是拦住了 25.1 亿立方米的洪水，相当于 400 个西湖的水量；沿海平原排涝闸泵排水 15.2 亿立方米……

10 月 13 日，余姚积水正在持续退去，救灾工作仍在紧张进行。

浙江有关各方正在努力将灾害损失降到最低。

风雨突变天无意，科学减灾人有情。“菲特”，让浙江这个因水而兴、因水而美的省份，在 2013 年 10 月，因水而伤，因水而战，书写下抗洪减灾的历史篇章！

（原载于 2013 年《中国水利报》 郑盈盈　李先明　谢根能）

宁听群众一时骂　不听群众事后哭

——基层防汛防台风的浙江模式

一张“纵向到底、横向到边”覆盖全省的基层防汛防台大网，正在浙江基层村镇显现出无可替代的作用。

10 月 8 日，乐清市乐成街道西门村。顺着避灾牌箭头所指的方向，记者沿着通井尖路一直前行，中途经过村防汛防台工作组所在地，终点为两处避灾点。这样一条平日里并不起眼的路线，台风来临时却是村民的“生命通道”。

连开 5 次会议，数十次转移群众，不间断发布台风预警通知……这样一个小村落在防御今年第 23 号台风“菲特”中做足了准备。依山而建，地处峡谷，地质灾害频发，饱受台风之苦的西门村人，养成了很多防灾好习惯，在村委会里，全村多年的防汛防台、水利发展资料，都整齐归置，随时可查。

西门村的做法，折射出整个浙江在基层防汛防台体系建设中勇于争先的影子。从浙北到浙南，从沿海到内陆，浙江的基层防汛防台体系建设之路，如同一条前途光明大道，越走越宽阔。

“宁听群众一时骂声，不听群众事后哭声!”
痛定思痛　狠下决心

浙江背倚大陆，雄踞东海，绵延漫长的海岸线以及起伏较大的地貌，为台风肆意登陆和对流雨形成提供了舞台。尤其是近些年自然灾害出现的频率与强度明显上升，台风影响浙江的次数增多、强度增大，短时暴雨降水量屡创历史新高。

“汽车贴上墙，人在地上爬，瓦片树上插。”这是浙江人对台风最贴切的描述，一代又一代浙江人与台风不断较量。“民间防汛防台虽然积累了大量的经验，但显得零散且无序，死伤现象仍时有发生，防汛防台‘最后一公里’未被完全激活。”省防指办副主任宣伟丽说。

经济快速发展，人口和财富日益集中，但光环之外，薄弱的防汛防台基础如影随形，浙江人盘桓的余地越来越小，浙江已经淹不起、涝不起……这不是耸人听闻，也不是头脑发热，这既是现实状况，又有客观需要，浙江人的紧迫感前所未有强烈，并痛下决心：一定要为自己织一张“生命保护网”。

新世纪以来，浙江多年没有发生因台风灾害引发的群死群伤事件。其一，这得益于浙江坚实的防灾抗灾基础;其二，则因为“抗台”变“防台”，虽一字之差，却昭显着传统防灾减灾理念的转变。浙江果断决策，在加强水利基础设施建设的同时，着力完善防汛防台机制，力求“两手都要硬”。

时任浙江省委书记习近平曾明确要求：不怕“兴师动众”，不怕“十防九空”；宁听群众一时骂，不听群众事后哭。台风、洪水变幻莫测，一切立足于“防”，但具体干什么、怎么干，从上到下，一层一层，浙江人开始了思索和探讨，一系列工作也顺理成章铺开。

在浙江 2009 年年底所印发的《关于加强基层防汛防台体系建设的意见》中，明确要求各地在 2010 年汛期前全面建成“组织健全、责任落实、预案实用、预警及时、响应迅速、全民参与、救援有效、保障有力”的基层防汛防台体系。同月下发的《浙江省基层防汛防台体系建设实施方案》规定，整个体系由组织、责任、预案和预警及响应等四大部分构成，并将萧山、临安、鄞州、苍南、金东等 15 个县（市、区）作为试点。

“建立一个庞大的网格化防御体系，真正保护每一个生命。”纵向到底　横向到边

温州市毗邻东海，来台风时首当其冲，经历多年防汛防台后，温州市防办副主任黄凡总结出一条规律：台风来临时，交通不便之地往往受灾最重，因为其成为闭塞的孤岛，外部救援进不去，而最有力的解决办法就是“依靠自身，各自为战”。

“要建立一个庞大的网格化防御体系，横向到边，纵向到底，反应迅速，运作高效，不留死角，不留盲点，这才能真正保护每一个生命。”浙江水利人的共识佐证了黄凡的观点。这是一条清晰的思路，也是一股干劲和一个决心。

摊开浙江省防汛防台监测预警网络图，可以看到，从省防指到每个村落，各级责任都十分明晰，在地质灾害隐患点、公路危险区、山塘水库、堤防等水利工程和山洪灾害易发区、避灾点、居民区、渔船、危房、企事业单位、自然村等 9 类地区，均设置了责任网格及监测员和巡查员。预警路径分为一般和紧急情况下两种。

细致到每一“点”，基层防汛防台的体系优势才能迸出“后发优势”。以西门村为例，村委会专门设立防汛防台工作组，组长由村长郑献荣担任，郑少华、张献通、冯光兴等村干部和村民为工作组成员，遇到台风或汛情时，根据职责分配，承担起预案管理、监测预警、人员转移、抢险救灾、信息收集与报送等工作。

责任区网格的负责人也相应承担分内工作。负责监测预警的张献通描述自己的工作职责：当他观测或接到可能出现致灾雨水情信息时，先第一时间向危险区域群众发出预警，再将信息报告村和街道防汛防台负责人，同时协助做好人员转移和管护雨情观测设施。按照要求，他还会定期或不定期参加山洪灾害防御演练和知识培训等。

西门村上级单位乐成街道，也成立了防汛防台指挥部，下设监测预警、人员转移、抢险救援、宣传报道和后勤服务等5个应急工作组，每个成员都负责相应的区域。“我们的应急处置工作流程大概分会商、预警、动员、排查、应急抢险、上级支援等6步，其间还包括洪水调度和人员转移等程序。”乐成街道防办主任王贤升介绍。

西门村和乐成街道这样的防汛防台模式，在浙江基层颇具典型代表性。据统计，截至目前，浙江全省基层防汛防台体系已覆盖至1480个乡镇街道3.1万多个村，乡、村级网格责任人共计超过22万人。

基层防汛防台组织均与各网格责任人签订合同
灵活破题　硬件搭台

300元、500元、800元……这不是基层防汛防台责任人一周或者一月的工资，而是一年。酬劳低，责任重，很多人望而却步。还有一个问题：浙江小型水利工程众多，若每一项都落实巡查员且付酬劳的话，这笔庞大的资金对于哪一级财政来说都不轻松。

尊重规律，直面矛盾，灵活变化才能破解难题。在丽水、温州等多地，基层防汛防台组织均与各网格责任人签订了责任书，并积极落实误工报酬和因预警、报汛、报灾等发生的通信费用，还为参加抢险救灾人员和从事危险性的监测预警人员购买人身意外保险。除安排必要的防汛防台经费外，各级政府还给予表现突出的基层组织及责任人表彰或奖励。通过以奖代补、出资补贴等方式，省上也给予相应资金支持。

如今，在浙江经济条件稍好的地区，一些基层防汛防台责任人的工资每年能达到5000元、8000元甚至上万元。据统计，浙江省财政近几年共安排以奖代补资金达1925万元。

从村落到乡镇，浙江各级防汛组织普遍都有至少一处防汛物资储备仓库，通过直接储备、委托储备等方式储备必要的物资，并按照分级储备原则和储备定额规定，实行即用即补制度。设备和物资均登记造册，确保需要时可调用。在村级防汛防台工作场所、避灾点和危险区域中，还设有监测和预警设施、宣传画、警示标识等。据统计，浙江全省防汛物资总价值约3亿元，全省避灾中心已有近7000个。

防御预案也是基层防汛防台体系快速推进的一大法宝。按照要求，县、乡、村三级防汛防台指挥部门各负其责，分别制定重要江河防洪，船只避风保安，山塘水库、堤防保安，危险区域内人员转移避险，受困、受伤人员解救，救援和抢险应急专项预案。依据相应的防汛防台应急响应级别，适时启动防御预案。

防汛防台期间，浙江各级防汛部门还同气象、海洋、国土等部门建立起资源共享的预警信息发布机制和平台，会商系统到乡、视频到村的条件也已具备。2010年，国家防总启动山洪灾害防治县级非工程措施，开展监测预警和群测群防体系建设，而浙江抢先一步，已做了大量工作。在宣伟丽看来，“两者不谋而合，相得益彰”。

要通过反复演练预案、宣传、教育，实现“不死人、少伤人”的目标
因地制宜　知责有为

没有科学的考核体系，就难以实现真正发展。浙江改变“一把尺子量到底”的做法，于2010年3月发出《浙江省基层防汛防台体系建设考核验收办法》的通知，考核内容包括组织机构、监测预警、应急预案、物资储备、抢险队伍等10项。2010、2011两年，分别有17个和18个县（市、区）被考核为优秀。

九层之台，起于累土。在基层防汛防台体系建设中，浙江各地根据本地实际和发展情况，推出多种新方式，积累了大量新经验，让这一事业发展逐渐深入，富有成效。

温州市防指设立防台风广播专用频率，并为县、乡等基层防汛组织以及学校、企业等配备专用收音机，带有手摇发电功能。台风暴雨灾害来临前，适时启动防汛广播应急指挥系统，台风影响期间24小时不间断发布台风信息、防台常识等。

立足“防”字，狠抓“避”字，突出“抢”字，重在“建”字，杭州市萧山区河上镇从健全防汛组织体系、落实人员转移工作、强化抢险救灾队伍、完善工程硬件设施等4个方面入手，基本形成了一套基层防汛防台体系。同时，河上镇每个村还落实20 ~ 30名由青壮年组成的应急分队，发挥最大效能。

丽水市以2946名村级水利员、1752名水库巡查员为骨干力量，今年上半年已组织培训班进行轮训，并通过这个群体向群众宣传自我保护技能。到2014年年底，丽水全市9个县（市、区）将全面实现群众参与率、防汛体系覆盖率、决策信息化率、抢险队伍配备率和物资储备保障率5个100%的目标。

2010年“莫拉蒂”台风，2011年梅雨大洪水、“梅花”台风，2012年“苏拉”“海葵”台风，2013年“苏力”“菲特”台风……金华、绍兴、衢州等其他各地加快推进基层防汛防台体系建设，并经受住了诸多洪涝、台风灾害的考验，防灾减灾效益超过800亿元。

但浙江水利人并未因此而满足停步。“虽然起步早，且经验丰富，但部分体

系尚需调整、责任人不够落实、标准化程度低等问题也亟待解决。”宣伟丽表示。

“基层是防汛防台抗旱第一现场，是整个防汛防台抗旱体系的基础，其能力的高低直接关系到防汛防台抗旱的成效，乃至成败。”浙江省水利厅厅长陈川说。基层防汛防台体系建立后，还必须通过反复演练预案、宣传和教育，切实增强全民的防灾意识和能力。

有了新目标和新使命，浙江再次起航。

（原载于2013年《中国水利报》 王华）

浙江这样抗台风

7月11日，强台风“灿鸿”从浙江省舟山市登陆。狂风过境，吹断了百年大树，山体滑坡堵住了高速公路，但浙江省受灾最重的五地市无人伤亡，24小时内，水、电、路全通。

近年来，无论台风如何肆虐，浙江的千里海塘、万座水库稳如磐石，没有发生一起较大人员伤亡事件。这一奇迹何来？时任浙江省委书记习近平同志曾明确要求：不怕“兴师动众”、不怕“十防九空”，宁听群众一时骂声，不听群众事后哭声。从此浙江确立了先进的防台理念：关键不在损失，而在生命安全。浙江历届党委、政府筑起了一张覆盖城乡的防灾、减灾、抗灾“安全网”。

加固硬件　“硬保障”带来底气

7月10日，浙江省气象台发出红色预警：今年第9号台风“灿鸿”将于11日中午到傍晚在三门至舟山一带沿海登陆或穿过，强度可达超强台风……

超强台风过境，浙江应对有条不紊。底气首先来自多年不断加强的水利基础设施建设。

浙江海岸线和海岛岸线超过6500公里。海岸线绵长，地貌又是多山且土层瘠薄。海塘、江堤、水库，成为防台的三个关键要素。

1997年11号台风过后，浙江省委、省政府决定投入50多亿元，建设标准海塘1400公里。1999年，浙江再次投入110亿元，建设标准江堤1200公里。同时，浙江启动120多个重要城镇的高标准城市防洪工程；对存在病险问题的1021座水库实施“千库保安”；实施“千村示范、万村整治”，整改农村的破路危房。

2008年，浙江省委、省政府再次提高安防标准——全面推行“强塘固房”工程，规划3年内在全国率先完成三类坝水库和重点小型二类水库除险加固工作，做好海塘、江堤加固维修和配套工程建设，为避免因灾倒房而造成群死群伤，推进农村困难家庭的危旧房改造。浙江铸成了一道强硬的防护线。

“第一回遇到台风，我们不紧张，这里巴适得很。”四川籍农民工王川川在宁波务工，他这次被安置在北仑区新碶街道松花江中学避灾。室外狂风吹倒的铁质广告牌到处乱撞咣咣作响，避灾中心里暖意融融，围着 KTV 点唱机唱歌，打牌聊天，很多孩子第一次度过这么热闹的夜晚，兴奋得满场奔跑游戏。王川川的晚餐是附近饭店送来的爱心餐，避灾中心里有 20 多名社区志愿者在服务。

浙江 2006 年起建设避灾安置场所，到 2014 年底已建成避灾中心 1.1 万多个，覆盖全省所有县、乡和所有多灾村、社区。每个避灾中心都有预案，一旦启用，由谁打开房门、路线图怎么引导、物资怎么发放，都有规范要求。受灾群众在这里有饭吃、有衣穿、有临时住所、有干净水喝、伤病能及时救治。

2008 年开始，浙江推开海洋渔业渔船安全救助信息系统建设，东海岛屿上竖起了一座座基站，海洋捕捞渔船全面安装安全救助信息系统终端设备。“灿鸿”警报一发出，宁波市 5672 艘渔船除少数船只在不受影响的外海，5654 艘回港避风，温州市 7699 条渔船全部归港。原本风险最大的“渔老大”们安全了！！

加强“软件”　建立严密的防范机制

有了防台御洪的硬件，更需严密的防范机制。

防台风，预警是关键。浙江在完善“预警体系”上花了大力气:“灿鸿”生成，省委、省政府及时召集防汛、气象、水利、海洋、国土等部门领导和专家进行会商，分析“灿鸿”的走向、风情、雨情、潮情，针对台风影响的时间范围、可能带来的危害和防御能力，做好应对预案。

“灿鸿”生成后，威力在不断增加，象山东门岛的岛民们对此了解得清清楚楚。覆盖宁波全市的气象灾害预警广播接收机，将偏远的山村岛屿一并纳入预警范围。来自浙江省水利厅的数据显示，浙江实现防台御洪监测预警全覆盖，对洪水预报和强降雨预警，准确率达 95% 以上。村里一条小河水位过了警戒线，县里马上就能收到预警。

“灿鸿”预警一发出，浙江立即启动预案，进入有序的“抗台”状态：省防指办发出通知，有关责任人迅速进岗到位，防汛物资、抢险队伍、应急通信、供电等防御措施一一落实，水库、河网预泄预排，转移人员，疏散游客，及时关停机场、高速公路、旅游景区。台风登陆前后，从省委书记、省长开始，各级“一把手”坐镇防汛指挥部。“各就各位，守好自己的责任田。”省、市、县、乡镇、村五级梯次指挥，还设立了水上、地质灾害、城市防台防洪等指挥分部，分别组织指挥特殊区域的防台抗灾工作。

不怕“十防九空” 宁听群众一时骂声，不听群众事后哭声

转移群众并非易事。7月10日，在受灾严重的象山县丹西街道文昌社区油车巷，社区主任章永仙晚饭后再次赶到最后一个不肯迁移的住户——年近九旬的奚老太家里。“我台风见得多了，不要紧，不想去外面。”整整一天，老人家就是不松口。屋外风雨呼啸如猛兽，老旧的油车巷，水位节节增高。耐心劝说到夜深，老人终于点头答应了，此时巷子洼处的积水已经漫到腰际，社区一个强壮的小伙子背上老人，其余工作人员围在边上，顶着呼啸乱旋的狂风，尽量把自己的雨伞往老人身上凑，将老人安全转移出去。

短时间下了200多毫米强降雨，绍兴市上虞区管梁村的山体出现了松动。村支书桑明华顾不得危险，带着两名干部，冒大雨将两名没转移的八旬老人抱起就跑。回首看看滑坡的山体，大家直呼“好险”！！

金华市婺城区塔石乡地处深山，持续的强降雨极易引起山体滑坡等重大灾害。全乡党员干部齐上阵，赶在台风之前转移群众。有的老人家不愿走；有人舍不得留在家里的家禽，有人记挂着收拾要紧东西，怪乡干部小题大做的乡民不在少数。磨破嘴皮，说尽好话，终于在台风来前实现危险区域的乡民百分百转移。

意外情况随时会发生。10日，台风已在舟山海域掀起大浪，朱家尖岛小乌石塘，三名不知危险的游客跳进汹涌的大海游泳。恰好被正在巡查的朱家尖街道和社区的巡防人员及时发现，街道工作人员立即奋不顾身跳下岸堤施救，才将他们拖上岸……

台风刚过，舟山枸杞乡大王社区书记傅存万天一亮就急匆匆起床，带着8名干部到海岸边巡查，因为渔民们养的贻贝受灾严重，大家急着下海抢收。但“灿鸿”的后续影响带来4到5级海浪，傅存万一天都在拦渔民，劝说“安全比财产重要得多”。

这一次应对“灿鸿”，浙江共转移群众106万人，回港避风船只6.4万艘。“力争不死人、少伤人”的先进抗台理念，让浙江人民的生命安全有了最大保障。

新闻背景 防御双台风 实现零伤亡

为防御强台风“灿鸿”和台风“莲花”，国家防总于8日16时启动防汛防台风Ⅱ级应急响应，先后派出8个工作组赶赴防台风一线，协助地方做好防御工作。各地积极主动防御，省防指和台州、宁波、舟山、温州、湖州、绍兴六市启动防台风Ⅰ级应急响应，对85座小型水库巡查值守情况进行抽查。上海、江苏、安徽、

福建等地也启动相应级别应急响应，调度水利工程全力排洪，努力降低河湖水位，最大限度降低了灾害损失。浙沪苏皖四省（直辖市）共紧急转移安置 119.9 万人。

（原载于 2015 年《人民日报》）

连续作战不放松　防洪蓄水两不误

每逢过节，家里来客人是常事，而刚刚过去的这个中秋小长假，浙江省却迎来了两位“不速之客”。它们“风”尘仆仆，接踵而来，一个叫“莫兰蒂”，一个叫“马勒卡”。

为“迎接”它们，浙江省做了充分的准备。在浙江省委、省政府的正确领导下，各级党政领导迅速到岗、靠前指挥、坚守岗位，各级防汛部门加强组织协调，强化监测预警，及时分析研判，根据预案有序启动应急响应，有针对性地作出部署，及时转移危险区域人员，落实各项防御措施，科学调度，充分发挥水利工程防洪减灾作用，确保了主要河流重点河段、大中城市及重要城镇、重要基础设施的防洪安全，水库、山塘无一垮坝，重要堤防海塘无一决口，同时通过科学调度将充沛的雨水蓄进水库中，缓解了局地出现的旱情。

及早动员部署　加强值守预警

中央领导高度重视台风防御工作，李克强总理和汪洋副总理专门就防御 14 号台风“莫兰蒂”作出批示，提出明确要求。国家防总副总指挥、水利部部长陈雷 13 日主持召开会商会，安排部署防台风工作。国家防总启动防台风Ⅱ级应急响应，并派出了工作组到浙江省，深入温州、台州一线指导防台风工作。

浙江省委书记夏宝龙，代省长车俊，副书记王辉忠，省防指指挥、副省长孙景森分别作出指示，要求各地各部门要认真贯彻落实中央领导就防御台风作出的重要批示要求，发扬连续作战精神，再接再厉，毫不松懈，顽强拼搏，坚决打赢抢险救灾和防台防汛硬仗。

夏宝龙、车俊、王辉忠、陈金彪和孙景森等专程到省防指检查指导防汛防台工作，要求各地各部门努力把台风带来的损失降低到最低程度。夏宝龙视频连线温州、台州、丽水和泰顺、文成等地，了解当地降雨和防汛工作情况，研判台风情况，部署防台防汛各项工作。孙景森连续五天驻守省防指，多次召集气象、海洋、水文、国土、旅游、农办等部门，进行分析会商，视频连线全省各市防指，逐一听取汇报，有针对性地具体部署台风防御工作。

省防指于 12 日发出通知，提出在做好风、潮防范的同时，重点防御台风登陆以后的强降雨，并明确重点地区、重点部位、重点领域。

省防指于14日11时启动防汛防台风Ⅳ级应急响应，15日13时30分省防指将应急响应提升至Ⅲ级。宁波、温州、台州、金华、湖州、绍兴、衢州、丽水、舟山等市防指对防御台风作了全面部署，分别启动了相应级别的应急响应。省防指各成员单位积极行动，按照各自职责分工提前部署防台风工作，突出抓好基层防汛防台责任落实、船只避风保安、人员转移避险、巡查检查、应急措施落实等工作，采取了组织游客疏散撤离、梯次转移、关闭渡口、停止航线等措施，全力做好防台准备工作。

全省各级党政领导和防汛防台责任人迅速进岗到位，靠前指挥，全力组织做好台风防御工作。各地明确规定各级领导干部取消中秋放假。各级防汛、气象、水文部门加强值班，组织分析会商，加强预测预报，及时掌握汛情、工情、灾情。

做到“六个到位”　确保防台胜利

“莫兰蒂”虽不在浙江省登陆，但台风强度强，风力大，雨量足，影响范围广，浙江省普降暴雨，温州、丽水、台州和宁波等地区出现大暴雨，局部特大暴雨。受“马勒卡”的影响，9月17日8时至18日12时浙江省大部分地区出现降雨。两次台风影响期间正值天文大潮和中秋假期，且恰逢东海开渔，给防御工作增加了难度。全省各地坚持“一个目标、三个不怕”防台抗灾理念，从最不利情况出发，做最充分的准备，一手抓抢险救灾，一手抓台风防御，做到“六个到位”，为夺取防台抗灾胜利打下坚实基础。

强化了重复受灾、严重受灾的最坏打算，做到思想认识到位。一轮台风的防御过后，有可能产生麻痹大意思想，而刚刚送走14号台风，16号台风马上就又带来一轮强降雨，如果思想不重视、责任不落实、措施不到位，就会造成不可逆转的损失。各地各部门始终绷紧防灾这根弦，做好了灾后再受灾的最坏打算，克服麻痹思想与侥幸心理，以“宁可十防九空，不可万一失防”的态度，严阵以待，早做准备，切实做好各项防御准备工作，努力把台风造成的损失减少到最低程度。

强化了连续作战的优良作风，做到责任落实到位。近段时间以来，浙江省各部门为保障G20会议顺利举办付出了很大努力，为应对“双台风”，各地各部门发扬连续作战精神，严格落实防汛防台责任。各级防指人员按员进岗进位，坚持靠前指挥。各地坚持工作重心下移，充分发挥基层防汛防台体系的作用，严格落实每个村、社区、水库山塘堤防、地质灾害隐患点等的防汛责任，确保重要工程、重点部位、险工地段有人巡查，预警信号有人及时发布，发现危险能迅速组织人员转移。各级防指办加强了对各类责任人员到岗到位、各地值班情况的督促检查和抽查。

强化了科学精准预测预报，做到监测预警到位。浙江省充分利用各种科技手段，做到精确防灾、精准防御。各级气象部门密切监视天气变化，强化预测预报，提高精准度，延长预见期，打足提前量，及时发布预警信息。气象、海洋、水文等部门加强会商分析，密切监视台风动向，对移动路径、强度变化、影响范围、风暴增水、降雨强度、江河水位等情况及时做出滚动预报。沿海地区对台风变化和致灾因素进行跟踪监视、预先研判、提早预警，牢牢把握了防御工作主动权。

强化了重点区域、重点行业的防御，做到人员安全保障到位。在水文、气象等部门作出精确预报的基础上，各地进一步强化了重点区域、重点行业的防御措施。对危及人身安全的海涂养殖、海塘薄弱地段、危房、工棚、水边、山边、库边等危险区域和部位进行了检查和巡查，并根据当地气象部门预报，做好船只避风和人员梯度安全转移工作。

强化了舆论的监督引导，做到宣传到位。充分利用各种平台、媒体向社会公众发布台风预警信息，提醒公众加强自我防范，并在主流媒体宣传报道防台减灾案例和先进事迹，弘扬正能量。

强化了军民联防联动机制，做到应急措施到位。各级政府充分利用各类社会救助资源，统筹协调，充分发挥各种救援力量的积极性，并且加强了与解放军、武警部队的沟通联系。同时，做好抢险设备调试工作，确保能够及时投入抗洪抢险。

水库全力拦洪　满足抗旱供水

水利工程的作用在浙江省此次“双台风”的防御工作中，得到充分发挥。

在“莫兰蒂”台风登陆前，温州、绍兴、嘉兴等地河网预排水量 2.11 亿立方米，降低河网水位，大大减轻了沿海平原洪涝压力。

台风到来后，水库拦洪错峰，水闸泵站全力排涝。据统计，这次台风总计给浙江省带来 152 亿立方米水量。台风防御期间，全省水库拦蓄洪水 26.1 亿立方米，其中大中型水库拦蓄洪水 20.4 亿立方米，大大缓解了下游防洪压力。沿海平原闸站排涝 6.6 亿立方米。其中余姚市自 2013 年 10 月“菲特”台风后建成了 32 公里的城市防洪堤，已形成城市包围圈，达到了 50 年一遇防洪标准，在“双台风”影响中，城区重要基础设施基本未受淹，部分低洼区域的积水也得以迅速排出。16 日 17 时，王江泾水位达到 1.91 米，超保证水位 0.35 米，嘉北地区附近的王凝圩区应急启用，控制保卫圈内河水位 1.46 米，确保了圩区安全。

此次台风防御过程中，浙江水利工程经受住了大范围强降雨考验，水库无一垮坝，标准海塘和重要堤防无一缺口。在保障防汛安全的同时，全省各大中小型水库科学调度，充分蓄水，既解除了部分地区的前段时间出现的旱情之忧，也为下阶段城乡供水储备了大量的水资源。

7月21日至9月11日，浙江全省面雨量138毫米，比常年同期偏少60.9%。其中舟山最多偏少70.8%，衢州、宁波、金华、绍兴偏少61.4% ~ 66.6%，其他地市偏少50% ~ 59.5%。常山、开化、龙游、临安、建德、莲都、龙泉及普陀东极镇等地出现临时饮用水困难或农业旱情。本次台风为浙江省各地带来充沛的雨水，部分小型水库和山塘已接近蓄满，特别是前期出现旱情的常山、开化等地山区分散性供水紧张状况已彻底解除。本次台风共解决前期全省饮用水困难的5.4万人和65.6万亩受旱农田的用水问题。全省水库拦蓄的水量基本上可以满足浙江省水库供水区的今冬明春抗旱保供水的需求。

“一方面，在这次防台工作中，已修建的水利工程发挥了巨大作用，拦蓄了超过20亿立方米洪水；另一方面，浙江省防洪排涝能力，也暴露出一定短板。”正如副省长孙景淼所说，全省上下正以此次防台工作为契机，认真总结经验得失，进一步强化防洪排涝的短板意识，正抓紧完工一批、提速一批、谋划一批、新建一批水利工程，为下一步的防汛抗旱工作做好充分准备。

（原载于2016年《中国水利报》 吴頔　郑盈盈　朱彩云　徐鹤群）

浙江：全力以赴擒“鲇鱼”

9月28日17时30分许，丽水遂昌县北界镇苏村发生山体滑坡灾害，近20座民房被冲毁，27人失联！

18时，鳌江发生流域性洪水，温州平阳县水头镇站水位超过保证水位2.9米！平阳县启动防台风Ⅰ级应急响应，并宣布进入紧急防汛期！

23时40分，温州瑞安高桥镇传来消息，一支冲锋舟救援队在救下受困群众转移前往安全点的路上侧翻，11人受困于大水之中！

一时间，浙江大地灾情四起。丽水挺住！温州挺住！浙江挺住！灾情就是命令，灾区就是战场！面对严峻形势，浙江各地党员干部冲锋在前，人民群众一呼百应，全力以赴，齐心协力抓好防灾救灾各项工作，与台风“鲇鱼”展开了一场惊心动魄的殊死搏斗。

台风接踵雨区重叠　温丽湖等地遭遇历史罕见“灾上灾”

9月中旬，“莫兰蒂”台风给浙江带来的雨量之大、范围之广、短时降雨之强，多项水文指标突破浙江历时极值。不到半个月的时间内，在几乎重叠的区域再度遭遇超强台风“鲇鱼”带来的更强降雨，更是历史罕见！

“鲇鱼”影响期间，浙江全省普降暴雨，温州、丽水、湖州等地出现大暴雨，局部特大暴雨。“与‘莫兰蒂’台风相比，本次暴雨范围要小一些，但温州、丽水强降雨更集中，降雨强度更强。”浙江省防办有关负责人介绍，温州文成县面雨量翻了一番，达到544毫米，与泰顺一起2天面雨量超过历史实测最大3日雨量记录！特别是文成周山乡最大过程雨量达814毫米，2天时间下了接近全年总雨量的一半雨量，大大超过当地防御能力。

自北而来的强冷空气气流，与暖湿气流交汇后形成的强降雨，更是雪上加霜。山体土壤水分饱和且强降雨区域重合，全省江河湖库水位普遍上涨。截至29日8时，鳌江、瓯江、飞云江、杭嘉湖平原、余慈平原等水系29个代表站超警戒（保证）水位，50座大中型水库超汛限水位。鳌江、飞云江、瓯江同时发生流域性洪水！

“仅仅在十多天前，‘莫兰蒂’‘马勒卡’两个台风接踵而至，给浙江省大部带来持续降雨。”浙江省防办有关负责人介绍，尤其受“莫兰蒂”台风影响，浙江省水库水位已相对较高，调蓄能力较弱，同时大量水毁工程正在修复，难以承受再次强降雨带来的压力。

提前部署科学调度　全省备战防御“鲇鱼”

9月23日，“鲇鱼”在西太平洋洋面上一跃而起。面对超常规天气条件，正在紧张地进行灾后重建的浙江，打破常规，严防死守，严阵以待！

浙江省委书记夏宝龙、代省长车俊等省领导充分预计到台风给浙江带来强降雨及危害的严重性，要求提前部署，把防台风作为压倒一切的中心工作来抓，及早落实防御措施。

浙江省委副书记、政法委书记王辉忠27日晚上在省防指调研时强调：“把可能出现的困难和问题估计得更多一点，把应对准备工作做得更周全一些。”省防指总指挥、副省长孙景淼连续2天坐镇省防指，视频连线杭州、湖州、景宁、文成、临安等地，针对性地作出部署。

26日，“鲇鱼”登陆台湾地区的前2天，省防指就启动防台风Ⅳ级应急响应，并召开紧急会议。受省防指总指挥、副省长孙景淼委托，省防指常务副总指挥、省水利厅厅长陈龙视频连线温州、丽水、台州等地，提前谋划，周密部署，要求全力做好防御“鲇鱼”各项准备工作。“鲇鱼”台风影响期间，全省3万余名水利工程安全管理责任人全部到岗到位，山塘水库巡查员驻库加密巡查，发现险情及时处置。

水利工程发挥了积极的防洪拦蓄功能。鉴于前期“莫兰蒂”带来的强降雨已导致全省各地江河湖泊、山塘水库水位在高位运行，“鲇鱼”影响前，温州等地的水库水位都降到了汛限水位以下。防御第17号台风“鲇鱼”期间，浙江全省大中型水库最大拦蓄洪水合计21.02亿立方米，河网排水4.98亿立方米。

仅温州市珊溪水库，就拦蓄洪水3.35亿立方米，相当于30个西湖，直接降低下游峃口站水位6.6米！“如果没有这6.6米，相应水位将高达36.5米，超过堤顶高程1.1米，沿线保护区将全面遭受洪水侵袭。”浙江省防办有关负责人强调，平阳的顺溪水库早在“鲇鱼”台风到来前，就已腾空2800万立方米库容，“台风来临后，顺溪水库更是拦蓄了2720立方米洪水，水位骤升37.65米，大大减轻了下游压力。”

为加强群众防汛防台意识，提高防台避险能力，“鲇鱼”台风生成后，一方面超常规组织监测预报预警，水利、国土、水文借助各类媒体、短信平台向公众发送防汛防台预警短信1854万条、地质灾害预警短信66618条、水情预警短信5500余条，温州、丽水等地组织电信运营商共发布预警短信750余万条，省气象台每小时滚动发布台风路径、强度预报和降雨预报，及时发布区域暴雨橙色、红色预警信息；另一方面，及时组织人员转移，“鲇鱼”影响期间，全省共转移人员32.89万人，其中温州转移25.91万人，是防御“莫兰蒂”台风期间转移人数的2.8倍！

彻夜作战生命接力　各级领导批示指示全力做好救灾工作

遭“莫兰蒂”重创后的浙江尚未痊愈，“鲇鱼”的每一步“蠕动”，都让浙江分外焦灼。遂昌苏村泥石流爆发后，27位失踪人员的安危更是牵动着各级领导的神经。

29日，中共中央总书记、国家主席、中央军委主席习近平作出重要指示，要求全力开展抢险救援，最大限度减少人员伤亡。

28日晚，中共中央政治局常委、国务院总理李克强，中共中央政治局常委、国务院副总理张高丽作出批示，要求全力组织搜救被埋人员，尽最大努力减少伤亡，妥善安置受灾群众。同时，加强监测预警，防止发生次生灾害。

国家防总副总指挥、水利部部长陈雷高度重视，亲自进行动员部署，连夜指派在浙工作组从温州赶赴遂昌，要求做好指导，积极配合、协助地方科学制定应急处置方案，尽早消除堰塞湖险情。

浙江省委书记夏宝龙作出批示，要求抓住黄金搜救时间，迅速组织力量全力以赴做好抢救工作，注意科学施救，防止次生灾害发生，切实做好受灾群众的转移、疏散和安置、安抚工作。同时，夏宝龙会同代省长车俊赶赴省委、省政府值班应急指挥中心，通宵坐镇指挥。

各地暴雨如注，丽水山体滑坡，温州洪水肆虐，28 日的浙江彻夜难眠！

在省防指指挥中心，省委副书记、政法委书记王辉忠、省防指常务副总指挥、省水利厅厅长陈龙彻夜值守，与省水利、气象、公安、国土、军区武警总队等部门进行会商，持续连线丽水市遂昌县和温州市文成县、泰顺县、平阳县等地，了解雨情水情和灾情，全面指导全省防汛防台工作；孙景淼第一时间赶赴丽水现场指导营救。

在丽水遂昌山体滑坡现场，水利、国土、武警、公安、消防、电力、电信、移动、交通等 400 多名救援人员悉数集结。研判堰塞湖情况，撤离无关人员，保证交通顺畅，营救被困群众，一场与时间赛跑的生命接力赛正在进行。

在温州，连日来党员干部全员出动，坚守在防台防汛一线，连续作战，只为保群众安全。泰顺县柳峰乡组织委员董斌贵转移村民，彻夜未眠；瑞安市高桥镇举全省之力努力营救 11 位被困人员……

截至 30 日，浙江全省共有温州、丽水、宁波、湖州、杭州、金华、衢州等 7 个市、24 个县（区）受灾，受灾人口 137.16 万人，直接经济损失 58.95 亿元。目前，温州瑞安市高桥镇被困 11 人已全部获救并转移到安全地带。各级救援力量仍在遂昌县北界镇苏村上村自然村、文成县双桂乡宝丰村全力搜救。

驰援一线众志成城　努力夺取防台救灾全面胜利

28 日晚上，来自四面八方的救援力量汇聚浙江西南的小村——遂昌县北界镇苏村。风雨中，夜色里，一场生命大救援就此展开。

18 时 10 分，丽水市公安消防支队一辆救援车载着 8 名消防战士第一时间赶到现场。18 时 20 分，约 110 名丽水武警官兵赶赴现场，到达现场后他们立即投入到转移群众、地形勘察等救援工作中。

武警、公安、消防、卫生、国土、电力、电信、移动、交通等部门的 400 多名救援人员也紧急支援当地，救援失联和被困群众。

天色渐黑，250 公里外的遂昌县苏村又传来了堰塞湖险情！一边是“鲇鱼”台风还在岸上发威，浙江大部依然风大雨急；一边是 27 位失踪人员正待救援，每一分钟黄金时间对救援都分外宝贵。灾情就是命令，时间就是生命！浙江省水利系统各条战线上的工作人员，先后赶赴遂昌，顶风冒雨支援一线！

28 日傍晚，浙江省水利厅副厅长、总工程师李锐带领省水利水电勘测设计院专家组第一时间从杭州启程赶赴遂昌苏村，查勘山体滑坡现场，对接丽水市、遂昌县水利局专家，指导堰塞湖险情处置。

“叮铃铃……”29日凌晨，浙江省河海测绘院院长陆列寰被一串电话铃声叫醒：来自浙江省水利厅通知，要求省测绘院立刻组织无人机组人员赶赴遂昌山体滑坡事故现场，实时传回现场画面，为省防指指挥中心决策提供参谋。

29日中午，浙江省水文局机动测验队一行携带应急监测设备，赶赴遂昌山体滑坡灾害现场，开展水量、水位监测工作，为应急抢险和堰塞湖疏浚提供技术支持。

29日傍晚，国家防总专家组赶赴遂昌，指导堰塞湖险情处置。国土资源部等部委立即派出工作组和专家，支援浙江抗灾救灾工作。29日下午，浙江省委副书记、政法委书记王辉忠在省防指主持召开全省防汛救灾紧急动员视频会议，强调要始终把人民生命财产安全放在第一位，全力以赴抢救人员，坚决避免出现新的人员伤亡。

灾情在控制，救援行动在蔓延！

28日21时许，省防指应急指挥中心收到一个消息——正在温州瑞安高楼镇参与抢险的一艘冲锋舟在滩脚村遇险翻沉，11名救援和被救群众被洪水围困，有人怀抱大树，有人紧贴电线柱子，形势十分危急！夜这么黑，水这么深，雨还在下，怎么救？指挥中心陷入了激烈的讨论。经过多方反复论证，省防指、温州市决定紧急调度上游水库，临时控制下泄流量，库区泰顺司前镇紧急动员转移3000多人。经过7个小时的“生死大营救”，11名被困人员最终全部成功获救！

28日晚上，文成县双桂乡宝丰村发生房屋倒塌，6名群众失踪。按照不放过一丝一毫希望的要求，温州市和文成县克服重重困难，组织人员和装备前往救援；28日深夜，温州市成功组织鹿城区山福镇1600余名被洪水围困群众转移，无一人伤亡；成功搜救瓯江青田段货船落水6名人员；逼停失控漂流的2000吨挖砂船，确保下游高速公路等桥梁的安全……

目前，浙江省水利厅派遣的专家组一行仍在丽水山体滑坡事故现场一线。全省水利战线上的干部职工也放弃国庆假期，坚守岗位，连续作战！丽水当地水利部门还及时组织技术人员勘察灾害损毁的农村供水设施，维修水厂供水设施，确保灾区群众能喝上安全放心的饮用水。

（原载于2016年《中国水利报》 郑盈盈　徐鹤群）

见 证 力 量

——浙江省成功防御钱塘江流域性大洪水

32.04米！6月25日20时15分，钱塘江兰溪站水位刷新1955年以来的历史纪录。

浙江人民的母亲河——钱塘江，暴发了新中国成立以来的历史第二高水位的流域性大洪水。

开化告急，兰溪告急……面对罕见汛情，浙江全省各级党委、政府率领广大干部群众沉着应战，科学指挥，顾全大局，步调一致，众志成城，确保了大灾面前不死人、少伤人，把损失降到了最低。

准确测报科学调度是关键

阴云密布，暴雨轮袭。

间隔不足 6 小时，第三轮强降雨瓢泼而下。

这绝不是一般的梅雨：时间短、强度大，雨区叠加，接近于台风雨的强度。

严峻汛情牵动着各级领导的心。国家防总副总指挥、水利部部长陈雷主持会商研判；国家防总工作组深入浙江一线；浙江省委书记车俊，省委副书记、代省长袁家军和省委副书记唐一军等省领导分别批示部署，要求各级各部门高度重视，落实责任，强化措施，发扬连续作战精神，切实做好当前梅雨洪涝防御工作。

浙江全省各级各部门认真贯彻落实中央和省委的决策部署，迅速行动，科学调度，积极应对。

25 日 9 时 30 分，省防指将应急响应提升至Ⅱ级，紧急调拨 20 万条编织袋、5 万平方米彩条布、3 万平方米土工布（膜）、1 台 100 千瓦发电机、3000 件救生衣、45 套防汛灯，支援兰溪防汛。25 日 12 时兰溪市防指启动防汛Ⅰ级应急响应并发布人员转移令。

处于钱塘江中游的兰溪，承受上游 1.8 万平方公里集雨面积的来水。6 月 25 日 18 时 38 分，兰江兰溪水文站出现洪峰流量 1.45 万立方米每秒，与预报的 1.42 万立方米每秒相差 300 立方米每秒；20 时 15 分出现洪峰水位 32.04 米，与预报的 32.00 米仅差 4 厘米，是 1955 年“6・21”特大洪水（33.49 米）以来钱塘江流域发生的最大洪水。

洪水来势汹汹，时间就是生命。

5 个人兵分四路，测流、值班、查水位、发传真……已经坚守了 3 天 3 夜的兰溪水文站站长方益铭和同事们深知这一刻身上的重任：“还有许多抗洪一线的同志需要我们的水文数据来决策调度，有更多家园受灾的父老乡亲需要知道水还会不会涨，需不需要转移。”

18 份流量数据从兰溪站传向各级防指。

兰溪告急！

必须减轻兰溪防洪压力！钱塘江中上游的36座大中型水库全力拦洪。“能拦则拦！”省防指办有关负责人强调，“如果没有这20多亿立方米库容，兰溪的水位可能还将上升1米！”

关键时刻，下游干流上的富春江水库持续加大下泄力度，省防指在4天时间内密集发布26道调度令，在保证桐庐县城老城区安全的前提下，富春江下泄流量加大至1.5万立方米每秒，达到极限；新安江、湖南镇、沐尘、应村水库临时停止发电和泄洪，与干流洪水错峰。

一系列科学及时的调度应对，形成防汛工作的强大合力，干流水位快速下降，灾害损失降到最低。

群防群治防汛体系是保障

6月26日0时17分，刚刚处理完险情回到办公室的洲上村支部书记吴康友接到转移指令，迅即拉响防灾警报。

在洲上村村委会办公院子里，人员转移线路图、避灾点管理人员职责、避灾点管理制度、防汛组织及职责、避灾点管理人员等信息清晰可见。

“村子里每一个人都知道转移的路线和避灾的区域。”完善的基层防汛体系在洪灾来临前有序运转。凌晨3时，全村的老人、小孩、妇女集合完毕，有序转移。洲上村全村1517名村民转移到了安全地带。

如洲上村一样，兰江边上地处地势偏低的其他几个村庄，也正有序组织撤离。险情发生10多个小时后，已安全转移8400余人。

6月28日上午，站在兰江堤防上，记者偶遇身着迷彩制服的兰溪市市长蔡艳。问起转移避险工作，她操着沙哑的嗓音深情地说：“这个村从来没有如此安静，因为整村的人都走了；这个村也从来没有如此热闹过，因为那么多官兵、干部、群众去跟老百姓做思想工作，他们从骂我们到理解、支持、拥护，这个过程就在短短两天内，我们很欣慰。”

蔡艳告诉记者，兰溪是一个防洪重灾区，水利工作一直是市委、市政府的头等大事，多年形成的水利工作基础，使得整个防汛体系一到主汛期就进入了战备状态。领导体系、组织体系、基层体系、协作体系，政府、群众、子弟兵、志愿者，在这场洪水防御战中构成了牢不可破的坚强壁垒。

在这次防御钱塘江流域性大洪水过程中，浙江各级领导干部进岗到位，冲在一线，各地根据应急预案，加强监测预警和危险区域巡查，对水库、山塘、堤防进行24小时巡查值守，及时组织做好人员转移避险工作，全省共转移危险区域人员15万人。

防洪排涝工程体系是根本

“我们一直在为钱塘江流域再度出现1955年规模的洪水作防备，可以说，这头‘狼’我们防了几十年，没想到今年它真的来了。”浙江省水利厅治水办主任朱法君说。

防“狼”要有真家伙。近十几年来，钱塘江中上游地区已初步建成了较高标准的堤防体系，有效保护了中上游沿岸地区人民的生命和财产安全，扭转了该流域以往“小雨大灾”的不利局面。

在省委省政府支持下，2011年“6·20”大洪水以后，兰溪市委、市政府痛定思痛，着力推进水利防洪工程建设。仅2011年至2016年期间，兰溪用于防洪减灾方面的投入资金就达到18.3亿元。相继建成防洪生态兼顾的城东片防洪堤应急工程，加固农防74.4公里，完成4座中型水库和91座小型水库的除险加固，以及山塘整治、梅溪治理、钱塘垅水库建设等工程，沿江堤坝防洪标准从原来的5年一遇至10年一遇提高到20年一遇，在2014年、2015年汛期发挥了显著防洪效益，内涝情况也得到明显改善，沿线10.3万人和8.6万亩农田得到有效保护。

面对这场钱塘江流域大洪水，浙江省经济总损失从6年前的84.8亿元减少至33.68亿元。就兰溪而言，洪灾导致的经济总损失从6年前的29.89亿元减少至15亿元，内涝受淹面积减少三分之二。“可以说，今年洪水更大，但是根据我们的统计来看，损失在不断减少，应该说，我们建设多年的水利基础设施发挥了不可替代的重要作用。”朱法君强调。

但是也有缺憾。渗漏、管涌、滑坡、坍塌……小灾不断，险情频出。继续严防死守，抓紧修复水毁工程设施，加强高水位运行山塘水库的安全管理，加强预测预报和分析会商，做好灾民安置、抢险救援和恢复重建等工作就是下一步的工作重点。

接近尾声的梅雨季里，洪水刚刚退去的兰溪市老城区迅速恢复生机。

（原载于2017年《中国水利报》 席晶　郑盈盈　徐鹤群）

一切以人民为中心

浙江伴海而生，防风而立。

台风在6000多公里海岸线上留下的一个个创伤，不断宣示着自然的力量；全球气候变化，又在不断考问着防御的智慧与能力。

“不死人、少伤人、少损失！”2003年以来，按照习近平总书记在浙江确立的防汛防台风总目标，浙江人在防御洪水台风的实践中砥砺前行，不断摸索建立起一张覆盖城乡的安全网。

2018年汛期，依靠这张不断成长的安全网，浙江交上了一张优异的防汛防台成绩单：经历多达8个台风的接连考验，无一人因洪涝台风灾害伤亡，直接经济损失仅有近15年平均值的10%，为2003年以来最小……

人员零伤亡和最少经济损失背后，是一个更为振奋人心的事实——在水利强大支撑下，沿着“八八战略”的指引，浙江在高质量发展道路上的脚步愈发稳健，15年来全省GDP和人均GDP增长均达到4倍以上，经济社会发展取得了历史性成就！

各级党委政府高度重视　不麻痹　不侥幸　不轻敌

7月，副热带高压如锅盖一般“盖”在我国华北、东北、黄淮等地上空，处于其南侧边缘的浙江，接连“中招”。仅仅一个多月的时间里，第8号台风“玛莉亚”、第10号台风“安比”、第12号台风“云雀”、第14号台风“摩羯”和第18号台风“温比亚”接踵而至，平均每8天一个，历史罕见。

台风连续，路径多变，时段集中……面对罕见情形，浙江的防御工作却有条不紊，其底气来源于各级党委政府的高度重视和抓早抓实。

去年汛期一结束，省防指就认真总结经验教训，查找问题和薄弱环节，组织分析防汛抗旱防台风形势和重要江河、重点区域防御能力，研究对策措施，并结合各设区市特点，对2018年防御工作进行针对性部署。

今年入汛前一周，省防指就召集水利、气象、水文等部门专题研究防汛工作；入汛第二天，省防指召开省、市、县三级防指成员视频会议，全面部署防汛抗旱防台风工作。与此同时，修订预案、补充物资、宣传演练……浙江各地厉兵秣马！

8月8日，第14号台风“摩羯”生成。此时，距离上一个台风“云雀”登陆才过去5天。之前接踵而至的3个台风，路径多变，最后影响浙江时强度普遍偏弱，这让船老大们并没有因为“摩羯”台风生成而影响出海的心情。在他们看来，这又是一次“狼来了”。

然而多年的防台风经验，却让各级党委政府和防指负责人绷紧了神经：“摩羯”台风登陆或影响浙江期间，正值农历七月初天文大潮，可能出现风、雨、潮叠加影响的不利情况。不仅如此，正值暑假，又有大批渔船开捕，游客、船只转移任务重。

宁可十防九空，也不能失防万一。越是这种时候，越是要从重从严从大从紧，不麻痹，不侥幸，不轻敌！

面对连续作战可能出现的麻痹松懈情绪，浙江省委书记车俊强调，要提高警惕，克服麻痹思想，切实做好防御台风各项工作，特别是海上船只回港避风和强降雨可能带来的地质灾害。省委副书记、省长袁家军要求各地压实责任，做细工作，防止麻痹，有效管控各类风险隐患。副省长、省防指指挥彭佳学坐镇省防指，全面部署防台风工作……

一分部署，九分落实。8 月 10 日 18 时，省防指启动了防台风Ⅳ级应急响应，各地党委政府迅速贯彻落实省委、省政府和省防指的部署要求，再一次发出防御指令，各级各类防汛责任人各就各位，各司其职，守好自己的“责任田”。8 月 13 日晚，当“摩羯”台风裹风挟雨登陆台州温岭时，全省 2 万余艘出海的渔船早已回到安全水域，超过 40 万人被转移至避灾安置点……

不只“摩羯”，回首今年汛期，任何一场台风，浙江各级党委政府都高度警惕，做最坏的打算，做最充分的准备。据统计，2018 年汛期，浙江全省共转移危险区域人员达 116.47 万人次，组织船只进港避风或前往安全水域 12.9 万艘次，客运班线累计停运 2847 条次、车辆 9469 辆次 22683 班次，沿海客（渡）运累计停航停运 785 个航次。

基层防汛防台风体系落地生根　纵向到底　横向到边　不留死角

“防汛防台风工作基础在基层，主体是群众，特别是乡镇、村一级如何发挥好组织的作用，切实做到‘乡自为战、村自为战’。”习近平总书记当年在浙江的嘱托，深深嵌在浙江防汛防台风实践中。

7 月 10 日，强台风“玛莉亚”登陆前一晚，浙江省丽水市莲都区峰源乡“四个平台”综合指挥室接到信息：“巡查发现，毛山村叶山头自然村村民方忠道现住房屋存在倒塌风险，方忠道下肢瘫痪，无法自行转移！”

乡党委书记第一时间要求通知乡防汛防台应急小组、毛山村网格长和村委、村转移工作组，组织应急小组，连夜赶赴处置。

毛山村叶山头自然村是莲都区最偏远的村庄，村内唯一一条通车的道路状况极差。应急小组星夜兼程，驱车到达毛山村后，就着手电筒的光亮，攀爬了一段崎岖的乡间小道后，终于到达。

在基层防汛责任人的配合下，11 日凌晨 4 时 30 分左右，应急小组成功将方忠道转移到毛山村一户居民家中安置。不多久，天空便下起了大雨。当天下午，叶山头村巡查员发现方忠道原住房已倒塌。

好险！从方忠道及时转移到房屋倒塌仅仅间隔 8 小时，一起因台风可能引发的人员伤亡事件，在乡村两级防汛责任人的尽职履责下得以幸免。

这样的场景，只是今年基层防汛防台风体系发挥有力作用的一个缩影。“每年防汛防台风应急期间，各地基层责任人按预案及时上岗，各尽其职，有效避免了因灾人员伤亡事件的发生和财产损失的扩大。”浙江省防办有关负责人说。

2007 年以来，浙江省全面开展了基层防汛防台风体系建设。以落实责任为核心，构建以乡（镇、街道）防指为单位，以村（社区）防汛防台风工作组为单元，以自然村、企事业单位等责任区为网格的基层防汛防台风组织体系，保障有序开展应急转移避险和抢险救灾工作。

今年浙江各地又按照“网格化、清单式”管理，定格、定人、定责和“纵向到底、横向到边、不留死角”的要求，对自然村、居民区、企事业单位及各类危险区、保护对象等责任网格重新进行了梳理、核对，更新了 1390 个乡（镇、街道）30917 个村（社区）30.7 万名基层防汛责任人和 24.6 万个危险点 96.4 万名受影响人员的信息。实实在在、落地生根的基层防汛防台风体系，已经成为浙江打赢一场场防汛防台风战役的坚强保障。

水库安全度汛专项行动保驾护航　压实责任　整改隐患　长效运行

防洪减灾，蓄水兴利！对于洪涝台风干旱灾害多发的浙江而言，4000 余座水库构筑了一条可靠的水利防线。然而，由于数量众多，下游人口密集，守护水库安全也成为关乎 5600 万浙江人民美好生活的头等大事。

今年全国水库安全度汛视频会议后，浙江省第一时间启动水库安全度汛专项行动。5 月 13 日下午，很多人还在享受周末的休闲时光，省防指常务副指挥、省水利厅厅长马林云紧急组织召开全省水库安全度汛视频会议，部署协调，推动落实。

各级水利、防汛部门认真贯彻落实习近平总书记、李克强总理等中央领导对水库安全的重要批示指示精神，按照国家防总和省委、省政府要求，围绕责任落实、能力落实、技术落实、物资落实、队伍落实、制度规则落实，全面提升水库安全管理水平的目标，深入开展水库安全度汛专项行动。

浙江省水利厅专门制定了省级督查工作方案，厅领导带队对水库安全度汛工作实行“一月一督查”。在省水利厅的带领下，全省各级水利部门均成立水库安全度汛专项行动领导小组，由水利局局长任组长，配备专门力量，切实负起水库安全度汛监督责任，确保专项行动工作有人抓、有人落实。

5 月中旬，宁波余姚四明湖水库传来一个好消息：水库下游河道整治工程余姚段顺利通过了完工验收，河道过流能力从 20 立方米每秒提升到 80 立方米每秒。“工程的完工，打通了四明湖水库至上姚江的排水瓶颈，缓解下游河道两岸经常受淹的实际困难，减轻余姚城区的防洪压力。”水库管理局负责人说。

“硬件”的改造，为水库安全度汛夯实了基础；“软件”的提升，则增加了另一道“保险”。按照“三项重点措施、三个责任人”工作要求，四明湖水库管理局紧绷防汛安全弦，因地制宜，落实了安全度汛行政、技术和巡查“三个责任人”，修订完善了各类应急预案；同时，对洪水预报、水雨情测报、大坝监测系统和标准化管理平台进行升级改造，水雨情测报和洪水预报能力得到进一步提高。

然而，隐患不除，安全度汛的“靴子”仍然不能落地。9月初，按照国家防总要求，全省各级防指又出动10.1万人次，对全省4万余个水利工程和村庄开展了“地毯式”督查排查，重点排查水库山塘、山洪防御、河道行洪等的防汛防台风隐患。对发现的问题，各地按照“清单式”管理要求，动态跟踪问题隐患整改情况，逐项“销号”或落实保安措施。

工程更安全了，“保驾护航”的能力更强了。仅仅是防御第14号台风“摩羯”影响期间，浙江全省河网总排水量就达到了2.39亿立方米，台风降雨出现后，大中型水库合计拦蓄水量2.19亿立方米，大大减轻了下游江河压力。不仅如此，各级防汛和水利部门还根据雨情、水情和工情，结合部分地区前期降水少、供水紧张的实际，科学调度水位偏低的大中型水库。在确保安全的前提下，通过拦蓄台风带来的降雨洪水，为台州、金华、湖州、绍兴、宁波等市大中型水库增蓄水量1.72亿立方米，相当于12.3个扩容后的西湖，最大程度为多地“解渴”。

坚持以人民为中心，毫不松懈抓好防汛防台风各项工作，实现人员零伤亡，浙江打赢了又一场防灾减灾硬仗！

（原载于2018年《中国水利报》 郑盈盈　徐鹤群）

迎战“暴力梅”的30天

——浙江水利人全力守住梅汛安全底线

7月17日，浙江宣布出梅。在长达30天的梅雨期里，浙江水利人经历了什么？

降雨总量大、过程频繁！先后发生7次较大范围的暴雨过程，降雨总量排在1954年以来的第4位。

打破历史纪录！受强降雨影响，钱塘江、东苕溪、杭嘉湖和甬江等四大流域一天内均暴发超警超保洪水，是浙江有历史记录以来的首次。

面对严峻汛情，浙江水利人主动担当，全力以赴，坚守住防汛安全底线。

领导重视　主动担当　全力守住梅汛安全底线

入梅以来，浙江出现多轮强降雨过程，多地发生超警超保洪水。汛情牵动着浙江省委、省政府和水利部领导的心。省委书记车俊，省委副书记、省长袁家军，省委常委、常务副省长、省防指指挥冯飞，副省长彭佳学作出重要批示，要求加强监测、研判，切实做好灾害预防，确保人员安全。水利部多次派出工作组赶赴浙江开展指导。

对浙江水利人而言，今年梅雨期的防汛工作是硬战、苦战，也是攻坚战。面对严峻的汛情，全省水利部门主动担当，认真履职，发挥多年防汛工作积累的经验优势和技术优势，主动补空、补位、补缺，通力合作，全力打好防汛攻坚战！

动态研判部署，牢牢掌握主动。6月17日入梅当天，按照“加强监测，细化调度，保障安全”要求，浙江省水利厅第一时间下发通知部署梅雨防御工作。根据汛情发展和气象预报，梅雨期内先后启动3次Ⅳ级应急响应和2次Ⅲ级应急响应，制定发布或转发17个传真电报，动态部署强降雨防御工作。

浙江省水利厅厅长马林云多次组织召开梅雨防御会商会，分析防御形势，研究对策措施，多次重点强调要做到监测预报预警、工程安全管理、工程调度运用、山洪灾害防御、信息报送和舆论引导、协同服从指挥等。

强化监测预警，努力当好“耳目”。作为水旱灾害防御的重要战场，浙江省水利厅水旱灾害防御值班室非常忙碌。“强降雨影响期间，我们在每天3人值班的基础上，又从相关处室抽调人员加强值班值守，及时向强降雨地区的水利部门进行电话预警。同时组织力量对山洪灾害监测预警设备和系统平台运行情况进行在线监控和抽查，确保正常运行。”浙江省水利厅水旱灾害防御处副处长陈志刚说。

面对一轮又一轮的强降雨影响，浙江省水文管理中心每天会商研判，每天分析雨水情，每天滚动洪水预报，共发布水雨情信息330余万条、洪水预警单33期、山洪灾害预警单6期，为全省防汛会商提供了及时、全面、精准的数据支撑。

预泄预排　科学调度　30天拦蓄排放700个西湖

一座座水库，是抵御暴雨洪流的中流砥柱。一次次科学调度，更是确保江河安澜的主心骨。

“7月5日13时25分，钱塘江兰溪站水位30.7米洪峰顺利通过！”听到这个消息，浙江省水利厅水旱灾害防御处调度人员陈斌长舒一口气，连夜发出的6张调度令起作用了！

兰溪地处钱塘江中游，兰江、金华江、衢江三江在此交汇，自古有“三江之汇”“六水之腰”之称。要减轻兰溪的防洪压力，需要统筹钱塘江流域内多个控制性水利工程，对流域的工程调度精准度要求很高。

上拦下泄、细化调度是这次的调度原则。上游，新安江、湖南镇、沐尘等水库停止发电和泄洪，金兰、沙畈、横锦等水库全力拦洪；下游，加大富春江水库的下泄流量，减轻对兰溪的回水顶托影响。

这是紧张的一夜。7 月 4 日 21 时，兰江水位开始超警戒。23 时，浙江省水利厅向钱塘江干流富春江水库发出调度令，下泄流量加大到 8000 立方米每秒；23 时 40 分,第二份调度令发出,下泄流量加大到 9000 立方米每秒。7 月 5 日 2 时，兰江水位加速上涨！ 2 时 30 分，富春江水库下泄流量加大到 10500 立方米每秒！4 时 15 分，加大到 11000 立方米每秒；9 时，加大到 11500 立方米每秒；13 时，加大到 11800 立方米每秒！

“经过本次超常规调度，成功减少了兰江洪峰流量 1000 立方米每秒以上，有效减轻了兰溪堤防压力。”陈斌说。

这样的场景，这样的“战役”，又何止这一次！ 7 月 13 日清晨，受第七轮强降雨影响，杭嘉湖平原河网水位全面超警戒，部分超保证水位！

“预计今日 14 时至 20 时东苕溪瓶窑站水位将出现洪峰水位 6.9 至 7.1 米！”根据水文预报，北湖分洪闸开闸似乎已成定局。按照预案，当瓶窑站水位达到 6.5 米时，就要启用北湖滞洪区分洪。

北湖滞洪区是东苕溪防洪工程两大滞洪区之一，位于杭州市余杭区瓶窑镇，俗称北湖草荡，总面积 5.3 平方公里，有效滞洪库容 2050 万立方米，承担着削弱东苕溪洪峰、减轻西险大塘防洪压力的重任。后者是抵御杭州西部山区洪水，保卫杭嘉湖平原的最后一道屏障。

10 时 45 分，位于东苕溪上游的青山水库关闭 5 孔下泄闸门，控制下泄流量不超过 150 立方米每秒，减轻瓶窑站行洪压力。另一边，省水利厅抽调的 8 名省级防洪调度专家紧盯新安江水库水位,督促新安江水库一直维持 24 小时满发下泄。

16 时 30 分，北湖分洪闸 6 个泄洪闸全部拉起。滚滚洪水涌入北湖滞洪区。瓶窑站的水位渐渐退下去，又一场“战役”取得了胜利！

据统计，今年梅雨期浙江大中型水库累计拦洪75.5亿立方米，杭嘉湖、萧绍甬、温黄等平原河网累计排水25.93亿立方米，相当于拦蓄排放700个西湖，为减轻洪水压力发挥了巨大作用。

加强检查　强化指导　西险大塘百米一人巡塘

7 月 13 日中午，阵阵警报声从北湖滞洪区传来。

原来，瓶窑站在 12 时出现超警洪水。杭州市余杭区启动西险大塘、南北湖围堤百米一人巡塘工作。当地有关单位对滞洪区内开展了 3 次巡塘、清场、预警，时刻为分洪准备着！

堤防巡查防守、水库安全度汛是防汛抗洪的重中之重。

“该到位的人一个不能少，该上的措施一个不能缺，该做的动作一个不能漏！”浙江省水利厅厅长马林云说。

山塘有没有险情？溢洪道溢流水深多少？放水设施是否可以正常打开？围绕这些问题，浙江省水利厅先后组织各级水利部门对6000多座山塘的巡查员进行了电话抽查，督促相关人员进岗履职，并要求各级水利部门做好巡查检查。

梅雨期里，浙江省水利厅2次派出由副厅长带队的专家组，赴兰溪和余杭西险大塘督促指导安全管理工作；派出14个工作组50多人次，赴受强降雨影响地区协助指导工作，并以山洪灾害防御责任制落实、监测预警平台运行及信息传递和群众转移避险措施等为重点，组织开展了5次专项督查。

和洪水赛跑，还要“抢早抢小”！

7月4日，根据预报，钱塘江兰溪站将出现超警洪水！当晚，兰溪市水务局派出8个水利抢险技术工作组，坚守在抗洪抢险第一线，加强对乡镇水旱灾害防御工作的指导。浙江省防汛技术中心迅速调补防汛物资装备设施，并召集浙江省防汛机动抢险总队及金华、衢州、兰溪抢险支队共229人集结待命，全力做好抢险支撑准备。

7月9日下午，龙游县社阳乡社阳溪一处堤防被冲开十几米的缺口，当地水利部门分管副局长第一时间带领专家组奔赴现场，认真分析研判，提出抢护建议，协助开展处置，使得险情得到了及时有效控制！

眼下，浙江已进入局地强降雨和台风多发季节。浙江水利人闻“汛”而动，继续迎战！

（原载于2019年《中国水利报》 徐鹤群　魏珂）

超强台风“利奇马”影响期间，浙江省水库共拦蓄洪水17.8亿立方米

——水库的作用究竟有多大

近期，强降雨和超强台风接连影响我国，世界最大的水利枢纽工程——三峡枢纽工程的水库于8月8日迎来今年入汛以来最大洪峰；为抵御超强台风“利奇马”，浙江、山东两省数十座水库超汛限水位，防洪效益凸显——其实，水库的作用远不止于此。

水库是人造的湖泊，往往藏在深山之中，按“肚量”可分为大、中、小三种类型；从功能来看，既是公众喝水的“大水缸”，也是拦蓄洪水的“镇水重器”。截至目前，

我国共有大小水库 9.88 万座，在削峰错峰、保坝泄洪、蓄水灌溉等方面作用显著。比如，在抵御超强台风“利奇马”入侵过程中，浙江省预泄了 6.75 亿方水量，拦蓄了 17.8 亿方洪水，有效减轻了下游洪水压力。

不过，水库的作用远不止于此。

腾出库容预泄：最大限度提高纳雨能力

防御台风带来的强降雨，水库的第一项工作就是预泄库存。

以这次防御超强台风“利奇马”为例，浙江省从 8 月 8 日 8 时开始受台风影响出现降雨天气。而早在 8 月 6 日，浙江省内各个水库就开始预泄预排，为吸纳降雨腾出库容。

台州里石门水库，宁波横山、皎口、白溪、横溪、梅溪水库，绍兴汤浦、长诏、钦寸、南山水库，湖州老石坎、赋石、老虎潭、合溪、泗安等 30 余座水库先后加入预泄队伍，杭嘉湖、萧绍甬、温黄、温瑞等平原河网也全力预排。截至 8 月 9 日 17 时，浙江全省大中型水库预泄 6.75 亿立方米，河网累计排水 3.724 亿立方米，相当于腾出了 75 个西湖水量的库存，以迎接“利奇马”台风带来的降水。

据测算，预排预泄的这 75 个西湖的水量，为浙江省平均提高了 30 至 50 毫米的纳雨量。其中，姚江流域的陆埠、梁辉、四明湖水库分别提高 91 毫米、71 毫米、55 毫米纳雨量，有效减轻了下游防洪压力。

预泄是为拦蓄做准备。既然预泄这么厉害，为了确保台风影响后，最大程度拦蓄洪水，是否越早预泄越好？或者干脆提前放完水呢？

要知道，水库大家族中的很多“小伙伴”都是“身兼数职”，集防洪、供水、灌溉、发电等功能于一体。水库不仅是“镇水重器”，还是“大水缸”。比如，正值夏季用水高峰期，在多方因素都不确定的情况下，如果把水库里的水全放光，而后期台风带来的降水量却不足以填补，甚至台风“放了鸽子”根本就不来，就会危及公众饮水安全问题。

因此，水库预泄多少、什么时候预泄，是一个需要综合考量台风路径、影响范围、降水情况、水库功能、辐射的经济社会要素等诸多因素的问题。

削峰、错峰拦蓄：减轻下游压力

当强降雨开始影响后，水库就会从“泄洪”模式切换为“拦洪”模式。之前腾出的库容就会发挥重要作用——腾出的库容越多，上游水库可以拦下的降水量就越多，下游河道的行洪压力就越小。

在这次“利奇马”台风防御中，浙江省大中型水库共拦蓄水量17.8亿立方米，尽量减轻下游的防洪压力。

拦蓄的17.8亿立方米的水哪里来的？没错，就是“利奇马”带来的降雨。如果没有水库，17.8亿立方米的降水量将何去何从？17.8亿立方米水量相当于127个西湖水量。如果没有遍布浙江省的大中型水库的调蓄作用，127个西湖的水量倾盆而下，浙江受灾情况必然更加严重。

例如，曹娥江流域钦寸、长诏、南山3座大型水库在本次台风防御中，共拦蓄了1.27亿立方米水量。如果没有这3座水库的全力拦蓄，曹娥江嵊州站的水位会上涨1.1米。

这些数据表明，水库在防汛抗洪中全力以赴拦蓄洪水，为减轻下游河道防洪压力发挥了巨大作用。

当然，即使如此，水库也不是想泄就泄。上游开闸泄洪，就像拧一个水龙头，要根据下游洪水形势，控制流量大小，精细调度，尽量最大程度减小对下游的影响。

在防御台风“利奇马”过程中，8月10日，受强降雨影响，余姚、嵊州防汛压力较大，浙江省协调上游五丈岩水库下泄流量从500立方米每秒减少至220立方米每秒，同时协调市域边界工程通明闸开度从70厘米减至40厘米，有效减轻了下游余姚、嵊州的压力。

保坝泄洪：兼顾上下游和自身安全

很多人对水库可能存有一个误解，认为下游河道洪水暴发是因水库泄洪所导致的。

其实不然，如果没有水库前期的拦蓄，泄下来的洪水只会更多。引发洪水的罪魁祸首，其实是雨实在太大。

以台风“利奇马”为例，作为近70年来登陆浙江的第三强台风，“利奇马”不仅风力超强、范围超广、破坏力超强而且雨量也超级大。据气象部门统计，“利奇马”影响期间，浙江省降水总量相当于1200多个西湖，被评估为1956年以来登陆浙江省综合致灾强度最高的台风。仅8月10日当天，椒江、甬江、苕溪、杭嘉湖及瓯江主要支流等五大流域同日发生超警以上洪水，这种情况自新中国成立以来尚属首次。

水库就像一个巨大的“盛水盆”，它的拦蓄是有限度的。超过防洪库容的部分水量，如果继续滞蓄在水库里，就会进一步逼高水库自身的库存水位，增大库区淹没范围，同时对自身大坝安全产生不利影响——一旦水库自身出现安全问题，后果不堪设想。

当降雨强度加大、时间拉长后，水库的蓄水量不断增加，水位也随之升高，调控余地随之逐渐减小。因而，各地水利部门要科学研判重要区域、重要水库上下游水情变化趋势，开展精细调度，尽最大可能保障综合安全。

此外，平时没降雨、没洪水时，水库里的水也不能蓄到汛限水位以上。汛限水位，是指水库进入汛期后、洪水来临前必须控制的水位。在汛限水位以上，防洪高水位以下，属于防洪库容。当水库出现高于防洪高水位时，一般需要视上下游形势，有控制性地下泄。这其中主要考虑两个方面的因素：一是上游库区淹没，不少水库库区内都有村民居住；二是水库自身的设计标准，当水位超过这个标准后，就不能保障水库安全运行。

（原载于 2019 年《经济日报》 吉蕾蕾）

新安江水库泄洪背后的浙江治水“秘笈”

今年梅雨季，钱塘江流域遭遇史上最强梅汛，新安江水库创下多项“历史最高”：库区降水量、水库水位、闸门开启数、泄洪水量 4 项纪录。泄洪 173 小时，总出库水量高达 33.9 亿立方米，给钱塘江下游造成的压力也是史无前例。一时间，新安江水库泄洪牵动全国网友关注。

在今年这场钱塘江流域性洪水中，浙江最大限度减轻了灾害损失，其中一个重要原因就是我省综合防汛抗洪能力增强：充分运用水文监测数据、加强水利工程联合调度、推进水利工程建设……

在这次新安江水库泄洪的背后，究竟有着多少不为外界知晓的秘密？

水库泄洪　作用几何

水库泄洪，往往被认为是引发下游地区洪灾的主要原因，真是如此吗？

这场洪水“来得急”，浙江省水利水电勘测设计院的徐弘晨对此深有体会。作为新安江水库调度专家会商组成员之一，徐弘晨的任务就是 24 小时监视水库水位的变化。

7 月 7 日凌晨 5 时，新安江水库开启 3 孔的 5 小时前，徐弘晨发现入库水量发生“突变”。“凌晨 4 时的入库流量是 1920 立方米每秒，5 时增加到了 3680 立方米每秒，我当时就感到不妙，提高了警觉，果然 6 时就一下子增加到了 9990 立方米每秒。”徐弘晨说，所有数据归结到一点：新安江库区降雨量正在骤增，水位以每小时近 0.1 米的速度在上涨。

如果说，前期新安江库区的降雨只是“温吞水”，那么这一天的降雨简直就是“加速跑”，导致水库直接“吃饱”，到了必须加大开闸泄洪的时刻。这也导致今年新安江水库的泄洪孔数变化加快：7 日 10 时开启 3 孔，12 时开 5 孔，16 时开 7 孔，8 日 9 时史上首开 9 孔。

当闸门开启之时，一波碧绿的秀水喷涌而出，刷新了很多人对于新安江水库的认识——旅游时被叫作“千岛湖”，发电时被称为“新安江水电站”，泄洪时原来还有一个名字“新安江水库”。

当年，为什么选择在新安江造水电站？新安江电厂运行维护部党支部书记、高级工程师卢江告诉记者，20 世纪 50 年代，百废待兴，华东地区的电力供应极度依赖火电，为了国家电网安全，滩多、水急、落差大的新安江边上来了成千上万的建设者，建成了这个中国首座“自己设计、自制设备、自行施工”的大型水力发电站。

对于钱塘江下游地区来说，新安江水库不止是发电，更是拦蓄洪水的“镇水重器”和供水的“大水缸”。

老一辈人说，自古以来，每逢多雨的夏季，交汇的新安江、兰江、富春江便常常在建德、桐庐、富阳一带引起水灾。在新安江水库建成前，泛滥的洪水曾几度冲毁沿江房屋、淹没农田和造成人员伤亡。新安江水库另外一个重要作用是：当钱江潮顶着海水溯江而上，水库便加大泄水发电力度，顺流而下的淡水流有力地顶住了咸潮入侵，冲淡咸水，确保杭州自来水公司的取水口附近氯离子浓度保持正常水平。

时隔多年之后，很多人开始淡忘了这个水库的意义所在。“如果没有新安江水库泄洪，下游是不是不会被淹？事实正好相反，如果没有新安江水库，下游只会变成一片汪洋大海。”省水利厅有关负责人认为，这是很多人对泄洪的误解，新安江水库恰恰为下游织就了一张防汛安全网。

记者从水利部门调来了两组数据，对比看看新安江水库到底有没有发挥作用。

今年梅雨期间，新安江水库库区降雨量 1047 毫米，是常年梅雨量（328 毫米）的 3.2 倍。从 7 月 4 日 8 时到 14 日 15 时，新安江水库总入库水量 39.1 亿立方米，最大拦蓄水量 23.82 亿立方米。

另外，在梅雨期第八轮强降雨期间，新安江水库坝址最大入库流量 2.3 万立方米每秒，该时段洪水与兰江洪水叠加后，富春江坝址洪峰流量将达到 2.5 万立方米每秒，而实际上，经过新安江水库的拦蓄作用后，新安江河段洪峰流量降至 7700 立方米每秒，这意味着三分之二的洪峰被水库拦下，新安江水库的削峰率达 67%。

如果没有新安江水库，强降雨叠加上游兰江下泄的流量，新安江下游将出现一片汪洋。在新安江水库拦蓄之下，各地遭遇的洪水等级直线下降。对桐庐来说，相当于由 100 年一遇的洪水削减至 10 年一遇以下，富阳也由 50 年一遇以上降低至 10 年一遇以下，萧山闻家堰、闸口水位由 50 年一遇以上降低至 10 年一遇左右。

洪峰叠加　怎么化解

一座座水库，是抵御暴雨洪流的中流砥柱；一次次调度，更是确保江河安澜的主心骨。

陈志刚是省水利厅水旱灾害防御处副处长，也是本次钱塘江流域水利工程调度专家组的组长。这个专家组由省水利厅、省应急管理厅、省气象局、华东电力调控分中心、杭州市防指等单位的专家组成。

说起这次新安江水库开闸泄洪的 173 个小时，最让他紧张不安的就是分析预判开启 9 孔之后带来的各种风险。

如何泄洪？什么时候泄？泄多少量？这背后大有讲究，需要统筹考虑上下游水情雨情、未来雨势发展态势及下游救灾情况等各种因素。“泄洪量过大，会加重下游灾情，也造成水资源的大量流失；泄洪量过小，会增加大坝安全风险，这是一个两难的选择。”陈志刚说。

在洪水面前，需要科学调度、精准控泄，这好比“十个指头弹钢琴”。手指头协调得好，钱塘江沿线城市错峰过境，平稳过关；协调一旦出岔子，洪水漫堤，水淹城市，后果不堪设想。

为了尽量减少新安江水库泄洪的影响，省水利厅防洪调度专家组动态分析了 171 种开闸及关闸方案，研究提出 57 种调度方案，提出优选建议。同时结合流域内各地降雨预报，对流域内其他水库进行了提前调度。比如在新安江水库泄洪之前，富春江电站和分水江水库早已开始开闸放水，尽可能地腾空库容“肚量”。

位于桐庐的富春江电站，是一座 17 孔大坝，新安江和兰江交汇后并入富春江，经过富春江水电站大坝流向桐庐城区、富阳和杭州城区。富春江水电厂运行分场副主任程翔说，他们很早就开始在准备，从 6 月 20 日开始，闸门就没有全关过。

“这也是蛮难遇到的，我们的正常蓄水位为 23 米，这次提前让水位下降到了 22 米以下运行，就为了上游泄洪之后能承受住更大压力。”程翔说，刚开始新安江水电站的泄洪大约占三分之一，另三分之二来自兰江，但在新安江 7 孔泄洪后，新安江与兰江水量各占一半。

7 月 9 日 21 时，钱塘江兰溪站水位达到警戒水位（28 米），钱塘江 2 号洪水在兰江诞生。“如果新安江、兰江和分水江同时汇入富春江，这个洪水的总流量可能达到 2 万立方米每秒以上，一些堤防标准不高的地方如桐庐老城区、富阳城北街道都有可能被淹，这是我们当时做的最坏打算。”省防指办副主任王春来说。

幸运的是，这一幕最终并没有出现。

在兰江洪峰出现之前，新安江水库已经变9孔泄洪为7孔泄洪，出库流量较之前减少了2100立方米每秒；同时，之前一直持续放水的分水江水库正式闭闸，关紧这个“水龙头”直到洪峰过去，避开了新安江水库泄洪和兰江洪峰叠加的危险。

“虽然这次是浙江史上最大流量的泄洪，但整体上没有出现特别大的险情，这离不开全流域‘一盘棋’的思想，加强钱塘江流域内其他大中型防洪水库群科学调度”。省水利厅有关负责人告诉记者，他们利用梅雨强降雨间歇期，根据上下游情况，尽快降低库水位，腾出防洪库容；在强降雨来临时，大中型水库关闸全力拦洪。

光新安江水库泄洪期间，湖南镇水库、白水坑水库、横锦水库、南江水库、分水江水库等22座大中型水库共拦蓄洪水27.8亿立方米，其中仅衢州市湖南镇水库就拦蓄洪水2.3亿立方米。

“当然，我们也从这次洪水中看到了短板，比如对于新安江泄洪的控制手段相对较多，而对兰江流域洪水却很少有好办法。”王春来反思说，关键所在就是缺少像新安江水库这样的大型控制性水利工程。

记者了解到，这个难题已经引起重视，正在逐步推进解决。最近，位于钱塘江源头衢江流域开化县干流马金溪上，开化水库工程已完成可研审查，并开展可研评估，预计今年有可能正式动工建设。“开化水库工程可以从源头上对兰江流域的水位进行控制调节，这是一座以防洪、供水为主，结合灌溉与发电等综合利用的大型水库。”省水利厅计划处副处长许江南说。

三江汇聚　如何避险

很多水利工程平时不起眼，但在关键时刻却发挥出了“大能量”。

在今年的钱塘江流域性洪水中，桐庐是影响最大的下游城市之一。“自富春江水库1968年建库以来，没遇到过这么大的水情。”桐庐县林水局总工程师陈界华说，桐庐面临新安江、分水江、兰江三江洪水叠加，防汛压力最大。

地处富春江、分水江交汇口，“水患”一直是桐庐人心中的痛。翻开《桐庐水利志》，新中国成立后，桐庐遭受过两次特大洪水。

根据最初的推断，今年水情可能超过当年，桐庐启动历史上最大规模的人员转移，2.7万人连夜撤离，全县严阵以待。

在桐君山南桥的桥墩上，钉着3块铜牌：“警戒水位11.50米”“保证水位

12.30 米”“历史最高水位 16.92 米，1955 年 6 月 22 日”。从 7 月 7 日开始，这里的水位迅速上升，警戒水位很快被淹没；7 月 8 日 22 时 5 分，桐庐桐君山水文站的最高水位，最终停留在了 12.24 米，距离保证水位还有 0.06 米，这让桐庐人长舒了一口气。

除了全流域“一盘棋”的科学调度，沿岸堤防建设也向上筑起了“安全网”。桐庐县江南镇窄溪村紧邻富春江，地势低洼。7 月 8 日晚上，洪峰安全通过窄溪，村里预备的 3 艘救援冲锋艇和各类防汛物资，都没派上用场。信心来自于江边坚固的大堤，“石槛大堤，路堤结合，高出村子很多，很坚固”。村党委书记沈雪炎说。

近年来，桐庐分别将分水江、富春江防洪堤标准，由原来的 5 年至 10 年一遇，提高到 20 年一遇和 50 年一遇。2008 年至 2012 年，富春江干堤加固一期工程实施，河道整治 42 公里，新建堤防 13.65 公里。2012 年开始实施二期工程，总投资 5.3 亿元，堤防加固总长 16.98 公里。加固后的分水江、富春江大堤，成为抵御洪水的忠诚卫士。

“原来，富春江流量达到 1.2 万立方米每秒，我们桐庐就很紧张了。现在，即使如 1.45 万立方米每秒的流量通过，我们依然能安然无恙。”桐庐县林水局一名工作人员表示。

堤坝能力的提升，对于这次防御钱塘江流域性洪水的作用到底有多大？在建德，我们同样找到了答案。

过去，建德是洪涝灾害的频发区，随着区域经济社会的快速发展和区块地位的日益提高，洪涝灾害损失呈加重趋势，防洪排涝形势严峻，迫切需要建立起包括堤防、排涝泵站等工程的防洪体系。在 20 世纪 90 年代，建德修建了新安江城防工程，当时设计行洪能力是 5500 立方米每秒。后来，通过新建、加固防洪工程和新安江综合保护工程，行洪能力达到了 8000 立方米每秒。“这相当于可抵御 50 年一遇的洪水，这是我们防御新安江水库泄洪的重要底气之一。”建德市应急管理局副局长张成刚说。

钱塘江沿线安全度汛，这正是我省大力加快水利工程建设的硕果。“十三五”期间，浙江深入推进“百项千亿防洪排涝工程”建设，启动实施钱塘江流域主要江河和中小流域治理、河湖库塘清淤，加强干流堤防加固工程建设，着力补齐干堤防洪上存在的突出短板，完成钱塘江干流堤防加固建设 370 余公里，完成投资约 152 亿元，干堤防洪达标率提升至 82%。

据统计，截至目前，浙江已建成干堤及金华江、浦阳江、曹娥江等主要支流堤防 1260 千米，其中 50 年一遇及以上 526 千米，20 年一遇 577 千米。

（原载于 2020 年浙江在线　金梁　方臻子　徐鹤群）

“烟花”带来历史性高水位，城区并未发生严重内涝 “锅底”余姚是如何做到的

台风“烟花”，让处于姚江平原“锅底”的余姚再次成为关注焦点。

7月25日前后，今年第6号台风“烟花”袭击浙江。这是浙江省有气象记录以来唯一一个两次登陆浙江的台风，带来的持续降雨时间打破我省最长纪录，余姚大岚镇丁家畈累积雨量打破浙江单站实测雨量极值。

不论是持续降雨量还是姚江水位，“烟花”带来的影响均超过2013年的“菲特”台风。昔日曾一片汪洋的余姚，这回扛住了。8月6日，一份余姚防台数据公布：除个别乡镇街道不同程度受淹外，余姚城区未发生大面积受淹，未发生严重内涝，更无人员伤亡报告。

对余姚防御“烟花”过程全面复盘，我们会发现：如今余姚的洪涝治理不再是一地之事，而是全流域统筹协作。这或许能给其他城市带来一些启示。

建“高速水路” 打通泄洪堵点

7月26日6时，台风“烟花”在杭州湾徘徊。此时气象部门数据显示，22日8时以来，余姚大岚镇丁家畈站积累雨量超过951毫米，已打破登陆浙江的台风实测过程雨量极值。四明山区成为“烟花”台风的暴雨中心。

余姚会不会重现2013年“菲特”台风的灾情，这一度让许多人感到担忧。省水利发展规划研究中心主任朱法君回忆，“菲特”台风时，全省受灾最严重的就是余姚，几乎大半个城区被泡在水里长达一周。

时隔多年，为何余姚依然面临水患风险？这与余姚特殊的地理位置有着密切的关系。朱法君分析，余姚处在低洼的姚江平原，姚江干流穿城而过，无论南面还是北边发生洪水，最终都汇入“锅底”，形成内涝。这个“锅底”的形容，最初便是由朱法君提出来的。

也正是在“菲特”台风之后，余姚人开始反思，重新审视这座城市的防洪能力。他们邀请省内外水利、防洪、城建专家商量对策。当时，所有人的看法一致：加强水利工程建设，给姚江装上安全“阀门”。

“要解决余姚的问题，必须从姚江流域治理入手。”朱法君介绍，“菲特”之后，省市县三级积极谋划，规划打造姚江治理“6+1”工程，形成“东泄、上蓄、西排、北排、中疏、低围”的防洪排涝规划总体格局。之后，这些工程被列入浙江省“百项千亿防洪排涝工程”项目库。在财政资金的大力保障下，工程建设驶入“快车道”。

目前，多数工程已完工，并在防御“烟花”中扛起了防洪排涝的重任。

化解余姚防洪难题，首先要解决的便是上游来水急的难题。在绍兴上虞古里巷村，历时 4 年的姚江上游西排工程，今年首次全站投入使用，开辟出了一条姚江和曹娥江的双向通道。

据省水利厅测算，“烟花”登陆前后，姚江西排工程通过梁湖枢纽全力排水，强排到曹娥江 3530 万立方米，减少了姚江流域 10.7% 来水量。配合四明湖水库的拦洪错峰，姚江水位降低约 30 厘米，将余姚站水位控制在了 3.6 米以内。朱法君评价：“姚江上游西排工程这次立了大功。”

再说下游，建于 1959 年的姚江大闸共 36 孔，单孔宽度仅 3.3 米，规模偏小。同时，入海的甬江处于特殊地理位置，台风期间常会形成风、雨、潮“三碰头”，外海潮位长时间处于高位，使得海水倒灌内陆，导致姚江经常出现快涨慢降，洪水漫堤。

为有效解决潮水顶托难题，姚江二通道（慈江）工程应运而生。2019 年 8 月，随着位于宁波江北镇海交界处的化子闸泵站成功启动，宁波姚江二通道（慈江）工程全线通水。记者从余姚防洪工程布局图上看到，姚江在慈江大闸分洪之后，沿慈江经化子闸进入镇海区域，再由镇海沿山大河、澥浦大河至澥浦大闸，最后排入大海。

这是一条漫长的分洪之路，中途要经过三道泵站。工程攻克了超深基坑支护、大体积混凝土一次浇筑成型等十余项技术难题，实现引姚江水入海。“建设这条‘高速水路’，既是为了解决姚江难排的问题，更是减轻了宁波城区的防洪压力。”宁波市水利局相关负责人说。

这个工程能发挥多大威力？据测算，台风“烟花”登陆前后，姚江二通道（慈江）工程共排水 2.18 亿立方米，相当于整个余姚降水量的三分之一，极大地缓解了姚江干流的防洪压力。

数字化提效能　上下游“一盘棋”

3.53 米！ 7 月 26 日 9 时 10 分，姚江余姚站水位达到历史性最高水位。很多人或许不知道，“菲特”台风时姚江最高水位为 3.43 米，就已导致余姚 70% 以上的城区被淹。

面对这样的高水位，光靠余姚自身防御肯定不够，必须整个姚江流域联动起来！省水利厅防御处副处长陈志刚告诉记者，要实现流域调度，信息的及时性、全面性、对称性至关重要。

过去，陈志刚他们开展工程调度，要花大量的时间在信息收集上，半天时间最多能研判出一个方案；现在，依靠钱塘江防洪减灾数字化平台，上下游、左右岸、干支流以及工期、水情、预报等海量数据迅速汇总，以小时为单位的更新频率，让跨流域、跨区域的工程调度研判高效了许多。

早在7月21日，气象部门预测，余姚的持续降雨量可能达到500毫米以上。很快，一条条调度指令从钱塘江防洪减灾数字化平台上发出。位于杭州湾的曹娥江大闸开始提前预泄，整个绍虞平原河网争分夺秒地预排。

“姚江上游西排工程开足马力排洪，这对曹娥江的压力非常大。”曹娥江大闸运行管理中心办公室主任过寒超说，为此他们也尽快降低水位。在“烟花”登陆前，曹娥江大闸提前预排了1.46亿立方米水量，相当于一座大型水库。

“从结果来看，当时的决策是科学的。”陈志刚说，台风登陆后绍虞平原和姚江的水量都非常大，导致曹娥江水位一度达到8米。那几天，他每天盯着钱塘江防洪减灾数字化平台的数据，精神高度绷紧。因为，根据预案，一旦曹娥江达到极限水位，姚江上游西排工程将暂停向曹娥江强排，那么余姚将面临大量的上游来水。

同样的备战工作在余姚本地也一早就开始了。得益于提前研判、提前部署，原本主要承担灌溉供水功能的余姚南部四个水库做足了预排工作，在应对台风过程中充分发挥防洪作用。

“然而，做出这样的提前决策并不容易。”余姚市水利局总工程师吴劭辉告诉记者，今年梅雨期余姚的降雨量仅244.3毫米，当时余姚南部4个水库蓄水量只有55%，而往年同期这个数字都保持在85%以上。在这样的情况下大量预排，如果之后的降雨没有预期的那么多，有可能影响余姚、慈溪约数百万人的饮用水供应。而当时，有3个水库在降雨量500毫米的情况下都能保障安全。

即便如此，余姚市委市政府依然从最坏处打算。7月19日，余姚市水利局内部召开了针对“烟花”台风的第一次会商，达成共识：旱情一时半会还能坚持，但洪水却会危及百姓生命安全。基于这样的认识，在“烟花”登陆前，余姚市水利局又经过10次会商，确定了4个水库尽最大可能预泄、最大限度进行错峰拦蓄的方案。

从7月22日15时开始，随着“烟花”逼近，四大水库开启预泄。截至25日2时，4个水库预留出7518万立方米库容，用于拦蓄入库洪水。同时，余姚市水利局对姚江河网也进行了预排，将姚江干流余姚站水位降至近几年来的最低位0.89米。在“烟花”影响期间，这4个水库共为余姚城区拦截了9256万立方米的洪水。

最终，“烟花”带来的一场场打破纪录的洪水，余姚在系统、科学、精密的调度中平稳度过。

超常规投入 破解“城市病”

“‘菲特’台风的时候，我们小区被大水淹了三四天，这次一点积水都没有。”家住余姚市下菱新村 75 幢的居民吕顺达说，“这多亏了‘防洪神器’！”

台风登陆当天，风雨交加，记者来到余姚城区的最良江畔。作为姚江支流，往常平缓流淌的最良江变得湍急，水位直线上涨，很多地方漫过了河堤。尽管如此，河边两侧的人行道却丝毫未受到影响，因为中间隔着一道铝合金挡板。这便是当地居民为之点赞的“防洪神器”。

原来，7 月 23 日一早，余姚市住建局市政发展管理中心就开始安装这些组合式防汛挡板，形成了一道长达 3.9 公里的防洪墙。正是靠着这层挡板，整个余姚城区的防洪标准提高至 4.13 米。“这些防洪挡板是按 50 年一遇的防洪标准应急准备的，实现了余姚中心城区的防洪封闭。”余姚市住建局有关负责人介绍说。

这道防洪墙有多重要？一位老余姚人告诉记者，姚江穿城而过，水位标高一般在 1.3 至 1.6 米，1.9 米为警戒水位，一旦达到 3 米就会倒灌。因为地势关系，每次最遭殃的就是城区。此次“烟花”台风中，位于西石山桥西侧的防洪墙挡住了超过江堤近 1 米高的江水。

“这些年城市快速扩张，原有水域面积大幅减少，内河瘦身、地面硬化，加重了内涝。”朱法君说，“利奇马”台风时，余姚的降水量为 266.4 毫米，不到 10 年一遇的标准，但姚江水位却达到 3.13 米，接近 20 年一遇标准。也正因此，“烟花”影响下，姚江余姚站再次出现 3.53 米的历史性最高水位。

余姚的现状也是很多城市的通病。该如何破解？城市发展与防汛安全，成为摆在余姚市委市政府面前的两件大事。

“发展经济固然重要，但我们始终将保障人民群众生命财产安全放在第一位。”余姚市相关负责人表示，“菲特”之后，余姚人痛定思痛，超常规投入各类防洪水利设施建设，累计耗资百亿元，投入规模居全省前列。仅 2014 年，余姚就投入 21.72 亿元。

2017 年，余姚水利史上单体投资最大项目——姚江上游余姚西分工程开始建设，总投资达 19.32 亿元。“这个大项目的目的就是科学分流姚江上游来水，为城区减轻防洪压力。”余姚市水利局副局长何明说，目前这个项目已完成了部分工程，其他项目正在加快实施中。

“项目建成了可能一年都用不了一次，值得花这么多钱吗？”“与其在水利上投入这么多，倒不如用在经济建设上”……面对各种各样的质疑，余姚顶住了压力，坚持集中力量、集聚资源，全力以赴推进西分工程建设。经历了“烟花”台风考验，何明他们也更加坚信：这个钱花得值！

近年来，余姚在姚江沿线建设了大大小小用于强排的泵站 219 个，加强了排水能力。“烟花”登陆前后，余姚北面泗门泵站开启 9 轮强排，累计排水 1824 万立方米。

持之以恒的超常规投入、上下游“一盘棋”的联动，让余姚经受住了此次台风的考验。这背后，既有余姚市委市政府“以人为本、生命至上”的防汛防台理念，更离不开省级层面的统筹调度、提前部署。余姚的经验或为省内其他地区应对台风提供借鉴。

（原载于 2021 年《浙江日报》　金梁　邵巧宏　徐鹤群）

科学用工程　有效控风险

——浙江打赢防御台风“梅花”硬仗

风雨潮洪“四碰头”，甬江和杭嘉湖东部平原同日发生编号洪水……9 月 14 日 20 时 30 分左右，今年第 12 号台风“梅花”在浙江省舟山市普陀区沿海登陆。次日凌晨，浙江 3 个江河站水位超历史极值。

浙江水利系统全力把台风“梅花”带来的风险控制在最低，确保人民群众生命财产安全。

上下联动　筑起最强防线

浙江省委书记袁家军、省长王浩先后多次到省防指坐镇检查指导防御台风“梅花”工作，要求坚决打赢防御台风“梅花”硬仗。浙江省水利厅 3 日之内召开 10 余次会商会，部署强化山洪预警和对海塘、水库山塘、在建水利工程等的风险管控工作。厅长马林云辗转省防指和省水利厅两大“指挥中枢”，研究部署防台风工作；厅党组书记李锐带队专家组，赶返上虞、余姚等防台风最前线。

风雨未至，台风防御战的号角早已拉响。早在 9 月 11 日，省水利厅就启动了水旱灾害（防台风）Ⅳ级应急响应。随后，迅速组建 10 个应急工作组，其中 7 个工作组奔赴一线，100 多名骨干专家迅速集结投入防台风战斗。

13 日 17 时 30 分，随着水旱灾害防御（防台风）应急响应提升至Ⅰ级，防台风工作到了最关键阶段。浙江省水利厅向广大党员干部和团员青年发出动员，号召全员行动、全力迎战。防台风期间，全省累计派出 3.59 万人次、检查水利工程 2.31 万处。

管控闭环　落细落实风险清单

“你好！根据 9 月 13 日省级发布的山洪预报预警信息，你市发生山洪灾害可能性极大。请迅速落实相关措施，做好山洪灾害防御工作。”今年以来，每次触发红色和橙色山洪预警时，省水利厅值班人员就要根据规则，“叫应”基层政府负责人和相关市县水利部门负责人，确保预警信息即时到人、防范措施准备到位。截至 15 日，全省通过山洪预警平台发送预警短信 34.3 万条，向公众发布水雨情信息 140 万余条，全省因山洪提前转移 6 万余人。

台风影响期间，恰逢浙江农历八月大潮，风雨潮叠加，全省 2014 公里海塘防潮遭遇严峻考验。

“海塘风险如何识别？数字化应用给了我们更多底气。”省水利厅运管处有关负责人介绍，依托浙里“九龙联动治水”应用，全省在“梅花”影响期间动态研判海塘风险近 20 次。海塘量大线长、风暴潮动态变化，以前依靠经验识别费时费力，现在利用数字化“水利大脑”，每次不到 1 分钟就能自动生成风险海塘的清单，同时省市县三级同步共享研判成果。

连日来，聚焦海塘、水库、山塘、在建工程、山洪灾害 5 个防御重点，省水利厅向各市县下发风险提示单 33 期，针对性提出防御要求。海塘缺口、通道、旱闸于 13 日 12 时前全部封闭，部分存在风险的海塘落实了人员转移预案。各地加强三类坝水库安全管控，制定“一库一策”，落实空库或限蓄运行措施；病险山塘 100% 落实巡查。

流域调度　打赢超历史洪水攻坚战

14 日 21 时 55 分，姚江流域代表站余姚站水位已达 3.54 米，为历史实测极值。在“梅花”登陆后的不到一个半小时内，余姚站水位以每半小时约 5 厘米迅速上涨。

省水利厅 3 楼调度组的氛围异常凝重，“浙水安全”数字大屏上不断上浮的余姚站水位线，牵动着每一位调度专家的神经。“未来 3 小时预报降雨量 60 毫米，水位还将持续上涨！”形势朝着不利情况发展，余姚再次告急！

“顶住压力，全力强排！”西排，是余姚涝水的重要出路。姚江上游西排工程 9 月 12 日开始预排；14 日 20 时许，西排工程在保障自身安全的前提下极限运行。西排工程梁湖枢纽 5 台排涝机组全站开启，如“龙吸水”般将原本排向余姚城区涝水洪水向西排入曹娥江。

“关停江北、海曙、余姚沿姚江泵站，错峰调度！应急启动余姚西分工程并增加泄洪能力到每秒 50 立方米……”与此同时，宁波市各级水利部门的一道道调令下达余姚。上游通过姚江西排和余姚西分工程强排分流来水，下游通过开启姚江二通道慈江大闸分洪、应急关闭姚江大闸解决潮水顶托的难题，减轻姚江的行洪压力。台风防御期间，姚江上游西排工程和余姚西分工程累计排水 2480 万立方米，降低余姚主城区水位 0.19 米。

作为余姚上游的“抗洪重器”，四明湖水库自 11 日起以每秒 80 立方米的最大流量进行预泄，在确保水库自身安全的前提下，将入库洪水悉数拦截。截至 15 日 15 时，累计拦蓄洪水 3600 万立方米，削峰率 99.7%。

据统计，防御“梅花”期间全省大中型水库预泄水量 2.09 亿立方米，拦蓄洪水总量 5.96 亿立方米，全力守护浙水安澜。

（原载于 2022 年《中国水利报》 王超　葛芳妙　梅林蓉）

节水优先

我省启动“千万亩十亿方”节水工程

笔者从省水利厅获悉：从2005年到2010年间，我省将实施“千万亩十亿方”节水工程，对全省大中型灌区及重点小型灌区的骨干渠道和泵站装机进行改造。这项工程将会使全省1200万亩农田受益，新增粮食生产能力15亿公斤，节约灌溉用水12亿立方米。

我省现有灌溉面积2233万亩，其中万亩以上的大中型灌区165处，灌溉面积1000万亩左右,还有相当部分小型灌区。这些灌区大多建于20世纪六七十年代，建设标准普遍很低，工程老化失修、渠道渗漏十分严重。这不仅不利于巩固农业基础、确保粮食生产能力、促进高效农业发展和增加农民收入，而且也不利于节省和缩减农业用水总量、保障水资源供需平衡、促进经济可持续发展。据有关部门统计，我省近年的农业用水量约每年140亿立方米，其中农田灌溉近60亿立方米。值得重视的是，我省的农业灌溉每年约有40亿立方米水流失，渠道水利用系数仅0.6左右，因此农业节水大有潜力。

按照省水利厅的部署，“千万亩十亿方”节水工程项目实施内容包括灌区灌排骨干工程的续建配套与节水改造、管护设施的配置、管理体制和运行机制改革等。

（原载于2004年《浙江日报》 王磊）

节水型社会离我们有多远

——浙江省两个省级试点透视

和干旱地区相比，浙江这个“江南水乡”，无论是天然降雨量还是人工储水能力，都不会排入我国缺水省份的行列。然而古语说：人无远虑，必有近忧。缺水的信号已令浙江省领导发出呼吁：不能让水成为继煤炭、电力后第三个束缚浙江经济发展的瓶颈！于是，建设节水型社会成了浙江经济社会发展的战略选择。

在水利部支持下，岱山县、义乌市和玉环县成为浙江节水型社会建设的3个试点。近日，记者来到其中的两个县（市），实地观察了正在起步的浙江节水型社会建设工作。

岱山　机关用水价最高

岱山,这个由404个岛屿组成的海岛县,20万人口分布于其中的12个岛屿上。因此，在地理上就给外人一种神秘感。

这里设立了浙江全省第一个水务局，第一个用购买的形式把水库、河网水由农用改供生活用水（干旱年），第一个开始了节水型社会建设。一年多以前，当记者参加省水利厅在岱山举行的节水型社会建设动员大会时，心中的神秘感又一次升起：他们会以怎样的方式开展这项工作呢？

今年6月，一到县水务局，就听邱宜伦局长说，作为节水型社会建设的一项内容，今年起岱山实行了新水价。我们注意到了一个特殊点——县自来水公司管网供水户当中,行政事业单位供水水价最高,每吨4.5元,而居民生活水价每吨3元，经营性用水每吨3.5元。

这是为什么？邱宜伦介绍说，岱山的经济不够发达，经营性用水一下子提得太高将影响营业，于是，提高水价、培养节水意识就首选了机关单位。

记者来到自来水公司，想验证节水效果。经查阅资料发现，县政府大院调价前的2005年3—5月自来水用量为1395吨，而调价后的2006年同期总用水量减少到934吨。当然，这些水不仅是靠人们手下留情省下的，还包括管网改造和治理渗漏。

在县政府大院里工作的於女士说：去年大规模的宣传增加了大家的节水意识，平时生活中能节约用水就节约一点，能重复利用的就考虑重复利用。另一位黄女士觉得生活水价提到每吨3元并不贵，因为岱山有好水不容易。在县政府大院里巧遇小蒲门村的刘先生，他说现在的水价可以接受，以前每吨4～8元还时常供不上水呢。

原来，去年该县对县政府所在岛屿上的4个自来水厂由县自来水公司实行零资产收购，四厂并一厂，降低了运行成本，加速了城乡供水一体化，且增加了备用供水能力。过去负责乡镇供水的小水厂因水源不足经常不能正常供水，且由于水源不一，价格也不同。改由县自来水公司统一供水后，供水保证率提高了，水价也稳定了。

这个5242平方公里的海岛县，陆域面积仅326.4平方公里，平原面积更少。由于资源性缺水，一遇干旱年份，岛上就会发生水荒，从大陆运来的水成本价就达每吨20元。以每吨8元的价格供给居民，县财政还得补贴每吨12元。长期的水资源短缺，促使该县于2001年在全省率先成立了水务局，统筹全县防洪及水资源的开源节流工作。他们通过建造水库、打坑道井和民用井、屋顶接水等方式增加蓄水，还规划在一些大岛上建造海水淡化厂，再修建一些小水库，努力改善居民用水质量，改善投资环境，为海岛的经济发展提供充足的水源。

记者从县自来水公司了解到，2003年以来，该公司已对供水范围内近10公里的管网进行了改造，使这些地区的渗漏率减少了15%。同时，对1万多总表用户进行了一户一表改装。在绿源海水淡化厂，我们看到一期日供水 2000 吨的设备已经具备了供水能力，二期正在破土动工，届时日供水能力可达 3000 吨。在农村，该县正通过推广节水技术、进行渠系改造和安装灌溉计量装置等途径，提高水资源的利用效率并逐步实现总量控制和定额管理。

义乌　水账连着经济账

在义乌市水务局王碧荣局长的办公室里，一份当天的《金华日报》摆到我们面前，那上面有一篇关于义乌今年节水型水稻种植面积扩大到 2000 亩的报道。据文章介绍，按目前的种植面积估算，仅这一项就能节水 60 万吨。

王碧荣说，农业节水除了这一项外，他们主要采取的工程措施是推广“千万亩十亿方”节水工程（浙江全省推行的一项农业节水工程）。他们对 6 个灌区实行改造，已进行了干渠防渗衬砌近 1 万米，大大提高了渠系水利用率;推广微、喷、滴灌技术 7180 万亩，年可节水 120 万吨。对这些工程，市财政都给予了工程款 50% 的补助。工业节水上，他们除了限制高耗水产业发展、推广清洁生产外，还推广中水回用。市政府去年投资了 1100 万元，将收集的工厂废水处理后当作环境水，有效改善了城南河的水质。一些工厂也尝试通过中水回用达到节水减污目的。另外，市财政还对城市自来水管网改造给予 50% 工程款的支持。

关于非工程措施，王碧荣先是拿出了《义乌市节约用水规划》，还介绍了他们即将出台的《节约用水管理办法》等一系列制度框架体系。在义乌节水规划文本中，我们发现有 6 个工业及生活用水典型分析，于是实地采访了两个。

2005 年产值达 8.7 亿元的华川实业集团已跻身于中国五百强民营企业，是浙江省重点骨干乡镇企业。当我们来到这个企业正在调试的污水处理池旁时，环保质检处长陈正月介绍说，这个总投资 2800 万元的污水处理系统，一天能处理 2 万吨污水，综合回用率 80% 以上。不仅把本厂的污水“统吃”，还将接纳其他厂家排放的污水。集团办的周洪刚主任接着说，现在他们搞的技术改革也是针对节水的，目的是增产不增水。集团目标是年产纸量由 12.3 万吨增加到 30 万吨，年减少新取水量 132.4 万吨，年减少排水量 173.1 万吨。

位于义乌城西工业区的浙江金哥针织有限公司，投入 1200 余万元搞清洁生产和印染废水治理回用工程。副总经理、财务总监楼国民给记者算了笔账：目前废水回用系统的运行成本为每吨 0.18 元，而使用清水（自买的水库水）水价为每吨 0.36 元，按公司日处理废水 3000 吨、回用率 80%、生产日 300 天计，年节水达 72 万吨,省了水费不说,同时减少排污费 9 万元。不仅如此,社会效益也很显著,通过这套设备，年可消减 COD_{Cr}72 吨，对周围水体有明显的改善作用。

在义乌的节水工程介绍中，还有雨水利用工程、分质供水工程等，目前都已启动。给我们印象深刻的是:这里的节水不仅走进了生活,也正在走进工农业生产。

回看试点　节水型社会建设几多坎儿

在岱山县自来水公司，记者看到该公司一份2003—2007年城区供水管网改造规划。当问及这些工程的实施情况时，经公司总工圈点，至2005年年底列入改造和新敷设计划的283公里管网中，已完成的仅9.05公里，2003—2005年需投资1614.1万元，而实际投入为350.4万元，不足所需资金的22%。

"投入不足，是当前管网建设的主要症结。"自来水公司经理魏松国无奈地说。现在岱山每年从水费中能提取50万元的自来水设施改造费，但县财政无力补贴，仅靠上级的一些补助或一些园区自筹，工程陆陆续续一直在做，却无法按原计划实施。

记者查阅了这些年该县的地方财政总收入，2005年仅为1.6281亿元，维持基本开支尚捉襟见肘，要大量投入该项建设确实力不从心。如果投入的状况不改变，要达到2008年的节水型社会建设目标，难度可想而知。

义乌倒是不存在资金问题，去年地方财政收入达19.5亿元，市政府对基础设施建设也舍得投入。但王碧荣局长遗憾的是想搞一次节水型社会建设动员大会一直未得到批准。不过他解释说：领导也难，前几年饱尝缺水之苦，近期通过自建水源工程及向东阳买水，刚让老百姓喘了口气，马上又搞节水大型宣传，会否导致恐慌，影响投资环境?

义乌是个开放性城市，目前仅境外企业驻义乌代表处就有615家，常驻义乌的外商有8000多名，经登记暂住半年以上的外来人口突破80万人，而本市常住人口仅68万人。因此,他们虽然一直在努力做节水工作,但只能将此融入日常工作,一步一步去实现目标。

岱山和义乌是浙江两个有名的缺水地区，对于节水型社会建设从心理上是能接受的，但要真正落实节水型社会建设的指标体系，不仅在理念上要进一步升华，还须得到上级在资金、政策上的支持。另外，我们在与一些缺水地区干部的交流中还深切感到，节水工作得有科技作支撑。如舟山海洋学院实行收集学生宿舍生活用水冲洗厕所，虽节约了用水，但存放的生活污水会发出异味；又如一些地方采用海水作为清洁用水，但增加了设备的损耗率。解决这些问题，都期待着科技的发展。

据省水利厅水政水资源处处长祝永华介绍，目前浙江省对试点县的扶持主要是通过"千万农民饮用水工程"和"千万亩十亿方"节水工程等，但对一些经济欠发达的县如何扶持，目前还在调研之中。

岱山、义乌是浙江两个为数不多的有缺水之痛的县（市），他们遇到的难题在其他地区可能也会遇到。如果这些节水措施和指标要在尚无缺水之忧的地区推广，看来无论从观念上还是措施上都还有很长的路要走。

（原载于 2006 年《中国水利报》 王磊　沈仁英）

浙江农业年节水每年省出8个西湖

通过“千万亩十亿方”节水工程等节水工程措施的全面推行，浙江省农业节水年节水能力达到 5.68 亿立方米，相当于 8 个西湖的蓄水量。

这是记者近日随节水中国行中央新闻采访团在浙江采访时了解到的。尽管浙江的经济十分发达，但农业仍是全省的用水大户，农业在全省用水总量中的比重接近 50%，年用水量达 105 亿立方米左右，农业节水潜力巨大。

浙江省水利厅副厅长章国方介绍，目前浙江的农业节水投入不足，设施落后。全省农业灌溉渠道三分之二仍是土渠，灌溉水利用系数平均仅在 0.5 左右，薄露灌溉、喷滴灌等先进灌溉制度与技术的推广应用处于较低水平；绝大部分农业灌溉不计量，管理粗放，水资源利用效率低下。2005 年，浙江省万元 GDP 耗水量为 156 立方米，而发达国家是 30 至 60 立方米。

制度和投入是节水的重要保证。章国方介绍说，“十五”期间，浙江共投资 37 亿元进行节水灌溉工程建设。从 2004 年起，浙江开始实施“千万亩十亿方”节水工程，目前已完成渠道衬砌防渗 29563 公里，埋设灌溉管道 2700 公里，建设喷灌面积 8.7 万亩，微灌面积 5 万亩，新增灌溉面积 68.9 万亩，恢复改善灌溉面积 735.3 万亩，发展节水灌溉面积 458 万亩，年节水能力达 5.68 亿立方米。

章国方表示，“十一五”时期，浙江的农业节水的重点是加快大中型灌区节水工程改造，积极推行农业灌溉计量工程，积极调整种植结构，因地制宜发展旱粮生产，促进节水型农业发展。加强农业节水灌溉新技术的研究、试验和推广，扩大节水型农业应用范围，重点从蔬菜瓜果作物向茶叶、水果等多种经济作物拓展，从平原地区设施栽培向山区、海岛农业拓展。

（原载于 2006 年新华网　姚润丰）

浙江改造灌区年新增节水能力3.1亿

记者从昨天召开的浙江省农田水利建设会议上了解到，该省自 2004 年实施

“千万亩十亿方”节水工程以来，预计到今年年底将实现年增节水能力 3.1 亿立方米。

“千万亩十亿方”节水工程就是对全省 258 个大中型自流灌区及重点小型灌区干支渠约 1 万公里渠道及相应的配套建筑物进行防渗配套改造，是浙江农业节水工程的一个重要抓手。2004 年推出，旨在通过提高灌溉水的利用效率和效益，促进农业结构调整、增加农民收入、建立节水高效农业。通过该项目的实施，确保灌区灌溉水利用系数达到 0.50 ~ 0.70 以上；同时农田排涝能力达到 10 年一遇，灌区灌溉保证率达到 85% ~ 90%，使全省灌区节水水平达到全国先进水平。该项工程规划建设总投资近 39 亿元，建成后，可扩大灌溉面积 91 万亩，改善灌溉面积 1073 万亩，年可节约农业用水 13 亿立方米，新增粮食生产能力 8 亿公斤，增加经济作物生产能力 12 亿公斤，节约电能 1000 万千瓦时，同时能有效改善了灌区水质，控制钉螺的孳生，提高群众生活水平，改善了农村生态环境。

这项工程启动以来,该省结合中央财政“民办公助”及省级小农水项目建设，已实施灌区改造项目 118 个，完成总投资 9.3 亿元，累计完成骨干渠道防渗衬砌 2400 公里及相应渠系建筑物的配套改造，新增节水灌溉面积 275 万亩，改善灌溉面积 460 万亩。不仅节约了水资源，更是大大缓解了干旱年份水资源供需矛盾，提高了农业综合生产能力，促进了农业发展。同时，极大减少了水利纠纷，保持社会稳定，改善渠道环境，消灭灌区钉螺，取得了巨大的经济、社会和生态效益。

浙江省水利厅陈岳军副厅长说，据他们对全省 33 个典型灌区节水改造工程的调查，相当于每投入 1.5 元可提高农产品生产能力 1 公斤。按农产品的现价统计测算，这些灌区改造后年可新增农业产值 22 亿元，增加灌区农民人均年收入 175 元，农业增效、农民增收效益十分可观。水利厅除了帮助农民进行灌区配套改造外，近年还加强了灌溉试验研究和灌区灌溉水利用系数测试与分析，努力用科学方法指导农民节约用水。目前该省正在研究探索进一步加大“千万亩十亿方”节水工程建设的力度。

（原载于 2007 年《中国水利报》 王磊）

浙江水资源管理跨入“从严时代”

《浙江省人民政府关于实行最严格水资源管理制度全面推进节水型社会建设的意见》日前新鲜出炉。该制度用总量控制、指标量化等方式，设定了水资源开发利用、用水效率及水功能区限制纳污“三条红线”，要求以水定需、量水而行、因水制宜，使经济社会发展与水资源和水环境承载能力相协调，被称为浙江“史上最严”。该制度的实行，标志着浙江省水资源管理全面进入“从严时代”。

不得不“严”

水，是生命之源、生产之要、生态之基。

浙江素有“江南水乡”的美称，近年却频频遭遇“江南水乡没水喝”的尴尬。

一方面，尽管浙江省水资源总量丰富，但人均占有量较低。全省人均年水资源量1760立方米，低于全国2200立方米的人均水平，已接近世界缺水警戒线。另一方面，浙江省水资源时空分布不均、年际变化较大，每年六七成的降水量集中在5—9月，最丰年份与最枯年份的水资源量相差近3倍。

因此，“浙江”虽字字带水，其基本水情却是“人多水少、水资源时空分布不均”。

然而，如此严峻的基本水情，却并未深入人心。肆意污染，过度开发，水土流失，地面沉降，水资源短缺、水环境污染、水生态脆弱等问题，已成为制约浙江经济社会可持续发展的重要因素；探索一条经济社会发展与水资源和水环境承载能力相协调的水资源管理之路，已经成为浙江亟待解决的大问题！

2012年年初，国务院出台《关于实行最严格水资源管理制度的意见》，为浙江实行最严格水资源管理制度指明了方向。之后，全省水利部门把落实国务院文件要求，搭建最严格水资源管理制度框架，作为水资源工作的重点。

一年来，浙江省水利部门多次征求地方政府和省级相关部门意见，反复修改完善，《浙江省人民政府关于全面推进节水型社会建设实行最严格水资源管理制度的意见》，最终经省政府第101次常务会议审议通过。

“严”在哪里

史上最严，严在哪里？答案就是制度所确定的“三条红线”。

“三条红线”，即水资源开发利用控制红线、用水效率控制红线和水功能区限制纳污红线。这“三条红线”，用指标量化的方式，严格规定了浙江境内的水资源“用多少”“怎么用”“怎么排”等一系列问题。

浙江的目标是，到2015年年末，全省用水总量控制在229亿立方米以内。万元GDP用水量控制在78立方米以内，万元工业增加值用水量控制在39立方米以内，农业灌溉水利用系数提高到0.58以上。主要江河湖库水功能区达标率提高到60%以上，县城以上集中式供水水源地水质达标率达到90%以上。到2020年，全省基本建立较为完善的水资源管理制度和监督管理体系，节水型社会基本建成，水资源得到优化配置，用水效率和效益不断提高，经济社会发展用水保障能力显著增强。

那么如何建立这“三条红线”，实现既定控制目标呢？

在水资源开发利用控制上，浙江明确县级以上水行政主管部门要对水力发电、供水、航运等调度，应当服从水资源统一调度。任何涉水项目在审批前，得先过“水资源论证关”。此外，取水要经“许可”，用水要实行“有偿”。2015年前，浙江将编制完成全省主要水系水量分配方案，全省各地要按总量指标计划用水。

在建立用水效率控制红线上，关键是“节水”。浙江提出，节约用水应当贯穿于经济社会发展和群众生活生产全过程。制度要求，各项引水、调水、取水、供用水工程建设，必须首先考虑节水要求；新建、扩建和改建项目，应当制订节水措施方案；节水型工业、农业、服务业，要鼓励大力发展。浙江还将积极推进水价改革，完善分类水价制度，逐步实行阶梯式水价，用价格杠杆推进节约用水。

在建立水功能区限制纳污红线上，浙江将重点放在完善水功能区监督管理制度，建立水功能区水质达标评价体系上。计划到2015年，实现全省重点水功能区水量、水质监测全覆盖。同时，将重点加强饮用水水源保护，完善饮用水水源应急管理体系，推进“百库饮用水水源保护工程”建设，加强水生态系统保护和修复，严禁非法占用水域，维持一定的水面率，建立健全水生态补偿机制。

如何“从严”

浙江省实行的最严格水资源管理制度，其最大特点是与节水型社会建设相结合，搭建载体，将“三条红线”画在了“全面推进节水型社会建设”的蓝图上。

事实上，浙江省早已开始节水型社会建设试点。2009年，岱山县成为浙江省首个省级节水型社会建设示范县，开化、温岭为第二批省级节水型社会建设试点。义乌、余姚、玉环和舟山等4个市县，先后被水利部确定为国家级节水型社会建设试点。

目前，试点建设已初见成效。2011年5月，余姚市、玉环县通过水利部太湖流域管理局组织的中期评估。2012年5月，义乌市也通过了试点建设终期验收。

在前期试点的基础上，浙江省总结经验，即将分批启动节水型社会建设标准化市、县（市、区）建设。争取到2015年，全省三分之一的市、县（市、区）基本达到节水型社会建设标准；到2020年，全省三分之二的市、县（市、区）都将达到节水型社会建设标准，全省基本实现全覆盖。

为了绘制这张节水型社会建设的蓝图，浙江省还将制订节水型载体建设标准和管理办法，建设一批节水型示范灌区、企业、学校、社区等，加强高耗水行业节水技术改造，促进城镇生活节水。

到 2015 年，浙江全省将新增节水灌溉面积 350 万亩，创建节水型示范灌区 55 个，全省（规模以上）重点工业水重复利用率达到 65%，全省城市节水器具普及率达到 90%。

一“严”到底

“最严格”的水资源管理制度，离不开“最严格”的责任考核。

在浙江省最严格水资源管理制度设计中，明确了各级政府是实行该制度的责任主体，政府主要领导要对本地区水资源管理和饮用水水源保护工作负总责，要把实行最严格水资源管理制度、全面推进节水型社会建设工作纳入政府重要议事日程，逐级落实责任，并实行严格问责制。

“最严格”水资源管理制度，动的是“真刀真枪”。浙江省将把水资源管理主要指标和工作内容，纳入地方各级政府考核序列，考核结果作为对地方政府相关领导干部综合考核评价和生态保护财政转移支付、水利资金安排的重要依据。对落实最严格水资源管理制度不力的市、县（市、区）人民政府和部门，则将酌情采取约谈、通报批评等形式进行督促。

“最严格”水资源管理制度，还离不开“真金白银”。浙江省将拓宽投资渠道，建立长效、稳定的水资源管理投入机制，不断加大公共财政对水资源管理的投入。同时，还将健全全省水资源监控体系，进一步完善水资源管理体制，加强水资源管理队伍建设，提升管理能力。此外，还将加大宣传力度，增强全民水忧患意识和水资源节约保护意识，形成节约用水、合理用水的良好风尚。浙江省将把水情教育纳入中小学教育课程体系，纳入党校和行政学院教育内容，作为各级领导干部和公务员教育培训的重要内容。

无论是“真刀真枪”，还是“真金白银”，都是为了保护浙江境内 955 亿立方米水资源，为了子孙后代的“一湾清水”和“美丽浙江”。水资源管理要一“严”到底！

目前，实行最严格水资源管理制度的号角，已在浙江 10 万余平方公里的土地上吹响，各级政府、各相关部门，正在为制定配套文件、编制流域水量分配方案、实施水资源论证制度、建设水资源监控体系等工作，忙碌开来……

（原载于 2013 年《中国水利报》 郑盈盈　谢根能）

舟山试点破解用水难题
洞库蓄水，为海岛“解渴”

9 月 26 日，舟山嵊泗的花鸟岛上，两个蓄水的洞库暂时停止为岛上百姓供水。“多亏了这两个洞库改造后蓄上水，今年夏天我们岛上没有一天缺水。”花鸟乡副乡长陈军说，现在岛上各坑道的水已充裕起来，今年洞库的蓄水供水任务算是圆满完成。

舟山有不少边远小岛，岛上水利设施少、蓄水能力弱，每逢干旱季节，往往缺水严重。舟山市水利局有关负责人介绍，今年以来他们大胆创新，改造废弃的洞库，用作蓄水，破解了边远小岛用水难题。

“去年夏天，我们岛上缺水整整 20 多天，全靠从岛外用船运水来。”花鸟岛居民俞银康说，算上运费，一吨水要花费 50 元，岛上一天用水七八百吨。

解决小岛的“用水难”并非易事。“以花鸟岛为例，全岛常住人口约 800 人，新建水库或海水淡化，都成本过高。”舟山水利局有关负责人表示，于是他们把目光放到了水利设施管理创新上，“舟山有洞库上千个，若是加以改造，完全可以用来蓄水。”

洞库改造容易，可蓄起来的水，水质如何？对此，舟山水利部门选了一处洞库，进行了长达 7 个月的试验，对洞库蓄水水质进行连续监测。结果显示，经过洞库储藏的山水，水质的嗅、味等感官特征无明显变化，甚至水质明显优于原来的进水水质。

今年初，舟山在花鸟岛等两个小岛上进行试点，单单花鸟岛的两个洞库就分别蓄水 4200 立方米、800 立方米。“这两个洞库修建于 20 世纪 60 年代，最初用来储粮，之后闲置几十年。”陈军介绍，今年 7 月起，他们将这两个洞库与岛上的山塘、坑道进行联网，实现了洞库水连通到村民家中，保障了供水，“前后只花了不到 50 万元，就大大缓解了岛上的用水难题。”

今年夏天，村民王欣在花鸟岛上新开了一家民宿。“最初我还担心夏季旅游高峰的时候，岛上的水会不够用。”她说，现在岛上民宿多达三四十家，用水量不小，有了洞库蓄水，大家也不用担心了。

（原载于 2018 年《浙江日报》 翁杰　梅林蓉）

义乌实施全域分质供水
新建楼盘都用“中水”冲马桶

义乌市中心通惠社区卿悦府小区，几幢崭新的 20 余层高楼即将交付。这几天，义乌市水务局、水务集团的工作人员时常在小区里出现，他们检查水管、检测水况、测量水压，十分忙碌。

在义乌整个水资源版图上，卿悦府小区的建成并投入使用是一件大事——义乌全域分质供水由此正式进入了老百姓家中。

卿悦府小区不论户型大小，都预先埋设了双管双水表。一根是灰色自来水管，还有一根则是绿水管。特制的绿色水表上，还标有“中水禁止饮用”字样。绿色管网中的“中水”，专供冲洗马桶。

什么是“中水”？城市使用“中水”意味着什么？义乌为什么要为此投入巨资？近日，记者走进义乌一探究竟。

浇树冲路，禁止取用自来水

相比于“自来水”“污水”，很多人对“中水”未必了解。

“中水是一种中低品质水，是指雨水、江水或废水经过中水厂适当处理后，达到一定水质标准，可以进行有益使用的城市杂用水。”义乌市水务局水资源管理中心主任朱红斌介绍，在一些发达国家，以及我国北京、香港等地，使用中水冲洗道路、绿化园林已司空见惯。

新加坡更是这方面的佼佼者。日前，新加坡公用事业局受义乌市政府邀请，来到义乌调研。交流中，新加坡公用事业局科技署首席工程技术官、博士彭志明介绍，新加坡由于国土面积有限，历来十分重视节水。在新加坡政府规划中，水资源占据很高地位，产业布局、城市发展等都要让位于“水”。目前，新加坡建了 17 个蓄水池，约占国土面积三分之二的地域，雨水都可被收集起来。

“在新加坡，每一滴水至少重复利用 3 次。”彭志明不无自豪地表示，新加坡正是靠着海水淡化、马来西亚引水、中水再生水利用以及完善的雨水回收利用系统等，解决了 500 多万人口的用水问题。

相比之下，义乌的中水利用，虽然近一两年才起步，但起点较高——在 1100 多平方公里的土地上实施全域供中水，是件投资巨大的稀罕事。

义乌主城区已基本都用中水浇树浇花、冲洗道路，园林市政用水禁止取用自来水。此外，义乌还有两个使用中水试点：卿悦府小区和义乌经济技术开发区。接下来，义乌将着力在主城区有机更新区块（大规模拆除重建以及改造的区块）、所有新建住宅区、新建工业区等推广使用中水。

目前，义乌有两个中水生产点：义驾山生态水厂和稠江工业水厂。

建于义乌江畔的义驾山生态水厂，铺就了崭新的柏油路，一些老化的机械设备也被更换，蓄水池里储满了刚从义乌江里抽上来的水。水厂设计供水规模达每天18万立方米，眼下的供水量还只是“牛刀小试”。

“近几年经过‘五水共治’，义乌江水水质已经明显好转，但仍然属于微污染水。我们从义乌江取水，经过处理后输出中水。”义乌市第二自来水有限公司总经理范伟民说，经过水厂实测，义驾山生态水厂输出的中水，pH值、溶解性固体、铁、锰、总大肠杆菌群等指标和自来水相比，仅在嗅和味、浑浊度等方面略有差异。

和义驾山生态水厂取义乌江水不同，另一边的稠江工业水厂，其水源则来自于中心污水厂深度处理后的达标尾水，这是实打实的“再生水”。

“为方便取水，稠江工业水厂就建在中心污水厂隔壁，义乌为此投资了8700万元，这也是义乌首座高品质再生水厂。”稠江工业水厂厂长黄波告诉记者，原先中心污水厂一般是将处理后的达标尾水排放至义乌城南河，用于激活水系，除此之外，尾水几乎不做他用，而今尾水有了新的用武之地——成为中水。

企业受益，一年水费省百万

居民小区埋设双管供应中水，用处只有一个，就是冲马桶。目前，居民用中水初定指导价为1.7元每吨，比自来水居民水价低0.5元每吨。其水源来自义驾山生态水厂，根据义乌全域分质供水规划，义驾山生态水厂主要供应义乌主城区稠城、江东、北苑等范围。

另一边，全国最大的袜业生产商义乌浪莎集团，则用上了来自稠江工业水厂的中水。

在“浪莎”的印染车间，记者看到，其印染设备除了连有自来水，还连有中水和企业自身的回用水（雨水收集）。

作为目前稠江工业水厂最大的用户，“浪莎”日均用水量达1500吨。“全年仅此一项就可为企业节约水费百万元。”“浪莎”公共部部长杨修林告诉记者，工业用水的中水价格相较自来水至少便宜1元每吨。

杨修林清楚地记得，2018年义乌遭遇供水危机，全市采取了限用自来水措施。因“浪莎”使用中水，自来水限用不仅未对企业生产造成影响，反而帮助企业占得了市场先机。“政府鼓励我们多用中水，不仅不限量供水，还专门出台激励政策。像我们这样日用中水量超过1000吨，水费还能再便宜0.5元每吨。”杨修林说。

同样受益的还有义乌市双童日用品有限公司。作为全球最大的饮用吸管生产企业，“双童”建成了集分质供水、中水回用、雨水收集利用、工业水循环回用、生产热水循环利用和纯净水供应等六大综合节水系统，企业年用水量从22万立方米降至2万立方米左右，每年可节水20余万立方米，水资源重复利用率达到95%以上。

价格低更省钱，不管是居民还是企业，用上了中水显然合算。没有用上中水的，如今也充满了期待，比如洗车店老板——安徽人李师傅。

李师傅在义乌恩惠路开了一家洗车店，平均每天洗二三十辆车。但 2018 年义乌限用自来水，让李师傅的洗车店深受影响。“义乌用水紧张嘛，所以像我们这种洗车店都不能用自来水洗车。”李师傅告诉记者，去年三天两头就有工作人员上门查水表，“1 个月大概给我们两三吨自来水，我们连洗衣服都小心翼翼，生怕超标。”

李师傅解释，正常情况下，像他这样的洗车店，平均洗六七辆车就要用 1 吨水。可自来水不能用，怎么办呢？除非洗车店关门，否则只能买水。于是有人瞄准了眼下的商机，开着槽罐车，全城送水上门，1 吨水售价约 40 元，相比原先 5.3 元每吨的自来水售价，暴涨近 8 倍。

为消化经营成本，李师傅提价了：每辆车的洗车价格从 25 元涨到 35 元。不过，相比同行业 40 元每辆的标准，这个价格依旧算低的。“我们店里没有伙计，都是我们夫妻俩自己洗，所以还算便宜的。”

城市“解渴”，分质供水少不了

据义乌市水务局初步测算，在目前“马力尚未开足”的情况下，平均每吨中水的综合处理费用超过 10 元，高于自来水处理成本。但供给企业的中水仅收费每吨 2 元多，供居民价格甚至在 2 元以下。为什么义乌要做这笔“亏本”买卖呢？

义乌虽然年均降水量达 1400 多毫米，但仍是典型的资源型缺水地区，域内可利用的水资源十分有限。

朱红斌介绍，义乌区域内地表水开发利用已接近上限。近些年，义乌已不具备新建水库的条件，域内主要水库也已扩容完成。城市发展速度日益加快，用水量不断增大，从义乌域内进一步挖潜已经相当困难。

义乌也早早启动了域外调水工程。2000 年，义乌就和东阳签订供水协议，每年从东阳的横锦水库调水 5000 万立方米，2019 年，又签订供水合同，每年调水量增加 3000 万立方米。此外，义乌还与浦江签订协议，每年从浦江通济桥水厂调用成品水 1000 万立方米。

根据预测，随着义乌社会经济发展和产业转型升级，未来 10 年，义乌城镇用水量年均增长率或达 4%。这意味着，2025 年义乌城镇用水量需求可达 2.23 亿立方米，2030 年为 2.7 亿立方米。而正常年份，义乌全市优质水资源量仅为 2.2 亿立方米（含域外引水）。枯水年份更少，约为 1.81 亿立方米。

“以前，义乌所有的供水都采用自来水，包括建筑冲厕、绿化浇洒、道路冲洗、洗车等，导致城市自来水供应愈发紧张。这是对水资源的浪费。”义乌水务集团董事长陈德占认为，义乌要“解渴”，分质供水是必由之路。

范伟民掰着指头给记者算了一笔账：“卿悦府大概630余户居民，不算多，而整个城市有机更新区，有11000多户居民，这些市民如果全部用中水冲厕所，每天预计能置换出优质水1200多吨。”

专家测算，如果义乌全域在建筑冲厕、绿化浇洒、道路冲洗、企业生产等方面全部使用中水，每年至少可置换出30%的优质水，这能很大程度上解决义乌优质水缺乏的难题。

“义乌全市域、大规模、高品质的分质供水的规划，我们做到了2035年。2022年年底前，还将新建生产中水的苏福工业水厂、双江湖工业水厂。”朱红斌介绍，除了将中水使用推进各大工业区企业和新建住宅区块，未来，还要积极引导学校、市场、集聚区等推行中水回用、雨水利用，最大限度节约优质水资源。

目前，义乌已将分质供水作为规划控制、土地出让的前置条件，凡是规划区内新建工业区、集聚区、住宅小区、公共建筑等，都实行双管分质供水。埋设双水管、双水表是义乌楼盘新开发的前置条件。而在项目建设方面，义乌也将分质供水作为规划许可、图纸审查、项目验收的必备条件。

“对已建区，由于市政管网已经基本完善，这部分的分质供水改造难度较大，经济投入也大，我们将逐步完善。”义乌市水务局党委书记、局长翁一兵说，“希望通过3年努力，到2022年，将义乌打造成节水优先的实验区和示范区；通过5至10年努力，年置换优质水资源1亿吨以上，为义乌城市发展至300万，甚至更大人口规模，以及工业招大引强、转型升级提供保障。同时形成分质供水全国标准，树立全省标杆。”

（原载于2019年《浙江日报》 傅颖杰　周伟根　毛米罗）

《浙江省水资源条例》明年起实施

9月24日，《浙江省水资源条例》（以下简称《条例》）经省十三届人大常委会第二十四次会议审议通过，将于明年1月1日起正式实施。

“这是对2003年1月1日开始实施的《浙江省水资源管理条例》的又一次修订完善。因《条例》涉及水资源开发、利用、节约、保护等多方面内容，所以对名称进行了修改。”省人大法制委员会有关负责人介绍。

浙江水资源总量丰富，但因人口和产业高度集聚，人均水资源量比全国人均水平低20%左右，只有世界人均水平的四分之一，属于国际公认的中度缺水地区。多年来，全省各地加强水资源管理，探索特色水资源节约保护和开发利用制度，不断推动水资源的保护和可持续利用。但随着经济社会的快速发展，迫切要求进一步量水而行、因水制宜，实行最严格水资源管理制度，强化水资源管理的刚性约束，同时进一步优化水资源规划，合理配置、统筹利用各类水资源，提升水资源安全保障能力。

通过立法进一步推进节约用水是此次修订的重点。《条例》在延续定额管理、水价调节等节水制度的基础上，总结浙江省节约用水实践，增设了许多节水激励和促进措施，包括县级以上人民政府水行政主管部门应当组织编制本行政区域的水资源节约保护和开发利用总体规划；直接从江河湖泊取水的省级以上节水型企业可以减征水资源费；达标再生水再利用可以核减本行政区域主要污染物排放总量；公共供水企业应当将年用水量一万立方米以上用水单位的用水信息共享至政府公共数据平台等。

“近年来，浙江省各地在流域生态保护补偿、区域水资源论证、取水许可审批改革等方面进行了有益探索。”省水利厅相关负责人介绍，《条例》对这些实践经验和改革成果进行了提炼总结和制度固化，如明确生态补偿资金应当优先用于水源区的水资源保护和水源区保护范围内村（居）民的生活保障、生产补助；建设项目所在区域已经开展区域水资源论证的，需要办理取水许可的建设项目不再进行水资源论证；取水许可按照告知承诺制的方式进行管理，取水许可和取水建筑物、构筑物占用河道审批合并办理等。

此外，《条例》还对水库联网互通和供水联网联供、非常规水利用、生态流量泄放及设施建设、农村生活供水设施建设、供水管网漏损控制等作出了相关要求。

（原载于2020年中国水利网　万笑影　陆乐）

全力打造节水标杆省份
《浙江省节水行动实施方案》正式印发实施

因水而兴的浙江正紧锣密鼓推进节水。由浙江省水利厅和省发展改革委牵头、多部门联合开展的《浙江省节水行动实施方案》（以下简称《实施方案》），目前已正式印发实施。该方案首次提出，通过实施节水行动，争当践行新时代治水思路的排头兵，努力把浙江建设成为南方丰水地区实施国家节水行动的标杆省份。

浙江缺水，更需节水

浙江作为江南水乡，为何也要开展节水行动？

“事实上，浙江属于国际公认的中度缺水地区。”省水利厅副厅长冯强解释，浙江多年平均水资源量976亿立方米，年人均水资源量1702立方米，但是浙江人口和产业高度集聚，人均水资源量比全国人均水平低20%左右，只有世界人均水平的四分之一。

水资源不平衡不匹配，在浙江尤为明显。从时间分布上看，降雨集中在梅雨期和台汛期，70%的水资源形成洪水排入大海，无法有效利用，秋冬季降雨偏少，容易出现季节性旱情；从空间分布上看，杭嘉湖、宁绍地区人口稠密、经济发达，经济总量占全省2/3，而水资源量只占全省1/5，水资源供需矛盾日益显现，尤其是优质水短缺问题较为突出，以嘉兴、舟山为例，优质水库水供给严重不足。

水资源利用效率水平客观反映了产业结构合理性、技术水平先进性和水治理能力的高低。对标发达国家，2018年浙江万美元GDP用水量254立方米，而日本仅为136立方米、新加坡仅为23立方米。“正因如此，推动水资源利用从粗放低效向集约高效转变，是高质量发展的必然选择。我们在开源的同时，必须从节流端发力，有效保障用水安全。”冯强说。

对此，《实施方案》提出，到2022年，重要领域节水取得快速突破，万元GDP用水量、万元工业增加值用水量较2015年分别降低42%和48%以上，规模以上工业用水重复利用率达到91%以上，城市公共供水管网漏损率控制在10%以内，城镇居民年人均生活用水量控制在55立方米以内，农田灌溉水有效利用系数提高到0.606以上，全省用水总量控制在186亿立方米以内。

用得越多，价格越高

如何推动全省节水行动？

强化刚性约束，是贯彻落实《实施方案》的重要举措之一。“我们将对水资源消耗总量和强度实行控制，主要抓好县域水资源承载能力评价、江河水量分配和区域水资源论证3项工作，实施用水全过程管理，突出刚性约束，建立节水评价机制。”冯强说。

在此基础上，浙江将着力推进农业节水增效、工业节水减排、城市节水降损、非常规水利用、节水标杆引领和节水装备制造等六大工程，全面推进节水型社会建设，积极推动体制机制创新，全力打好节约用水攻坚战。

提高节水意识，必须建立全方位的价格机制。在居民用水方面，浙江已全面实行居民阶梯水价制度，通过适当拉开各阶梯之间的价格差距，下一步将结合水价动态调整，进一步优化该制度；在非居民用水方面，浙江正在着力健全完善非居民用水差别化水价和超定额累进加价制度，在全省范围内全面推行非居民用水超定额累进加价制度，并完善差别化水价制度。“简单来说，就是超出一定量后，用水量越多，价格就越高。”省发展改革委一级巡视员徐幸说。

一大批加强节水项目的投资即将启动。比如加快舟山绿色石化基地等大型海岛海水淡化工程建设，确保 2022 年全省海水淡化产能规模达到 40 万立方米每日的目标，基本解决海岛对生活生产用水的需求。

此外，聚焦酒店、居民小区和学校等重点用水行业和领域，浙江将开展节水标杆遴选和引领行动。今年，全省会打造 10 个节水标杆酒店、10 个节水标杆校园、10 个节水标杆企业和 100 个节水标杆小区。

农业增效，工业减排

农业是第一用水大户。近年来，浙江围绕实施节水灌溉和发展节水畜牧业渔业，持续推进结构调整，积极发展节水型产业，特别是在一些山区、丘陵地区，发展用水较少的旱地作物，减少生产过程用水量；不断改善农田基础设施，实施灌区节水改造，累计建成 1900 多万亩旱能灌、涝能排的高标准农田；大力推广运用节水技术设施，推广水肥一体化技术，开展规模养殖场标准化改造等。截至目前，浙江农田灌溉水有效利用系数达 0.6，高于全国平均水平。

节水农业的“节”，不仅是“节约”的“节”，也是“调节”的“节”，就是要科学高效利用。“我们将在强化农业生产保供的前提下，进一步加强农田建设和农业生产统筹管理，努力向旱地要粮，让灌区增效，要水田减排，深化落实节水措施，加大设施农业建设力度，全面推进高效节水灌溉，推广生态节水生产，切实保护和节约水资源。”省农业农村厅副厅长蔡元杰说。

《实施方案》提出，到 2022 年，全省水肥一体化面积保持在 50 万亩以上，新增高效节水灌溉面积 40 万亩以上，建成节水型灌区 180 个；全省农村供水工程供水保证率保持在 95% 以上，全面落实水费收缴制度。

工业是浙江节水的大户。这些年来，浙江通过推进淘汰落后和严重过剩产能，企业开展清洁生产，实施节水改造、中水回用和节水型企业建设等工作，工业节水取得明显成效。2019 年，万元工业增加值用水量 17.6 立方米，比 2015 年下降 45.3%。

“下一步，我们将着力推进工业节水减排，大力推广高效冷却、洗涤、循环用水、废污水再生利用、高耗水生产工艺替代等节水工艺和技术，引导重点行业企业开展节水技改及再生水回用改造。”省经信委一级巡视员诸葛建介绍，到2022年，高耗水企业水效达标率90%以上，全面提升浙江工业水资源节约集约利用水平。

（原载于2020年《浙江日报》 全梁）

“最严格”管理下的“高水平”保障

——浙江统筹推进水资源集约节约安全利用

全国第一！获国务院办公厅通报表扬！

近日，“十三五”期末全国最严格水资源管理制度考核结果出炉，继2016年取得“十二五”末考核优秀成绩之后，浙江再次荣获“优秀”等级。据悉，不论是公布的排名次序，还是考核评分，浙江都是当之无愧的第一名。

在“最严格水资源管理”这场考核内容多层次、管控目标定“红线”的“国考”中，浙江如何取得这张优异的成绩单？

高位推动　协调联动——高水平践行“节水优先”方针

金秋九月，阳光洒射，浙江省义乌市卿悦府小区里树影婆娑、绿草如茵。来到小区花园，物业工作人员正在使用中水浇灌绿化带。

“这些景观的浇洒用水都是再生水，也就是中水，我们还用来冲厕、保洁，每吨比自来水便宜5毛，算下来每年能节省两三万元物业成本。”小区物业管理服务中心物业经理黄健说。

卿悦府小区是义乌首个分质供水试点小区。“我们早在2007年就有实施分质供水的设想，但当时条件还不成熟。2020年正好赶上老城区‘城市有机更新改造’，我们就乘势展开工作。”义乌市水务局副局长邵志平说。

根据测算，5.78平方公里有机更新区，园林市政、生态环境、冲厕等年使用中水量将达到100万吨，相当于节约了一个小型水库的水量。

这是浙江严格水资源管理、打造南方丰水地区节水标杆省份的缩影。但人们印象中的“江南水乡”，为何要这么大力度地推进节水？

水资源时空不均是浙江的现实困境。尽管水资源较为丰富，但年际丰枯变化明显，空间分布自西南向东北递减，存在季节性、区域性缺水问题。而人口稠密、经济发达的杭嘉湖、宁绍地区，水资源量只占全省的1/5，水资源空间分布与经济布局不匹配。

浙江省水利厅副厅长冯强介绍，习近平总书记在浙江工作期间作出了水资源

“取之有度、用之有节”“坚持节水为先、治污为本”等重要指示。历届浙江省委省政府坚决贯彻、始终遵循，加速从“节水为先”向“节水优先”转变，以治水倒逼经济转型升级，探索出一条具有浙江特色的水资源管理之路，有力助推省域绿色高质量发展。

省委省政府打好“五水共治”“剿灭劣V类水行动”“美丽河湖建设”“河湖长制”“幸福河湖建设”等一系列组合拳，不断将最严格水资源管理工作推向纵深；出台《浙江省水资源条例》《浙江省河（湖）长制工作规则》，护航开展各项工作；省市县三级政府建立常态化运行机制，基本形成“政府抓总、水利牵头、部门协同、社会参与、横向到边、纵向到底”的水资源管理工作机制……健全协调机制，注重立法保障，汇集部门合力，浙江切实加强水资源的管理，强化水资源的刚性约束。

紧盯“红线”，坚持“严”的要求，在保证经济中高速增长的前提下，浙江控制用水总量，提升用水效率，2020 年全省用水总量 163.9 亿立方米，较 2015 年减少了 11.3%，万元 GDP 和万元工业增加值用水量分别较 2015 年下降了 37.1% 和 50.1%。

全面管控　创新举措——推进水资源集约节约高效利用

如何破解水资源分配不均难题，推进水资源集约节约高效利用？浙江的答案是——全面节水，合理分水，管住用水，系统治水。

以“全面节水”为目标，打造南方丰水地区节水标杆省份，高位推动实施国家节水行动，全域推进节水型社会建设，国家县域节水型社会达标数量和覆盖率均列南方省份第一。

以“合理分水，管住用水”为目标，100% 完成县级以上行政区江河水量分配工作，全面管控区域用水总量和效率，规范取水许可审批和日常管理。

以“科学调水，系统治水”为目标，通过工程联调和系统治理，做好区域水资源、水生态、水环境的保障，逐步实现空间均衡。

……

“十三五”期间，浙江水利部门牵头抓总，整体统筹，通过落实最严格水资源管理制度，严格饮用水水源保护，加强水生态治理，改善水环境质量，逐步满足新时代人民群众对优质水资源、健康水生态、宜居水环境的需求。

站在浙江省永康市舟山镇端头村的荷塘旁，可以看到整套生活污水处理设施。“这里是污水终端，村里所有污水统一排放到这里，随后通过氧化池处理后就变清澈了很多，臭味儿也没有了。”村长项建仁拉开两个水池的盖子，对水质进行对比。

而在2015年之前，端头村村民一直被“臭水”困扰着。“从前生活污水没地方排放，空气中时常弥漫着臭味儿。现在生活污水统一排放、统一处理，不仅环境变好了，还能将净化后的水用于荷塘和山上的苗木种植，带来经济收益，可谓一举多得。”项建仁说。

通过大力度治理生活污水，端头村一跃成为名声在外的“网红村”，吸引周边众多居民前来打卡，走出了一条别样的乡村振兴之路。

不仅注重日常管理,同时着眼长远,不断提升水资源保障能力。“十三五”以来，在省委省政府“百项千亿”等重大战略决策的引领下，浙江按照“量质并重、多源供给、联网联调”的要求，以重点水源和骨干引调水工程建设为主体，优化水资源配置网络，进一步提升城乡水资源保障水平。

“目前，浙江共有水库4296座，同时兴建千岛湖配水工程、浙东引水等一大批骨干引调水工程。”浙江省水利厅相关负责人说，“这些水库及引调水工程提高了水资源时空调配能力，保障了沿海平原、海岛、浙中缺水地区的用水需求。”

在完善水网、构架大动脉的同时，浙江还坚持改革创新，积极探索水权交易和生态补偿等“两山”价值转化实现路径，运用市场机制优化配置水资源，实现水资源使用效益最大化和效率最优化。

杭州市临安区出台农村集体经济山塘水库水资源使用权确权登记实施办法，明确了水资源的权属人、用途、使用权量等。这些水资源被确定为所在村的村集体所有。

宁海县水利局推进国能浙江宁海发电有限公司和宁波北新建材有限公司等企业之间的取水权交易试点工作，化解强蛟镇水资源结构性短缺制约。

……

浙江合理配置“闲置”水资源，在多个试点开展了区域与区域间、村集体与企业间、企业与企业间等多种形式的水权交易，同时开展生态补偿探索，如山溪水库、长潭水库等“受水区—水源区”之间的纵向生态补偿，以及“上游—下游”之间的横向生态补偿机制。

四水四定　久久为功——为高质量发展提供更有力的水资源保障

9月15日上午，东阳市江北中心小学的科技楼水培体验区内，一堂生动有趣的“节水栽培劳动体验课”正在进行。江北中心小学的师生们在科技楼顶端增设节水器具，将雨水收集起来，通过沉淀、净化后，再运用滴灌设施滋润水培体验区内蔬菜、花卉、药材等多种植物。

“这样的节水教育基地在东阳乃至金华还有很多。我们通过全面开展节水型机关、小区、学校、企业、酒店等节水标杆建设，呼吁市民珍惜水、爱护水，规范各类用水对象的用水行为和习惯。”金华市水利局局长金时刚说。

理念深入人心，节水结出硕果。浙江高速发展的十年，也是浙江用水水平快速提升的十年，从“十一五”末到“十三五”末的十年间，浙江经济总量增长近2.5倍，用水总量却从199亿立方米稳步下降到163.9亿立方米。这是浙江坚决走好高质量发展道路、厉行节约集约、坚持不懈奋斗的结果。

稳步推进重点水源及骨干引调水工程建设，县级以上城市中湖库型水源供水人口覆盖率达84%；严格饮用水水源保护，加大水质监测力度；全省11个地市均建成了备用水源，90%县级以上城市具备“一源一备”供水保障体系；累计解决农村饮用水达标提标人口1054万人，同期改善人口位居全国第一；建成美丽河湖140条1540公里，贯通滨水绿道1590公里，全省水环境逐步实现由“脏”到“净”、由“净”到“清”、从“清”到“美”的改变……“十三五”期间，浙江依靠严格、科学的水资源管理，支撑和保障了经济社会发展，全力推进经济社会发展与水资源承载能力相匹配、相适应，也给老百姓的生活带来了看得见、摸得着的改变。

“以水定城、以水定地、以水定人、以水定产”，浙江坚定走高质量发展道路，引领产业转型升级，加快新旧动能转换。省水利厅相关负责人说：“一方面，各级水行政主管部门坚决贯彻新发展理念，主动适应发展需求，抢抓机遇，转变职能，管理服务能力水平得到了较大的提升。另一方面，高质量发展带来的政策牵引、产业重构、环境倒逼使得经济社会发展模式和增长方式发生了根本性转变，水资源节约集约利用理念和方式逐渐深入人心。”

永康市被誉为中国的“五金之都”。这里地处浙中山区，产业高度密集，水资源不足，用水矛盾突出。近年来，永康全力做好水资源节约利用和保护工作，为促进经济社会高质量发展提供了样板。

永康市建立了从源头到龙头、从龙头到田头、从排放到杨溪水库库尾湿地“三道防线”保护机制。农村生态环境更加美好，产业结构也更加合理，永康示范区粮食生产能力和农产品产量提高10%左右。

发展理念和方式的转变，有力推动了用水水平和水资源保障能力持续向好、向强。浙江的实践充分证明，坚持高质量发展不动摇，辩证看待最严格水资源管理与经济社会发展需求之间的关系，才能实现生态效益和经济效益双赢。

发展是硬道理，水是硬约束，水资源格局决定着发展格局。新时代赋予了水资源管理新的使命和更高的要求，把水资源水生态水环境承载能力作为刚性约束，坚持“四水四定”，仍需久久为功。

"'十四五'期间，浙江将以强化水资源刚性约束、优化水资源配置调度、提升水资源利用效率和推进政策制度创新为重点，统筹推进水资源集约安全利用，为打造'重要窗口'、建设共同富裕示范区提供更加有力的水资源保障！"浙江省水利厅相关负责人说。

（原载于2021年《中国水利报》 王鹏翔　陈萌）

算清节水账　增效惠民心

浙江全省单位面积产水量列全国第4位，而这个"富水"大省却有着自己的苦恼——人均水资源量不足1800立方米，比全国平均水平低8%左右，不到世界人均水平的1/4，降雨时空分布不均，水资源的空间分布与人口、经济布局不匹配……"七山一水二分田"的浙江频频喊"渴"。

如何答好"节水"这一时代问卷，为浙江"解渴"？近年来，浙江省坚持节水优先，算好"生态""经济""民生"这三本账，进一步统筹安排好生活、生产和生态用水需求，全力促进水资源、水生态、水环境质量的全面提升，高质量推进浙江节水型社会建设，交上了一份满意答卷。

算好"生态账"　节水就是减排

浙江因水而名，因水而美，因水而兴。节水这本减排的"生态账"在节水型企业里算得尤为清楚。

地处嘉兴平湖的浙江景兴纸业股份有限公司，打破了人们印象中造纸业是高耗水、高污染产业的传统印象，登上了2018年全国第一批重点用水企业水效领跑者的宝座。近年来，景兴投资近8000万元，在行业内率先开展膜处理工艺中水回用工程建设，实现了日处理废水1.8万立方米，产水1万立方米，年节水300余万立方米，为造纸企业节水和污染物减排树立了典范。

算一算景兴公司的这本"生态账"：第一笔是每年减少了300余万立方米的废水排放，避免了河水污染，也为企业后续产能提升预留了足够的环境指标容量。第二笔是每年产生的300余万立方米中水代替了河道取水，留出了宝贵的生态用水空间。第三笔是中水回用大大降低了下游污水处理厂的处理负荷，减少了社会治污成本。目前，在浙江，像景兴这样的节水型企业已有968家，构成节水减排的中坚力量，给生态环境带来了巨大效益。

这些年来，生态需水不断攀升，2016年、2017年全省河道内环境配水量分别为25.55亿立方米、48.86亿立方米，其中杭州市2017年就达34.11亿立方米，主要用于钱塘江—西湖—运河引排水。节水创造出的生态用水空间，成为许多地方保障河流生态流量的重要措施，为美丽河湖添加了生态底色。

算好“经济账” 节水促增效

“过去用自来水就是一个价，没考虑那么多，只管用。现在用多用少不一样，第一档每立方米两块九，第三档就要六块七，翻了一倍还多啊，我得省着点用。”这是杭州西湖边散步的李大爷算的水账。自从实施阶梯水价后，在价格杠杆的撬动下，居民更加注重节水，用水量降下来了，水费也减少了。

除了普通家庭，越来越多的工业、农业经营主体也在转变发展模式道路上将节水作为重要考量。浙能长兴发电有限公司自 2012 年中水回用二期工程完工并投入运行后，每年可直接减少从河道取水近 1500 万立方米，节约了 300 万元水资源费。

春意盎然，柳绿桃红，江山市碗窑灌区内一片春播忙碌的景象。在这片总面积达 134.3 万亩的土地上，自从实施灌区续建配套与节水改造工程后，共节约水量 592 万立方米，节约水费 107 万元。同时工程带来了作物增产人民增收的可喜结果，据统计，灌区内粮食、油料分别增收 198 万、13 万千克，相当于创造了约 620 万元的新增产值。

节水，企业发力，城市更应有所作为。在宁波北仑，面对工业取用河道水与河道需要生态水“打架”的局面，北仑实施生活用水和工业用水分质、分流，从而实现优质优用、低质低用的目的，城市节水在分质供水上做了一篇大文章。

走进宁波北仑岩东水务公司，就能看见一面巨型的水幕墙，底下水池里有好几尾鱼儿在欢腾地游来游去。这里的水是公司用污水处理后产生的再生水，清澈透亮，看起来与自来水无异。自 2009 年建成投产至今，岩东专注于城市污水处理再利用，已累计外供再生水约 2 亿立方米，形成了工业用水的有效补充，为临港产业带开辟了稳定、廉价的第二水源，走出了一条城市污水“变废为宝”的新路子。再生水的使用，使企业减少了河道水、自来水用量，从而为生态用水、居民生活用水预留了空间。

算好“民生账” 节水惠你我

喝上优质的水库水，实现城乡同质饮水，拥有优美的水环境……近年来，伴随着浙江经济社会高速发展，老百姓对未来美好生活提出了更高标准的需求。

当前浙江的水资源工作面临的主要矛盾，已从水利工程调蓄能力不足与经济发展对水资源需求的矛盾，逐步转变为水资源节约、保护、配置、调度等监管能力不足与人民群众对优质水资源、优美水环境、健康水生态多元化需求之间的矛盾。随着长三角一体化国家战略和“四大建设”的推进，区域性生活生产生态用水需求增加，这个主要矛盾也日益突显。

新需求，新担当，新作为！分析当前的水资源矛盾，核心是“质量”，解决的关键是“效率”。浙江不遗余力地强化节约用水和水资源监管，促进水资源科学调度和高效配置，提高水资源利用效率和效益，统筹安排好生活、生产和生态用水需求，促进水资源、水生态、水环境质量的全面提升，更好保障老百姓的民生需求。

民之所盼，政之所行。以宁波为例，不仅保障“源头”，管好“龙头”，也瞄准供水管网漏损这个节水的“天敌”，在控制供水管网漏损率方面下真功夫。通过建立三级分区计量体系、安装三级分区计量器具、建立奖励机制等措施，宁波及时发现并有效降低漏损率，自来水管网漏损率从 2015 年的 11% 降低为 2018 年的 8.7%，3 年来，总供水量减少了 440 多万立方米，保障人口却增加了 20 余万人。

节水就是减排，节水就是增效，节水惠及民生！浙江各地正在积极算好“生态”“经济”“民生”三本账，积极响应国家节水行动，积极制定节水行动方案，紧紧围绕节水减量减污，加强全过程严格管理，构建全覆盖节水格局，强化全方位政策支持，培育全链条服务体系，凝聚全社会节水合力，加快推进节水型社会建设，以水资源可持续利用促进经济社会可持续发展，为促进“两富”“两美”浙江建设贡献力量。

（原载于 2021 年《中国水利报》 郑盈盈　陈潇奕　梅林蓉）

着力守护南太湖绿水青山

——浙江省长兴县践行“两山论”的节水实践

“绿水青山就是金山银山。”地处南太湖之滨、“两山论”发源地的浙江省湖州市长兴县，近年来加大财政支持力度，通过加强水资源刚性约束，在节水及水资源管理领域创造了令人瞩目的绩效，为践行“两山论”、助推绿色高质量发展提供了可借鉴的经验。

日前，长兴县水利局副局长徐建平在接受“节水中国行•媒体看浙江”报道组记者采访时表示，近年来，在践行“两山论”实践中，长兴县结合实施国家节水行动，每年投入百亿元财政资金，加大节水技术、节水器具、节水理念的普及应用和推广工作，形成了政府主导、部门联动、社会参与的节水工作格局，特别在非常规水资源利用上成效显著。2020 年 12 月 9 日，长兴县政府进一步出台节水行动方案，明确 10 项机制体制改革和 10大行动任务。截至目前，全县已建成 22 个中水回用工程，形成日均 9.13 万吨中水回用量，再生水工业化利用率 30% 左右。

高效除尘，尾水零排

坐落于长兴县长湖甲航道一侧的华能（浙江）能源开发有限公司长兴分公司（简称华能长兴电厂），借助长湖甲航道的水资源进行电力生产。近年来，公司通过技术改造，以高效除尘、废水零排的生产模式蜚声中外，成为清洁高效燃煤发电技术创新和循环经济发展实践的排头兵，被誉为太湖之滨的“绿色火电厂”。

华能长兴电厂总经理、党委副书记周国良在接受记者采访时表示，依托华能浙江分公司，他们高起点规划、高标准建设，打造高效环保燃煤电厂，布局风、光、水、气等清洁能源，积极开拓供热市场，将绿色环保理念融入到企业生产经营活动的每一个环节。2010 年 8 月，为落实国家节能减排政策，华能长兴电厂以壮士断腕的魄力，对两台在役的 12.5 万千瓦机组实施永久关停。2014 年，国家能源局等三部委联合印发的《煤电节能减排升级与改造行动计划（2014—2020 年）》提出后，国内燃煤电厂掀起了超低排放改造的热潮。在此背景下，华能长兴电厂率先实施烟气协同治理、脱硫废水零排放等技术，被华能国际定为实施烟气协调治理技术路线和脱硫废水零排放的试点。这些项目成为全国首个未采用湿式电除器实现超低排放的新建项目。自此，华能长兴电厂的节能减排工作走向纵深层次。

华能长兴电厂脱硫废水零排放项目采用全球最前沿的正渗透高浓盐水处理技术，将脱硫废水进行二次浓缩处理，水中的盐类结晶以固体形式排出，将其回收作为有用的工业原料，真正实现脱硫废水“零排放”，每年可回用清洁淡水 10 万吨。和传统的蒸发结晶零排放工艺相比，大幅降低投资成本和运行费用，全面实现低能耗、全自动控制，运行和维护更为便捷。

据介绍，在阿联酋举行的全球水峰会上，“华能长兴电厂脱硫废水零排放”项目获得了“全球最佳工业水处理项目奖”。这是中国企业首次获得该奖项。这一奖项在全球水处理领域的影响力堪比电影界的“奥斯卡金像奖”。

不取一滴清水，不排一滴废水

与华能长兴电厂毗邻的浙能长兴发电公司（以下简称“长电公司”），开启“既不向自然界取一滴清水，也不向外界排一滴废水”的生产管理模式，同样取得了骄人的业绩。如今，该公司的节水减排经验令业界刮目。

站在长电公司宽阔的中水回用工程沉淀池旁，浙能长兴发电公司总工程师徐豪对记者表示，作为用水大户的燃煤发电厂，长电公司通过技术改造，全部取用中水，且已做到不向外界排放一滴废水。

他说，为支持节能节水减排工作，长兴县政府投入2000万元财政扶持资金，对电厂实施输送管网、泵站提升及后续维护工程，让长电公司"零成本"引入污水处理尾水。在政府支持的基础上，长电公司投资9000万元资金，建设了尾水生化处理工程。此举可以消化掉长兴县主城区所有处理后的生活污水和开发区大部分工业污水。截至目前，电厂已累计回用中水超过1.1亿吨，减少排放化学需氧量约3860吨、氨氮约414吨以上。在此基础上，长电公司再投入6000多万元资金，采用分类收集、分质处理和综合处理的方式，进一步提高水资源综合利用率，彻底实现超过15类废水的分类回收和处置消纳，达成全厂"废水零排放"。

实施区域水资源论证机制，进一步强化刚性约束

2018年，长兴县被浙江省水利厅列为"区域水资源论证"工作试点，2019年又被列为水资源强监管综合改革和水资源管理数字化转型试点县。

试点工作启动以来，长兴县按照"区域水资源论证＋取水许可承诺备案制"模式，强化水资源约束。区域水资源论证改革试点最初仅限于长兴县经济技术开发区。完成改革试点工作后，长兴县自加压力，把试点工作推广到全县所有乡镇（街道、园区），成为浙江省首个全面实施"区域水资源论证"的县区。同时，根据统一部署，长兴县迅速行动，在完成区域水资源论证工作的基础上，全面推行取水许可承诺备案制。

改革方案实施后，长兴县办理取水许可申请由许可制转变为备案制，申请办理时间从法定15个工作日缩短到1个工作日。建设项目水资源论证转变为以乡镇（街道、园区）为单元、以工业平台为重点的区域论证方式。同时，长兴县立足区域水总量控制指标和行业水耗标准论证成果，积极倒逼水耗较大企业开展技术改造。在槐坎南方水泥转型升级项目审批中，长兴根据项目区域水资源禀赋，引导建设单位加强非常规水利用，回用污水处理厂尾水。据测算，这一举措实施以来，每年节约水资源135万立方米，置换水资源440万立方米，能够提升全县工业用水效率9.6%。

长兴县水资源强监管综合改革涵盖节约、开发利用、保护、配置、调度、取用耗排等环节，明确监管内容、监管方法、监管手段，按照打造"四大体系一平台"的总体要求，全面实现县域水资源精细化管理，推动了长期想推动而没有推动的

水资源基础工作，解决了一批难题，有效提升了县域水资源管理规范化、法治化水平。

同时，长兴县通过加强标准化改造，提升了取水设施，补齐了水资源管理短板。截至目前，全县已全部完成112套取水设施改造任务，实现取水工程“三个一”标准化建设，即一个取水口、一个公示牌、一个标准监测站，彻底改变了取水设施建设混乱、管理不成体系的局面。

徐建平表示，“十四五”期间，长兴县编制了节约用水规划和再生水利用规划，力争到2025年，再生水工业化利用率达到50%。

（原载于2021年《中国财经报》）

我省对节水型企业减征水资源费　最高可减征50%

省级节水型企业水资源费按规定标准的80%征收，省级节水标杆企业水资源费按规定标准的50%征收……7月14日，记者从省水利厅获悉，我省正式印发《浙江省节水型企业水资源费减征管理办法》（以下简称《办法》），从8月1日起实行水资源费减征政策，进一步激发企业节水内生动力，促进水资源节约集约利用。

浙江荣晟环保纸业股份有限公司节水技术改造成效显著，被评为2020年度省级节水标杆企业。造纸业一直是传统高耗水行业，按照正常的水资源费征收标准，该公司每年的水资源费支出在64万元左右。“按照最新的政策，我们每年可省下一半的水资源费，再投入到节水设施建设中。”公司负责人说。

“按照《办法》规定的减征标准，全省省级节水标杆企业全年将减免水资源费约300万元，省级节水型企业全年将减免约1400万元，合计1700万元。”省水利厅水资源处相关负责人介绍，《办法》明确了省级节水型企业水资源费减征的工作目标、实施对象范围、减征标准、具体操作办法等，不仅为节水型企业带来实实在在的福利，更是补齐了节水奖励制度短板。

今年，浙江将继续实施节水标杆引领行动，全省计划完成50个节水标杆酒店、50个节水标杆校园、100个节水标杆小区和150个节水标杆企业创建，打造一批水效领跑者，推动国家节水行动在浙江走深做实。

（原载于2021年《浙江日报》　金梁　蔡麒麟）

看似一年不换水　其实时时有新水

每年的3月22日是“世界水日”，“中国水周”也同日开启。

2022年，杭州全市用水总量为29.27亿立方米。其中，万元GDP用水量16.09立方米，较2020年度下降11.79%。这些水是怎么省出来的？

3月21日，潮新闻记者跟随杭州市节水义务监督员的脚步，走进杭州奥体中心游泳馆等地，探秘杭州人身边的“节水美学”。

杭州奥体中心游泳馆共有比赛池、跳水池、热身池、儿童池、亲子池五个池子，蓄水量超过1万吨。

杭州亚运会期间，它将承担游泳、跳水和花样游泳比赛以及亚残运会的游泳比赛。

如此庞大的体量，会不会因为更换新水而带来资源浪费呢？

现场工作人员介绍，奥体中心游泳馆可以实现“一年四季不换水”。

原来，他们在打造亚运场馆时，用上了比肩“水立方”的“黑科技”——24小时水循环系统。

每天，泳池中的水会经过泳池池壁的出水口，进行多道工艺循环处理后，再通过回水管道重新进入泳池。

杭州市节水义务监督员何星佑在现场算了一笔账：标准游泳池一池水有2000吨，按常规操作一个月换4次水来计算，一年下来就要产生9.6万吨用水消耗。

而奥体中心游泳馆的比赛池蓄水量为3750吨，同样用此方法计算，不计入蒸发等损耗，使用水处理系统后，一年下来可节省18万吨水。

表面上看是“没换水”，实际上时时刻刻都在补充“新水”，这也契合了杭州亚运会“绿色、智能、节俭、文明”的办会理念。

不只是游泳池，在杭州，高架花草也喝上了再生水。以往，杭州的高架花草采用的是车载人洒浇灌模式给水，管养成本高，还不时会影响车辆通行。而运溪高架的“空中花廊”，已经用上了中水滴灌系统。

在运溪高架两侧，每个花箱内部都已装上支管道，为花卉提供灌溉水源。

这些支管道连接着余杭、良渚、崇贤三大污水处理厂中水出口的主管道。中水，也就是净化后的污水。

从污水厂中排出的中水，将直接通过主管道进入支管道，滴灌高架花卉。

与传统浇灌方式不同，滴灌系统无可见水，水在重力和毛细管的作用下进入土壤，可以使植物根部保持水分，也能减少对其他建筑物的腐蚀。

这套中水灌溉系统已经覆盖运溪高架全线34.5公里。

2022年，余杭、良渚、崇贤三座污水处理厂为此项目提供回用水量共计33.86万吨，折合节约用水成本近140万元。

（原载于2023年《浙江日报》 李睿 王心慧 王伟伊）

对标世行指标，浙江还要做什么？

5 月 14 日至 20 日，是全国城市节约用水宣传周。

你知道吗？节水这件事，也和营商环境息息相关。

世界银行最近启用营商环境新评估体系（Business-Ready，B-READY），其中变化之一就是新增了“获得用水”评价内容。

“获得用水”包括了哪些方面？对于正在大力实施营商环境优化提升“一号改革工程”的浙江，该如何对标世界，写好“获得用水”这篇文章？

世行新指标，有哪些具体要求

自 2003 年起，世界银行每年都会发布全球营商环境报告。到 2020 年，已涵盖了世界 190 个经济体，对全球营商环境的改善产生了积极作用。中国一直很重视优化营商环境建设，世界排名从 2015 年的第 90 位跃升至 2020 年的第 31 位。

浙江省经济信息中心开放发展与营商环境部副主任冯锐博士向潮新闻解读，世行发布的新版营商环境评估体系 B-READY 体系，标志着世行对全球商业环境的评估进入新阶段。

B-READY 体系共有 10 个一级指标。此次新增了“获得用水”“获得网络”等内容，与旧版里的“获得电力”一起整合成一个一级指标“公用设施服务”。获得电力方面我国已经积累了丰富的改革经验，但是获得用水、网络是首次参与世行评价。

冯锐告诉潮新闻记者，其实早在 2018 年，国家发展改革委首次开展中国营商环境评价，就结合我国实际、企业现实所需，把获得用水用气列为一级指标，反映了我国政府较早地关注到获得用水在营商环境建设中的意义，体现了工作的前瞻性。

B-READY 体系将“获得用水”纳入评估内容，意味着什么？

一个数据可以看出端倪。据世行估计，发展中国家每年因停电、停水造成的企业损失高达 820 亿美元。

“水、电、互联网是企业等经营主体营商办事不可或缺的资源要素，其接入的便利性、监管体系的完备性、公共服务质量是城市营商环境的重要方面。”冯锐判断。

“获得用水”包括哪些方面？

“这是一个系统性的服务体系。”冯锐解释道，获得用水，不仅是企业提出报装申请这么简单，还包括了外线工程审批施工、装表通水，后续供水可靠性、可持续性、服务流程透明度，管网维护、更名过户、诉求处理等全过程服务。

这几年，浙江不断优化营商环境，提高政务服务水平。就企业用水报装服务而言，不少地市已经走在前列。比如衢州，所有工程项目在城市建成区拿地后，水电气就提前进场，免费施工。据衢州水业集团相关负责人计算，仅用水一项，去年一年就帮助企业减免管道铺设、装表等费用150多万元。

长期从事投资管理和改革的专家，浙江省委改革办二级巡视员徐星明认为，浙江进一步增强企业用水获得感，可在用水的稳定性和用水的成本上，多做些文章。

水资源对营商环境意味着什么

水，对一个地区经济社会发展的意义不言而喻。

浙江省水利厅水资源管理处处长王云南向潮新闻分析，往大里讲，水资源承载力决定了当下一个地区或城市产业发展规模、人口数量。往小了说，良好的营商环境必须有水资源这一“硬核”要素保障。

以浙江为例，可以看到，许多重大项目在落地时，水资源都是一个重要的考量。

比如农夫山泉、娃哈哈等食品饮料生产企业，在浙江的发展，离不开当地丰沛优质的水资源支撑。

如今，优质的水资源成为浙江各自招商引资的法宝。

台州临海因为丰沛的水量，2021年底吸引荣盛集团在当地建设大型化工项目。这一项目每年用水将达到6000万到7000万吨。临海当地总库容3亿多立方米的牛头山水库、7200多万立方米的方溪水库等保障了这一项目顺利落地。

衢州优质充足的水资源成为高端产业落地加分项。2022年6月，衢州智造新城引入强链补链项目——感光有机膜材料（光刻胶）项目。作为芯片之基的“光刻胶”项目对水质、水量要求很高。优质的水源是完善产业链不可或缺的一环。

水温也是一种可利用的资源。2015年9月，阿里浙江千岛湖数据心正式启用。千岛湖地区年平均气温17℃，其常年恒定的深层湖水水温，可以让数据中心90%的时间都不依赖湖水之外的制冷能源，制冷能耗节省超过八成，比普通数据中心全年节电数千万度，减少碳排放量1万多吨标煤。

没有水资源这一基础要素保障，营商环境也无从谈起。

提起浙江，很多人想到的就是江南水乡、河流众多、水资源丰富。的确，浙江全省多年平均水资源总量967亿立方米，单位面积产水量位列全国第4位。

这样的浙江，保障企业稳定用水有问题吗？

一个事实是，由于人口众多，降雨时空分布不匀，浙江年人均水资源量不足 1512 立方米，比全国平均水平低 24.6% 左右，不到世界人均水平的 1/5。舟山等海岛仅为人均 600 立方米。加上浙江经济社会快速发展，用水需求呈刚性增长，浙江属于国际公认的中度缺水地区（按照国际标准，年人均水资源量 1000 ～ 2000 立方米即为中度缺水）。

徐星明告诉潮新闻记者，像去年下半年降水偏少，浙江不少地区生活、生产用水就有些紧张。“总的来说，就是政府要继续做好水资源配置管理、水利工程建设，提高水资源的利用效率。”

对标世行指标，浙江还要做什么

对于企业来说，良好的营商环境，还意味着更低的生产成本。具体到用水，就是希望每一滴水能获得最大的产出。这方面，浙江也做了一些探索。

比如开展分质供水，让企业用水更便宜。优质水保障居民生活饮用水，低质水供应工业生产用水。位于衢州市龙游县经济开发区的浙江金励环保有限公司，对生产用水水质要求不高，使用了工业用水后，每吨价格比城市水厂供水便宜 0.7 元，每年企业减少 200 多万元成本。目前，衢州已建成龙游、衢江及市本级 3 个工业水厂，主要承担 400 多家企业的供水任务。

为了激发企业节水动力，浙江还实行了水资源费减征、财政奖励、金融扶持等系列政策。

“在政府部门帮助下，我们投入 80 万元用于节水改造，公司每日取水量从 600 立方米下降到 350 立方米，两年来节省了成本超过 24 万元，绿色低碳认证还让企业的产品更有市场竞争力。”金华市鸿泰文具有限公司总经理金燕飞告诉潮新闻记者，被评为浙江省 2022 年“省级节水标杆企业”后，企业还享受到了 50 万元的节水奖励资金。

节水行动也倒逼着浙江产业的转型升级。浙江省水利厅统计，2022 年，浙江的万元地区生产总值用水量为 21.6 立方米,万元工业增加值用水量为 12.3 立方米，分别较“十二五”末下降 45.6%、64.2%。

“通过大力推进水资源节约集约利用，淘汰高耗水高污染生产方式和落后产能，倒逼产业绿色低碳转型升级、经济提质增效。”在王云南看来，良好的产业生态也是十分重要的营商环境。

在 2023 年度节水行动中，浙江将继续以节能节水为重点，实施清洁生产审核企业 700 家；以火电、钢铁、纺织、造纸、石化和化工六大高耗水行业为重点，创建省级节水型企业 200 家。

提高企业用水获得感，接下来，还要补齐什么短板？

冯锐认为，不少地方政府部门，更多关注的还是用水的某一个环节，比如首次办理时的接入。事实上，按照世行的评价体系，“获得用水”是一个围绕企业全生命周期的全过程服务，更重要的是与这项服务相关的法规制度是否健全、规则体系是否完备、信息是否公开透明、相应市政基础设施是否完善等方面。比如，如果意外停水导致企业生产受损，赔偿怎么解决，有没有法律法规可以参考？水价变更能否更广泛征求意见、尽量提前告知企业？用水异常能否提前预警？若有投诉，能否得到快速处理？水量查询、水费缴纳是否智能便利？

冯锐建议，对于各项服务，既要创新提高政府监管质量，又要谨防不必要的监管扰企；既要推动服务提质，又要保证服务的普惠性可及性，归根到底，要实实在在提升企业享受服务的实际效率、满意度。

综合来看，要让企业从“用上水”到“用好水”，涉及许多系统性的、细致入微的工作。这或许是下一步优化营商环境需要努力的方向。

（原载于2023年《浙江日报》 朱浙萍　郑盈盈）

空间均衡

浙江省实施千万农民饮用水工程

今年年初，省水利厅与永康、玉环、龙泉等10个县（市）签订了农村饮用水工程建设责任书，要求通过一年努力，使省重点扶持建设的10个乡镇供水保证率达到95%、自来水普及率达85%以上，饮用水水质达到国家饮用水卫生标准。这标志着我省"千万农民饮用水工程"建设拉开了序幕。

实施"千万农民饮用水工程"，是我省加快农业、农村现代化进程，全面建设小康社会的一项重要举措。该工程从今年开始建设，力争通过5年时间，使全省偏僻地区农民饮用水困难问题得到根本解决，明显改善1000万农村人口的饮用水条件，水质达到国家饮用水卫生标准。

据了解，目前我省农村人口自来水普及率统计数为83%，但真正符合国家饮用水卫生标准的只有39%左右。随着农村生活水平的提高，农民迫切要求喝上清洁卫生的水。

"千万农民饮用水工程"将根据各地不同的自然地理、水源条件和经济发展状况，在加强水资源保护，统筹规划、建设供水水源的基础上，促进城乡供水一体化，促成城市供水管网延伸至乡（镇）村，并加大新安江引水等跨区域引水工程的研究和前期工作力度。同时，将利用各种形式引资融资，增加乡镇供水的投资额度；积极寻求政府支持，确定合理的供水水价，实现"以水养水"；强化水资源统一管理的手段和力度，实行水源建设—制水—供水—污水处理—水污染防治的一体化管理体制。

目前，我省许多县（市）已成立了供水工程的组织机构，并确定了项目责任人和技术负责人，多方筹措地方配套资金。永康等10个县（市）的供水工程已陆续开工建设。据统计，截至1月底，全省共新建工程59处，日供水能力10万吨。

省有关方面提供的资料表明，我省已为实施"千万农民饮用水工程"打下了良好基础。省水利厅有关负责人告诉笔者，今年我省将着重抓好条件相对成熟的县（市）的试点工作，探索不同地区、不同经济发展条件下工程建设和管理的有效模式。

（原载于2003年《浙江日报》 王国锋　王磊　谢根能）

钱塘江水按规分配

——浙江省规范沿岸的城市采水

5月26日，在钱塘江的历史上，是值得纪念的日子：《钱塘江河口水资源配置规划》（以下简称《规划》）正式实施。这意味着我国河口水资源配置的"定规立矩”已经启动，钱塘江河口率先有了“护身符”。

钱塘江虽不属大江大河，但每年的钱塘江潮世界瞩目，其经济地位也至关重要。钱塘江河口分属杭州、绍兴、宁波、嘉兴4市，该地区在浙江的经济发展中举足轻重。伴随城市的成长，钱塘江两岸需水量逐年增加，用水供需矛盾也日益突出。如何利用好、爱护好这条城市的“血脉”，引起了沿岸城市的广泛关注。

2004年，水利部组织钱塘江河口水资源配置工作专家组，原全国政协副主席、水利电力部部长钱正英，两院院士潘家铮出任顾问，中国工程院院士、原水利部副总工程师徐乾清担任咨询组组长，中国工程院院士陈志恺等16位国内知名河口、水利专家任咨询组成员，水利部总工程师刘宁担任《规划》编制协调小组组长。同时，浙江省内水利、河口、建设、交通、环保、宏观经济等相关领域的众多专家也参与了《规划》的咨询和编制工作。历时一年，为钱塘江开出了“保健药方”。

优先满足河口生态环境需水量

专家们经过调查研究，开出了钱塘江河口及钱塘江的“健康良方”：开发、利用、保护并举，优先考虑钱塘江自身的生态健康，保持长远开发利用。

《规划》规定钱塘江河口今后每年的取水量以多年平均径流量的20%为上限，目前，钱塘江河口的多年平均径流量为348亿立方米，那么，每年平均可用的水资源量为69亿立方米。

确定这一标准，首先考虑满足生态环境用水，即优先满足河口本身基本生态环境需水量、维持水沙平衡所必须的冲淤水量、维持水盐平衡所必须的压咸水量和维持河口污染物稀释净化能力的冲污水量等生态环境需水量最大值。

据浙江省水利厅统计，钱塘江河口目前的取水量为径流量的5.3%，因此专家们乐观地认为，只要加强管理，钱塘江河口的水资源可利用余地还是比较大的。

《规划》规定，到2020年，多年平均流量状态下，钱塘江河口每年总配置水量42.9亿立方米（占径流量的12.6%）。按正常年份，引这样的水量是不成问题的，因为引水所占的比率小，两大引水工程所引的水量不足多年平均可用水量的20%，不足整个径流量的4%。即使是遇到像1971年那样的钱塘江枯水年份，这个引水量也仅占可用水量的28%。

科学分配，分期调度

按照《规划》中的配置方案，在满足下游河道、河口生态环境用水要求的前提下，钱塘江河口的有关市县都可得到钱江水的润泽。具体分配方案为：到 2020 年，多年平均流量状态下，每年总配置水量 42.9 亿立方米（占径流量的 12.6%），杭州市的生活、生产和河网环境占大头——29.11 亿立方米，相当于近 70%；浙东引水工程可引生产用水 8.9 亿立方米，嘉兴市可引生活用水（预留）4.89 亿立方米。

浙江省引水办负责人介绍，《规划》中的取水次序为：杭州城区公共水厂用水、西湖景观用水优先，其次是杭州市农业用水及一般工业用水、富春江引水、引水入城及其他用水。

《规划》还依据自然规律确定了分期调度方案。4 月 1 日至 7 月 15 日为钱塘江河口丰水期，各用水户基本可正常取水；7 月 16 日至 11 月 15 日、11 月 16 日至翌年 3 月 31 日分别为枯水大潮期和枯水小潮期，根据上游来水情况，对非公共水厂用水户的取水进行控制。据了解，水利部门将在各个取水口设置自动取水计量装置及信息传输装置，对取水活动进行实时监控。

此外，由于城区公共水厂取水量的增加，河道抗咸能力下降，钱塘江河口的供水保证率会随之下降，《规划》考虑将杭州城区水厂取水口上移到不受咸潮影响的有水质保障的地方，以确保供水质量。

河口水配置不影响钱塘潮

杭州居民至今忘不了喝咸水的经历。就在 2004 年，由于咸潮入侵，杭州市区还多处停水，影响了居民的日常生活和工作。引水工程完成后，这一现象是否会加剧？

专家经过大量科学论证得出结论：钱塘江河口取水量增加后，减少了入海径流，在一定程度上加剧咸潮入侵强度，但钱塘江径流总量十分丰富，咸潮上溯基本不会影响取水。同时，《规划》建议杭州市及萧山区的公共水厂取水口一并上移，以抵御咸潮入侵的影响。

举世瞩目的钱江潮会不会因为河口水量减少而受到影响，甚至消失？水利专家分析，取水对涌潮影响甚微。涌潮的高度、强度，主要由河口喇叭口的大比尺决定，河口水资源的配置对涌潮强度的影响不超过 1%。

河口引水量增加后，江道径流减少，会不会影响杭州湾的泥沙运动，影响防洪？按照《规划》，到 2020 年，河口的河床淤积将略有增加，但对堤防设计防洪标准没有实质性影响。同时，河口湿地面积将略有增加，但对湿地水质环境影响有限。

为保障各取水户的利益和钱塘江的健康生命,《规划》强调要健全河口水资源预测系统,进一步完善钱塘江流域的水文设施建设,将生态影响降到最低。此外,实施水资源统一管理,严格控制新增取水口,科学调度新安江、富春江电站的运行,充分发挥水资源的综合效益。

（原载于 2005 年浙江在线　王磊）

浙江加快解决农村饮用水步伐

浙江省于两年前拉开序幕的“千万农民饮用水工程”建设成效显著，已有 271.5 万人在这项工程中受益。为全面建设小康社会，浙江省财政将从今年起增加财政扶持力度，比原计划提前 3 年解决全省农村的饮水难或是饮用水不安全问题。

据浙江省水利厅 2002 年调查，该省约有近 1400 万农村人口存在着不同程度的饮水不安全问题。在新一轮的政府工作安排中，浙江将解决这个问题放在了政府工作的重要内容之中，原计划从 2003 年起政府财政扶持，每年解决 100 万人口的饮用水不安全问题，提出的口号是：让农村和城里人一样喝上安全卫生水，目标是到 2007 年，基本解决农村饮水困难，农民饮用水条件得到明显改善，到 2020 年，我省农民饮用水工程将实现与城市居民用水的同步发展，基本达到中等发达国家水平。预计这项工程的总投入为 85 亿元。

2 年多来，这项工程已投入 21.1 亿元，新增日供水规模 54 万吨，改善饮用水条件的 242 万人，解决饮水困难人口 29.5 万人，每年都超额完成了省政府下达的工作目标任务。

为适应经济社会发展和广大农民群众的迫切需求，浙江省最近就加快千万农民饮用水工程建设进度的必要性和可靠性进行了调研，综合考虑各地财政支持能力、资源条件、技术力量等因素，制定出加快建设的工作方案，从今年起加大省财政对各地这项工程的扶持力度，争取将每年解决 100 万人的目标提高到每年解决 160 万人，这样原需 2013 年才能完成的目标任务可以提前到 2010 年实现了。

（原载于 2005 年中国水利网　王磊）

浙江省政府宣布浙东引水关键性工程正式启动建设

面临东部地区缺水尴尬的浙江省政府 30 日宣布，浙东引水关键性工程——曹娥江大闸枢纽工程，以及浙东引水重要组成部分——曹娥江至慈溪引水工程正式启动建设。

浙江省省长吕祖善表示，作为浙东引水的“关键性龙头工程”，曹娥江大闸开建意味着杭州湾南翼地区的水资源供求不均状况将逐步得以平衡。

浙东引水工程，是解决浙东地区的萧（山）绍（兴）宁（波）平原及舟山的水资源短缺矛盾的系统水利工程，主要由浙东引水萧山枢纽及其输水河道、曹娥江大闸枢纽、曹娥江上游水库、曹娥江以东配套输水建筑物以及舟山大陆引水工程等组成，工程估算总投资约 60 亿元。

据介绍，浙东地区水资源配置的总体思路是：以富春江引水至萧绍宁、大陆引水至舟山，形成分源配水、分质供水的水资源配置格局；遭遇较大干旱年份，首先保证生活和重要工业用水，通过对区域水资源统筹调配，实现浙东地区水资源供需的平衡。

记者了解到，30 日正式开工建设的曹娥江大闸枢纽工程，是我国在强涌潮河口地区建设的第一大闸，也是浙江省“五大百亿”工程项目。该工程具有防潮、防洪、治涝、水资源开发利用、水环境改善和航运等综合利用功能。

曹娥江大闸枢纽工程位于曹娥江河口钱塘江畔，距绍兴老城区约 30 公里。工程主要由挡潮泄洪闸、堵坝、导流堤、闸上江道堤脚加固工程等组成。挡潮闸总宽 697 米，闸孔总数 28 孔，每孔 20 米，堵坝长 785 米，导流堤长 510 米。工期 3.5 年，主体工程计划于 2007 年完工。

浙东萧绍宁舟地区位于杭州湾南翼，人口密集，经济发达，但本地水资源不足。宁波、绍兴、舟山的多年平均水资源总量为 151 亿立方米，仅占全省的 16%；人均水资源量仅为 1515 立方米，为全省平均的 72%。水资源短缺问题已严重制约该地区经济社会发展。

（原载于 2005 年新华网　潘海平　彭友）

浙江：用战略目光关注水资源保障工程

7 月 19—20 日，浙江省委副书记、省长吕祖善在副省长茅临生及省发展改革委、水利、财政、国土资源、环保等部门负责人的陪同下，赴湖州、嘉兴考察了老虎潭水库、合溪水库、浙北引水工程等“水资源保障百亿工程”的有关项目，并在 20 日下午召开的省重点工程建设座谈会上，对“水资源保障百亿工程”建设作了重点阐述和提出了加快建设进程的要求。

“水资源保障百亿工程”：概括了浙江“十一五”新增供水能力的 20 个工程，总增供水能力 30 亿立方米，总投入达 100 亿元。

“水资源保障百亿工程”浙江今年问世的一个新名词

今年4—5月间相继召开的浙江省委第12次常委会议和省政府第63次常务会议都审议通过了一项新的“涉水”方案——《浙江省水资源保障百亿工程实施方案》(以下简称《方案》)。主要内容是要在“十一五”期间投入100亿元，建设一批以解决区域性缺水和城乡居民饮用水供给问题为重点的水资源保障工程，确保到2010年全省新增供水30亿立方米，使水资源成为今后该省经济社会发展的支撑和保障。

据浙江省水利厅陈川厅长介绍,按《浙江省水资源保护和开发利用总体规划》，浙江在“十一五”期间要续建和新建31项工程，新增年供水能力31.8亿立方米。列入新建的有20个重点项目工程不仅将对建立全省水资源保障体系起到举足轻重的作用，而且兼具防洪、灌溉等综合功能，公益性较强。这些工程建成后，可基本解决全省缺水或水源地水质不符合标准要求的35个市（县）、约1100万人口的供水问题。同时，新增防洪库容3.64亿立方米，保护农田132万亩，保护人口281万人。

战略家眼光：扼杀危机于发生前
——不能让水资源成为继土地、电力后的制约浙江经济发展的瓶颈

这是浙江省委书记习近平、省长吕祖善等省领导在多处场合反复强调的一个观点——不能让水资源成为继土地、电力后制约浙江经济发展的瓶颈。

浙江多年平均水资源量955亿立方米，人均水资源量2100立方米。2004年实际总用水量为208亿立方米，水资源利用效率在国内处于较高水平，万元GDP用水量179立方米，为全国平均水平的一半左右。据预测，在强化节水的前提下，2010年全省需水量为288亿立方米，存在一定缺口，特别是环杭州湾和温台沿海地区的缺水量较大。

作为事关经济社会发展全局的战略性要素资源，省委、省政府对水资源工作高度重视，多次深入研究水资源的保护节约和开发利用问题。2003年，省委书记习近平，副书记、省长吕祖善等分别亲自专程调研水资源工作。吕祖善省长还多次参加有关浙江水资源及河口地区水资源规划内容的专家论证会、咨询会。在20日的省重点工程建设座谈会上，记者亲耳聆听了吕省长对浙江水资源可能成为经济社会发展制约的因素了如指掌的分析和对整个水资源百亿保障工程如数家珍般的介绍，非常强烈地感觉到浙江省委、省政府对水资源的关注程度早已不是停留

在解决一般的困难和难题上了，而是出于对全局可持续发展的战略考虑。“水资源百亿保障工程”是浙江经济发展战略中的一场至关重要战役。

省长下令：要加快“水资源百亿保障工程”建设进度，切实把水资源保障工作这件事抓好。该项工程近期将签订责任书

浙江省委、省政府在作出进行“水资源百亿保障工程”建设的决定时，就要求各有关地方和有关部门要认真组织实施，并着眼于机制创新，吸引各方投资，落实责任，加强管理，确保工程质量。同时，也对水资源开发利用和节约保护相结合、水污染的防治等都提出了要求。

20 日的全省重点工程建设座谈会上，吕祖善省长在听取省水利厅陈川厅长的汇报后说，提高水资源保障能力，事关人民群众的生产、生活，事关我省经济社会的可持续发展。他要求下一步要立足水资源优化配置，统筹规划，抓好前期和相关报批手续，尽快开工建设；要尽快落实资金，加强工程管理，强化水资源节约、保护和水污染防治，切实把水资源保障工作抓好。

据陈川厅长介绍，省委、省政府作出建设“水资源百亿保障工程”决定以来，省水利厅已作了大量前期准备工作并取得阶段性成果，并对建设机制创新等进行了调研，目前已制定完成了“水资源百亿保障工程”工作责任体系，将把工作任务进一步分解、落实到省级有关部门、各地政府，将结合具体项目特点，就项目前期、政策处理等外部条件、工程建设及配套资金保障等目标与责任人签订责任书，并实行年度实施计划和工作目标考核，推动项目前期工作的开展、加强建设管理和资金管理以及创新建设和管理机制。

（原载于 2006 年中国水利网）

浙江水资源保障百亿工程建设正式启动

今天，浙江省召开了近十年来召开的最隆重的全省水利工作会议暨水资源保障百亿工程建设工作会议。会上，随着茅临生副省长同 18 个市、县（市、区）的分管负责人签署了“水资源保障百亿工程”建设责任书，标志着浙江这项准备了多年的全省水资源全面优化配置的工程拉开了建设序幕。

这项被省委副书记、省长吕祖善称为全省水资源优化配置“抓手”的“水资源保障百亿工程”，是根据《浙江省水资源保护和开发利用总体规划》，围绕增强水资源保障能力这一中心目标，重点解决区域性缺水和城乡居民优质饮用水供给的系统工程。共有 20 项重点水库和引调水工程项目，其中续建 8 项，拟建 12

项，包括浙东引水工程、嘉兴太湖取水工程等全省人民瞩目的重大水利工程，总投资 123.5 亿元，“十一五”期间计划投资 100 亿元。这一工程实施完成后，可增加总库容 12.1 亿立方米，防洪库容 3.53 亿立方米，新增年供水能力 23.5 亿立方米，可基本解决全省区域性缺水，或取水水源不符合国家规定要求的 35 个市（县）城乡供水问题。

省委副书记、省长吕祖善向参加会议的来自全省 11 个市的市长、分管市长及市、县（市、区）的分管领导和水利局长们作了工程建设动员，省委副书记周国富出席会议并讲话。吕祖善要求全省各级干部必须明确，要从落实科学发展观、构建和谐社会的高度，充分认识加强水利工作，完善水保障体系的突出重要性，进一步明确全省水利和水资源保障的指导思想，切实抓好当前和今后一个时期的重点工作，加强组织领导，完善政策机制，努力把全省水利和水资源保障工作提高到一个新水平。

这次的全省水利会议不仅邀请了省级近 30 个部门的代表参加，还特邀了省内的八家金融及投资集团参加。浙江省“水资源保障百亿工程”建设领导小组办公室特地定制了一份项目书，将“水资源保障百亿工程”中的 12 项拟建工程作为项目，希望通过这个平台，促进社会各界对这项工程的关心和了解，吸引社会资本的参与。

（原载于 2006 年中国水利网　王磊）

浙江新农村建设水利现场会在浦江召开

——力争用三年时间基本解决农民饮水安全问题
全面推进我省新农村水利建设

今天，浙江省政府在浦江召开了全省新农村水利建设现场会。会议要求各地加强领导，加大投入，落实责任，力争用三年时间基本解决我省农民饮水安全问题，全面推进万里清水河道、“千万亩十亿方”节水工程、防汛防台抗旱等各项新农村水利工作。

浙江副省长茅临生作重要讲话，并代表省政府与各市签订了千万农民饮用水工程建设目标责任书。省水利厅陈川厅长在会上就下阶段新农村水利工作作了部署，全省 11 个市分管副市长汇报了各市农民饮用水工程建设等工作，省政府办公厅副主任陈龙主持会议。省政府办公厅、省农办、省发展改革委、省财政厅、省卫生厅以及省水利厅陈岳军副厅长和各相关局、处（室）人员参加了会议。会议参观考察了浦江县郑家坞镇自来水厂、仙华水厂、下薛宅村甘泉工程现场以及通济桥水库等“甘泉工程”。

会议指出，各地各部门坚持以科学发展观为统领，认真贯彻省委、省政府《关于全面推进社会主义新农村建设的决定》，统筹城乡发展，在水利方面取得了明显成效，仅去年冬春修水利期间，全省农田水利基本建设便累计完成投资100多亿元。去年全年，全省千万农民饮用水工程新增供水规模34万吨每日，新增受益人口170万人。2003年以来，仅用了三年半时间便完成了省政府确定的五年建设任务，使农村饮水安全覆盖率由2002年的62%提高到了77%。“千万亩十亿方”节水工程全年完成骨干渠道改造800公里，带动全省面上6670公里渠道的防渗衬砌，推广节水灌溉90万亩，节水达1.2亿立方米。以农村为重点的河道整治工作也在去年取得新成效，全年整治建设河道2600公里，提前一年完成10000公里的五年建设任务。同时农村小型水利工程建设和管理也得到进一步加强，组织实施了中央财政小型农田水利“民办公助”项目，在基本完成2005年20个项目的基础上，又组织实施了37个项目，并在全省范围内组织水利协会，积极引导受益区群众参与工程管理，使目前全省在册水利协会116个，管理灌溉面积达46万亩以上。

会议在肯定去年全省新农村水利建设所取得成绩的同时，强调目前全省农村还有800万左右人口存在饮水不安全问题，关注民生、解决民生问题仍是目前农村水利工作的第一要务。在省政府今天签订的千万农民饮用水工程建设目标责任书上明确了各市今后四年内的农村饮用水工程建设目标责任，力争用三时间基本解决全省800多万农民饮用水安全问题，提前1 ~ 2年实现“十一五”规划目标。省委、省政府高度重视农村饮用水工作，三年来，每年都把该项工作列为省政府为民办实事的十项工程之一。今年，省政府又进一步加大了财政投入力度，大大提高了该项工程财政补助标准，安排了专项补助资金2.25亿元，比2006年翻了近一番，以全力推进农民饮用水工程建设。会议指出，下一步千万农民饮用水工程需要解决的是自然经济条件较差的地区，每年要解决250多万农村人口的饮水安全问题，后续工程多，建设难度大、任务重。要求各地进一步加强领导，落实工作责任；落实资金，增加投入；加强建设管理，建立长效管理机制，确保工程建设质量和建成后能够长期发挥效益；同时还要把握好前期准备、社会监督、资金安全、公开招标、管理责任落实等五个环节，着力解决好我省农村饮用水安全问题。

同时，会议还就如何做好当前和今后一个时期我省农村水利建设的工作做了进一步明确，要求各级部门要按照省委、省政府关于扎实推进社会主义新农村建设的各项部署，紧紧围绕新农村建设“二十字”方针，加快农村水利事业发展。

要坚持以人为本，抓好农村防灾保安工作；要进一步提高农业防灾减灾能力，促进现代化农业发展；要大力整治河道水环境，改善农村村容村貌；抓好小型水利工程建设和管理，为农村和农业发展提供基础保障；同时加强农村水利工作的组织领导，全面促进新农村建设。

鉴于今年该省防汛防台抗旱工作中存在的极端性天气事件将频繁发生；钱塘江河口江道形势和水文规律变化不容乐观；全省总体防御能力还偏低；基层防御能力弱，防御工作体系不健全；党委、政府集中换届，新任防指指挥多等情况。会议要求各级部门要在前段时间已经完成全省汛前大检查的基础上，按照《浙江省防汛防台抗旱条例》要求，加强组织领导，对防汛防台抗旱工作进行再检查再落实，强化责任，完善预案，突出重点，进一步做好防汛放台抗旱工作。各级防指办公室和有关单位要加强值班，密切关注水、雨情，发现问题及时报告，及时处理，把各项防汛防台抗旱工作落实到实处。

（原载于 2007 年中国水利网）

浙江又添一座大型水库　合溪水库建成

今年 10 月，“十一五”浙江省水资源保障百亿工程又结新果实——集防汛减灾、区域供水、改善水环境和综合开发为一体的长兴县目前最大的水库工程建成并蓄水了!

合溪水库工程是 2004 年 4 月国务院总理办公会议确定的《“十五”期间全国大型水库建设规划》建设项目之一，是《关于加强太湖流域 2001—2010 年防洪建设若干意见实施方案》建设项目，也是浙江省批准的《杭嘉湖地区防洪规划》中确定的开发骨干工程并被列入“十一五”浙江省水资源保障百亿工程。2001 年动工建设，经过六年的前期准备和四年的艰苦建设，终于，让长兴人民看到了她秀丽的身姿。

合溪水库总库容 1.1 亿立方米，水库投入正常运行后，能够拦蓄合溪流域洪水主源，通过滞洪削峰，结合河道整治，使长兴县城的防洪标准从目前的不足 20 年一遇提高到 50 年一遇，减少长兴平原洪涝灾害，减轻太湖的防洪压力，提高长兴平原及城市防洪能力，从根本上缓解区域供水紧张善，改善长兴水环境、区域生态环境和投资环境。

合溪水库是长兴水利建设史上最大的一项水利工程，工程概算投资核定为 9.3 亿余元，地方自筹达 6.68 亿元。共征用土地 13169 亩，迁移人口 1163 户 3032 人，搬迁企业 51 家，搬迁、改建的项目涉及铁路、公路交通、广播、电力、通信等专业，还涉及文体文物古迹等十多处处理难题，但长兴人民上下齐心，攻坚克难，历经十年终于建成。

（原载于2011年中国水利网　王磊　吴成）

为了家园美好永驻

——浙江嘉兴市开展专项行动制止非法开采地下水

濒临上海，与富饶的苏南交界，自古素有“鱼米之乡、丝绸之府”美誉的浙江省嘉兴市，近年来一直受到地面沉降、水环境恶化的困扰。这座先祖们辛勤筑坝围涂而成的平原城市，经过两千多年的洗礼，逐渐发展成为一片经济热土。作为浙江境内唯一没有水库的城市，嘉兴虽然被称作“水乡”，可境内纵横交错的河流里全是过境的“客水”，随着周边和自身经济的发展，生活和生产用上清洁水逐渐变成了奢望。

“目光向地下”的恶果

嘉兴市人均水资源占有量不足600立方米。到20世纪90年代后期，市域范围内已经没有了达到饮用水水源水质标准的水体，大部分水体水质均处于V类和劣V类。早在1914年，嘉兴就有了向地下要好水的先例，1954年后逐年递增，开采范围也由城镇向乡村扩大，1986年起年开采量超过1亿吨，最高年1996年开采量达1.5亿吨，至2003年年末时，该市有各类深井1072口，平均每百平方公里有27口，其中40%用于工业生产。

1964年，嘉兴地质部门发现市区的地面在下沉。2005年，据地质部门公布，地面沉降量大于100毫米的面积已超过3400平方公里，一县城最大的沉降中心已累计下沉1097毫米（至2008年已达到1189毫米），另有3个城区的沉降中心沉降量超过了800毫米！有些地方年沉降速率超过了30毫米！

如果任其发展下去，平均高程仅3.34米的嘉兴，百年后将成为一片汪洋！

保卫家园的“持久战”

对于有数千年历史的嘉兴来说，百年后可能沉没水中的预言着实让人忧心忡忡。地下水保护工作得到从中央到地方，各级政府、人大和社会各界的高度重视和关注，国务院和省政府领导敦促有关部门和地方政府，拿出切实有效的措施遏制地面沉降。

2004 年，浙江省政府办公厅发文转发省水利厅《关于划定杭嘉湖地区地下水禁采区限采区及明确控制目标意见》的通知，并提出了禁采时间表：从禁限采做起，到 2010 年年底前全面禁止开采地下水。

嘉兴市委、市政府更是严肃对待地面下沉问题，认真贯彻省政府指示精神，从提高思想认识、加强组织领导到明确目标任务、细化措施等方面着手，采取多项措施，狠抓地下水限采禁采工作，打响了一场保卫家园的“持久战”。

2004 年，嘉兴市及其辖区各市（县）地下水禁采工作开始实行各级行政首长负责制，并且理顺了管理关系，原来由城市节约用水办公室管理的地下水管理职能，划归水行政主管部门统一管理。由此，嘉兴市地下水禁限采全面开始。

禁采令下达了，但嘉兴人民生活需要水，经济社会发展也要水，嘉兴如何在保证生存和发展的前提下，保卫自己脚下的热土不变成一片汪洋呢?

嘉兴市政府多措并举，一边抓全市的地下水资源开发利用和保护、城乡供水水源、市域外引水工程、城乡一体化供水和地面沉降防治等规划的编制，一边深入调查全市地下水开采井和开采量，建立地下深井资源信息化管理系统，提出明确的地下水禁采限采控制目标意见，并提出封井的规范要求，成立封井专业队伍，确保封井前有通知，封井中有规范，封井后有档案。

解决好替代水源，保障城乡供水安全是关键。嘉兴市采取的主要一条防沉降措施，也是最难做的，就是给每一处封井地区找好替代水源，做到“先供后封，供封同步”。这项工作主要从三方面着手：一是抓水厂建设，提高供水能力；二是抓加快城市管网向农村的联网供水工程；三是抓先进水处理技术试点，提高清洁水源的覆盖率；四是强化水源地治理和保护，努力解决原水水质问题。

据统计，嘉兴市的总供水能力已达到 153 万吨每日，其中日供水能力超过 3 万吨的水厂已有 10 座。2002 年以来，嘉兴投入 5.6 亿元建设千万农民饮用水工程，近 90 万农村人口饮水问题得到解决；小型膜处理水厂等试点，为一步到位解决边远、分散村庄居民饮水安全问题、封存地下水井创造了条件。同时，水源地的保护从启动到措施，步步推进，全市已建成 16 座污水处理厂，设计日处理污水能力达 69 万吨，建成污水收集管网近 1300 公里。2009 年年底，嘉兴市又有 41 个乡镇污水处理设施基本完成并将陆续投产，以嘉兴市区为先的一些有条件的市县区，已经或正在建设生态湿地。此外，嘉兴还开始从市域外引水，已有两项工程开工，目前太湖流域水环境综合治理太嘉河工程的前期认证工作已在进行中。

专项行动推进长效管理

2009 年，是嘉兴市禁限采地下水的攻坚年。

从 2002 年开展禁限采工作，至 2008 年年底，嘉兴市已封堵各类深井 593 口，全市水文地质环境得到明显改善，地面沉降速率有所减缓。然而，一边是政府部门想方设法在封堵深井禁限采地下水，一边却是非法开采地下水行为依然猖獗，无序开采地下水的恶果没有得到全面有效控制。

嘉兴市委、市政府下决心打一场禁限采“战争”：一是动员起来，加快封井工作进度，确保 2010 年全面完成封井任务；二是增强全社会保护地下水资源的意识和责任感，巩固禁限采工作成果。5 月 15 日，该市正式拉开了整治非法开采地下水专项行动的序幕，重点是查处各类工业园区开采深层（30 米以下）地下水的深井。

市政府为此专项行动成立了领导小组，由政府分管领导牵头任组长，水利、建设、工商、公安、法制等部门为成员单位，协调各部门力量共同开展执法整治活动。各县（市、区）也相继建立专项行动机构，并迅速在全市范围内展开了为期 4 个月、分 3 个阶段（宣传发动、调查处理和总结提高）的专项行动。

这是一场前所未有的禁限采“人民战争”。在发动阶段，政府利用多种宣传方式，宣传无序开采地下水的危害和嘉兴市面临的严峻水资源形势，唤起人们对禁限采地下水的社会责任感。一时间，群众举报非法开采的行为踊跃。嘉善县结合水法进校园宣传活动，让中小学生也参与到保护水资源的行动中来。

到 2009 年 9 月行动结束，全市共召开宣传发动会议 583 次，通过广播、电视、报刊等媒体宣传 4426 次，发送宣传短信 112.5 万条，有 539 家开采户主动申报，受理有奖举报 268 次，调查排查 22885 家，立案查处 68 家，处罚 80.1 万元，补缴水资源费 75.13 万元，依法封堵深井 396 眼，清理打井“牛皮癣”广告 26.3 万条。

通过开展专项行动，各地都对行动中发现的问题进行了分析和总结，并着手采取针对性措施，建立长效管理机制，如强化宣传教育，促使企业自觉合法用水，加强日常巡查和重点监督，加大执法力度等。嘉兴市水利局局长徐关明说，这次专项行动虽然干得很辛苦，但取得了“前所未有”的成效，现在他们完全有把握完成省政府下达的 2010 年年底前禁限采任务。

据了解，由于开采地下水的成本低，并且地下水还有水质好、温度适宜等优越性，所以违禁现象屡有发生。目前，非法偷采行为无法用相关技术检测，也增加了监督查处工作的难度。为此，嘉兴市水行政主管部门正在努力探索杜绝地下水偷采行为的方法。浙江省水利厅水政水资源处副处长王亚红告诉记者，水利部将在今年把嘉兴市列为全国地下水保护行动试点，开展嘉兴市地面沉降区地下水综合治理研究，省水利厅也将进一步加大对这项工作的支持力度，共同努力把嘉兴的水资源保护好，把嘉兴建设得更美好。

（原载于 2010 年《中国水利报》 王磊　陈欣）

春江绿水济浙东

——写在浙东引水工程试通水之际

2013年2月28日，一个注定要载入浙江水利史册的日子。这一天，人们翘首以盼的浙东引水工程，终于全线试通水。从此，绍宁平原上那些嗷嗷待哺的企业，将不再为缺水而停下行进的脚步；舟山海岛的渔民们只要拧开自家的水龙头，就能喝上来自200多公里以外甘甜的富春江水；饱受缺水之苦的浙东人民，终于梦圆！

浙东引水梦

浙江素有“江南水乡”的美称，境内水系众多，河网交错。

然而，浙江境内955亿立方米的水资源，时空分布不均，年际变化较大：每年六七成的降水量集中在5—9月；年降雨量最多站点与最少站点相差可达5～10倍，且降雨分布与经济发展水平不适应。其中，浙东地区人口密集，经济活跃，但“老天爷给的水却总是不够”。

宁波、绍兴、舟山的多年平均水资源总量仅占全省水资源总量的16%。舟山50多年来受到严重干旱28次，连续30天以上的旱情平均1.2年发生一次，人均用水量只有全省人均量的1/4。

水资源不足成为这些地区经济社会发展的“软肋”。

为解决浙东地区的缺水问题，早在20世纪60年代，水利专家便有了一个“浙东引水的梦想”：把清澈丰富的富春江水，通过水利工程引到绍兴、宁波、舟山这些浙东缺水地区，进行一次全省水资源的空间大调度。

1971年出现大旱后，浙江水利部门开始对“富春江引水工程”进行前期研究、考察和论证工作。2002年，浙江省水利厅组织编制了《钱塘江河口水资源配置规划》，浙江省人民政府和水利部于2005年4月联合批复该规划。

经过30余年论证，承载几代人梦想的浙东引水工程正式拉开了建设大幕。

重组“水脉络”

把富春江水引向绍宁平原及舟山海岛。这大胆的设想，注定了浙东引水工程的不平凡，成为浙江历史上投资最大、跨域最广的引水工程。

按照工程总设计，整个浙东引水工程以萧山枢纽为龙头，包括曹娥江大闸、曹娥江至慈溪引水、曹娥江至宁波引水、钦寸水库和舟山大陆引水二期等共6项工程，预算总投资达78亿元。

这6项工程将重组浙东地区的“水脉络”，让星罗棋布的河道、水库、供水管网这些供水“脉络”各司其职，共同支撑起整个浙东引水工程的供水网络。

萧山枢纽工程是浙东引水工程的龙头，也是浙东水资源优化配置格局中的关键性工程，它如一条巨龙蹲坐在钱塘江、富春江、浦阳江的三江汇合口，张开拥有8个闸门的大嘴，畅饮三江之水。

曹娥江大闸是我国强涌潮河口地区第一大闸，也是浙东水资源配置重要枢纽工程。按照规划，富春江水要先引至绍兴，再通过曹娥江大闸引至宁波、舟山地区。

舟山大陆引水工程是整个浙东引水工程中的又一关键。早在1998年，淡水稀缺的舟山就开始了大陆引水工程一期建设，从此喝上了宁波的姚江水。尝到甜头的海岛人，为喝上200公里之外那甘甜的富春江水，开始了大陆引水工程二期、三期的设想。

这张横亘大半个浙江的“引水图”是以萧山枢纽工程为起点，通过该工程引富春江水到绍兴曹娥江，再通过曹娥江大闸、曹娥江至慈溪引水工程、曹娥江至宁波引水工程，将水引至宁波，最后通过舟山大陆引水工程二期，最终使海岛人民喝上富春江水。

举力克难关

2005年岁末，随着曹娥江河口一阵“隆隆”的轰鸣声，曹娥江大闸枢纽工程在隆冬时节正式开工。

这一声响亮的轰鸣同时也宣告：孕育了几十年的浙东引水工程开始全面启动。紧接着，曹娥江至慈溪引水、曹娥江至宁波引水等6项主体工程相继开工建设。一时间，几万名建设者汇聚浙东大地，开始了一场浙东引水的“梦想之战”。

工程点多线长、庞大复杂，在浙东引水工程建设的路上，可谓困难重重！

曹娥江大闸仅科技攻关就有几十个项目；舟山大陆引水要从海底铺设几十公里管道，施工技术极其复杂；萧山枢纽工程闸室位于浦阳江堤内坡侧，因地质条件较初设阶段有较大变化，需进行“石方爆破、开挖土方”，由于爆破点与浦阳江堤、周边民房较近，也是难度重重。

一面是不断出现的重重困难，另一面却是嗷嗷待哺的浙东人民。建设者没有退路，也丝毫不能懈怠，他们只有迎难而上，攻坚克难。

助力新发展

发展海洋经济是浙江省经济转型升级的突破口。2011年，国务院正式批复《浙江海洋经济发展示范区规划》，浙江海洋经济发展示范区建设上升为国家战略。

2011 年 6 月 30 日，作为海洋经济发展核心区域的舟山，被国务院批准设立为浙江舟山群岛新区，成为我国首个以海洋经济为主题的国家级新区。

舟山迎来了一个全新的发展机遇。然而，对于缺水严重的舟山群岛新区来说，“有多少水，办多大事”。供水将成为海洋经济发展战略能否成功实施的关键前提。

如今，浙东引水工程的全线通水，对干渴的舟山群岛新区来说无疑是最大的受益者。舟山新区的海洋经济发展从此插上腾飞的翅膀。

除了舟山，浙东引水工程的全线通水，也为沿线绍兴、宁波等地送上了福音。经济素来发达的绍宁平原，将打破水资源的瓶颈，步入更加快速发展的道路。

历经几十年苦心论证与建设，凝聚两代浙江水利人心血，当工程全线通水的那一刻，所有的付出都汇聚成那一汪清水。

浙东引水工程，必将助力浙东乃至整个浙江经济蓬勃发展。

（原载于 2013 年《中国水利报》 谢根能　郑盈盈　张敏）

宁波实施水库群联网联调工程
破解供水水库各自为战困局

当一个水库，遭遇强降雨，水位迅速攀升，其中的超汛限洪水不再作为弃水，白白泄洪，而是通过隧洞和管道流往缺水的其他水库储存；当另一个水库，遭遇干旱，严重缺水时，也可以从其他水量丰沛的水库调水补汲，确保当地居民正常供水……

2015 年 3 月，随着水库群联网联调西线工程正式开工，这样的梦想，将在不久照进我们现实！

按照设计，我市最重要的几座供水水库——亭下水库、周公宅水库、皎口水库、溪下水库以及在建的境外引水工程钦寸水库，将通过隧洞和管道工程联网互通，构成互调互济的供水网络，这样，其中任何一座水库出现“水多、水少、水脏”情况，都能从其他水库自由调度，相互帮衬，从而形成“一盘棋”的大宁波供水体系。

上下求索，确保实现“水库供水”

宁波，缺水吗？答案可能出乎意料。

虽然，我市城市降雨比较丰沛，但因降雨时空分布不均，且流域水系自成体系、过境水量少，以及人口稠密等因素，宁波人均水资源占有量仅为 990m^3，是浙江省平均水平的 57%，全国平均水平的 48%。

与此同时，宁波缺少超大型水库，供水水库数量又有限，且大多分布在西南地区。而人口稠密，经济发达的东北平原地区，虽然也有平原河网，但水质不能尽如人意，存在水质型缺水。

为克服“先天不足”，让市民都能喝上水库的好水，我市水利部门上下求索，不遗余力。

近年来，通过开源节流，我市兴建了一大批水源工程，并首开先河，出资在绍兴市新昌县境内新建钦寸水库，实施境外引水工程。

与此同时，在全国率先开展分质供水、水源地保护工程和水库元素化管理等，以解宁波缺水困局。

目前，全市水资源供给能力已经达到 24 亿 m^3/ 年，基本能够保障经济社会发展各项用水需求，中心城区的水库直供水比例已从 2005 年不足 40% 上升至 2014 年接近 100%。与全国同类城市相比，宁波城市供水水平已经走在前列。

然而，随着宁波市域人口的增加和市域空间结构的调整升级，根据测算，如遇枯水年份，2020 年宁波市每年需水量将接近 30 亿 m^3。届时，宁波境内水库将不能填补水资源供需缺口，而境内也较难找出建造大型水库的地方。

因此，如何通过优化水源调度来增加水资源供给，保障市民用水需求，成为宁波进一步解决宁波水资源供需矛盾思考的问题。

不占寸土，新增一座“隐形水库”

一面是不断增长的供水需求,一面是境内无法再建大型水库的瓶颈。如何破题?

为此，水利人创新思路，设想出了宁波版的“南水北调”“西水东调”规划，探索了一条将境内外拥有的水库联通起来、从而进行联合调度的水资源开发利用捷径。

具体的思路是，宁波市已建有白溪等大型水库 6 座、中型水库 26 座、小型水库 389 座，他们分散于宁波各地，而且西南部较多。由于降水时空分布不均，同一时段内，有些地区水源丰沛，而有些地区相对贫瘠。而通过一项工程建设，将其中部分重要水源工程用管道、隧洞串联在一起，当某些地方水量过多时，利用管道、隧洞将这部分多余的水引到其他水量少的水库内，一来可以使弃水变废为宝，二来能补充水量少地区的水资源，大大提高了水资源的利用率。

这样的设想得到了中国工程院王浩院士的认可和帮助。经过专家共同论证，通过水库群联网的方式来增加宁波城市的供水量这一方式切实可行。于是，这项规模浩大、造福民生的工程被提上了日程，成为宁波市“五水共治”保供水的重点项目，被纳入《宁波市经济社会转型发展三年行动计划》。

按照水库群联网的理念，率先进行联网的是位于宁波西面的亭下水库、周公宅水库、皎口水库、溪下水库和在建的境外引水工程钦寸水库及其引水工程。它们在保障当地及下游需水的基础上，在高水位期间参与联调联供，均衡化供水。工程概算总投资约 13 亿元，输水线路全长 41.23km。工程建成后，通过联网优化调度，预计每年可增加优质原水供水能力 3700 万 m^3 左右，相当于不占一寸土地，为宁波新建一座隐形的中型水库。

联网联调，实现“一盘棋”供水战略

2015 年 3 月 5 日早晨，奉化市亭下湖村鞭炮声声，热闹非常。随着宁波市副市长林静国一声令下，宁波市水库群联网联调西线工程正式动工了。

在宁波，建设一个中型水库，若按 3000 名移民测算，没有 20 亿元造不起来，通过水库联网联调，不但增加了供水能力，还节约了大量的征地和政策处理费用。

实际上，这种用管道将水库串联的模式产生的效益，不仅仅只是增加一座“隐形水库”。

工程建成后，在常规气候条件下将由宁波市原水集团实行统一调度，在洪涝和干旱的特殊时期，则在宁波市水利局的指挥下实行统一调度。在这就把“市长”协调的活儿，交还给了“市场”，更加有利于水资源的优化配置，实现了宁波市域几大板块联网联调供水战略。

与此同时，由于各水库实现联网，相当于“朋友圈”间彼此有了“互保”，有效打破了“一库一水厂”的固有供水模式，若其中一个水库出现水质问题等突发事件，能够及时启动应急模式，调动其他水库的原水供应该片水厂，保障居民正常供水。

此外，联网联调还能有效提升宁波城区供水水质，增加生态及农业灌溉生产用水，增加水库汛期调洪空间，缓解水库及下游区间防洪压力等等。

“水库联网联调工程的效益可谓一举多得，但其前提是要保护好其中每一座水库的水质，否则联网联调也将失去根基”宁波市水利局负责人表示，“市水利等相关部门正在加强饮用水源保护工作，千方百计保护好每一库清水！”

（原载于 2016 年浙江新闻　郑盈盈　胡章）

让水资源托起海岛快速发展梦想

——浙江舟山群岛新区全面提升水资源保障水平

8 月 12 日，离浙江省舟山市黄金湾水库大坝约一公里的海面上，一艘大船平

稳停靠。船上，伴随着工人们焊接时飞溅的火花，一段段 1.2 米管径的输水大管道连接成线，被慢慢推入海中，远远望去犹如海上蛟龙。

这是备受瞩目的舟山大陆引水三期工程海底管道铺设的海上作业船只。经过三个月的紧张施工，这项列入国务院 172 项重大水利工程名录的保供水工程，海底管道铺设已经进入最后一公里。至此，舟山人离喝上大陆引水三期工程水的日子又近了一步。

随着大陆引水三期工程的加快建设，正在面临全新发展机遇的舟山新区是否仍然缺水？舟山人的漫漫求水路如何艰辛？本报记者在用水高峰期赴舟山市开展调查。

先天不足　发展提速　水资源需求加大

舟山，一个美丽的群岛，1390 个岛屿就像珍珠一样散落在东海上。舟山，一个缺水的群岛，几乎每一个年长一点的舟山人都有苦涩的缺水记忆。

1967 年大旱，舟山一担水卖价 3 ～ 4 元，相当于居民半个月的最低生活费；1996 年大旱，舟山近 90% 的水库干涸，政府每天租用万吨轮船从上海、宁波装水；2003 年大旱，舟山山林大火，1200 余人奋战两个昼夜才将大火扑灭。

由于山低源短，河道水系互不相通，独流入海，蒸发量大，一年降水量就指望着梅雨和台风的舟山，却在降雨来临时留不住雨水。据统计，舟山多年平均水资源总量 6.92 亿立方米，人均水资源占有量为 707 立方米，是全省的 1/3、全国的 1/4，属资源型缺水城市。岛上 212 座水库总蓄水库容仅为 1.47 亿立方米，最大的水库库容只有 1015 万立方米。

与舟山水资源紧缺相矛盾的，是舟山经济社会发展对水资源的急切需求。自 2011 年国务院批复设立舟山新区以来，群岛的开发开放就上升为国家战略，舟山迎来了发展的新机遇。

“眼下，舟山正迎来发展的黄金期，一旦供水出现紧张，显然会对发展产生不利影响。”舟山水利水务围垦局水政水资源处处长周中楠介绍，一方面，绿色石化项目、波音项目正在加快建设中；另一方面海岛旅游业、物流仓储等产业正以前所未有的迅猛势头发展。随着越来越多的产业落地，人口集聚，巨大的用水需求可以预见，进一步提高水资源保障能力迫在眉睫。

开源找水　内部挖潜　千方百计补齐水资源短板

舟山坚持本地水源、大陆引水和海水淡化“三条腿”走路，补齐水资源保障能力短板，开源找水，多管齐下。

本地水源是舟山的根本依靠。舟山千方百计推进水库建设，扩充本地水源。然而，群岛之内能建水库的库址少，库容小，成本高，舟山新建水库非常困难。

“我们正在建设的花鸟山塘，库容只有5.5万立方米，投资达到了1600多万元，造价相当于300元每立方米，是内陆地区的十几倍。”舟山市水利水务围垦局工程管理处处长郭勇说，为此正在实施清库扩容工程，在本地现有水库挖潜上做文章。

舟山的城北水库通过库底深挖、库面拓宽增加了20万立方米库容。下一步，舟山将继续实施狭门、田公岙、勾山等19座已有水库的清库扩容工程，相当于再造一个小（1）型水库。

千方百计找水，舟山还不断提高本地水资源利用率。近年来舟山先后实施了拦水工程、联水工程，把河里的水翻进水库成为饮用水水源，从点状供水保障转向网状供水保障。目前，全市已完成了40余处水库、河道及城乡水厂之间的联网工程，建成了大小翻水站180余座，年翻水量达到900万立方米。

由于先天不足,本地水源始终无法满足日益增长的用水需求。20世纪90年代，在水利部和浙江省委、省政府的高度重视下，舟山开始谋划向外引水。目前，舟山大陆引水工程一期、二期已经建成并发挥作用,日引水能力可达到32万立方米。到2021年，舟山将建成本岛大陆引水三期工程和金塘大陆引水工程，新增年供水能力3200万立方米，届时舟山水资源的保障将更有底气。

“大陆引水发挥了巨大作用，没有舟山大陆引水工程，就没有舟山今天的发展。”舟山市原水公司总经理林云手中拿着一张公司近年的供水量分配表。截至今年7月底，舟山大陆引水一期、二期工程共计引水2.72亿立方米，约占总原水量8.23亿立方米的1/4。1—7月，由于高温干旱，本地水库蓄水率低，大陆引水占供水量比例不断提高，达到了54%。

远水能解近渴，近在咫尺的海水，也为舟山水资源保障发挥了作用。目前，舟山的海水淡化厂已具备9.995万吨每日的处理能力，成为海岛用水的重要补充。到2021年，舟山将建成六横扩容、庙子湖扩容、东福山扩容等8个海水淡化工程，新增海水淡化能力6.8万吨每日。

节水优先　以水定产　勒紧裤腰带建节水型社会

习近平总书记提出的新时期水利工作方针，把“节水优先”放在了首位，对于缺水的舟山，尤为如此。

“我们小区很节水的哩！”在舟山定海区的桂花城社区，物业管理员正抽取游泳池的废水，用于小区绿化浇灌。现在小区里的1797户几乎家家都用上了节水型器具，成为了舟山的节水型小区。

舟山人的节水观念，来自沉重的缺水记忆，来自广泛的节水宣传，也来自制度的设计。舟山是浙江省最早开始实施阶梯水价的地市，其标准远高于浙江省内其他地市。除了居民，舟山的机关事业单位和宾馆等公共用水单位实行定额管理制度，超定额加价收费，全市每年节约用水约 10%。

除了居民，企业更是节水大户。在舟山，每 10 家企业中就有 4 家是政府授牌的节水型企业。“目前，公司每年可节省用水约 14 万吨。”舟山本地最大的海产品加工企业之一——舟山海力生集团公司总经理王加斌说，海产品加工的第一道工序是解冻，原来直接靠水冲，用水量很大。现在采用机械解冻技术，不但加快了解冻速度，也大大节省了用水量。

“都说舟山发展水为先，事实上关于水资源还有一句话：舟山发展水为限。”舟山水利水务围垦局规划建设处处长姜再通说，在舟山，项目上马前要严格实施总体规划、区域规划和重大项目建设的水资源论证制度，未通过水资源论证的有关规划不得批准实施，确保城市发展与水资源承载能力相适应。

这样的要求落实在了具体实践中。几年前，姜再通曾去参加普陀区六横产业布局评审会。面对石化产业的上马，评审会专家当即质疑，六横全岛的水都给了这些企业，往后民生用水怎么办？当地政府负责人陷入了沉思，最终项目没有实施。

以水定城，以水定产。通过多年的努力，2014 年 6 月，舟山市成为浙江省首个顺利通过国家级节水型社会建设验收地市，也有了一组省内最优秀的节水数据：至 2016 年年底，全市万元 GDP 用水量、万元工业增加值用水量分别下降 12.8 立方米和 13.9 立方米，城区供水管网漏损率下降至 8%，农田灌溉水利用系数提高到 0.69，节水型企业（单位）覆盖率达 39.2%，计划用水管理率达 90.4%，规模以上工业水重复利用率达 85%。

净化水源　提升水质　海岛人民升级求水路

“至今还记得 1996 年大旱，单位发了 30 斤的水袋去装水喝，那些从黄浦江装来的水有一股柴油味。”回忆起缺水体验，舟山水利水务围垦局办公室主任丁夏浦深有感触。以前只求能有水喝，现在随着新区的发展，老百姓不但要有水喝，还希望能喝上好水。

然而，舟山市目前的总体饮用水水质水平与浙江省内其他地市相比并不尽如人意：本地水质在Ⅱ、Ⅲ类徘徊；大陆引水水源在Ⅲ、Ⅳ类浮动；海水淡化水质提升，至今是个世界性难题。

今年 6 月，舟山市政府发布《进一步加强饮用水水源保护实施方案》，通过 5

年努力，全市饮用水水源地生态环境将明显好转，饮用水水源水质显著提高，达到Ⅲ类标准以上。舟山市采取了一系列的水质提升工作。

虹桥水库是舟山市区最大的饮用水水源，日供水量达到 4 万立方米，占舟山本岛城区自来水水源取水量的 10%。虹桥水库上游有 1271 户农户、2255 亩耕地，农业面源污染较重。2015 年 10 月开始，当地委托同济大学实施虹桥水库水源地面源污染控制与水质提升综合治理工程。

舟山市定海区水利围垦局总工程师陈平说："我们为水库建设了物理隔离护栏工程，对生活污水进行截污纳管，经过四道污染净化措施，还对水库实行'库长制'，由乡镇领导担任库长，水质明显提升。"

进水隔离，河库清淤，水源地清洁，实施"库长制"……这样的水库治理工程正在舟山铺开。到 2021 年，舟山将全面落实 63 座饮用水水源水库"一库一策"治理措施，完成本岛重点取水流域和主要外岛流域的综合治理及水体修复工程，力争全市水功能区水质达标率达到 100%。

舟山另一项提升水质的利器是科技。2012 年开始，舟山加大投入，在各个自来水厂安排深度水处理工程。深度处理水在传统处理工艺的基础上，增加了臭氧活性炭工艺，能使水质大幅度提升。

不断满足人民群众对美好生活的向往是工作的出发点。喝上水、喝上好水也是舟山人祖祖辈辈的求水梦。

今年 5 月，舟山市政府出台的《关于深入推进新区水利事业改革发展的实施意见》明确，舟山还将加快推进上海向嵊泗的大陆引水工程建设，探索实施利用废弃坑道井的洞库蓄水工程，谋划跨区域异地建库引水的可能，全方位提升水资源保障水平。

求水路漫漫，海岛舟山人还将继续上下求索。

（原载于 2017 年《中国水利报》 郑盈盈　蔡碧凤）

投资22.96亿元　宁波至杭州湾新区引水工程近日开建

12 月 29 日，地跨 4 个区、市，15 个镇、街道，线路总长 69.2 公里的宁波至杭州湾新区引水工程在宁波杭州湾新区开建。作为今年宁波市委、市政府"大脚板走一线，小分队破难题"重点项目，该工程将为新区及慈溪每年引入优质原水 3500 万立方米，助力新区加速建设国际化产业名城、现代化美丽湾区。

宁波市人大常委会副主任、宁波杭州湾新区党工委书记俞雷宣布项目开工；宁波杭州湾新区管委会主任、党工委副书记李谦致辞；新区管委会副主任张吉青出席。

宁波至杭州湾新区引水工程输水线路始于钦寸水库、亭下水库至宁波引水工程分水点，途径海曙区、江北区、余姚市、慈溪市、宁波杭州湾新区终到新区新城水厂，初步规划线路总长 69.2 公里，其中主线隧洞长 28.777 公里，管道长 40.423 公里。工程引水规模 8000 万立方米每年，其中杭州湾新区 2000 万立方米每年，慈溪 1500 万立方米每年，远景年宁波北部水厂配水 4500 万立方米每年。工程沿线建设三个分水口，其中预留江北分水口供水规模 15 万立方米每日，慈溪市分水口供水规模 8 万立方米每日（常规供水规模 5 万立方米每日），杭州湾新区供水规模 12 万立方米每日（常规供水规模 6 万立方米每日）。工程投资估算 22.96 亿元，预计于 2021 年年底竣工。

新区地处浙北滩涂沿海之地，既无建设山区型水库条件，更处于河网径流末端，属于典型的用水短缺区域。近年来，随着新区产业扩张发展、城市人口快速集聚，对优质原水的需求日益增长。目前，新区优质原水依靠慈溪供给，最高日供水量6万吨每日，本地水厂最大净水处理能力10万吨每日，但据测算，到2020年，新区最高日总需水量约为 13 万吨每日，到 2030 年更是将达到 41.1 万吨每日，水资源供给较为紧张。

今年初，引水工程正式启动实质性工作开展，历经规划选址论证、引水规模调整、可研报告论证批复、沿线各地意见征求、初设报告细化完善、行政审批快速过审等环节。为确保本项目顺利开工，市发展改革委开创性地采取项目分段审批方式，让引水指挥部根据项目设计进度，设计一段、申报一段、审批一段，当天开工的新区段 3.6 公里工程便是在 24 小时内完成了初设批复；为让优质原水受益更多沿线百姓，本工程的引水规模进行了三次调整，相应的分水口位置、规划选线、土地报批等工作均重新论证和审批。

施工线路需穿越平原江河、丘陵山体等多个不同地貌，应对穿越姚江、慈江、萧甬铁路、杭甬高铁、四明山脉隧洞等特殊施工环境。工作推进中全过程邀请行业专家参与项目设计管理，反复咨询专业机构、权威专家建议，再三论证并慎重选择最佳方案，确保将引水工程建设成百年精品工程。

（原载于 2018 年浙江在线　翁云骞　赵春阳）

为有好水入户来

——我省全面启动“农村饮用水达标提标行动”

“让广大农民喝上干净的水”，这句朴素的话关照到了农村广大老百姓最切身的诉求。

民生无小事！浙江历来高度重视农村饮水安全工作。早在2003年，“千万农民饮用水工程”率先在浙江启动实施。15年的砥砺奋进，浙江建成了2.92万处供水工程，农村供水人口约3200万人，基本结束了千万农民喝水难的历史，农村饮水安全得到了长足发展。然而，对照城乡供水同质的新标准，对照新时期美丽乡村的需求，对照高水平全面建成小康社会的要求，全省仍有800余万农村供水人口的供水保证率和水质达标率有待提高，农村饮用水达标提标迫在眉睫！

民有所呼，必有所应。2018年，浙江省正式启动实施“农村饮用水达标提标行动”，目标到2020年，全省努力构建起以城市供水县域网为主、乡镇局域供水网为辅、单村水厂为补充的三级供水网，基本建成规模化发展、标准化建设、市场化运营、专业化管理的农村饮用水体系，完成涉及农村803万人的饮用水达标提标建设任务，全省农村饮用水达标人口覆盖率达到95%、农村供水工程供水保证率达到95%、农村供水工程水质达标率达到90%、全省城乡规模化供水工程覆盖人口比例达到85%，全面建立健全农村饮用水县级统管长效管护机制，基本实现城乡居民同质饮水。

一滴水，可以映照千万农民的生活品质；一滴水，可以折射乡村振兴的美好图景。实施农村饮用水达标提标行动的号角已经在浙江大地吹响。坚持城乡饮用水同质标准，落实县级统管责任，高起点规划、高标准建设、高水平管理，这场“从源头到龙头”保障农村饮用水达标提标的行动，为高质量实施乡村振兴战略提供了重要保障，为实现“两个高水平”目标注入了新的动能。

强化源头保障　构建保供水大格局

饮用水是广大农民的“生命线”，水源又是“生命线”上最重要的一道关口。

因为“七山一水两分田”的地貌特征，我省在农村饮用水工程建设过程中，出现了较多的单村供水工程，水源保障能力偏弱。特别是干旱高温季节，水量不足时有发生。

为提高供水保证率，强化水源保障，我省着力加强区域水资源统筹调配，充分利用水库、山塘、小水电等已建工程现有条件，城市水厂以大中型水库为主水源；乡镇水厂以小型水库为主水源，综合实施库塘（山塘）联调、多塘联供；单村水厂以山塘、溪流堰坝为主水源，大力实施原水管道延伸，积极引流小电站发电尾水，形成农村供水工程“多源互济”的保障格局。

在典型山区市丽水，今年3月1日起，由丽水市人大常务委员会颁布的《丽水市饮用水水源保护条例》正式施行，以立法的形式落实“用上佳的生态理念保护这一片青山绿水”。该《条例》也是全省首个关于农饮水水源保护的地方性法规。

水源有了保障，农民喝好水就有了指望。而一根根延伸至农民家门口的自来水管道，不仅连接了生命之源，也是通往幸福的“康庄大道”。

在杭州市临安区太湖源镇的村道上，当地水库联村供水项目的水管铺设工作正有条不紊地进行中。

“这几年我们不断在提升发展农村饮用水工程建设，农村饮用水条件得到了很大的改善，但是限于特殊的地理位置条件，我们的工作与老百姓的需求还有一定的差距，群众对继续改善农村饮用水条件的呼声依然很强烈。”杭州市临安区水利水电局农饮办主任李昇霞说，2018 年，临安将完成 70 个工程建设，覆盖 15 个村，“希望每一位村民都能早日喝上好水！”

和临安一样，全省各地正在大力实施城市管网延伸，按照能延则延、能扩则扩、进村到户要求，保障城市管网延伸段生活用水水质、水量和水压，构建城市供水县域网；乡镇管网按照能并则并、以大带小要求，尽可能形成规模化局域网；单村管网按照村庄规划合理布局，结合“四好农村路”等统筹管线埋设；对于高山、海岛等分散供水点，则结合下山脱贫等优先移民，近阶段主要采取购置储水罐、家用净水器等措施，努力保障饮水安全。

如此勾勒的蓝图下，至 2020 年，全省新增改造主干管（水厂至村口）1.2 万公里以上，新增改造村内管网 2.9 万公里以上，单村供水工程覆盖全省人口规模控制在 15% 以下。

加强净化检测　确保饮水水质达标

“源头”有了保障，但村民打开水龙头时要想喝上安全好水，还有赖于水质安全的管控与处理。

提升水质达标率，关键在于加强水厂建设，规范净化消毒。按照城乡同质的要求，浙江正在编织一张农村饮水安全保障的“天罗地网”——一是水厂必须配齐净化消毒设施设备，建设水质净化处理设施，强化消毒设施设备的安装、使用和运行管理；二是严格规范净化、消毒等制水环节操作流程，保障净化消毒设备正常运行；三是严格水质检测，乡镇水厂必须配备独立的水质化验室，每天开展水质自检，单村水厂要定期抽检送检。

在义乌上溪镇白岩村供水站，你会经常看到义乌市自来水公司水质化验员陈照庆正在进行水体采样。据他介绍，这样的样本采集每周进行一次，采回去以后还要再做外观、微生物等指标检测。

白岩村位于义乌上溪镇一处偏远山区，这里常住村民有 200 余人。从前，地下水、山塘水、山涧水等是这里村民的主要水源，用当地村民的话说，就是“什么水够喝就喝什么水”。这些水，都没有经过严格处理，就被村民所饮用。

自从2018年装配有全自动系统设备的供水站建起来之后，村民们的水质安全也有了保障。而在义乌大陈镇龙门脚供水站里，余氯、浊度、pH值等水质指标实施24小时实时在线监测，为当地村民饮用水水质提供了可靠的长效保障。

从无处理，到有处理，从不定期抽检，到定期抽检，甚至实时监测，包括水厂、水站的设施提升，专业人员的进驻、操作，多措并举，每一环节的完善与提升都为农民饮用水提供了更大的水质保障。全省各地水利部门都在为此全力投入，积极履责，着力加强水厂建设，强化设施建设和运行管理，规范水质净化消毒。不仅如此，新技术、新工艺的运用，也为水质消毒、检测和监控提供了有力的手段，大幅度提升了水质安全保障水平。譬如，温州市借助“互联网+”，在永嘉、平阳、苍南等地开展农村供水信息化安全管理平台建设试点，在区域内的小型单村水厂水源地、水厂、末梢管网等地设置信息采集点，实时上传水源、水量、水质信息至管理平台，由区域管理中心专岗监控、专业处置，实现单村水厂远程集中控制、统一管理，全力推进农村饮用水达标提标工作，解决农村人口安全饮水问题。

创新建管体制　落实县级统管责任

高质量发展是能够满足人民日益增长的美好生活需要的发展。农村供水事业的快速发展，契合了人民群众对美好生活的追求，增强了人民群众的获得感、幸福感，产生了显著的经济效益和社会效益，得到了社会各界的广泛认同，也为实施乡村振兴战略注入了新的活力与生机。但与此同时，我们需要清楚地认识到，目前仍存在农村供水工程面广点多、水费收缴率低、管护资金不到位、缺乏专业管理等历史遗留问题，如何才能真正实现安全供水保障常态化？这是饮用水安全得到持久性保障的关键。实践证明，构建县级统管的长效管护机制，要久久为功。

在象山县西周镇大竹园供水站，上午9时，这里空无一人，只有机器设备在运转。类似大竹园供水站这样的全自动化监测站点在象山共有17个。

据象山县水务集团第三自来水公司负责人蒋海鸿介绍，早上会有人去抽检水质，之后就不需要人员投入了。他所在的公司受象山县水利局委托，从2016年8月起为村里的供水站提供专业服务，包括净化、消毒、化验、维修。近年来，象山县下属乡镇、村落形成的专业供水一体化，让村民们欣喜不已。

在工程建设方面着重“以大扩面”，在管理上注重“以大带小”，从根本上解决村级建设管理与运行管理专业缺位问题，破解小型供水工程停留在“自流水”建设标准上，实现从“建得起、有人管、用得起”的饮水解困标准向“标准建、专业管、用得好”饮水安全标准转变。象山县创新提出的“以大扩面、以大带小”

的建管模式，得到了浙江省各地的充分认可，并被作为经验推广。

按照农村饮用水达标提标三年行动要求，各地将建立以县为单位的管护机构或明确由水务公司全面负责县域所有农村供水工程的运行管护工作。管护机构可成立专门管护队伍直接管理，也可购买服务实行“物业化”管理，减轻村级水站管理压力，提高水质安全保障。同时，将全面落实农村供水工程建设、水源保护、水质监测评价“三同时”制度。此外，浙江省将探索建立适合我省农村供水实际的市场化运行机制，按照“补偿成本、公平负担”的原则，合理确定水价，推行分类水价、阶梯水价制度，实行一户一表计量收费。

各地积极行动，不断创新体制机制：温州市拟推行“乡镇农村供水公司”专业化管理村级水厂改革，争取在 2020 年完成改革任务；临安区由水投公司负责农饮水项目建设，建设资金政府全额负担；淳安县姜家镇等地农村饮用水管理有限公司举行揭牌仪式，依托乡镇规模化水厂分片承担供水区域内村级小型集中供水工程的建设和运行管护任务；青田县建成一批乡镇所在地的高标准设施齐全的“中心供水站”，对周边散小的饮水村庄进行安全服务全覆盖……

滴水润民生，大潮起浙江。

如今，“农村饮用水达标提标行动”正在浙江大地掀起新一轮的建设高潮。温州市、金华市、丽水市、舟山市等地先后将其列入政府“十大民生实事项目”；温州市、台州市出台达标提标三年专项行动方案，全面打响农村饮用水安全攻坚战；安吉县、苍南县、浦江县、江山市、定海区、龙泉市等地建管并举，着力推进农村饮用水工作长效运行……

城乡同质，任重道远；三年为期，快马加鞭。

作为一项重大民生工程，农村饮用水达标提标行动既是实施乡村振兴战略的重要任务，更是打好高质量发展组合拳的重要举措。一滴水所能绘就的美好图景，将成为这项民生工程有精度、有温度、有广度的重要注脚，在乡村振兴战略实施的时代洪流中激扬起一簇簇浪花。

（原载于 2018 年《浙江日报》）

水乡解“渴”饮好水

——探访区域性气象干旱下的浙江农村饮水

往日宽阔水面变为细窄水流，一些水塘出现干涸；金黄的椪柑挂在枝头，但个头却比往年小……9 月以来，浙江省呈现出区域性气象干旱，西南部地区降雨普遍比常年偏少七成以上。

旱情持续，水乡喊“渴”。浙西南部旱区农村群众用水状况如何？农村饮水达标提标行动这一民生实事效果怎么样？记者近日赴浙江省衢州市、丽水市等地，探访区域性气象干旱下的浙江农村饮水状况。

龙游县岑山村：三个水龙头诉说饮水接力

来到龙游县龙洲街道岑山村村民朱秀卿家里，院里一个水槽上装着的3个水龙头引起了记者的注意。看似相同的3个水龙头，背后连接着不同的用水记忆。

“我家安装的第一个水龙头，流的是井水抽上来的水。”朱秀卿说，村里以前主要靠水井取水，碰上干旱天气井里就没水可用。“不仅如此，把井水烧开，杯底都是一层白色水垢。”龙游县农村水利服务中心主任石建荣补充说。

第二个水龙头流出的，是来自深山大坞的山泉水。“2010年村里在水利部门支持下，把山里的山泉水引入家中，但是因为预算限制，蓄水池的库容有限，也不足以支撑用水需求。”村主任毛德荣介绍，“一旦遇上干旱天，用水也没法保证。”

朱秀卿拧开第三个水龙头，不禁露出笑容：“这是这几天刚刚接通的县里来的自来水，水质好，还不间断。”

依靠城市管网延伸工程，龙游县越来越多农村群众喝上清澈甘甜的放心水。同样受益的，还有位于县城北部的小南海镇。“村民盼自来水盼了多年，而且这次城市管网延伸工程的自筹标准比以前下降了很多，村民纷纷拍手叫好，100%支持建设。”毛德荣说。

城市管网延伸是浙江完善供水格局的重要途径。按照能延则延、能扩则扩、进村到户的原则，浙江大力实施城市管网延伸，保障延伸段生活用水水质、水量和水压，构建城市供水县域网。截至10月底，全省完成投资69.6亿元，解决农村饮用水达标提标人口486.6万人，其中城市管网延伸解决229.2万人，提前超额完成年度任务目标。

衢江区下溪村：双水源带来的多重保障

下溪村供水站外，衢江区水利局副局长江红远摊开一幅全区农村饮水工程分布图，中部区域以蓝色点位为主，南北部则多为绿色和橙色点位。

“蓝色代表城市管网延伸，绿色是单村供水，橙色是乡镇集中供水。”江红远形象地说，“衢江区地形就像一个外耳道，南北部都是高海拔地区，因为地形限制，这些高海拔山区只能采用单村供水模式，解决饮水问题难度也更大。”

江红远口中的“难度”，主要集中在工程建设上。一些高山水源地偏僻，工作人员需要在陡峭的山坳中“飞檐走壁”；一些山村连汽车这样的交通工具都上不去，水站的建筑材料都是靠骡子一趟一趟扛上去的。

但是农民喝的水不能打折扣。在下溪村，由于最高落差达到 80 余米，遇到高峰用水期或干旱期，高山上的农户就要面临喝水难的问题了。

“为了让下溪村村民喝上足量放心水，我们在原有水源基础上，又花大力气新找了一个水源。”衢江区农民饮用水工程服务中心副主任项华昌指着下溪村供水站后的山坳说。

坚持问题导向，创新方式方法，衢江区按照高程划片，多套供水系统分片供水，每一片区单独配置净化、消毒、供水管网，有效解决地势不平导致的水压不稳问题，提高了供水保障率。

下溪村的供水站也从里到外进行了一番整修。原来破旧的小泥房摇身一变成了白墙黛瓦的江南古典建筑，与美丽乡村相融相契，成为一道道点缀在乡野间的亮丽风景线。站内的各项供水设施焕然一新。“麻雀虽小，五脏俱全，可以说是城市水厂设备的微缩版，水量水质都得到了保证。”项华昌说。

改造完工后的下溪村供水站于今年 6 月正式投入运行。如今，双水源保障下的下溪村，遇到旱情时底气也足了。“这个工程简直就是‘及时雨’。今年旱情这么严重，我家三楼的水量都很足，没有出现过停水问题。”住在供水管网末梢的村民俞建岳说。

遂昌县双里村：从2小时到24小时

“就在本周，双里供水站正式投入运行，村里 1000 多人用水不愁了！”双里村村主任谢天明开心地说。

双里村将分散的溪沟水源变为集中规模水源，通过建设标准化水厂，配置设备设施，增设清水池储备，原先在缺水季节饮用水供应不稳定的情况得到有力解决。遂昌县水利局局长叶名颉说：“8 月以来，遂昌县多为晴朗天气，降雨量严重偏少，20 个乡镇中有 19 个乡镇出现用水困难，我们给部分村子送水，也采用分时段限量供水的方式缓解用水紧张。”

对限量供水，双里村 67 岁的村民郑永根颇有感触。“前阵子晚上 6 点多来水，早上 7 点多又没水了，最严重时候只有 2 个小时供水时间，存着的水都得省着用。”郑永根说，“现在好了，我们村里有了新的水源，水量足，水质也更好。”

在郑永根的家门口，一块崭新的水表已经安装完成。叶名颉告诉记者：“我们通过安装水表、收取水费，一方面增强村民节约用水意识，另一方面收取的经费将用于工程设施的维养，保障供水工程的长效运行。”

工程长效运行，管养不可缺位。目前，浙江全省83个有农饮水建设任务的县（市、区）已全部正式印发县级运行管理办法或统管实施方案，全面建立健全县级统管体制机制。以县为单位明确了“三个责任人”，在媒体上公开省市县三级农饮水安全监督热线及电子邮箱，畅通公众举报和反馈渠道。

在“强监管”的鞭策下，浙江省水利厅又专门抽调77位精干人员组成省级明察暗访组，以“四不两直”方式深入农户家庭、农村水站、施工一线，全面暗访在建项目施工标准和已完工或达标工程运行管理情况，强化行业监管。

科学规划，合理布局，强化管护，农村饮水达标提标行动彰显了浙江水利部门为民办实事解难题的决心和担当。在“秋冬连旱”的不利影响之下，浙江水利人将继续全力应对，及时掌握需水用水动态，做好防旱抗旱工作检查指导，进一步完善和细化抗旱应急预案，千方百计保障群众用水。

（原载于2019年《中国水利报》 陈萌　郑盈盈　徐鹤群）

一场跨越半个世纪的引水接力

——写在杭州千岛湖配供水工程正式通水之际

9月29日上午，观众爆发出一阵热烈欢呼，第一泓千岛湖水从输水管中汩汩而出，激起层层白浪，千岛湖配供水工程正式通水！

这是一个酝酿半世纪的水资源优化配置构想；

这是一份800多万人“喝好水”的殷切期盼；

这是一场自上而下为百姓谋福祉的民生接力……

这个凝聚万千参与者智慧和心血的超级工程，自20世纪70年代提出设想后，历经无数艰难曲折，终在今年国庆前落地成真。这不仅是浙江为中华人民共和国70华诞送上的一份厚礼，更是当地在水资源优化配置战略道路上迈出的坚实步伐。

超前谋划：多年水资源优化配置设想

“洞澈随清浅，皎镜无冬春。”拦蓄新安江形成的千岛湖水质常年稳定在Ⅰ类和Ⅱ类之间，被誉为“天下第一秀水”。

杭州自钱塘江下游取水，上游流域面积4万平方千米，流域内人口超千万，企业上万家，开放式水源地易受污染。此外，钱塘江涌潮造成的咸水上溯，都对饮水安全构成极大威胁。

杭州人民能不能喝上千岛湖的优质水？

早在20世纪70年代，浙江便提出一个大胆的设想——浙北引水。

2000 年，由浙江省水利厅牵头出台了《浙江省新安江水库引水工程调研报告》，并在此后完成相关规划和项目建议书。

2003 年 6 月，时任浙江省委书记习近平检查水利工作时强调，要把从新安江引水和富春江引水解决浙东、浙北缺水问题，作为事关全局、事关长远发展的一项重大战略任务，列入省委、省政府的议事日程，争取尽早决策，尽早部署，尽早启动。

钱塘江河口区社会经济地位举足轻重，上下游、左右岸关系复杂，区域水网密布，山区、平原交织，水到底能不能引？又能引多少？这都需要系统擘画，科学论证。

浙江省政府迅速行动，抽调水利等精兵强将，成立省引水办牵头抓总。

那时，引水办一次次赴水利部、国家发展改革委汇报衔接，争取支持；赴国家电网公司华东分公司、新安江电厂等单位进行沟通；赴杭州、嘉兴等市调研，研讨工程方案；加强与省发展改革委等有关部门的沟通……

时任浙江省水利水电勘测设计院设计师的刘光裕和十几个技术人员一起在青山水库集中办公大半年，详细调查基础资料，反复讨论技术路线。

“我们甚至自己编程，前溯 40 余年水文资料，以节约保护水资源为先，考虑水量水质等多种因素，按划分的数十个区块，逐日分析计算配置水资源。”回忆往事，刘光裕感慨万千。

经过数百个日夜的艰苦奋斗和辛勤耕耘，《钱塘江河口水资源配置规划》《新安江引水工程专项规划》等多项报告相继出炉。

水利部就钱塘江河口区水资源配置工作成立了协调小组和咨询专家组，多次召开专家咨询会议，并委托水利水电规划设计总院对该规划进行审查；浙江省领导多次听取汇报和专家意见……

科学规划为后来工程实施打下坚实基础。

前期论证：着重研究　谨慎分析

2011 年，新安江引水更名为千岛湖配供水工程，由杭州负责实施，工程前期工作正式启动。

工程到底有多难？建成后是否会对环境造成严重影响？

没有调查就没有发言权。

杭州市林业水利局邀请了中国科学院、中国电力科学研究院、华东勘测设计研究院等 10 多家省内外权威专业机构和高校专家，开展 49 项专题研究。

“10 多个专题着重研究配水可能带来的水位、水温、水质、水生态、气候等环境影响。”工程总设计师、浙江省水利水电勘测设计院工程院院长张永进说。

凭着一股科研韧劲，“智囊团”深入探讨工程水资源评价、环境影响评价、新安江电站优化调度等，最终得出结论：工程不存在重大环境制约因素，新安江水电站运行调度优化可将环境影响降至最低。

“千岛湖平均年进湖水量 110 亿立方米左右。”张永进说，“每年 9.78 亿立方米的引水量，还不到年流入水量的 1/10。”

随后，杭州市林业水利局公开项目建议书、工程线路图、环境影响报告书等研究成果，并梳理社会关心的代表性问题，制作宣传片和宣传册，主动解读工程概况。

千岛湖配供水工程由配水工程和供水工程组成。

配水工程西起淳安千岛湖，东至余杭闲林水库，途经淳安县、建德市、桐庐县、富阳区和余杭区，全长 113.22 公里，规划年配水量 9.78 亿立方米。

供水工程为闲林水库向下游的输水线路，主要规划建设闲林水厂、九溪线、城北线等工程，线路总长 73.04 公里。

值得一提的是，引水隧道未设置任何加压泵站，完全依靠水流自身重力封闭式输水，不仅节约能耗，也避免了沿程污染。

建设过程：创下浙江水利史多个“之最”

2014 年年底，千岛湖配水工程率先开工建设。

隧洞最长，单体投资最多，同期施工作业面最多，地质条件异常复杂，溶洞、暗河加剧施工难度……这是一个创下浙江水利史上多个“之最”的超级工程。

张永进介绍，工程 98% 都是隧洞，意味着他们会碰到坚硬的岩石、喀斯特地貌、柔软的地质砂岩等多种地质情况，增加施工难度。

“直接影响工程推进。比如，原进水口一挖下去就碰到了溶洞，最后不得不改变进水口位置。”通水这天，回忆起近 2000 个日夜的艰辛，杭州市水务集团副总经理朱奚冰仍然激动不已。

输水隧洞穿分水江段是全线施工风险最高的难点区段之一，周围地下水丰富，岩石层薄，透水性强，极易出现隧洞涌水、涌泥等危险。

施工方采用地质雷达、红外探水等超前地质预报技术，结合水上钻探、超前钻孔等手段，顺利实现穿江隧洞精准贯通。

“仅穿江隧洞就申请了 6 项国家专利呢！”通水后，张永进言语轻松。

58 个月，16 个标段，5000 多名来自全国各地的技术人员和建设工人“以工地为家”，默默奉献。

功夫不负有心人。工程完工前夕，验收的 18 个单位工程、257 个分部工程质量全部合格，其中优良率 94.2%，创同类工程之最，事故率和伤亡率保持超低水平。

这一成绩离不开各方努力。

浙江省水利厅派资深专家现场指导，并帮助对接省发展改革委等部门，加快审批速度；

杭州市林业水利局强化质量监管，组织开展各类监督检查活动 892 次，反馈检查意见 3300 多条，提出合理化建议 620 项；

杭州市原水公司坚持关口前移，层层夯实责任，聘请第三方团队开展质量安全巡查 932 次……

通水之后：牢筑生态安全屏障

“源头活水出新安，百转千回下钱塘。”千岛湖配供水工程的建设也进一步倒逼了浙江，倒逼了杭州更好地从源头保护好这一湖秀水。

早在 2012 年，浙江省就和新安江源头的安徽省合作实施了全国首个跨省流域生态补偿机制试点。7 年来，两地积极探索流域生态共治，在跨区域生态保护、绿色发展等方面均取得有效成果，生态效益稳步提升。

杭州市还专门为工程立法，明确供水与水质保障的重要性。2016 年正式出台《杭州市第二水源千岛湖配水供水工程管理条例》，要求市和区、县（市）人民政府组织推进千岛湖配水供水工程饮用水水源地及沿线的生态环境保护工作，制定中长期保护规划并组织分步实施。

根据要求，千岛湖进水口划定一级水源保护区，需布置水域和陆域警示标记及隔离保护设施，保证原水品质和安全。

此外，千岛湖进水口、闲林水库取水口等地方均设有水质监测站，对水质进行实时监测及定期检测，同时在 113 公里隧洞内设置了 7 道事故检修闸门，采用一体化智慧控制系统，对全线水量调度和闸阀站运行进行一体化监控管理。

通水现场，浙江还发布了一条重磅消息：淳安特别生态功能区正式批复设立。

浙江省委常委、杭州市委书记周江勇在淳安特别生态功能区建设推进会上表示，每一滴水都来之不易，未来，杭州市将用好新安江水环境补偿试点经验，按照“谁受益谁补偿”原则，研究建立饮用水水源地生态补偿机制和公益性生态保护基金，健全保护机制，探索分质用水，实施优水优用，使得“共饮一江水，共保千岛湖”成为高度自觉，让杭州人真正用好每一滴水！

（原载于 2019 年《中国水利报》 朱欣超 郑盈盈 徐志刚）

清水入乡村　幸福满心田

——浙江全力打好农村饮用水达标提标收官战

绿水青山间，一座座智能水厂（站）拔地而起，一条条新式管道纵横交错，汩汩清流被送入千家万户——在决胜全面小康社会的关键之年，浙江省农村饮用水达标提标行动步入收官季。

2018年年底，浙江高起点规划、高标准建设、高水平管理，全面实施农村饮用水达标提标三年行动计划，计划让803万农村居民喝上好水。记者在日前召开的浙江省农村饮用水达标提标行动决战决胜及清盘验收推进会上了解到，截至7月底，全省已累计达标提标人口791.3万人，任务完成率98.5%。

如今，这场“从源头到龙头”保障农村饮用水达标提标行动在全省铺开，为高质量实施乡村振兴战略提供了重要保障，为实现“两个高水平”目标注入了新的动能。

山区不再“靠天吃水”

从杭州往西行车，约两个小时，来到了群山绿植环绕的临安区於潜镇千茂村。素有“九山半水半分田”之称的临安，中西部地区横亘天目山、大明山。

远离中心城区，又受地形影响，长期以来，当地主要“靠天吃水”——几户人家，每户出资2000多元，在山上挖一座小山塘，用管道把收集的雨水接到家里用。也有些人家，直接到村里的河道提水。不管怎么取水，一到旱季，都会面临用水紧张，甚至无水可用的困境。

实施农村饮用水达标提标行动后，“靠天吃水”的窘迫不再。临安克服山区面积广等自然条件限制，因地制宜采用联村供水和单村供水等方式，不仅解决了供水问题，水质也大大提升。

於潜镇千洪水厂便是一项联村供水工程。总投资4116.99万元，供水范围覆盖4个村，受益人口超6000人。

千茂村的蒋大姐就是受益人中的一员。走到她家院门外，就能听到水龙头哗哗作响。提及以往，蒋大姐停下洗衣，满是感慨。“以前经常断水，特别是大旱的时候，洗个澡还得来回跑去河边接水。”蒋大姐说，“我这个水龙头是今年6月安的，新通的自来水干净、放心，一年到头都能用，全村人都支持。”

无边泳池不缺水

德清县莫干山地区是有名的“洋家乐”民宿聚集地。初见网红民宿“课间”，大型落地窗外，满眼的绿意盎然，难以想象它也曾因缺水，而遭遇靠限流维持正常运营的尴尬。

店长王亚芸说：“现在屋顶的无边游泳池也接上了自来水，一楼的景观用水都不缺了。”她说的自来水，便是从德清县莫干山镇英宏水厂引来的。与 2018 年试营业期间引用山里的水相比，现在，取自对河口水库、经水厂管网集中供水的自来水，水质和水量明显提升，更加符合游客对高端民宿的品质追求。

德清启动城乡供水一体化建设以来，坚持“能扩则扩、能联则联”，采取城乡一体化供水管网改造和延伸的模式，不断扩大城镇自来水厂供水覆盖面。针对山区农村供水难题，德清通过供水一体化管网延伸扩面及筏头英宏水厂扩建扩面等方式解决，新建原水管 2.5 公里、供水管网 230 公里、加压泵站 58 座。

在农饮水达标提标的“春风”下，莫干山地区 22 个村、2.76 万农村人口，还有民宿接待的数以万计的各地游客，都喝上了达标的自来水。

不止德清，浙江坚持“城乡同质、县级统管”目标，在全省范围推行“大水源、大水厂、大管网”城乡规模化供水，通过城镇大管网延伸至农村的方式，让 430 万单村分散人口喝上了和城里一样的水。

美丽水站美丽乡村

供水站、网红点，两个很难联系到一块的词汇，在安吉县山川乡高坞里供水站身上，产生了化学反应。

山川乡位于安吉南部，是典型的山区乡镇，常住人口 4000 余人。长期以来，山川乡农民饮用水供水量和水质无法保障，尤其夏季旱季和旅游高峰期，用水矛盾凸显。随着省级旅游度假区的建成和云上草原、灵溪山等网红景区的运营，原有的供水设施已远远无法满足需求。

今年 8 月刚建成投用的山川乡高坞里联村水站，如“及时雨”般保障了农户、景区和游客的用水需求。山川乡农业农村办主任吴军说：“我们在一开始的规划环节就明确不能单纯为建水站而建水站，还要适应全乡的旅游产业发展。”

“优等生”如高坞里联村水站，不仅解决了饮水问题，还交出了一张“附加答卷”——结合当地自然风光和周边环境特色，水站以庭院景观亮相，平添古典韵味。远望之，与周边民宿别无二致。

有颜，还得有“脑”。高坞里联村水站通过水质在线监测及信息自动化管理，可24小时准确监测饮用水中余氯、浊度、pH值及水位、出站流量等数据，应用网络传输手段实时采集相关数据并传输到县农饮水管理中心平台和手机App客户端。同时，建有安全防护系统，任何异常信息及潜在风险信息都能一“脑”掌控。

石坞岭供水站、老虎山供水站、桃花岭供水站……这样的美丽水站，安吉有很多，浙江有很多。她们成为美丽乡村版图上一幅幅靓丽风景，与背后的绿水青山相融共生。

（原载于2020年《中国水利报》 徐鹤群　梅林蓉）

赤水村“吃水记”

汽车在四明山间曲折的小路里穿行，前车扬起的沙尘将后车视线遮挡得严严实实。坎坷崎岖的路面让车身的摇晃颠簸没有片刻停息。前往宁波市海曙区章水镇赤水村最后几公里的土路，开得分外艰难。

“这还算顺利的。要是碰到下雨天，路上更是一片泥泞。车轮一打滑，进也不得，退也不得。”同行的村民说。

地处大山深处的赤水村与周公宅水库、皎口水库两大饮用水水源地相邻。但由于高海拔和陡峭山地的阻拦，村民们多年来无法喝上来自水库、经过消毒的干净水。

“别看‘赤水村’名字带着‘水’字，那么多年来也守着两大‘水缸’，然而‘近水’却解不了‘近渴’。”章水镇农业农村办公室的王海涛说，山塘里引来的雨水一直是赤水村村民的主要饮用水来源。

“每逢干旱、下大雨或是刮台风的时候，从山塘里引来的水就会变得浑浊，有时接一杯水能有小半杯泥沙，喝了还会拉肚子。”赤水村村民徐国飞说。为了净化山塘里的水，他买了一个净水器，平时洗碗用山塘水，做饭、烧水就用净化过的水。

在赤水村，很多村民家中都摆着一口大水缸。“我们会把水先引到水缸里，等泥沙沉淀了以后再舀出来用。”村民徐顺流说。

赤水村“难吃水”。这个尴尬的局面，整整持续了62年——

直到2020年5月，“赤水水站”正式破土动工。

“这次我们决定采取‘送水上山’的方式，从周公宅水库等处直接提水，经水厂处理后统一分配至用水点，构建‘一片一网’的供水新格局，彻底解决村民饮水安全问题。”水站施工负责人施安平说。

周公宅水库海拔220米，而水站选址所在的石竹岗海拔超过580米，落差有360米。为了将水库水成功“提”到水站中，设计单位设计了潜水泵加三级水泵无负压提水的方案，这意味着要修建三个泵房。

在深山中修泵房并非易事，山间只有又陡又窄的防火巡山小道可走。“从公路旁到一级泵房，要手脚并用爬上一个多小时，我们本村人都不愿意走。”在水站施工队工作的村民徐柏年说。

“由于人力有限,工程进展太慢,我们想到了‘外援’——骡子。”施安平介绍，平时能负重400斤的骡子，在去泵房的山道上只能驮200斤的建材。遇上雨季泥地又湿又烂，骡子一脚踩进泥里常常拔不出来。

“我记得，到后来骡子似乎都出现了‘畏难情绪’，每次来工地牵都牵不动，很抗拒。”施安平说。

手提、肩挑、背扛——运输材料物资最原始的方式在这里却总是最有效。价格不菲的水泵和总长8公里的无缝钢管，往往只能通过人力运输。为了在9月底前顺利通水，工人们加班加点，每天上午6时就开始工作。2020年宁波的夏季格外炎热，即便工时安排避开了正午，工人中暑的情况也时有发生。

“水站建成后日净水量能达到300～500吨，最多能同时满足3000人的饮水需求。”指着刚浇筑完混凝土的水站主体建筑，宁波市海曙区农业农村局工程师褚苏服说，从长远来看，这还将为赤水村发展乡村特色旅游打好基础。

在浙江，类似赤水水站的项目正在蓬勃兴建，它们都将为广大农村地区的百姓提供干净的饮用水。

根据浙江省2018年出台的《农民饮用水达标提标三年行动计划》，到2020年浙江全省要确保完成农村饮用水尚未达标的803万人的达标提标建设任务，农村饮用水达标人口覆盖率达到95%。截至2020年7月底，浙江省已累计完成达标提标人口791.3万人，省级三年行动计划完成率达98.5%。

“9月底，水站就要入网、通水了。届时，赤水村的村民们也可以告别水缸、净水器，喝上干净清冽的水库水了。”王海涛说，他和村民都期待着那一天的到来。

（原载于2020年新华每日电讯　顾小立　林光耀）

开化水库工程开工　浙西将新增一个大水缸

国家重点推进150项重大水利工程之一、“浙江大水网”关键节点工程——开化水库工程日前正式开工。工程建成后，将为钱塘江新筑一道坚固的防洪安全屏障，为下游地区提供重要战略水源保障，为提升流域生态环境、打通绿水青山向金山银山转变通道奠定坚实基础。

一个期盼已久的梦想

这是一个期盼已久的水库梦想。从20世纪90年代提出的密赛水库设想，到如今正式开工的开化水库，开化水库的梦想在多轮规划修改中逐渐照进现实。

2013年年底，开化县正式启动水库前期工作，着手编制工程项目建议书，积极向上争取水库列入国家规划。2016年12月，开化水库被列入《水利改革发展“十三五”规划》。

借助工程列入浙江省50项重大项目前期攻坚计划的东风，开化县多部门联合，确保项目快速推进，近20项可研报批前置专题于2020年1月全部完成。

在国家发展改革委、水利部的大力支持下，在省级有关部门的协同配合下，在浙江省水利水电勘测设计院的研究服务下，开化县“8年磨一剑”，工程可研报告最终于2020年12月15日通过了国家发展改革委批复。

从可研批复到正式开工，开化县仅花了一周时间。这背后，是浙江省水利厅和开化县委县政府持续多月的共同努力、充分准备、筑牢基础。“在省水利厅的指导下，我们做了若干套方案，倒排时间，确保在最短时间内进入工程实施阶段。”开化县水利局有关负责人表示。

梦想终于照进现实

根据可研报告批复，开化水库的工程任务为以防洪、供水和改善流域生态环境为主，结合灌溉，兼顾发电等综合利用。工程主要由主坝、副坝、溢洪道、引水发电系统，以及输水工程等组成。水库总库容1.84亿立方米，正常蓄水位251米，设计洪水位257.41米。水库最大坝高85米，坝型为混凝土面板堆石坝，电站装机容量1.34万千瓦。输水工程全长46公里，工程总工期36个月，估算总投资44.68亿元。

水库工程，功在当代，利在千秋，开化水库工程对当地有着十分重要的意义。

首先是保障防洪安全。开化地处浙江省暴雨中心，梅雨期易发短时大暴雨，引发洪水。开化水库建成后，开化县城防洪标准将从20年一遇提高到50年一遇，解决县城防汛难题，同时有效降低常山县、衢州市等城区洪水位。

其次是改善供水条件。开化水资源丰富，但时空分布不均，来水量往往集中出现在几次大的暴雨中，大量来水以洪水形式排泄，得不到有效拦蓄利用，存在部分地区特殊需水时段上缺水的矛盾。“开化水库将来可向开化中心城区及沿线5个乡镇20余万人供水5243万立方米，让开化人民喝上优质水库水，还能有效提升下游 7.92 万亩农田灌溉保证率。”开化县水利局相关负责人表示。

再次是提升马金溪河流水生态环境。开化水库工程地处钱塘江源头，生态环境保护要求极高。为此，工程首次将流域生态修复纳入水库建设任务，开化县水利局相关负责人说：“开化水库建成后，每年可补充马金溪、常山港生态用水 1 亿立方米。通过水库调峰补枯，枯水期每天可补充下游河道生态水量近 20 万立方米，极大提升马金溪河流水生态环境，为百里金溪画廊建设提供更坚强的水利支撑，助推开化经济社会发展。”

（原载于 2021 年《中国水利报》 朱欣超　胡文佳）

“20年磨一剑，只为一库清水”

今年 6 月开工的浙江省宁波市宁海县清溪水库，建设正在有序进。

作为浙江首个覆盖两市三县的水库工程，清溪水库项目从 2003 年着手谋划，到 2022 年正式开工。这是一场高位推动、全省合力的行动。“20 年磨一剑，只为一库清水。”宁海县清溪水库建设指挥部副指挥朱邦贤说。

8511万立方米清水护航三门湾发展

在清溪水库坝址，工程现场机器轰鸣。作为浙江省 13 条独流入海小流域之一，清溪流域既承担着 157 平方公里集雨面积带来的防汛压力，也蕴含着丰富、优质的水资源。

进入 21 世纪，浙江大力发展海洋经济，三门湾区域发展迅速，水资源成为湾区经济发展瓶颈之一。兴建清溪水库的呼声日渐高涨。

按照设计，清溪水库总库容 8511 万立方米，总供水能力可达每年 5857 万立方米。水库建成后，既可缓解三门湾区域的供水，有力推进国家海洋试验区即宁波南部滨海新区的开发，又能极大提高下游三门湾区域的防洪能力。

“这是一件多年想干而未干成的大事，离不开 20 年磨一剑的坚持。”朱邦贤指着规划建设的水库坝址说。宁海县最早从 2003 年就着手谋划清溪水库，这是当地第一个跨区域的水库工程。从勘察设计到科学论证，再到协调上下游签订建设协议，这一路走得极为不易。

按照“确有需要、生态安全、可以持续”论证原则，单是分析建设水库是否会对下游青蟹养殖存在影响，上下游就分别请了不同科研院所进行长时间的生态影响论证。此外，当地还先后组织专家分析完成了下游淤积、防洪影响等方面的 10 余个报告，历时 13 年才确定坝址的位置。

2013年11月，清溪水库建设计划得到明确；2016年11月，工程列入省“百项千亿防洪排涝工程”项目；2019年，宁海县正式与天台县、三门县签订清溪水库工程建设合作协议……

2022年，清溪水库成为省领导主导的4个重大水利项目之一，迎来了重大历史机遇。省政府主要负责人多次赴水利工程现场调研，省水利厅牵头协同省发展改革委、自然资源厅等部门成立省级专班，在清溪水库工程等重大项目立项、用地审批等方面积极提供支持，打通项目推进前置环节。

多方合作跑出“清溪加速度”

两周时间完成移民户全覆盖走访，12天日夜攻坚实现先行动工区政策处理签约率100%，提前3个月开工建设……“清溪加速度”的背后是多名跨部门工作人员的共同努力。

建设前期，工程所涉及的1400多户4300多人、4926亩土地征用政策处理工作，成为项目推进中的“拦路虎”。

今年4月15日，清溪水库列为宁海县委一号工程，73名来自公安、资规、司法等部门的优秀干部，驻扎一线攻坚政策处理。随着水库开工，73名工作人员集结成7个攻坚工作小组，日夜驻扎在水库坝址所在地——桑洲镇；他们身着统一工作服，走村入户，坚持依法守法，真情服务，逐渐赢得移民户的理解和支持。

桑洲镇辽车自然村移民户王式秋放养了40多只鸭子，受疫情影响，鸭蛋卖不出去。第6工作组组长童富强入户了解情况后，前后帮助推销了几百斤鸭蛋。帮助移民户疏通下水道、采笋刨地……工作组为移民群众排忧解难的事例不胜枚举。

截至8月10日，工作组共计开展会商121次，解决坟墓迁移、人口认定、财产认定、房屋评估等各类疑难问题500余个。预计8月底前水库工程涉及的前期政策处理工作可全面完成。

53.3亿元投资稳住经济“压舱石”

宁海清溪水库工程是国家重点水利基础设施项目，批准概算总投资53.3亿元，投资体量在今年上半年浙江省新开工重大水利项目中位居第一。

对于宁海这样一个小县城来说，这么多钱从哪儿来？全方位开拓投融资渠道，是宁波给出的“解题思路”。一方面，加强金融机构协作，积极争取使用专项债，加强要素保障，通过召开推进水利重大项目推介会等方式，加强水利重大项目融资需求与信贷资源的精准对接，破解水利建设融资难题；另一方面，积极开展政策性开发性金融工具项目申报工作，宁海县清溪水库工程项目成功获取国家基础设施建设投资基金 5.3 亿元。

目前，清溪水库的资金来源主要由市县财政补助、政府专项债券和银行贷款等组成，大大减轻了地方融资压力。“不仅如此，清溪水库工程的建设还将为宁海县带来约 2600 个就业岗位，发挥稳增长、保就业的重要作用。”朱邦贤说。

当前，该工程正在实施先行工程建设，主要为导流洞及左岸上坝道路的建设。工程计划于 2023 年 8 月完成施工导流工程，10 月完成截流，2024 年 2 月开始大坝浇筑，2026 年 12 月完成大坝主体工程。

（原载于 2022 年《中国水利报》 郑盈盈　王超　王文娜）

台州市两大引水工程通水投运

百里引清泉，终成现实。7 月 14 日，台州市引水工程、台州市南部湾区引水工程通水投运。

历时 5 年，从长潭水库引来的汩汩清泉，沿着地下长龙奔涌向前，润泽台州南片大地，成为“幸福台州”的一抹民生亮色。

“两大工程建成投运，标志着台州南片区域工程性缺水得到有效缓解，随着朱溪水库建成在即，届时资源型缺水的矛盾也将得到有效缓解，温岭、玉环等地生产和生活用水问题将得到彻底解决。”台州市水务集团党委书记、董事长杨俊说，台州“三纵三横”的供水新格局基本形成。

山海水城，告别缺水之痛

台州，山海水城，水润灵秀。

然而，一座“综合性缺水型城市”的事实也让台州尴尬。尤其是台州南片区域，常年处于“看天喝水”的境地，这更是制约台州高质量发展建设共同富裕先行市的瓶颈。

“水塔不满，没有安全感。”家住玉环坎门的翁敏对缺水有着最直观的记忆。在玉环，几乎每一栋建筑的顶层，都矗立着一个圆柱形的水塔。

民之所盼、政之所向。台州市委、市政府科学谋划，开出良方。2017 年 5 月，台州市引水工程主体开工；2018 年 11 月，台州市南部湾区引水工程主体开工。台州“引水”之梦，终于在夜以继日的施工进程中逐渐成真。

作为全省八大引调水工程之一，台州市引水工程包括综合取水工程、原水输水工程、净水厂及配套管线工程、南北水源应急互备工程等，概算总投资为37.2亿元。供水范围为台州湾新区及温岭东部新区，工程设计最大引水能力为100万吨每日，近期引水规模为33万吨每日。

同为省重点工程的台州市南部湾区引水工程，在黄岩占堂接入台州市引水工程，输水线路总长41.5公里，工程总投资18.43亿元。供水范围为温岭、玉环，近期设计供水规模15万吨每日，最终规模30万吨每日。

建成通水后，台州"三纵三横"以及南北水源应急互备的系统布局，极大满足了台州南片建设与发展的用水需求，彻底解除了用水紧张的历史顽疾，供水可靠性、应急能力大幅提高，水质更有保障。

背水一战，一路高歌与艰辛

一汪清水，上下求索。面对一路的艰难险阻，作为项目实施主体单位，台州市水务集团砥砺前行。

受国道104复线、台州新兴产业基地矿山综合利用工程以及甬台温成品油管线限制等多重因素影响，台州市引水工程的原水输水工程高桥至院桥段施工受阻，成为工程贯通的最后堵点，必须采取新的施工工艺才能确保按时通水。

"群众喝水问题大过天，确保按时通水是市委市政府交付水务集团的政治任务，我们必须完成。经过多方技术论证，增加近2500万元投资，采用'岩石顶管'施工工艺，从地下穿过硬岩层，既保证国道和成品油管线安全，又为管线开出一条路。"台州市水务集团总经理潘刚介绍说。

在顶入岩层140米后，顶管工作面的岩石出现上软下硬现象，导致顶管机受力不均，顶进速度受限，同时顶管机的刀头也更易损坏，从原来每进100米更换一次刀头，变成现在50米就得更换。

"强硬岩、长距离、大口径，是这次岩石顶管施工的三大难点。"工程运行筹备组组长徐军伟介绍，这样的顶管施工在台州是首次，放眼浙江甚至全国也鲜有成熟的先例可循。

水下爆破难度高，施工环境复杂，需要多工种协同。长潭水库取水口，采取水下爆破、分层取水的施工方案，过程中需要精确炮孔定位，同时根据水下探摸及时调整布孔和装药方案，施工中采取合理划定施工水域范围、布设拦污带和警示带、加强废水排放管理等措施，保障了水质安全，为在已建水库分层取水提供了"台州水务样板"。

"这些案例，只是引水工程中我们克服万难的缩影。"潘刚说，"工程建设过程中，总会碰到意料不到的硬骨头，可最后总被我们啃下了。"

匠人匠心，终使清泉向南流

位于台州湾新区的东部水厂是整个台州市引水工程的“心脏”。这段时间，台州市水务集团原水运营部运行班组组长曹海剑带着东部水厂新员工，熟悉水厂的设备和工艺。

曹海剑在这供水行业干了 20 多年，凭着多年的经验，能根据一组细微的数据变化，就能判断设备和管路运行状况，“未来，这批新员工将成为水厂的中坚力量，希望他们干一行爱一行。”

坚守和责任，是曹海剑想要传承给新人的东西，也是台州水务人一路走来，攻坚克难的制胜法宝。

青年员工张子豪一进入集团就把青春挥洒在了工地上，他负责台州市引水工程下游管线 2 个标段的驻场工作。为避开管道规划路径上的民房，他请教专家、查阅资料，提出采用曲线顶管工艺并成功运用在工程中，通过加密顶管导向测控和调整液压顶力分布，既避开了民房，又精准实现与接受井对接，节约了 4 个月的工期，在减少政策处理难度的同时为工程节约投资 70 万元。

“当发令枪响起，你们就是冲锋的战士，跋山涉水、殚精竭虑、席不暇暖，白加黑、五加二，只为早一天解除民生之渴。”这是“感动台州”评委会送给台州市南部湾区引水工程建设团体的颁奖词。98 天完成所有审批流程，112 天实现开工，团队跑出了台州重大基础设施工程项目可研报批最快速度。

工地上，党旗高高飘扬。爱拉着新员工讲透难点的徐建华、总是冲锋在前的尚军焕、践行“五皮”精神 的化解政策处理难题的王敏……处处都有党员攻坚克难的身影。为了让民生工程真正赢得民心，台州市水务集团在工程沿线开展“契约化”党建共建，第一时间的“田间会诊”让矛盾得以迅速化解，集团 的党员技术服务队提出 了简易废水处理方案、施工单位圆满解决 施工废水处理难题，台风来袭街道与项目部联手抗灾互帮互助……一个个“契约化”党建共建“果实”，推动着工程破难前行。

保障提升，市民喝上“放心水”

“随着市区水务一体化的推进，两大工程的建成投运为谋划台州南片供水管网配置优化，构建管网互通、资源共享、危机共济、安全可靠的供水保障格局创造了条件。”杨俊介绍，台州市水务集团将加快南北水源应急互备、台州水厂扩容提升和市区主干管互联互通建设等工程，进一步提升安全供水保障能力。

民生无小事。为确保市民喝上“放心水”，台州市水务集团在水质上下足了功夫。在水处理方面，台州市水务集团采用成熟的常规水处理工艺。“原水进入厂区后，经过沉淀、过滤、吸附、消毒等工序，出厂水质优于省现代化水厂标准，而且台州水厂、东部水厂、南湾水厂均预留了深度处理工艺。”徐军伟说。同时，随着两大工程的建成，水厂布局更加合理，供水压力更加均衡、水质更有保障。

接续赶考共富路，心系民生供好水。台州市水务集团将提速实施智慧水务，建立健全综合调度中心、管网漏损控制体系，加快普及智能设施，做好市区供水一体化的后半篇文章。

（原载于2022年浙江新闻　柳祥宝　李明锦　陈霜　汪洋）

连通“浙江之心”破解城市发展难题

5月26日，浙中城市群水资源配置工程顺利完成前期勘察咨询招标。这是浙江水网省级先导区建设第一个真正意义上跨市协作的重大水资源配置通道工程，标志着工程前期工作全面启动，进入实质性勘察设计阶段。

浙中城市群水资源配置工程是浙江水网“三纵八横十枢”总体格局的重要“一纵”，是列入全国“十四五”水安全保障规划和省扩大有效投资“千项万亿”工程的重大水利项目，是一项横跨衢州、金华等地区的重大水资源配置工程，总投资约120亿元。

连通“浙江之心”金衢盆地位于浙江中西部，因盆地中有金华、衢州两个城市而得名，是“浙江之心”。浙中城市群是浙江省委、省政府确定的全省“四大都市区、三大城市群”之一，但其水资源时空分布不均，与生产力布局不相匹配，制约着城市群的发展。

围绕解决浙中地区，包括衢州市区、龙游、金华市区、兰溪、义乌、永康等地缺乏优质水问题，在《钱塘江流域综合规划》中曾提出建设兰溪市泉满山水库、义乌市境外引水、永康市好溪水利枢纽等供水工程，但均因涉及跨市协调问题，实际推动不容乐观。为此，《浙江省水资源节约保护与利用总体规划》首次提出浙中城市群水资源配置通道工程，盘活衢州市优质水存量，实施跨区域引调水工程，缓解金义都市区等地用水紧张局面，从而系统改善沿线河湖水生态环境。

根据规划，项目近期向金华等地区配水量为每年1.7亿～2.5亿立方米，远期规划配水量约为每年5.3亿立方米。近期引水线路总长约140公里，从衢州乌溪江引水至金华，供水范围为金华市域的金华市区、兰溪市、义乌市和永康市，以及衢州市域的柯城区、衢江区和龙游县等地，受益人口620万人。

跨流域区域协调推进

为加快推进项目前期工作，浙江省水利厅于今年年初牵头成立了前期工作协调组并制定工作制度，明确省钱塘江流域中心牵头开展项目前期招标工作。随后，金华、衢州两市及沿线相关地区陆续成立了以政府主要领导为组长的领导小组和水利局主要领导为召集人的工作制度，统筹协调项目前期推进工作。

在省级主导、省市联动的跨流域区域工程前期协调机制的统领下，省钱塘江流域中心迅速会同金华、衢州两市水利局建立了“一周一计划、一周一会商、一周一报告”工作推进机制，明确了“属地责任主体+省级协调指导督促”的工作责任体系。仅用两个月时间就确定了项目建设范围、实施内容、费用分摊、专题研究内容等重要事项，完成招标文件及招标公告发布等重要事项的办理，为顺利完成项目前期招标工作打下基础。

随着项目前期工作正式全面启动，5 月 26 日，钱塘江流域中心第一时间召集两市水利局、勘测设计中标单位等召开专题会议，研究制定下阶段工作计划、工作重点及推进举措。“接下来，我们将倒排工期，挂图作战，确保各项工作按照时间节点高效推进，推动前期各项工作抓紧干、往前赶，确保全年目标任务如期完成。”钱塘江流域中心相关负责人表示。

（原载于2023年《中国水利报》　葛芳妙　胡敏杰）

成功入选国家第一批省级水网先导区
浙江水网是张什么网

以水为媒，浙江要打通自己的“奇经八脉”。

省第十五次党代会提出，要高标准建设现代水利设施网；“率先完成省级水网先导区建设”也出现在今年浙江的省政府工作报告中。记者了解到，《浙江水网建设规划》（以下简称《规划》）已获省政府批复，首次正式从全省层面系统谋划、构建水资源互联互通、互调互济的格局。目前，经水利部审核，浙江已成功入选国家第一批省级水网先导区。

浙江水网，是怎样的一张网？近日，记者探访各地，追寻浙江水网的秘密。

一张纵横古今的网

河湖密布、江海通达是浙江水网的天然底色。透过近两万字的《规划》，可一睹浙江水网的基本脉络。

先从降水说起。从全省来看，浙江降水丰沛，并不缺水。但最大遗憾就是降水时空分布不均：时间上看，年内梅汛期和台汛期雨量集中，约占年度降雨总量的70%；年际间降雨变化大，丰枯年水资源量相差近3倍；空间上看，降雨自西向东，自南向北递减，西南衢丽地区多年平均降雨量是东北绍甬舟地区的1.25倍。此外，由于浙江地貌多变、水情复杂，洪涝、泥石流、风暴潮等灾害时常来袭。

再看水网之"骨架"。自北而南，苕溪、运河、钱塘江、甬江、椒江、瓯江、飞云江、鳌江这八大水系纵横交织，遍布之江大地；全省河流长约14万公里，流域面积50平方公里以上河流达到865条；57个常年水面面积在1平方公里以上的湖泊，主要分布在环杭州湾两岸的杭嘉湖平原和萧绍甬平原。

人与水的故事，贯穿于浙江的历史。5000多年前，良渚先民在两山之间的谷口位置筑起11条水坝，使其发挥防洪、运输、灌溉等功能，如今它名叫"古城外围水利系统"，是中国迄今发现最早的大型水利系统；"百尺渎，奏江，吴以达粮"，这条记入《越绝书·吴地传》的"百尺渎"，是春秋战国时期在钱塘江北岸开凿的首条人工渠道，沟通了吴越两地，把浙江的运河史定格在2500多年前；1500多年前南朝萧梁时期，人们兴建通济堰拦截上游松阴溪水，至今依旧灌溉丽水碧湖平原6万多亩农田……

在中国水利博物馆顶层展区，巨大的龙钮印章四周镌刻着中国第一部水利通史《史记·河渠书》，馆长陈永明时常驻足于此，向参观者讲述古人治水功绩。在他看来，不同时期留下的水利设施，都蕴含着人们认识自然、改造自然的探索，在不断完善的水网格局里，可窥见人类文明发展的脉络。

到了近现代，浙江水网骨架不断夯实，循环也更加畅通，为浙江发展打通了经脉。1960年4月，新安江水库坝落在铜官峡，连绵群山化作了大湖中的小小岛屿。216亿立方米的库容，也让它成为浙江水库中的"老大哥"。20世纪70年代，30万大军徒手开挖长山河，"北水南排、低水高走"的杭嘉湖南排工程在嘉兴开始建设。1990年11月，乌溪江引水工程全面开工，30余年来，这个工程从乌溪江源头出发向东跨越衢州、金华两市五个县（市、区）的20个乡镇，滋润灌溉了72万亩农田。2019年9月29日，千岛湖配供水工程正式通水，杭州城市供水格局从以钱塘江河口为主的单一水源供应，转变为千岛湖、钱塘江河口等多水源供水。千岛湖水带给杭州人的美好，交汇在城市高质量发展的全新图景里。

它们，构成了浙江水网坚实的家底。《规划》显示，浙江现有水库4277座，其中200座大中型水库控制全省47%的山区面积，苕溪、曹娥江等流域设有5个蓄滞洪区，它们形成了水网的"盆"和"塔"。2184公里的主要江河干堤、沿海

2014 公里海塘和沿线 48 座大中型口门泵站，则构成了浙江水网防洪排涝御潮的骨干屏障。

一张重塑资源格局的网

当代人将为水网擘画怎样的蓝图？细读《规划》，“完善水资源调配格局，促进区域协调发展”核心理念跃然于纸上。

在省水利厅计划处副处长邢云的办公室墙上，贴着一张浙江水网总体格局图。图中的红色线条勾画出浙东、浙中、浙北 3 条水资源配置通道，共同构成浙江“南水北调、西水东送”的通道。“目前已经完成的部分包括浙东引水工程和千岛湖配水工程，引水长度超过 600 公里，每年可供水 18.7 亿立方米。”邢云说。

人口密集、经济发达的浙东沿海地区，曾一度因水资源紧缺而导致发展受到限制。干线总长 323 公里、横亘大半个浙江的浙东引水工程，将富春江水分南北两路并行，北线经曹娥江到慈溪，南线经曹娥江到宁波以及舟山，真正实现了“一江春水向东流”。

记者曾在 2022 年夏季前往浙东引水工程龙头——萧山枢纽。当时浙东引水工程已连续向东引水 97 天，萧山枢纽站连续两个月保持 5 个泵站全开，累计引水 2.57 亿立方米。“工程惠及杭州、宁波、绍兴、舟山等 4 个市 18 个县（市、区），1750 万人口因此受益。舟山每天约 40 万吨的用水量，有 26 万吨依赖浙东引水工程。”省钱塘江流域中心副主任柯斌梁表示。

水网实现互调互济，不仅有利于保供水，还能有效防御洪涝灾害。2022 年防御台风“梅花”期间，姚江水位突破历史极值，宁波正是通过水网调度、腾挪库容，释放了 1.5 亿立方米的调洪能力。当前，宁波已通过水库群联网联调形成市域“环状”供水网。宁波市水利局局长张晓峰算过一笔账，在宁波水库群联网联调西线工程（一期）建成后，通过联网优化调度，每年可增加优质原水 3700 万立方米左右，这相当于不占一寸土地，增加了一座“隐形”的中型水库。“为了进一步提升水资源利用率，我们还在推进再生水联网联调。根据试点城市实施方案，到 2025 年全市再生水用于工业用水量提升至每年 1 亿吨。”张晓峰说。

眼下，40 个重大项目加快开工，165 项重大在建工程与时间赛跑，85 个重大项目前期工作衔枚疾进……浙江正以“适度超前”的原则不断重塑全省域水资源配置格局。位于东苕溪右岸的西险大塘达标加固工程建设如火如荼，完工后可将防洪标准提升到 200 年一遇，实现拒山区洪水于平原之外，与经济要素高度集聚的杭州西部主城区发展相匹配。浙西南又一座“防洪重器”——总库容为 1.3 亿立方米的丽水莲湖水库项目建议书已通过审查。该水库建成后，通过与紧水滩等大中型水库联合调度，可提升瓯江流域沿线丽水市区、温州市区、青田城区及海口镇等地的防洪能力。结合配套通济堰补水工程，该水库又可为瓯江流域水生态调度、提升流域水生态环境提供水源保障。

“通过联网、补网、强链，构建‘三纵八横十枢’的总体格局。”邢云透露，3 条水资源配置通道将在 2035 年全面建成，沟通钱塘江等八大水系和 10 余个重要水库枢纽节点，使自然水系、水利设施交互成网，届时能为宁波、舟山、金义都市区等地供应 30 亿立方米优质水资源。

一张实现价值转化的网

浙江水网加速布局，也为水资源价值转化带来无限可能。

早在 2000 年，一场义乌与东阳之间的水资源交易开创了中国水权制度改革的先河，一度引发不小的讨论。人们从此意识到：水，不仅可作为一种经济要素在区域间流动，还能以多种形式实现价值转化。

随着轰鸣的挖掘机在松古盆地上挖槽埋管，丽水松阳一条水资源价值转化的全新路径正在加速推进——总投资 28.6 亿元的松阳水网综合治理工程。“原本坡度过大、水利条件不足的土地将有条件转化为优质耕地。”松阳县水利局办公室主任李韬告诉记者，当地政府着眼于粮食安全，与项目公司敲定了一份特许经营协议：经开垦改造，符合条件并验收通过的土地将被赋予新增土地指标，在省内跨区交易，实现社会、经济、生态效益的共赢。经初步测算，该项目预计整理土地 14135 亩，按十年批次渐进完成，每批次均可带来数亿元收益。

天色将晚，走在松阴溪岸边的滨水绿道上，树木影影绰绰，水声和鸟叫相得益彰。这条总长 60 公里的绿道，将依次经过青龙堰、午羊堰等水利工程景观和独山、鹰嘴潭等自然人文景区。沿着松阳县水网，当地还将建设绿道立交“网络”，整合省级历史文化名镇、国家级传统村落等文旅资源，举办山地自行车竞速赛、半程马拉松等国家级及省级体育赛事，催生运动休闲游、生态农业研学游等新业态。

在水乡嘉善，一张生态清水网正逐渐成形，不断推动当地产业提档升级。2022 年，浙江大学长三角智慧绿洲创新中心落地嘉善。团队组建、实验室装修、仪器设备采购、功能服务配套……创新中心主任范骁辉忙得不亦乐乎。他告诉记者，目前浙江大学未来食品、未来健康、未来设计、未来区域发展四大实验室已先期入驻，今后将导入高端人才 300 人，推动实施“鲲鹏计划”人才引进，推进各实验室申报浙江省“尖兵”“领雁”等科技攻关项目。

“我们要把水生态优势转化为发展科创的竞争活力。”嘉善水利局总工程师彭小安向记者展示了一张水系图：以交汇点处祥符荡创新中心的树状水系作为嘉善县河湖水网的生态绿谷，南北向和东西向分别串联沿线泥鱼荡、北祥符荡以及汾湖湖群、沉香荡湖群等水域。如今，这个水网生态绿谷已成功引进了清华长三院创新中心、浙大智慧绿洲、嘉善复旦研究院等高端科创载体，接下来还将高标准建设世界级科创湖区。

各地工程快马加鞭，一个令人无限期待的未来正照进现实。根据《规划》，到 2035 年，浙江将实现县县喝上水库水，重要城市实现多源供水；县级以上城市防洪全部达标，全省具备防御新中国成立以来遭遇的特大水旱灾害的能力；重点河湖生态流量全面保障，全域建成幸福河湖，最终建成精准协同高效的智慧水网。“在未来，水网将像电网、高速公路网一样，给老百姓的日常生活和经济社会发展带来巨大的变革。”省水利厅计划处处长许江南说。

【深一度】

水网建设正当其时

省水利发展规划研究中心主任 朱法君

浙江位于南方丰水地区，从总量来看，水资源可以满足经济社会的长期需求。那么，为什么我们还要大力推进水网建设?

首先是经济因素。我省经济布局、人口分布与水资源禀赋不匹配，水资源丰沛的西南区域用水需求小，而水资源相对紧缺的东南沿海却是用水高增长区，有时远水解不了近渴；其次是安全因素，我省河流源短流急。虽有充沛的降雨，但难以转化为可以利用的水资源。也正因为如此，尽管浙江省域面积不大，却经常会同时出现有些地方发洪水，另一些地方抗旱的奇怪现象。

很长一段时间，我省致力于建设盛水的“盆”——一大批的水库工程，有效地保障了水对浙江经济社会发展的支撑作用，但随着沿海经济带和大都市圈的崛起，人口产业的集聚，这些人口、经济的“主阵地”逐步变得更“渴”，原先的“盆”难以进一步支撑发展需求。

水网是纽带，是通道，也是“红娘”，为东南沿海的需求和西南山区的资源穿针引线。从总体格局来看，浙东、浙中、浙北 3 条水资源配置通道是主骨架，串起分布全省的“盆”，让水可以源源不断地流向远方，形成全省一盘棋、一张网的新局面，进而放大我省的水资源优势，与港口资源形成良性互动，打破水资源约束。而随着不断完善，浙江水网还能进一步优化防洪格局，纾解生态环境压力，实现功能融合、系统集成。浙江水网建设，既拓展了沿海的发展空间，又实现了山区的生态价值。为高质量发展提供要素支撑，为共同富裕提供了直接通道，可谓正当其时。

（原载于 2023 年浙江新闻　胡静漪　郑盈盈）

梦圆山海水城

——记浙江台州市朱溪水库下闸蓄水

260米长、73米高的大坝逐日垒起，成为横卧在山峦间的“苍龙”……它总揽168.9平方公里的集水面积，28.5公里的输水隧洞贯穿南北，形成长潭—朱溪双库联供格局，将增加浙江台州市南片供水量1.05亿立方米。

近日，国家172项重大水利项目、浙江省台州市“北水南调”一期工程——朱溪水库正式下闸蓄水，一个造福台州南片350多万百姓的惠民工程投入使用。

北水南调　势在必行

台州，东海之滨的山海水城。然而与之并存的是，水资源总体短缺、南北水资源分布不均衡等问题，水资源供需缺口大，特别是温岭市、玉环市等台州南片区域供水紧张，成了横亘在高质量发展面前的一道难题。

水资源时间上分布不均，可以靠水库；空间上分布不均，就要靠调水。台州南片已无再建设大中型水库的合适选址。另外，根据市二期供水工程的目标，温岭和玉环的重点城镇也通上了长潭水，作为台州主要“水缸”的长潭水库显得有些力不从心。

建设朱溪水库，实施北水南调，势在必行。

1997年，省水利厅组织有关部门编制完成《灵江流域综合规划》，首次规划建设朱溪水库；2003年9月，省水利厅、省发展改革委组织编制《浙江省水资源保护和开发利用总体规划》，朱溪水库被列入重大项目，是推荐的增加长潭水库供水量的首期工程；2010年7月，工程项目建议书经国家发展改革委批复；2016年9月28日，朱溪水库主体工程正式开工。

攻坚克难　梦想成真

朱溪水库工程输水线路总长28.5千米，横跨多个县（市、区），路线长、工期长，该如何设计，采用哪种施工形式？

结合掘进段隧洞岩体情况，从降低工程施工难度、保证施工安全和工期等角度出发，建设者最终决定对工程中16.5公里符合条件的路段使用TBM（开敞式硬岩掘进机）施工，成为华东地区首个采用TBM施工的小洞径、长距离隧洞。

相对钻爆来说，TBM基本没有震动，同时可以避免打支洞，更为便利。但施工过程中，施工队伍还是面临断层支固、钻爆段严重涌水等困难。“2021年，在三标跟二标的交界处，涌水最厉害的时候，人站在隧洞里，水没过腰部，6个泵24小时一起抽，抽了一两个月水位才降到膝盖。”朱溪水库开发有限公司董事长娄兆现回忆说。

如今，300余万台州人民终于看到，朱溪水库从图纸变为了现实。随着朱溪水库工程的投入使用，台州“三纵三横”及南北水源应急互备系统布局全面落地，台州南片形成长潭—朱溪双库联供格局，将有效解决台州南片水资源供需矛盾突出的历史问题，推动地区经济社会高质量发展。

（原载于2023年《中国水利报》 徐鹤群　奚巧芝）

一江“春水”向东流：引水的浙江改变了什么？

作为浙江省跨流域最多、引调水线路最长、受益区域最广的水资源战略配置工程，浙东引水工程干线总长323公里，总投资超117亿元，多年平均年引水量8.9亿立方米。截至今年3月，该工程引水总量达50亿立方米，相当于350个西湖水量“送往”缺水地……

3月27日，“一江春水润浙东”浙东引水工程通水十周年新闻发布会在浙江杭州举行。这项被誉为浙版“南水北调”的“超级引水工程”，在这十年间不负众望地交出了上述高分答卷，其背后，是该省以20年匠心筑起的“浙江重器”，更是浙江民众的“满满幸福”。

浙东引水工程，何以兼济东西、蓄泄南北？又给浙江带来何种改变？

浙江省钱塘江流域中心党委书记、主任周红卫介绍，浙江素有江南水乡的美誉，浙东地区河网密布。浙东地区是该省经济社会最发达地区之一，但水资源相对紧缺，特别是宁波、舟山等地，人均水资源量不及该省平均水平的1/2，缺水问题严重制约浙东地区经济社会可持续发展和人民生活质量的进一步提高。

20世纪六七十年代，一批水利专家提出“把富春江水，引向绍宁平原及舟山海岛”。这一“浙东引水梦想”在2003年驶入实质性启动阶段——浙江省委省政府研究决策并谋划建设浙东引水工程，为解决浙东地区的缺水问题开出良方。

“该工程由萧山枢纽、曹娥江大闸、引曹北线、上虞枢纽、新昌钦寸水库、舟山大陆引水工程等六大骨干工程组成，其打通了钱塘江、曹娥江、甬江流域和舟山海岛水系的‘任督’二脉，使杭绍甬舟水脉相连、旱涝共担，实现了水资源的联合调度、优化配置。”周红卫说。

一个案例可生动证明浙东引水工程的重要作用。缺水，曾经是浙东舟山地区的一块“心病”。2003年大旱，舟山海岛居民饮用水困难，要用30元一吨的价格从陆地船运，许多企业被迫停产。改变随着通水悄然发生，在去年高温干旱期间，舟山每天约40万吨的用水量中，有65%的水依赖浙东引水工程。

不仅如此，在浙东引水工程的“发力”下，浙东地区目前所有供水区一般供水保证率可达90%以上，其中绍兴平原、余姚丈陆、慈溪供水保证率达到95%，破解了浙东地区缺水难题，惠及1750多万人口。

在解决了缺水“心病”的同时，浙东引水工程的防洪排涝能力，也让沿线民众吃下了一颗“定心丸”。

此前，曹娥江时常出现海水倒灌、泥沙淤积、内河成涝等水患问题。浙东引水工程使得杭州、绍兴、宁波和舟山受水区平原河网短时间内的预泄能力得到显著提高，河网的蓄泄容量有效降低洪涝灾害带来的影响。2021年“烟花”台风期间，余姚受灾损失仅为“菲特”台风时的十分之一；2022年“梅花”台风期间，浙东引水工程上虞枢纽累计排浙东引水萧山枢纽。

绿色是浙东引水工程的底色，该工程也进一步为浙江涤清水脉，让“一江碧水穿城过，生态美景入画来”成为现实。

过去，浙东地区河网水体流动性及置换能力差，蓝藻极易大面积暴发，导致河水黑臭，产生严重的水质问题。

浙东引水工程实施后，不仅向浙东地区提供工农业用水，同时还提供河网环境用水。全面通水以来，沿线河网的水“活”了起来，改善了河网水体的流动和置换能力，提升了浙东地区河网水质，增强了水体自净和水生态修复能力，有效保障了沿线河湖生态安全。

数据显示，引水以来，沿线11个交接断面水质较引水前普遍提高1～2个类别，监控断面全面消灭了劣Ⅴ类水，大部分断面可以提升至Ⅱ类或Ⅲ类，生态环境得到有效修复。在汩汩清江水的滋养下，自2018年以来，浙东引水工程沿线陆续创建伏龙湖（省级）、上林湖、灵峰浦、潮塘横江（宁波市级）等60条省市美丽河湖。

城市因水而生、因水而兴。浙东引水工程的平稳运行，带来了源头活水，更为浙江带来了地区经济蓬勃发展的辐射效应。

如防洪标准的提高和水环境的改善，为绍兴城市北进，建设杭州湾工业新城区创造了有利条件，滨海热电、远东石化等越来越多的大项目落户绍兴，有力促进绍兴经济高质量发展；宁波杭州湾新区六大先进制造业、四大现代服务业、旅游景点得到长足发展；余姚市西北部荒芜的滩涂盐碱地摇身变成生态园，余姚正大（中泰）生态园成为余姚民众名副其实的米袋子和菜篮子生产基地；位于舟山的浙江兴业集团有限公司不再受用水限制，水产品深加工、贸易、海洋生物制品研发得以不断推进……

一江“春水”向东流。在浙江相关人士看来，引水的背后，是新时代治水思路的具体展现，是“八八战略”在浙江的生动实践，其充分发挥了水资源的有效配置，更擦亮了浙江共同富裕的鲜明底色。

（原载于2023年中国新闻网　钱晨菲）

跑出超常速度　贯通引水“命脉”

——浙江缙云县潜明水库引水工程提前一年通水

1月10日，浙江省重大水利工程缙云县潜明水库引水工程顺利通水，比预计时间提前一年。库水浩浩汤汤，从潜明水库奔涌而出，途经30多公里的引水“大动脉”，惠泽沿线20多万群众。优质的水库水取代好溪地表水，缙云县城乡供水一体化初步实现，共饮潜明水的梦想成为现实。

取代地表水，潜明水库是个宝

2021年9月26日，凝聚着几代缙云人孜孜不倦努力与追求的圆梦工程、民心工程——潜明水库一期工程，终于迎来了下闸蓄水。作为缙云第一水源，潜明水库总库容3413万立方米，按照供水保证率95%的标准，年可供水3000万立方米。打个比方，杭州西湖（扩容前）蓄水量约1027万立方米，潜明水库的年供水则相当于3个西湖那么多。

缙云县潜明水库引水工程则是以潜明水库取水口为起点，通过输水隧洞、管道等工程，途经5个乡镇街道、15个行政村，输水线路总长34.3千米，概算总投资54851万元。随着工程投入使用，优质的潜明水库水将取代好溪地表水，成为缙云县城及壶镇镇集中供水水源，惠及约23.5万名群众。

在此之前，缙云还是浙江省为数不多的地表水取水县，干旱季节的水质和水量一直难以保障，人民的生产生活、城市发展饱受用水之苦。峰峦叠嶂，连绵不绝，如何在村庄丘壑山峦间贯通这条引水“生命线”，让全县人民喝上优质水、放心水，成为水利人心尖上的大事。

峰峦无阻，定让渠水润家乡

为尽快发挥潜明水库供水效益，潜明水库引水工程在前期充分准备的前提下，于2019年7月20日吹响冲锋的号角。

徐秀珍是潜明水库引水工程建设技术负责人兼工程科科长，“干了一辈子水利，能参与潜明的建设，真的是非常自豪。”他说。

在潜明水库一期工程紧锣密鼓建设时，徐秀珍于2017年起就介入了潜明水库引水工程项目的前期准备工作。“引水工程沿线地质条件复杂。光线路问题，大家就经过反反复复多次论证与调整，要避开房屋、压覆矿、文保，以达到最佳方案。”徐秀珍说。

而在工程建设中，涌水、岩爆、火山球等不断遭遇复杂地质难题成了工程推进中最大的“拦路虎”。不破不立，一次次极限挑战，建设者竭力突破。

羊上1号隧洞进口，地质特点为泥岩，乍一看，没什么问题，但一遇空气和水，泥岩就变成了泥，导致轨道小火车“脱轨罢工”；黄坛隧洞开挖阶段，岩爆和涌水问题不仅严重影响工程进度，更存在较大安全隐患，抽水机成了该段工地上最“热”的机器；胡塔地隧洞，遇上了难得一见的火山岩地质条件，每块火山岩之间容易剥落，给施工带来极大的难度……

为此，浙江省水利厅专家多次深入工地为工程施工的难点、痛点“把脉问诊”“对症下药”；潜明水库引水工程指挥部打破常规，拓宽思路，创新发明了10多项施工专利；参建单位争分夺秒，提前谋划，确保各阶段工作环环相扣、加速推进。

泥岩基础换填“大换血”，抽水运作无缝衬砌，火山岩体缝隙及时喷浆……施工单位与业主、监理等单位密切配合，采用多班制24小时作业，利用大功率通风设施、空气监测仪等设备确保隧洞内的作业环境，采用超前注浆小导管、超前锚杆、钢支撑等保障措施，短进尺、弱爆破、强支护，保证了施工安全及进度。

潜明速度，把不可能变为可能

2021年12月30日，隧洞比预期提前1个月全线贯通；

2022年8月，胡塔地隧洞单向衬砌558米，创下省内行业纪录；

2023年1月10日，缙云县潜明水库引水工程比预期提前一年通水！

“潜明速度就是把不可能变为可能！”这是潜明水库引水工程总指挥陈银根经常向现场工作人员说的一句话。

潜明水库引水工程原计划工期为42个月，因为特殊复杂的地质条件以及受疫情等因素影响，省级水利专家会商研判认为，正常情况下，2023年10月才能完成主体工程，2024年春节前后才能通水。

为了让缙云人民尽早喝上潜明水库的优质水，潜明水库引水工程指挥部接下了县委、县政府2022年“年底通水”的军令状。引水工程工地上，底板清理、钢筋绑扎、模板安装、混凝土衬砌等作业热火朝天。

为确保隧洞施工高质量快速推进，在保证衬砌质量的前提下，每模的工程量需增加 1 倍。这样，衬砌的日均速度比常规快了 1 倍，但是工作强度也大大提高了。施工班组采用加班、两班倒等工作制 24 小时不间断施工，实现白班浇筑、晚班钢筋绑扎和模板支立等极限赶工循环。衬砌速度从开始的每月完成进度 200 米、300 米、400 米到 558 米，不断突破。

追求极致，没有质量的速度等于零。

潜明水库指挥部工程组是一支由经验丰富、工作态度严谨的老水利人组成的队伍。潜明水库大坝完工后，他们就转战到了引水工程项目，每道工序完成后，工程组都要进洞检查质量，合格后才能进行下一道工序的操作。30 多公里的隧道、20 多个工作面，为保证工程进度和质量，工程组 24 小时待命随叫随到。

工程组王伟平说："最忙的时候有 21 个工作面全天候同时开工，工程组只有三四个负责质量监督的技术人员，那真是没日没夜。具体到钢筋绑扎质量、止水铜片安放、模板安装等，事无巨细，没有上下班的概念，更没有周六日，实在困了累了就在车上眯一会儿。"

李福东是潜明水库一期工程和引水工程的监理，他深情回望着一个个已完工的隧洞口，那是他曾经奋战过的战场。"通水了，春节就可以回山东老家看老婆孩子喽。"

跟李福东一样的潜明水库引水工程建设者，在高峰时期，每日有 500 余人。他们既是工程的建设者，也是亲历者，见证着这条"命脉"如巨龙般穿越山峦，横卧在缙云的秀美山川之中。

（原载于 2023 年《中国水利报》 葛芳妙　李远凯）

浙江将推动8828座单村水站改造提升　受益人口242万

10 月 12 日，浙江省单村水站改造提升新闻发布会在杭州举行，记者从会上获悉，浙江将推动 8828 座单村水站改造提升，受益人口 242 万。

饮水安全事关人民群众切身利益，事关社会安全和谐稳定。近期，浙江省委省政府决定实施全省农村供水单村水站改造提升行动，印发了《关于加快推进单村水站改造提升保障农村饮水安全的实施意见》。

浙江省水利厅党组书记、厅长李锐介绍，目前单村水站是浙江省农村饮水安全保障中的薄弱环节，还存在水源保障程度低、水质不稳定等问题。单村水站改造提升这项行动是浙江省委省政府对人民群众诉求最直接的回应，是推动共同富裕、深化新时代"千万工程"的生动实践。

该行动坚持问题导向、目标导向，推动 10 个设区市（嘉兴市除外）、63 个县（市、区）8828 座单村水站改造提升，服务保障人口 242 万，计划“一年启动、两年攻坚、三年高标准完成”，实现单村水站建设、管理双达标，农村供水水质达标率稳定在 95% 以上，在享受优质供水服务方面确保“一村不落、一人不少”。

李锐表示，浙江将按照精准施策、分类指导、试点引领、建管并重、群众满意的原则与要求，通过四方面举措推进。

在统筹规划方面，在浙江全省制定实施方案的基础上，该省各县编制“一县一方案”，细化“一站一策”，加强与国土空间、乡村振兴、下山移民等规划的衔接，结合城市管网延伸、农村电网改造等各方面实施计划，统筹推进单村水站改造提升。

在改造提升方面，浙江采取“三个一批”改造提升 8828 座单村水站。一是覆盖替代一批，加快城镇供水进村入户，推进城镇水厂管网延伸 3784 公里，新建“千吨万人”水厂 28 座，覆盖或替代单村水站 1402 座，服务保障人口 42 万；二是新建改建一批，通过多水源联供，站房、净水设施、消毒设备等改造，新建改建单村水站 4338 座，更新供水管网 1.25 万公里，服务保障人口 120 万；三是巩固提升一批，加强水站标准化管理，保障取水、制水、蓄水、输水等环节良性运行，提升 3088 座单村水站管护水平，服务保障人口 80 万。

针对长效管理这一重要一环，浙江将进一步落实县级统管责任，加强人员培训，完善水费收取、绩效考核等机制，落实管护经费。加强水质监测和水源保护，开展水站健康影响评价。

“行动启动以来，各地党委政府高度重视、迅速行动。截至目前，80% 的县（市、区）已完成‘一县一方案’制定；已批复项目 436 个，包含单村水站 1017 座改建；已开工项目 337 个、涉及单村水站 975 座。计划年底前，70% 的项目都要开工。”李锐说。

（原载于 2023 年中国新闻网　钱晨菲）

系统治理

浙江将启动万里清水河道工程

8月20—21日，浙江省水利厅召开“万里清水河道建设工作座谈会”，研究部署全省河道整治工作。会议提出了该省新时期水利任务的思路——把“万里清水河道”建设作为全省城市防洪工程建设的延伸，明年以河道综合整治为主要内容的城乡水环境建设将全面展开。自古以“江南水乡”著称的浙江，河流众多，水系发达，全省共有河道6万余公里，其中平原河道4万余公里。河道是这个省的主要水利工程，河道及其周围环境是这个省的主要水环境，水环境的质量直接影响着生息在这片土地上的浙江人的生活质量。但和我国的其他地方一样，由于自然和人为等因素的影响，全省河道水环境的现状令人担忧。

随着浙江经济发展进程的加快，广大人民群众对水环境质量要求日益迫切，今年召开的浙江省十一届党代会提出了建设“绿色浙江”的目标，因此，省水利厅提出了“建万里清水河道，展江南水乡新貌”的新一轮水利建设目标。

据悉，浙江省河道综合整治建设将与全省的现代化建设接轨，确定年限为2003—2015年，分两期实施。

（原载于2003年《中国水利报》 王磊）

清流欢畅会有时

——浙江铁腕治河推进水生态文明建设

美丽中国，这个新鲜而温暖的词汇在党的十八大提出后，为13亿中国人编织了无限美好的“中国梦”。如何实现“美丽中国”？老百姓期待——守住“绿水青山”。

地处我国东部沿海的浙江，目前正在大力推进“美丽浙江”建设，直面经济发展带来的水问题。继“四边三化”“三改一拆”行动后，浙江重磅推出“清理河道，清洁乡村”专项行动（以下简称“双清”行动），用两年时间，集中整治河道，消灭黑臭河，治理污染河，重塑江南美丽水乡。

江南水乡　遭遇空前水危机

浙江，以江为名，因水而生，因水而兴，因水而美。千百年来，浙江人民惜水、护水，用其利避其害，创造了悠久的治水历史。

然而，垂柳依岸，青砖黛瓦，水阁亭榭，橹声欸乃，烟波浩渺……这样一幅幅流淌的画卷，在经济社会飞速发展面前，正在受到破坏。

浙江省河道管理总站主任陈永明认为，随着经济的发展，浙江很多河道付出了水质污染代价，有着“江南水乡”美誉的浙江，频频遭遇没水喝的尴尬境地。

一方面，浙江人多水少，水资源时空分布不均，区域性水资源短缺；另一方面，受工业化、城市化快速推进的影响，浙江人与水争地矛盾日益突出，水环境污染加剧。一些地方，工业污废水、养殖业污物直接排入河道，生产生活垃圾直接倾入河道，全省河道很大比例已被不同程度污染。特别是在经济发达、人口众多的嘉兴平原、温台地区。

影响水生态安全的河道污染，如果不尽快得到解决，水资源难以承载，水环境难以承受，人与自然难以和谐，子孙后代的可持续发展，将受到严重影响。

“当干净的水成了奢侈品，能游泳的河成了遗失的记忆，重塑‘江南水清清如许’的水乡倩影，就不仅是百姓的强烈渴望，更是历史不容推卸的责任与使命。”浙江省河道管理总站副主任方自亮说。

铁腕治水　再塑梦中水乡

上海黄浦江漂浮死猪事件，曾把上游的浙江嘉兴河道推到了风口浪尖。浙江省委副书记、省长李强坦言，从死猪漂浮等事件，可以看到政府工作的不足，特别是一些小河流、断头的河流，容易聚集大量垃圾。为此，浙江省在短时间内，密集出台“四边三化”“三改一拆”“双清”行动三项重大措施，决心用铁腕治河，推进水生态文明建设。

“四边三化”行动中，浙江省委、省政府对河道两岸提出了“洁化、绿化、美化”的要求，计划到2014年9月，全省国省道公路、铁路沿线等区域城乡河道，“河流洁化、河岸绿化、沿线美化”水平明显提升。

今年2月，浙江提出“三改一拆”三年行动方案，把查处占用水域、涉河违章建筑列入拆除目录。3月底，省政府出台“双清”行动方案，把这场浙江清理河道的战役推向了高潮。

“双清”行动历时两年，分为三个阶段。计划到2014年年底，基本解决河道随意丢弃垃圾废弃物的问题，河道环境面貌明显改善，打造一批“水清、流畅、岸绿、景美”的生态河道；农村生活垃圾处理基本实现规范有序，生活污水处理能力进一步提高，农村脏、乱、差问题得到有效整治；城乡居民环境卫生意识明显增强，城乡河道保洁和农村保洁基本实现有责任主体，有专人负责，有经费保障，有相应设施，城乡卫生长效管理机制进一步完善。

今年4月1日，浙江省政府召开“双清”专项行动电视电话会议，将“双清”

行动列入政府考核，并加强指导督察。根据责任分工，4月中旬，省水利厅由厅领导带队，成立数个工作组，深入各地指导。5月上旬，省政府派出6个工作组赴各地督察工作进展。

积极行动 取得阶段成效

在浙江省委、省政府的强力推动下，这个春末夏初，“双清”行动正在浙江大地如火如荼地进行……

在平原河网交错的绍兴市，4月9日召开的全市清水工作电视电话会议，全面部署新一轮“清水工程”，提出通过3年努力，全市功能区水质实现“消灭Ⅴ类，确保Ⅳ类，力争Ⅲ类”目标。5月5日，绍兴市委书记钱建民暗访清水工程实施情况，并在市区河长制工作座谈会上，要求以全面深化“河长制”为抓手，进一步突出整治重点，健全工作制度，持续改善水环境。

经济发达的台州市，提出“五清一机制”推进“双清”行动。即以“清除沿河违法建筑，清理沿河排污口，清运沿河存放垃圾，疏浚清淤城乡河道，清查非法采砂行为”为切入点，进一步健全“政府主导，部门牵头，市场运作，群众参与”的河道保洁机制，完善河长制和人员、资金、设备保障机制，强化河道保洁属地负责制。在4月的集中整治行动中，台州投入2000多万元，清理河道、河沟9100多公里，拆除河道违章建筑2.1万平方米。

同属经济发达地区的温州市，全市域1.4万多条河道展开拉网式排查，向社会公布680条污染河道“黑名单”，并接受社会监督。根据“一河一策”原则制定治理计划，集中清理；温瑞塘河综合整治按照“三游五要”目标，水质持续改善；整治村扎实开展“垃圾处理，污水治理，卫生改厕，村道硬化，村庄绿化”等五大项目建设，农村环保基础设施建设和运行情况普查正在推进。

此外，嘉兴市全面启动了“清水惠民工程”，丽水市启动了“三清三化”（清洁河道，清除违建，清理违占；河道的洁化、绿化、美化）专项行动；金华市在河道内清理各类垃圾478吨……“双清”行动已在浙江各地落地生根，开花结果，取得明显的阶段性成效。

全民参与 再现清流欢畅

轰轰烈烈的“双清”行动，正吸引着浙江全社会的广泛参与。

5月3—6日，是桐庐的特色节日“桐庐百姓日”，该县借助这一平台，将“双清”行动列入活动目录，发动14个乡镇的上千名群众，参与“双清”行动。在美丽的富春江畔，分水江边，芦茨溪旁，一群群“清洁使者”，成为一道美丽的风景。

在仙县缙云，县领导呼吁社会各界积极参与“双清”行动，全县各责任部门会同社区共计1500人，参与了社区大清扫活动，同时，志愿者们开展了美丽缙云“双清”志愿服务活动。

在千岛之县——淳安，县水利水电局工作人员，选择人口居住密集，具有河道采砂、生活建筑垃圾违规倾倒和非法种植实例的典型河段，召开“双清”行动动员会，组织全体干部职工开展河道巡查，现场清理河道垃圾，起到了良好的示范效果，周边村民纷纷加入“清理河道”的行动中来。

浙江“双清”行动，目前已进入巩固提升的第二阶段。再经过两年的努力，全省河道功能将逐步恢复，河道水质将进一步改善，河道景观依次美化，山清水秀的江南水乡，终将再现。

（原载于2013年《中国水利报》 郑盈盈）

铁腕治水 追寻江南梦里水乡

——浙江浦江县推进“五水共治”纪实

地处浙江省中部的浦江县，因水而生，因水得名，钱塘江主要支流浦阳江和壶源江皆发源于此。县域内溪流众多，仅浦阳江的主要支流就有32条，壶源江也有14条较大的支流。伴随着改革开放，浦江县水晶玻璃工艺品产业逐渐兴起，如今已成为全县富民的经济支柱产业，产量占全国的80%以上，被冠以“中国水晶之都”的美誉。然而，水晶产业带来财富的同时，也带来了环境问题，成为全县环境污染中最大的污染源。母亲河浦阳江变成了“牛奶江”，连续5年断面水质为劣Ⅴ类。

2013年年底，浙江省委、省政府在全省提出了“五水共治”（即治污水、防洪水、排涝水、保供水、抓节水）重大战略部署，明确提出要以治水为突破口倒逼转型升级，以砸锅卖铁的决心兴建水利基础设施。

“必须以重整山河的雄心和壮士断腕的斗志，结合前一阶段水晶产业整治工作，全面打响‘五水共治’攻坚战！”2014年新年伊始，浦江县委、县政府以“五水共治”为抓手，开始实施更为坚决的治污行动，严厉打击水环境违法行为，全面掀起了清理“垃圾河、黑河及臭河”的活动高潮。

重拳打击：一举关停102家排污企业

2013年12月31日，时任县委副书记、县长施振强主持召开县长办公会议，

第 19 次部署浦阳江水环境综合整治工作。会议决定在元旦、春节期间开展以重污染行业和劣Ⅴ类支流为主要检查对象的专项整治行动，严厉打击水环境违法行为。

当天下午，由 7 位副县长为组长、130 余名执法人员为组员组成的执法队伍在全县 7 个战场同时打响整治战役。这场专项整治行动采取重点突击检查和夜间巡查两种方式，对重污染行业、水晶行业、机械及制锁行业、畜禽养殖及屠宰场、砂场（矿山）等重点水污染物排放企业、劣Ⅴ类支流重点排污口等进行检查。

沿着弯曲的溪流，施振强边走边看，不时深入水晶加工企业、工厂车间实地检查、督办。“身为企业老板，这样做你觉得合适吗？”在实地查看洁美水洗厂污水排放现场后，施振强严厉告诫企业负责人，并当场责令相关部门立即采取断电、断水措施。

行动中，所有干部加班加点，挖井盖，下沟渠，查污水……整个行动共关停、取缔水晶加工户 14197 家，淘汰水晶设备 7.2 万台，移送相关部门处理 533 人，刑拘 29 人。禁养区内 201 家养殖场全部关停、拆除，非禁养区内 302 家养殖场实现废弃物 100% 零排放和 100% 全利用。

庄严誓师：以实际行动回应群众诉求

1 月 14 日，浦江县委、县政府以电视直播方式召开全县“五水共治”誓师大会。施振强要求各乡镇、村和部门负责人要共同守住这块土地，守好这片家园。会上，县级班子成员现场为“五水共治”公益基金捐款。会后，各乡镇（街道）和机关部门纷纷以实际行动贯彻誓师大会精神。浦江县水务局全局 231 名在职职工共捐款 8 万余元。

浦江县委组织部把“五水共治”纳入第四季度全科干部业务知识考试范围。同时，在乡镇（街道）全科干部队伍建设中，水环境保护业务知识成为当前干部队伍培训考察的主要内容。组织部通过组织干部周一夜学、季度巡考、一线参与治水等方式，为浦江县“五水共治”提供坚强的组织保障。

浦江经济开发区在全区全面推行清场、清池、清管工作，决心用 6 个月时间，使全区企业基本做到截污纳管，已截污纳管企业基本做到达标排放。

浦阳街道在辖区开展清理“三河”、清洁家园万人大行动。来自街道的党员干部、共建单位职工、代表委员等万余人放弃周末休息时间，扫大街，除垃圾，清水沟，挖淤泥；仙华街道在全面启动河道垃圾清运工作的基础上，发动溪渠周边村庄和党员干部共 3000 余人对辖区河道进行集中清理。

郑宅镇全面制定了“五水共治”和“三改一拆”路线图，将主要河道、支流、水库、池塘按区块责任到村和人；岩头镇动用机械，对蜈蚣溪和岳塘溪的淤积物进行清理；白马镇组织干部群众对辖区内四大支流开展捡拾垃圾和大清淤行动，使其焕发新颜；杭坪镇组织镇村干部、党员和村民代表在辖区河道分段包干开展查找污染源、清理垃圾等活动，全面消除污染源；前吴乡的党员干部利用火钳、耙子等简易工具，清理了溪内 3 吨多重的垃圾；大畈乡专门组织力量对位于壶源江边的两处垃圾堆进行全面清理。

全民行动：让每条小溪都能洗萝卜青菜

黄宅三江口人工湿地工程是浦江县“五水共治”重点项目，工程集治污、防洪、排涝、美化环境、休闲、生态涵养等功能于一体，面积 300 多亩，但建设工期仅一个月。项目建设恰逢春节，过了大年初一，项目的建设者就坐不住了，初二上午开着 20 余辆挖掘机冒雪齐进场，铆足了劲参与家园美化行动。

“浦江人民再也不愿躺在垃圾堆里数钱，躺在病床上花钱了。我们希望每条小溪都能洗萝卜青菜。”浦江县一位村民道出了当地群众的心声。随着治水行动的深入开展，“全民治水、全民得益”理念深入人心。

浦阳街道白林村老党员吴银生和吴金良，主动请缨清理村前的黑河。冒着严寒，两人在沟里挖出漆黑发臭的污泥，捞起漂浮的生活垃圾。他们说，身为共产党员，帮忙清理淤泥和垃圾，美化家乡环境，是自己应该做的。联盟村曾是全县环境卫生落后村之一。今年，该村妇女主任于灵宣串门走户，动员村里的 500 余名家庭妇女，对各自家庭的门前屋后开展大扫除。

为改变五六岭溪劣Ⅴ类水质现状，浦南街道投资 6 万余元，自行设计、建设占地 8 亩的人工湿地，种植有茭白、芦苇、莲藕、燕尾兰、水生美人蕉等植物。目前，人工湿地出口水质已明显优于进口水质。

发现有污染环境行为，群众会第一时间向相关部门举报，执法部门会立即赶赴现场处置；发现“牛奶河”，环保志愿者会深挖背后的经营者、获利者；公、检、法等各部门统一思想认识，积极投身水环境综合整治战役中，创造条件依法打击查处违法行为。

新一年的浦江，全面治水行动已成破竹之势，生态意识渐强的浦江人正重筑着江南水乡梦……

微　评

“改革是由问题倒逼而产生，又在不断解决问题中得以深化。”这是习近平总书记关于改革的重要论点。“五水共治”，是浙江省今年最热的词汇。抓“五水共治”倒逼转型，是由客观发展规律、特定发展阶段、科学发展目的决定的。浦阳江水环境综合治理作为浙江省治水的重要举措之一，从2013年起就开始了专项整治行动。新年伊始，浦江县再次召开“五水共治”誓师大会，全民治理垃圾河、黑河及臭河，更表明了当地政府打赢铁腕治水攻坚战的决心。

（原载于2014年《中国水利报》 沈佳隆）

浙江“五水共治”倒逼转型升级

“五水共治”，无疑成为今年浙江最热的词汇。

“五水共治”动员大会在各地陆续召开，“五水共治”治水项目在各地集体开工，党员干部纷纷为“五水共治”主动募捐，两会代表为“五水共治”献言献策，2014年削减的省级“三公经费”明确用到水利建设上、用到治水的刀刃上……从省委书记到村主任，从干部职工到普通群众，“五水共治”“全民治水”的热烈氛围迅速在浙江大地蔓延。

崭新理念　力促改革

何为“五水共治”？浙江省委书记夏宝龙给出了形象的答案：“五水共治”就是治污水、防洪水、排涝水、保供水、抓节水，“五水共治”，好比五个手指，治污水是大拇指，防洪水、排涝水、保供水、抓节水是其他四指，分工有别，和而不同，捏起来就是一个拳头。治污水的大拇指最粗，百姓观感最直接，也最能带动全局，最能见效。治好污水，百姓必会竖起大拇指，防好洪水、排好涝水、保好供水、抓抓节水，百姓才会拍手。

治水高度空前，实则有着迫切的现实需要。浙江，这个因水而名、因水而美、因水而兴的省份正在因水而困。江南水乡为找到能游泳的河流寻寻觅觅，平原水网不时为饮用水污染传闻困扰，台风“菲特”造成水困余姚的重创，水安全始终让百姓忧心牵挂。

在夏宝龙看来，抓“五水共治”倒逼转型，是由客观发展规律、特定发展阶段、科学发展目的决定的。水是生产之基，什么样的生产方式和产业结构，决定了什么样的水体水质，治水就是抓转型；水是生态之要，气净、土净，必然融入于水净，治水就是抓生态；水是生命之源，老百姓每天洗脸时要看，口渴时要喝，灌溉时要用，治水就是抓民生。可以说，“五水共治”是一石多鸟的举措，既扩投资又促转型，既优环境更惠民生。抓治水就是抓改革、抓发展，意义十分重大，任务迫在眉睫。

分步实施　彻改旧貌

航向已定，只待行动。浙江省委、省政府规划出治水路线图和时间表：五水共治，治污先行，其他“四水”齐抓共治，协调并进。三年内解决突出问题，明显见效；五年内解决基本问题，全面改观；七年内基本不出问题，实现质变。

浙江提出开展“十百千万治水大行动”确保目标顺利实现。十枢，建设十大蓄水调水排水等骨干型枢纽工程；百固，每年除险加固100座水库，加固500公里海塘河堤；千治，每年高质量高标准治理1000公里黑河、臭河、垃圾河，整治疏浚2000公里河道；万通，每年清疏1万公里给排水管道，增加每小时100万立方米入海强排（机排）能力，增加每小时10万立方米城市内涝应急强排（机排）能力，新增农村生活污水治理受益农户100万户以上。

与此同时，浙江还将治水项目列入各级政府为民办实事的内容，集中落实一批立时见效的应急项目，启动一批有决定性影响的重大基础设施项目，建设一批“千里海塘”式的大工程大项目。大兴农田水利，既抓好大型水利工程“大动脉”，又注重田间地头的“毛细血管”，解决农田灌溉“最后一公里”问题。

解决复杂的水问题，不仅要靠坚实的工程基础、先进的科技支撑，更要靠健全的制度保障。浙江正在着力构建规划科学保障、项目落实保障、资金到位保障、质量监理保障、人才科技保障、工作考核保障、政策法规保障、组织领导保障“八大保障”机制，做到规划能指导、项目能跟上、资金能配套、监理能到位、考核能引导、科技能支撑、规章能约束、指挥能统一。

浙江省委、省政府要求制定全省层面“五水共治”总规划和子规划，增强科学性，突出实战性，把图纸画出来，资金算出来，时间排起来，责任明起来。把治水作为各地各部门重要的实绩考核内容，把治水作为领导干部年终述职的必讲内容。同时，争取各类金融机构更多支持，积极吸引各类社会和民间投资，既用市场机制鼓励浙商回归投资治水项目，又广泛发动浙商投身家乡公益治水。省委决定，2014年省级“三公经费”预算削减30%以上，省下来的钱用到水利建设上，用到治水的刀刃上。

“五水共治”与水利息息相关，浙江省水利厅迅速开展行动，成立“治水”领导小组，所有厅领导和处室、直属单位主要负责人均为领导小组成员，领导小组下设办公室，抽调人员集中办公，实行实体运作。厅机关各处室和厅属各单位将按照各自职能和特点，分工负责，主动作为，紧密配合，形成治水攻坚的强大合力。

浙江省水利厅厅长陈川表示，将立即启动防洪水保供水633工程建设，全面开展“强库”“固堤”“扩排”等三类防洪水工程建设和“开源”“引调”“提升”

等三类保供水工程建设，计划安排六类 30 项水利工程，总投资近 3000 亿元，通过 3 年努力，解决防洪供水突出问题，到 2020 年基本解决防洪供水问题，初步实现“水安浙江、水润浙江、水秀浙江”的战略目标。

（原载于 2014 年《中国水利报》 郑盈盈）

绿水青山，安且吉兮！

一

山叠翠，水澄澈。九月的安吉是绿色的。

浙江安吉县天荒坪镇余村，天目山北麓的一个小村庄。宽阔的柏油马路上，一边是林立的小洋房，另一边是“两山”会址公园，矗立着“绿水青山就是金山银山”的石碑。

余村，正是习近平同志“绿水青山就是金山银山”这一重要思想的发源地。

一张圆形会议桌，十几把简单的蓝色座椅，完好保留着 10 年前的模样，定格了 2005 年的 8 月 15 日那个闪光时刻。那天，时任浙江省委书记习近平同志在余村考察，村干部在会议室向他介绍情况时说，村里关停了污染环境的矿山，现在靠发展生态旅游让村民借景发财。他听后高兴地说：“我们过去讲，既要绿水青山，又要金山银山。其实，绿水青山就是金山银山。”

在余村文化礼堂，一块块展板记录下安吉生态发展之路的扎实脚印：2001 年确立“生态立县”战略，2003 年开展“双十村示范、双百村整治”工程，2008 年开展“美丽乡村”建设，2013 年制订“山青水净”三年行动计划，2015 年以安吉县人民政府为第一起草单位的《美丽乡村建设指南》以国家标准正式发布。一首首歌谣吟唱着安吉人民的幸福生活：“绿水青山述说了今天的来之不易”，“万家灯火，幸福家园”。

“绿水青山可带来金山银山，但金山银山却买不到绿水青山”。

“在鱼和熊掌不可兼得的情况下，我们必须懂得机会成本，善于选择，学会扬弃，做到有所为、有所不为”。

“在选择之中，找准方向，创造条件，让绿水青山源源不断地带来金山银山”……

10 年前，习近平同志高屋建瓴、思辨深刻、内涵丰富的讲话，为探索前行中的安吉拨开了迷雾，指明了方向。在“两山”重要思想的指引下，安吉大胆实践，深入探索，努力打造生态文明的安吉模式。

二

安吉县水土保持科技示范园区是安吉探索生态文明建设先行先试的一个重要平台。这个占地50多公顷的园区，是国家级水土保持科技示范园区。依托这一平台，安吉开展了水土流失防治、水污染防治、生物节水、生态修复、生态文明教育等诸多领域的研究，并将相关成果应用到水生态文明建设实践中去。

“这种植物叫扶芳藤，抗病能力强。那边的叫络石，生长速度快，耐旱耐湿。”“全国五一劳动奖章”获得者、安吉县水利局水保站站长梅道亮对园区的一草一木都了如指掌，他详细而耐心地向记者介绍情况。“安吉现在已经试验成功络石、扶芳藤这些覆盖密度高、涵养水源能力强的本土植物用于河道护坡，效果非常好。”

在水土流失检测研究区，可将保留植被区块和无植被土壤裸露区块进行对比，观察降雨后的径流量和泥沙量。“没有植被覆盖的区块，径流量大，泥沙量多，观测结果直观又明显。县里一些领导来这里看过之后，更坚定了做好水土保持工作的决心。”梅站长说。

示范园区有一件“利器”——人工模拟降雨系统，可以模拟自然降雨过程，使水土流失实验在任何时间和气候条件下都能实现。开启人工模拟降雨系统后，在完全清除了地表植被的裸露区块里，“雨水”几乎一落地就形成径流，冲刷着土壤，形成泥汤并快速流进收集槽里。但在实施了水土保持措施的试验区域，很长时间才形成径流，而且看不到浑浊的迹象，水土保持效果对比一目了然。

远处是绿意葱葱的茶园，周身被各种长势茂盛的植物环绕，踩着能快速下渗雨水、补充地下水的渗水砖，路过大片节水抗旱稻育种基地……园区里处处是“宝”，也处处让人受教。这里已经被水利部、教育部命名为全国中小学水土保持社会实践教育基地。

安吉并未将水土保持教育局限在园区之内，而是带它走进学校，走进社会。梅站长主编的小学教材——《安吉县水土保持科普教育小学读本》，有关水土保持的内容在小学五年级期末考试中占有10分的分值，受到学生和家长的高度重视。

三

坚持生态立县的安吉，执着探索，积极实践，不断积累着经验。“景观＋湿地”，给库区装上“净化器”，就是安吉的有益尝试。

流水潺湲，空气清新，水草葱翠，乔灌丛生。这是凤凰水库双二库尾生态景观湿地。季节更迭，这里的植物变换颜色，为库区增添不同的美丽。

错落有致的“梯田”里，各个田块种植着不同的湿地植物。而不同的湿地植物有着共同的特点——根系比较发达，可以大量吸收、利用、降解水体中的营养物质。流入湿地的水，经过层层处理，最终得以净化。

库区更美，流水更清。安吉为保护饮用水水源地，作出极大努力。“我们设立了安吉县集中饮用水水源地生态保护奖补资金，每年筹集2500万元，用于保护区域范围内水质考核奖励、生态保护工程配套、库区保洁费用等与水源保护相关的经费支出，充分调动大家保护水源地生态环境的自觉性和积极性。”安吉县水利局局长杨绍军说。

凤凰水库上游，坐落着一个幽静的村落。这是安吉最大的毛竹产出村——双一村。整齐的院落背靠深深竹海，而竹海却藏不住双一的美丽。它曾获得“全国生态示范村”“中国最美村镇”等诸多美名。

一水之隔，两岸相望。粼粼清水，重重绿树。溪水边，村民们不紧不慢，或捶打洗衣，或淘米洗菜。

山水人家，诗画双一。曾经以竹制品加工为主的双一村，现在借助生态旅游业，迎来新的发展面貌。而今的这份美丽和幸福背后，是践行“绿水青山就是金山银山”的生动实践，是建设水生态文明的不懈努力。

家家户户门口摆放着一蓝一绿分类垃圾桶，院墙上贴有“洗涤水”“餐厨废水”的标牌。双一村建起了生活污水高效处理系统，污水通过管道进入污水处理池，处理后符合标准方排入河道。

一村一品，一村一韵，一村一景。从去年开始，安吉大力建设“水环境优美村”，包括双一村在内的3个村已经通过验收，11个村的创建正全面铺开。县水利局将对验收合格的村落实以奖代补资金20万元，对与创建相关的其他水利工程给予一定资金补助。

四

践行生态文明理念，走绿色发展之路，安吉把美留在一个个乡村、一座座水库，也留在了一条条河道。

站在昌硕桥上，可见桥下宽阔的河道，茂盛的草木。看着眼前的水清渠静，很难想象这里曾经乱石堆积、杂草丛生。

变化，源于石马港生态改造工程。

河道护岸，亲水平台，园路绿化，景观布设……工程的实施，让石马港焕发新颜，也拉近了人与水的距离，成为城市新景致、休闲好去处。

“不仅让河道‘清’起来、‘美’起来，还要‘活’起来。这里不再仅仅是过水的通道，而是人与水和谐相处的平台。”杨绍军说。

步道旁，绿树下，有人在聚精会神读书，眉目之间透着安详。远处，施工人员在铺设石块，为这里即将新添的景致而忙碌。水边，两位妇女正在洗衣，水面漾起层层涟漪，一圈圈扩散开来……

人改变环境，环境改变人。组织水生态保护志愿行动，开展美丽河道摄影比赛，成立全国第一家图书馆水文化专柜……节水护水惜水，已经成为越来越多安吉人的自觉行动。

五

科学理念引领，积极探索推动，大胆创新实践。从村庄到城市，从水库到河道，无不见证着安吉恪守“绿水青山就是金山银山”的付出和努力。

10 年前，“绿水青山就是金山银山”为安吉打开了一扇新的大门；10 年间，守护青山绿水、坚持生态立县的安吉走出了崭新的发展之路。

绿水青山就是金山银山，绿水青山还将源源不断带来金山银山。现今，这里的污水处理率由 10 年前的 30% 提升至 90%，农村居民人均可支配收入从 8000 多元增加至 2 万多元。

“绿水透迤去，青山相向开”，这是安吉的现实。

“照着‘绿水青山就是金山银山’这条道路坚定不移地走下去”，这是安吉的选择。

《诗经》云：“岂曰无衣七兮？不如子之衣，安且吉兮！”“绿水青山”是安吉的美丽外衣，也是人民幸福生活的保障。践行“绿水青山就是金山银山”，安吉真正有了“子之衣”，人民生活真正实现了“安”且“吉”。

绿水青山，安且吉兮！

（原载于 2015 年《中国水利报》 李先明 陈萌 郑盈盈）

会呼吸的河流

——浙江省德清县中小河流治理重点县建设纪实

鱼米之乡、丝绸之府、竹茶之地、文化之邦，这是人们给德清的美誉。

俊秀多姿的避暑胜地莫干山，诗意风景的下渚湖生态湿地，古色古香的新市古镇，这是历史文化积淀之下，德清的宝贵财富。

人有德行，如水至清。因水而名，依水而生，地处浙江省北部的德清县，有着悠久而深厚的水文化。德清竭力保护着这些财富，更让它们展现出新的风采。

家园需要怎样的河流？德清的答案是——会呼吸的河流。“河道治理不仅仅是单纯提高行洪排涝能力，还要发挥综合功能，要人水和谐、生态自然、持续发展，更要造福百姓。”德清县水利局局长方凯说。依托全国中小河流治理重点县建设，德清县贯彻生态自然的治理理念，以清淤和岸坡整治为重点，多措并举，建管并重，倾力打造会呼吸的河流。

生态理念领航　畅通河流呼吸

德清县于2012年被确定为全国中小河流治理重点县综合整治及水系连通试点，计划用5年左右时间，对475条县乡河道进行集中连片整治。方凯说：“这些河流都是房前屋后的小河小港，以前都是被忽视的角落。这些河流治理工程，看不出多么宏大的气势，可是能切实改善居民的环境，受益人口多。”

打“生态牌”是德清中小河流治理的关键和核心。秉承生态治理的理念，德清县从传统水利工程思维中解放出来，摆脱过去渠化、硬化的处理方式，顺应生态自然，畅通河流呼吸。根据河道的不同类型，德清因地制宜选择治理措施，包括水系沟通、河底清淤、河道清障、岸坡整治、堤防加固等，恢复并提升河道的综合功能。

“清淤和岸坡整治是项目建设的重点。特别是清淤，它是涉及河道功能恢复的根本问题，如果淤泥不清除，水质就无法得到改善。在建设中，清淤工程量达550万立方米，投资占四成。”德清县水利局副局长沈燕说。

在太平桥港清淤现场，大型环保绞吸设备在忙着清理淤泥，长长的管道蜿蜒在水面上。环保绞吸是德清采取的主要清淤方式之一，相对于机械挖泥，环保绞吸效率更高，清淤效果更好，但是成本也相对更高。“环保绞吸采用封闭的管道，施工过程中不会产生二次污染，而且设备可以自动化控制，只需输入清理淤泥的宽度厚度等参数，省时省力。但是有的河道比较狭窄，不便于大型机械的进入，这种情况仍要采用机械挖泥的方式。”工程项目经理道。

淤泥处置是清淤工作的“老大难”问题，而德清的办法不仅巧妙，而且环保：结合土地进行固结平整，使一些散乱地块形成规模耕地；结合景观绿化，将淤泥排至废弃深坑，置放至种植要求的高程后，种植荷花等；直接将部分淤泥二次利用，制砖和制肥。“到目前为止，我们已存放200多万立方米淤泥，其中过半已复耕复绿，没有发生淤泥二次污染。”德清县中小河流治理项目工作人员贾怡说。

生态自然的理念在岸坡整治中也得到充分运用。德清以平原河道为主，重点县治理河道大多属圩区内河，水位变幅小，河道水流缓。这些河道主要使用叠石护岸、木桩护岸、生态袋护岸等。“我们的原则是，能不做挡墙尽量不做挡墙，如果必须做挡墙，就严格控制高度，基本在常水位上50厘米以内。”德清县水利局副局长沈燕介绍说。至于山区河道，则按照“防冲不防淹”的治理原则，采用干砌块石护岸、格宾笼护岸等，对迎流顶冲、淘刷严重的河段适当采用浆砌块石护岸。

生态护岸，生态浮岛，亲水平台……生态理念贯穿德清中小河流治理的始终，涵盖建设的方方面面。同时，德清还坚持将中小河流治理与“五水共治”、“两美”德清等中心工作紧密结合，打破原有千篇一律的治理模式，融合江南水乡文化元素，丰富内涵。“以前只注重工程的‘建成’，现在更注重综合效益的发挥。这是理念的转变，也是从传统水利向现代水利的转变。”方凯说。

典型示范引路　多措并举推进

在修竹成林的莫干山下，五四村的两位老人悠闲地坐在河道旁，午后洒射的阳光，暖洋洋地照在他们身上。曾经偏僻的小山村，现今发展起新型农村旅游业“洋家乐”，游人如织。这变化的背后，是德清乡村水环境的改善，是河流治理的成果。

“但治理过程并非一路平坦。”方凯说，“项目建设时的首要难题，是改变老百姓偏好浆砌块石高挡墙的观念。”德清采取“迂回战术”，结合本县实际，设计了代表江南水乡、原生态、山涧溪流和城乡高品位的4个样板区。又选取部分村河打造示范区、示范河道、示范河段，先行先试。群众有了直观的印象，逐渐接受并认可生态河道的理念，使项目得以顺利推进。

中小河流治理5年的工期，德清力争3年半完成，目前13个项目区已有4个项目区完工，7个项目区在建，1个项目区进行施工招标，已完成总投资的59%。工程进度虽超前，但在质量关口上，毫不马虎。“工程推进中，质量控制是最难的，如何保质又保量，是我们一直在思索的问题。”沈燕说，重点县整治的河道大多处于农田、桑地和鱼塘周边，底板现浇混凝土存在运输距离远、倒运次数多等问题，德清从2013年开始就探索试验预制混凝土底板的应用，同样采用试点先行的方式，选取两条典型河段作为试验段。“这种底板尺寸统一，质量有保证。吊运、码放作业程序简便，速度快。装配式的特点，还能适应河道生态治理提升的要求。我们将结合施工效果，继续完善，加以推广。”

资金保障是项目建设的基础支撑。德清中小河流重点县资金配套为省级及以上补助38%，县级配套47%，乡镇15%，政策处理由乡镇负责。项目建设近两年来，中央和省级资金每年都及时拨付到位，县财政配套资金按工程进度及时到位。今年，在全省20多个中小河流治理重点县绩效考评中，德清县获得省级财政900万元的奖励资金，为全省最多。

组织领导、工程建设、项目验收、管护机制，乡镇自评、县级评价、上级抽查……这是德清“2013 年中小河流治理重点县建设乡镇绩效考评表”上的内容。德清把重点县项目建设纳入对乡镇年度考核内容，制定项目绩效考核办法，将目前工程实施的情况与今后水利项目及资金补助挂钩，给项目建设又增加一个质量保证的“砝码”。

除了来自上级的考核和监督，各乡镇还成立项目管理小组，各村专门聘请由村老干部、老党员、退休教师或村民组长担任的质量监督员，形成县、乡镇、村三级质量监督管理体系。

“一把扫帚扫到底” 力促长效管理

乘船慢游下渚湖生态湿地，清风拂面，芦苇摇曳，满眼碧波荡漾的景象。河岸边水草茂盛，岸水交界处依稀可见安插的木桩护岸。中小河流治理，让这片原生态湿地焕发出新的光彩。“以前这里淤泥很厚，56 万立方米的淤泥我们花了 14 个月清理完毕，对崩岸、塌方部分也进行生态修复，体现自然风貌，避免‘刻意’感。整治前最差的时候，这里的水像酱油一样，你看现在水质多好啊！”贾怡说。

变化的得来实属不易，德清不断探索着长效管护之路，巩固治理成果。一方面，德清严格落实河长制，1211 条河道全部落实了“河长”，并且制定《河道保洁管理实施方案》《长效管理考核办法》等一系列规章制度，落实管护责任；另一方面，充分动员全社会力量参与护水，建立“家庭护水”督察队，设置“治水英雄奖”和“巾帼河埠保洁岗”，开展“吾河我管，吾水至清”等活动，传播绿色生态理念，带动更多人惜水护水。

“河道管理公示牌”醒目地矗立在河岸旁，上面清楚地书写着河道名称、长度以及河长姓名和职责等，并标明联系电话，接受群众监督。“河道的管护重点在乡镇、在村落，河段所在的村镇组织开展巡查监督，发现问题及时处理。我们依托河长制，落实责任，加强管理，不留死角。”莫干山镇水利服务站的水利员沈赟国说。

“探索长效管护，我们也是摸着石头过河。现在，乡镇河道管理还实行‘三色预警’制，由镇河道管理监督考核小组按月对每条河道的治理情况，发布绿、黄、红‘三色’预警公示，现在是镇指导，村落实，村民随时监督。”沈燕说。

德清在实践中大胆探索，从河道管护衍生开来，提出“一把扫帚管到底”的管理模式，率先在全省试点实施了城乡环卫管理一体化工程，“统一保洁，统一收集，统一清运，统一处理，统一养护”，涵盖城区、集镇、村庄、公路、河道五大区域，包括环卫保洁、垃圾清运和绿化养护等。方凯说："统一管护能让责任主体更明确，也让管理更有针对性。"

蜿蜒在德清山水之间的河流，自由地呼吸着。绵延起伏的莫干山脚下，清清溪水流过裸心谷；秀丽多姿的下渚湖湿地里，水波荡漾，飞鸟翩跹；河道如网的新市古镇，水街相依成趣。历史文化留给德清的宝贵财富，因有了水的滋润而更加多彩迷人。

（原载于2015年《中国水利报》 陈萌 沈敏桦）

诸暨永宁水库下闸蓄水补齐浦阳江支流防汛短板，创造省内水利工程两个"第一"

经过3年建设，诸暨枫桥江上的永宁水库日前正式投用，下闸蓄水。这标志着，浦阳江5条支流中，唯独枫桥江上游没有大中型水库的历史就此结束，沿岸百姓汛期将更加安全。

诸暨百姓情牵这座水库半个多世纪了。"早在1958年，因防洪需要，1000多名枫桥群众就曾动工建设永宁水库，后因种种原因停工。"永宁水库建设工程指挥部副总指挥郭剑波说，不承想，这一停便是50载，直到2008年永宁水库建设工程才被重新提上日程，并于2013年6月完成前期政策处理后动工建设。"巧的是，如今的永宁水库和50年前的工程旧址不谋而合，都选在永宁村。"

50年的等待，让诸暨人快马加鞭，短短3年便建成了这座总投资15.5亿元的中型水库。同时，永宁水库还在省内创下了两个"第一"：第一个采用了自密实堆石混凝土新技术的工程，省内同期建设的水库中第一个投用的工程。

永宁水库投用，补上了诸暨防汛的一块短板。"过去，浦阳江的支流上，唯独枫桥江上游缺一座大中型水库，防汛压力不小。"郭剑波说，现在有了永宁水库，浦阳江流域防洪体系增添了承担拦洪削峰任务的重要一环。水库直接的防洪保护范围内总人口达12.2万，耕地面积9.8万亩。

水库蓄起了山涧清流，保障百姓生活用水。据介绍，永宁水库多年平均供水量可达1159万立方米，能为11.1万人供水，灌溉农田1.23万亩，还可为枫桥镇和赵家镇提供生活、工业用水，并可作为山下湖、阮市、店口等镇的应急备用水源地。

水库周边的区域小气候也将因水库而改善。如今，水库周边越来越吃香，不少投资者带着项目慕名前来。对此，诸暨坚持"要绿水青山，不以牺牲环境为代价来发展经济"的要求，把一个个不符合生态发展要求的项目拒之门外。

这一库清水来之不易，诸暨人格外珍惜，要把它保护好利用好。东和乡有关负责人表示，他们准备借着永宁水库引进生态龙头企业，在周边区域发展生态旅游；同时他们还计划把分散在全乡的景点串联起来，发展农家乐、带动农副产品走出东和乡，带动一方百姓致富。

（原载于2016年《浙江日报》 翁杰 郑盈盈 吴飞坚）

小河流经我的家

“山石嶙峋，峭壁巨梁，突兀而出。一条小溪自山间蜿蜒经过，清澈的山泉汇聚成河，水势渐行渐急，奔向远方……”1940年，金庸先生曾在浙江衢州插班学习，他笔下的石梁溪水清澈见底，草长莺飞，与记者日前所见景象并无太大差别。

从河里拔完水草走上岸的傅阿姨告诉记者，从前这石梁溪两岸，几乎家家户户都以养猪为生，养死了就顺手扔进河里，生活污水也是直接排进河里，河水又脏又臭，根本没法靠近。“这两年不养猪了，河水也清澈了许多。现在节假日来这里玩的城里人不少，我做起了农家乐，收入比以前好很多哩！”

近年来，地处浙江西部的衢州市柯城区，抓住国家中小河流治理契机，把溪流作为该区“五水共治”的主战场，在其境内的“两溪”——石梁溪和庙源溪综合治理中，通过开展全流域、系统性、生态化的综合治理，带动沿线3万多农民实现转产转业。今年年初以来，“两溪”流域农民人均纯收入增加3245元，累计增收超3亿元，人均可支配收入增幅高达21.4%，高出全区平均水平11.5%。

以治水为突破口倒逼产业转型升级，绿水青山就是金山银山，正在衢州柯城变成现实。

全流域治理 黑臭河重现母亲河面貌

庙源溪和石梁溪在衢州当地被称为“两溪”，是两条典型的中小河流。石梁溪主河道长度为33.3公里，流域面积109.6平方公里；庙源溪主流长22.8公里，流域面积82.8平方公里。

“过去‘两溪’是衢州市著名的‘黑臭河’，污水横流，垃圾遍布，臭气熏天，最差的时候水质跌到劣Ⅳ类。”柯城区水利局党组成员郑伟星告诉记者，发达的养猪产业带来大量的生猪排泄物无节制地排进河里，是造成“两溪”黑臭的主要原因。

2013年年底，“两溪”流域综合整治工作正式拉开序幕：由柯城区水利局牵头，协同全区所有相关部门，以流域为单位，以河道为主线，全力打好禁养生猪、禁止河道采砂、洁水养殖和落实三级河长制的“五水共治”组合拳！

“两溪”的全流域系统治理模式，范围涵盖上下游、左右岸、干支流和水下岸上，功能兼顾防洪安全、生态修复、水岸造景、休闲旅游，一改传统局部、分段、单一的治水模式，成为浙江省中小河流生态修复的典范。

目前，“两溪”流域已落实各级河长 123 名，关停沿线近 1000 家生猪养殖户，累计禁养生猪约 16 万头，完成“洁水渔业”示范点创建 7 个。另一方面，覆盖沿线 45 个村庄的生活污水处理也得到了全面落实，建立健全了农村保洁长效机制。

如今，黑臭河“两溪”已经不见踪影，取而代之的是鸟语花香、清澈见底的“生态河”。5 月底的水质监测显示，庙源溪交界断面水质合格率从去年年底的 20.3% 上升到 84.7%，石梁溪则从 59.3% 上升到 92.4%，达到国家Ⅲ类地表水水质。

随着两溪十八堰、一堰一风景，生态骑行绿道等的建成，以及沿线金庸武侠文化、围棋文化等非遗旅游资源的开发，“两溪”作为衢州城区“城市后花园”的设想已经扎根发芽。

“5 年后，‘五水共治’在衢州社会、经济层面的溢出效应将表现得更加明显，届时‘两溪’作为衢州的母亲河的意义也将更加凸显。”谈及治水的长效性，郑伟星充满自信。

原生态改造　巧妙设计匠心独运

司马堰是“两溪十八堰”景观之一。经过一番改造，利用衢州当地的千层石堆出“跌水”的水花效果，远观仿佛是一处小瀑布。在这“小瀑布”附近的河流中间，还有一棵大树，在石梁溪中独树一帜。

不砍树、不裁弯，尽量保持原生态，是“两溪”治水造景工程的首要思路。柯城区水利局副局长陈志明告诉记者，这样的“小心思”在“两溪”流域比比皆是。原样保留石梁溪中的这棵树，正是对“以原生态河道为主，人工景观措施为辅”的造景原则的践行。尽可能地保持河流形态的多样性，宜宽则宽，宜弯则弯，避免裁弯取直，切实减少人为破坏，保护河道原生态系统，让“两溪”真正成为水利项目和城市建设中的一道亮丽风景线。

将河道治理融入城市空间，使其成为居民的滨水休闲走廊，净化、美化周边环境，是“两溪”在生态美化和改造中的又一次尝试。“我们应该充分认识到河道内砂石、深潭、生物本身对河道安全和河流生态的作用。”浙江省水利厅“五水共治”办公室主任朱法君强调。

如何处理防洪安全和生态平衡之间的矛盾？柯城区有自己的解决思路。

柯城区副区长朱晓源给出了“空间换堤”和“软包硬”两个概念。以庙源溪的鲶鱼湾节点为例，河道左岸长 680 米，右岸长 740 米，却丝毫看不到混凝土的痕迹。目光所及，尽是长满野茭白、黄菖蒲的湿地栈道，植被茂盛的岸坡和裸露在浅水上的红砂岩，仿佛一个原生态大公园。朱晓源介绍，鲶鱼湾所在节点原来河道过窄，水流湍急，现在通过把植被种到堤岸上这种“空间换堤”的模式，既保护了水生态，又拓宽了河道的可淹没范围，提高了蓄洪能力。“防洪安全与生态改善之间确实存在矛盾，但是对‘两溪’而言，更多的是结合。”郑伟星说道。

倒逼产业转型　全民共享治水生态红利

“浙江水环境污染，问题在水里，但源头在岸上，根子在产业。”浙江省委书记夏宝龙在部署“五水共治”战略时，要求以治水为突破口倒逼产业转型。

然而，转型的过程伴随着阵痛。对于地处浙江西部山区的柯城而言，农业特别是畜牧业曾经是当地的主导产业。对“两溪”沿线的村民而言，他们所从事的畜牧业就是生活的全部。“当时我们决定禁养生猪的时候，老百姓都特别生气、特别不能理解，因为养猪是他们当时唯一的收入来源。”回想“两溪”治理最初的困难，郑伟星一脸苦笑。

好在现如今，村民们都尝到了生态治水、产业转型的甜头。在政府的引导和扶持下，村民们先后转变思路，在“猪棚换大棚、换菇棚、换来料加工棚”的基础上，创新实施“猪棚换画棚”“猪棚换陶吧”等政策，或是涉足电子商务、精品民宿、大宗果蔬出口加工园区等行业，就地实现转产转业，受益人数达 8.5 万人。

通过治水倒逼转型，转型收获治水红利，美丽溪流正在努力变成沿线村民的美丽生活。今年，柯城区通过升级“两溪”全流域乡村休闲旅游新型业态，沿线休闲旅游总人数同比增长 10.2%，当地居民人均增收近 7000 元。两溪沿岸另有 10 个亿的优质产业投资意向已经达成了框架协议。

朱晓源告诉记者：“我们现在不是没项目，而是要选项目。下一步，‘两溪’项目将进一步推进‘生态旅游’‘集镇休闲’‘产业服务’等功能区的建设，加快产业转型。”

除了衢州柯城“两溪”，近年来，浙江各地围绕“五水共治”总体部署，实施水岸同治的全流域治理模式，不但多了许多兼具防洪安全和美丽景观的生态河道，也倒逼了浙江一大批产业的转型升级。绿水青山就是金山银山，全流域治水在浙江治出了全民共享的生态红利。

（原载于 2016 年《中国水利报》 郑盈盈　谢根能　徐鹤群）

五水共治　水利“浙”三年　履治水之责担兴水之任

一座座防洪堤坝护卫江河安澜，一条条生态河道扮靓生活家园，一缕缕甘流清泉淌进千家万户。

2013 年底，省委、省政府高瞻远瞩，做出“五水共治”重大战略部署，一场轰轰烈烈的治水热潮在浙江大地全面铺开。水清则省强、水净则民泰。过去三年，“五水共治”成破竹之势，倒逼发展理念转变，倒逼生产方式转型，倒逼生活方式改进，顺应了人民群众改善生活品质的追求。

这三年，水利人为了一条条安全的河，全力推进“防洪水”“排涝水”，以“千人万项”蹲点指导服务活动为抓手，一个小组包一片，一个专家盯一个项目，全省 1700 多名水利专家深入工地蹲点指导，推动了近万个水利项目建设。

这三年，水利人为了一条条发展的河，全力推进“保供水”“抓节水”，以“三严三实”的要求，“守规矩、有作为、讲奉献”，以自觉的担当，有效保障了人民群众的水利需求和浙江经济社会的快速发展。

这三年，水利人为了一条条美丽的河，全力推进“治污水”，开展河湖清淤和综合治理，紧密结合“两学一做”学习教育活动，全面实施水利工程标准化管理，管好每一处水利工程，护好每一条河流，让家乡的河流更加美丽。

治水筑安澜

防洪保安历来是治国安邦之要。经济越发展，财富越丰裕，社会越进步，越需要把人民生命财产安全放在第一位，始终绷紧防洪保安的弦。

兰溪历来是我省防洪的重点区域。处于“上泄下顶”的特殊地理位置，加上大部分堤防防洪标准不高，历年来洪涝灾害频繁，2011 年遭遇“6・16”“6・20”两次特大洪灾，兰溪很“受伤”。现在，三江堤防经过农防加固、城区防洪工程等项目建设，已相继建成高标准堤防 100 余公里，防洪围片 30 余个，兰溪大部分区域防洪能力提升为 20 年一遇，今年汛期发挥了显著的防洪效益。如今，新一轮兰溪市钱塘江堤防加固工程正在抓紧建设，届时兰溪将形成防洪闭合圈，防洪标准全面达到 20 年一遇至 50 年一遇。

“以前，五六年就淹一次！不到汛期，水库下游的河道两岸就堆满沙包了！”诸暨市永宁水库管理处主任黄天宇感慨道，“现在水库建起来，最大限度确保了防洪安全。”这座以防洪为主、结合供水、兼顾灌溉等综合利用的中型水库，于今年 7 月 14 日下闸蓄水，使下游防洪标准提高到了 20 年一遇。

在杭州，三堡排涝泵站、萧山钱江枢纽、滨江华家泵站、萧山机场外围排涝四工段排涝闸站等工程陆续建成投入使用。在宁波，余姚“北排”陶家路江泗门泵站建成，宁波铜盆浦泵站、甬新泵站、印洪泵站、段塘泵站、大石泵站、保丰泵站、新泓口泵站等强排工程相继建成。一座座现代化的“龙吸水”布局镇守，让沿线的经济重镇，在面对台风时，变得更有底气。

三年践行，筑“镇水重器”守江河。

三年努力，修“高速水路”避洪荒。

三年创造，现代“龙吸水”守平安。

在姚江流域：姚江流域治理“6+1”工程取得实质性进展，余姚城区防洪圈已全线闭合，目前可抵御20年一遇标准洪水。

在杭嘉湖平原，治太五大工程太嘉河、环湖河道整治已基本建成，扩大杭嘉湖南排、苕溪清水入湖河道整治等完成工程量的50%，面对今年太湖高水位，杭嘉湖平原经受住了考验。

在温黄平原，全力打通排洪通道，金清二期、台州栅岭汪工程基本建成，台州东官河、大田排涝一期工程、洪家场浦加快建设，一条条防洪保障线交织绘就。

这三年，水利人为构建一条条安全的河，以“强库、固堤、扩排”为重点推进“防洪水、排涝水”战略部署，累计完成投资712亿元。三年完成797座水库除险加固，新建平阳顺溪、诸暨永宁等防洪水库下闸蓄水，一座座“镇水重器”扼守江河源头，为江河安澜筑起第一道防线；三年实施河堤海塘加固1535公里，构建了一大批排涝河道，筑起了防洪安全的屏障；三年新增入海强排能力758立方米每秒，我省强排能力得到全面提高。

一大批防洪排涝重大工程建成并发挥显著成效，让全省80%以上的市、县城市核心区防洪能力达到50年一遇以上，主要江河堤防规划达标率达到70%。

治水润民生

保供水，这是惠民生、护民生的大事情。喝上放心的水，吸取新鲜空气，这是大民生，是百姓最基本的生存期盼，是群众幸福指标的重大要素，是民意所在，众生所盼。

“以前，我们用水都去附近的山上接，不但麻烦，而且水质水量都难以保证。现在，我们家通上自来水了，既方便又安全。”在走访中，建德市大同镇上马村村民施先生这样说，喜悦之情溢于言表。喝了几十年山涧水的施先生之所以能喝上自来水，完全得益于大同镇石郭源水厂供水工程的实施。

这是来自基层民间最朴素的声音，也是水利人保供水中最典型的缩影。

2015年7月，经过一个多月的下闸蓄水，位于余杭区闲林镇的闲林水库已蓄起一库清水，标志着该工程建设的圆满完成。从水库大坝上远眺库区，颇有几分淳安千岛湖山水的神韵。闲林水库以城市应急备用和抗咸供水为主，兼具防洪和改善水环境等作用，总库容1984万立方米，建成后已为杭州城西防洪作出积极贡献。

过去三年，浙江不断提高流域上游源头水资源开发利用水平，新建供水水库，提高原水供给能力，杭州闲林水库只是其中之一。

舟山地处海岛，四面环海，是我省最缺淡水的地区。据统计，舟山平均一两年就会出现一次干旱，1996年等年份曾出现大旱，一些岛屿生活用水还需用船运来，生产生活多有不便。经过两年的试运行，今年9月，舟山大陆引水二期工程即将正式投入使用，海岛百姓用水难问题得到有效缓解。“我们每天随机对水源地进行巡查，全力确保供水安全。”在黄金湾水库走访时正巧遇到水质巡查员周超群和同事正在维护着舟山的这条“生命线”。如今，大陆引水三期工程正加速推进，舟山本岛和岛际间供水系统将进一步完善，舟山群岛新区发展将有更加坚实的水资源保障。

三年砥砺，建“水缸”保供给。

三年坚持，引“清泉”优配置。

三年不懈，惠“三农”强保障。

这三年，水利人为构建一条条发展的河，以“开源、引调、提升”工程为重点推进“保供水、抓节水”战略部署，全力推进水资源保障工作，累计完成投资256亿元。全省农村自来水覆盖率达99%。全省以水库型水源地为主的供水人口占比达70%，66%的县级以上城市建立了应急备用水源体系，基本形成以水库型水源地为主的多源供给、联网联调的水资源保障格局。

三年来，浙江推进了浙东钦寸、杭州闲林、台州朱溪、临海方溪、慈溪郑徐、仙居盂溪、萧山湘湖三期、海宁鹃湖等重要水源工程的建设，新增库容3.5亿立方米、年供水能力2.9亿立方米。加快推进了松阳黄南、龙游高坪桥、磐安虬里、三门东屏、宁海清溪、遂昌清水源等水源工程的前期工作。

三年间，浙江实施了杭州市第二水源千岛湖配水、嘉兴市太湖取水、舟山大陆引水、宁波江河湖库连通工程、永康北部水库联网、江山峡口引水、武义城乡供水等引调水工程30余项，有效改善了城乡饮用水品质，提高了区域水资源配置能力。

三年中，浙江全面改善农村居民饮水条件，148万农村人口饮水安全获得提升，新建26个农村饮水安全工程区域水质检测中心；全面实施了大中型灌区蓄建配套与节水改造、小型农田水利重点县（项目县）等节水灌溉提升工程，新增改善灌溉面积 204 万亩、新增高效节水灌溉面积 81 万亩，供水从“量”到“质”的全面提升正在逐步实现。

治水创两美

山水人文，诗画浙江。画卷之上，人与自然日趋和谐，推进“五水共治”“三改一拆”“四边三化”，让天更蓝、水更清、山更美，看得见山，望得见水，记得住乡愁了。

要说仙居的水，不能不提“永安溪”。只是，时代变迁，永安溪抛出了治水新难题——无序采砂、污水排放、沿线景观杂乱……要重塑永安溪的灵魂，唯有彻底净化水源。通过三年努力，永安溪综合治理与生态修复齐头并进，打造了独特的水文化和水景观，呈现“水清、流畅、岸绿、鱼跃”的优美自然生态环境。

“以前治水用钢筋混凝土，现在用的是乡土植物，既能保护生态，又美化了景观。”柯城治水办相关负责人介绍，柯城治水的思路正从单一水利改造向生态化改造，从“工程治水”思维向水生态的整体修复转变。

现在无论是走进“小家碧玉”的庙源溪还是“大家闺秀”的石梁溪，都能看到潺潺流水与岸边绿植浑然一体的美丽景观。不仅有水、有鱼，还有自然弯曲的河岸线；有深潭、浅滩、泛洪漫滩；有天然砂石、水草、江心洲、江心岛；有常年流动的水，水质达到水功能区保护的标准；有乡愁、有野趣。

夕阳西下，清澈的河水在轻风中荡漾起一波波涟漪，村民们和来自远方的游客坐在河道岸边的葡萄长廊上聊着家常……象山县晓塘乡乡长孔侠站在西边塘村去年投资 2052 万元整治的环村河边说：“这条长达 4.5 公里的景观河道不仅是休闲健身的好去处，也助推该村旅游收入超过了葡萄、柑橘等种植业的收入。”西边塘村是“五水共治”点燃乡村旅游热的一个缩影。三年追求，水利人以河道为画卷，用堤防来构建安全屏障，用绿色来装点美丽，不断演绎着“绿水青山就是金山银山”的故事。

今年美丽乡村 6 个示范县中，浦江名列其中，而就在几年前“水晶之城”的水质问题令人担忧。今天浦江的天更蓝、水更清了，水利人一分耕耘一分收获，在浦江尤为典型。沿着浦江乡村一路寻访，目之所及，溪水奔流、白墙黛瓦，“嵩溪小杭州、江南坎儿井”“写意茜溪、真美虞宅”“多彩中余、鱼悦佛堂”等各具特色的乡村游如火如荼，已成为浦江“后治水时期”的富民产业。

这三年，水利人为构建一条条美丽的河，完成河道综合整治 10292 公里，河岸实施绿化美化，河道保洁实现了全覆盖，主要江河源头县全面禁采河砂，全力推进河湖库塘清淤整治。

通过治水实践，人们更加深切地体会到，治水关乎生态、关乎转型、关乎民生、关乎全局，牵一发而动全身。人们深刻认识到，“五水共治”是贯彻“两山”重要思想的生动实践，是治省兴省的关键之策，是倒逼转型的铁腕重拳，是百姓点赞的民心工程，是协调推进山水林田湖生态保护和修复工程的重要探索。

治水再出发

然而，治水之路，正犹如这巍巍钱江，虽奔流入海，却永无终点。对照高水平全面建成小康社会的目标要求，我省水利仍处于“基本适应”阶段。随着极端气象灾害的变化，我省的防灾减灾水平还存在极大挑战。

今年太湖高水位中，杭嘉湖险象环生；“鲇鱼”台风中，浙南三大流域出现大洪水，平阳等地受灾严重……防洪排涝面临短板，防御能力亟待增强！

“五水共治”，依然在路上。按照省委、省政府“大干快上水利”的指示精神，我省将聚焦防洪排涝、防灾减灾，提速一批在建工程，开工一批重大项目，推进一批前期项目，谋划一批骨干工程，在全省掀起新一轮水利建设高潮，打赢治水攻坚战！

今天，当我们以鸟儿般飞翔的姿态再次俯掠这片哺育我们的桑梓之地，那惠泽两岸的八大水系藏珍纳景、一路畅达，传唱着新时代的治水长歌……

立志如山，行道如水。在治水筑安澜的路上，为了每一年汛期里，我们更加有底气，为了每一场台风里，我们更加有硬气，我们还要大干水利、只争朝夕。让我们携手再出发吧！

（原载于2016年《浙江日报》 朱凤娟　李荣绩）

大干水利　提速创优

——我省掀起“百项千亿防洪排涝工程”建设热潮

面对人民日益增长的美好生活需要，水利如何应对？面对工程建设中的诸多要素制约，水利如何破解？新发展理念下，水利建设又该怎样以更高的标准推进？

全面加快大中型水库建设！全面加快五大江河干堤建设！全面加快五大平原骨干排涝建设！5年投入1600亿元推进116个项目……2016年年底，省委、省政府审时度势，做出了聚焦防洪排涝、防灾减灾，实施“百项千亿防洪排涝工程”的决策部署，并写入省党代会和人民代表大会报告。

这是我省积极推进供给侧结构性改革，补上补足水利基础设施短板的战略举措。

这是我省呼应经济社会发展对水利提出更高要求、更多期待、更新挑战的重大布局。

这更是浙江水利实现充分平衡发展、满足人民对美好生活需要的职责所在和重大使命。

一年来，为推进项目前期，相关水利工程设计师们“5+2”“白加黑”，精心设计、殚精竭虑。为推进项目落地，省水利厅领导包干抓项目，全省各级水利部门上下协调、横向沟通，不断加快项目审批、积极争取用地支撑。

一年来，为解决建设难题，1775 名“千人万项”专家团成员，深蹲基层、发现问题、解决问题。为破解融资难题，水利部门加快投融资改革，探索多元化投入机制。

一年来，为推进项目建设，全省上下数万水利建设者，披星戴月、加班加点，生动展示了“守规矩、有作为、讲奉献”的水利铁军形象。

截至目前，全省 116 项“百项千亿防洪排涝工程”中已累计完成投资 405 亿元，“四个一批”年度建设目标任务全部提前完成。浙江水利不忘“兴利除弊，造福于民”之初心，奉献担当，锐意进取，开拓创新，谱写了一曲新使命下治水的动人华章。

苦干实干　凝聚起各方强大合力

2017 年 6 月 15 日上午，杭嘉湖南排的重要工程——长山闸站完成大修后首次应急排水。这标志着，经过 220 天的紧张施工，长山闸大修工程终于通过通水验收，比正常工期提前 2 个月，可以在主汛期发挥作用。

“为了通水这一天，我们以浙江进入主汛期的日子进行倒推，在倒计时 100 天时制订了‘百日攻坚’施工计划。”长山闸管理所副所长姜建军说，他们确定了每一天的进度目标，以目标倒逼进度，保证工程在主汛期前完成。

“为了赶工期，工地上六七十个工人真可谓夜以继日。”姜建军说，之所以要在主汛期前完成应急排涝设施安装调试，是因为杭嘉湖平原离不了长山闸。据介绍，长山闸防汛责任重大，杭嘉湖平原南排的洪水有 40% 从这里入海。如今，工程终于可以在主汛期发挥作用，姜建军长长舒了一口气：“过去 7 个多月的日日夜夜都值了。”

这是我省水利工作者们攻坚克难、砥砺奋进的一个缩影。

夜幕降临，省水利水电勘测设计院办公大楼仍灯火通明。省水利水电勘测设计院承担了“百项千亿防洪排涝工程”过半项目的勘测设计工作，是“百项千亿防洪排涝工程”建设的重要支撑单位。前期的勘测设计工作对一个水利工程项目来说至关重要。为了保障好“百项千亿防洪排涝工程”的推进，设计院每周召开例会，将“百项千亿防洪排涝工程”排在工作计划的最前面；院级领导亲自挂帅，确保质量和服务；开展集中办公，切实提高工作效率……

“‘百项千亿防洪排涝工程’在服务上、进度上要求特别高”，设计院相关负责人介绍说，近两年来人力矛盾特别突出，骨干经理手上平均有 4 ~ 5 个项目的任务，非常繁重。水利项目能够尽早落地，就能尽快投入使用，造福于民。作为省级设计院，这是他们的职责所在，必须要有奉献和担当的精神。

“百项千亿防洪排涝工程”作为民生工程，同样得到我省各地的积极响应与全力投入。

平阳县地处浙南沿海，因水而美，也因水而忧。作为平阳县母亲河的鳌江，是我省防洪设施最薄弱的水系之一。水患，成为当地百姓的心腹之患。

为加强鳌江流域治理，提升防洪安全，平阳县按照“上蓄、中疏、下排”的治理思路，大力推进防洪工程建设，特别是今年，通过“482”水利项目建设，即续建 4 个、新开工 8 个、推进前期 2 个，实施强势攻坚。对照目标任务，制定年度、半年度、季度、月度工程推进计划，明确时间节点和推进措施，落实项目业主、施工单位、监理单位的责任，实行挂图作战。

在鳌江流域治理中，24 位来自省、市、县三级的“千人万项”专家发挥了重要作用。他们奔赴 24 个水利项目蹲点提供服务，直接参与每周例会，在征迁安置、土地指标、资金筹措、项目前期等方面及时协调解决问题。

深化改革　探索多元化投入机制

2017 年 10 月 23 日，中国农业银行浙江省分行嘉兴南湖支行与南湖区水利局签订平湖塘延伸拓浚工程融资合同，为项目提供贷款 4.6 亿元，期限 18 年。这个被列入“国家 172 项重点水利工程”的“百项千亿防洪排涝工程”，有了资金保障。

这是今年召开的全省水利投融资推进会上的一幕。近年来，我省水利部门勇于探索、大胆创新，积极推动水利投融资改革，拓宽水利投融资渠道，促进了水利加快发展。

“今后五年，我省水利投资规模预计将达到 3000 多亿元，资金需求大、建设任务重。”据省水利厅通报，去年省水利建设基金停征后，各地水利建设资金缺口较大，估算今后 5 年全省水利项目融资需求将超过 1000 亿元。

由于水利工程项目一般对水利工程公司的资金要求较高，水利工程主要以政府投入为主，资金因素羁绊着建设步伐。为解决资金难题，省水利厅加大水利投融资改革力度，主动召集金融机构和社会资本方，召开全省水利投融资推进会，为水利项目和资本牵线搭桥。

而今，一个多元化的水利投融资体系已在我省形成。

“一县一平台”基本建立，平台实力日见增强。全省目前共有水利企业性平台121家，基本达到了“一县一平台”，资产合计达1948亿元，比“十二五”中期增长了3倍以上，水利投融资的基础不断夯实。

融资方式日益多元，非财政性资金比重明显提高。“十二五”以来，在水利投资逐年快速增长的同时，银行贷款和社会资本等非财政性资金投入以更快的速率逐年增长。2016年非财政性资金占我省水利投资比例达22%，相比“十二五”增长了1.5倍。

各方积极参与，形成工作合力。银行等金融机构积极响应、参与，将水利作为优先保障领域和重点支持对象。据统计，去年我省完成的水利投资中有近1/4来自银行贷款，今年上半年农行、农发行、国开行等金融合作机构已向我省发放水利项目贷款56.7亿元；全省各地水利部门抢抓机遇，创新机制，通过PPP模式积极引入社会资本，目前全省已有8个PPP项目完成签约，吸引社会资本54亿元，有力推动了我省水利建设。

为进一步推进水利投融资改革，省水利厅还要求各地加速推进产权制度改革、盘活水利资产。针对新建工程，在竣工验收后要及时办理土地证，探索办理产权证的方式方法，从程序上明晰新建工程的水利资产，尽快提高新建重大水利工程土地证办理率。针对现有水利工程，要加快划界确权，理清水利资产“账本”，特别是水库和引调水等优质水利资产，通过确权办证，让其可以“变现”，可以发挥融资功能。对此，我省已确定台州市、长兴县、海盐县、磐安县、温岭市、开化县和省水利水电技术咨询中心为全省水利投融资改革试点，鼓励各地积极探索创新，形成可总结可推广的经验。

质量为本　确保经得起历史检验

质量是水利工程的生命。近年来，省水利厅始终将工程质量和安全作为重中之重狠抓落实，在加快推进水利建设的同时，稳步提升工程质量和安全，创新探索出了许多质量管理和提升的新模式。

省水利厅组织专题研究工程质量问题，下发《关于加强重大水利工程质量管理的意见》，专题部署开展质量提升行动，要求水利工程建设必须着力于打造优质精品工程，严格落实工程质量终身负责制，充分发挥水利工程综合效益，确保经得起历史检验。

姚江上游西排工程建设管理处的办公室里，作为记录员的胡敏杰，正在电脑前上传当天的工程日志，这已成为他日常工作的重要一项。

为确保安全和质量，省水利厅主动适应“大数据”和“互联网＋水利”发展趋势，以姚江上游西排工程为试点，开发了建设项目全过程管理平台，并将该任务作为2017年度省水利厅工作要点内容之一。平台以西排工程建设管理的质量、安全、进度等控制为需求导向，实行分级录入、分级管理，每天填报工程日志，逐级审核做到有迹可循。对工程建设管理关键环节和核心内容设置“亮灯警示”，挂牌督办。

该平台不断完善后将在全省推广，可以收集各施工企业的质量、安全和诚信履约信息，形成开放共享大数据库，为全省水利建设市场信用体系建设提供服务。

一些地方建设的大型水利工程还存在着人力、技术、时间等难题，对此，我省也进行了一系列有效的探索。

澥浦闸站是姚江二通道（慈溪）工程中慈溪干流上主要排涝泵站之一，工程位于宁波市镇海区澥浦镇澥浦大河上，区块土体以淤泥质黏土为主，土质较差，具有高含水量、高压缩性、高灵敏度、低强度的特点，泵站结构复杂，底板施工涉及专业多、作业面广，对工程质量控制要求更高，是项目建设的最大难点之一。

面对专业技术人员紧缺、工程技术要求高、时间紧等诸多困难，姚江二通道（慈溪）工程采用了设计采购施工总承包模式和聘请专家现场技术指导等措施。在施工质量控制上增加监理、法人验收前的总承包内部验收环节，确保质量管理无遗漏，检查整改无死角，各分块底板浇筑验仓均一次性通过，施工质量控制成效明显。

此外，总承包单位专门委托河海大学进行大体积混凝土温控防裂变研究，确保混凝土浇筑质量。通过一系列创新举措，在优化水利工程设计、控制质量和造价、缩短了建设周期的同时，还增加了质量保障体系检测环节，为打造精品水利工程打下了坚实的基础。

智慧水利、管理创新、联合技术攻关，新时代新形势下，浙江水利积极响应水利工程建设管理新要求，努力探索创新，确保“百项千亿防洪排涝工程”优质高效推进。2015至2016年度，我省水利建设质量考核再获A级优秀，位列全国第四。

绿色发展 打造生态水利风景线

水是生态系统的控制要素，水利是生态文明建设的重要一环。随着社会经济的快速发展，我省对水利工程建设也有了更高的要求。防洪排涝工程建设不再局限于冰冷的钢筋水泥建筑，提升水利工程综合效益、满足人民日益增长的对优美生态环境需要成为了重要的考量。

近年来，我省积极践行新时期水利工作方针，将生态优先、绿色发展的理念与水利工作相融合，充分发挥水利对环境保护和生态建设的促进作用，为建设“美丽浙江”、推进“两个高水平”建设提供了强有力的水生态环境保障。

在组织实施“百项千亿防洪排涝工程”建设中，我省坚持把尊重自然、顺应自然、保护自然的理念贯穿于水利工程规划、设计、建设全过程，严格落实环境保护和生态建设要求，全面提升水利工程的生态服务功能。

11月6日，在北京举行的2016至2017年度中国建设工程鲁班奖（国家优质工程）颁奖大会上，杭州三堡排涝工程喜获表彰，这也是杭州首个获得鲁班奖的水利工程。评审委员会认为，杭州三堡排涝工程设计新颖、先进，在符合国家和部颁设计标准、规范的前提下，开创性地将生态环保理念引入水利工程建设，工程景观与生态环境有机融合。注重新技术应用，无论是工程实体质量、工程感官效果，还是工程景观与周边环境协调方面均达到国内领先水平，对全国的水利工程建设具有明显的示范引领作用，是水利工程的精品之作、历史性的代表之作。

杭州三堡排涝工程是“百项千亿防洪排涝工程”中完工见效的工程之一。该工程汛期主要用于排涝，抽低运河水位；非汛期时，引钱塘江水治污。在历次强降雨和防御台风中该工程有效减轻了杭嘉湖地区的防洪排涝压力。工程建成后，吸引了包括全国各地水利工作者在内的社会各界前来参观学习。

我省是典型的江南水乡。在“百项千亿防洪排涝工程”涉及的众多河湖治理项目中，我省坚持山水林田湖系统思维，着力强化河湖综合治理；努力打造特色生态河道，因地制宜划定沿岸生态廊道，推动水元素、水文化与当地经济、文化、旅游等产业的深度融合。

台州在推进“百项千亿防洪排涝工程”建设过程中，立足台州资源禀赋，提出把台州建设成为独具魅力的“山海水城”。在项目谋划过程中，坚持以水定城，突出水系规划龙头，实施上下游、左右岸、干支流同治，打好治水“组合拳”，最大限度追求水安全、水环境、水景观、水文化、水旅游、水居住、水经济的完美统一。同时，坚持活水畅流，注重江河湖库连通联网，积极把脉“主干动脉”河流和“毛细血管”河道，提升水循环动力，维护河网水系健康生命，绝不把污泥浊水带入全面小康。

作为全省“百项千亿防洪排涝工程”重点推进项目的澥浦闸站，在工程上部建筑设计上融合了当地的文化特色，选取《澥浦船鼓》中的船的意向为建筑外形，辅之以水利博物馆建设和园区绿化，着力将工程打造成为宁波水文化的展示窗口和水利工程科普基地。

发展生态水利，促进环境保护和生态建设，怀着这样的责任感和使命感，我省在包括“百项千亿防洪排涝工程”在内的水利工程建设中，注重把绿色发展要求贯穿水利工作始终，按照建设“美丽浙江”的要求，协同推进水资源合理开发、高效利用、综合治理、优化配置、有效保护和科学管理，将创造良好的生态效益摆在突出位置。

党的十九大报告将水利列为基础设施网络建设之首，省第十四次党代会描绘了建设“两个高水平”的美好蓝图，水利在新时代下将承载更多的历史使命。

站在新时代的起点上，浙江水利正以昂扬的斗志积极践行新发展理念，以更高标准治水兴利，全面补上水利基础设施短板，为浙江经济社会实现高质量可持续发展和“两个高水平”建设提供强大的水利支撑。

（原载于2017年《浙江日报》 黄珈艺　郑盈盈）

浙江专门为河长制立法

浙江近6万名河长，今后履职将有章可循、有法可依。日前由浙江省第十二届人大常委会通过的《浙江省河长制规定》（以下简称《规定》），不但明确了浙江省五级河长的职责，同时还规定，怠于履行河长职责的，将承担相关法律责任。这是全国首个专门规范河长制内容的地方性法规。

浙江从2013年开始全面推行河长制，是我国最早开展河长制的试点省份之一。截至目前，全省约4万条河流及湖泊共设立了57500多名河长。河长制在水污染防治、水环境治理方面取得良好成效，赢得百姓广泛点赞。《规定》的出台，是对近年来经验的固化，同时也为规范河长行为和职责提供了重要依据。

《规定》要求县级以上要设立负责河长制工作的机构（河长办）。河长办按照规定受理相关违法行为报告，并督促相关部门予以查处。河长办还将对河长履职行为进行考核。根据考核结果，对履职成绩突出、成效明显的予以表彰；未按规定进行巡查、未及时发现问题等怠于履行河长职责的，将承担相关法律责任。

（原载于2017年《人民日报》 王慧敏）

千年溇港传智慧　太湖明珠焕新颜

“山从天目成群出，水傍太湖分港流。行遍江南清丽地，人生只合住湖州。”浙江省湖州市，这座因太湖而得名的城市，自古以来因水而生，因水而美，因水而兴，一部湖州史离不开历朝历代的治水史，诗中提到的“分港流”，就是“溇港”，集中体现了湖州治水智慧。

2018年3月，湖州入围第一批通过全国水生态文明建设试点验收城市名单。随着新一轮太湖流域水环境综合治理项目的持续推进和深入，湖州这方千年水乡，正焕发出勃勃生机。

传承保护　激发溇港新活力

“水傍太湖分港流”的美景，并非太湖流域的原始地貌，而是溇港圩田的功劳。水利泰斗郑肇经曾经说过：“太湖溇港是太湖流域劳动人民变涂泥为沃土的一项伟大创举，她与四川都江堰、关中郑国渠相匹美。”四五千年前，先民们在太湖岸边的滩涂上开挖溇港，排水引水，发明“竹木透水围篱”等水利技术疏干淤泥，水中造地，进而利用“桑基圩田”“桑基鱼塘”等技术发展农业和手工业生产，造就了“苏湖熟、天下足”的“鱼米之乡”和“丝绸之府”。

“得益于溇港系统的穿针引线，湖州的水库、堰塘、太湖、苕溪和沿程湖泊，交汇整合成为具有‘上拦、中分、下泄’功效的水利工程系统，成为湖州‘江南清丽地’最鲜明的底色。”湖州市水利局总工程师江涛说。

如何让古老的溇港水利系统更好地适应当代社会经济发展需要，焕发出新的生命活力？湖州给出了“优先抓保护、重点抓建设、系统抓整治、着力抓提升”的答案。“我们本着‘遗产宝贵、保护优先’的理念，将太湖溇港及相关遗产保护工作摆在突出位置。同时，结合重大水利工程，提升溇港整体功能，改善溇港生态环境。”江涛说。

据了解，近年来湖州狠抓溇港建设，不断提升和完善溇港的整体功能。结合滨湖大道工程，投资 22 亿元，全面建成了约 50 公里长的 100 年一遇防洪标准的环湖沿路大堤工程，沿线众溇港堤防得以治理，灌排功能得以完善；结合太湖治理四大重点水利工程，整治罗溇、幻溇等 7 条主要入太湖溇港，总投资超 50 亿元；结合新一轮太湖流域治理后续工程，进一步完善纵溇横塘体系，计划建设太嘉河及杭嘉湖地区环湖河道整治后续工程、苕溪清水入湖河道整治后续工程等，作为环湖大堤和入湖溇港后续功能提升的主要项目。

在保护建设溇港的同时，湖州在挖掘溇港历史积淀上也下足了功夫。2016 年 11 月，太湖溇港成功竞得世界灌溉工程遗产“金名片”，让太湖溇港走向世界，溇港迎来了新的发展机遇。目前，“一溇一闸一桥一庙一树一井”形制更趋完善，义皋溇港文化展示馆更加吸引眼球，年均接待参观者达6万人次。长兴小沉渎村“溇港古堤展示区”整治提升已全面完成，吸引了一大批餐饮店、农家乐、民宿入驻，成为了新兴的旅游景区。

把脉问诊　破解太湖治理难题

溇港整治只是近年来湖州实施太湖流域水环境综合治理项目的一个缩影。自

2016年开始，湖州市水利局开始启动苕溪清水入湖河道整治后续工程（含开发区段）、太嘉河及杭嘉湖地区环湖河道整治后续工程、环湖大堤（浙江段）后续工程、杭嘉湖北排后续工程等新一轮太湖流域治理后续工程，作为补齐防洪排涝短板、改善流域水环境的重点，进一步巩固提升“二轮治太”的成效。其中，部分工程已陆续于2017年和2018年批复并开工建设，另一部分在可研报批阶段。项目总投资约70亿元。

“工程建成后，发挥了防洪排涝、水环境治理、水资源配置等多方面的综合效益，为整个杭嘉湖地区带来巨大民生福祉。”湖州市水利局规划计划处处长王旭强说。

据介绍，目前湖州城镇段沿岸堤防达到了100年一遇的标准，进一步完善了湖州市防洪排涝格局。工程的建成运行也让湖州水环境状况得到了明显改善。监测数据显示，近三年苕溪和杭嘉湖东部平原河道水质有明显改善，特别是东西苕溪和入湖溇港区域水功能区水质监测断面均为Ⅲ类水及以上，水功能区达标率100%。同时，整治后湖州市整体水资源保障更加有效，东西苕溪和东部平原引排水量明显增加，流速明显加快，水体流动更加有序。水文监测表明，每年增加太湖与东部平原河网水量交换约3000万立方米，水资源量更加丰富，有效保障了周边生产生活用水，提升了工程河道沿岸发展的水资源空间。

值得一提的是，在工程建设过程中，湖州市积极落实“千人万项”指导服务水利各项工作。水利院校的教授在水利工程现场检查工作，项目经理虚心接受指导；省级水利专家勘察在水利一线，为项目建设“把脉问诊”……今年，在湖州市各个水利项目建设现场，频频出现水利专家服务指导的身影。专家团队千方百计清除工程“拦路虎”，想尽办法破解工程建设中的技术难题。

走在环太湖大堤上，一条条溇港映入眼帘，4000多年来先民们在这里因地制宜开发水利，造就了江南富庶之地，现在的湖州人正享受溇港的恩泽。如今，湖州深入贯彻“绿水青山就是金山银山”理念，坚持生态立市，持续推进太湖流域水环境综合治理。在水的润泽下，湖州，这颗太湖明珠正散发出更加绚烂夺目的光彩。

（原载于2018年《中国水利报》 石珊珊　狄春苗）

水头治水，欲解千年结

车入平阳县水头镇，视线所及的水岸两侧，都有工程在进行，如同进入一个大工地。同行的朋友告诉我们，这些工程正在打通水头的“任督二脉”。

鳌江，浙江八大水系之一。潮来时，江水一路翻涌到镇区。水头，因而得名。建镇至今千年来，对水的忧虑始终萦绕在人们心头。这里地势低洼、河床狭窄，鳌江上游9条溪流却汇聚于此，一遇强降雨，极易形成洪涝灾害，当地甚至有“千年水患”的说法。

两年前，平阳县下定决心治理千年水患，从根本上改善百姓的生产生活环境。目前，顺溪水库已建设完成并投入使用，水头段防洪工程即将投入使用，南湖分洪工程完成前期政策处理工作。到2020年年底，水头城镇将具备抵御20年一遇洪水的能力。随着各项关键性工程的推进，或许，不久的将来，人与水终将在这片土地上握手言和。

更令人欣喜的是，以水患治理为支点，平阳还撬动了水头镇的转型发展与生态保护。

惊弓鸟 “没人知道水什么时候来，但它肯定会再来”

世上最难的事是什么？水头人说，治水患。

在水头镇，有个“神奇”的景观，普通水头人家4层半的楼房，一楼尤其高，没有多余装饰，二楼是厨房，常备着几口水缸，一、二楼之间还有个“小二层”，用于储备物资。外人看来不可思议，却是当地民居的“标配”。

这方土地上，人水纠葛，旷日持久。明朝宋濂《温州横山周公庙碑》记载：晋代永康年间，台风来袭，江水暴涨。不难窥测，建镇至今1000多年来，濒海临江的平阳治水患的迫切与难度。

母亲河的名字也一改再改，西晋时称“始阳江”，后改为“横阳江”“钱仓江”，最后因期待“巨鳌镇浪、压邪保安”，改名鳌江。“改名能有什么用！”“老水头”蔡际盛有些恨恨。

在与水的斗争中，水头人不得不变身为预判天气的专家。每年一过6月中旬，“看天”就成了老蔡生活中的大事。台风天里，看到云往南雁荡山方向飘，他的心都要“咯噔”一下。下一刻，“要满水了”的呼声就会在村里街头此起彼伏。学校连忙宣布放假，菜场和超市摩肩接踵，家家户户急匆匆把物什从低处搬到高处。

“东西搬着累，谁把东西搬得离满水位置最接近，谁就最厉害了。”短短一句话，带着辛酸、苦涩。

水常常来得措手不及。2016年9月台风“鲇鱼”来袭，短短15分钟，水就涨到1米多高。刚到水头开茶店的陈亚欣，吓得连连尖叫，店里的瓶瓶罐罐全泡了水。这场台风，给水头镇带来7.9亿元损失，光为清理垃圾，镇里就花费上千万元。

至于老蔡们，就像“惊弓之鸟”，好不容易改造完成的家园，时刻得面临挑战。

千年结　“上下皆兵，毫不设防”

水为何来得如此快，退得这样慢？

在水头人争先恐后的解释下，我们终于明白为什么千年来，水头“年年抗台，年年满水”。

一是地理位置特殊。水头镇位于鳌江中游，镇区地势低洼，上游有 9 条溪流汇聚于此，集雨面积约 435 平方公里，且河床溪滩狭窄，在台风期一旦遇到强降雨，极易形成洪涝灾害。

二是所处河段独特。鳌江是全国三大涌潮江之一，潮水能直接涨到水头，受潮水海沙回淤影响，河道容易堵塞；鳌江干流从水头至出海口有 48 公里，但落差只有 2 米，洪水容易受潮水顶托，造成镇区长时间受淹。

三是防洪能力薄弱。鳌江流域水利设施建设历史欠账较多，特别是水头段原来防洪标准不足两年一遇，基本处于不设防状态。

“上下皆兵，毫不设防。”平阳县水利局总工程师董晓瑜用这样 8 个字总结，“随着城镇建筑更加密集，受灾程度越发严重。”

据不完全统计，南宋至民国期间，当地发生由台风引起的洪灾 64 次，暴雨成灾 88 次。新中国成立后至 1985 年，鳌江流域平均每年受灾两次。1985 年以后，极端天气增多，受灾次数逐年增加，达每年 3 至 5 次，水头镇被淹时间也从过去的 1 至 2 天增加到 2 至 3 天，受灾区域还向麻步镇、萧江镇等地扩大。

在反复的水流冲击和浸泡下，一些房屋的地基将不可避免出现垮塌。在一次次搬运物资、等待退水中，水头人也就是否迁离作出个人选择，“没人知道水什么时候来，但它肯定会再来”。

水头，何时能改变“年年水满到头”的酸楚？

水之殇　“水退去时，人和企业也渐渐离开了”

事实上，早在 20 世纪 90 年代，人们就在热议鳌江水患的根治。

魏君港记得，1995 年水头镇防洪办成立，他从那时起走马上任，与水打了 20 多年交道。2006 年超强台风“桑美”登陆，造成直接经济损失 4.5 亿元后，镇里曾兴起一次治理水患的高潮。家家户户自愿捐钱，征用土地不收一分补偿款，最后筹集 6000 多万元，用于防洪堤建设、河道开挖和下游河道疏浚。

不过，对这一工程的效果，人们的评价不尽相同。在平阳县水利局局长刘纪动看来，水头水患治理是一个比较复杂的系统工程，必须通过实施一系列的工程和非工程措施才能解决。

但这些奔着治水而去的工程，还得充分考量资金、生态等其他因素。

其实，鳌江流域综合治理规划中包含“造南雁水库，蓄上游来水”“建设鳌江河口大闸工程，改变潮水内涌现象”等多种方案。建造水库，可解决上游来水猛的状态，但将导致上游多个乡镇被淹，搬迁安置居民多达2.9万余户，付出巨大的社会、经济和环境代价；建设鳌江河口大闸工程，可止住下游潮水顶托，但此方案必须建立在海涂围垦基础上，在绿色发展理念下，大规模围垦已被叫停，工程不可持续。

10多年来，平阳县按照鳌江流域治理规划建成顺溪水库，启动水头段防洪工程建设，取得初步成效，特别是2016年全省水利工作会议后，平阳县对水头水患治理的方案进行进一步梳理，完善“上蓄、中疏、下排”的治理思路，提出近期、中期、远期的治理目标，并加快了项目实施。

2016年的台风“鲇鱼”成了催化剂。

水头镇镇长钱况回忆说，防洪工程一直在进行，所有人都满怀期待。但“鲇鱼”带来始料不及的大量、集中降雨，鳌江水头站的最高水位达11.38米，创造历史纪录，全镇沦为一片汪洋，“老百姓对发展失去信心，水退去时，人和企业也渐渐离开了。”

军令状　“治水患是生命线、安全线、经济线，更是底线”

“鳌江流域的治理，远远落后于人民群众对美好生活的向往，拖了社会经济发展的后腿！”

2016年年底，平阳县委书记董智武在全县第十三次党代会上立下军令状：把彻底解决水头等地水患问题，作为党委政府工作的重中之重；5年规划投入70亿元，举全县之力治理水患。

2015年平阳才“贫困县”摘帽，有人质疑，县里财政收入一年40多亿元，治水患一下就把两年的钱花了，医疗、教育等其他民生项目怎么办?

“老百姓不愿意冒着生命危险水里来水里去，想过上安心安稳的日子，这就是最大的民生，党委政府就要奔着这个问题去。”董智武说，治理水患是生命线、安全线、经济线，更是底线，必须以“砸锅卖铁”的决心，做到资金再少优先保障水利、土地再紧优先供给水利、力量再缺优先安排水利。

以人民为中心，有什么比保护人民群众的生命财产更重要？有什么比回应人民群众的需求呼声更重要？有什么比让人民群众安居乐业更重要？“军令状”立下，小小的水头牵动了许多人的心。

省委主要领导多次在会议上讲到水头水患问题，并批示对水头防洪工程的土地、资金等要素予以大力支持。温州市多次召开书记专题会议研究部署，成立以市长担任组长的水头水患治理协调小组。平阳县成立了以县委书记、县长为组长的水头水患治理领导小组，一月一研究、一月一协调，特别是针对水头段防洪工程、南湖分洪工程等关键性水利工程，抽调精干人员组建"专班"，抽调20多名干部到一线，确保重点水利项目建设。

现在，若问最让人点赞的事是什么？水头人同样会说，治水患。

大工地 "全镇干部没有一个节假日，赶早一天是一天"

1月14日，省委第六次县委书记工作交流会上，董智武在发言时说，全力做优社会环境，一大批水利工程正全速推进，延续千年的水头水患，有望在本届党委政府任期内解决。

1月16日，我们采访时，只见全镇"有水皆兵"，已变身大工地——鳌江流域综合治理南湖分洪工程一标段，蒲尖山分洪隧洞的出洞口，几台挖掘机正隆隆作响，来回交替作业，施工现场一片繁忙。董晓瑜告诉记者，此标段完工时间预计将提早近两年。

缩短的时间从何而来？"关键得益于前期土地、房屋、厂房征用快，大大加快了工程审批、建设进度。"董晓瑜说，建大型水利工程，一怕资金跟不上，二怕政策处理难，更何况要治理千年水患，涉及许多历史遗留问题，"来之前，我做好了耗10年的准备。"

没想到，不到1年，水头镇就完成工程所需1746亩土地、571间农房、27间厂房的征用工作，确保工程在2017年如期开工。"全镇干部没有一个节假日，在20多个村奔波，丈量土地、清空农房、拆迁厂房，赶早一天是一天。"钱况说，治理千年水患是12万居民的期盼，也是镇里的夙愿。

水头镇小南村附近，140多名工人也在如火如荼地赶进度。一侧，河床挖开，拓宽至120米，泥土堆向两侧，成为天然堤坝。另一边，一条新的河道正向着远方铺展，缓缓将原本弯曲的鳌江拉直。

"这里正在进行的就是鳌江水头段防洪工程，起到'防'的功能，南湖分洪工程起到'分'的功能，两者都是解决千年水患的关键工程。"项目负责人吴钦台介绍，南湖分洪工程通过建设水闸、隧洞，把来自水头上游的洪水分流至下游，从而破解"来水猛"问题；而水头段防洪工程则是将原本弯曲狭窄的鳌江河道进行拓宽、截弯取直，建成后，江水流速能提升近一倍。

上游部分来水有新去向，干流行洪能力得以提升，但我们也有疑问——“凤卧溪在南，鳌江干流在北，堤防一建，镇区就成了一个严严实实的铁桶。一旦鳌江水位高出内河，水将无处可去，会不会形成内涝？”

工程设计早已考虑到这一情况，在水头镇内河与鳌江干流的交汇处，将建起两道水闸。每当陆地上有强降雨时，闸门开启，泵站启动，水得以泄入鳌江。如果鳌江水位高涨，闸门又会同时关闭，防止洪水淹没村庄和街道。一年四季，水闸还可调整内河水位的高低。

“千年水患难治的重要原因，在于历朝历代水利工程都是‘头痛医头、脚痛医脚’。”刘纪动指着地图对记者说，为形成系统科学的水患治理规划，他们专门委托省水利勘察设计院重新论证，邀请省水利厅专家多次现场调研，“从隧洞到堤坝，再到水闸，瞄准水患的根本成因，形成‘上蓄、中疏、下排’格局，真正为水头‘通经活络’。”

“上蓄”，即依托上游已建成的顺溪水库拦蓄洪水；“中疏”，即建设水头段防洪工程、麻萧段防洪工程、南湖分洪工程、鳌江干流显桥—岱口疏浚工程、鳌江标准堤加固工程；“下排”，即建设显桥水闸、梅浦水闸除险加固工程和平原河道排涝工程，促使干流洪水能安全下泄，不断提升鳌江干流防洪排涝能力。

按照进度表，水头段防洪工程今年就能投用，南湖分洪工程将于2020年年底前基本建成。这也意味着，2021年主汛期时，水头城镇就有望具备抵御20年一遇洪水的能力，距离“彻底解决千年水患”目标越来越近。

更积极的变化正在显现。多年没有开展城镇规划设计的水头镇，根据防洪工程建设的最新情况，调整了总规与控规。翻阅册子，打造鳌江生态廊道、带溪生态廊道等表述让人眼前一亮。此外，镇里筹集的5000余万元民间资本，部分也将用于城区河道疏浚整治、生态修复等。曾因人与水争地而被牺牲的湿地、内河，有了恢复的可能。

（原载于2019年浙江在线 沈晶晶 施力维 黄剑萍）

新中国的第一：湖州长兴县率先实施“河长制”

保护江河湖泊，事关人民群众福祉。2003年浙江省湖州市长兴县率先给几条重点河流设立了河长，这些河道的大事小情全都归河长管。这个新制度的实施推广，让我国的江河湖泊实现了从“没人管”到“有人管”，从“管不住”到“管得好"的转变,推动解决了一批河湖管理保护的老难题。系列报道《新中国的第一》,今天带您走进率先实施"河长制"的湖州市长兴县。

长兴紧邻太湖，县内河湖交织。2003年以前，全县民营企业遍地开花，几万台喷水织机污染了河道湖泊，村民在河道两岸养猪养鸭，历史上的江南鱼米之乡深受黑水臭气困扰。

村民说的治理扯皮既是长兴也是全国河湖治理的难题。长兴县共有河道547条，其中跨乡跨村的河道314条，还有86条作为乡镇和村之间的行政区划线。村镇之间治理时间不同步、标准不统一，责任主体不明确，很多部门能管、但却没人管。2003年6月，浙江省启动千村示范、万村整治工程，长兴县出台文件，建立河长制。时任水口乡乡长的张玉平就是第一批被任命的河长。

浙江省长兴县水口乡原乡长张玉平：这块石头就是我们这条河两个村之间的分界线，我当河长以后就把这个界线打破。乡里出资金成立统一的打捞队，村里面互相之间进行监督检查。乡农办把猪圈鸭棚搬迁，把所有的喷水织机集中到工业园区。这样的事情要叫村里乡里的某一个部门都是做不了的，必须要乡长出来牵头。

河湖管理保护是一项复杂的系统工程，涉及上下游、左右岸，不同行政区域和行业。2007年太湖地区蓝藻大面积暴发，无锡市党政主要负责人分别担任了64条河流的河长。党政主导，部门联动，太湖治污取得明显效果。随后北京、福建等多地开始推行河长制。2016年中共中央办公厅、国务院办公厅印发了《关于全面推行河长制的意见》；2017年1月1日，习近平总书记在新年贺词中说，每条河流要有"河长"了,同年6月,河长制被写入《中华人民共和国水污染防治法》。目前，全国有120多万名河长，河长体系延伸到了村一级。按照计划，今年年底全国河湖基本完成集中清理整治任务。

2003年10月，浙江省湖州市长兴县率先建立河长制。

2016年11月28日，中共中央办公厅、国务院办公厅印发了《关于全面推行河长制的意见》，明确要求在2018年年底前全面建立河长制。

2017年6月27日，新修改的《中华人民共和国水污染防治法》首次将河长制写入其中。

2018年6月底，全国31个省（自治区、直辖市）全面建立河长制，提前半年完成中央确定的目标任务。

（原载于2019年央视新闻联播）

江苏吴江和浙江秀洲共建联合河长制

星罗棋布的河网，包容的不仅有资源，也有污染；跨越省界的治理，考验的不仅是力量，更是智慧。在江苏、浙江的两个小镇之间，十几年的污染积弊，正伴随着清溪河两岸的携手，逐步化解。

多年河流污染，带来了什么恶劣影响？探索联动治污，有着哪些突破？未来的清波碧水，呼唤怎样的联动机制？记者行走江浙交界处，看到了长三角一体化进程中的另一个侧面。

在江苏吴江与浙江秀洲交界处，有一条10余公里长的清溪河，宽度三四十米。河的上游是江苏省苏州市吴江区盛泽镇，是热闹非凡的工业区，聚集着大量的纺织企业，下游是浙江嘉兴市秀洲区王江泾镇。河流出了王江泾镇，便又拐弯进入京杭大运河，然后蜿蜒汇向太浦河——一条从太湖引水至黄浦江的人工运河。

如今下游的一江好水，得益于上游的携手共治。苏州市吴江区与嘉兴市秀洲区水系相通，界河长达39公里，构成了错综复杂的水网。但在过去的十几年里，两地的“水账”却从未算清过。2017年以来，两地在遭遇治水瓶颈后，开始尝试打破区域“藩篱”，探索联防联治协同机制，建立联合河长制。

“水是流动的，污染物是漂动的，河道不能分段治。开展联防联治以来，交界黑臭河被消灭了，两地老百姓矛盾消除了，界河成了友谊河。”在吴江区委书记王庆华看来，两地的联合探索是推进更大范围的长三角区域治水一体化的有益尝试。

多年矛盾，区域藩篱待破

2018年12月21日，记者徒步来到清溪河边。刚刚干透的青色水泥河堤上，还遗留着几堆泛黄的泥土。河面上偶尔漂浮过几株小草，河水颜色如碧玉。这条东西走向的河流在不久前经历了一场大治。

清溪河南岸50米开外，有一个面积约300亩的农场，塑料大棚里种满了蔬菜和水果，经营者是40多岁的王江泾镇西雁村村民金月娥。她打开一个开关后，全自动浇灌系统便开始了工作。金月娥告诉记者，每天浇灌农作物的十几吨水，全得从清溪河里抽。

西雁村与盛泽镇隔河相望。金月娥回忆，早些年由于沿河居民缺乏环保意识，生活垃圾都往河里扔，清溪河成了臭水沟。人从河边经过都得捂着鼻子，为此两地老百姓互相责怪。

矛盾并非仅存在于清溪河两岸。王江泾镇“四位一体”办公室副主任孙琪介绍，秀洲与吴江两地交界河道多达15条。在过去十几年里，由于界河污染严重，两地又各自为政，缺乏沟通，矛盾一直层出不穷。

“2001年，两地还发生了一次断河事件。”孙琪说，上游盛泽镇纺织印染业发达，环保设施不足，难免对清溪河造成污染，导致下游王江泾镇养殖户的鱼大面积死亡。300 多位渔民用推土机和麻袋将清溪河堵塞，双方关系一度相当紧张。

不仅老百姓之间有矛盾，两地政府部门也因为管理机制的限制无法实现有效沟通。孙琪记得，有一次，清溪河上游漂下来大量污染物，他去盛泽镇境内摸情况，是偷偷摸摸地驾着快艇去的，“怕引起盛泽方面的误会”。

因为行政区划的壁垒和体制机制的障碍，两地因污染引发的矛盾持续了十几年。直到 2014 年，浙江开始实施“五水共治”战略，紧接着，江苏也提出了“263”专项行动。两地开始了轰轰烈烈的治水行动。孙琪介绍，在接下来的几年里，两地在治水上都取得了显著成效，但治理对象却局限在各自境内的河道。共同治理依然难有突破。“如果再不携手合作，两地都无法突破治水天花板。”

一次尝试，建立两地协同机制

盛泽镇圣塘村与王江泾镇阳城村间隔着一条斜港，虽然分属两省，但两个村往来频繁。阳城村党支部书记宋建华和圣塘村党委书记张晓峰年纪差不多，儿时就是玩伴。两个村近在咫尺，但在过去，两人在工作中却少有交集。

2015 年年初，阳城村几位村民找宋建华反映情况：从斜港抽上来的灌溉用水是乳白色的，可能是圣塘村的工厂在排污水。宋建华私底下找张晓峰交涉，随后两人分别向各自的领导汇报了情况，两地环保部门很快到了现场。当年 7 月，由当时的王江泾镇镇长亲自带队前往盛泽镇政府协商。

宋建华回忆，开了一个多小时的协调会，双方最终决定在斜港屠家湾开展一次清淤行动。清淤的钱由盛泽方面出，堆放淤泥的土地则由阳城村提供。“由于涉及两个省，从立项到批复，都需要逐级上报，效率太低了。”宋建华说，但不管怎样，两地终于有了首度合作。此次清淤过后，斜港又恢复了生机。

“为什么不建立一个长期的合作机制？”孙琪将这个想法汇报给秀洲区治水办，获得了区委区政府的支持。秀洲区治水办与吴江区水利局进行了多次协商沟通，吴江方面也十分认同这个想法。2017 年 2 月，秀洲区联合吴江区成立了边界区域水环境联防联治工作领导小组，设立联防联治办公室，建立信息互通机制，携手向交界黑臭河“开刀”。

合作首先从水葫芦治理开始。2017 年 5 月 27 日，一场罕见的水葫芦灾害突如其来。盛泽河长办工作人员庄良华回忆，一夜之间，盛泽境内的河道上冒出来密密麻麻的水葫芦。当时镇上仅有 30 多条打捞船，杯水车薪，庄良华一时间急得像热锅上的蚂蚁。就在手足无措之际，他得知王江泾镇有 3 艘大型打捞船只，“既然秀洲、吴江两地建立了联防联治协同机制，为何不向下游求援呢？”

庄良华当即拨通了王江泾镇的联络电话。对方二话没说就同意了，随后将 3

艘大型专业打捞船派往盛泽。“多亏了王江泾镇的及时帮助，才让我们度过了最艰难的时候。”庄良华说。

王江泾镇整治水葫芦的经验丰富。2016年，该镇还自主研发了全自动水葫芦打捞机，每天可以打捞1000多吨水葫芦。为了帮助盛泽更好地治理水葫芦，王江泾镇不仅将设备的设计图纸提供给了盛泽，还派出技术人才指导。“盛泽水葫芦治理好了，下游也获益匪浅。2018年，王江泾镇的水葫芦打捞工作量减少了90%。”孙琪说。

两岸变样，治水不再分家

在尝到了协同治水的甜头后，两地的合作也在逐步加深，并尝试双方河长建立联防联治机制——联合河长制。

在清溪河麻菇桥旁，有一块“苏州市吴江区、嘉兴市秀洲区省际边界河道联合河长公示牌”，上面写着交界河道名称、交界河道长度、交界河道起止、镇级联合河长、村级联合河长、联合河长职责、监督举报电话等内容。

张晓峰介绍，每个季度，两地河长进行一次联合巡河，一路巡查一路交流，两地河长在巡河过程中不断提出问题，并互相启发，提出解决办法。

为了方便联合巡河，两地还建立了名为“省际边界联防联治”的微信群，群成员包括两地环保部门的领导、各级河长等。河长们在共同巡河时发现污染问题后，可以在群里报告，两地及时进行联动，保证问题快速得到解决。

2018年年初，孙琪在与张晓峰到清溪河联合巡河时，看到一艘船驶过，螺旋桨搅起河底的淤泥，船尾泛起黑色的水流。“这条河恐怕有40年没清淤了。”张晓峰说，经过测量，河底淤泥的平均厚度达到了1.5米。河床抬高了，导致河道防洪断面过小，无法满足上游来水及片区雨季径流的行洪需求。

当天巡河结束后，两人分别向各自的领导汇报了这一情况，并建议双方联合开展一次清淤行动。“清溪河清淤难度太大了，我们原本认为还要等个四五年，没想到几个月不到，工程就正式启动了。”张晓峰说。

经前期协商对接，2018年6月12日，两地正式签订联合治理清溪河的合作协议，双方共同出资1亿元，携手实施清淤疏浚。其中，吴江负责6.95公里河道，清淤量59.8万立方米；秀洲负责3.515公里河道，清淤量40.85万立方米。到11月10日，吴江段率先完工了。“沉积了40年的淤泥，几个月就全部清除了，效率这么高，关键还得靠两地的携手合作。”张晓峰说。

项目验收时，两位分别来自两地的河长同时被邀请到了。“此次联合清淤对两地开展联合治水工作起到了很好的示范作用，为接下来进行更深层次的合作奠定了基础。”盛泽镇党委副书记赵菊观说,2018 年 11 月 27 日,长三角区域（秀洲—吴江）一体化治水机制再深化推进仪式在盛泽镇举行，吴江和秀洲两地 58 名村干部被聘为交界河湖联合河长。截至目前，联合河长已开展联合巡河 300 余次，现场解决问题 54 个。

协同机制建立后，治水成效显著提升。庄良华介绍，一年多以来，交界河道上垃圾不见了，水变清了，从过去的Ⅴ类和Ⅵ类水变为现在的Ⅲ类、Ⅳ类水。曾经纠纷不断的交界河，变成了水清岸绿景观河，也成为两地的友谊河。如今，在江苏吴江和浙江秀洲，联合治水成为双方的共识。

（原载于 2019 年《浙江日报》 王伟健　巨云鹏）

我省出台美丽河湖建设行动方案　全力实施“百江千河万溪水美”工程

江河湖海，一直是浙江最重要的自然资源和生态要素。日前，省水利厅、省治水办（河长办）联合印发《浙江省美丽河湖建设行动方案（2019—2022 年）》（以下简称《方案》），以实现全域美丽河湖为目标，全力实施“百江千河万溪水美”工程。

浙江是典型的江南水乡,江河湖泊贯穿城乡。近年来,在“八八战略”的指引下,我省全面推进生态省建设，河湖水安全、水生态、水环境得到大幅提升，良好的河湖生态环境已成为最普惠的民生福祉与最具潜力的城乡绿色发展增长极。“我省治水已到了美丽河湖建设阶段，在‘清三河’‘全面剿灭劣Ⅴ类水’的基础上，要实现从‘清’到‘美’的提升，达到河湖安全流畅、生态健康、水清景美、人文彰显、管护高效、人水和谐等目标。”省水利厅河湖处副处长何斐说。

《方案》提出，今后三年，我省将全域推进“百江千河万溪水美”工程，实现大美格局。其中，百江是指以县域内河流全长为建设单元，打造 100 条“安全生态、清水畅流”的美丽河湖；千河是指结合美丽城镇建设，以全国重点镇、省级中心镇、历史文化名镇、特色小镇等范围内河湖为重点，成条或成片打造 1000 条（片）以上地域韵味彰显、记得住乡愁的特色美丽河湖；万溪是指打造 1 万条（片）以上凸显乡土气息、各美其美的乡村美丽河湖。

实现水清景美,必须全力打好水污染防治攻坚战。《方案》提出,全省将推进“污水零直排区”建设提升，全面推进截污纳管，建立完善长效运维机制；推进饮用水水源地保护提升，建立健全城乡饮用水水源地“一源一策”管理机制；美丽河湖建设区内饮用水水源地水质全面达标等举措。此外，综合治水还要推进河湖生态修复提升，加强自然河湖、湿地等水源涵养空间保护，稳步实施退耕还湿、退耕还滩、退养还滩，恢复河湖水系的自然连通，加强水生生物资源养护，大力开展渔业资源增殖放流。

“今年，省政府将美丽河湖建设列入十方面民生实事，我们正在抓紧制定《浙江省美丽河湖评价标准》《浙江省美丽河湖验收管理办法》，让全省美丽河湖形成一个统一标准进行验收。”何斐说。

（原载于2019年《浙江日报》 金梁　徐鹤群）

建国后浙江首座小型水电站　金华湖海塘变迁三重奏

逐水而居的人类，与水的故事缤纷多彩。今天，我们就讲一个与水有关的故事。

湖海塘水电站，位于金华城区西南角，是新中国成立后我省建设的首座小型水电站。1950年1月工程动工，由前端的拦河堰、引水渠、水库和后端的进水渠、前池、厂房、尾水渠等多部分组成；当年10月完工，水电站装机容量200千瓦，水库库容235多万立方米。

水电站的建成，让千年古城金华的夜不再暗淡无光，同时也解决了下游1.5万多亩农田灌溉用水。这座颇具历史意义的水电站，如今在金华却鲜为人知。我们经过多日寻访，探寻它的光荣历史、坎坷经历和最新容貌，从湖海塘的变迁“三重曲”中深切感受到浙江乃至中国经济社会发展的清晰脉络。

第一重：互恋　一座水电站 点亮金华城

迎着明媚的春光，我们按图索骥找到湖海塘水电站所在地——金华经济技术开发区西关街道山嘴头社区时，社区党委书记曹旭辉有点茫然。水电站热热闹闹的建造时刻，他未参与；后来，电不再稀缺，水电站也淡出视野。

夹着本子拿着相机，我们执着地在社区里转悠，希望找到它的见证人。山嘴头位于金华城区西南角，2003年村改居后，村民变成了市民。然而70年前，这里是金华人看不上的茅草埔、坟头窝。地势低洼，雨天涝，晴天旱。住的都是逃荒到金华的温州人，有“温州埔”之称。

见我们到处打听水电站的事，社区一个宾馆的老板周顺棠把我们带回了家，找到了他78岁的老父亲周永林。老周家是从温州永嘉逃荒过来的，到如今已繁衍生息了五代人。造水电站那年，老周9岁，比莫言同样描写兴修水利的小说《透明的红萝卜》的主角“黑孩”还小。

“我只记得大人说，上工地有大米发，能够吃饱呢！”老周说，那时的人只盼三顿都有大米饭。金华是个盆地，南北都是山，中间一条江。山嘴头在一座丘陵的下方，高差有十多米。旱季时，南山下来的水，都被上游拦了；雨季时，水流直泄，苦不堪言。

韩继绍是金华市第一位水利工程师，1949 年的湖海塘水力发电方案就是他与同事上呈的。1999 年，他写了《金华水利五十年》一书，记载了当时的情况。1949 年 5 月 7 日，金华解放。没过多久，一份金华湖海塘水力发电暨灌溉工程的计划方案，就放在了当时金华党政军领导的案头。缺水少电的金华城，迫切需要一座水电站。湖海塘水电站是新中国成立后我省第一个水力发电暨灌溉工程，浙江省政府非常重视，专门拨了 543 万斤大米，用以工代赈的办法，动员金华各地春荒较严重农村的农民来修筑。一时之间，从上游梅溪拦河坝到下游山嘴头村边的西关尾水渠，工地全线长 20 公里，每天四五千人日夜施工。

"水电站建成后，我有印象：一是水电站发电，村里常常听到轰鸣声；二是村里有了电，晚上跟白天一样亮了，小孩子开心，跑来跑去闹了一晚上；三是水电站门口有哨兵站岗，人员进出很有规矩。"周永林回忆说。

1950 年 10 月 25 日，湖海塘水电站正式向金华城区供电。城区一片光明，人们奔走相告，彻夜欢腾。4 万人的金华城，仅靠两台旧柴油机发电几小时的时代，从此成为了历史。有着 2000 多年历史的金华，有了第一座水电站和第一座小型水库，真正迎来了电的时代。得益于水电站的兴建，周永林家与下游的许多家庭一样，不再为灌溉发愁了。人口也因水而兴，仅他父亲一脉就繁衍子孙 60 多人。

第二重：相害　一个臭水库 污染一大片

出周家大门，左转几步，就有堵围墙。水电站就在围墙里。

如今的水电站，已无轰鸣声。因前些年城市道路扩建，水电站已停转数年。院子很安静，不见人影，只有一条狗，躺着晒太阳。见到我们，它叫唤了几声，引出了一位老人。

我们说明来意，一番攀谈，才知老人叫余其洋，是湖海塘水电站的看护人。"7 年没发电了。2012 年，水库下游的老 330 国道要修地下通道，把水挡住了。没水也就发不了电。"72 岁的老余说，现在水电站仅他与老伴两人守着，打扫卫生，养护机器。

与老余的淡然相比，周顺棠一脸的兴奋。55 岁的他，曾经也是水电站的常客。压力前池里玩跳水，出水渠道里抓鱼虾，水电站就是他的童年乐园。直到后来，水电站的水一天天变臭，偶尔还有死猪漂浮，山嘴头最顽皮的孩子都不敢下水了。

这样的巨变，得从湖海塘水库说起。

据《金华县文史资料》记载，湖海塘始建于宋，最初就是为了解决下游农田灌溉。筑塘时，也曾有“文官下轿、武官落马，挑土三担才可走”的盛况。到1950年，湖海塘水库建成，承担起了灌溉、发电、调节水系等多种功能。

到21世纪后，湖海塘以肉眼可见的速度在收缩。我们查询到一组数据，“五水共治”整治时，水库水域面缩小至1000亩，库容减至160万立方米。与此同时，那些年，湖海塘水库周边区域共拆除养殖场572家，减少生猪养殖18万头，奶牛养殖2500多头。多年养殖场粪便直排，污泥淤积，难怪湖海塘变小了。

受改革开放市场经济大潮的熏陶，沿湖海塘水库、水电站而居的农民，也靠水吃水。起先时，在水库里养鱼；再后来，养奶牛、养猪。湖海塘水库西南角的木杓塘村，20世纪80年代时，家家户户搞起了养殖，猪、牛的数量比人多好几倍。到90年代末，周边几乎所有村子，都开始大规模养猪，污水几乎都直排湖海塘水库。

“前些年，不要说白色塑料袋了，就是丢在水里的死猪都很多了。我一天要捞好几头，水臭死了。”说起前些年的情景，余其洋不自觉又捂起了鼻子。

按照我国传统“山南水北”的建城布局，金华城一直在婺江之北。20世纪90年代，城市开始跨江发展，呈南压之势，湖海塘水电站和水库都被揽括其中。发黑发臭的湖海塘水库，和因此而生、穿城而过的数公里水系，严重影响了金华城里人们的生活。

王桂财是木杓塘村最早养牛、养猪的村民。后来，他自己受不了恶臭味，关停了养猪场，离开家乡做起茶叶生意。“腰包是鼓了，但水越来越差。湖水先臭，然后井水臭，最后地下水也臭了。水这么臭了，人怎么活？”王佳财说。

第三重：共荣　一处新公园 造福数万人

恩格斯曾告诫，不要过分陶醉于对自然界的胜利，因为自然界会报复我们。诚哉斯言！

“五水共治”号角吹响时，金华开始痛定思痛，试图让湖海塘水库换个“活法”。当年需要灌溉的一万多亩农田，都已经变成了城市，水电站发电也不需要了。

2014年12月，金华市启动了湖海塘改造工程，在关闭周边养殖场、实现全域禁养的同时，为湖海塘“洗澡”，先后采用干塘清淤、生态截留、物理沉降、植物净化等手段优化水质，而后又开始园林改造。

2017年10月，总投资5.6亿元、总面积约293万平方米，集运动健身、生态休憩、文化展示、商务会展等功能于一体的湖海塘公园建成。园内游步道四通八达，植物种类丰富，建筑精美，俨然成了金华的城市客厅。每到周末都有数万人次市民前来休闲游玩。“它是我们的‘小西湖’，也是金华城区面积最大、景色最优美的湿地公园。”金华市民李先生说。

最近，曾经被臭气污水逼走的王桂财，又回家乡做苗木生意了。尽管因城市发展需要，原来沿湖而居的他家，经拆迁已搬入离湖1公里左右的新小区。但他只要有空，就常在湖海塘公园里转悠。

我们在采访中发现，对于大多数金华人来说，湖海塘、湖海塘水库与湖海塘公园三个概念是合而为一的。不过对于金华市区河道堤防养护所党支部书记黄锦来而言是个例外。作为一位从业20多年的水利人，黄锦来思维严谨。“水库的管理方式与公园是截然不同的。”黄锦来说。

然而，当我们提出湖海塘水电站未来是否恢复发电时，黄锦来也答不上来。“就是苏孟水电管理处，也已变更为市区河道堤防养护所。”黄锦来说，当年的发电职能要让位给护水功能了。未来，他们的职能更多是如何让人与水共生共荣。

周顺棠是位出租车司机。湖海塘从水库变成公园后，天气好的时候，他会带着老父亲到湖海塘公园兜个风。每当此时，周永林都会感慨万分：“起先，人弱，总要被水欺负；后来，技术进步了，人就能够利用水给自己造福；再后来，人聪明过头了，想着法子祸害水，水也报复人。现在最好，人与水一起好好生活。”周顺棠还补了一句，“主要是现在生活好了，钱包鼓了，人愿意保护自然了。”

人与自然是生命共同体。金华通过湖海塘的变迁，用69年的时间，参悟了这个道理。

（原载于2019年《浙江日报》 徐贤飞　薛文春）

德清蠡山漾跻身“全国示范河湖”

11月10日，德清县蠡山漾示范河湖以97.4的总分通过全国示范河湖验收，成为全国首条通过验收的示范河湖！

水利部验收组高度评价，德清充分利用地理信息小镇优势，积极探索“三地标准”、公众参与河湖监管新模式，不断夯实河湖建设管理标准化，取得了一批可复制、可借鉴、可推广的创新经验。

蠡山漾位于德清县钟管镇、乾元镇境内，又名观音漾，由蠡山漾、孙家漾、刘家桥港、蠡山港、西施斗港共“两漾三河”五部分组成，水域总面积200.8亩，“三河”总长4.1公里。2019年11月，蠡山漾入选水利部第一批拟建设全国示范河湖的项目，也是浙江省唯一入选的水域。

相传，历史上范蠡和西施就隐居于此地，清康熙《德清县志》有“昔范蠡扁舟五湖寓居此地”的记载，蠡山村也流传着许多有关范蠡与西施的故事……

为什么蠡山漾能成为全国首个通过验收的示范河湖呢？

河湖水系治理，治出了安全流畅

近年来，德清县依据《杭嘉湖区域水利综合规划》《浙江省杭嘉湖地区圩区整治规划》等规划内容，通过整治圩区、修建水闸等系统建设，构筑闸站，沟通水系，修建堤防，蠡山漾护岸全部达到治理管护标准。

河湖水系治理，治出了秀水美景

从空中俯瞰，古桥流水人家、白墙黑瓦青砖、古婚俗文化园……通过水系连通、清淤疏浚、岸坡整治、标化管理等措施，将昔日的黑臭河治理成了如今碧波荡漾、波光粼粼的蠡山漾，让蠡山村蜕变为充满活力的江南水乡。

河湖水系治理，治出了美丽经济

依托良好的水生态环境，德清乡村休闲旅游正从西部莫干山向东部平原不断延展，“猪棚变金棚”“叶子变票子”，全域美丽、全域旅游变成现实，蠡山村成为“AAA”级景区，被列入浙江省历史文化村落保护利用重点村。投资 5.8 亿元的古婚俗文化基地、孙家漾湖心岛度假村项目等纷至沓来，以田园水街为代表的旅游民宿业的兴起，鼓起蠡山村周边百姓的钱袋子。

河湖水系治理，治出了人水和谐

乡村依水而居，青山傍水而立，山水融合而美。蠡山漾示范河湖治理后，给当地带来了大量人气，蠡山村结合当地民俗组织了大量具有当地特色的节日文化活动。目前，蠡山漾附近增设了驿站、栈桥、码头、凉亭、绿道、荷花池、人行桥、亲水平台等休闲便民设施，打造了一个集生态、旅游、休闲、安全于一体的度假天堂，蠡山漾的绿水青山和丰富的历史文化内涵，正吸引越来越多的观光游客。

（原载于 2020 年《浙江日报》 傅静之　姚旭丽）

记者在全国首个发布湖长制地方标准的城市绍兴

——跟着“三栖”湖长去巡湖

早上，太阳懒洋洋地从东方升起，缓缓地拉开绍兴迪荡湖上朦胧的面纱，碧绿的湖水尽收眼底。村级湖长——越城区迪荡街道塘湾村党总支书记董红明开始巡湖，他走走停停，在拨开水草取水样时，惊动了嬉戏的白鹭……

绍兴是全国首个发布湖长制地方标准的城市，今年湖长制标准化试点项目顺利通过省级验收，共梳理出省级标准、试点标准、地方标准等 147 项，构建了具有绍兴特色的河（湖）长制省级标准化体系，并为“浙江标准”提供参考。

湖长制标准化试点工作主要在迪荡湖进行，该项工作到底如何实施？我们跟着迪荡湖的湖长巡湖，一探究竟。

点点App，明确工作清单

《湖长制工作规范地方标准》对各级湖长的工作职责和内容、工作任务、巡查要求等都作出了相应的规定。迪荡湖是全市重点湖（库），实行市、县（区）、镇（街道）、村四级湖长制，我们首先跟着村级湖长董红明进行陆上巡湖。

早上 7 时 30 分，我们如约来到绍兴迪荡湖莲花阁门口。“我已经巡湖半个小时了，你们得跟紧啊，否则完不成任务了。”董红明一边点开手机里的“河长通”App，查看湖长制巡湖地图，一边对我们说。

召开“湖长制”工作会议、制订“一湖一策”治理方案、日常巡查管护、及时发现和解决问题……董红明一边走一边向记者介绍标准化试点明确了作为村级湖长的各项工作清单，“该做什么，怎么做，都有细则，不会像没有标准化时那样摸着石头过河。”

迪荡湖公园占地面积约 3700 亩，其中水域面积为 1700 亩，是绍兴水城景观典型的“城中湖”。“大圈 5 公里，小圈 3 公里。”2015 年 10 月，董红明就开始巡湖，到如今已整整 5 年。湖边的 127 个雨水井和 7 个污水提升泵，他不仅熟记在心，还对它们进行一一编号，以方便检查。

巡湖队伍不仅要观察湖面水质，还要对环湖步道、绿化草坪、景观设施以及检测设备等一一检查，顺便带走从湖中和湖岸捡到的垃圾。董红明说，几年下来，自己眼睛练就了“扫描仪”功能，各个雨水井、各个水质断面，仔细观察后，基本能判断有没有出现异常。

跟随着他的脚步，我们来到环湖一号桥旁，附近有几个工地在施工，这里是迪荡湖重要的水质监测断面，也是巡湖的重点。就在今年上半年，迪荡湖沿岸一工地的岸边石块发生了破损，导致部分泥浆水流入了湖中。“水面有色差，我马上判断水面出现异常。”董红明立即向上级湖长和迪荡街道反映了问题，不到 2 小时，该问题就得到了妥善处理。

环湖一号桥断面无异常，董红明拍照上传。半个小时后，我们才巡湖 1.5 公里，看了 25 个雨水井和 2 个污水提升泵，还在湖岸和湖水中捡了大半袋垃圾袋，这时候我们的腿似乎有点迈不开了。董红明已就此结束了早上的巡湖工作，用矿泉水瓶取完水样，赶着送到检测点。

“水陆空”联合值守，排查无死角

“迪荡湖周边 34 个住宅小区、269 家‘六小行业’、377 个排水口，湖长的巡湖标准模式实行拉网式摸排，并制定了‘一湖一策’的治理方法，进行水陆空联合值守，巡湖 720° ，目标没有死角。”绍兴市治水办（河湖长办）专职副主任孙炎松说。

上午 9 时，我们跟随越城区迪荡街道人大工委副主任柴永祥和迪荡街道治水办工作人员坐上巡逻游艇，开始了“水上巡湖”。

游艇开得很慢，行至迪荡湖的中心，柴永祥介绍了起来：“湖中设有自动检测设备，每日的数据都会通过系统，智能化地传输到迪荡湖水质监测中心大屏，湖水指标一旦发生异常，检测设备就会发出警报，后台工作人员收到消息后，立刻进行四级联动，进行闭环式处置。”

开游艇的师傅樊伟康说，游客乘坐游艇，大概 10 分钟便能逛完一圈。但是，为了把湖面上每一个角落都巡查一遍，我们花了 40 分钟，一边观察水面，一边拍照，游艇一直晃动着，我们的摄影记者开始晕船。

中午 12 时，正是餐饮最为忙碌的时候。迪荡湖周边，有 110 多家大大小小的餐饮店，若是其污水管道和废水管道没有按要求铺设而直接排到迪荡湖，后果不堪设想。

董红明和越城区综合行政执法迪荡中队决定临时到迪荡湖湖泮酒店后厨进行联合检查。董红明和队员蔡忠波进入酒店后厨，搬开地上堆放的蔬菜，露出了一条狭长的排水沟，他们仔细查看是否存在积水。“没有积水，就说明排水管道没有堵塞，不存在隐患。”蔡忠波解释道，如果发现问题，就会进行相应的处罚和责令限期整改。

董红明告诉我们，除了岸上和水上巡湖，迪荡街道治水办的无人机也会定时进行空中巡逻。

除了四级湖长，相关工作人员还实行联合巡湖，协调解决湖泊水质问题，确保湖（库）污染防治、水环境治理、水资源保护、岸线管护、水生态修复、水环境执法等任务有效完成。通过湖长制的拉网式摸排后，目前，越城区对排查的 87 个问题实行清单式销号管理，处置率 100%。

“在湖长制标准中有一条，鼓励设置民间湖长，各地可根据需要，自行设置各类民间湖长，参与湖（库）监督与管理工作。在迪荡湖就有一群红色的身影，他们像卫士一样保护着迪荡湖的美。”董红明说。

“报告，我已就位。”傍晚时分，身穿红色马甲的志愿者张高牛今年72岁，住在迪荡湖附近龙骧园小区，是塘湾村村民。

民间湖长志愿者有20多位，每天不定时地出现在迪荡湖。“只要我们一有空，就会来这里，拍一些照片和视频，共享到微信群。为此，我还专门学会了微信群发消息。”张高牛告诉我们，他从小喝迪荡湖的水长大，这些年，他就是迪荡湖美丽蜕变的见证者。

湖长们不管刮风下雨，都在守护着这片美丽的湖域。2018年起，迪荡湖作为绍兴市河（湖）长制标准化试点，经过大家的不断努力，水质稳定在Ⅱ～Ⅲ类水，去年，它还被评为浙江省省级“美丽河湖”。

绍兴总水域面积642平方公里，绍兴的湖（库）数量巨大，足有3382个，绍兴市共有近4000名湖长，实现了湖（库）全覆盖。湖（库）不仅是全市人民的饮用水主要水源地，也是美丽乡村建设的重要生态之源。

“在全市范围内全面推行‘湖长制’，有利于巩固‘五水共治’成果，强化源头治理；有利于增强公众治水工作获得感，提升治水工作自觉性；有利于更好发挥湖（库）对河流水质提升、乡村美丽经济打造等自然生态和社会经济功能。”孙炎松介绍，湖长履职考核工作纳入各地湖长制考核体系，考核结果作为地方党政领导干部综合考核评价的重要依据。实行水域生态环境损害责任终身追究制，对造成水域面积萎缩、水体恶化、生态功能退化等生态环境损害的，严格按照有关规定追究相关单位和人员的责任。

（原载于2020年《浙江日报》　苗丽娜　干婧　王啸天）

环湖大堤（浙江段）后续工程（先行段）正式开工杭嘉湖地区再筑防洪屏障

2020年12月23日，太湖南岸，浙江省湖州市长兴县新老大堤交接处，彩旗飘扬，人头攒动。“开工！”随着一声令下，4台挖掘机振臂挥舞，国家172项节水供水重大水利工程——环湖大堤（浙江段）后续工程（先行段）拉开建设序幕。

浙江境内 65 公里的太湖岸线全部位于湖州境内，2008 至 2011 年，浙江按照 100 年一遇防洪标准，组织实施了环湖沿路大堤加固工程，完成堤防加固 50.7 公里，剩余 12.61 公里未能达到规划防洪标准。

这是浙江最后一段太湖老大堤，也是这次后续工程整治提升的重点之一。它的开工，标志着湖州新一轮太湖流域水环境综合治理重点水利工程建设又向前迈进了一步。

作为浙江的“北大门”，湖州一直是太湖治理的“最前线”。新中国成立以来，湖州先后实施了两轮治太建设。以旄儿港防洪工程为代表的“一轮治太”工程，湖州市累计投入 11.25 亿元，历经 18 个春秋，建成了 100 年一遇的东苕溪导流东大堤，成功将苕溪洪水逼挡入太湖，保护了富饶但低洼的杭嘉湖平原；建成了 100 年一遇的环湖大堤，基本控制了太湖倒灌的影响，结束了南太湖洪泛的历史；杭嘉湖北排通道工程的建成，打通了平原的排水通道，大幅缩短了洪水位的持续时间，在防御 1996、1999 年等历次流域性大洪水中发挥了显著作用。

进入 21 世纪，太湖流域的治理，逐步从防洪保安向水安全保障、水资源配置、水环境治理并重转变，相继谋划实施了太嘉河工程、杭嘉湖地区环湖河道整治工程、平湖塘延伸拓浚工程、苕溪清水入湖河道整治工程、扩大杭嘉湖南排工程，五大工程总投资近 200 亿元，俗称为“二轮治太”。

自2016年年底以来，五大工程相继完工，正在发挥防洪排涝、水环境治理、水资源配置等多方面的综合效益，为整个杭嘉湖地区，带来巨大民生福祉。五大工程最大的亮点莫过于，使行洪通道全面畅通，重要河段防洪标准全面提升。五大工程打通北排入湖、南排钱塘江和杭州湾的通道，进一步完善杭嘉湖地区的防洪工程体系，在防御2016年太湖特大洪水、2019年超强台风“利奇马”和2020年“超长梅”中发挥了重要作用。

与此同时，杭嘉湖地区水环境状况得到切实改善，入太湖水质稳定保持在Ⅲ类及以上，太湖污染物总量全面减少，湖体环流大大增强，水体自净能力有效提升，水资源配置明显优化。五大工程畅通了杭嘉湖平原与太湖之间调水引排的“动脉”，提高了引水能力，解决了干旱季节杭嘉湖平原水量不足的问题。

然而，太湖流域经济发达、人口稠密、城市集中，是我国经济最活跃的区域之一，也是人水矛盾较突出的区域。自然禀赋和经济社会发展对水的需求，决定了太湖流域水环境综合治理将是一项长期而艰巨的任务。

2020 年开始，在浙江省委、省政府的高度重视下，在水利部和浙江省水利厅等相关部门的大力支持下，湖州又谋划了新一轮治太项目，计划总投资约 119 亿元，建设环湖大堤（浙江段）后续工程、苕溪清水入湖河道整治后续工程、太嘉河及杭嘉湖地区环湖河道整治后续工程、杭嘉湖地区北排通道后续工程（南浔区）、南太湖新区启动区防洪排涝工程、安吉两库引水工程等六大骨王水利工程。

此次开工的环湖大堤（浙江段）后续工程（先行段），是继2020年启动的太嘉河及杭嘉湖地区环湖河道整治后续工程后，新一轮治太项目又一重要进展。工程建成后，浙江环湖大堤将全面达到100年一遇防洪标准，太湖流域尤其是杭嘉湖地区的防洪排涝能力将随之大幅提升。同时，该工程对改善太湖水生态环境、优化水资源配置、实现太湖流域经济社会可持续发展具有十分重要的作用。"我们将以此为契机，全面推进新一轮太湖治理，进一步增强城市安全韧性，完善流域防洪格局，为杭嘉湖地区构筑起坚固的防洪屏障。"湖州市委常委、常务副市长杨六顺表示。

隆冬时节，烟波浩渺的太湖上帆影点点。从曾经的洪水肆虐到如今的安澜清波，太湖，见证着湖州沧桑巨变的坚实足迹。

（原载于2021年《中国水利报》 徐鹤群　葛芳妙　李信）

变海为金　微观一座城一个村海塘造福记
民意聚焦浙江海塘安澜

对于36岁的新杭州人刘彦来讲，人生目前最成功的投资就是7年前买了滨江璞悦湾的房子，原因是附近"智慧新天地"沿江景观带建成并开放，让他的房子增值近3倍，还搭上"最美跑道"稀缺资源。

现在，只要天气允许，刘彦几乎每天都来"智慧新天地"打卡，免费跑步健身，或带孩子去文创直播主题公园欣赏沿江美景。

在市民眼里，"智慧新天地"是个集停车、休闲、运动、商业等于一身的地标综合体公园，而对政府而言，它本质是集防潮防汛排涝的升级版的海塘安澜工程，只不过还塘于民，赋予海塘新的内涵和功能。

浙江海塘安澜千亿工程已启动一年有余（详见都市快报10月15日B04–05版独家报道），从防台防潮、修复生态到宜居宜业造福百姓，海塘安澜千亿工程正在为浙江各地带来前所未有的综合效益。

11月16日至17日，省水利厅开展"海塘安澜"融媒体联合采访活动，从都市海塘、城防海塘到乡镇海塘，实地调研工程的进展与成效，讲述国内领先的浙江海塘安澜故事。

4.4公里长的滨江"智慧新天地"沿江海塘，去年底全线开放。从空中看，5

条不同色差的游步道犹如一条“五线谱”蜿蜒在钱塘江边。散步的，健身的，遛娃的，唱戏的，拍照的，4 米宽的樱花骑行道以高低起伏形式贯穿于整个沿江绿化中，3.75 米宽跑步道蔓延在钱塘江边……人们在这里奏响和谐的乐章。

整个沿江景观设计成城市悦动、运动景观、童趣嬉乐、林荫怀旧、智慧广场、生活休闲六大片区，可以满足休闲观江、体育健身、儿童活动、工业遗址展示、集会等多种功能，布置了多处广场活动空间、儿童活动场所和体育运动区及地下 1000 余个停车位，充分满足城市居民各类需求。

樱海渲春（樱花）、桃香动韵（桃花）、丹霞枫姿（红枫）、紫薇闹蝶（紫薇）、红梅傲冬（梅花）、浪漫花海为特色景观，初衷为保护钱塘江水源和防潮而开展的沿江绿化工程，随着“智慧新天地”的建设与发展，已从单一“绿化”向“景观打造”系统性升级。

无独有偶，全长约 12 公里的滨江区沿江区域提升改造工程正在如火如荼进行，建设内容包括沿江漫步道、景观步行桥、新建公园、驿站、绿化提升等。

为将防洪标准提升为 300 年一遇，利用钱塘江沿线景观改造契机，设置二层消浪平台和隐藏防浪墙，将堤顶标高从 9.6 米提升到了 10.3 米，“以宽度换高度”，一改以前“高瘦型”海塘结构，换身成为稳定“矮胖型”，保留滨江通透景观视线，提高亲水性。

借鉴“多圈层、错时利用空间”与“人车分流”理念，利用蓝色慢跑道与橙色骑行道，构建“上下翻飞、立体复合”的“橙蓝丝带”慢行系统，打通景观堵点，串联滨江岸线，趣味性和时尚感都将大幅提升。同时增加不少游船码头和运动型、文化型和休闲型驿站，丰富轻餐饮、茶室、图书阅览和亲子活动等辅助设施。

项目负责人说，整个滨江水岸将凝练成钱塘十二景，凸显潮塘文化，以工匠日、正月灯会、渔货市集、江畔观潮等活动策划串联文化载体，“激活”文化“遗产”，打造集文化体验、滨水休闲、教育科普于一体的多层次、立体式人文互动空间，塑造丰富多变的滨江体验，使钱塘江堤坝成为丰富市民日常生活的载体，打造具有世界影响力的、体现生态文明与城市治理现代化水平、具有独特韵味别样精彩的城市滨水公共空间典范，为 2022 年杭州亚运会助力。

舟山市普陀区六横镇苍洞村有 800 多户 2600 多人口，它没有水田，没有工业，是个靠海吃海的渔村。村民世代以渔业捕捞、外出务工经商为主。

村书记沈富祥说，在 1997 年乡镇海塘在本村建成前，村里守着大片滩涂只能望海感叹，村民不敢搞海水养殖，遇到台风或大的潮水，海水就会漫过土堤淹没滩涂和水塘，养殖基本打水漂。所以归属村集体的大片滩涂一直荒芜在那里，村集体经济为零。

1999年，举全村劳力和上级部分款项建好几段混凝土结构乡镇海塘，堤坝宽度提高到4至5米，这样基本解决了海水倒灌问题。

此后，村民们陆续与村里签订海鲜养殖合同，原来一直无人问津的滩涂逐渐被养殖利用起来了，全村1040亩滩涂和塘全部被流转出去，流转租金逐年上涨，从最初五六百元每亩涨到今年3000元每亩，这样一来，靠滩涂租金流转一项，村集体年经济收入从0元变成现在300多万元。

村集体经济造血复活，每年除了给村民分红外，还可投入村基础设施或养老救助等民生事项。而村民依靠养殖海鲜又致富了，家庭年收入50万以上村民占全村户数一半，全村人均收入超过16000元每人。如此一来，村民从原来贫困变成富裕，苍洞村发展也走上了良性道路。比如全村全部实现通户道路硬化，告别泥土路；村民满60岁以上就有养老补贴，村里投资兴建农家书屋、居家养老照料中心等。

尝到海塘带来的甜头后，对于即将加固提标乡镇海塘工程项目，苍洞村民主投票显示村民全部支持。

舟山市普陀区水利局副局长汤法利表示，对辖区25.54公里的乡镇海塘进行加固改造，以达到20～50年一遇的防潮标准，促进海塘防汛的智慧管控，根据初步测算，每年可获得防洪效益0.8亿元，其中减少洪灾损失费7000万元，减少抢险费1000万元，每年按照3%幅度递增。

海塘安澜工程还带来良好的土地增值效益。以普陀区金钵盂最为典型。现考虑项目平均影响距离为周边500米范围，增值的土地面积按增值范围内土地面积的30%计算，通过标准海塘和塘顶抢险道路的贯通，改善了防洪抢险条件；通过智慧海塘增值1500元，可获得土地增值效益4.5亿元。

民意聚焦浙江海塘安澜

10月15日，都市快报报纸和官方微信独家刊发了“浙江要建2000公里长的最美海塘！北起嘉兴平湖，南到温州苍南，可自驾可骑行，一路观海景、吃海鲜！”，文章迅速被全国各大网站转载，全国网民对浙江大手笔建设海塘安澜工程给予极大关注和点赞，很多网友发来留言。

“大格局大手笔，好期待呀！”“为提出这个创意的人和作出这个决策的人鼓掌！”“数风情海塘还看‘浙’里，欢乐总动员海塘风景线！”“两千公里骑行，想想都酸爽，还有一路美食相伴。”“可以组织环浙江沿海自行车赛。”“沿海塘再架一条单轨列车，观光出行！”“两千公里海塘贯通可提升浙江旅游无限潜力，千万别像绿道那样一段一断的，找不到起点和终点。”……

（原载于 2021 年《都市快报》 陈文龙）

变工业“锈带”为生活“秀带”台州椒江：“一江两岸”最美一公里“露脸”

近日，台州市椒江南岸滨江公共空间项目先行段，710 米集娱乐、文化、休闲为一体的滨江最美一公里主体工程基本完成，雏形初现。2 月，椒江南岸滨江公共空间项目开工，成为今年台州“一江两岸”区块的首发项目。

前世：这里煤场、砂场、厂房遍布

曾经的椒江口，煤场、砂场、非法码头随处可见。

为实现“还江于民、还岸于民、还景于民”，根据浙江省提出的海塘安澜千亿工程实施计划，市委市政府决策部署提升椒江南岸防洪排涝卸潮能力，打造城市复合功能的“安全 +”海塘和滨江生态休闲景观绿廊,变工业“锈带”为生活“秀带”，实施堤塘提升工程和景观生态修复工程。

一期对 710 米堤塘进行改造提标加固，将防潮标准提升至 100 年一遇，结合滨江次地标和永宁塔桥，打造集文化、娱乐、休闲为一体的滨江“最美一公里”。

今生：710米先行段现雏形

这里，四大看点不能错过。

“沿岸的老砂场‘变身’正反的漏斗状沙丘组合，沙丘之间通过钢栈桥相互连接，紧邻的‘超级碗’生态湿地系统属于国内首创。从永宁河取水口到椒江出水口，通过中间 7 个‘碗’的植物净化、沙滤等净化循环，既提高永宁河水质，也能够让孩子们真正亲水、玩沙。”椒江城发集团相关负责人介绍，生态环境改善后，能让小动物们都回来“安家”，促进人与动物和谐相处。

在两座水闸之间搭建的钢结构连廊平台，融合城市景观和水利防汛功能，成为市民休闲、体验江景的公共设施。望江台分为三层，通过倾斜的楼梯结构进行支撑，一气呵成。这里是远眺椒江、俯瞰示范段和观赏永宁河口的最佳地点，顶层的景观大平台更是为市民提供了更为开阔的城市露台。而二层的人行桥沿着永宁洲头延展到椒江岸边，可以临眺江水，体会大江大河的独特魅力。

6个白色的啤酒罐为附近酒厂的废弃设备，重新排列组合后摆放在堤塘两侧，是城市对于工业发展历史的记忆，又是市民观赏江景的支撑，同时还是堤塘内外水净化系统的连接设施。从传统的酿酒工艺储罐到面向未来的生态绿色技术载体，陈旧的啤酒罐在椒江沿岸实现再生，华丽转身成为滨江空间的重要地标。

首层的先锋驿站运用现代极简风格，聚焦“集约集成、便民利民、智慧智能”，全方位构建集党群服务、视觉展示、互动宣传、医疗救助等功能于一体的党群先锋驿站，集休息、学习、服务、宣传功能为一体，为市民提供滨江公共活动必须的日常服务。目前，滨江公共空间710米先行段正在进行细部节点优化提升、打磨，同时由于和合大道施工，暂不对外开放。

未来：5.5公里的生活“秀带”

台州“一江两岸”南岸滨江公共空间的建设，是深入践行“人民城市人民建、人民城市为人民”重要理念的具体行动。项目聚力“三立三进三突围”，高起点规划、高品质打造，重构城市、人口、产业布局，呈现椒江“南外滩”，力求再造“百年精品”。

未来的滨江公共空间，无论在建设理念、功能规划和预留空间上，都在为未来“一江两岸”区块吸引高端产业、高端要素和高端人才等创造条件，努力使之成为提升城市能级和推进“工业4.0”的重要区域。

据了解，台州“一江两岸”南岸滨江公共空间将结合海塘安澜工程，计划实施长度5.5公里，西至教七路，东至解放北路，平均宽度约170米，总面积约92公顷，总投资约30亿元。710米先行段的建成，可以快速自成体系形成示范性节点公园，为整体滨江景观打造提供样板和经验支撑。

夏日的傍晚，夕阳的余晖透过云层洒落在椒江宽阔的江面，沿着南岸一路前行，一段段独特景观，微型森林、水岸与建筑群错落交织，骑行道和慢跑道并驾齐驱，诗情画意的“湾区明珠”仿若跃然眼前……

（原载于2021年人民网　徐丽平）

水美乡村建设之浙江嘉善篇

——整治一条河　幸福一方人

依水而居，依水为生。地处杭嘉湖平原水网地区的浙江省嘉善县是典型的江南水乡，区域内河网纵横，湖荡棋布。河湖总面积为68.54平方公里，水面率

13.5%，共有大小河道（浜、港、泾、塘、溇、河）约 1958 条，湖泊（湖、荡、漾）33 个，其他水域 14 处。

嘉善是长三角生态绿色一体化发展示范区，全国唯一的县域科学发展示范点。围绕“安全、生态、美丽、富民”治理目标，嘉善把水美乡村融入美丽城镇、美丽乡村建设，把河湖资源转化为城乡发展、农民致富的经济优势，推动绿色产业“拥河”发展，打通“绿水青山”向“金山银山”转化的快速通道。“‘十三五’期间，嘉善依托水美乡村建设、美丽乡村建设、嘉兴市北部湖荡和农村水系整治等项目，先后投入 28.4 亿元，共建成省级美丽河湖 2 条、市级美丽河湖 27 条、3 个乐水小镇和 15 个水美乡村。建管并重，以农业水价综合改革为抓手全面提升水利工程管护水平。全面融合‘美丽河湖 + 乡村振兴’理念全域推进水美乡村建设。”嘉善县水利局总工程师彭小安说。

水岸同治　村民共享的公园

朱家村是魏塘街道长秀村下属的一个自然村，位于刑家港和朱家村浜两条河交汇处，与河岸的庙村隔河相望。

10 月 15 日，站在朱家村浜的岸边，46 岁的长秀村副主任赵卫平浮现出儿时的记忆：“小时候河水清澈，我和小伙伴经常游泳，白天能看到白鹭，夜晚随处可见萤火虫，生态环境真的很好！”

随着经济的发展，养殖业、工业入驻，废水排到了河道，再加上河道运输功能的退化，朱家村浜污染加重，岸边荒乱，原生态的美景渐渐消失。

整治一条河，幸福一方人。魏塘街道农业农村办副主任顾利杰介绍，从 2019 年开始，长秀村开始整治河道，先后投入六七千万元用于河道疏通、岸边绿化、修建步道和石桥、种植水生植物，对长秀村 30 条河全面治理和提升，以水利为切口，将村庄打造成一个个公园。

75 岁出嫁到朱家村的孙建珍在这里已经生活了几十年了。环境变差后，她搬出村与女儿一起生活。如今，通过一系列项目的建设，朱家村越来越美，她也重新回到村里，将旧房推倒重建，重新生活。“今年‘五一’假期，儿子的朋友来这儿休闲、垂钓、烧烤，都夸村里太美了。”孙建珍说。

赵卫平告诉记者，我们取缔了十几家养猪企业、100 多家驻村企业，河道的水质有明显提高，至少达到了Ⅲ类甚至Ⅱ类。回村的村民越来越多，村里随处可见重建的房屋。

距离长秀村十几公里之外的大云镇曹家村，罗家桥港穿村而过。10 月 14 日，记者漫步在沿河岸边的木制步道，看到水清岸美，柳枝婆娑，古色古香的凉亭，金黄色的水稻稻穗，一幅田园美景呈现在眼前。

曹家村党支部书记黄伟利介绍，通过美丽乡村建设、人居环境整治、生态修复、水美乡村建设等诸多项目叠加，在尽量保证原生态的前提下，形成了罗家桥港风景线，每天傍晚5点半饭后，能有三四百名周边的村民都会到这里散步、休闲。

“水美乡村建设为全村2263人提供了一个休闲的好去处。可以这样说，村庄就在公园里，村民出门就是公园，幸福感满满。”黄伟利说。

善水文化　由内而外的乡情

地嘉人善。“善文化”成为嘉善特有的地方人文精神和县域文化的核心品牌，嘉善历史悠久，有5000多年的“大往圩”史前文化遗址，是马家浜文化的发祥地之一。近年来，嘉善将“善水文化”融入镇、村、人，深入挖掘洪家滩文化、渔文化、农耕文化等“善水文化”，为“家乡河”烙上水美江南的文化印记。

“美丽洪溪，永远的爱，一寸寸土地上都洋溢青春欢快……”一曲村歌《美丽洪溪》唱出天凝镇洪溪村的美景。

站在洪鄰桥上，已经在村里任职村支书近18年的陈俐勤看着洪溪村从一个落后的上访村如何发展成一个闻名的“网红打卡地”。

“洪溪村三面环水，村民与水共生，乡土的记忆也是对水的情怀。”陈俐勤说，水是洪溪人骨子里的情感，依水而居的洪溪村建造了四座跨河桥，分别是洪鄰桥、碧波桥、清溪桥、悠漾桥，每一座桥的名字都与水息息相关，都有独特的“善水文化”印记。

在嘉善，有一种精神称为铁军精神红旗塘。从1958年干河开挖，到堵坝炸通，再到续建工程完成，半个多世纪的一个治水梦想，承载了几代人的治水信念……矗立在美丽的桃花岛河岸边镌刻着“红旗塘”的纪念碑前，来往的人们观看着红旗塘治水历史的图片、文字，浓缩了半个多世纪的治水影像在脑海里一一闪过。

彭小安这样说：“铁军精神红旗塘体现了嘉善人民坚韧不拔、勇于奉献、团结进取、大公无私的治水精神。目前，嘉善已建成铁军精神红旗塘、洪家滩文化高浜、渔文化白鱼荡、农耕文化蒋家漾等以‘善水文化’为载体的示范‘家乡河’共26条。”

同时，为了丰富“水内涵”，弘扬水精神，嘉善在汾湖建成嘉善水利陈列馆，保存有历史视频5个、照片300余张、实物42件。在长白荡建成嘉善县水情教育基地，将节水护水展示及初心广场、世界之门等水文化节点融入湖中。

全域旅游　拥水经济的魅力

“我们在治水的同时挖掘乡村旅游，将治水成效转化为旅游资源，既治污更造景。通过治水，实现‘绿水青山就是金山银山’的梦想。”彭小安说。

围绕“水美县”建设目标，嘉善系统推进河湖水系综合整治，提出“美丽河湖＋全域旅游”概念，通过打造“点”的精品示范，丰富“线”的旅游功能，助推“面”的互融发展，成功创建国家全域旅游示范区。

大云镇东云村就是受益者之一。拖鞋浜村是东云村的一个自然村，全村32户依拖鞋浜而居。东云村党总支书记王斌告诉记者，拖鞋浜村是农业村，村民靠养殖和种植为生。以前，村民出行靠船，随着社会的发展，拖鞋浜的出行功能逐渐弱化，对河道的管理和利用也有所懈怠。

从2016年开始，拖鞋浜开始河道整治，河道清淤、岸边整治、种植绿植、铺设步道，拖鞋浜重现江南水乡原生态的风貌。

随着村庄环境的提升，拖鞋浜被列入美丽乡村示范点。大云镇农业农村办主任高春喜介绍，大云镇镇6村1社区，其中划入旅游度假区的包括东云村在内的3个村，东云村是吴凤溇点亮大云十里水乡的一个水旅融合的景区村庄。

“南方小河流密布，把民居利用上，把江南水乡的韵味保留下来。2017年，拖鞋浜村全力打造乡村旅游，依托拖鞋浜，布局周边的农业采摘、地方餐饮，通过旅游带动农产品销售。”王斌说。拖鞋浜村将村民闲置的房屋回收或在现有的基础上修缮，招标专业的公司来运营。现今，集中运营的民宿有7栋33间，出租房屋的村民每年可收取租金4万元左右。

“民宿只是乡村旅游的一部分。我们还开发出融合地方小吃、农产品的‘孝亲六礼’旅游文创产品，不仅能玩、能住、能吃，还能让游客记住‘东云味道’。东云村人均纯收入在5万多元，涉及乡村旅游的村落收入会更高一些。环境好了，最终受益者还是村民自己。”王斌说。

嘉善开拓以“水美乡村”为主线的乡村旅游路线，在西塘镇红菱村、姚庄镇北鹤村和横港村、大云镇东云村等61个村探索发展河湖休闲旅游业，2020年实现乡村旅游总收入近300亿元。同时，打造里仁桥港点亮千年古镇西塘、吴凤溇点亮大云十里水乡、北姚浜点亮浙北桃花岛，通过水旅融合成功创建33个A级景区村庄、6个3A级景区村庄。

嘉善“一村一景、一村一韵”的风貌已经初见雏形。一幅村居美、田园美、河湖美、通道美、经济美、治理美的“六美”乡村的水美乡村画卷正在徐徐展开。

（原载于2021年《农民日报》　何定明　李锐）

西险大塘20年后再提标　为何说这事关乎杭州未来

8 月 31 日上午，国家级重点水利工程东苕溪防洪后续西险大塘达标加固工程在杭州市余杭区正式开工。

继 20 年前上一轮除险加固后，西险大塘再次提标——这项工程计划将西险大塘的防洪标准由原设计的 100 年一遇提高至 200 年一遇。

作为拱卫杭城的重要防洪大堤，西险大塘提标本是题中应有之义。但放在当下杭州和浙江高质量发展的语境下，这项工程背后的意义，似乎远不止于防洪，更关乎杭州城市的未来。

关乎安全　为何要从“100年一遇”提标到“200年一遇”

一到汛期，杭州城北的东苕溪就“压力山大”。因为它的源头在浙江暴雨中心之一的天目山。

东苕溪右岸，从杭州余杭境内的南湖分洪闸至德清大闸的堤防，就是西险大塘。大塘全长 44.6 公里，其中杭州段 38.7 公里，德清段 5.9 公里。

在浙江的防洪局势中，西险大塘的安全也是重中之重。

杭州市余杭区林水局党委委员徐伟林说：“每到汛期，天目山及其余脉 1500 多平方公里山区暴雨将全部汇入东苕溪，假如西险大塘决口，整个杭州城以及杭嘉湖地区都将遭受巨大损失。”

这不是一句玩笑话。

根据记录，1963 年 9 月的一场台风，让南湖分洪闸一处边墙出现了一个小缺口，东苕溪洪水便顺着余杭塘河直入杭城，仅拱宸桥一带的积水就高达 60 公分，马路上都能撑船了。

因此，西险大塘是否稳固，直接关系到杭嘉湖东部平原和杭州钱塘江以北城区的城市安危，以及在这里生活的约 1500 万老百姓。

由于西险大塘的重要性，从东汉筑堤开始，就不断地“打补丁”。新中国成立后，也曾对西险大塘进行过多次加高加固。

我们现在看到的西险大塘，是 1995 至 2001 年间加固后的面貌，防洪标准为 100 年一遇，也与上下游的水库形成了较为完善的防洪体系。而这次则直接提出了要将标准提升到 200 年一遇。

所谓“100 年一遇”是防洪标准术语，也是一个概率问题。简单来说，就是发生“100 年一遇”洪水的概率为 1%,100 年里可能会出现一次,而“200 年一遇”的概率则为 0.5%。标准提升意味着堤身拼宽、全线防渗、固基增稳等都要按照新标准升级改造。

至于为何提升标准，一是因为杭州这些年的快速发展——根据国家相关条文规定，杭州市主城区非农业人口数量已达 200 年一遇防洪的标准线。

二是与杭州的城市发展布局有关。近年来，随着杭州在城西区域内布局有城西科创大走廊、未来科技城、云城、之江实验室等重要保护对象，经济要素高度集聚。

杭州市林业水利局相关负责人就表示 :“将西险大塘防洪标准从 100 年一遇提高至 200 年一遇，迫在眉睫。”

关乎发展　为杭州城市新中心夯基

在 8 月的第一天，余杭召开区委十五届六次全体（扩大）会议，首次提出建设杭州城市新中心。

在 8 月的最后一天，余杭西险大塘达标加固工程正式开工。

这似乎是一种巧合，但更像是一种呼应。

“从某种意义上来说，西险大塘达标加固工程是余杭建设杭州城市新中心的一个基础。”一位余杭区政府工作人员如此评价。

为何这样评价？从一个例子即可“窥一斑而知全豹”。

余杭上南湖区块已建有之江实验室、湖畔实验室等，科创、经济要素高度集聚，规划为浙江重要的科创集聚区。但目前该区块外受洪水威胁，内部涝水排泄不畅。

此次开工的西险大塘达标加固工程，并不只是加高加固西险大塘，还包括加高加固中桥塘堤防、南湖东围堤，新建南湖枢纽等。

这次提标加固后，就能为上南湖区块构建一个高标准水安全防御体系，从而更好地助推余杭区和整个杭州城西科创大走廊创新策源地打造。

不仅仅是科创，还有整个东苕溪沿线基础设施的提升。

行政区划调整后的余杭，公共基础设施便是其薄弱项。西险大塘达标加固工程不是单一性的水利项目，而是综合性的生态工程。

目前，“西险大塘十八景”的建设方案已经呼之欲出。杭州余杭林业水利投资有限公司总经理葛旭锋认为，在满足防洪基本功能基础上，要深度挖掘历史上东苕溪的人文风情，融入景观、休闲、运动、文化、旅游等多元功能，将西险大塘“打造成为苕溪边一道靓丽的风景线”。

当前浙江正处于经济回稳最吃劲的节点，杭州亦在全力巩固经济回升向好的势头，实现经济稳进提质。

这其中，投资是换挡加速的“助推器”与“压舱石”；而政府投资项目则起着关键的引导作用。

在浙江，杭州是经济大市、余杭是经济大区。在需要有人勇挑大梁的当下，余杭更是责无旁贷。

此次开工的西险大塘达标加固工程，项目总投资就达 58 亿元。

为推动这个项目尽早开工，省市区组建三级专班，建立三级联动机制。

比如，西险大塘达标加固工程仅用 9 天就完成用地预审，比正常审批时限缩短了一个多月。也因此，原本计划 9 月底才开工的项目，提前到了 8 月底开工。

有效投资，关键在“有效”二字。重大水利工程具有覆盖面广、吸纳投资大、产业链长、创造就业机会多的特点，能很好地发挥投资拉动、稳定宏观经济的作用。

据有关测算，重大水利工程每投资 1000 亿元，可以带动 GDP 增长 0.15 个百分点，新增就业岗位 49 万个。

在以超常规力度推动下，西险大塘达标加固工程也是今年杭州市第一个开工的国家级重点水利工程。

这只是一个起点。当天举行的杭州市重大水利工程现场调度推进会，共涉及新开工重大水利工程 10 项，总投资 221 亿元。

不仅是余杭、杭州，浙江各地均在以重大项目投资的确定性来对冲外部环境的不确定性。在政府投资项目积极引导下，投资信心正在快速恢复。

这一点正反映在数据上：今年 1 至 7 月，浙江固定资产投资同比增长 10.1%，比全国高出 4.4 个百分点。

西险大塘折射出的不仅是城市安全的意识，更是城市发展的契机，这一点正日渐清晰。

（原载于 2022 年《浙江日报》　唐骏垚　徐颖）

在地下55米挖“高速水路” 浙江这项工程坐拥三项全国之最

不走人也不通车，只通水，而且不是什么金贵的水，是平原河网的涝水。这样的神奇“高速水路”，你听说过吗?

浙江要在地下 55 米深挖一条路，长度仅有 17.94 公里，投资额却达 77.9 亿元，每公里造价约 4 亿元。

11 月 2 日，在全省稳进提质金融工具重大项目集中开工活动杭州分会场，扩大杭嘉湖南排后续西部通道工程（以下简称“扩大南排西部通道”）正式开工。

浙江为何斥巨资，修这条排涝的“高速水路”？

杭州城西为何易涝

杭嘉湖平原地处太湖以南，钱塘江和杭州湾以北，天目山以东，属长江三角洲，地势低平，平均海拔 3 米左右。地势东、南高而西、北低，以太湖为中心形成浅碟形洼地，区域内河网密布。

受地形地势影响，该区域的排水方向是向北汇入太湖、向东汇入黄浦江。每到汛期，来自浙江暴雨中心——天目山脉的雨水汇流至杭嘉湖平原，仅靠太湖和黄浦江这两条泄洪通道就明显不够了，杭嘉湖平原地区的水流无处可去，就会导致严重内涝。

具体说到杭州，城西历来是杭州城市防洪排涝问题最突出区域。

位于山丘与平原过渡地带的它，地势低洼，常年面临“上游来水急、中间地势低、下游排不快”的困境。

放眼杭州目前的防洪排涝格局——

往西看，天目山及余脉的山洪由西险大塘牢牢拱卫，经过东苕溪汇入太湖。

往东看，城西密布的河网水系汇入京杭大运河后，经杭嘉湖平原河网或流向太湖、黄浦江，或经三堡排涝泵站进入钱塘江，未来还可通过运河二通道经八堡排涝泵站进入钱塘江。

每到汛期，杭州城西的河道，上游受小和山、老和山等山洪直冲影响，下游受东部高地势“抵挡”，多方来水汇集到城西这个“锅底”，容易排水不畅，最终积水成涝。

“城西地势低且距离远，加上杭州城西科创大走廊这一科创高地加快建设，区域高质量发展对水安全保障的要求越来越高。”杭州市林业水利局党组成员、总工程师杨志祥表示，新辟一条快速排水通道迫在眉睫。

南排工程怎么来的

敢想敢干的浙江人早就开始了与洪涝搏击。

20世纪50年代中后期，“北水南排、低水高走”，通过建立一系列孔门闸站，将洪水往南排入钱塘江和杭州湾的“南排工程”设想逐步形成。

后来经过不断的论证、考察、调研，直到70年代中后期，终于在嘉兴海盐率先迈出了实质性步伐。

在那个激情燃烧的岁月，周边十来个县市的30万民工浩浩荡荡到海盐集合，30万大军徒手开挖长山河，一期就挖了42公里河道，随后民工们又铁锤叮当、“劈山填海”，一路扫尽“拦路虎”，建成了长山闸，杭嘉湖南排工程至此一举改变历史。

据说当时整个嘉兴地区各行各业纷纷支持这项民生工程，甚至把供销社都搬到了工地上，就地供应各类物资。

从此以后，南排工程在杭嘉湖平原多个点位开展。

如今，嘉兴已陆续建设了长山闸站、盐官上河闸、独山闸等，在抵御1991年、1996年、1999年梅雨洪水以及2009年“莫拉克”台风和2013年“菲特”台风等洪涝灾害中发挥了显著作用。

杭州则开展了三堡和八堡2个泵站建设，有效缓解了杭州市城北片区排涝压力。

施工难度有多大

扩大南排西部通道，就是要新辟一条杭州城西至钱塘江的深隧排水通道，将洪涝水就近、快速、往南强排入钱塘江。

这次，我们不会再召集30万人徒手挖明渠了，而是选择了一个相当超前的方法——通过地下深隧抽水排涝。

深隧，有多深?

目前大部分地铁和电缆等项目是挖到地下20至30米深，为了避开这些错综复杂的地下工程，这条高速水路，则还要往下再深入20至30米，难度可想而知。

据说，这个想法在“十三五”期间就被提出，但由于难度太大，且在全国尚无前例，所以经历了不计其数的反复调研、选址、论证，直到今年年初才真正确定下来。

据业内人士透露，这期间国内多位擅长“打洞”的权威专家、院士，包括钮新强院士、龚晓南院士、吴志强院士、胡春宏院士等曾齐聚杭州，一起研究方案的可行性。最后得出的可研结论是：工程是解决城西防洪排涝问题的关键手段、唯一可行途径，工程方案布局合理，风险可控。

作为特大型城市深隧排涝项目在国内的首次实践，该项目的排涝规模、洞径和隧道深度均为全国之最。

项目位于地下 55 米深处，主隧洞径 11 米，建成后工程最高排涝规模为 300 立方米每秒，是杭州继三堡、八堡排涝泵站后又一“排涝重器”。

“广州、上海等地也有深隧项目，但主要功能是收纳地面初期雨污水，类似于‘地下水库’，净化沉淀后错峰排放。”杭州市林水局重大水利项目专班科长张玉伦告诉记者，“地下深隧 + 大型泵站”组合解决城市洪涝问题，在国内尚属首次实践。

“因此，项目施工技术难度也不小。”张玉伦说，主要有三大难点：

其一，因项目毗邻重要景区，很难布设施工竖井或支洞，地下 55 米深度的隧洞只能单向掘进，对前期地质勘探精度、施工过程中的地质超前预报以及突发应急处理要求很高。

其二，五处进水口同样要开挖深度为 60 余米的巨大竖井基坑，杭州市已建和在建的地下工程没有这么深的，对基坑围护的技术要求极高。

其三，与三堡、八堡泵站设在钱塘江沿岸不同的是，九溪出水口泵站设在钱塘江水域内，“因为要在水域内开挖泵站枢纽深基坑，不仅要考虑基坑施工本身的安全，还要防止钱塘江潮水带来的不利影响，对施工围堰等临时工程的可靠性提出了极高要求。”张玉伦说。

排涝能力有多强

从造价来看，这条高速水路确实贵，但它守护的是“淹不起”的杭州城西科创大走廊。

在 1996 年和 1999 年的梅雨季以及“罗莎”“菲特”台风期间，杭州城西分别经历了四次大洪灾，仅这四次的损失就接近 100 亿元。

从示意图可以看出，一条红色 Y形的高速水路从城西延伸至九溪出水口，包括南北线和西线两部分，总长约 29 公里。本次先行实施的是南北主干线工程（实线部分），通过抽水泵站，可以将城西的涝水经过地下深隧抽排至钱塘江。这条水路设计排涝规模为 250 立方米每秒，相当于 15 个小时抽干整个西湖的水，紧急情况下最高流量还能提升至 300 立方米每秒。

届时，城西防洪排涝标准将由现在的不足 20 年一遇提升至 50 年一遇。相比现在，城西区域河网水位可降低 15 至 40 厘米，地面积水面积和积水量都将减少 80% 以上，直接惠及人口近 100 万，有望从根本上解决城西内涝难题。

即使再遭遇 1999 年梅雨季的极端情况，也可以有效降低水位 9 厘米以上，直接受益面积约 213 平方公里。

此外，工程完工后，杭州就将在钱塘江沿岸形成城东八堡、城中三堡、城西九溪三大排涝泵站联合调度体系，可将城市洪涝水就近外排杭州湾，全力守护杭城平安，进一步减轻下游杭嘉湖平原防洪排涝压力。

这条“高速水路”也并非只在洪涝的时候才发挥作用。

除了排涝外，工程还具有反向补水能力，可随时将钱塘江水补入城西河网，加速水体循环流动，有助于改善城西区域乃至杭嘉湖东部平原河网水生态。

会影响钱塘江大潮景观吗

正因为泵站设在钱塘江水域内，就有一个不得不面对的问题：如何减少工程对钱塘江大潮景观的影响？

钱塘江大潮是杭州的城市名片之一，众所周知，九溪段因急弯和局部喇叭形平面形态，涌潮景观较为壮观，是钱塘江沿线八大观潮点之一。不过，潮水时常会涌到之江路上，严重影响行人和交通安全。

扩大南排西部通道出水口恰位于钱塘江九溪岸段，如何减少出水口布置对涌潮的影响，又能更好保证安全？

“工程在设计之初就考虑到了，并在国内强涌潮河口治理中首次提出了‘涌潮重塑’的理念。”项目设计方华东勘测设计研究院相关负责人杨飞告诉记者，涌潮重塑，简单说，就是先利用数值计算、物理建模等手段，研究通过堤防岸线的布局优化，在新的位置“克隆”原有的岸段基本形态，使其继续保持原有涌潮景观的野性。

“同时，通过堤防围挡等建筑物布置，可以提升观潮点的安全性和景观多样性。”杭州市林水局重大水利项目专班副科长刘红霞透露，届时“潮涌之江路”将成历史，“这也算是扩大南排西部通道，为市民游客埋下了一个‘彩蛋’。”

三个全国之最

扩大南排西部通道工程是杭州市水利史上单体投资规模最大的项目，更是特大型城市深隧排涝项目在国内的首次实践。项目的排涝规模、洞径和隧道深度均为全国之最。

它是一条Y形隧道，包括南北线和西线两部分。南北线北起余杭塘河，南至钱塘江九溪段。西线西起南湖，东至顾家桥港，长约11公里，洞径为10米。

在河道交汇点或城市易涝区附近，设九曲洋港、顾家桥港、留下河、闲林港、南湖等五处进水口，另外，在钱塘江布设了九溪泵站枢纽。

（原载于2022年浙江新闻　李睿　朱承　徐志刚　王伟伊）

浙江龙游县：灵山江水清　百姓生活富

浙江省龙游县灵山港于5月底成功入选水利部首批7个幸福河湖建设试点项目，这是浙江省唯一一条入选的河流。

“在得知试点申报相关信息后，我们迅速集中力量组织申报。衢州市水利局领导、龙游县领导高度重视申报工作，在技术上给予大力支持的同时，还帮助我们解决了申报过程中遇到的困难和问题。经过4天8轮的修改完善，申报方案在浙江省水利厅无记名打分评选中名列第一，脱颖而出。”龙游县委书记祝建东说，“试点项目申报成功，是对灵山港这些年综合治理工作的肯定，更是对灵山港建设幸福河湖、促进区域共同富裕的激励。”

灵山港，又名灵山江，是龙游人的母亲河。“源远流长，堪通桴筏，南乡一源，竹木薪米，悉由此出，浇灌利济，比大于江。”这是清康熙《龙游县志》记载的灵山港情况，可见其对龙游县经济社会发展的重要意义。

打造幸福河湖的“浙江样本”

同我国大多数河湖一样，灵山港也经历了由脏到清、由清到美、由美到亲的过程。

“一条条支流变成了垃圾河、黑臭河、死猪溪，灵山江成了实实在在的污染江……”这是网上“说说灵山港变化”帖子对于灵山港以前的评论。

再来看看网友如今怎么描述灵山港：“盈盈碧水，在曲曲折折的峻岭峡谷中，在红红绿绿的岸花垂柳间，时而似玉带绾结，轻盈流淌，时而如游龙狂舞，气势磅礴……”

“看到母亲河恢复了‘青春’，流出了律动，有说不出的感动。感谢政府积极倡导的生态文明建设并为之所付出的努力，保护河流就是保护家园，善待自然就是善待自己……”

这些点赞不但讲出了灵山港改变的原因，更道出了灵山港改变更深层的意义——补上的是生态短板，改变的则是发展理念和大众对环境发自内心的喜爱和保护。

灵山港自河源起向东流至遂昌县北界镇坑里潘村右纳官溪后，折北流向龙游，穿沐尘、甩溪口、亲灵山、别官潭，行至官驿前，汇入衢州人民的母亲河衢江，最终融入浙江人民的母亲河钱塘江。

“灵山港流域内汇集了世界灌溉工程遗产姜席堰、浙江大竹海国家级森林公园、龙游绿葱湖省级湿地公园、龙游民居苑国家4A级旅游景区等重要资源，形成了姑蔑、商帮、沐尘畲族、灵山竹海等深厚的文化，流域的综合治理不仅涉及百姓幸福，更影响文化传承与创新。”灵山江市级河长，衢州市委常委、宣传部部长邓崴说，“龙游县委、县政府高度重视灵山港流域综合治理工作，分别以‘完善流域安全屏障’‘保护生态栖息水岸’‘融合当地文体特色’等为主题，开展了一系列治理工作，全面建立了河湖长制，发挥各级、各类河湖长的作用，构建了灵山港流域的长效管理机制。”

在实施“完善流域安全屏障”治理中，龙游县始终坚持“保护优先、自然修复”的理念，生物措施和工程措施并用，先后完成了灵山港城市防洪工程、姜席堰至兰石大桥段治理、黄泥圩大桥至塔山堰段治理、姜席堰应急修复等工程建设……

如今，灵山港内防洪体系较为完善，河道防洪达标率已超过90%。流域内水利工程形式丰富多样，为沿线居民生产、生活安全提供了有力保障。

“爱水而不受水灾，亲水而不受羁绊，玩水而没有隐患。”网友这样的评价是对灵山港完善流域安全屏障建设工作的最大肯定。

生态是灵山港最大的特色。

为有效保护灵山港生态水岸，龙游县结合灵山港特点开展了“中小河流滩地时空演化机理及生态修复技术”课题研究，在工程实施中创建了“清、整、通、护、种、景”六位一体滩地生态修复技术。该课题荣获2020年浙江省水利科技创新奖。

值得一提的是，龙游县针对灵山港生态栖息水岸管理，提出了18个滩地健康综合评判指标，建立了健康档案库，构建了3D仿真系统，系统掌握了两岸32处滩地的形态、植被、基质演化与退化机理。

2018年，位于灵山港下游后田铺村的姜席堰成功入选国际灌排委员会“世界灌溉工程遗产名录”，成为“世遗”。

龙游县在灵山港综合治理中，以传承弘扬创新姜席堰世遗水文化为魂，发挥流域内水资源、文化资源和运动赛事等优势，注重文化演绎和诠释，让山水自成诗境。

“清澈的江水，健康的生活，快乐的人生。”见证灵山港变化的小王感叹。

“灵山港是省级美丽河湖向幸福河湖升级的率先示范。”浙江省水利厅副厅长黄黎明调研时说，“要深入贯彻落实习近平生态文明思想，把建设幸福河湖作为打好碧水保卫战的重要抓手，不断提升人民群众的安全感、幸福感、获得感，扎实推进示范幸福河湖建设，努力打造幸福河湖的‘浙江样本’。”

促进共同富裕的“黄金河流”

2021年6月10日，《中共中央 国务院关于支持浙江高质量发展建设共同富裕示范区的意见》发布，支持鼓励浙江先行探索高质量发展建设共同富裕示范区。

“龙游县委、县政府坚决支持中央关于‘推进共同富裕浙江先行探索’的重大部署，认真落实中央和省委、省政府的相关精神，在灵山港综合治理中，将‘共同富裕’作为一个重大主题进行探索实践。”龙游县委副书记、县长李芝伟说，“灵山港综合治理已经促进了流域生态价值的转化，共同富裕的效益也已初显。”

“目前，灵山港已成为龙游县城乡一体化生态发展纽带，开启了流域共同富裕新篇章。”分管农业的副县长汪益平对此感触颇多，“灵山港综合治理紧紧围绕‘乡村振兴’‘全域旅游’等战略部署，以形成集文化、旅游、休闲、运动等为一体的生态长廊为目标，打造‘史前稻作文明’‘灵山古堰’‘龙游八塔’等6大主题历史文化景点，为把‘两江走廊’灵山港山水美景打造成浙江的‘唐诗之路’黄金旅游带的重要节点、‘衢州有礼’诗画风光带的源头明珠、‘诗画浙江’大花园核心景区的精品景区持续提供水利助力。”

以“治水”为支点，撬动产业转型升级，龙游县积极探索灵山港流域治理与资源开发利用、产业发展、城市经营、全域旅游、生态保护、乡村振兴、文化传承等领域的有机统一。

2019年，龙游县与黄山旅游发展股份有限公司签订《龙游灵山江旅游风景带投资开发合作框架协议》，推动省内外区域发展合作。

2020年，溪口镇联合大街、沐尘、庙下组建了龙南“三乡一镇”旅游共同体，积极有效降低疫情对旅游的冲击。

2021年，浙江龙游溪游记旅游发展有限公司成立，发布了水上项目招商计划，积极吸引乡贤、投资人、融资人，发展竹筏体验、亲子水上游乐世界等水旅项目。

绽放的灵山江·灵溪竹海、龙和渔业园、石角听涧·灵山港民宿、水发·龙游全竹绿色循环产业园、绿葱湖、石角漂流、石埨漂流等旅游养生项目的不断引进，使灵山港成为吸引撬动累计超过20多亿元民间投资的“黄金河流”，极大地带动了龙南休闲旅游业的发展，受益群众达到3万人，实现了治水富民，人民幸福指数增高。

“我们将以此次试点项目申报成功为契机，根据灵山港自然禀赋和人文条件，以构建全域水安全体系、提升全域水生态保护能力、彰显水景观文化、挖掘水生态价值、引导全民参与治水管水为目标。”龙游县林业水利局局长吴正兵说，“我们责任重大。上要对得起水利部、各级政府的信任与支持，下更要对得起百姓的期许。我们要将百姓的需求作为工作的目标和动力，积极推进流域河湖长制体制机制建设，打造数字灵山港，不断提升灵山港的管护力度，通过幸福河湖建设，让灵山港流域内的每一个百姓都能够获得幸福。”

（原载于2022年《中国水利报》 刘艳飞 陈昕 袁斌）

践行“水利+” 干出加速度

——浙江水利大干项目释放多重效应

在经济稳进提质攻坚、国家加大基础设施建设的形势下，浙江水利工程建设如何抓住机遇、乘势而上？

在人民向往美好生活，对水利提出安全、优质、生态等多维度高要求下，浙江水利如何创新理念、方法，做好“水利＋”文章？

在新的征程开启，奋力推进“两个先行”下，如何进一步彰显水利担当、发挥独特作用，以水利高质量发展服务保障全省发展大局？

且看浙江水利的回答——乘势而上 补齐水利基础设施短板

要适度超前开展基础设施投资；要加强水利等网络型基础设施建设，把联网、补网、强链作为建设的重点；今年全国水利建设投资确保完成1万亿元，实现增长25%——这是中央的要求和全国的部署。

集中力量提升水利设施等基础能力建设，进一步完善水利工程体系，全力推进海塘安澜、百项千亿防洪排涝、水库除险加固等重大工程；全省水利投资增长要快于面上投资增长；能早则早、能快则快、能多则多——这是省委省政府的要求。

在经济稳进提质的大背景下，水利建设的重大机遇已经到来！

“中央和省委先后作出的部署让全省水利系统倍感振奋、备受鼓舞，激发出全省上下只争朝夕兴水利、大干快上抓项目的热情和干劲。”省水利厅主要负责人说。

一组数据印证了我省水利基础设施建设的快马加鞭——今年以来，之江大地278项重大水利工程正在加紧落地见效。截至8月底，全省水利完成投资450.2亿元，同比增长11.9%，再创历史新高。

水利建设的提速也来自自身补短板的倒逼。过去的2021年，全球极端天气频发，我国八成以上省份发生严重汛情，台风“烟花”两次登陆浙江……形势严峻，但我省仍存在海塘防潮标准不高、局部堤防不达标、部分城市防洪保护圈未闭合等300多个防洪排涝薄弱环节，加快补齐水利短板，刻不容缓。

抢抓机遇，乘势而上，以长远之解，夯实安澜根基。“十四五”期间，全省计划完成水利投资近4000亿元，全面推进海塘安澜千亿工程、水库增能保安、平原高速水路等八大工程。今年，浙江水利发出“大干项目　大干民生”号令，大干水利、提速创优的嘹亮号角吹响在之江大地。

——45项重大项目加快开工。截至9月中旬，新开工重大项目41项，开工率达91.1%。杭州西险大塘达标加固工程等9个重大水利项目，专班运作、三级联动，在8月同步实现开工。还有4项正在冲刺9月开工，带动前三季度完成全年开工目标。

——115项重大在建工程与时间赛跑。开年全力抓复工达产，开化水库、环湖大堤后续等在建重大工程于2月底前全部复工，带动全省总投资3071亿元的水利项目于3月上旬全部实现复工复产，较省政府既定目标提前半个月。

——118项重大项目前期工作衔枚疾进。今年已完成可研审查审批60项，储备投资规模646亿元，是去年同期的2.5倍；工程初设审批较去年同期增长50%，水利有效投资后劲十足。

聚力凝智　干出浙江水利加速度

6月28日，浙江省促进经济稳进提质重大项目集中开工，其中涉及水利工程10项，形成新高潮。宁海清溪水库工程无疑是本次集中开工活动中最瞩目的焦点。作为我省4个省主导的水利重大项目之一，清溪水库工程批准概算总投资53.3亿元。

这是一件“多年想干而未干成的大事”！清溪水库所在的清溪流域，分属宁波、台州两市三县，为我省首个跨区域的水库工程，政策处理可谓是“拦路虎”。随着水库开工，“清溪73勇士”的称号越来越响亮，他们是来自宁海县公安、资规、司法等部门的73名干部，于今年4月集结成7个攻坚小组，驻扎一线攻坚政策处理。2周时间完成移民户全覆盖走访，12天日夜攻坚实现先行动工区政策处理签约率100%……关键性节点的一一突破，清溪水库终于迎来提前一个季度开工的“高光”时刻！

像清溪水库这样的重大项目能够提前开工，凝结着全省上下之合力。为加紧推进水利重大项目，稳经济、稳增长，省委省政府主要领导或作出重要批示，或多次赴水利工程现场调研；省政府分管领导挂帅水利重大项目省级协调指导工作专班，先后6次召开专题会议，协调推进水利基础设施建设。省水利厅建立“处室专责+专班综合+专门调度+专家支持”工作机制，并成立9个省级专家服务团队，对省主导的重大项目实行专家“领办制”，全程跟进、指导协调重大技术问题和难点。

攻坚克难的进行曲在全省各地奏响。台州朱溪水库，率先用上开敞式 TBM 掘进工艺，克服复杂地质条件，1146 个日夜连续奋战终于打通 28.5 公里隧洞；浙水股份海塘工程施工项目部开展红色筑塘攻坚先锋活动，克服西江塘强涌潮地区施工诸多困难，全力保障进度，荣获全国工人先锋号；钱塘江北岸秧田庙至塔山坝段海塘工程（堤脚部分）运用智慧海塘管理平台，提前 5 个月完成 2022 年年度目标任务……

面对复杂形势，我省前 8 个月完成水利投资额 450.2 亿元。再创新高的同时，财政资金占比却降至不到六成。一增一减折射着我省化解水利资金要素制约的努力探索。

今年 4 月，受疫情影响，水利投资出现下滑。在国家和省委省政府出台相关政策措施后，省水利厅立即研究制定 11 条水利领域稳经济举措，千方百计破除资金要素瓶颈。

正在建设的开化水库工程，概算投资高达 45.5 亿元。在省水利厅的积极推动下，中国南水北调集团联合体与开化水库建设中心达成特许经营项目投资合作协议。此举不仅破解了开化水库的资金难题，更是平台、技术、管理的强强联合，为实现开化水库效益最大化提供可能。

在更广泛领域，省级搭建平台，深化政银企合作；各级水利部门创新方式，不断拓宽投融资渠道，专项债券、社会资本同向发力。水利投资在 5 月企稳后，6 月完成投资 78 亿元，创单月历史新高。今年前 8 月全省共争取金融机构信贷投放 113 亿元，专项债券、社会资本、金融信贷等占浙江水利总投入的比值超过四成。

践行“水利+”“浙水安澜”释放多重效应

曾经的浙江因水而成江南富庶之地，而今的浙江更需水的多维复合保障促进共同富裕先行和省域现代化先行。

进入新发展阶段，人民群众对水安全保障的需求从有水喝向喝好水、从保安全向谋幸福、从人水相争向人水和谐共生转变。

人民的呼唤、时代的要求就是必答的考题。

“必须要打破传统水利建设的惯性思维，跳出水利谋水利，从更高站位、更宽视野、更深层次去思考。敢于统筹道路、商业、旅游等多种需求，把水利工程打造成一个开放的空间、共享的空间，最大限度拓展功能、实现效益最大化。”省水利厅主要负责人说，重大水利工程建设需胸怀“国之大者”，深度融入经济社会发展大局，以“水利 +”为突破口，转思路、谋突破、作贡献，奋力推进水利高质量发展。

舟山定海古城，南面滨海，有五座山丘环抱城区。近些年，随着定海建设发展，城区防洪排涝短板、痛点屡屡显现。2020年起，定海决定实施《城区防洪排涝能力提升三年行动计划》，其中五山水利工程为单体最大的一个综合性工程，投资约9亿元，通过“上拦、西调、中提升、内循环”综合治理，构建立体式防洪排涝体系。截至9月上旬，五山水利工程已经完成任务量的88%。

今年强台风“梅花”正面袭击舟山，定海城区15小时降雨量最大达235.2毫米，影响威力远超“烟花”！紧急时刻，五山水利工程既“上拦”山体来水，又利用“中提升”强排泵站大显身手，累计排出涝水约180万方，避免了城区成为“汪洋一片”。

更难能可贵的是，五山工程还在安全之上做足“水利+”文章。新建总长13.2千米的截洪渠，可拦蓄70%的山丘汇水。并且，将截洪渠的临时便道设计打造成城市空中绿道——东海云廊。目前，东海云廊东山段和竹山段已对外开放，沿路植入具有地方特色的人文设施，既解除了洪涝灾害，又提供了市民休闲好去处。

“水利+”的理念还贯穿在我省美丽河湖、海塘安澜建设等领域，涌现出富阳鱼鳞坝、椒江“网红”海塘等一批绿色、生态、亲民的工程，赢得群众点赞。而千岛湖配水、浙东引水工程的全线贯通，为浙东、浙北提供了更大的发展空间；丽水南明湖、临海灵湖等项目落地，实现了防汛效益和地方经济发展的共赢。类似的案例在浙江随手可拾。

今年5月，杭州滨江沿江区域提升改造项目完工并对外开放。防洪封闭线后退，景观绿化带范围加高，设置隐藏防浪墙，建设“橙蓝丝带”慢行系统，增设驿站、节点、公园……结合远山近水、广场微丘，钱塘江海塘成了市民丰富生活的活动载体，打造了“还塘于民、融塘于城”的示范样板。

“‘水利+’怎么干，群众说了算。总的是要聚焦生态效益和民生效益双优双赢，既要建设好、管理好、保护好水利工程，又要把水利工程打造成生态绿色的纽带、美好生活的载体，让人民群众体验到实实在在的获得感、幸福感、安全感。”省水利厅相关负责人说，同时从内生动力来看，全省水利系统坚持以数字化改革引领、撬动、赋能水利现代化，推进数字孪生流域和数字孪生工程建设，打造智慧水网，更好地推动实现“水利+”的新时代价值。

为破解水资源空间分布与经济社会发展布局不匹配的难题，《浙江水网建设规划》应运而生，并被列入全国第一批省级水网先导区。这是我省积极践行“节水优先、空间均衡、系统治理、两手发力”治水思路、助推“两个先行”的重要举措，也是我省推进水利高质量发展的根本任务。全省将以联网、补网、强链为重点，沟通主要河流水系，连接重要湖库闸站，加强局地水网间的有效联系，进一步实现省域水资源空间均衡，系统提高防汛抗旱、资源配置、河湖生态的效能和韧性。规划包括9类工程共505个项目，至2035年完成投资1.05万亿元。

“我们要牢牢把握‘创新制胜、变革重塑、防控风险、共建共享、唯实惟先’5大工作导向，坚持‘党建统领，业务为本，数字变革’，集中精力、全力冲刺，奋力交出全年高分报表，在‘两个先行’中展现更大担当、展示独特风采。”省水利厅主要负责人说。

（原载于2022年《浙江日报》　李昌先　王超　葛芳妙）

2023浙江高质量推进“千项万亿”工程水利项目

“加快推进161项水网安澜提升工程、计划完成水利投资超700亿元……”2023年是加快实施浙江省扩大有效投资“千项万亿”工程的关键之年，也是全省水利系统“大干项目、大干民生”攻坚之年。2023年，浙江在推进水利高质量发展和实施“千项万亿”工程方面有哪些举措？项目目前进展如何？

明确推进目标　做好全面项目规划

2月9日，2023年浙江省水利工作会议暨扩大有效投资“千项万亿”工程推进会在湖州南浔举行，会上公布了2023年全省水利工程年度目标。

2023年，浙江将抢抓扩大有效投资“千项万亿”工程契机，围绕水资源配置、防洪排涝、水生态保护与治理等领域，计划5年内投资3129亿元。加快建设杭州西险大塘等165项水利重大项目，完成10项以上重大项目、200项以上中小型项目竣工验收。重点推进镜岭水库、莲湖水库、湖南镇水库防洪能力提升和安华水库扩容等前期工作，带动新开工40项，加快浙北、浙中、浙东三条水资源配置通道等85项工程前期工作，储备投资500亿元。

2023年，浙江继续将除险保安放在首位。聚焦“超标准洪水、水库失事、山洪灾害”三大风险，提高预报、预警、预演、预案能力。加快推进感知体系建设，新（改）建水位监测300处、流量监测200处。开展小流域山洪灾害综合防治研究，动态调整预警阈值，建设重点村落关联雨量站600处、声光电预警站500处。强化应急水调整，确保生活用水安全，保障农业灌溉用水需求。

2023年，浙江将持续办好水利民生实事，按照高质量、高标准的要求，将民生实事纳入水利争先创优考评体系。着力推进“2+4”工作，加快杭州西险大塘、杭嘉湖南排后续西部通道建设，开工海塘安澜工程110公里，计划更新改造灌溉设施1500座，整治病险山塘450座，除险加固病险水塘200座。同时，大力推进干堤加固工程建设，完成全省重要江河干堤加固 80 公里以上。

准确落实项目　确保工作进程

浙江海宁市百里钱塘综合整治提升工程一期（盐仓段）是浙江首个采取“安全+”模式谋划建设的海塘安澜项目。项目将原有水利工程提标加固，将盐仓段 7.09 公里海塘防御标准从 100 年一遇提升至 300 年一遇。计划将景观工程融合提升，建设配套建筑、空中栈道、回头潮节点景观绿化、停车场、调蓄区块及回头潮节点中的游步道、广场等配套设施。

工程建成后将加强市政道路贯通。新（扩）建市政道路 5.94 公里，由之江北路、聆涛路、秋潮路、东堤路、海塘路组成，其中，地面道路 3.92 公里，新建隧道 1 座（长度 2.02 公里）、市政桥梁 1 座。

项目开工以来累计完成投资 12.7 亿元，完成率 28%。其中 2022 年完成投资 8.25 亿元，超额完成年度 8 亿元的投资目标，完成率 103%。据悉，2023 年项目计划完成年度投资 8 亿元，6 月份完成西闸主体工程建设，10 月份完成观景平台扩初设计，海塘提标，市政贯通将持续推进。

城西南排工程是目前浙江省主导的四个重大水利项目之一，工程建成后将补齐杭州城西区域防洪排涝短板，是保障杭州城西科创大走廊水安全的重要基础设施。

“我们挖掘隧道采用国内最大直径的双护盾硬岩隧洞掘进机施工，开挖直径可达 12.5 米。”南排水利发展有限公司总工杨立新介绍，工程隧洞底高约负 55 米，设计排涝规模 250 立方米每秒，配备 300 立方米每秒排涝能力，钱塘江反向引水设计流量 25 立方米每秒。

据了解，项目现处于先行段，目前施工地正开展地下连续墙施工建设，第一幅地下连续墙槽段开挖完成钢筋笼下放，南北线主体工程已取得初设批复并正在开展招标工作。接下来，项目将加快推进南北线主体工程开工准备工作和西线工程前期审批工作，力争 3 月底前开工建设，西线工程力争 6 月开工建设。

（原载于 2023 年人民网　刘欣蔚）

碧水流过地生金

小满已过，如期而来的淅沥雨水滋润着满目苍翠的江南大地。在天台县赤城街道塔后村，人们对每年一度的乡村音乐节又多了一份期盼。

塔后村原是落后村，环境脏乱，秩序也差。2021 年，当地水利部门组织水系连通项目进场后，先从天台山大瀑布引水至北干渠，再经坡塘溪，形成“高山坡塘溪－引水沟－连环塘－农田－村落（村口塘）－村中坡塘溪”的水系连通格局。全村水系连通率达100%。

水通了，塔后活了。水中、水上、水边，一条环水经济带融出发展新空间。距村口百米远，一座搭建在荷塘上的水上莲花舞台便是音乐节的主会场，舞台底座似莲花。天台山流下来的水碧绿澄澈，倒映着洁白的舞台，入夜后五彩灯光映照，如梦如幻，魅力十足。

去年，获得星光大道桂冠的歌手、摇滚界的大咖、西安民谣歌手等知名音乐人纷纷到来。通过引入直播，音乐节单日线上最高在线人数1204.1万人，获赞200余万，线下日均吸引超5000人游客前来打卡。塔后村党总支副书记朱振远笑言：“村里吸粉又吸金，可容纳2500人就座的生态座椅，音乐节期间动作不快根本坐不上。”

水上舞台连着一片占地30余亩的荷花塘，夏风吹过，上万株荷花迎风摇曳，荷香四处飘逸。塔后村委前后引进了50多个国内外用于科研和观赏的苗种，牵手智创企业合作开发洗护、香薰、饮品等多款“荷”产品。

坡塘溪“九曲十八弯”绕房屋而行，70多家民宿散落其间。每一间民宿各具风韵，分别与水文化、天台文化、赤城文化、塔后文化深深相融，出门见水，推窗见绿，一户一景尽显别致。“上岙里民宿”可远眺赤城梁妃塔，“山林小筑”可感受溪水情怀，“花谷闲农”古朴淡雅……合计1000张床位的滨水民宿，一年可接待游客36万人次。2022年，仅民宿收入就超2300多万元。

游客陈飞霞来自上海，“五一”假期，是她今年第二次来塔后游玩。“其实民宿哪里都有，但隐于山脚下、出于秀水间的民宿环境这里还是独一份。匠心独运的是，塔后还是一个‘不夜村’，增添了夜晚的烟火气，以及余音绕梁的乡村音乐。”

一周一次的乡村夜市，吸引着更多游客坐下来、沉下来、融进来，旅游时间被拉长，消费习惯被改变。夜色塔后，成了山区新农村发展的新样本。

灵动的水带火了塔后，强大的“流量”促进了以黄精、乌药、铁皮石斛等为代表的天台康养产业集群发展，这里设立的8个中药材供应链直播间吸引大批商家进驻，形成了一条育、产、加、销、研、医齐全的康养产业链条，月均销售额超40万元。

水系连通到哪，美丽乡村就到哪，乡村振兴产业经济的触角就延伸到哪。作为水利部水系连通及水美乡村建设试点县，天台正在努力以水为媒，推动一个个水美乡村变成共富赛道上的重要支点。

在雷峰乡黄家塘村，崔岙溪穿村而过，带动溪流边一片闲置的荒地摇身变成体验式农场，赏樱花、喂羊驼、露营、烧烤，打造乡村休闲旅游新阵地；在南屏乡，水系连通及水美乡村建设改善了农业灌溉条件，焕然一新的水利基础设施成了黄桃、水蜜桃等特色农产品规模化种植的底气，2021 年销售额超 400 万元，带动 500 余户农民增收……村民自发向当地水利局送来锦旗，还捎来了红薯："感谢你们，送来了振兴乡村的'源头活水'。"

（原载于 2023 年《浙江日报》 周余丽　陆最）

围绕安全、生态、宜居、富民、智慧，建设全域幸福河湖　让浙江的河湖流淌着幸福

全省 5 万余名河湖长，接到了新任务。

7 月 6 日，2023 年省级总河长会议上，审议通过《浙江省全域建设幸福河湖行动计划（2023—2027 年）》（以下简称《行动计划》），并将以 1 号总河长令的形式发布。这意味着，浙江将开启全域幸福河湖建设。

浙江是河湖长制的发源地。早在 2003 年，湖州市长兴县率先试行"河长制"，接着湖州、衢州、嘉兴、温州等多地陆续推行；2013 年 11 月，浙江省委、省政府出台意见，全面实施"河长制"工作；2018 年 7 月，浙江省建立起省、市、县、乡、村五级湖长体系，实现全省五级河湖长全覆盖。

当前我省已建成省级美丽河湖近 600 条（个），如今，为何聚焦幸福河湖？什么样的河湖，称得上"幸福"？又将如何推动落地？

治水更关注百姓感受

2014 年，习近平总书记对我国水安全问题发表了重要讲话，明确提出"节水优先、空间均衡、系统治理、两手发力"的治水思路；2019 年在视察黄河时，他强调让黄河成为造福人民的幸福河。

聚焦河湖治理，浙江已有多年经验。从"万里清水河道建设"到"五水共治"，再到"美丽河湖"建设，我省已累计治理了 5 万公里河道，江河湖泊实现了由"脏"到"净"、由"净"到"清"、由"清"到"美"的持续蝶变。最新数据显示，当前浙江已建成省级美丽河湖 585 条（个）、6100 余公里，"一村一溪一风景、一镇一河一风情、一城一江一风光"的全省水美格局已基本形成。

浙江河湖"底子"不错，但对标"全域幸福"还有差距。

浙江省水利厅副厅长、新闻发言人黄黎明透露，前期省水利厅在调研中发现，

近年来，人民群众对走进自然、感受美好生活的愿望日益迫切，特别是沿河露营、民宿等新诉求明显增多。满足人民群众的需求，我省“美丽河湖”建设急需升级，关键在于治理理念的变化。

据了解，幸福河湖的关注重点，就是从河湖面貌向百姓感受迭代，给老百姓实实在在的获得感。“进一步提高县城水资源、水生态、水环境承载能力，优化河湖空间，促进区域产业布局，带动农民增收。”黄黎明表示，充分发挥河湖资源在深化“千万工程”、助力乡村振兴中的作用，形成一批幸福河湖促进共同富裕实践成果和制度创新成果，为全国幸福河湖建设提供浙江经验。

同时，此举也是促投资、扩内需、稳经济的有效抓手。据了解，以全域幸福河湖建设为载体，可推动 14 项、30 类工程的实施，水利 3000 亿元投资将撬动其他行业 4000 亿元有效投资，为经济实现质的有效提升和量的合理增长提供强劲支撑。

五大关键词　五大行动

安全、生态、宜居、富民、智慧，这是幸福河湖的五大关键词。

幸福河湖既要维护河湖自然形态和功能，构建起完善的江河防洪减灾体系，也要科学有序开放河湖空间，实现滨水带发展与城市、乡村发展格局良好互动，为产业发展提供平台空间，有力支撑流域经济社会高质量发展。

当前，全省各地已开展了不少探索实践。

比如衢州市龙游县作为幸福河湖国家试点，以“安全保障、生态健康、和谐宜居、文化彰显”为目标开展河湖治理，先后引进灵溪竹海、龙和渔业园、石角漂流等旅游养生项目，撬动累计超过 20 多亿元民间投资。

台州市天台县整治 31 条农村水系，打造了 11 个水美乡村，形成了“碧水流过地生金”的乡村振兴模式。湖州市德清县通过开展“清水入城”工程等，不仅切实提升了全域旅游环境，推动钢琴小镇等文旅产业发展，还探索了湿地碳汇收储服务，推动形成“湿地培育—碳汇收储—平台交易—收益反哺”的生态富民新机制。

有了“模范生”的试点经验，本次《行动计划》还强调全域建设，也就是说，这次幸福河湖建设不仅是迭代和打造样板，更是要在全省域范围落地生根、开花结果。

本次建设目标是以浙江八大水系为领航轴，近百条各具特色县域幸福母亲河为特色生态廊，建设千余个高品质水美乡村，万余公里滨水岸带，构建“八带百廊千明珠万里道”的浙江省全域幸福河湖基本格局。

如何下好这盘棋？五大行动应运而生：实施江河安澜达标提质行动、河湖生态保护提升行动、亲水宜居设施提升行动、滨水产业富民行动、河湖管理改革攻坚行动。在此基础上，还细分了14项具体工作任务，要实施30类工程。比如滨水产业富民行动，就涵盖助力高效农业、培育涉水产业、发展滨水旅游3方面内容。此外还将推进灌区现代化改造、加快培育高附加值涉水产品、大力开发亲水旅游线路和滨水度假项目等。

全域建设幸福河湖是一项系统性工程，也是一项长期的需要不断迭代的工作。未来5年，浙江将以河湖长制为抓手，充分调动河湖长制联席会议制度18个成员单位的积极性，协同联动治水，加强跨行业融合，共同推动全域幸福河湖建设。

（原载于2023年《浙江日报》 朱承　梅林蓉）

两手发力

全国首例城市水权交易工程竣工通水
义乌人终于喝上东阳水

“水来了，水来了！”昨天上午，在一阵阵礼炮声中，来自东阳市横锦水库的一泓清水，缓缓地流入义乌市郊的青口蓄水调节池。经过三年的紧张施工，全国首例“跨城市水权交易工程”——义乌·东阳横锦水库引水工程全线完工。东阳横锦水库的源头活水已顺利进入义乌境内，通向义乌城区的千家万户。“渴”了多年的义乌市民从此将告别每天拿桶接水的日子。

义乌市水资源匮乏，人均占有量不及全省一半。而与义乌相毗邻的东阳市水资源却相对丰富，拥有横锦、南江两座大型水库，每年除了满足东阳本市的正常供水外，还要向金华江白白弃水 3000 多万立方米。为解决城市水资源供给不足的难题，2000 年 11 月 24 日，义乌和东阳两地政府本着资源共享、区域共建的理念，签订了有偿转让用水权的协议：义乌市政府斥资 2 亿元向东阳市购买横锦水库 5000 万立方米优质水资源的永久使用权。此举经媒体报道后引起了全国的关注，成为国内首例跨城市水权交易。据悉，义乌市除了 2 亿元的买水钱外，还需 2.79 亿元的横锦水库引水工程概算投资，建成后每年还要付给东阳 500 万元的综合管理费。

义乌·东阳横锦水库引水工程从 2002 年 3 月正式破土动工，全长 35.47 公里。该工程建成通水后，每年将有 5000 万立方米的横锦水流入义乌，可以基本满足义乌今后 10 年左右的用水需求，此举不仅有效解决了义乌城区的用水紧张问题，也为义乌中长期发展提供了强有力的水资源支撑。

义乌、东阳水权交易的成功实施也成为我国优化水分配体制改革的一次重大实践。有关专家认为，首笔跨地区水权交易的成功，打破了行政手段垄断水权分配的传统，弥补了水权市场的空白，标志着我国水权市场的正式诞生。水利部部长汪恕诚认为，东阳、义乌的水权交易，是对水权流转理论的大胆实践，将推动我国水利事业一场革命。

（原载于 2005 年浙江在线　吴小龙　徐晓恩　吕华）

制度缺乏导致水缺乏　浙江经验：水权制度市场化

电力紧张之后，水资源紧缺又出现。水权和水制度也因此成为学界和政府共同关注的现实话题。

素有江南水乡之称的浙江省首先遭遇水荒“劫难”，如舟山花巨资搞海水淡化、宁波市用车从农村运水、千岛湖受污染威胁、杭嘉湖水网枯水季节基本没有饮用水源等。水资源紧张会否成为继电力紧张之后的全国性问题，尽管目前还难以定论，但浙江省已经发出“水资源严重短缺，将成为制约浙江经济社会可持续发展的一大重要因素”的预警。

制度缺乏导致水缺乏

什么原因造成了南方也缺水？一方面工业化尤其是重化工业在南方的加速发展使水资源呈现匮乏趋势。另一方面我们的水利建设几十年来一直注重硬件投入，缺乏制度建设。2004 年国家对水利的投资达到 330 亿元，2005 年的投入预计为 270 亿元，10 年的投入就是两三千亿元。这是非常大的投入。但是投入主要是用在了修堤坝、修水利工程，而忽视了水权、水交易的制度建设。水权制度的缺乏使水利投资产生了一个非常奇怪的现象：大量投资获得的水成了一种廉价的浪费。浙江省 2/3 的农灌渠仍是土渠，灌溉流失率达到 60% 以上。

如何解决诸如浙江的水荒问题呢？方法有很多，例如调整产业结构，建立绿色 GDP 考核体系等。但笔者认为最重要的应该是进行水资源的产权制度与水交易制度建设。

美国哈泼－罗出版公司 1983 年出版的《公共问题经济学》（中国译为《我们身边的经济学》）一书中有两个主要观点：首先水资源短缺与缺乏产权密切相关。“有关水资源的共同观点是，它是一种正在被滥用的宝贵资源，并且的确，我们正在耗尽水资源。”“水资源问题的威胁将成为 20 世纪八九十年代的主要问题，在美国的很多地方，水资源不被当作公共财产对待，无人对它给予明晰界定的产权，而且又被拒绝按市场价格收费的市政自来水系统所出售。”第二个观点是水权的价值体现在交易上，就像排污权交易一样。美国为了缓解水荒，早在 1922 年就开始探索水权交易的制度渠道。例如洛杉矶市为了获得帝国灌区的水，提出投资 2 亿多美元为灌区的水渠进行水泥防渗，节约下来的水供洛杉矶市使用。

水权制度要走市场化

中国也有水权交易成功的例子。2005 年 1 月 6 日，一股清水从浙江东阳市的横锦水库出发，经过渠道奔向毗邻的另外一个县级市——义乌。至此，备受关注的我国首例水权交易宣告正式交货。早在 2000 年 11 月 24 日，东阳、义乌两市政府经过多轮协商签署用水权转让协议：义乌市一次性出资 2 亿元购买东阳横锦水库每年 4999.9 万立方米水的使用权；转让用水权后水库原所有权不变，水库运行、工程维护仍由东阳负责，义乌按当年实际供水量按每立方米0.1元标准支付综合管理费。义乌、东阳两地水权交易的成功标志着我国水权市场的正式诞生。从表面上看，义乌好像把2亿元扔到水里，但从投入产出看，购买1立方米水权才付出4元的代价，而自己建设水库至少要花6亿元，况且本地区内还建不了那么大的水库；东阳转让水权不仅可以得到2亿元的资金，而且每年还有500万元的供水收入，成本每立方米不到1元的水却卖出了每立方米4元的价格。

通过浙江的经验，关于水权、水交易制度，我们可以得出以下结论：水权既包括水的所有权，也包括使用权，所有权包括终级所有权，也包括二级所有权；同时水权还是一个基本的人权范畴，人人拥有健康的水资源是一个基本的人权；应该建立一个全国性的水权交易平台，在这个平台上确立规范的水权交易制度与交易标准；应该建立一个监管水权交易的监督体系。水权交易的规模是比较大的，一般涉及的资金都在上亿元，没有监管是不行的。水利部应当在政府序列中建立相应的部门，以此作为监管主体，监督水权交易方式的规范性、公平性，监督交易资金的来源以及资金的用途；确立水权交易的正当程序，用程序和透明来确保水权交易的公正；水权交易的种类应该扩大，不应仅仅包括饮用水，还应包括污水处理、雨水再利用等多种用水；政府部门应该拿出一定的资金进行水权制度与交易的经济学研究，为水权交易奠定理论基础。

（原载于2005年《中国经济周刊》 辛向阳）

生态补偿“造血”对接“输血”
温州：算好生态保护的民生账

文成县与泰顺县，是温州生态的“富矿”，却也是温州经济的“洼地”。两地作为珊溪水库水源保护的主阵地，守护着温州500万人的饮用水水源。为保护温州“大水缸”的清洁安全，库区居民在发展中作出了特别“牺牲”。数据显示，文成县近年“一票否决”200多个污染较重和不宜在水源地落户的工业项目，拒绝了100多亿元的工业投资。泰顺县100余个投资总额达50多亿元的招商引资项目，因环评问题被拒之门外。

发展权和发展机会均等是社会公平的要求，生态保护区因为生态保护而限制了发展，生态受益地区不能心安理得。

给“生态特别牺牲者”补偿！温州市自2007年启动珊溪水库环境综合整治以来，不断完善生态补偿机制，为珊溪水库周边居民提供资金、政策和技术等方面支持，“输血”和“造血”双管齐下，催生库区生态保护的内生原动力和支撑力。

输血：为生态保护付费

建立生态补偿机制，首先要厘清“谁来补”的问题，既要坚持谁开发谁保护、谁受益谁补偿的原则，又要一盘棋统筹协调。

“作为生态保护的责任主体，政府财政转移支付是生态补偿的主要形式。”温州市副市长黄德康表示，“目前市财政每年安排资金5000万元，用于支持珊溪水库、泽雅水库集雨区生态补偿，同时市区排污费的20%也作为生态补偿资金。”

基于同饮一江水的利益共同体理念，下游受益区也同样承担对上游的补偿责任。

2013年1月1日开始，温州市区居民生活用水价格每吨上调0.3元，非居民生活用水和特种用水价格每吨上调0.35元。上调的这笔水费，正是用于设立珊溪水源地保护治理资金。据了解，珊溪水源地治理保护资金收费期限为15年，并实行分段收费，前五年（2013至2017年）的收取标准为每吨0.30元，后十年（2018至2027年）的收取标准为每吨0.50元。

提高水价对于居民用水户来说能否承受？温州召开了水价调整居民听证会，组织市民代表到水源地实地考察，了解调整水价后水费的用途。市民们表示，水价每吨涨0.3元，实际上平均每户一年也就多交50元左右，能够承受。水价调整后，市公用事业投资集团有限公司供水区域内的低保户，由市政府予以补贴。

“我们根据‘谁受益、谁分担，谁用水、谁出钱，用好水、多花钱’的政策导向，适度提高水价。可以说，500万市民都在为珊溪水源地治理保护做贡献。”市政府副秘书长、市水利局党组书记王振勇说。

温州民间组织活跃，乐于资助。吸引社会资本加入到生态补偿主体，也成为温州市目前努力的方向。

据悉，温州市建立了珊溪水源地保护公益基金，开展“亲近水源地·爱心献库区”公益活动，发动社会各界捐款献爱心。目前已有991户家庭收到爱心礼包，共计32.95万元。

无论是政府付费，还是市场买单，“输血型”的货币支付，缓解了保护区因承担生态保护责任而付出经济代价的燃眉之急。但要帮助补偿对象真正做到“因水而富”，还需激发保护区自我潜能和主观能动性，形成造血机能实现自我发展。

造血：激活保护区自身发展

2010年，文成县黄坦镇云峰村党支部副书记邢庆夏接到通知，水库禁养区不能养猪，养殖户需如期拆除猪圈。黄坦镇素有“浙南闽东仔猪生产基地”之称，对当地养猪户来说，猪圈就像一家“小银行”。由于畜禽排泄物给珊溪水库造成了严重污染，温州市对生猪养殖业大刀阔斧进行整治，库区所在的文成和泰顺两县，共拆除养殖场2286家，削减生猪当量22.54万头。当地群众年产值达3亿元以上的“养猪致富梦”，戛然而止。

告别了多年来赖以生存的生猪养殖业，养殖户的出路何在?

“转变思路，在政策的指引下进行转产转业。”邢庆夏说。在违章猪舍拆除行动中，他一举拆除了家里1600多平方米的猪舍。失掉“饭碗”后，一系列扶持政策让他坚定了转产转业的决心。

“拆除猪舍有转产转业补助，租赁经营流转土地有优先政策，转业贷款还有优惠……”在资金支持与县镇两级的帮助下，邢庆夏和村里曾经的6户养猪大户一起，创立了文成神农农业专业合作社。目前，他们已流转了200多亩土地，投资80万元种植葡萄、猕猴桃等水果。“如果一切顺利，将来合作社成员每人年收入可达15万元左右。”

“内在能力建设比被动的资金补偿，更能表达生态补偿的目的。在资金有限条件下，政策、技术等‘软输出’显然尤为重要。”王振勇说，“要在转产转业帮扶政策的带动下，让库区村民拥有脱贫致富的‘造血功能’。”

据了解，对像邢庆夏一样的养殖户，温州市设立了转产转业资金，每年向相关县市下发总额2000万元的转产转业专项扶持资金，帮助库区原养殖户加快转产转业，同时在税费、用地以及金融政策方面给予倾斜。“对因畜禽养殖污染整治而生活一时陷入困难的低收入农户，我们还设立困难补助专项资金1000万元，予以帮扶。”市水利局综合处处长施士扬介绍说。

随着养殖业转型升级的节奏日益加快，“转产有出路、转业有技能”成为了越来越多养殖户的诉求。为此，温州市与省农科院签订院地合作项目，开展珊溪库区转产转业技术与政策重点课题研究，组织乡镇干部和农户信息技术培训和考察学习。

“我们还组织养殖户代表，赴上虞、绍兴等地实地参观考察现代农业项目，促成养殖户完成转产规划。”文成县珊溪水利枢纽水源保护管委会办公室相关负责人介绍说。

依靠着政策扶持与各部门的牵线搭桥，越来越多农民做出了新的尝试。在泰顺县百丈镇，陈碎章实现了从养殖户到来料加工厂老板的“华丽转身”；文成县最大的养猪大户张小新，一举关停了自家的养猪场，转而在云南开办800平方米生态养殖场，实现了“走出去养殖”。

生态补偿撬动了文成、泰顺两地村民的积极性。在依据生态资源布局产业发展的大局面前，他们走出了一条多元化发展的新路。

生态创建与生态产业为文成、泰顺发展注入强心剂。在青山绿水之间，架构起更多通往“金山银山”的现实路径。然而在“后发崛起”，真正融入温州大都市圈框架的诉求面前，补齐工业“短腿”的要求依然强烈。

“工业飞地”，跨行政区域构建工业基地，为文泰两县未来的工业发展提供了另一种全新的可能。

今年7月1日，《关于建立文泰“工业飞地”机制的试行意见》正式实施，温州经济技术开发区和瓯飞工程围垦区划出8966亩土地，作为文成、泰顺的“工业飞地”。

“工业飞地”采取委托开发的管理模式，由文泰两县作为“飞出地”，委托“飞入地”实施开发建设管理，即具体开发建设事务由“飞入地”负责，而文泰则在“飞地”设置联络处，在招商引资方面协助“飞入地”，同时那些无法在文泰两县实施的优质产业项目，也可以引到“飞地”实施。双方通过协同服务、税收分成等合作机制，实现互利共赢。

“建立‘工业飞地’机制，是为了完善重点生态功能区生态补偿机制，破解文成县和泰顺县工业发展空间制约，优化资源配置，缩小文泰两县与发达地区的差距，实现区域协调发展。”负责《试行意见》起草的温州市发展改革委国民经济综合处负责人说，同时，对于“飞入地”来说，既不影响自身产业布局和发展，还能形成“飞地”双方共同招商的良性竞争机制，拓宽招商渠道。

作为一种新型的“造血式”生态补偿，异地开发已经在浙江省以及全国一些地区取得了成功的实践。“这都为文泰‘工业飞地’发展提供了成功样本。”该负责人表示。

“输血”式的资金补偿及“造血”式的能力建设，使处于弱势状态的文、泰两县渐渐走出“能力贫困”。在寻求库区当地经济发展与水源地保护的“双赢”道路上，温州市已经迈出了一大步。

（原载于2014年《中国水利报》 曹铮）

杭州水权改革成功“破冰” 用户间取水权可市场价转让

杭州华旺新材料科技公司与青山湖蔬菜公司日前签订了用水户间的取水权转

让意向协议，标志着该市的水权改革成功“破冰”。

根据杭州市政府此前公布的《杭州市东苕溪流域水权制度改革试点方案》(以下简称“方案”)，在所辖的余杭区和临安市行政管辖范围内东苕溪流域试点生产用水的水权确权登记和交易，指标可跨区域转让，以促进水资源的优化配置、节约保护和高效利用。

杭州市发展改革委表示，2015 年起该市将对东苕溪流域沿线 119 家用水户逐一进行水权确权，核发水资源使用权证，实行区域用水总量目标控制和水量定额分配“双限”。

据了解，今后，东苕溪流域沿线新增的用水户凡超“双限”中的一个，取用水户将参照华旺和青蔬的转让模式，通过市场化机制获取水权。水权交易采取政府指导下的市场化运作方式进行，成交价格由市场供求关系决定。

（原载于 2015 年新华网　岳德亮）

浙江德清县：农水实施所有权抵押贷款

村里建设小水利项目，周转资金是个难题。但对于浙江省德清县下渚湖街道和睦村党支部书记、村股份经济合作社主任杨连方来说，这个难题已经解决了。

这一切，都要归功于村里的 8 座机埠。“多亏那个小红本本，解了我们村燃眉之急。”5 月 20 日，看到村账户上到账不久的 20 万元，杨连方开心地说：“今年村里小水利建设项目比较多，资金缺口大，有了这笔钱，开工就不愁了。”

老杨所说的“红本本”，就是抵押在德清农村商业银行三合支行的“德清农田水利设施所有权证”。德清县水利局有关负责人表示，这是湖州市首例实现农田水利设施所有权抵押贷款的成功案例，具有很好的示范意义。

据介绍，此次和睦村将村股份经济合作社拥有的陈家土斗等 8 座机埠的所有权证，抵押给德清农村商业银行，银行对 8 座机埠估价发放了 20 万元贷款，期限 1 年。

业内人士表示,和睦村农田水利设施不仅为全县农田水利设施“死产”变“活钱”开了先河，也为全国农田水利设施所有权抵押融资提供了实践经验。

去年德清被列为农田水利设施产权制度改革和创新运行管护机制国家试点县、小型水利工程建设与管理体制改革省级试点县后，在不到一年的时间里，德清走出了小型水利工程项目变资产、死产变活权、活权变活钱的改革路子。截至目前，德清县已领发所有权证 2274 本，除堤防工程以外，覆盖了大部分工程类型、行政区域。

在完成农田水利设施所有权确权颁证的基础上，德清又着手做好水利设施资产盘活文章，不仅出台了《德清县农田水利设施所有权和经营权抵押贷款实施办法》，还与县内 2 家银行签订了“两权”抵押融资的战略合作协议。和睦村正是这项改革的首个受益者。

原浙江省水利厅副巡视员、高级工程师蒋屏说，德清县以“发两证、建一市、活两权”等举措，实现了小型农田水利工程改革的五个突破，扭转了农田水利设施“有人建、有人用、无人管”的局面，改革成绩斐然，经验推广意义重大，真正发挥了“试点”的示范和导向作用。

（原载于 2016 年《中国水利报》 王力中　俞炳轩）

给中小河流堤防上保险

12 月初，浙江省三门县水利局收到了一笔来自中国人民财产保险股份有限公司三门支公司的 2 万元赔偿，这是该县水利局试水中小河流堤防保险以来的首笔赔偿金，也是该省首起成功理赔的河道堤防水毁理赔案件。这笔资金将用于受今年“莫兰蒂”台风影响而损毁的三门县白溪 1 号堰坝导水墙、亲水平台抛石、冲坑恢复等局部水毁修复工作。

长期以来，水毁工程修复是水利防灾减灾的重要工作。由于水毁资金补助周期相对较长，地方财政能力等因素，一些水毁工程不能得到及时修复，给下一步防汛减灾工作埋下隐患。位于浙江省沿海的三门县两手发力，在政府加大水毁补助的同时，借助市场的手，通过政府向商业保险公司购买服务的形式，为最易受灾的中小河流堤防上保险，有效增强了水利工程的风险保障能力。

水系发达　洪涝台旱潮危害严重

三门县位于浙江东部沿海，境内海岸线曲折，河网纵横交错，水位季节变化明显，形成暴涨暴落之势。受地理位置和气候条件影响，三门县东部地区沿海，极易遭受风暴潮侵袭；西部地区靠山，又容易受到山区短时强降雨影响。可以说，每年的汛期，三门县都是腹背受敌，是洪涝台旱潮危害严重的地区，全县水库山塘、海塘堤防、水闸等水利工程的防洪压力巨大。

另一方面，三门县水利工程面广量大，共有河道 1610 条，海塘 160 公里，水闸 230 座，水库 49 座，城乡集中式供水工程 495 处。每年汛期，三门的水利工程都会出现不同程度的损坏。据统计，2015 年汛期，共出现 231 处堤防、护岸等水利设施损坏，造成约 7000 万元的损失；今年汛期，共出现 47 处堤防损坏，造成约 1 000 万元的水利工程直接经济损失……

水毁工程年年有，水毁修复压力大。“省里下发的防汛补助资金，往往不够填补全面修复水毁工程的资金空缺，而且堤防中的堰坝、管涵、绿化、栏杆等附属物更是不在补助范围之内。”三门县水利局党组成员周继来告诉记者，“水毁修复，主要还是依靠地方财政。我们决定向商业保险公司购买服务，既是为中小河流堤防撑起一把‘保护伞’，也是出于减轻地方财政压力的考虑。”

补上缺口　减轻地方财政压力

白溪是三门县“五港八溪”主要水系中的一条，属于 2013—2015 年度中央中小河流治理项目。前年主汛期的一场洪水，将白溪一段刚刚建成还未验收的堰坝彻底冲毁，随之而来的是 70 万～ 80 万元的修复费用没有着落。按照规定，上级财政拨款只能用于堤防的修复，堰坝、管涵、绿化、栏杆等附属物并不在补助范围之内。

“况且，每年上级财政补助都远远低于水利工程的直接经济损失。以 2015 年为例，当年汛期三门县水利工程直接经济损失 7000 万元，但是省特大防汛补助资金只有 900 万元。”三门县水利局河道管理所副所长杨自强告诉记者，“最后还是依靠当地的地方财政帮助，才解决了白溪新建堰坝的修复问题，但是三门县一直是浙江财政相对困难县，地方财政压力很大。”

一边是刻不容缓的水毁工程修复，一边是“捉襟见肘”的财政补助。针对水毁修复中的难点，三门县水利局从邻县的海塘保险中得到了启发。“台州市的温岭市、玉环县等地很早就有为海塘购买保险服务的经验，这种风险转移模式给我们提供了灵感。”周继来说，在前期深入调查研究和讨论分析的基础上，三门县决定推行中小河流的地方保险工作。

2016 年 7 月 15 日，三门县中小河流堤防保险试行工作正式拉开帷幕。试点的 2 条中小河流堤防——亭旁溪王村至前楼段治理工程、白溪横渡段治理工程等均为 2013—2015 年度中小河流治理项目，这也是浙江省内首例河道堤防保险。

“双方约定，在投保期内，当投保堤防遭受台风或暴雨引起的洪水、泥石流、滑坡等自然灾害损失时，保险公司将按照修复损毁中小河流堤防所需的工程实际造价进行赔偿。”周继来说，“采用保险的形式，水毁资金将及时赔付，也能降低地方财政的压力，明年我们计划将堤防保险试点范围从今年的 2 条河道扩大到 6 条河道。”

风险转移　不断创新堤防管养模式

在今年的招标过程中，中国人民财产保险股份有限公司三门支公司脱颖而出，成为了三门县水利局堤防保险服务的供应商。

堤防保险协议约定，三门县水利局向人保财险三门支公司支付98600元的保险费，一旦堤防（包括堰坝、管涵、绿化、栏杆等附属物）受险，保险公司将按照修复损毁中小河流堤防所需的工程实际造价进行赔偿，每条最高可获得200万元的赔偿金额。

周继来告诉记者，水毁水利工程一般都是局部的，200万元的最高赔偿限额是比较合理的。他强调，水利局用来购买保险的这笔资金，来自于水利工程标准化管理养护经费的一部分，向保险公司购买服务，不仅是为堤防提供一顶“保护伞”，也是创新三门河流堤防管养的新模式，更是落实《关于深化水利改革的指导意见》，调动市场力量，提高风险保障能力的具体举措。

（原载于2016年《中国水利报》 郑盈盈　徐鹤群　杨自强）

浙江水利全面开启标准化管理新时代

到2017年年底，力争建立较为完善的水利工程标准化管理体系和运行管理机制；到2020年，力争全省大中型水利工程、装机容量1000千瓦以上水电站、小型水库的标准化管理合格率达到100%；“屋顶山塘”等其他重要小型水利工程基本达到标准化管理要求；条件较好的水利工程管理单位通过省级或国家级水利工程管理单位考核验收。

这是浙江省水利厅近期召开的全省水利工程标准化管理工作视频会上提出的目标。作为该省水利系统春节后召开的首个全省性会议，浙江把目光瞄准了“水利工程管理”这块短板，着手用标准化手段，破题“重建轻管”共性难题，计划用5年时间，建立起完善的水利工程标准化体系和运行管理机制。至此，浙江省成为全国水利系统首个提出全面实施水利工程标准化管理的省份。一条涉及浙江数十万座水利工程的标准化管理之路，已在浙江全面布局。

找短板　重建轻管　水利建设重任下的管理困局

长期以来，江河湖海俱备、洪涝台旱灾害频发的浙江，水利建设任务一直繁重。历经60多年努力，浙江水利攒下一份不小的“家业”。如今，浙江大地上分布着大小水库 4334 座，万立方米以上山塘 2 万余座，一线海塘、主要堤防 1.6 万余公里，水电站 3196 座，集中式农村供水工程 3 万余处……数量庞大的水利工程，一方面夯实着浙江经济社会发展基石，另一方面也面临着确保水利工程安全运行的压力。水利工程一旦出现安全问题，"水利"就有可能变成"水害"，甚至付出血的代价。

然而，区别于水利工程建设已经形成的完整体系，也区别于建设标准和规范在建设实践中得心应手的应用，水利工程管理缺少标准、规范。管理已成为水利改革发展中的短板，管理基础薄弱，方式粗放，责任主体不明确，主体责任不落实，管护经费不到位……这些问题不解决，水利工程安全隐患就难消除，水利工程效益就得不到保障。

"建好又没人管，建了等于白建。"一些基层水利人员感慨。如何让水利工程享年千岁，沐泽百代？浙江水利人在积极完成繁重水利建设任务的同时，上下求索。

寻良方　顺势而为　标准化是切实可行的路径选择

2015 年 5 月，习近平总书记在浙江调研期间，要求浙江省"更进一步、更快一步，继续发挥先行和示范作用"。2015 年 8 月，水利部部长陈雷在浙江调研时指出，浙江历来是出典型、出政策、出经验的地方，浙江水利要继续走在全国前列。

2015 年汛期结束后，新任浙江省水利厅厅长陈龙在总结防汛工作、梳理浙江水利短板后酝酿了"全面实施水利工程标准化管理"的最初设想。陈龙认为，浙江水利要继续走在前列，不但要在水利建设上继续保持强劲势头，也应在水利管理上提前谋划，探索经验。当前水利管理的困局，关键是缺少一个有效的抓手，而"标准化"是一条可行的路径选择。

事实上，标准化管理之路在浙江已有深厚的基础。浙江省委、省政府对标准化工作历来高度重视。2006 年，时任省委书记习近平作出重要批示："加强标准化工作，实施标准化战略，是一项重要和紧迫的任务，对经济社会发展具有长远的意义。"2007 年、2012 年、2014 年浙江省政府先后出台了《关于加强标准化工作的若干意见》等。浙江省同时结合治水战略，提出要按照山水林田湖是一个生命共同体的理念，着力构建科学合理、系统配套的"五水共治"标准体系。

标准化之于浙江水利也有一定的基础。早在 2003 年，浙江就发布了第一个水利地方标准《农田水利工程灌排渠用预制混凝土构件》。截至目前，浙江在水利领域已制定包括《农业用水定额》在内的 17 项省级地方标准。2011 年，浙江温州等地就开始推行水库、海塘、水闸规范化（达标）管理和农村水电站安全生产标准化建设，并通过温州市质监局出台了《中型水库工程运行管理规范》等4个地方标准。目前，该市已有26座水库、近150公里海塘和45座水闸实施了物业化管理。

这些探索和实践为全面推行水利工程标准化管理提供了基础条件。在此基础上全面开展水利工程标准化管理创建是顺势而为，是切实可行的。

全面实施水利工程标准化管理的设想也得到了浙江省委、省政府主要领导的高度重视。省委书记夏宝龙指出，这项工作非常重要，水利系统要认真抓好组织实施。省长李强专题批示，希望切实抓好这项工作，加快完善水利工程标准化管理体系，深化改革，落实责任，全面提升水利工程管理水平，让水利工程更好地造福人民。

陈龙强调，水利系统的首要任务是确保防汛安全特别是水利工程的安全，这是我们的重要职责。抓水利工程标准化管理的初衷，就是要通过规范各个管理环节，将水利工程运行事故发生率降到最低，让水利工程运行更加安全可靠，真正发挥效益，最大程度保障人民群众生命财产安全。

强布局　全面实施　重构水利工程管理系统

何为水利工程标准化管理？浙江省水利厅党组成员葛平安认为可以概括为七句话：制定完善工程管理标准，明确工程管护主体，界定工程管理范围，依标落实管理人员，足额保障管护经费，充分利用信息化手段，严格达标管理考核。

浙江水利工程标准化之路不是零敲碎打式的，而是全面整体推进；不是零星分散式的，而是整体系统布局。为启动这项庞大的系统工程，浙江省水利厅在顶层设计上下足了功夫。

2015年11月24日，浙江省副省长黄旭明在全省水利工作会议上，对全面实施水利工程标准化管理工作作了首次部署。

2015年12月8日，浙江省编委办批复同意，浙江省水利厅科技外事处更名为科技与标准化管理处，明确“组织拟订并监督实施水利行业技术标准、规程、规范，牵头论证、审核和实施水利工程管理、水资源管理、水域管理等标准”为机构的主要职能。

2016年1月15日，浙江省政府办公厅出台《关于全面推行水利工程标准化管理的意见》，就全面推行水利工程标准化管理工作进行部署。

2016年1月25日，由厅长任组长的浙江省水利厅全面推行水利工程标准化管理工作领导小组正式成立，领导小组下设办公室，从各处室单位抽调的人员春节前全部到位集中办公。

2016 年 1 月 29 日，浙江省水利厅出台《全面推进水利工程标准化管理实施方案（2016—2020 年）》，对工作作出具体部署。

2016 年 2 月 25 日，浙江省水利厅组织召开全省水利工程标准化管理工作视频会，对工作进行再动员、再部署。

2016 年 3 月 8 日，浙江省首批“水利工程标准化管理实施方案编制培训班”开班，各地水利干部职工接受专业培训。

湖州市政府已制定水利工程标准化管理工作实施意见；德清县把水利工程标准化管理工作列入县委、县政府对乡镇（街道）的考核范围，还安排了专项资金……短短几个月时间，浙江水利工程标准化工作已自上而下全面动起来。浙江的目标是要实现工程管理责任具体化，工程防汛和安全运行管理目标化，工程管理单位（岗位）人员定岗（编）化，工程运行管理经费预算化，工程管理设施设备完整化，工程日常监测检查规范化，工程维修养护常态化，运行管理人员岗位培训制度化，工程管理范围界定化，工程生态环境绿化美化，工程管理信息化。

为此，在浙江的布局中，研究构建符合浙江特色、科学有效、能落地实施的水利建设标准体系是其中的重点。浙江省水利厅正按照水库、山塘、海塘、堤防、水闸、泵站、大中型灌区、农村供水工程、水电站和水文测站等十种工程类型，制定集技术标准、管理标准和工作标准综合于一体的工程管理标准，并分批报省质量技术监督局，依法制定为地方标准。

浙江省水利厅同时要求各市县水利部门根据省级管理标准分批制定相关标准或实施细则，并组织水利工程管理单位或管理责任主体制定符合实际、通俗易懂、内容完备、易于操作的工程标准化管理手册。

解难题　梳理名录　不走新建管理机构老路

作为一项庞大的系统工程，全面推进水利工程标准化管理，真正扭转“重建轻管”顽疾，不可能一蹴而就。浙江省水利厅副巡视员潘田明认为，大中型水利工程基础较好，实现标准管理难度较小，而小型水利工程基础薄弱，实现难度不小。标准化管理的主要难度在于组织落实管理主体，确保标准执行到位。

为此，浙江要求各地先梳理名录，按照先大后小、先易后难、先重要后一般的原则，对辖区内的水利工程进行全面的排查和摸底，分类梳理确定纳入水利工程标准化管理名录的管理单位或管理责任主体。通过梳理工程名录，明确管理事权，落实管理划界，确定管理范围。

对尚未建立管理单位或尚未落实管理责任主体的，浙江将通过深化水利工程管理体制改革，因地制宜地采用“以大带小”“小小联合”“以点带片”“分片统管”

等工程管理模式或推行市场化、物业化管理方式，落实管理单位或管理责任主体，而不是走新建管理机构的老路。

“水利工程标准化管理必定依托信息化手段，实现管理方式的变革。”浙江省水利厅科技与标准化处处长施俊跃介绍，“浙江省水利厅还将统一建设水利工程标准化管理和监督服务平台，积极运用信息化手段，将水利工程管理目标、管理责任、安全评估、运行维护、监测检查、隐患治理、应急处置、教育培训、制度规范、监督考核等全过程实行标准化控制和网络化管理，实时掌握各类水利工程标准化管理的动态。”

“任何一个水利工程都是有生命的。作为一个生命体，水利工程在长期运行中会‘生病’，需要‘养生’和‘养护’。我们在全面推行水利工程标准化管理中，也将加强宣传，提高人们的认识。”施俊跃说。

（原载于2016年《中国水利报》 郑盈盈）

“河权到户”的丽水探索

——浙江丽水市推进河道经营管理权改革试点纪实

2016年新年伊始，浙江省丽水市试点“河权到户”的做法成功入选中国水利报“2015年全国十大基层治水经验”，并受到有关各方极大关注。试点推进现状如何？当地有何反响？“河权到户”能否在更大范围推广？带着一系列疑问，记者踏上了探访丽水之程。

“河权到户”的发端

丽水市地处浙江西南，“九山半水半分田”，被称为“浙江绿谷”；青山连绵，水系交错，河流众多，大小河道近万条，是浙江省水资源最丰富的地区。

丽水的山区性乡村河道面广量大，特别是河道的管理工作一直是块短板，不同程度存在“三无”现象（无管理人员、无管理经费、无管理制度）。这些河道常常成为垃圾河、废弃农产品的集散地、非法采砂的重灾区。

从2014年开始，浙江省“五水共治”战略强势推进，丽水治水更是取得了显著成效。如何巩固治水成效，寻求一种长效管理机制，让河道真正管得下去，成为丽水市水利局局长饶鸿来思考最多的问题之一。“习近平总书记说山水林田湖是一个生命共同体。水和林业、土地一样都是自然资源，既然林权可以改革包产到户，河道又为何不可‘包河到户’呢？”饶鸿来从丽水市风生水起的“林权到户”改革中得到了启发。

饶鸿来的最初设想，得到了正在丽水市水利局挂职的青田县章村乡女乡长刘丽梅的共鸣。两人一拍即合，决定在章村乡先行试点。

章村乡的试点

章村乡位于著名侨乡青田县的西北部，全乡有大小河道 21 条，都属于典型的山区性河道。这里的老百姓大多依山傍水，沿河而居。

随着经济的发展，乡内河道“毒、电、炸”现象猖獗，渔业资源萎缩，河道保洁“压力山大”……河道管理，成为乡干部的心病。如今，随着“河权到户”改革的先行试点，章村乡已经有了公司承包、股份制承包、合作制承包、个人承包等多种模式的实践，其本质都是将河道经营管理权承包给法人或自然人。

章村乡章村港吴村河段，是首批实施承包管理的河段。虽然下着大雨，但是记者看到吴村河段河面整洁，有几艘休闲游船靠在岸边。河道上新建的景观跌水浪花飞溅，河岸护坡已经用天然鹅卵石整治一新，河岸边一些旅游休闲设施正在施工。

章村乡曾分管水利的乡干部陈一媚向记者介绍，这段河原来可不是今天的模样，河道里全是垃圾，请人保洁不光花钱，还达不到满意的效果。

让这段河焕然一新的是河边“承包河段公示牌”上公示的承包人王福庭。这位原来在温州泰顺开发小水电的吴村村民，听说家乡的河道可以承包了，就和几个一同在外做生意的同村年轻人合伙创立了青田县君旺农业开发有限公司，并通过村民代表大会表决承包了该村 3 公里的河段。

说起为何要回家包河，王福庭告诉记者：“长年在外经商，看到很多地方依靠家乡河道经营农家乐等项目发展起来了，想着自己也可以回家把家里的河道搞好，既为家乡做贡献，又是做朝阳项目能赚点钱。”如今，公司股东有 15 人，村里每个人也都入了股。公司还专门雇了 5 个人负责河道保洁等日常管理工作。5 月 7 日该段河道还举办了垂钓节，正式营业。

在吴村河段上游的黄肚村，从非洲安哥拉回来的华侨汤良贵也在去年 10 月出资 4 万元，从村里老人协会转包了该村河道的经营权。目前，汤良贵和合伙的村民已经投资 100 万元，用于河道整治和农家乐开发建设等。说起这半年的变化，村民的直接感受是“河道的野生石斑鱼明显多了起来”。

类似承包的案例还有很多，但是不论哪种模式，都必须遵守“生态优先”的原则。丽水市在承包合同上明确了承包方的义务和职责：承包人对河道有水产养殖的权利，也有卫生保洁的义务；承包人不得在河道投放饲料，不得大规模养殖畜禽；每年 3—6 月为禁渔期，承包人不得在禁渔期内捕捞；在捕捞时严禁使用电鱼、毒鱼等非法手段……

承包时要按照“政府调研和动员、召开村级两委会议、召开村民代表会议、公开报名和招标、中标公示和签订合同、后续管理”六个流程进行。当地村委会和乡政府对承包人负有监督的职责，承包人向政府上缴履约保证金，一旦违约，需要承担相应的责任。

承包人的账本

2016 年 4 月 15 日下午，记者在采访中见证了青田县章村乡上寮村老农夏启标与市水利局局长饶鸿来的亲密握手。

老夏说，承包前，毒鱼、电鱼现象很多，河里都没什么鱼了。去年 4 月起他们六个合伙人以每年 1 万元的租金承包河道后，一边顾着家里的农活，一边轮流为河道保洁，看护河道，防止有人毒鱼、电鱼、炸鱼。除去 3 个月的禁渔期，目前已经有了 1.6 万元的卖鱼收入，以后等鱼多了，收入可能还会增加。这项改革给他带来了实实在在的效益。

尝到改革甜头的还有青田县方山乡石前村的林军勇。这位照相馆老板，从去年开始就向乡里承包了该乡的河道型水库——奇艺水库水面，并雇专人负责水库保洁和管理。方山乡是中国田鱼之乡，其稻鱼共生系统被联合国确定为全球重要农业文化遗产，驰名中外。由于知名度较高，这里的田鱼价格 30 ~ 50 元一斤，田鱼干更是高达上百元一斤。林军勇去年投放了 10 多万元的鱼苗，预计今年年底几个股东每人可以分红 2 万～ 3 万元。

方山乡党委书记叶永军告诉记者，奇艺水库原先处于权属不清的“三不管”状态，每当暴雨洪水过后，水库上漂浮的全是垃圾，是乡里的一块心病；2014 年，浙江省开展“五水共治”，乡里对水库进行了一次彻底清理。现在对河道和水库实施公开招标承包，进一步巩固治水成果。承包方每年上缴租金 1 万元，保障河道水库保洁，同时这笔钱又可用于乡里其他没有承包的小河道的保洁，实现“以河养河”。

事实上，这项改革对乡政府、承包户以及村民来说是多赢的。在这项改革中，政府可以减少卫生保洁和河道管理费用支出，村集体可以有一定的收益，村民可以按股分红，承包户通过养殖和发展垂钓等经营活动获得收入。以章村乡为例，通过对流域内一半以上河道经营权的出让，河道承包总租金超过 50 万元，每年可节省保洁经费和河道管理费 10 多万元。

河海大学教授黄健元开展的“丽水市山区性河道资源经营及管理研究”课题认为，丽水的“河权到户”改革“有利于增加居民的收入，有利于环境保护与污染治理，有利于遏制河道侵占行为，有利于规避安全隐患，有利于水田、河道资源组合利用，有利于调动群众参与积极性以及社会融合的促进”。

面上推广的可能

“还想继续包下去。”当问及五年承包到期后的打算时，林军勇态度十分肯定。作为“第一批吃螃蟹的人”，他关心的是这个政策能否延续，中长期投资能否得到回报。

面上能否推广？丽水市原市委常委、常务副市长吕子春认为，丽水水利近年来改革亮点纷呈，其中最应该全面推广的就是“河权到户”。

到目前为止，在青田县章村乡试点的基础上，丽水市试点河段总数已扩大到50条，覆盖了丽水境内所有的县（市、区）。下一步，丽水市将遵循“生态优先、因地制宜、有序推进”的原则，持续开展河道管理经营权改革试点，在总结试点经验的基础上全面推广。

“目前，面上推广最大的难点是如何在保护河道的同时找到承包户的赢利点。”丽水市水利局河道处处长陈国平告诉记者，“从目前的试点情况看最容易推广的是大小适中的山区性河道，承包户直接从渔业收入中就能得到回报。针对山区性的小河道甚至是几乎不见水的高海拔荒沟，我们也积极开展赠送石蛙苗等服务，引导开展经济价值较高的天然养殖项目。”

饶鸿来表示，丽水市将在“河长制”的基础上，继续探索创新小型河湖管护机制，全面推广河道资源经营管理体制改革，推进河湖末端产权化，将河道的所有权、管理权和经营承包权分离，制定《丽水市河道资源管理改革实施办法》。到2020年，全市的中小河流将全面实施“河权到户”。

破解河道上的“公地悲剧”

孟子曰：“无恒产而有恒心者，惟士为能。若民，则无恒产，因无恒心。”对所有权归于国家、属于全民的水流（河道）而言，何尝不是如此？广大农村房前屋后的溪流，乃至穿村而过的河道、水库，属于“公家”，虽然人人离不开，但是人人不爱惜。倾倒垃圾、偷排污水、无序采砂、偷毒炸鱼等现象，比比皆是，“破窗现象”屡见不鲜，“公地悲剧”到处上演。各级政府不得不花费大量人力财力进行管理，但是广大乡村河流纵横，鞭长莫及，管理者头疼医头脚疼医脚，或者管得了一时顾不了长远，效果不尽如人意。

适合生产力的生产关系促进生产力的发展，不适合生产力的生产关系阻碍生产力的发展；生产关系反作用于生产力的性质取决于它是否适合生产力。丽水市"河权到户"的改革，从某种意义上讲是河道管理"生产关系"的变革，也是当地政府在充分发挥政府职能的同时，引入市场竞争机制，注重激活社会力量、彰显公民作用，提高国家治理能力的生动实践。

据报道，"家庭承包河流制"起源于德国，并在德国河流修复与保护中发挥了重要作用，我国云南洱海等地也有一些探索和实践。但是不同于德国和洱海的"家庭承包河流制"，丽水的"河权到户"改革更加彰显市场的作用，政府不但不用出钱请人包河保洁，反而可以利用河道现有水产资源和潜在开发价值，从竞争性承包招标中有所收益，从而建立起了"以河养河"的长效管护机制。

诚然，目前丽水的试点多是在"经营价值"比较高的河段开展的；长远来看，不管一条河道水多水少，鱼多鱼少，不管它表面上看起来多么"不值钱"，经营上多么困难，只要把资源经营权等责权利绑在一起明确到人，就能在群众中激发出超乎想象的智慧，从而把河道管得更好。

丽水市在山区性河道资源经营管理改革试点中注重程序合法而严密，配合开展了专项政策研究，并得出两条经验：加快所有权、管理权和经营权分离并确权，是机制创新的根本前提；明确各相关主体的权利与义务，是理顺承包经营权权属关系、规避资源权属纠纷的重要保障。他们的探索难能可贵，他们的经验弥足珍贵。

无恒产者无恒心，有恒产者有恒心。丽水"河权到户"的做法仅仅是从产权制度入手调整了一下"生产关系"，使一部分人有了"恒产"（经营权），就契合了大众心理，堵住了河流上的"破窗"，给河道管理带来了生动活泼的局面，可谓"四两拨千斤"。他们的改革勇气、工作智慧和实践经验，值得各地结合自己的实际学习借鉴。

（原载于2016年《中国水利报》　郑盈盈　张卫东）

我省首个水库PPP项目签约

7月12日上午，我省首个采用PPP模式建造的水库工程——龙游高坪桥水库举行PPP项目框架协议签约仪式。这意味着，龙游县政府与社会资本方省水利水电勘测设计院和中国水电十二局达成PPP项目合作，并开启长达18年的合作期。

高坪桥水库工程位于龙游县衢江支流社阳溪，水库总库容3206万立方米，属中型水库，水库建设事关40多万龙游百姓的饮水问题，是我省"五水共治"保供水重大水利项目，工程总投资9.05亿元。

为缓解资金压力，龙游县决定采取PPP模式，通过外部"输血"，实现内部

"造血"，加快基础设施建设，提高公共服务效率。通过招投标程序，省水利水电勘测设计院和中国水电十二局成为社会资本方。根据双方约定，9.05 亿元总投资中，2.5 亿元为各级财政补助资金，其余 6.55 亿元由社会资本方出资。双方将共同组建高坪桥水库管理运营公司，建设管理高坪桥水库，省水利水电勘测设计院占股 90% 为大股东。

高坪桥水库是我省第一个开展 PPP 合作的新建水库项目，对全省水利投融资体制机制创新、水利工程管理体制创新，具有十分重要的意义。省水利厅有关负责人表示，去年 11 月，我省取消了水利建设基金，水利建设资金压力较大。今年以来，省水利厅加大水利投融资改革创新，不断推进 PPP 等融资模式探索，为水利建设资金找来路。

（原载于 2017 年浙江在线　翁杰　郑盈盈）

最多跑一次：浙江水行政审批跑出便民新速度

"最多跑一次"成为 2017 年浙江改革的"高频词"。

从群众最渴望解决、最难办的事情上改起，"到 2017 年年底确保实现'最多跑一次'覆盖 80% 左右的行政事项，基本实现群众和企业到政府办事'最多跑一次是原则，跑多次是例外'。"省委书记车俊的庄重承诺，体现了浙江省党委政府的责任担当，表达了浙江"打造审批事项最少、办事效率最高、政务环境最优、群众获得感最强省份"的决心。

在衢州市行政服务中心法人事项办理大厅，原本需要跑十几趟至少 20 多个工作日才能办理好的生产建设项目水土保持方案审批，现在只要材料齐全就可在一个窗口一次办结，行政服务中心全流程跨部门协调、分类、转交、办理，并借助快递等服务，让群众真正实现"最多跑一次"。

"最多跑一次"改革在浙江全省纵深推进，势如破竹。浙江水利系统以创新和实干为底色，以密集的部署鼓点、紧凑的行动节奏，简政放权，放管结合，优化服务，展现了权力"减法"、服务"加法"、激发市场"乘法"的负责任姿态，跑出水利改革加速度，换来群众的好口碑、企业的好体验、发展的好环境。

梳理事项清单　明确办事指南　以人民为中心推动改革再出发

以 1999 年全国首家行政服务中心在上虞市成立为标志，浙江在全国率先启动行政审批制度改革。2014 年，浙江以政府权力清单、责任清单、负面清单、省级部门专项资金管理清单，以及政务服务网建设的“四张清单一张网”为抓手，撬动重点领域、重点环节改革。

在过去几轮简政放权中，浙江实现了从规范政府自身行为的问题导向出发寻求突破。“最多跑一次”改革的刚性承诺，则更加突出用户导向，政府发挥为民服务、转变职能、提升效能的积极作为，群众成为改革的监督者、评判者、推动者。

“一窗受理，集成服务”正是基于这样的理念提出，群众来办事，只需将材料提交给综合窗口即可，由行政服务中心进行全流程协调，按责转办。浙江为此对涉及全省 57 个部门的 1270 多个办事项目进行了重新梳理，一件一件制定综合受理清单和具体办事流程，目的很明确：统一规则，为办事减负。

“水利行业‘最多跑一次’改革不同于其他行业，技术性、专业性强，权力清单梳理难度更大。”浙江省水利厅水政处处长钱燮铭说。

浙江省水利厅成立由厅长任组长的加快推进“最多跑一次”改革工作实施小组，今年 3 月出台改革实施意见，经过三轮梳理、比对、调整等工作，全省水利系统权力事项由 112 项调整为 34 项，并从可研阶段、立项阶段、初设阶段、开工、建设过程管理、移交、工程运行管理与行业日常管理分步骤明确流程，形成布局清晰的权力事项框架图。

根据权力事项的调整，省水利厅对群众和企业到水利部门办事事项指导目录进行了 4 个轮次的整理，最终明确 26 项办事事项。各地根据省水利厅的事项调整，从精简申报材料、明确容缺情形、优化办事流程、缩短办事期限等方面，进一步修编办事指南。

在各地的实践中，市县水利行政审批和服务事项已基本实现全部进驻各级行政服务中心。各地通过水利局领导班子成员到办事窗口坐班服务、换位体验，及时了解掌握各事项办理情况，为群众和企业办事查漏补缺，进一步优化办事效率和服务水平。

浙江省水利厅为全省各地水利部门跑出改革加速度，进一步下放取水许可权限，省级开发建设项目水土保持方案许可仅保留了涉及国家、省水土流失重点预防区与重点治理区，且占地面积超过 50 公顷或挖填土石方超过 50 万立方米的项目。

目前，到省水利厅办事可实现“最多跑一次”事项 23 项，其中权力事项 20 项，超过了省政府确定的“力争覆盖 80% 左右行政权力事项”的要求。改革后，合计减少申报材料 79 件，缩短办理时间 225 天；除 3 项不适宜网上申报事项外，所有办事事项 100% 在浙江政务服务网上办理，全年 2222 件办理事项群众满意率达到 100%。

在水利系统标准化建设的背景下，省水利厅将编制适用全省的标准化办事指南，形成内容完整、要素规范、上下统一的全省水利系统标准的“最多跑一次”事项体系。

重塑行政后台　优化管理流程　全力打造行政审批“高速通道”

在温州市苍南县循环经济小微企业创业园，13 家拟入园的企业犯了难。按照惯例，申办水保、环评审批手续，各家企业需要分别向水利、环保部门提交总计超过 100 份的申请材料，加上现场踏勘，项目的审批时长一般不少于 130 个工作日。

实际办理过程中，13 家入园企业仅需通过网络联合提交一份申请文件和水保环评报告，除去法定公示时间，从申请到办结只要 2 天，原本预计申请 26 次以上办理的事情现在“一次不跑”。

“我们与县环保局建立联合评估制度，创新试行区域水保环评联审改革，实现了一本报告、一次评审、一次审批，为企业办事节省了大把时间。”苍南县水利局局长蒋挺介绍道。

浙江省各级水利部门推广企业投资项目高效审批制度，建立“多图联审、多评合一、联合验收”工作机制，并推行全程代办制，作为实现“最多跑一次”的兜底保障机制。

投资项目审批历来是企业关注的改革热点。浙江省部分市县级水利部门勇于打破体制障碍，重塑行政后台。苍南县把原本分散的行政许可、规划审查、规费征收等所有审批事项及相关公共服务事项统一归集，组建跨科室的行政审批科，实现“一科集成审批”；衢州市成立跨部门的审批服务专家库，确定固定评审时间，相关部门负责人及技术专家优先保障评审工作。

“前些天，我到市行政服务中心办理水土保持方案行政许可决定书，忘带了一点资料。本想着得再跑几趟，没想到工作人员先受理，允许我事后补齐。”张贯中是一家企业的工作人员，体验过东阳市水务局“容缺受理”制度后的他，对“最多跑一次”改革成果赞不绝口。

浙江各级水利部门探索实行“容缺受理”，推出企业投资承诺制，次要材料事后补，试行模拟审批，打破前后置难题。逐步建立起“政府定标准、企业作承诺、过程强监管、失信有惩戒、提速优服务”的新型企业投资项目管理模式。

政府审批提速，倒逼中介服务加速。金华市打造“市县一体”中介网上超市，对中介机构服务水平、成果编制质量实行考评和公示制度，督促中介机构实现关键项目技术成果及时审核、修改和完善，缩短项目落地时间。

攻坚提速项目审批进程，审批后的项目如何监管？全省各级水利部门按照“双随机一公开”要求，建立双随机抽查对象库和执法检查人员名录库，制定抽查事项清单，抽查结果在各级水利部门网站公开，确保了批后监管的有效落地。嘉兴市更是探索审批与监管部门分离的合理化模式，确保行政管理不越位、不错位、不缺位。

如今，浙江变部门审批“接力跑”为“同时跑”，变“企业跑”为“政府跑、中介跑、数据跑”，全力打造一条水利投资项目审批的“高速通道”。

从“跑多次”到“最多跑一次”，不是简单的量变，其带来的是权力运行从处科股的“小循环”变成了部门内部的“中循环”、跨部门的“大循环”，机关效能得到全面提升，部门职责关系全面理顺，浙江为深化机构改革提供了有益的基层探索。

攻克堵点痛点　打破信息孤岛　合作共享广度深度尚需突破

浙江“最多跑一次”改革已近一年的时间，目前进入了“坚冰区”和“深水区”，面临的是更难啃的“硬骨头”和群众日益高涨的期待。

浙江省公路、铁路建设进度快，这些线性工程建设往往涉及涉河涉堤（占用水域）和水土保持方案审批内容，涉河涉堤还需要沿线市县水利部门的审批，部门内部分层级联审、跨部门联审考验着政府部门的智慧。

“多部门、多层级办理的事项要作为‘一件事’标准来办理，省水利厅正在探索研究‘提前介入、主动对接、一并告知、跟踪服务、联合踏勘、综合审查’的新机制。”钱燮铭说，省水利厅工作人员现已实现通过QQ工作群加强了与交通等部门的沟通协调，还在商讨建立联席会议等制度。

“最多跑一次”改革的最理想状态是，群众不跑，政府不跑，让数据跑路。

涉河涉堤项目审批需要跨科室复核大量数据信息，耗时耗力。然而，苍南县水利局审批科科长龚裕院只需在“水域一图”管理信息系统上轻松一点，通过“一图”数据共享、简单比对，就能大致了解项目是否符合规划、项目区现状、能不能审批等情况，仅需1天左右，简单事项甚至10多分钟就能完成相关工作。

“苍南县‘一图’管理信息系统整合了全县河道、山塘水库、池塘水域数据，提取了近25年来的水利审批档案信息，还收录了相关规划方案和监管内容，实现了内部水利数据共享，智能管理，打通了水利信息孤岛。”温州市水利局总工陈木永说。

打破信息孤岛，这只是开始。浙江省政府更是基于全省政务大数据平台，向各级政府机关、行政服务中心开放了29个省级部门2600余个公共数据项目的共享权限，从而打破省级部门信息孤岛。

浙江省水利厅加快数据整合步伐，对水利数据仓进行优化充实，制定数据共享改革计划图，目前已将水利工程建设从业人员资格认定等高频办事事项导入数据仓，并探索建立可视化数据管理功能、对外数据服务功能。

“省、市、县三级数据目前还未联通，行政审批过程中相关信息一次生成、多方复用、一库管理、互认共享机制还要进一步提升。”钱燮铭直指问题核心。

电子化归档是浙江“最多跑一次”改革的重要支撑，各地水利部门都在大力推进受理材料电子化和审批在线化，努力实现数据资源多渠道、多方式共享利用，将权力装进可追溯的数据笼子里。

“政务服务网如果可以实现对审批机构权限的进一步放开，使现场踏勘论证等内容及时补充上传，那么可以在更广的领域中创新数据价值。”衢州市水利局审批处处长陆路表达了基层工作人员的迫切期望。

“最多跑一次”改革是一项基础性、联动式的重大创新。尽管在改革征途中还存在着尚未疏通的梗阻，但值得肯定的是，浙江水行政审批实现了从服务界面到技术支持到制度保障的全方位改革，从人民需求出发，政府内部的流程优化、信息共享和力量整合得以实现，让百姓得到便利，让市场更有活力，也让政府变得更为高效，“最多跑一次”改革实现了三方共赢。

（原载于2017年《中国水利报》　周妍　郑盈盈　徐鹤群）

浙江首批22本水权证发出　临安率先成功试点制度性山塘水库水权交易

12月12日下午，在杭州市临安区板桥镇上田村，全省首批22本水权证正式发出。与此同时，东天目村、亭口村分别与一家企业达成山塘使用权转让协议。作为全省第一批确权登记后的水权交易，这两份协议也标志着临安在全省率先成功试点制度性的山塘水库水权交易。

所谓水权，就是水资源的使用权，即在一定期限内所拥有的水资源使用、转让、收益等权利。临安区水利水电局有关负责人说，许多农村山塘水库除部分用于农业灌溉和生活用水外，多数时间处于闲置状态，而管护成本却不低。临安作为水权改革试点区，4年来不断探索如何盘活“沉睡”水资源并将其推向市场。

作为此次签约权属出让方之一，东天目村百姓对水权交易期盼已久。村支书朱章平说，村里的梅家坞山塘库容达8万多立方米，远超村民用水所需。之前，村集体也试着和村里的农家乐业主签订用水协议，但“那种简单协议不具法律效力，双方利益都难以保障，难以持久”。

激活“一塘山水”，明确权属关系是前提。临安率先制定《临安区农村集体经济水资源使用权确权登记管理办法》，明确确权的主体为村集体。截至目前，临安已累计完成22座农村集体经济所有的山塘水库水资源所有权确权登记，梅家坞山塘便是其中之一。

12日下午，随着协议签订，临安区农村水务资产经营有限公司正式获得梅家坞山塘的部分使用权。公司有关负责人表示，梅家坞山塘水资源使用量共计54.06万立方米，此次他们受让了25.55万立方米水资源的使用权。梅家坞山塘水资源的评估单价为每立方米0.23元，年保底价为58765元。往后，梅家坞山塘的水除了保障本村使用，还将供应南庄村、上阳村。

通过赋权、活权，临安拓展了山塘水库的权能。“水域和水面的使用也首次纳入水权交易范围。”杭州市林水局有关负责人介绍，此次杭州金坞里休闲农业开发公司和亭口村签订的金坞山塘水权转让协议，将挖掘旅游价值。根据协议，亭口村村集体每年将获得承包租金77868元,3年后开发公司再支付红利的2%(保底5万元)。

“像临安这样制度较齐全、程序较规范、合法合规的水权交易，在全省尚属首例。”省水利厅有关负责人表示，临安山塘水库水资源使用权改革已探索出包括确权、赋权、活权、保权在内的一整套做法，推广这些做法将唤醒全省数以万计的山塘水库资源。

（原载于2018年浙江在线　翁杰　钱祎　徐志刚　张伟星　严妹）

宁波创新水利建设第三方担保机制　一张保单释放亿元水利保证金

项目保证金数额大、返还周期长，一直让中小企业苦恼不已。为破解这一难题，今年以来宁波在全国率先创新水利工程建设企业第三方担保机制，即企业凭一张保险公司的保单，就能免除数额庞大的水利工程建设保证金。

“水利工程往往造价不菲，而四类保证金就高达工程造价的约9%，使得企业资金压力高企。”宁波市水利局负责人介绍。为此，宁波市发展改革委、水利局等5个部门联合印发了《宁波市水利建设工程担保管理办法》(以下简称《管理办法》)，推出“政府引导、商业运作、自愿投保”的水利建设工程担保模式，减轻实体经济负担，释放企业现金流。

在镇海城区，姚江二通道（慈江）工程二标段正在加紧建设，负责工程的是浙江正邦水电建设有限公司。以往这时候，项目经理贺志贞少不了为项目资金的事烦心。可如今，他凭着第三方担保机制，用一张由太平洋保险开具的保单一下子释放了数百万元资金，省下了大量的融资成本。

贺志贞算了笔账：工程造价 5800 万元，单单建设合同履约保证金、建设工程质量保证金、民工工资支付保证金就高达 406 万元。“按照规定，这些保证金要在工程完工一年后才能返还给企业。”他说，这个工程工期长达 18 个月，也就意味着这 406 万元要在银行沉睡两年半之久。

为正邦开具保单的太平洋保险宁波分公司有关负责人介绍，根据《管理办法》，他们会对水利工程建设公司进行信用评估，以此确定是否给予担保以及保费的高低，“我们开具保单后，担保责任将涵盖从施工工程招标至工程竣工、缺陷责任期结束的全周期。”

自去年 11 月推出第三方担保以来，宁波各地积极开展了包括工程投标保证金、建设合同履约保证金、建设工程质量保证金等 3 个具体担保管理，已完成 400 余单此类保证金业务，共为 100 余家水利项目施工企业释放现金流 1.5 亿元，节省运营成本近千万元。

（原载于 2018 年浙江在线　翁杰　梅林蓉）

1000万元保费撬动3亿元水利修复资金
温州为全市千里堤防投保

6 月 20 日，浙江入梅，迎来了主汛期，万里堤防面临新的考验。一旦出现灾情，如何确保水毁堤防能够及时修复，一直是摆在各地水利部门面前的难题。

如今，温州创新堤防灾害风险防控改革，破解过去因财政经费拨付不及时、金额不足导致堤防难以修补的困境。今年入汛不久，温州水利局就与人保财险温州市分公司、人寿财险温州中心支公司等两家保险公司共同组成的承保机构签订协议，用 1000 万元保费为温州全市范围内 1234 公里 3 至 5 级堤防上保险。这样一来，一旦发生灾情温州水利部门可在灾后最多获赔 3 亿元水利修复资金。

千里堤防集体投保

破题沿海堤防灾害风险防控一直是温州水利改革的重点。数据显示，2007 至 2016 年期间，共有 10 个台风登陆或严重影响温州，当地累计投入水毁水利工程修复资金 4.86 亿元，其中一半以上水毁水利工程为堤防损失，且多集中在 3 级以下堤防。

“过去10年，温州每年安排500万元，水毁工程修复资金完全依靠于此笔资金。”温州市防办主任黄凡说，实践表明，这样的预算安排，直接造成“平安年份资金结余、大灾年份资金不够”。

在省水利厅有关负责人看来，此次温州引入保险机制，可以将不固定的灾害分散支出转化为可预算安排的固定保险费支出，分担和转移政府风险。

温州的水利堤防投保并非全省首创，此前各地也有不少尝试。“之前，一些地方对于堤防保险的探索，大多是头痛医头、脚痛医脚，哪里最容易发生灾害就投保哪里。”省水利厅有关负责人分析，但这样的运作方式，保险公司显然不愿意。因为和其他政策性保险相比，水利工程的保险具有高风险性、高赔付率和高亏损率的特点。

针对此，温州创新采用了全市统一投保的方式，用“全市一盘棋”来贴补部分重点受灾点，分散灾害风险。即温州全市11个县（市、区）和1个市级功能区打包为一个招标人，由温州市水利局统一招标后，各级水利部门与对应的保险公司签订协议。

今年，温州全市防汛防台抗旱应急经费从500万元增加至1000万元，这笔钱被用作全市1234公里3至5级堤防的保费。黄凡给记者算了一笔账：按照双方约定的赔偿标准，投保的堤防设施出险后，每次事故赔偿上限为每县（市、区）每年保费的20倍，全年累计赔偿额度为总保费的30倍。这意味着，可以实现用1000万元资金撬动3亿元的堤防修复资金大杠杆。

快速理赔减少风险

“如果今年再有水毁工程，保险公司的赔付资金第一时间就会到账，我们立马就能动手修复。”眼看着就要入梅，鹿城区防办主任林峰心里比以往都更有底了。

前两年，受台风“莫兰蒂”“鲇鱼”影响，温州市鹿城区玉林溪共有1.7公里堤防遭到破坏。林峰介绍，一直到当年12月底，财政资金到位后，这些受损堤防才开始动工修复。

玉林溪水毁工程的情况并非个例。按照惯例，堤防修复补助资金下达要经历逐级上报、审核、审批、下拨等多个程序，时间在2至3个月不等。“可汛期台风一个接一个，时间不等人啊！”林峰感叹道，堤防的修复提早一天开始，就意味着多一天的保障。一旦有受损还没来得及修复便又经历新一轮损坏，灾区往往措手不及。

时间就是保障！明确了这一目标，温州在改革中探索建立了“应急抢修快速赔偿”“重大灾害预付赔款”机制和“保险快速定损赔付模型”，改变了目前国内保险行业的理赔流程和周期，从损失必须修复后再提供资料进行理赔核损和赔付，向先抢险抢修、可预付部分保险赔款的机制转变，创新性地解决了修复资金不能及时到位的难题，实现了 5 至 7 天内修复资金快速到位。

早在今年年初，温州市水利局便要求各地开展水利普查和内部灾毁统计，同时聘请了保险顾问公司，建立了以各县（市、区）为独立“堤防圈”的损失模型，并将堤防进行了结构性划分，确定了每一个单项的金额。只要抢险过程中有人拍照、录像等留下影像资料即可获得正常的赔付。为了在最短时间内实现水毁堤防工程的快速修复，保险公司还将预付款部分的最高比例提高至 70%。

今年，鹿城区玉林溪整段长达 2.5 公里的堤防都被列入市堤防保险项目中。林峰说，这一改革带来的最大便利就是修复资金到账更快了。“有了现在这个机制，我们可以在最短时间内完成受损堤防修复工作，在连续性灾害中有效防止灾情扩大，保护人民生命财产安全。”

“多重保险”意在双赢

堤防投了保，工程安全与否直接关系保险公司效益。就在今年汛前，一支由人保财险温州分公司聘请的专业第三方检测机构在温州全市各条投保的堤防上开展巡查。

“通过信息化和物联网建设，他们提供灾前防灾检查和风险预警。”人保财险温州分公司副总经理郑忠勇说，为了尽量避免出险，他们会对堤防的“健康状况”实行再监控，实现风险管理服务前置以及堤防安全动态监测。

政府为堤防“上保险”，还多了一层“保护罩”。在黄凡看来，保险公司参与和监督投保堤防的运行管护工作，将进一步提升工程安全监测、日常检查、维修养护、事故处理报告等管理监督水平，实现对隐患的“防”和“控”。这是双方在合作的终极目标上达成的共识。

“水利工程管理点多、面广、专业性强，但是一直存在管理人员素质不高、人员不足等难题。”省水利厅有关负责人表示，购买堤防保险的机制，会倒逼保险公司主动参与和监督堤防的运行管护工作，作为水利工程管理维护的有效补充，将会成为市场经济条件下政府风险管理的重要手段。

工程管理得越好，出险概率就会相对降低。据了解，温州此次水利保险的双方还约定，从保费中拿出不低于 4% 的资金成立堤防防灾防损基金，用于提供该项目的防灾防损服务。

6 月 20 日，浙江全省进入梅汛期，水利工程灾害风险防控的温州模式效果究竟如何，将迎来实践检验。本报也将对温州此次试水堤防灾害风险防控改革模式进行持续关注。

（原载于2018年《浙江日报》 翁杰 郑盈盈 徐鹤群）

门前小溪能贷款

——全国首笔“河权贷”在浙江青田县发放

“今天，我们顺利拿到了银行贷款20万元，既能改善河湖生态，还让村民富起来了。”10月27日上午，浙江省丽水市青田县举行“河权贷”发放仪式，章村乡吴村村通过抵押本村河段水流自然资源确权登记证书，顺利拿到银行贷款20万元，用于村内河道清水鱼养殖及生态养护。

门前小溪能贷款

“乡里8个村子的村民基本都是沿水而居，如何让河湖资源富民利民，壮大村集体经济，是我们一直在思考的问题。”章村乡乡长李剑鸣说，章村乡地处青田西北部，地处山区，有着丰富的生态资源，但各项基础设施建设非常薄弱，村民收入十分有限。

“河权改革”给章村乡带来了新的机会。青田县借“五水共治”东风，大胆创新，在全国率先探索河道经营权改革，以章村乡为先行试点，实施“包河到户，以河养河”。这一做法被评为2015年全国十大基层治水经验之一，也让当地老百姓真正尝到了“河权改革”带来的甜头。

“3年来，沿岸8个村累计获得承包收入48万元左右，其中，吴村村获得承包收入15.2万元。”据李剑鸣介绍，乡政府和村委通过对各河道资源条件评估、可能盈利情况调查后，确定有吸引力的发标价，制订承包方案，对外公开招标投标。承包期最短2年，最长15年；年租金最少600元，最多达1.53万元。

“‘河权改革’既节省保洁经费、渔业巡逻管理费支出，还能通过‘以水养水’的良性循环，保障河湖生态，壮大村集体经济。”李剑鸣说，此次吴村村的“河权贷”是乡镇政府颁发河道使用权证到所属村，村将辖区河道经营收益通过公开竞标发包到户。在取得相关权属后，村和农村经营主体即可按照“办理自愿、风险自负、收益自理”原则，在不改变河道使用经营权内容前提下，以河道使用权、河道经营权作为抵押物，向金融机构申请抵押贷款，用于河道生态修复、农田水利建设和村级共建项目等，达到河道环境改善及创收目的。

如今，章村乡吴村村通过抵押本村河段水流自然资源确权登记证书，顺利拿到银行贷款 20 万元，家门前的小溪成为绿色动能。

河湖生态能富民

过去，走进章村，看见的是黑臭河道，家禽在水中散养，工业污水和生活污水全都排放到河道里。"'五水共治'前，青田全县保洁经费只有陆面的人均标准 15 元。"据丽水市水利局河湖管理中心负责人张威介绍，当时普遍存在的水利设施管理经费不足问题，给农村河道管护带来了巨大的挑战。

青田县章村乡在全市率先改革探路，将农村河道所有权、使用权、经营权进行"三权分置"，通过引入工商资本经营河道的方式，盘活乡村生态资源，壮大村集体经济。河权改革激活了沉睡资源，变"死水"为"活水"，实现"以水养水"的目标。现在，章村乡呈现给人们的，是清澈见底的河水倒映着蓝天白云的美景。

据悉，章村乡共有 21 条河流，长 120 多公里。这些河流多为山区性河流，适宜养殖石斑鱼等鱼类，市场需求旺，经济效益好，承包者从渔业收入中就能得到高回报。无论是当地村民还是外地承包者都享受到了河湖生态带来的红利，大家的腰包逐渐"鼓"起来了。

"'河权改革'模式的实施，不仅减少了政府投入，降低了政府监管成本，提高了河道资源利用效率，美化了河道环境，拓展了治理内容，更惠及河道所在村的居民。"张威说，章村乡正是通过"河权贷"，解决了资金短缺问题，并以河道（含塘坝）整治和疏浚等工程措施，提高了河道行洪排水能力，改善了水生态环境，村容村貌大为改观。

治水育景，治水美村，生态富民。下一步，青田将全面总结推广相关经验，探索制定农村河道使用经营权抵押贷款试点工作管理办法，进一步推动水流自然资源确权登记规范化、规模化。

（原载于 2020 年《中国水利报》 樊文滔　陈欣羽）

持续做减法　最多评一次

——浙江温州市贡献水行政审批论证评估的改革样板

如何解除民营企业和企业家成长的"烦恼"，真正做到降本减负、政策惠企？如何营造非公企业和企业家健康成长环境，引领民营经济高质量发展？

在行政审批提速提效的改革深水区，浙江省温州市水利局勇立潮头，领全国之先推行涉水建设项目审批"多评合一"改革，多个建设项目统一论证、多个论证报告统一编制、多个许可事项统一审批。今年 4 月又在此基础上持续做减法，继续为企业减负，推行跨部门联合论证评估、并行审批，一个建设项目前期论证不用跑几个部门。

数量占比99.5%的民营企业，是温州发展的深厚根基；创新涌动的温州人精神，是温州发展的宝贵财富。如今，作为全国首个新时代“两个健康”先行区，温州把关注非公有制经济健康发展和非公有制经济人士健康成长，作为引领发展的牵引性工程，通过涉企鉴定评估“最多评一次”等改革，让企业便利化行动助跑民营经济在新时代再创辉煌。

改革从试点到实施再到扩围，涉水审批从“最多评一次”到跨部门联合推进，温州的水行政审批论证评估不断提速提效，改革持续推进，真正实现了减事项、减环节、减材料、减时间、减费用，切实减轻了企业成本负担，助企业轻装上阵，让市场主体活力倍增。

企业“减负”清单管理+承诺备案即可轻装上阵

“当天就拿到批复许可，这是我们没想到的。”万洋天心科技众创城是入驻浙南科技城园区的高端智能制造企业。填表、承诺、备案——简易的审批流程让企业见证了温州市水行政审批的高效便利。

在这一系列精简的流程中，备案承诺是企业得以快速拿到审批许可的重要一环。

在苍南县晨霖科技有限公司油墨生产项目的水土保持承诺备案表中，有14个承诺事项，包括项目建设信息变更应重新填报，水土保持设施与主体工程同时设计、同时施工、同时投入使用、同时竣工验收，及时缴纳水土保持补偿费，做好施工排水和沉沙等等，并标明所采取的相应措施。

承诺备案制是适用于温州市开发区、工业园区、特色小镇等产业聚集区的水行政审批政策，由区域管理机构以区域为单元，将防洪影响评价、水土保持方案、水资源论证这3个“大块头”，合并成一个区域水影响评价报告，进行编制、审查和审批。对已经完成区域水影响评价的区域，实施负面清单管理和承诺备案制审批，业主只需向区域管理机构做出书面承诺并报水行政主管部门备案，即可当天办结。

负面清单制度是这项改革的一大亮点。建设项目一旦出现负面清单内的内容，其许可审批就不能实行承诺备案制管理，仍然需要按审批制进行。

在温州龙港市新城产业集聚区水影响评估报告的批复中，可以看到水土保持、涉河项目、区域水资源论证等三项审批合并进行，并附上了三项负面清单共19条，规定今后入园项目有在列情况之一的，就不能实行承诺备案制。

负面清单管理加上承诺备案管理，让水行政主管部门的许可审批工作“减评”

不减质量，让企业项目报批"省时"不省功效。最严格的刚性约束，在"多评合一"的程序精简中格外突出、明确。企业也从"多评合一"的高效办理中，感受到政府部门的强有力支持。

"横向比较集团在其他省市的80多个项目，很多地方编制文本花钱不说，时间成本就吃不消了。"万洋集团有限公司副总裁、万洋天心科技众创城总经理陈其利说，仅水土保持方案一项，编文本、开评审会、修改文本，一整套流程下来至少需要一个多月，"而我们这个项目每提前一个月竣工交付，就会产生1000万元的地方税收。"

目前，温州市已有瓯江口产业集聚区等110个入园项目实现审批即办制，企业不再进行技术论证，实行承诺备案，审批基本零成本。

评估"瘦身" 多评合一实现提速提效

"当时还比较有顾虑，只想先拿到防洪影响评价，批复初步设计。考虑'三评合一'要一起编制批复那么多文本，会不会影响前期工作进度？"温州市自来水有限公司工程建设中心负责人陈俊杰坦言，到市水利局咨询滨海水厂一期工程的审批材料时，听到"三评合一"的建议，心里直打鼓。

结果，从受理到批复，总共用时4个工作日，比以往单一项目审批还要省时省力。不仅如此，温州市水利局还邀请交通部门一同参加评审会，解决了该项目跨区域、跨行业审批等问题，优化了工程方案。

温州市滨海水厂一期工程属于产业聚集区域外的单个建设项目，涉及防洪影响评价、水土保持方案、水资源论证，温州市水利局对这类单个建设项目探索开展"多评合一"改革，合并编制一个报告，一次性组织审查，统一进行审批。

"把原先的三个报告合并为一个，对文本编制提出了更高的要求，一开始还真是有不小难度。"温州市水利电力勘测设计院咨询规划所所长叶坤华坦言，既要依据国家相关导则、规范和技术标准，结合建设项目实际情况，又要进行有效整合编制，考验的是突出关键性指标和重点要素的分析论证，以及提出切实可行措施的能力。

过去一个项目，跑完县里还要跑市里，如何合并不同权限的审批流程，也是对评估"瘦身"的重要考验。温州市的做法是，审批权限分属市级、县级的，由县级统一组织审查、审批，市级参加技术审查，并规定审批时限不得超过承诺办理时限最长的单个事项时限。

苍南县三禾高级中学新建工程等一批建设项目，实行区域外"多评合一"改革，单个工程可节约三分之一到一半的涉水审批资金成本，审批时限压缩到7个工作日以内，改革成效显著。

精简高效的背后是更严格的监管。严格的监管方案，覆盖建设生产运营全过程的监督管理，给企业带来了更明晰的约束。对不按承诺落实的，将被责令停建、停产，并被纳入信用黑名单，失信企业不再享受承诺备案试点和区域内的相关奖励、鼓励政策。

改革中，企业获得的不仅仅是时间、金钱，还有绿色发展理念下的现代营商模式体验。

服务“跨界” 多部门联动扩大改革效应

吸取行业内“多评合一”的改革经验，温州市水利局在打通不同业务部门对同一个建设项目的技术论证评估和行政审批，减少企业在部门间办事时间和成本方面做了新的尝试。

4月2日，温州市水利局联合政务服务局、交通运输局、生态环境局印发《关于推行部门间涉企鉴定评估“多评合一”改革的通知》，以企业自主自愿为前提，将同一个建设项目涉及水利部门的防洪影响评价和交通运输部门的航道通航条件影响评价、水利部门的水土保持方案和生态环境部门的环境影响类项目环评及入河排污口设置等论证评估，根据项目实际情况，合并编制一个报告，一次性组织审查，实行并行审批，其他可合并的尽量予以合并。

业主合并编制报告后，可以向涉及的任何一个相关部门提出审批申请，收到申请的部门统一受理；由受理申请的部门牵头，转交其他部门相关申请材料，统一开展技术审查；技术审查通过后，各相关部门在规定时限内将审批批文提交受理部门，由牵头部门统一出件交付申请单位。

改革过程暴露出中介机构良莠不齐、技术标准亟须规范等问题，也给专业深厚的综合性机构带来发展机遇。“感谢省里和市里不断地出台这样的政策，这对我们这些正规单位十分有利。”叶坤华说，“希望通过我们的实践探索，对加强‘多评合一’技术评估报告文本编辑质量，研究制订相应的技术标准提供借鉴参考。”

“多评合一”改革提高了技术门槛，或可让良莠不齐的中介机构和相关技术服务企业迎来一次“洗牌”。

从2018年苍南县试点到全省推广，再到跨部门联合审批的探索，温州市推行的水行政审批制度改革，是政府部门转型升级，坚持高效服务，优化营商环境，为企业办实事解难题的一个缩影。

松绑不松懈，减负不减责。温州市水利局将建立事前辅导服务、事中进度跟踪、事后评价反馈等监管工作机制，加强精准指导，强化事中监管，实施信用评价管理，护航“多评合一”改革的顺利实施。

在群众最渴望解决、最难办的事情上再加劲、再提速，不断优化行政审批工作机制和流程，切实减轻企业成本负担。如今，浙江已经把“多评合一”这项改革打造成浙江全面深化改革的一块金字招牌。

（原载于2021年《中国水利报》 李先明 李平 席晶 李荣绩 黄一为 徐鹤群）

开化水库工程特许经营单位确定 浙江省首次采用特许经营模式的大型水利工程

11 月 25 日，经过公开招投标，由中国南水北调集团有限公司、中国电建集团华东勘察设计研究院有限公司、中国水利水电第十二工程局有限公司、浙江省建设投资集团股份有限公司 4 家单位组成的联合体，成为浙江衢州市开化水库工程特许经营项目社会资本选择（含施工）的中标单位，中国南水北调集团有限公司为联合体牵头人。这是浙江省第一次采用该模式来建设运营大型水利工程，为国家大型水利工程项目投融资改革机制创新贡献了浙江智慧和样本。

开化水库是国家重大水利建设项目，列入《国家水利改革发展“十三五”规划》，是我省唯一列入国家 150 项重大水利工程的项目，是开化县有史以来单个体量最大的水利工程。开化水库以防洪、供水和改善流域生态环境为主，结合灌溉，兼顾发电等综合利用的大（2）型水库。工程概算总投资 45.5448 亿元，水库总库容 1.84 亿立方米，工程施工总工期 36 个月。

作为开化县的 1 号工程，开化县委、县政府高度重视，切实按照国家发展改革委可研报告批复要求，积极探索创新水利工程投融资机制改革路子。通过综合研判政府和社会资本合作（PPP）、项目法人招标、特许经营、政府自建等模式在法律依据、审批程序等方面利弊后，今年 3 月，经上级有关部门同意，开化县委、县政府最终确定采用特许经营（BOT 建设 – 运营 – 移交）模式。通过实行“特许经营期权”“注册资本同股同权”“招投标两标并一标”“项目总价包干”等方式，实施开化水库工程项目建设，可以有效减轻财政负担、降低债务风险，加快建设进度、提高运营效率。

据悉，开化县政府已授权开化水库建设中心作为项目实施机构，具体组织实施本项目。正围绕“2021 年年底主体工程开工、2024 年年底全面建成投运”目标，深化大型水库特许经营模式全过程探索，为我省重大水利工程创新投融资模式出经验、出样板。

（原载于 2021 年浙江新闻 胡巩民 周露婷 郑罡 王如沙）

浙江省开展绿色金融产品融资服务工作助力国家节水行动

日前，浙江省水利厅、中国人民银行杭州中心支行、浙江省节约用水办公室联合印发《关于开展“节水贷”融资服务工作的通知》，通过撬动金融资本，激发节水市场内生动力，助力国家节水行动。

“节水贷”是政银联合研发的绿色金融产品，也是浙江落实国家节水行动的一项创新举措，目的是发挥金融要素在提高水资源集约节约利用水平中的作用，引导金融机构加大对实体经济绿色低碳发展的支持。

“节水贷”主要对节水技术改造、供水管网改造、分区计量监测和漏损管控体系建设、非常规水源利用、分质供水、节水“三同时”基础设施建设、节水专业化服务等项目和各类节水型企业给予融资支持，优先支持水效领跑者、省级节水标杆企业、省级节水型企业、通过国家节水标志认证的产品和装备制造企业。

“节水贷”通过七项绿色金融措施引导节水技术升级和水资源高效利用：一是保障信贷资源，加大投放力度；二是优化授信方案，增加授信额度；三是优化贷款期限，增加中长期贷款；四是实施利率优惠，强化绿色支持；五是创新担保方式，办理抵质押贷款；六是减免相关费用，降低贷款成本；七是建立绿色通道，提高办理效率。

“节水贷”融资服务工作由市、县级水行政主管部门和人民银行组织辖区内金融机构具体实施。企业可通过“浙里办—浙水安澜”应用提出申请，所在地水行政主管部门或节水办在审核后建立浙江省“节水贷”备选项目库，并将相关信息共享至人民银行杭州中心支行，由人民银行杭州中心支行通过浙江省企业信用信息服务平台向有关金融机构推送。有关金融机构对申请项目进行独立审贷，综合考量申请企业及法定代表人资信情况，合理确定贷款额度、期限、利率及担保方式。

（原载于 2022 年人民网　蔡麒麟）

宁波推进“工程带科研”有效提升水利建设效益

浙江省宁波水利系统近年来积极推进“工程带科研”，创新科技攻关，针对性破解痛点难点，有效保障提升了水利建设的社会经济效益。

水利工程项目事关国计民生，质量标准严，安全要求高。宁波市水利局建安处负责人说，近年来，宁波市每年水利工程建设投入达120亿元以上，“十四五”期间，新建和续建重点水利工程项目超过150个，以往水利工程中所遇到的科研问题，主要是在事后进行总结提炼，申报科研成果，缺乏科技攻关的预判性和针对性，工程与科研成为“两张皮”。为此，宁波市研究出台了《水利科技项目管理办法》，提出要把科研工作贯穿于工程建设全过程，以工程带科研，以科研破难题，使科技创新成为工程质量和效益的坚强保障。

为保证科研经费落到实处，宁波市水利局要求，水利重点工程在项目可行性研究和初步设计阶段，就要把项目科研的任务、目标和所需经费列入其中，成为工程项目总预算的组成部分。项目研究课题，由业主单独招标、实施、验收。对有重大贡献者，还将给予多种形式的表彰奖励。这一制度的设计，切实保障了科研经费的同步到位，极大地调动了广大科研人员的积极性。据介绍，近三年来，宁波市水利“工程带科研”项目达136个，所涉科研资金逾1.7亿元，仅今年初以来已通过立项的科研费即达4100万元。

宁波化子闸泵站工程是浙江江防洪排涝重点工程，工程投入后有效提升了宁波江北、镇海平原防洪排涝能力，改善了城市水生态环境。

凡事预则立，不预则废，工程带科研最大的优势是调研在先，有的放矢，有针对性破解难题。

总投资3.2亿元的宁波化子闸泵站工程是浙江省城市防洪排涝重点工程，工程位于浙东古运河慈江段，宁波江北与镇海区联接处。这一带处于平原，地势平缓，泵站上下游水位差极小，泵站扬程超低，上下游区域洪涝排泄矛盾突出。设计方提出的方案是配置4台直径为3.9米的翻水泵，落差扬程仅为32厘米，轻轻一步就能迈过去。这样大直径的水泵，这么低的落差扬程，这是国内以前从来没有遇到过的情况，一旦投入使用将会发生什么问题呢?

主持此项工程的教授级高级工程师、宁波市水利学会秘书长张松达说，为破解这一难题，我们联手上海市政设计研究院、河海大学、扬州大学等国内知名水利高校学府，设立了“软土地基超低扬程大流量泵站关键技术研究”专项课题，建立数学、物理两大模型，经反复实验比较得出结论，原设计泵站进水前池水流漩涡多，水流状态复杂需减缓坡度，改善流态，水泵主轴、叶片等关键部件应不同于普通扬程泵站，为此，技术团队对主轴长度、叶片角度、流线线型等众多重要技术指标重新优化设计。改进后的水泵大获成功，2019年投入运行后，在“利奇马”“烟花”等多次超强台风中发挥了显著的防洪排涝效益。在该项科技课题评审中，国内诸多知名专家给予高度评价，认为此研究成果已达到国际先进水平，并荣获当年浙江省水利科技创新奖和上海市水利工程创新示范奖。

宁波市将水利大工程变成了科研攻关大实验场。宁波象山港是中国知名渔港，为防洪抗潮抵御海洋灾害，完善渔业配套设施，宁波市投资13亿元在象山港北侧奉化境内建设长达3.4公里的集水闸、船闸、海堤于一体的多功能避风锚地。承接此项目的是宁波市本土水利高新上市企业浙江围海股份有限公司，公司总工程师俞元洪介绍说，按惯例此类工程需要先打钢板桩才能挡水作业，但此地属深水软基，外有十几米深的海沟，内有船闸水道，钢桩难以立足，无法施工。

宁波奉化阳光海湾度假区项目（象山港避风锚地建设项目）不但有效解决了渔船停泊问题，提高了防洪御潮能力，还建设了护坡绿地、人工沙滩、天妃湖等配套景观，成为观海度假新地标。

针对这个拦路虎，宁波水利部门与围海股份未雨绸缪组织科研攻关，提出将深水淤泥就地固化成为挡水墙的坚硬基础。他们经反复试验，采用矿渣、炼渣、粉煤灰等工业固废垃圾，加入激发材石灰石等配料，制成淤泥固化剂，通过浆液强注法，仅一周时间，原本柔软的海底淤泥即凝固成为硬土，其硬度可相当于普通山体的岩石。接着围海工程师又设计研制出螺旋型滚筒式海上作业平台，潮涨潮落不受干扰，实现了海上机械化高效连续施工。围海科技为此投入的科研费用达2000余万元，工程先后获得了“深水区排水板插设”“深水区土工布铺设”“深水软基海堤堵口”等5项国家级、部级施工工法，还多次获得国际国内创新发明大奖。

水利技术创新具有极大的延伸带动效应。如象山港锚地工程，沿用传统钢桩技术，至少耗时一年耗费1亿元，而采用固化剂创新技术，围堰时间仅4个月费用不到5000万元，而且此固化基础还永久留在海底，可极大提升海底御潮能力。我国东南部软土地基众多，盖高楼建地铁都遇到类似难题。俞元洪说，此项技术成功后，各地纷纷赶来与我们洽谈合作推广事宜，并已在省内外众多工程中得到应用，市场应用前景估计在1000亿以上。

科研投入为水利工程综合效能的发挥提供了有力支撑。宁波城区常受台风洪涝之灾，为防患于未然，宁波近年来投入80多亿元用于城市防洪排涝与智慧水利建设，并列支600万专项科研经费，对城市洪涝风险实施动态研判与智能跟踪应用技术研究。科研人员收集了自1945年以来所有影响我国的100多个台风行经路径、风力风速、雨水洪潮等资料，进行大数据模型运算。依据运算数据，水利部门在宁波主城区内设有149个积水监测点，可实时发出预警信号。去年“烟花”台风来袭，江北槐树路等低洼地社区出现部分积水，市排水部门立即安排排水机械前去救援，不到3小时积水便告清理完毕。据介绍，此项技术成果与宁波智慧水利体系相结合，近3年来为城市防洪排涝减少各项损失达12亿元。

（原载于2022年新华财经网　关水　周泽汇）

温州市成功办理浙江省首例水利领域生态环境损害赔偿案

近日，随着生态环境损害赔偿总额570余万元的《生态环境损害赔偿协议》正式签订，浙江省首例水利领域生态环境损害赔偿案在温州顺利办结。

2021年，温州市永嘉县水利局在日常巡查中发现，温州某建材公司未经水利部门许可，擅自将砂石大面积堆放于楠溪江滩地。该局根据综合执法改革相关规定，将该违法线索移送综合执法部门立案查处。

2022年7月，温州市水利局、永嘉县水利局在联合巡查中发现该河段砂石堆积仍未清理。为保护水生态环境，市县两级水利部门成立了联合工作组，启动生态环境损害赔偿调查，同时委托第三方对此次砂石堆积造成的生态环境损害开展评估。

由于没有先例可以借鉴，该案在办理过程中存在着法律适用、权责认定、程序规范等争议。此外，工作组在与企业磋商过程中，企业以其违法行为已被执法部门行政处罚且未实际造成生态环境损害为由，提出不应再承担生态环境损害赔偿意见。对此，工作组一方面认真研究相关法律法规及政策文件，为企业答疑释义；另一方面，积极向上级请示汇报，确保各项工作合法合规。工作组多轮上门与企业磋商，进行释法说理，重点介绍生态环境损害事实、评估依据及相关法律政策依据等，最终促使企业方转变观念，主动承担起生态修复责任，签订赔偿协议并缴纳生态环境损害赔偿金。

该案的成功办理，改变了以往对水事违法行为一罚了之的现象，有效破解了“企业污染、群众受害、政府买单”的难题，为浙江水利领域生态环境损害赔偿工作提供了可借鉴案例，为案件中争议焦点问题提供了温州样板，同时营造了“环境有价，损害担责”的良好氛围，实现了社会效果与法律效果的统一，为温州市水利系统推进水利领域生态环境损害赔偿工作奠定了坚实基础。

接下来，温州市水利系统将以此次案件办理为契机，继续加强水利领域生态环境损害赔偿工作，逐步实现水生态环境损害“应赔尽赔”。同时，拟制订“水利领域生态环境损害赔偿工作指南”，进一步细化规范工作标准及流程，努力形成具有温州特色的水利领域生态损害赔偿标志性成果。

（原载于2022年人民网　杨晖　洪东毅）

浙江松阳县盘活5座水库，累计回收15.5亿元

——资产变资金　存量化增量

挖沟槽、搭钢筋、浇灌水泥……在浙江省松阳县松古平原水系综合治理工程现场，16 个子工程、多个工作面全面铺开，工程正开足马力有序建设。该项目总投资 28.66 亿元，对于浙江山区 26 县之一的松阳，这么一大笔钱从哪里来？

2022 年以来，松阳积极谋划并实施了水库资产盘活行动，将县属六都源水库、东坞水库、梧桐源水库、庄门源水库以及黄南水库 5 座水库，出让给县水投公司，经评估后，累计可回收资金达 15.5 亿元。该项目成为首批纳入浙江省发展和改革委员会盘活存量资产台账的项目，也是浙江省水利厅与省农业发展银行共同打造的首个盘活水库资产项目。

变资产为资金，化存量为增量，松阳县水利局和水投集团的此次合作可谓一举多得。

对松阳县水利局来说，15.5 亿元的回收资金将成为水利项目的储备资金。“这笔资金将投入到松阳水利项目建设中，例如，将用于特许经营项目松阳县水环境综合治理工程，加大政府方的资本金投入力度，形成水利投融资良性循环。”松阳县水利局有关负责人介绍。

今年以来，农发行浙江省分行分别与浙江省水利厅、松阳县人民政府签署了支持浙江水网建设、支持松阳高质量发展专项合作协议，农发行选派省分行业务骨干到松阳挂职，支持、服务松阳高质量发展。借此“东风”，水投集团谋划“水务供水收费项目”，成功获得农发行 13.7 亿元的政策性贷款。贷款期限为 30 年，利率为 3.9%，而目前各大商业银行给国有企业的贷款利率在 4.5% 左右。“这为我们节省了一大笔支出。”松阳县水投集团有关负责人表示。

据悉，“水务供水收费项目”主要内容为对 5 座水库进行提升改造及资源整合，提高城乡供水保障率及供水质量，水投集团可通过售卖水库原水和发电取得长期稳定的经营性收入。对于水投集团来说，收购的 5 座水库，成功扩大了集团的资产规模，对企业后续融资能力提升也起到了助力作用。

松阳县水利局和水投集团的紧密合作，盘活了这场融资“棋局”，挖掘出水库更多的潜在价值。

一方面，水库的除险加固及县域供水设施改造提升等，将有效解决部分水库存在的安全隐患、供水可靠性不高、水质差等问题，切实提升水库安全和供水能力。

另一方面，水库资产的盘活，结合水美乡村建设，将带动水库周边产业发展，形成一条条集农业观光、滨水休闲、文化旅游于一体的产业带。背靠更安全的水库，

周边百姓的获得感、幸福感、安全感大大增强，山区县走向“绿水青山就是金山银山”的共富之路。

在推进投融资改革创新上，松阳县水利局的路径远不止这一条。此前，在美丽河湖建设过程中,松阳通过出让砂石资源,实现“水生态资源”向“水生态资本”有效转变，共获益 5 亿余元；“松阳水网”工程与新建自来水厂、全域土地整理等项目打包，把创设净水交易和耕地占补平衡指标交易特许经营收入作为投资回报，给予项目公司开展经营性活动的权利，成功引入三峡集团投资 17 亿元……

随着渠道的不断拓宽，松阳有效破解了融资难题，水利投资实现了从 2021 年 2.2 亿元、2022 年 6.7 亿元，再到今年计划投资 8.5 亿元的“三级跳”。

松阳将持续优化投资结构，继续发挥水利项目在扩大有效投资方面的主力军作用，全力推动水利高质量发展。

（原载于 2023 年《中国水利报》 徐鹤群　马瑜彬　高灵）

浙江首本大型水闸枢纽工程不动产登记权证发放到位

浙江省绍兴市上虞区上浦闸枢纽不动产权证书，近日由上虞区自然资源和规划分局正式颁发。这标志着浙江首本集土地、房产和闸体构筑物于一体的大型水闸枢纽工程不动产登记权证发放到位。

上浦闸枢纽工程为大（2）型水闸，是长诏水库的灌溉配套工程，水闸、航道等构筑物体量大、资金投入大。此次颁发的不动产权证书，突破了水利工程不动产不登记水利构筑物的限制，登记对象不仅包括了上浦闸枢纽工程区范围内 19 多万平方米的土地使用权、7000 多平方米的房屋建筑面积，也囊括了该宗地内所有的水利工程构筑物，包括 1 座 17 孔大（2）型漫水闸，1 座长 135 米、宽 12 米的船闸，1 座长 180 米的过水堰，1 座 4 孔引水闸。

上浦闸建成于 40 多年前，对照现行不动产登记政策，尽管登记的基本条件具备，但仍存在部分基础资料缺失的问题。得益于绍兴市水利局、市自然资源和规划局 2022 年 11 月出台的推进水利工程不动产权登记工作的指导意见，上虞区水利局积极协同上浦镇政府，借助不动产登记第三方代理机构力量，顺利完成了登记资料的收集整理、不动产测绘、申请登记等工作。

（原载于 2023 年《中国水利报》 梅林蓉　石珊珊　金桂中）

勇立潮头

母亲河的呼唤

——探访浙江八大水系（一）

浙江两字，字字带水。江南水乡、青山丽水、水网泽国……一个个湿润的名词总是伴随浙江。

浙江人民倚水而居，浙江文明因水而始，因水而兴，水是浙江经济社会发展不可或缺的重要资源。江海是水，城市如船，水是城之魂，河是魂之载，钱塘自古繁华地，皆为江海相连处，三江交汇地，水是浙江人民繁衍兴旺的承载所在。

“浙江缺土地，缺能源，不能让水成为制约发展的新瓶颈。”一位省领导曾语重心长地叮嘱全省水利工作者。

“十二五”开局之年，浙江再启兴水新篇章。今后 5 年，全省将投入 359 亿元用于水资源保障，确保水资源不会成为经济腾飞的掣肘。

浙江水，够不够用

都说江南水乡，浙江到底有多少水？来自省水利厅的数据表明，浙江每年拥有的水资源总量是 955 亿立方米。这个数字，看上去很美，比中西部省份充沛多了，但实际情况并不乐观。

浙江有 5000 万常住人口，有上百座城市，1600 万亩农田灌溉要用水。即使 955 亿立方米的水资源全部被利用，浙江的人均水资源量也仅为 1900 立方米，接近国际公认的用水紧张警戒线。

浙江没有大江大河从省外流入，水的来源基本上靠降雨。但是，浙江的水有两大“不均衡”，造成大量降水无法利用。

一是时间上分布不均匀。浙江属季风气候，降雨主要是夏秋季的梅雨和台风雨，冬春季节尽管常有细雨绵绵，总量却不大。短时间内雨水太多，水库蓄不住，只能白白流掉。加之浙江面积狭窄，海拔落差大，源短流急，大量降水无法在江河中存蓄，只能“浙江之水天上来，奔流到海不复返”。

二是空间上分布不均衡。杭嘉湖、萧绍宁、温台平原及舟山群岛等地区，人口集中，经济发达，经济总量占全省七成以上，但水资源仅为全省总量的二成左右。丽水等山区水资源充分，但需水量不大。人多地方水少，人少地方水多，让人纠结。

靠天吃水的浙江人，向来重视利用水资源。数据表明，浙江储存水高出全国平均水平，境内有 10 万立方米以上的水库 4200 座，2 万多座山塘小水坝，13 万公里的江河可以存水。省水利厅厅长陈川说：“只要调度得当，浙江水基本够用。”

但水资源时空分布与需求分布的不匹配，使得很多浙江人对水多水少的感觉大不一样。总体上而言，“不够用”的感觉要多于“够用”。即使在省会杭州，水供应率目前保持在95%至97%，还不能敞开供应，紧张时期还有可能停水限供。

最严重的缺水地区是海岛和沿海城市。业内称之为资源性缺水。

舟山群岛，象山、玉环等海岛山峦连绵，尽管有台风雨滋润，但本身集雨面积不大，雨下来后很快流进海里。舟山人有句口头禅：有多少水，办多大事。水成为当地之首要。2003年大旱，舟山岛上居民生活用水得用船以30元每吨的价格从大陆运来，农民只能放弃农田灌水。象山等地最缺水时也是以船供水，瓶装分发。

经济发展加剧了当地缺水状况。浙江布局的产业集聚区大部分位于沿海。乐清虹柳平原经济发达，企业众多，人口密集，水资源紧张状况越发严重。柳市镇一年时间长期保持“停三供二”的状态。慈溪滩涂上的宁波市杭州湾新区，产业人口大量集聚，当地原本缺水的情况更加不容乐观。在舟山长涂岛，随着造船等企业进驻，很快成了严重缺水地区。

另一类缺水地区，让人意想不到，就是像嘉兴这样的水乡亦喊“渴”，业内称其为水质性缺水。在嘉兴，人们常说一句话：“我们不缺水，缺的是能用的水。”

由于当地工厂越办越多，城市规模越来越大，治污的滞后导致河网水变脏，环绕身边的河水看起来多，却不能用也不敢用。嘉兴20世纪80年代开始只能大量使用地下水。在全省水网面积比重最高的嘉善县，最多时一年抽取的地下水有1600万吨。过度抽取地下水，导致的后果则是地面沉降，最严重的地方原来桥高可通船，现在下沉到只能游过一只鸭。

浙江水，够不够好

“你们喝的是什么水？”浙江城里人，很爱问这个话题。这个话题的背后，是浙江人对饮用水质的新需求，“不光能喝上水，还要喝好水”。

这方面，宁波市民很自豪：“阿拉喝的都是优质水库水”。同样作为沿海城市，宁波市民的底气从何而来？原因是：宁波自造了一个“优质大水缸”。

他们把境内亭下、横山等8个水库和市区姚江用管道联网，水库之间可人工调节，使其发挥最大蓄水功能，再统一调度供应市区。“八库一江”联网供水形成了一条稳定的“供水高速路”，最大限度地保障了市区“优水优用”。目前，宁波市区一年耗水约20亿立方米，优质供水率高达97%。

颇有战略眼光的宁波人，还出资与绍兴新昌县合建总库容2.44亿立方米的钦寸水库，通过25公里长的隧洞和管网，将每年1.29亿立方米的优质水引到宁波，为未来城市发展预留供水空间。随着城乡供水一体化管网的延伸，宁波近郊乡镇也有 40 多万人喝上了优质的水库水。

据记者调查，目前浙江 11 个市主城区中，除了杭州和嘉兴两地外，其余都能喝上更优质、口感更佳的山间水库水。通过引供水工程，温州 600 万市民喝上了珊溪水库水，绍兴市民早早喝上了小舜江水库水，湖州市民去年起也喝上了市郊老虎滩水库水……不仅大城市，很多县城所在地的居民也有如此待遇。象山县城的居民不仅从邻县的宁海白溪水库引水，还学习宁波水库联供的模式，把境内的大水库联网，使饱受缺水之苦的海岛市民喝上清冽之水。

跨区域引供水，已经成为省委、省政府保障居民喝上好水的重要手段。今年 9 月底，我省投资最大、跨域最广、耗时最长的水利工程——浙东引水工程将全线贯通，每年 8.9 亿立方米的钱塘江水向东奔流 200 多公里，缓解慈溪、舟山等地的缺水问题。在楠溪江永嘉县沙头镇江段，一个大型拦水坝已初具规模，明年起每年能把 1.5 亿立方米清清溪水，通过隧洞为乐清百万居民一解缺水之苦，远期还将供应乐清湾对面的玉环海岛。在浙中，由永康、磐安、缙云三县联合开发运营的好溪引水工程即将上马，今后经济重镇永康将无缺水之虞。

舟山海岛的引水大手笔，更令人感慨。随着浙江海洋经济发展示范区获批，作为核心区域的舟山新区，已经迎来发展新机遇，供水将成为这一战略能否成功实施的关键前提。踏上定海区岑港镇的西部海岸，记者看到，3 根直径 1 米以上的庞大引水管，在这里从海底跃出水面。这 3 条巨龙穿越海底 80 多公里，将来自宁波大陆的优质水，源源不断地输送到这个干渴的海岛。

目前，舟山大陆引水工程一期已于 2003 年通水，每天最多可引水 8.6 万吨，二期工程正在建设中，三期已经规划设计。引水工程全部完工后，境内定海、岱山、金塘、六横四大岛的居民，将不再为喝水而忧。

浙江节水，任重道远

在水资源日趋紧张的浙江，节水依然任重道远。水利专家说，节水的意义，不仅在于少用了 1 立方米水，更在于减少了 0.9 吨的污水排放。

现代社会的节水重点在工业。公开资料显示，城市中工业用水量的比重逐年增加，目前世界各国的工业需水量约占世界总需水量的 25%。因而，一个地方的产业导向，“有多少水，干多大事”，是这个地方节水的重要原则。在舟山，在考虑招商引资的工业项目时，政府首先考察的就是项目的节水率，每年也都要否决几个高耗水项目。

即使要上马耗水高的工业项目，也需要考虑这些项目的用水效率。据调查，美国工业水重复利用的次数近年来一再增加，1985 年为 8.63 次，10 年前达到了 17.08 次。而在我国，万元 GDP 用水量约为世界平均水平的 4 倍，是美国等发达国家的 8 倍。

分质供水，或许是工业节水的一个好办法。宁波市的工业用水量很大，市水利局局长张拓原告诉记者，今后市里会考虑分质供水的办法，优质水库水用于饮用，而来自姚江等相对水质较差的水将用于工业生产。金华市金东区孝顺镇是当地工业重镇，这两年镇上的梯田工业功能区已经尝试直接引取未经处理的小水库水，而不直接从自来水管网中取水，成本仅 1.5 元每吨，不仅节约了当地的自来水，还减轻了企业的用水支出。

农业节水也马虎不得。在水资源紧张的地区，合理安排节水的种植结构很重要。陈川给记者算了一笔账：全省去年从省外购进的粮食近 100 亿公斤，一亩水稻一季耗水要 400 立方米，如果这些水稻要全部自产，浙江需要安排更多的农业用水，加剧全省用水紧张程度。

推广喷微灌技术是农业节水的重头戏。以色列、美国等国已经走在前面，美国的喷灌形式多种多样，对不同的作物采取时针式、滚移式、平移式、卷盘式、支架式等喷灌作业。

我省农业这些年也用上了喷微灌技术，推广最好的地方是宁波，农田喷微灌普及率达 8.5%。余姚甚至出台政策，农民只要出一成的钱，就可以申请安装成套的喷微灌装置。未来 5 年，宁波每年将推广 5 万亩喷微灌农田；适宜搞喷微灌的农田，65% 要装上喷微灌装置。

金华市金东区江东镇雅金村是有名的蔬菜种植基地，蔬菜大棚试用喷微灌，政府财政补贴七成以上成本，农民积极性大增。村支书张永红告诉记者，每亩节水一半，药水和灌水自动完成，人工省了 80%，蔬菜品质也更好，一亩青菜可增收 35% 以上。

比节水技术更重要的，是节水观念的养成。舟山是全国节水型城市试点，记者在这里看到，海洋学院的师生洗碗时开始使用水卡，很多宾馆房间定额用水，很多家庭推广节水型马桶。市民用水在全省率先实行居民阶梯水价，9 吨之内每吨 3.4 元，9 ～ 14 吨每吨 4.5 元。全市节水型企业已扩大到 200 多家，万元 GDP 耗水 25 立方米，仅相当于全国企业平均耗水量的四分之一。

不过值得提醒的是，我省城市水重复利用率眼下仅有三成或五成，而发达国家已经在 75% 以上。全省多数城市自来水跑、冒、滴、漏损失率在 15%，有的城市管网漏损率达到 29%，远高于国家制定的节水型城市管网漏损率 8% 的标准。

（原载于 2011 年《浙江日报》　陈纪蔚　施晓义　谢根能）

“水官”们的期盼

——探访浙江八大水系（二）

浙江人对水患的记忆，有狂飙突进的台风海潮，有盘踞不退的滔天洪水，还有骤来骤往、威胁巨大的山洪急流。

治水，首在防害。据初步规划，“十二五”期间，全省将投入水利建设资金1980亿元，其中用于防灾减灾的治水投入达659亿元，根治水患资金占三分之一。

千里海塘，需要强身健体

这几天，省水利厅副厅长褚加福和大家一样，都在关注日本大地震引发的大海啸，为海浪侵袭后的生灵涂炭而扼腕叹息。

褚加福曾长期分管标准海塘建设，与记者交往多年，被我们戏称为“塘官”。作为一名“老海塘”，他更关注的是：海塘如何更好地抵御海浪的强力冲击。

褚加福告诉我们：惊涛骇浪让浙江人吃的苦头不少。60多年间，有名有姓的大台风来了近190次。他曾不止一次在台风登陆现场看到：巨轮被风浪卷上滩涂，沿海房屋瓦砾乱飞，厂房、养殖基地、良田顷刻间毁于一旦。

高标准的海塘，是浙江唯一能依赖的生命线。“砸锅卖铁，也要把海塘修起来！”14年前，省委、省政府痛下决心。至今，一条近2000公里的“海上长城”已巍然屹立浙东沿海。全省近80%经济总量的黄金地带，系上了“生存线”和“幸福线”。

然而，海塘建设不能毕其功于一役。时至今日，标准海塘建设仍有历史欠账，需“补课”的还有不少。褚加福说：“大手笔可告一段落，小手笔必须抓紧跟上。”

象山县城东边的白岩山海塘，塘后土地原先是荒滩地。记者看到，现在这里建起了新工业园区，厂房林立，海塘只能再次“升级”，塘身加高1米多，塘脚加固，防御标准提高到百年一遇。

同样的景象在沿海还有很多。城镇经济发展了，人口多了，城区面积大了，累积财富多了。“身价”一高，原先“过得去”的地方变得“淹不起”了；原来不用建高标准海塘的荒滩地，现在成了“聚宝盆”，不升级不行。宁海县越溪乡的沿海海塘加固后，水产养殖户应才任放心地扩大了规模，蛏子青蟹苗放得更多了。

部分沿海地区海塘建设欠账不少。当年建海塘需“砸锅卖铁”，反映的正是资金匮乏，“有钱先建紧要的，次要的等钱有了再说”。温州市水利局副局长王振勇坦言，温州沿海海塘至今没有形成闭合圈，需要新建的标准海塘有380公里，未达标的海塘还有150公里，“规划的目标和投入只完成了一半”。

海塘正在“变老”，亟须修补维护。记者在现场看到，海塘多建在软土地基上，有的历经多年沉降变形了；有的塘体出现裂隙，有渗漏，一些地方沿海开发破坏了海塘，一些海塘还缺乏闸站等配套设施。记者从省水利厅获悉，今后5年，我省需完成加固海塘530公里，建设345座沿塘水闸。

随着我省海洋经济发展示范区规划获批，千里海塘正加快“强身健体”。温州提出了“三年补课，三年提升，三年赶超”的目标，今后5年要投入400亿元大搞建设，海塘就是重头戏，新建和加固的海塘投资占全省任务的八成。

永嘉县瓯北镇与温州市区隔江相望，这里瓯江入海口的海塘建设正热火朝天，全新厢式设计的“2.0版海塘”，防浪效果好，景观设计美，辅之以江滨公园和沿江快速路，其背后新兴城区高楼林立，据称是今后“温州的浦东”。

江河防洪，欠账还不少

“城防工程好比城市的雨衣，城市个子长大了，雨衣不做大，自然不能遮风避雨。”

说这话的，是省水利厅河道管理总站主任陈永明。这位被记者戏称为“河官”的清瘦男子，主管全省大大小小江河的各项事务。他告诉记者：在杭州、嘉兴、台州等许多城市，城防都面临“雨衣小个子大”的新问题。

经过10年前的一轮集中建设，浙江城市防洪成绩斐然，但历史欠账还不少。

永嘉县城上塘镇紧邻楠溪江，几条溪流穿城而过。一遇暴雨，溪水和楠溪江水一齐暴涨，下游则有瓯江水位顶托，城区排洪不畅，曾出现“一年淹三次”的窘境。记者在县水利局看到，办公楼一楼设置的红色洪水警戒线，至今依然醒目。

平阳县水头镇被人戏称为“水淹到头”。这里地处鳌江上游，人口稠密，几乎“逢台必淹”。副镇长苏尔成陪记者看了许多让外人称奇的“防淹高招”：老百姓建楼房，一楼的层高过5米，厨房会设在二楼，家家户户备发电机。走进水头镇的企业厂房，你会看到，重要设备都配置在二楼，就怕水淹；附近山坡上还有停车场，专门给有车族在发洪水时停放……

不仅城市防洪，就是整个江河洪涝治理，浙江依然任重而道远。陈永明拿出一组数据：全省河道总长13万公里，需要防洪治理有6万公里。目前，除钱塘江等大江大河的干流进行过大规模的标准建设，很多中小河流还处于“有钱干一段”的状态。

嘉兴是杭嘉湖平原的“盆底”，地处流域下游，加上过度开采地下水，地面沉降，原来圩区防洪能力大大降低。在水网众多的嘉善，一些地方因地势太低，一年有

10 个月需紧闭闸门。县水利局局长俞永华告诉记者：过去，几十毫米降水，农田就进水；上百毫米降雨，则城区受淹。现在嘉善和整个嘉兴一起，启动了大规模的圩区建设，用标准河堤和把整个河网格成一个个包围圈，最大限度把洪水逼入主河道，减少对城区农田的威胁。

“兵来将挡，水来土掩”。可面对洪水，靠土坝抵挡，远远不够，浸泡久了，容易松软垮塌，酿成大祸。浙江江河的农村堤坝，大抵如是。陈永明说：今天的乡村，很可能就是明天的城市。大江大河的乡村堤防，急需“大干快上”。

根据规划，今后 5 年，浙江治理江河水害两大任务：一是钱塘江、甬江、瓯江、鳌江、飞云江、椒江 6 条大江的干流堤防；二是 150 条中小河流的堤防加固，两者共计 200 多亿元投入，重点就是农村堤防。

兰溪农防已行动起来。衢江、金华江、兰江三江在这里交汇，历史上是防洪重镇。在衢江的城郊塔山段工地，技术人员告诉记者，新建的混凝土堤坝，每公里投资达 1000 万元，基本能解决过去沙土坝经不起洪水浸泡的顽疾。在兰江女埠镇焦石村段，加固后的新混凝土堤坝巍然屹立，村民邵季花说：“以前住在高地，江水都要淹进家；现在放心了，家里在江边建了两幢三层楼房。”

山塘水库，除险加固进行时

35 岁的农民宋春龙，现在成为中国级别最低的“水官”。他的正式头衔是：金华市金东区澧浦镇宋宅村水务员，被乡亲唤做“农民水官”。

宋春龙最主要的一项工作内容，就是巡查附近的青塘水库，每天要写记录日志，一有大雨，一天要跑两三次水库，深更半夜也得去。别看“官”不大，全村老少都很看重他，因为水库出事可不得了。

搞水库工作的人有句行话：“不怕出险，就怕没人发现。”山塘水库多在荒郊野外，出险多在深更半夜，要想不出意外，必须有专门巡护人员。如今像宋春龙这样的“农民水官”，金华现在有 4800 名，政府每人每年补贴 2000 元左右。

浙江山多，水库山塘就多。浙江山区源短流急，山洪易发多发，一旦水库不保，首当其冲的就是群众生命安全。在水利系统，分管水库工作的水利干部最为焦虑，因为人命关天。

据统计，浙江蓄水量在 10 万立方米以上的水库有 4200 座，10 万立方米蓄水量以下的山塘，有 2 万多座。小山塘多筑于村庄上游，高出农房，被村民称作“屋顶山塘”，危险性可想而知。记者调查发现，浙江境内八成以上水库都属高龄，大都修造于 20 世纪五六十年代，是当年农民肩挑手提修建而成，安全标准偏低，老化失修，隐患逐显。

要治水库险，先知水库病。2003年以来，浙江对所有大型水库轮番体检，责任官员名单每年在媒体公布一次。至今，1021座病险水库已经除险加固，坝体穿上混凝土“盔甲”，增设现代泄洪设施，配置监测仪器和专门巡护人员。

象山县墙头镇合心村，有一座白娘岙小山塘，是村民饮用灌溉水源，但长期没有加固。去年县里投资100万元修缮一新，坝结实了，村民心安了：“晚上可以睡安稳觉了。”

在省水利厅水库管理总站主任施俊跃心中，水库保安的目标是:5年后水库“发病率”控制在3%以内。要实现这个目标，不仅要把上千座未加固和需新加固的水库轮番修整一遍，“先把欠账还掉，再当年发病当年除患”。

（原载于2011年《浙江日报》　陈纪蔚　施晓义　谢根能）

河畅水清会有时

——探访浙江八大水系（三）

江河弯弯，帆影点点，江南山水好风光。涧水潺潺，溪水清清，浙江山间多秀水。有水，才有诗画江南的青翠欲滴。

曾几何时，缺乏治理的工业废水、没有处理的生活污水直接排放，清水变腐，河道填没，江河变黑变臭，人们皱起了眉头。

治水新政，第一次聚焦水生态修复。源头水土保持，河道清淤保洁，水面休养生息，堤岸整理修缮，多举并进，保护水环境。仅今后5年以水利工程为主体的治水措施上，浙江专门安排了140亿元资金，用于修复水环境。

江河水要减肥

69岁老农董永强坐在家门口，春日暖阳下，门口的戴浜港静静流过。

老董是嘉善县姚庄镇戴浜村人，从小住在戴浜港旁。等老董的两个儿子出生时，家门口河沟里的水不像以前干净了，但还能洗洗衣服。乡村工业渐渐红火了，河道边造纸厂、电镀厂等开起来了。虽然家里富起来了，新建了楼房，但门口河水更脏了，“最厉害时，夏天河水发臭发红”。说起那时情形，老董直摇头。

老董经历的河水颜色的变化，在我省很多地方都经历过，或者还在经历着。

“五十年代淘米洗菜，六十年代洗衣灌溉，七十年代水质变坏，八十年鱼虾绝代，九十年代人畜受害……”流传乡间的顺口溜，道尽了水乡的无限辛酸，刺耳却是现实写照。

“人富起来，水不能臭起来”。早在8年前，省里就开展了“万里清水河道”整治。像杭嘉湖地区的河道，这几年基本全部清淤一遍。

“河水要清，河水要减肥。”省水利厅厅长陈川说。记者踏访省内主要水系后发现，目前影响浙江江河水质的主要因素，主要是氨氮、COD等含量超标，水质富营养，造成蓝藻、水葫芦等暴发。

水面养殖，过度施料，是其中的一个重要原因。义乌市苏溪镇花厅村的流舍塘，是村里最大的水塘，原先35亩水面都搞养殖。现在，市里出钱补贴，鼓励村子不再搞水面养殖，很快一潭清水又回来了。目前，义乌已有1万多亩水面，像流舍塘这样“退养”。

河道整治，需多方共管，多管齐下。流经温州市区的温瑞塘河一度污染严重，温州前几年掀起了几轮大整治，变黑变臭的河水有所改善。温州市水利局副局长王振勇告诉记者，温瑞塘河要彻底整治，光靠水利部门整治河道是不够的，“碗洗得再干净，水是脏的，这碗水还是脏水。”因为沿河截污纳管尚未完全弄好，不得已，温州只有定期调用外来水库水冲洗河道。

治河还需更生态

水利意义上的河道整治，一般来说，就是江河两岸砌石驳坎，浇筑混凝土，搞三面光。这种老办法的弊端是把河道修成了“渠道”。人与水不易亲近，水与岸之间的生物多样性易被破坏。

瓯江壮美，源出庆元山间，中上游流经处，两岸间皆青山。在瓯江丽水水阁段，两岸去年刚整修完毕。记者来到这里时，看到很明显的整治痕迹，没有看到大面积的混凝土坝面。只见新江堤上，绿树成荫，河坡上芳草青青，芦苇丛生，堤脚堆满乱石，小鱼小虾活动其中。

经过指点，记者才看到，原来长满青草芦苇的坝体，里面是全新的砌石，堤脚处乱石看似随意，却也用铁丝精心捆扎过。水与堤的交接处，特地种植多种水草，保留些泥石，方便鱼类产卵繁殖，建设者称之为“鱼巢”。

丽水市水利局局长胡雄光把这种新做法，称为“无堤胜有堤”。他告诉记者：“河道整治，在确保防洪安全的前提下，最大限度保留河道原貌，尊重自然岸线，宜弯则弯，不能图方便，搞千篇一律。”

记者在采访中也看到，不少地方进行的水环境整治，已经开始注重维护水生态的原来面貌，尽可能地把水与人、水与岸边生物相融合，千篇一律的“三面光”堤坝，部分地方已开始弃用。

修复水生态，有时并不只做“水上文章”。流经丽水城区的大洋河，上面有座600多岁的行春桥，当地河道整治到此，特地把古桥所在的那段河道留给文保部门规划，力争修旧如旧，文脉相承。瓯江流经丽水古堰画乡大港头镇，两边的堤坝就修得古色古香，与周边文化味十足的古镇风貌十分契合。

有时“不治理”，也是一种新办法。瓯江流经丽水市郊的碧湖镇，江中冲积而成了上万亩江滩，形成了天然湿地。这里绿树成荫，芦花漫天，蛙鸣鱼跃，生物多样。曾有人提出，缩窄江道，建设防洪大坝，围出来的江滩地搞开发。政府最终放弃了这项动议，严格保留了这片湿地原生态。最新规划把这里变成一个原汁原味的湿地博物馆，留给子孙后代观瞻。

同心呵护一江水

宁波海曙、江北等城区的“当家人”每年总要跑到奉化、宁海等地的几个山区乡镇“走亲戚”，带上资金，带上项目，走动寒暄一番。

让城区与山乡“攀亲”的，是一库清水。宁波市民喝上了优质水库水。自来水厂稍作处理，甘甜清冽的好水，就进了千家万户。水库水源出何方？就是几百里外山间的纯朴乡民家园边。

因为村边的水库成了市民的“水缸”，鸡鸭猪牛不养了，有污染的工厂不办了，水库里养鱼捕鱼的行当不干了，生活垃圾还得小心收集起来……村民致富门路受到了很多限制。

饮水思源。宁波市民“喝水不忘记护水人”，主动提出不能光“上游努力，下游受益”。现在，市民家中每吨自来水多收了一角钱，加上法定收取的每吨8分钱的水土保持费，每年有几千万元以补助形式补偿库区。城区与山区乡镇结成亲戚，每年拿出几百万元帮扶，城里人帮着山区寻找适合村民办的致富项目……

浙江有70%的饮用水取自于湖库，还有30%来自于比较大的河流。同处一条河畔，共饮一江清水，为了保证市民喝上好水，山区乡亲的贡献巨大。

汤登伟是云和县紧水滩镇龙门村人，家在瓯江上游紧水滩库区。10多年前，他曾经是库区网箱养鱼的带头人，最鼎盛的时候，汤家有过500只网箱同时下水。不过去年起，汤登伟“登岸”了。

汤登伟退出水库养鱼业，其大背景是云和县进行网箱养鱼清理整治，2000多位渔民“上岸”转换角色。汤登伟家的库房里，至今还堆积着200多只空网箱。他告诉记者：“我们生活在水边，很爱护水，以前靠水吃水，鱼养得太多，对水质有影响。”现在他在库区边办起了农家乐，但龙门村有不成文的规定，绝不允许任何一户向湖面排放一滴污水，“只有水越清，农家乐生意才会越好。”

张胜山是衢江区乌溪江畔的“乌溪山泉”天然饮用水企业的负责人。两年前，他投资200多万元在这里办了这家工厂。很多人不知道，企业前身是当地一家特钢厂，曾是衢江区第一家实现产值超千万元、利税超百万元的企业。钢厂办在水源保护地区不合适，他决定转产，利用原有厂房和乌溪江水资源开发天然饮用水。他说："舍不得这里的好山好水！"

珊溪水库和赵家渡水库，是温州主城市和瑞安县城等地500多万人口的"大水缸"，水质之好，几近矿泉水。可库区所在的文成县还是欠发达山区。文成人还是顾大局的，他们坚持了"宁少GDP，不污一缸水"的理念，杜绝有污染的企业入驻，仅最近5年就舍弃了近100亿元的工业投资。这两年，用于环保投入的钱，已经接近这个县地方财政收入的一半。

一条河、一条江的生态保护，仅靠源头群众的坚持是远远不够的。送出一江好水，提供的是公共产品，受益的是下游人。不能"有利争着上，无利绕着走"，水生态环境的保护需要全流域上下游共同努力。如果付出和获得长期不对称，源头地区的政府和人民就会动力不足。

许多地方已经启动流域上下游的生态补偿。浦阳江被诸暨人称为"母亲河"，5年来，诸暨每年投入1000万元，对农村饮用水重要水源地的东白湖、陈宅、岭北等镇进行生态补偿。

（原载于2011年《浙江日报》 陈纪蔚 施晓义 谢根能）

保民安　惠民生　促发展

——我省"十一五"水利回眸

"十一五"期间，我省水利在省委、省政府的正确领导下，以"强塘固房"为龙头，以基层防汛体系建设为基础，进一步提高防灾减灾能力；以改善民生，提高人民群众生产生活条件为抓手，大力推进民生水利建设；以保障经济，促进发展为目标，加大水资源开发利用和节约保护力度，各项水利工作成效显著。五年来，全省水利投资达1060亿元，完成一大批强塘工程、农田水利工程、水资源保障工程等，为我省经济社会又好又快的发展，为建设惠及全省人民的小康社会提供水利基础保障。

强塘保安篇

我省是洪涝台旱等灾害频发的省份，历届省委、省政府高度重视水利工作，先后建成了"千里海塘""百城防洪"和一大批骨干水利工程。进入21世纪后，全球极端气候灾害增多，我省经济社会快速发展对水利保安的要求越来越高，而部分水利工程由于长久运行，病险情况时有发生，影响了水利工程的防洪保安能力。“十一五”期间，省委、省政府高瞻远瞩，审时度势，及时作出了“强塘固房”工程的重大决策，对水利工程“强身健体”，提高水利基础设施的防洪保安能力。

我省“强塘固房”工程（水利部分）的目标是：以科学发展观为指导，以“创业富民、创新强省”总战略为统领，坚持以人为本，计划到2020年，在全国率先建成布局合理、标准适宜、体系完备、功能完善、管理规范、保障有力的防灾减灾工程体系，海塘、江塘（堤）、水库、山塘等水利工程防护能力达到国家标准，城市防洪工程全线闭合，城市排涝全面达标，防御洪涝台能力达到中等发达国家水平。

几年来，“强塘固房”工程建设如火如荼。“十一五”期间，我省除险加固病险水库1160座，率先完成中央下达“三年内完成大中型和重点小型病险水库除险加固任务”；“十一五”期间，我省累计加固海塘388公里、水闸366座、堤防850公里。与此同时，我省已全面完成万立方米以上山塘排查工作，全省完成山塘综合整治350座。

“十一五”期间，在工程体系建设的同时，我省基层防汛体系建设等非工程措施有序推进。按照“组织健全、责任落实、预案实用、预警及时、响应迅速、全民参与、救援有效、保障有力”的建设要求，我省基层防汛体系建设内容涵盖了“健全组织体系，落实工作责任，完善预案体系，配置必需设施，健全抢险队伍，宣传防汛防台知识”等各个方面。以乡镇为单位，将辖区内的自然村、居民区、企事业单位、水库山塘、堤防海塘、山洪与地质灾害易发区等逐一划分，实行网格化管理。每一个网格都有明确的责任人，每个责任人都有明确的防汛防台任务，使全省基层组织基本达到“乡自为战、村自为战”的能力水平。“十一五”期间，该体系率先在台风频发的台州市开展试点。经过一年的试点，基层防汛体系建设在全省推开，目前已经覆盖全省1480个乡镇（街道）、30598个村（社区）。

“强塘”工程和基层防汛防台体系建设的深入实施，进一步夯实了抵御洪涝台旱灾害的工程基础，完善了抵御洪涝台旱灾害的非工程措施，在抗击台风、防御暴雨洪水、山洪与地质灾害以及高温干旱灾害中发挥了显著的防灾减灾效益。“十一五”期间，我省成功抵御“桑美”“莫拉克”等15个台风以及罕见“早春汛”、局地强降雨和高温干旱等灾害的袭击，全省实现没有一座水库因暴雨洪水垮坝，没有一处标准海塘、重要堤防因台风暴潮、暴雨洪水决口的目标，洪涝台灾害伤亡人数明显减少，灾害损失大幅降低。在今年的防汛期间，各地充分发挥已建基层防汛防台体系作用，迅速反应，群测群防，共转移危险区域群众近25万人，成功避免376起1879名人员可能造成伤亡事件的发生。五年来，全省水利防灾减灾的直接经济效益达920亿元。

民生水利篇

“十一五”期间，我省水利坚持以人为本，更加注重保障民生，进一步推进民生水利建设。以解决农村饮水安全为目标的千万农民饮用水工程建设是“十一五”民生水利建设的重中之重。工程自启动实施以来，受到了广大农村老百姓的热烈欢迎。

“十一五”期间，我省累计投入108.8亿元，解决了16800个行政村1517万农村居民和68万学校师生的饮用水问题，提前一年完成千万农民饮用水“十一五”规划目标。全省的农村饮水自来水覆盖率从2002年的62%提高到目前的95.8%以上。该项工程也被称为新中国成立以来在解决农村饮用水问题上力度最强、标准最高、规模最大、受益最广、速度最快的一项农村公益性工程之一。

万里清水河道建设是我省大规模开展的又一民生水利工程。“十一五”期间，我省结合“千村示范、万村整治”工程、农村环境“五整治一提高”工程和社会主义新农村建设，全面开展以清淤疏浚为主要建设内容的河道河沟治理，逐步恢复河道功能，提高河道行洪排涝能力，建立河道保洁长效管理机制，巩固了清水河道建设成果，也改善了广大农村地区水环境。

截至今年9月底，全省已完成清水河道建设、村庄河沟池塘疏浚、杭嘉湖河道清淤等共计24500公里。同时，按照“建设一段，保洁一段”的总体要求，已累计落实河道长效保洁31400公里，让清水畅流在青山之间，大大改善了农村村容村貌和生活生产条件。如今，一大批集防洪排涝、灌溉引水、生态景观、文化休闲于一体的河道整治示范工程，已经成为浙江大地上新农村建设和水环境整治的亮点。

五年来，我省结合现代农业园区和粮食生产功能区建设，以中央财政小型农田水利工程、“千万亩十亿方”节水工程、百万亩喷微灌工程和山塘综合整治工程为重点，开展大规模农田水利基本建设，积极促进农业增产、农民增收。“十一五”期间，全省实施国家大中型灌区节水配套改造项目34个、“千万亩十亿方”节水工程省级专项资金项目124个、小农水重点县建设20个、经济型喷滴灌示范项目228个，新增节水灌溉面积410万亩，新增年节水能力6.3亿立方米，提高农产品生产能力达14.5亿公斤，有效促进农业增产、农民增收。

与此同时，“十一五”期间，我省坚持服务“三农”，着力惠农富民，大力推进农村水电工作，启动实施“千站改造惠农保安工程”，全省农村水电发展与改革取得较好成就，全省新建农村水电站 349 座，装机 102.9 万千瓦，更新改造农村水电站 471 座，装机 28.2 万千瓦，5 年累计发电量 371.5 亿度。小流域治理、水土保持工作取得新进展，五年治理水土流失面积 4180 平方公里。

资源保障篇

水资源是不可或缺的生活、生产要素，也是十分重要的基础性、战略性资源。我省水资源总量虽然丰富，但是人均拥有量相对不足，时空分布不平衡，面临资源性缺水和水质性缺水双重难题，不但影响人民生产生活质量，也制约了我省经济社会进一步发展。

“十一五”期间，我省大力推进“水资源保障百亿工程”，围绕“以水资源的可持续利用保障经济社会的可持续发展”这个目标，优化配置、综合利用，强化水资源保障，加强跨区域引供水的综合协调，建立水源充足、水质良好、管网配套、城乡一体的供水网络，实施了一大批水源工程、引供水工程建设，逐步完善水资源保障体系，有效提高水资源供给能力。

五年来，我省编制了《浙江省百库水源安全保障工程实施总体方案》，启动了供水水库水源保护试点工作；编制了《浙江省水功能区水环境功能区划分方案》，强化水功能区监督管理；同时加强沿海平原承压地下水资源的保护，按照省政府要求，实现全面禁止沿海平原地区开采地下承压水。截至今年 9 月底，我省杭嘉湖和甬台温地区已累计完成封井 1325 口，占应封井数的 94%。

五年来，我省全面实施“十一五”节水型社会建设规划，岱山县成为我省首个节水型社会建设示范县，舟山市、义乌市、玉环县、余姚市被纳入全国节水型社会建设试点，节水型社会建设初见成效。据初步评估，全省万元 GDP 用水量从 2005 年的 156 立方米下降到 2009 年年底的 103 立方米；万元工业增加值取水量从 2005 年的 92 立方米下降到 70 立方米。

百亿保水，五载节水，成效斐然。目前，曹娥江大闸已经建成投入运行；湖州老虎潭水库、常山芙蓉水库、三门佃石水库等一批水源工程及玉环引水、洞头陆域引水等一批引水工程已相继建成并发挥效益；浙东引水萧山枢纽工程、舟山大陆引水二期工程、长兴合溪水库正抓紧建设；顺溪水利枢纽已经开工……“十一五”期间，我省新增年供水能力达 20 亿立方米，全省城乡供水能力不断提高，水资源配置不断优化，基本满足工农业生产、城乡居民生活等各类用水需要，水资源配置的总体格局已然基本形成。

与此同时，“十一五”期间我省科学合理地开发利用滩涂资源，新增滩涂围垦面积 60 万多亩，大大拓宽了我省经济社会发展空间。

“十二五”展望篇

春去秋来，五载轮回。弹指间，“十一五”尘埃落定，“十二五”即将开启。

“十二五”期间，我省水利将紧紧围绕一个目标，构建完善三大体系，着力推进五大工程。即围绕全面建设小康社会和社会主义现代化建设目标；构建完善标准适宜的水利防灾减灾体系，高效安全的供水保障体系，功能达标的生态河湖工程体系；着力推进强塘保安工程、资源保障工程、民生水利工程、水生态修复保护工程，水利行业能力建设工程，为我省经济社会发展提供有力的水利支撑和保障。

（原载于 2010 年《浙江日报》）

浙江：走在前列　争立潮头

省域面积不大，却撸起袖子加油干，水利投资完成总额连续多年位居全国第一。

地处江南水乡，却拧紧龙头过日子，最严格水资源管理“国考”连续多年获得优秀成绩。

建设任务繁重，却率先破题“重建轻管”，水利工程标准化管理有序推进。

防汛经验丰富，却打破常规提前部署，打赢多个台风及太湖高水位和钱塘江流域性大洪水的侵袭……

梳理浙江省近五年的水利工作成绩单，干货满满，成效斐然！

成绩的背后，是浙江水利系统对习近平总书记“干在实处，走在前列，勇立潮头”谆谆嘱托的遵守，是浙江水利系统为浙江经济航母快速前进护航的决心；也是浙江水利系统为 5000 多万浙江人民实现更美好生活的使命担当。

五水共治　践行系统治水的浙江答卷

2017 年 8 月 31 日，余姚城区的广安路上，有一群忙碌的身影，他们是正在进行城区组合式挡板防洪工程安装应急演练的工人们。不到半个小时，原本平坦的路面上就立起了一道防洪墙。

“这是被俗称为‘防洪神器’的新型防洪工程，城区已建成了 4.5 公里，每年都要组织应急演练。”余姚市流域防洪工程建设指挥部工程科科长张胜军说，“2013 年‘菲特’台风后，余姚市力补防汛短板，5 年来先后投资 200 多亿元，开展了六大工程建设，全面治理姚江水患，现在面对同样的台风灾害，余姚将更有底气。”

余姚，是浙江治水成效的缩影，也是当年浙江下决心系统治水的导火索之一。

2013年年底，面对余姚大水围城等“水多、水少、水脏”问题的严峻拷问，站在特殊发展阶段的浙江省委、省政府作出了实施“五水共治”战略部署，率先在全国打响系统治水的枪声。

“五水共治”下，浙江水利迎来新机遇，更面临新挑战。面对迅猛增长的水利计划完成投资数据，有浙江老水利人一度甚至直言“这是不可能完成的任务！”

“我们必须抢抓机遇，迎难而上，主动为之！”面对挑战，浙江省水利厅党组要求全省水利系统必须紧紧围绕省委、省政府的决策部署，苦干实干加油干！

2014年478亿元，2015年536亿元，2016年570亿元……五年来，浙江水利完成投资总额连创新高，连续多年荣居全国第一，并一次次站上了全国经验交流的舞台。

舟山大陆引水三期工程已完成大陆至本岛的海底管道铺设，扩大杭嘉湖南排、苕溪清水入湖、太嘉河整治等浙江太湖流域水环境综合治理五大工程已完成总投资80%以上……五年来，列入172项节水供水重大水利工程目录等的中央补助投资项目快速推进，浙江也作为落实中央投资计划执行较好的省份，受到国务院通报表扬。

五年治水，江河巨变！围绕“防洪水”“排涝水”，浙江水利以“强库、固堤、扩排”为建设重点，全面推进防洪工程建设。平阳顺溪水库、新昌钦寸水库等一批水库相继建成，钱塘江、瓯江、甬江大部分干堤完成加固，三堡排涝泵站、余姚泗门泵站等一批强排工程发挥作用，防汛基础不断夯实。围绕“保供水”，浙江以“开源、引调、提升”工程为重点，全力推进水资源保障工作，一批供水工程建成并发挥作用。围绕“治污水”，浙江水利打响清淤大作战、劣Ⅴ类水剿灭战。截至目前，已完成清淤2亿多立方米，221个省控断面Ⅲ类水以上占77.4%，比2013年提高了13.6个百分点……

五年治水，带给百姓的是实实在在的获得感。曾经有名的黑臭河——浙江省金华市浦江县浦阳江，通过治水治出了一个国家水利风景区，赢得百姓点赞。除了浦阳江，开化马金溪百里黄金水岸淌金流银；柯城石梁溪、庙源溪，两溪化蝶成衢州人民的“后花园”；仙居永安溪，婉转迂回，滩林密布，入围全国最美家乡河……浙江处处涌动着人水和谐的动人画卷，以实际行动践行习近平总书记提出的“绿水青山就是金山银山”的思想。

成绩有目共睹，但浙江治水却没有止步。2016年年底，浙江省委、省政府在“五水共治”的基础上，又作出聚焦防洪排涝、防灾减灾，实施“百项千亿防洪排涝工程”

的决策部署，未来五年，浙江将再投2000亿元建设100多项重大防洪排涝水利工程。

建管并重　开拓水利管理的浙江探索

浙江这个“优等生”是全面发展的，不但在水利建设上跑出了浙江速度，也在水利管理上走出了浙江实践。河长制，便是浙江加强河湖管护机制的探索成果之一。

早在2008年，浙江省湖州市长兴县就率先试行河长制。随后，嘉兴、温州、金华、绍兴等多地陆续推行。2013年11月，浙江省委、省政府出台意见，要求到2013年年底，省、市、县、镇（乡）四级河道实现河长制全覆盖。

五年来，浙江省已形成强大的五级联动河长制体系，全省近6万名河长用短短几年的时间，与所有治水人一起，共同写就了一部现代版“大禹治水”壮歌：全省河道实现保洁“全覆盖”，全省主要江河源头县实现全面禁止采砂，全省共整治河道1.48万公里，消灭垃圾河6500公里，整治“黑臭河”超过5100公里，拆除涉水违建2244万平方米……

“我们虽然起步较早，但也要有危机意识。目前，我们正继续深化河长制，全力打造浙江河长制的2.0版。”浙江省河长办有关负责人介绍，今年7月出台的《浙江省河长制规定》，使浙江成为我国首个在省级层面为河长制专项立法的省份。

建管并重，浙江还重在水资源管理上。虽然地处江南水乡，近年来，浙江却把落实最严格水资源管理制度作为减排减污、倒逼经济转型的有效抓手。五年来，经过全省上下的共同努力，浙江交上了一组“学霸”级考分，并在2014年、2015年以及“十二五”期末“国考”中获得“优秀”成绩。

建管并重，浙江还把重点放在了成千上万的水利工程上。2015年，浙江水利系统学习领会习近平总书记关于标准化工作的重要思想，以莫大的决心和气魄，率先在全国提出以水利工程标准化管理为抓手，扭转“重建轻管”的管理思路。

设立机构，制定标准，落实经费，高位推动……两年来，浙江水利系统将标准化管理工作摆在重要位置全力推进。通过两年的努力，目前，浙江已制定出台水库、山塘等11类工程23项管理规程办法，其中1项由省质监局发布；94个县（市、区）落实了标准化管理创建经费6.68亿元，确定了1.07万个创建名录，2761个水利工程完成创建，占创建目录的25.8%。

制度化、专业化、信息化、美观化！如今，走在完成创建的水利工程，改变由内而外：水库大坝修缮一新，管理界桩清晰可见，标识标牌整齐伫立，管理员拿着GPS巡查定位的智能手机，沿着地上标好的巡查路线，便能自动在电脑后台留下巡查轨迹……

“创建和实施标准化管理工作就像是一面镜子，照出了我们以往管理工作中很难发觉的盲区和缺陷。”浙江省绍兴市汤浦水库有限公司副总经理施练东说，标准化管理的实施，就是通过规范各个环节，让水利工程运行更加安全可靠。随着标准化管理工作的深入推进，可以预见，未来浙江将有越来越多的水利工程完成蜕变。

敢破敢立　创造改革创新的浙江经验

2017 年 7 月 12 日上午，浙江省首个采用 PPP 模式建造的水库工程——龙游高坪桥水库举行 PPP 项目框架协议签约仪式。这意味着，龙游县政府与社会资本方达成 PPP 项目合作，并开启长达 18 年的合作期。

“走 PPP 道路，是破解水利投融资难题的有效途径。”浙江省水利厅计划处有关负责人表示，近年来，浙江水利建设任务节节升高，但同时又面临着水利建设基金取消后的融资难题。浙江主动出击，积极探索，不断拓宽投融资渠道。除了高坪桥水库，近年来，浙江共有 8 个水利 PPP 项目完成签约，到位社会资本 54.07 亿元，此外，还有 29 个意向 PPP 项目，拟引入社会资本 181 亿元。

“弄潮儿向涛头立，手把红旗旗不湿”。浙江有创新的土壤，有创新的激情，也有创新的内生动力。在这片改革创新的热土上，浙江水利也从来没有停止过改革创新的步伐。

2016 年浙江率先在丽水等地实施建设“践行新时期水利工作方针先行区”，贯彻落实习近平总书记提出的新时期水利工作方针。围绕先行区建设，丽水市率先开创“河权到户”改革，全市 9 个县（市、区）100 条河道，已开展河道经营权承包到户试点。围绕先行区建设，丽水紧水滩水库创造了全国首个防洪调度保险，通过购买 25 万元防洪调度保险解决淹没补偿问题，硬是增加了 6000 万立方米的防洪库容。此外，永康、长兴、安吉等地也积极推进先行区建设，走出“浙江经验”“浙江探索”。

除了先行区建设，近年来，敢于“第一个吃螃蟹”的浙江水利人，以问题为导向，创造了遍地开花的改革成果：

宁波等地打通所有大中型供水水库，对水库实行联网联调，使水资源得到充分利用。

浙江率先为防汛防台中危险区域人员转移专项立法，保障防汛防台特殊情况时能实施强制转移。

浙江率先在德清等地开展小型水利工程产权制度改革试点，创新农村水利建管体制机制。截至目前，仅一个德清县就已颁发小型水利工程所有权证 2274 本，获得产权抵押融资金额最大一单达 3.4 亿元，受惠群众超过 15 万人。

还有，“堤防保险”“水价改革”“现代水利园区”……五年来，改革的音符在浙江大地不断跳动！

明者因时而变，知者随世而制。今年年初开始，浙江水利系统按照浙江省委、省政府的统一部署，又实行了“最多跑一次”改革，对自身行政审批动刀。

目前，这项改革还在持续推开、深化中，而浙江水利的 136 个行政权力事项已经实现网上运行，省级水行政许可事项已减至 9 项，审批时间从 20 天减少到 12 天，成为全国水利系统省级审批事项最少、审批时间最短的省份之一。

锤炼铁军　树立队伍建设的浙江标杆

2005 年，时任浙江省委书记习近平同志来到嘉兴南湖瞻仰中共一大红船，并发表《弘扬“红船精神”走在时代前列》一文，首次公开提出“红船精神”。

十年之后的 2015 年，浙江省水利厅厅长陈龙发表《弘扬“红船精神”践行“三严三实”》署名文章，要求全省水利系统切实做到“守规矩、有作为、讲奉献”，更好地肩负起“干在实处永无止境、走在前列要谋新篇”的新使命。

按照这九个字的标准，浙江水利系统层层落实主体责任，创新党支部标准化建设，着力锤炼一支能干事、干成事的水利铁军。

五年来，浙江水利铁军自我加压，撸起袖子加油干，掀起了“上下同欲兴水利”的浓厚氛围：在德清，主动要项目、讨项目，近年来水利投资年均增长 50% 以上；在兰溪，74.4 公里的“三江”堤防建设，5 年任务 3 年完成；在平阳，实施鳌江治理工程直指水头镇水患的历史顽疾……

付出总有回报。2017 年 6 月，当兰溪市再次暴发流域性大洪水时，兰溪近年的努力开始见效。据统计，2017 年兰溪洪峰水位达到 32.04 米，洪水位比 2011 年高，灾害却比 2011 年小，内涝受淹面积比 2011 年减少了 2/3 以上。

在浙江水利铁军的队伍中，还有一支“尖刀团”，他们是“千人万项”专家团。面对艰巨的建设任务，2015 年以来，浙江在全省水利系统深入开展“千人万项”蹲点指导，每年落实 1700 多名干部和专家，深蹲一线，指导服务上千个重大工程，带动面上近万个水利项目。

他们在一线，在工地，发现问题，解决问题，全力推动重大水利项目建设提速增效。据统计，至今年 8 月底，浙江全省已累计投入 23.8 万人次、39.1 万人日到现场蹲点指导，帮助发现 2915 个问题，解决 2608 个，问题解决率达 89%。浙江省省长袁家军批示该做法“很接地气、很有成效”。

蹲点服务，大干水利的路上，也涌现出了一批优秀的典型。安吉县水利局原总工程师谷红卫就是其中的代表之一。作为一名扎根基层30年的老水利，安吉境内几乎所有水利工程，都留有他的足迹。有人说他是“匠人”，对工程项目，精益求精；有人说他是“医院专家”，一大早跟他请教业务，先要排队挂号；也有人说他是“救火队长”，哪里有需要，他就在哪里。

今年2月10日，谷红卫因积劳成疾，不幸病逝。从确诊病情，到离开人世，只有短短2个多月的时间。而在谷红卫生命的最后时光，他仍心系水利，硬是在病床上完成了最后的工作。

生死茫茫，谷红卫却仿佛不曾走远。他是水库蓄起的每一滴水，是水电站点亮的每一缕光，是防洪堤下游百姓心中的那份安全感。

而在谷红卫背后，无数浙江水利铁军正和谷红卫一样，在这绿水青山间，一直守卫。他们将守卫数千条大小江河的安澜，他们将守护5000万浙江百姓的安居，他们更将为浙江省十四次党代会勾画的“大湾区”“大通道”“大花园”蓝图，提供最坚强的水利保障。

（原载于2017年《中国水利报》 郑盈盈）

浙江：潮起之江万象新

在新时代的浩荡浪潮中，浙江水利迎来了“转变之年、攻坚之年、创新之年”。“补短板、强监管、走前列，推进水利高质量发展”，任务艰巨，责任重大。

勇担新使命，奋力新作为！2019年，浙江水利人以行千里之精神，以致广大之视野，全力打好防洪排涝等六大攻坚战，全面推进水利改革等八方面重点工作，为浙江省“两个高水平”建设奏响了强劲的水利之声！

主动担当 在防汛一线践行初心使命

梅雨期长达30天，多轮强降雨接踵而至，超强台风“利奇马”正面袭击，成60年来登陆浙江综合致灾最强台风。

2019年汛期，浙江水利再遇新挑战，也交出了新答卷——全省大中型水库无一垮坝，重要堤防、沿海标准海塘无一发生决口。

这份答卷，离不开浙江水利人的主动担当、提前部署、科学调度、全力以赴！

2019年是机构改革后的第一年。面对新形势、新要求，浙江水利系统按照上级指示要求，坚持“宁可抓重、不可抓漏”的原则，充分发挥经验优势和技术优势，全员投身水旱灾害防御工作，把防汛战场作为主题教育的课堂，在防汛一线践行初心使命。

抓早抓实，未雨绸缪争取主动。早在2019年2月中旬，全省各级水利部门出动了4.3万人次组织开展了多层级、全覆盖的汛前大检查，检查工程3.36万处，并于汛前逐一落实整改措施。

滚动测报，当好防御“耳目”“尖兵”。整个汛期，水文预报部门俨然打响“没有硝烟的战争”，密切监视水情、雨情，及时发布预警信息，成为防汛决策的最佳“耳目”。浙江各级水利部门的“战地记者”，也通过山洪灾害预警平台触发山洪灾害预警1.43万次，发送预警短信224万条。

科学调度，泄蓄并举防洪减灾。全省“一盘棋”！2019年汛期，在水利部门的统筹调度下，全省大中型水库全力拦蓄95.8亿立方米、河网排水49.9亿立方米，成为确保江河安澜的主心骨！防御梅雨、台风期间，及时派出工作组，投入抢险人员9.4万人（次）、抢险机械1.29万台（班），成为支撑防汛抗洪的强力保障。

补齐短板　守护江河安澜　百姓平安

2019年4月29日，备受瞩目的浙江省百项千亿防洪排涝工程——温州市平阳县水头镇南湖分洪工程正式开工，标志着水头水患治理又迈出了关键一步。

水头，水头！地如其名，这里地势低洼，水患频繁，历来是浙江防洪排涝的重点短板。南湖分洪工程的开工，体现了浙江补短板的决心，也为水头人民送去了福祉。

不只水头，为了加速推进水利工程建设，过去这一年，浙江省水利厅深化厅领导班子分市联系服务“三百一争”工作机制，按照“一名厅领导、一名处室主要负责人、一名技术支撑单位负责人、一个机动服务组”的形式组建11个指导服务组，实现“定向＋精准”指导服务，有力推动重点项目建设进度。

截至2019年11月底，全省水利建设完成投资514.3亿元，完成率103%，龙游县高坪桥水库等一批标志性重大项目基本完工，黄南水库等项目全速推进，开化水库等重大项目通过审查；加固干堤134公里，病险水库除险129座，新增强排能力360立方米每秒……

治水安澜，固基强省！加快建设的防洪排涝工程，为浙江2019年平安度汛增加了底气。

2019年5月26日，缙云潜明水库大坝胜利封顶，主体工程提前7个月完工，正式具备挡水防洪条件。

工程的提速完工，不仅刷新了省内同类型、同体量水库工程建设速度的纪录，也为缙云百姓带来了巨大的防洪效益。

7月初，受梅雨带影响，缙云县普降大雨，局部大到暴雨，潜明水库错峰调蓄有效减轻了下游防洪压力。

浙江水利人用决心和毅力跑出的“潜明速度”，为50万缙云百姓筑起了一道确保江河安澜的“钢铁闸门”！

改善民生　推动农民喝好水　河湖换新颜

金杯银杯不如老百姓的口碑。浙江省水利厅始终牢记“民生是最大的政治”，坚决贯彻、狠抓落实，把农村饮用水达标提标和美丽河湖建设等两项民生实事，作为检验主题教育成效的主战场！

2019年11月，龙游县龙洲街道洪呈村的方大爷家终于通上了县城水厂的自来水：“以后再也不用为吃水问题犯愁了。”

一年前，浙江省委省政府一声令下，打响农村饮用水达标提标攻坚战。一年来，省水利厅牵头抓总，省级相关部门各负其责，市县党委政府狠抓落实，上下一心、共同发力，大力推行“大水源、大水厂、大管网”城乡规模化供水，农村饮用水达标提标行动势如破竹！

截至2019年11月底，全省已开工建设农村饮用水工程3454处，完工2666处，完成投资79.8亿元，解决农村饮用水达标提标人口522万人，完成率127%！全省有农饮水任务的83个县（市、区）全部明确县级统管机构，率先建立县级统管机制，破解建后管护难题。

如今，“城乡同质、县级统管”的目标逐渐清晰。

浙江水利人的民生情怀，通过汩汩清泉流进了百姓的幸福生活中，也写进了之江大地的绿水青山间。

清水入户，户户听水。站在新的历史起点上，2019年，浙江省水利厅、省治水办（河长办）统筹谋划，制定出台美丽河湖建设行动方案，配套出台验收管理办法、评价标准和评分细则等一系列评价机制，以“全域化、高质量”为目标，以“百江千河万溪水美”工程和河湖长制为抓手，展开了一幅“安全流畅、生态健康、水清景美、亲水便民、长效管护”的河湖新画卷。

截至2019年11月，全省建成146条（个）美丽河湖，完成中小河流治理685公里，河湖库塘清淤3700万立方米，完成无违建河道创建6587公里。浙江河湖长制工作得到国务院督查激励，并奖励资金5000万元。

如今，良好的河湖生态环境已成为最普惠的民生福祉和最具潜力的城乡绿色发展增长极。

强化监管　切实压紧责任　提高监管效能

一个时代有一个时代的长征。与时代脉搏同频共振，就是最好的解题之道。

自“水利工程补短板、水利行业强监管”水利改革发展总基调明确以来，浙江水利系统坚持“两手都要抓、两手都要硬”，全链条、全方位强化水利关键环节和重点领域监管。

“老乡，你们家平时喝的是什么水？从哪儿接来的？要不要交钱？”这是发生在缙云县壶镇西溪村道门自然村关于农村饮用水项目暗访现场的一幕。

2019 年 7 月 16 日一早，浙江省水利厅党组书记、厅长马林云一行从杭州出发，以“四不两直”的方式直奔缙云县，实地查看供水设备和山塘水源等情况。

过去一年，类似的暗访或督查在浙江水利系统达到 1568 次（个），暗访比例由原来的 20% 左右提升至 50% 以上。

从省级到各县（市、区），从建设监督管理体制到管理监督检查考核工作，从稽查重大水利工程到强化安全生产监管，一张强监管的大网正在铺开。

落实“节水优先”，浙江在全国率先开展县域水资源强监管综合改革，11 个县建立了以县域为单元的水资源刚性约束机制，钱塘江、分水江等 10 条（个）重点河湖开展流域水量分配工作和生态流量管控试点工作，水资源监控体系在全国率先通过项目验收……

守牢安全底线，浙江强化工程质量和安全监管，组织 50 批次共 270 人次对重大水利建设项目开展稽查和复查；强化水利建设市场监管，完成 171 家水利施工企业资质审查；加强水利工程管理，全年完成水利工程标准化管理创建 1940 处。在建重大水利项目没有发生质量事故，没有发生较大安全事故，连续 5 年获得水利部建设质量工作考核 A 级优秀。

强监管，浙江水利还敢于“亮剑”！ 2019 年，浙江省水利厅共对 18 个水行政主管部门及企业开展“警示约谈”，责成 7 个水行政主管部门及企业对有关单位及责任人进行责任追究；全省 2757 座小水电站开展整改、325 座小水电站清理退出；全省共发现河湖“四乱”问题 1852 处，已清理整治 1850 处……

深化改革　激活水利发展前进动力

明者因时而变，知者随事而制。浙江人的“弄潮儿”基因从未停止生长的步伐。

2019 年 8 月 10 日，受超强台风“利奇马”影响，宁波市横山水库征地水位线触发 111.17 米的“起赔红线”。保险公司立即核实并启动理赔流程，20 分钟就支付预赔款项 50 万元。全国首笔水库防洪超蓄救助保险顺利赔付。

这是浙江水利部门以市场化手段应对洪涝灾害的又一尝试。此举有助于解决水库防洪与库区淹没、防洪超蓄与开闸泄洪、淹没损失与经济补偿等多重矛盾，有效保障洪泛区受灾群众迅速重建家园。

“真的是方便极了，没想到这么快就能办好，还随时可以查看、随地可以获取。”2019 年 11 月 4 日，常山县水务发展投资有限公司负责人甘良友惊喜地发现，短短一天就获批了取水许可电子证照，效率之高让他赞不绝口。

从被确立为取水许可电子证照试点省、市到全国首张取水许可电子证照正式落地，浙江仅用了 27 个工作日，跑出了水利审批改革和数字化转型的“浙江速度”。

“弄潮儿向涛头立，手把红旗旗不湿”！过去这一年，在加大改革的浪潮中，浙江省水利厅共确定了 7 方面 23 项水利改革重点任务。“最多跑一次”水利改革走深走实，“网上办、掌上办、跑零次”100% 全实现；农业水价综合改革扎实推进，完成改革面积 1269 万亩，超年度目标 23%；水利数字化转型有力推进，整合了全省 44 个核心业务系统的全行业统一“水管理平台”上线运行，钱塘江流域防洪减灾数字化平台核心功能基本实现，洪水预报预见期延长至 72 小时……

改革之年，创新的因子也渗透在浙江各地水利高质量发展的坚定步伐里。宁波创新开展信用动态评价强化水利建设市场监管，绍兴柯桥推动小型水库管理体制改革，温州构建水利工程灾害保险模式 2.0 版……

干在实处，走在前列，勇立潮头！翻开 2020 年日历，新任务新使命已跃然纸上。浙江水利人将发扬“忠诚干净担当、科学求实创新”的新时代水利精神，勇于担当、敢于作为、善于创新，奋力推进浙江特色的水治理现代化。

（原载于 2020 年《中国水利报》 郑盈盈　徐鹤群　梅林蓉）

让绿水清波，荡漾百姓美好生活

——浙江水利的“重要窗口”担当

浙江是典型的江南水乡，长期以来村庄临水而建、产业依水而兴。但，浙江又是一个水资源较为紧缺的省份，人均水资源占有量低于全国平均水平，且易受台风、洪涝、干旱等灾害影响。处理好人与水的关系，实现生态保护与经济发展的共赢是浙江面临的重要命题。

15 年来，浙江水利贯彻落实“绿水青山就是金山银山”理念，积极践行“节水优先、空间均衡、系统治理、两手发力”的新时代治水思路，用最严格制度保护水资源、改善水生态，筑牢长三角地区的生态屏障；系统开展河道水系综合整治，以实现全域美丽河湖为目标，全面开展美丽河湖建设，实施“百江千河万溪”水美工程，将优质河湖生态资源转化为绿色发展新动能，展现了建设“重要窗口”排头兵的责任担当。

如今在广袤的之江大地上，水清岸绿、人水相亲，人民群众的安全感、获得感、幸福感持续增强，展现了一幅人水和谐、绿色发展的壮美画卷。

保障民生　重大工程织密“窗口”安全底线

水利工程安全直接关系人民群众生命财产安全，是打造“幸福河”的基本保障。面对多发的洪涝、台风等自然灾害，15 年来，浙江始终坚持“人民至上、生命至上”，先后实施了“千库保安”“强塘工程”“五水共治”“百项千亿防洪排涝工程”。目前，共有 4295 座水库、近 2 万公里堤防（含海塘）、近 5 万座规模以上泵站、1.12 万余处集中式农村供水工程，不断提升防汛防台能力，守住“重要窗口”的安全底线。

就在前不久，浙江迎来了一场空前考验：梅雨期长达 50 天，前后遭受了 9 轮强降雨，特别是 7 月 8 日，新安江水库实施建库以来首次 9 孔全开泄洪！

“大考”当前，形势严峻。但是，得益于 15 年来持续投入的水利工程建设，新安江水库泄洪期间，除局部低洼地段外，水库下游建德、桐庐等地基本安全。同时通过精准调度，减少下游受淹面积 123.8 平方公里，减少受灾人口 45 万人，实现了水利工程防灾减灾效益最大化、梅雨洪水影响最小化。

确保数量庞大的水利工程安全可靠运行，相当于为人民生命财产加了一道“安全线”。随着水利工程标准化管理的推进，截至 2019 年年底，全省已有 1 万余处水利工程初步实现了定标准、明责任、促长效的“小目标”。在此基础上，今年，浙江又提出全面推进水利工程产权化、物业化、数字化“三化”管理改革，进一步提升工程管理能力。

但是，“安全底线”仅仅是“合格线”。作为沿海经济较为发达的省份，汛情频发的另一面是用水紧缺，水资源空间、季节性分布不均，使缺水成为制约经济发展和百姓正常生活的“瓶颈”。

眼下，全省 4295 座水库的总库容达 448 亿立方米，相当于一个巨大的“盛水的盆”。如何嫁接一座桥梁，让困扰浙江发展的“水”转变为江南水乡最有力的资源优势，让绿水青山真正成为城乡发展的金山银山？浙江的答案是通过建立一系列引调水工程，改变水资源时空分配格局。浙江历史上投资最大、跨域最广的引水工程——浙东引水工程，就是这么一项“利在千秋”的水利工程。

2005 年，浙东引水代表性工程——曹娥江大闸枢纽工程开工；2013 年，浙东引水萧山枢纽至引曹北线（曹娥江至慈溪）工程全线贯通正式通水；同年夏季，浙东地区出现持续 38℃的高温热浪天气，平均降水量较常年同期减少 80% 以上，浙东引水工程启动的应急调水，保证了浙东地区工农业生产及环境用水，减少了旱情造成的损失。2013 年 2 月至 2020 年 7 月，浙东引水工程累计引水 32 亿立方米，惠及人口约 1200 万人。

一滴水里见民生。浙江不断探索取水与用水之道，让“清水”真正淌进百姓生活。2018 年，浙江全面实施农村饮用水达标提标三年行动计划（2018—2020 年），以“城乡同质”为目标，解决全省 803 万农村人口“喝好水”问题。绿水青山间，一座座美丽水厂（站），将汩汩清水送入千村万户。截至 7 月底，全省已累计完成 791.3 万人农饮水达标提标建设任务。

从防洪水到保供水，从“有水喝”到“喝好水”，浙江人与水的精彩“旅程”还在延续……

秀水惠民　美丽河湖打开价值转化新通道

对浙江人来说，水是人们赖以生存发展的源泉，更是心中深厚的乡愁记忆。从“万里清水河道建设”到“五水共治”再到“美丽河湖”，浙江总体水环境发生了翻天覆地的变化，河湖治理，也越来越突出生态、人文和产业特色。

在浦江县，一条以母亲河浦阳江为核心的狭长绿廊，一路悠然铺陈延展，串起湿地、树林、湖泊和农田，红色的骑行道、黄色的步行道、镶嵌在半山腰的钢木结构栈道，让人自由地漫步于江畔、丛林和田间。15 年来，浙江省水利部门共建设这样的美丽廊道有 4.7 万公里、滨水绿道 1 万余公里、滨水公园 2000 余处。亲水景观、亲水廊道的建设，已经成为众多美丽河湖的标配。

良好生态环境是最普惠的民生福祉。安全流畅、生态健康、人文彰显、管护高效、人水和谐的美丽河湖，吸引了民宿经济、乡村旅游等各种新业态“拥河”发展，河湖资源切实转化为城乡发展、惠民富民的经济优势，打通了“绿水青山”向“金山银山”转化的快速通道。

每年盛夏时，大量上海、杭州的客人都会选择在桐庐县芦茨村清澈的溪中游泳避暑，芦茨溪沿线的 3 个村庄也因“水”迎来了新的发展动力和机遇。在芦茨村，大大小小的民宿有 170 余家，普通民宿年收入都有 30 多万元，几个高端民宿能达到 100 万元以上。多年来对芦茨溪生态资源的保护与河流治理的投入，如今这里的居民和村集体正享受着数十倍的红利。

做好“水文章”，答好“生态卷”，绿色小水电的创建，为“美丽河湖”增添了生态底色。“十三五”期间，通过实施增效扩容改造项目，推进水电站下游河流生态修复，新建生态堰坝 56 个，新增生态机组 15 台，累计修复河流减脱水段

239 公里，100 座水电站获水利部“绿色小水电示范电站”称号，为“河畅水清、岸绿景美、功能健全、人水和谐”的生态景观打下基础。

与此同时，浙江深入贯彻“山水林田湖草是生命共同体”的理念，加强水土流失综合防治，将水土流失治理与“美丽乡村”、水源地保护有机结合，全省水土流失面积逐年减少，至 2019 年底，减少至 7908.1 平方公里。

“要像保护眼睛一样保护生态环境”，保护生态环境就是保护自然价值和增值自然资本，就是保护经济社会发展潜力和后劲。浙江以全域创建美丽河湖为抓手，充分发挥河道线性特点和廊道优势，将美丽乡村、美丽田园、美丽城镇串珠成链，让百江千河万溪成为浇灌大花园的“幸福河”。

强化监管　浙江水利迈向绿色高质量发展

“绿水青山就是金山银山”理念，为经济社会发展提供了一条兼顾经济与生态、开发与保护的新路径。

如何把有限的水资源用到最需要的地方？通过实施最严格的水资源管理和节水型社会建设，浙江水利提供了回答。今年 6 月，《浙江省节水行动实施方案》新鲜出炉，把节水作为生态环境保护和水资源可持续利用的重要举措，贯穿到经济社会发展全过程和各领域，强化水资源的刚性约束。通过节水可以倒逼产业转型升级，向集约节约利用自然资源的高质量发展新路转变，推动形成绿色生产方式、生活方式和消费模式。

6 月，全国首家“双零”燃煤电厂花落浙江浙能长兴发电有限公司。所谓“双零”，就是该公司生产全过程实现了“地表水零取用”和“废水零排放”系统，每年可节水 1600 万吨，在节约水资源的同时也达到了减排的目的。“我们的目标是，既不向‘绿水青山’取一滴清水，也不向‘绿水青山’排一滴废水。”浙能长电公司相关负责人说。

节水就是减排，节水促进增效，节水惠及民生。2019 年，浙江全省用水总量 165.79 亿立方米，连续五年实现零增长；万元国内生产总值用水量和万元工业增加值用水量分别为 26.6 立方米和 17.9 立方米，走在全国前列。

在永嘉，通过制定出台《超计划用水累进加价水费征收实施办法》，共 1700 余家企业已纳入非居民用水计划管理，企业浪费水现象得到改善；德清率先制订《德清县农业水价综合改革试点实施方案》，从改革农业水价入手，建立节水减排新模式；在全省范围，浙江还建立以县域为单位的水资源强监管体系，通过水资源优化配置、强化监管，确保为全省提供优质水资源、健康水生态、宜居水环境。

生态如水，发展似舟，保护生态、走绿色发展之路，已成为必然选择。浙江水利人始终坚持新时代治水思路，以实干担负起建设新时代美丽浙江的使命责任，筑牢生态文明之基，走好绿色高质量发展之路，让“绿水青山”与“金山银山”和谐共生，让浙江更美丽，让人民更幸福。

（原载于2020年《浙江日报》 黄丽丽　徐鹤群）

潮起之江幸福水

——浙江水利高质量发展纪实

岁月不居、时节如流，站在“十四五”开局回望，浙江水利走过了波澜壮阔的5年。

一连串数字浓缩着5年的时光：全省水利累计完成投资2880亿元，较“十二五”时期增长41.3%，水利投资规模位列全国第一；140项重大水利工程开工，119项完工见效，“十三五”期间水利建设质量考核每年被水利部评为A级优秀，长兴合溪水库等12个工程荣获水利行业最高科技奖“大禹奖”，获奖数全国第一……

一幅幅画面记录下5年的变迁：杭嘉湖南排工程、鳌江干流治理水头段防洪工程拔地而起，成为洪流风暴中的中流砥柱；316条美丽河湖绵延横亘于城乡之间，成为浙江大花园的生态底色；一座座美丽水厂点缀绿水青山间，将汩汩清水送入千村万户……

一组组数据、一幅幅画面的背后，是5年来浙江完善水安全、保障水供给、优化水环境的具体实践。“十三五”以来，围绕“节水优先、空间均衡、系统治理、两手发力”治水思路，全省上下同舟共济，全面推进水利基础设施建设，重点领域管理改革迈出实质性步伐，为“两个高水平”建设提供坚实的水利支撑，体现了建设“重要窗口”的水利担当。

保障民生　既要饮水安全，也要江河安澜

逢旱能灌，遇涝能排，这是每个浙江水利人的治水理想，也是水利工程建设的美好向往。

浙江，地处沿海，洪涝台旱灾害频发。补齐水利薄弱环节短板，提升防洪排涝减灾能力，是新时期水利工作的“第一要务”。从2017年起，浙江实施百项千亿防洪排涝工程，加速完善“上蓄、中防、下排”的防洪排涝工程体系，为老百姓筑起生命财产的安全防线。

2020年8月，受“黑格比”台风登陆影响，温州经历了风、雨、潮三重考验，但得益于鳌江干流治理水头段防洪工程的投入使用，“年年防台，年年受灾”的

平阳县水头镇安然无虞；2020 年梅雨期，新安江水库建库 61 年来首次 9 孔全开泄洪，在科学调度下，减少下游受淹面积 123.8 平方公里，减少受淹人口 45 万，实现水利工程防灾减灾效益最大化、暴雨洪水影响最小化……

5 年来，浙江在防御洪水台风的实践中砥砺前行，交上了一张张亮眼的成绩单：全省成功防御了“利奇马”“鲇鱼”等超强台风，战胜了 2016 年太湖流域超标准洪水和 2020 年钱塘江、太湖流域历史性“长梅”，洪涝灾害损失为“十二五”期间的一半，远低于全国平均水平。

对浙江来说，江河安澜是保障民生的底线，优化水资源配置网络、保障城乡饮水安全，才能为绿色高质量发展打开空间。“十三五”期间，浙江加快推进一大批水库（枢纽）工程、引调水工程，形成了以供水区为中心，水库（枢纽）工程为节点、引调水工程为主线、农村供水工程为补充的城乡水资源配置格局。

2019 年 5 月，缙云县潜明水库一期工程大坝主体工程全部完工，实现几代缙云人民的水库梦；2019 年 9 月，千岛湖配水工程正式通水运行，杭州人打开家里的水龙头就能喝上“农夫山泉”，城市供水格局从单一水源供应，转变为千岛湖、钱塘江等多水源供水；2020 年 6 月，新昌钦寸水库开闸，万顷碧波流进宁波的千家万户，可解决宁波近 1/5 人口的用水需求……

从“饮水解困”到“饮水安全”，从“喝上水”到“喝好水”，2018 年底启动的农村饮用水达标提标行动，让我省率先基本实现城乡同质饮水，也让浙江城乡供水能力从“面的覆盖”走向“质的提升”。“十三五”期间，浙江省工程新增年供水能力 15.9 亿立方米，新增 1054 万农村饮用水达标提标人口，县级以上集中式饮用水源地水质达标率提高到 97.8%。

同时，为把有限的水资源用到最需要的地方，浙江实施最严格水资源管理制度和节水型社会建设，2019 年度全省用水总量为 165.78 亿立方米，万元 GDP 用水量比 2015 年（按可比价计算）下降 33.7%，万元工业增加值用水量比 2015 年（按可比价计算）下降 41.3%，农田灌溉有效利用系数为 0.600，重要江河湖泊水功能区水质达标率为 97.1%，提前超额完成国务院下达的“十三五”期末目标。连续 5 年获得国务院最严格水资源管理考核优秀。2020 年《浙江省节水行动实施方案》的出台，进一步强化了水资源的刚性约束。

幸福接力　升级美丽河湖，串联美好生活

行走在江南沿岸，这里鱼虾成群、水鸟结伴，产业兴旺、游人如织，一条条美丽河湖镶嵌在广袤的之江大地，成为浙江“大花园”流动的“盛宴”。

人民群众对美好生活的向往是浙江治理河流的不竭动力。从“五水共治”到

"美丽河湖"，浙江河湖治理的目标不断升级、路径不断优化、内涵不断丰富，"浙"里的河流湖泊，正在从"安全""生态""美丽""富民"向"幸福"汇流。

生态，是美丽河湖的动人底色。

2018 年以来，浙江深入推进实施"百江千河万溪水美"工程，系统整治江河流域：在浦江，翠湖从"牛奶河"变身"游泳池"；在建德，引新安江水入梅城，重新激活千年玉带河……同时出台全国省级层面第一个水域保护的地方立法《浙江省水域保护办法》，使浙江水域管理迈入有法可依的新阶段。

共建，是美丽河湖的必由之路。

每一条河流都有自己的生命，每一位河长，就是守护河流生命的责任人。"十三五"期间，浙江率先出台全国第一部河长制地方性法规、率先推行"湖长制"、率先建立全国首家省级"河长学院"……在水利工程建设上，湖州市南浔区采用 PPP 模式吸引社会资本 20 余亿元推进"百漾千河"建设；宁海县盘活水利资产约 70 亿元，组建运作水投公司，为水利项目建设提供资金保障……社会资本的参与，为河湖建设源源不断注入活力。

富民，是美丽河湖的最终目标。

在开化县，马金溪"百里黄金水岸线"年接待游客 550 万人次，营业收入超 33 亿元；在诸暨市，黄檀溪畔拥有农家乐 50 家左右，每年接待市内外游客 30 万人次以上……浙江把河湖资源转化为城乡发展、农民致富的经济优势，推动绿色产业"拥河"发展，打通"绿水青山"向"金山银山"转化的快速通道。

水与绿相伴，人与水共生，碧水绕村、城水相依的幸福画卷在之江大地徐徐铺展。衢江、新安江、富春江、曹娥江、瓯江丽水段、苕溪等主要江河及其重要支流已基本形成美丽生态廊道，滨水绿道基本全线贯通，松阳松阴溪、天台始丰溪被水利部授予"长江经济带美丽河流（湖泊）"称号，德清蠡山漾第一个通过全国示范河湖验收。

数字赋能　巩固发展成果，激发发展活力

2020 年 4 月 15 日，钱塘江流域防洪减灾数字化平台 2.0 正式上线，打通了省市县三级，各类水雨情、洪潮预报、防汛形势研判、预警发布、联合调度、抢险支持等信息一目了然，成为浙江省水利厅构建完善水旱灾害防御工作体系的重要一环。

从"治水"到"智水"，浙江水利主动拥抱数字化改革新征程，深化水利数字化转型。"十三五"期间，上线了浙江省水管理平台等一批应用。在钱塘江流域防洪减灾数字化平台、山洪灾害预报预警平台的"助攻"下，我省成功应对了

“超长梅”大考；城乡供水管理平台已实时接入 11112 座水厂及 9823 处水源地信息，农村水电站管理数字化应用实现了生态流量在线监测。

“智”治是趋势，安全是底线。区别于水利工程建设基本形成的规范体系，遍布全省的水利工程，普遍存在管理人员缺位、管理方式粗放等问题。确保这些水利工程安全运行，是水利行业的底线要求，也是经济社会高质量发展的题中之义。

2015 年底，浙江全面推行水利工程标准化管理，率先迈出强监管的步伐。5 年来，1 万余处水利工程标准化管理创建，大中型水利工程标准化管理合格率已达 100%，率先基本建立了水利工程运行管理标准体系和制度体系，交出了一张以水利助推经济社会高质量发展的高分答卷。

2020 年 11 月，《浙江省水利工程管理“三化”改革试点方案》出炉，水利工程管理产权化、物业化、数字化接力续航，进一步巩固标准化建设成效，提升水利工程管理水平。

水利强监管，不仅要强化工程管理，还要规范涉水行为。2020 年，浙江省水利厅制订《浙江省水利监督规定》，加大厅领导带队的综合督查和“四不两直”暗访督查力度，并综合运用多种手段规范涉水行为，划“红线”，亮“底线”！组织编制钱塘江等 11 条跨行政区河流流域水量分配和生态流量保障方案，启动取用水管理专项整治行动，基本完成全省取水工程核查登记工作。2020 年完成水利部布置的 865 条河流划界，整改河湖“四乱”问题 400 个，率先完成 3083 座长江经济带小水电清理整改任务。

波澜壮岁欣回首，敢在人先又续征。展望“十四五”，浙江水利将坚持“党建引领、业务为本、数字赋能”，全力打造浙江水网，推进浙江水利高质量发展，争创水利现代化先行省，让涓涓幸福河湖汇成“重要窗口”的靓丽风景。

（原载于 2021 年《浙江日报》 黄丽丽　徐鹤群　梅林蓉）

浙水十年见安澜

——浙江水利十年回眸

十年潮涌，逐浪前行！

“浙”十年，是浙江水利守好“红色根脉”，踔厉奋发、坚毅笃行的十年；“浙”十年，是浙江水利践行“八八战略”，干在实处、走在前列的十年。

十年来，浙江水利始终沿着“节水优先、空间均衡、系统治理、两手发力”治水思路，坚决扛起水利人的天职天责，书写了兴水利民的新篇章，为浙江“两个先行”提供坚强保障！

2013 年 10 月，受台风“菲特”带来的强降雨影响，姚江余姚站最高水位达 3.40 米。水淹余姚！交通瘫痪，断水断电，83 万人受灾……“菲特”台风成为每一个余姚人的黑色记忆。

2022 年 9 月，第 12 号台风“梅花”带来的短时强降雨，洪水汇聚姚江，让余姚市水文站水位再创新高，达到 3.67 米，比“菲特”期间足足高了 27 厘米！然而，这次洪水平稳过境，余姚城区秩序井然。

时隔 9 年，“锅底”余姚顶住了！这一变化离不开“菲特”台风之后，浙江省委省政府实施的“6 + 1”工程建设。

“东泄、上蓄、西排、北排、中疏、低围”！在今年“梅花”台风防御中，余姚的防洪排涝工程“组合拳”发挥关键作用。其中，四明湖等“一大三中”水库充分发挥错峰拦蓄作用，共拦蓄洪水 7635 万立方米；姚江上游西排工程和余姚西分工程累计排水 2480 万立方米，降低姚江主城区段水位 19 厘米。

余姚之变，不仅折射出浙江人痛定思痛的决心，也折射出浙江水利十年奋进、“强筋壮骨”、大力建设骨干防洪排涝工程的恢宏巨变。

2013 年，“菲特”之痛后，浙江作出“五水共治”的重大决策部署，防洪水、排涝水……一批防洪排涝骨干工程应运而生。

2016 年，浙江实施“百项千亿防洪排涝工程”，5 年投入 1600 亿元推进 116 个项目，决心全面补齐防洪排涝短板。

2020 年，浙江又一次拿出“砸锅卖铁修海塘”的气魄，以实际行动贯彻习近平总书记关于生态海堤建设指示精神。实施海塘安澜千亿工程建设，计划投资 2000 亿元筑牢沿海生命线、风景线、幸福线……

2022 年，浙江坚决贯彻中央加强水利基础设施的决策部署，吹响“大干水利、大干民生”的号角，全力推进重大水利工程建设，能早则早，能快则快，能多则多！

回眸十年，每每在关键时期，浙江水利人总是能抢抓历史机遇，乘势而上！十年来，浙江累计完成水利投资 5266 亿元，位居全国前列，年度总投资从 352.5 亿元到 621.8 亿元，连跨 3 个百亿台阶。其中，今年前三季度，浙江已累计完成年水利投资 512.6 亿元，首次突破 500 亿元大关。

“年年抗台，年年受灾”的平阳县水头镇，打出鳌江干流治理“组合拳”，从原来的不设防提高到 20 年一遇防洪能力；位于三江交汇之处的兰溪市，实施兰溪城区防洪标准提升工程，建起了一道道坚实的防洪屏障；杭州三堡、八堡排涝泵站先后加入扩大杭嘉湖南排工程“组团”，扛起了平原地区的排涝担当；西险大塘达标提标工程等一批谋划多年的项目拉开建设序幕……

奋进十年，浙江江河安澜更有底气！目前，浙江全省主要流域防洪排涝体系已基本形成，八大流域干堤达标率由不到50%提高至90%。十年来，浙江成功防御了“利奇马”“烟花”“梅花”等台风以及2017年、2020年钱塘江流域梅雨期洪水，新安江水库成功实施历史上首次9孔泄洪。水库不垮坝、重要堤防不决口、重要基础设施不受冲击，浙江做到了！

水乡浙江也闹“水荒”！水资源的时空分布不均，曾为这个经济社会快速发展的省份带来“成长烦恼”。

不能让水资源成为制约经济社会发展的“瓶颈”。遵循习近平总书记的嘱托，十年来，浙江结合实际，上下求索，吹响大干水资源保障工程的嘹亮号角。

千岛湖配水工程正式通水运行，杭州人打开家里的水龙头就能喝上“农夫山泉”；浙东引水工程全线贯通，累计引水超48.5亿立方米，为杭绍甬舟地区注入发展源泉；钦寸水库、朱溪水库、开化水库等一批“水缸”陆续建设，成为保障生产生活的耀眼“明珠”……

十年砥砺奋进，浙江全省累计新增水库总库容6.2亿立方米，新增年供水能力28.8亿立方米，县级以上集中式饮用水水源地水质达标率提高到97.8%。

开源节流，双管齐下。回眸十年前的那个金秋，党的十八大明确“完善最严格的水资源管理制度”。十年来，浙江贯彻落实“节水优先”治水思路，出台《浙江省节水行动实施方案》，不断强化水资源刚性约束，努力打造南方节水样板。

十年间，浙江连续6年获国家最严格水资源管理制度考核优秀等次，在“十三五”期末考核中列全国第一。2021年，浙江全省用水总量、万元GDP（地区生产总值）用水量较2012年分别下降25.14%、66.54%，在GDP持续增长的情况下，实现了用水总量的持续下降，为经济社会注入澎湃活力。

潮涌钱江立涛头，“浙”水泱泱润民生。饮水安全是“国之大者”的重要民生福祉。十年间，浙江水利不仅建好城市“大碗”，更关注农村喝水的“小碗”。2018年年底，浙江高标准提出以“城乡同质、县级统管”为目标，打响农村饮用水达标提标行动攻坚战，累计投入214亿元，新增全省农村饮用水达标人口1054万人，让“浙”里乡村喝上好水。

十年接力，匠心筑造，“浙”水更甜了！截至目前，浙江农村饮用水达标人口覆盖率超95%，城乡规模化供水人口覆盖率超85%。浙江更是在全国率先实现城乡同质供水，为乡村振兴提供坚实保障。

“绿水青山就是金山银山”理念在这里发源，河湖长制在这里启航。水是诗画浙江最灵动的生态底色！水是浙江人民美好生活的幸福源泉！

2013年，浙江又一次站上治水的制高点，省委省政府以“壮士断腕”的决心和力度，实施“五水共治”，率先全面推行河长制，开启浙江河湖的系统治理之路。

十年勇当先锋。浙江率先建立省、市、县、乡、村五级河长体系，率先颁布地方性法规《浙江省河长制规定》，成立全国首个河长学院，制定地方标准《河湖长制工作规范》，推行“河长在线”数字化改革，打造“绿水币”公众护水品牌，建立河湖长制工作联席会议制度，全省5万余名河长履职担当，全面织成“党政统领、部门协同、社会共治”的治水防护网。

十年孜孜以求。浙江系统谋划、水岸同治、整体推进，坚持把河流治理与浙江经济社会发展大局紧密结合，综合统筹河湖安全、生态、文化、便民等因素，多规融合同绘一张蓝图，建一条、成一条，治理一片、见效一片，推动以河流为纽带的流域（区域）高质量发展。

十年来，浙江新增水土流失治理面积5635平方公里，建成省级美丽河湖443条，新增治理中小河流5000公里，重要江河湖泊水功能区水质达标率由“十二五”期末的75.8%提高到“十三五”期末的98.0%。老百姓对治水的满意度从2013年的57.65%提高到2021年的90.03%，实现8连升。

十年治水，久久为功。良好的河湖生态环境已成为浙江最普惠的民生福祉和最具潜力的城乡绿色发展增长极，绿水青山的生态优势正逐步转化为金山银山的经济优势。在平阳，九叠河交错于碧绿的水田之间，鳌江北岸“陆家嘴”金融商务中心拔地而起；在开化，打造马金溪“百里黄金海岸”，培育农家乐500余家，撬动社会资本投资80多亿元参与发展绿色产业；在德清，十字港水系综合治理工程正在书写田园牧歌式的诗意生活，带动首个全省现代水利示范区落户洛舍漾畔，推动文旅新业态生根发展。

“诗画江南，活力浙江。”这是浙江新诞生的省域品牌主题词。作为中国革命红船起航地、改革开放先行地、习近平新时代中国特色社会主义思想重要萌发地，浙江不仅有如诗如画的江南美景，更有勇立潮头的改革精神。

全国第一张取水许可电子证照在衢州落地，进一步深化水资源管理审批制度改革；丽水探索开展“河权到户”，用河道经营管理权改革实现山区河流有人管、有钱管、管长远；温州市创新探索建立水利设施灾害保险机制保障水毁工程快速应急抢修，提高水利工程防灾减灾能力……

十年来，浙江水利坚持不破不立，奋勇推进理念创新、实践创新、制度创新。面对治水主要矛盾的转化，浙江建立起了规范监督工作的《浙江省水利监督规定（试行）》等一系列务实管用的监管制度、标准，推进水利强监管落地见效；面对数字浪潮，浙江“先行赶考”，以数字化改革引领系统治水新模式，集成浙里“九龙联动治水”综合应用，探索“智水”新思路，推动治水工作制度重构、流程再造、系统重塑；水利政务服务事项实现全省无差别受理、同标准办理，投资项目审批减事项、减时间、减环节、减费用，营造了良好的水事营商环境。

十年来，浙江水利坚持建管并重，开创制度治水、制度管水新局面。2015 年 11 月，浙江省政府召开了以全面推行水利工程标准化管理为主题的全省水利工作会议，在全国率先吹响水利工程标准化管理“集结号”，破除水利工程“重建轻管”沉疴。2020 年 11 月以来，浙江省政府高位推动水利工程“产权化、物业化、数字化”改革，逐步构建起产权归属清晰、责任主体明确、管理智慧高效的水利工程管理体系，水利除险保安能力大幅度跃升。

十年感恩奋进，十年精彩蝶变！一系列根本性、开创性的重大举措，为水利高质量发展注入澎湃动力，形成了一批可复制、可推广的“浙江经验”“浙江方案”。

砥砺先行志，勇当先行军。站在新的历史起点上，浙江将切实发挥省级水网先导区示范引领作用，加快浙江水网建设步伐，高标准谋划全域幸福河湖行动，为浙江实现中国特色社会主义共同富裕先行和省域现代化先行提供坚实的水安全保障！

（原载于 2022 年《中国水利报》 郑盈盈　梅林蓉　蔡麒麟）

时隔25年重访世界矾都，人、矾、水发生了怎样的改变？

25 年前，在浙江省温州市苍南县矾山镇，记者曾目睹因矾矿开采导致河水污染、河道淤积、农田无收，两岸群众苦不堪言。有着“世界矾都”盛誉的矾山镇，产矿龙头企业国营矾矿厂一度面临关停还是转型升级的艰难选择。

25 年后，记者再次踏上这片神奇的土地。站在曾经光秃秃的荒山坡上，从脚下向四面八方蔓延开去的，是浓得化不开的青葱翠绿，层层叠叠，生机盎然。25 年后的照兰溪水流清澈，岸边是绿油油的农田。红中透紫的杨梅正值成熟的季节，团团簇簇，挂满枝头。

从“艰难”到“幸福”的转折点在 2003 年 6 月。时任浙江省委书记的习近平同志在历时 118 天入村调研后，作出实施“千村示范、万村整治”工程战略决策，从全省近 4 万个村庄中选择 1 万个左右进行全面整治，把其中 1000 个左右建成全面小康示范村。

20 年来，“千万工程”让人们对新时代中国乡村价值有了再认识，矾山镇也作出了自己的幸福选择，走出了自己的发展自信。包括照兰溪在内的一条条污染河、断流河、垃圾河，如今成为安澜河、美丽河、幸福河，之江大地万千乡村因水而美、因水而兴。

矾与水的和解，人与自然关系的重塑

矾，曾经离我们的生活很近。是添加剂，“国民早餐”油条加了矾就蓬松酥脆；是“净水器”，水可通过矾沉淀杂质、净化水质；还可入药、造纸、制革……矾一度成为炙手可热的资源。如今，矾的这些功能逐渐被其他更健康、更先进的物质和工艺代替，明矾需求量大大减少。

矾山镇，明矾储量占世界的60%，占中国的80%，被誉为“世界矾都”。新中国成立之初，以炼矾业为主要经济支撑的矾山镇，工业生产总值占整个温州市的1/3，一跃成为温州市名副其实的“工业心脏”。但采矿工艺和生产方式的落后，给矾山带来了巨大的环境代价：河流污染，植被破坏。

矾山镇镇长林文影说，矾矿的污染治理从20世纪80年代就开始了，但受经济利益驱动，收效甚微。

2003年“千万工程”实施之后，矾山的整治力度逐年加大，一大批中小型矾矿厂被强行关闭。直至2017年，政府下大力气“断臂求生”，整个矿山全部停产，矾矿污染随之一去不返。

矾矿开采的初心在净水，矾山新生的根脉在活水。结合“千村示范 万村整治”工程，“万里清水河道”建设应运而生。浙江水利部门以河湖长制为引领，又先后开展了“中小河流治理”“百河综治”“百江千河万溪水美工程”等河道治理工程，一条条河流开始脱胎换骨。

采矾停下来，清水流起来。2016年以来，苍南县水利部门累计在矾山镇投入6000余万元，治理小流域10平方公里，新建加固护岸15公里，拓宽疏浚河道3公里，拆建堰坝27座……“昔日污水靠蒸发，如今清流绕人家，”矾山的老百姓说，“矾山的变化最明显的就是水。”

矾山打开了历史新的篇章，人、矾、水也开启了新的相处模式。

矾矿山周围山峦一年年复绿，矿山脚下蜿蜒的矾山溪静静流淌。人们行走在滨水栈道上，水中鱼翔浅底，远处层峦叠翠，矾矿炼矾炉群等工业遗址映入眼帘，厚重的历史气息扑面而来。

河面宽阔的照兰溪再也看不到当年的淤堵，碧水逶迤向东，下游福建省前岐镇的入海处空气清新、海鸟翻飞。这块盛产杨梅和柚子的宝地，每到夏冬时节，总是鲜果飘香。

“千万工程”让“世界矾都”恢复了一个乡村本来的面貌。对矾山而言，“千万工程”不仅是停产治污、整治环境，更重要的是引发了人们对人与自然关系的认识、思考和重塑。

矾山镇党委书记林开新对此感悟颇深:“矾与水,都是自然生态系统的组成部分,矾、水、人的和谐共生是矾山可持续发展的根基,也是矾山人幸福绵长的保障。”

一片绿一座山,一位老矾工的牵挂

“水是矾山的脉。矾山需要清澈的水,更需要大手笔实现水系连通的水脉。”66岁的张传君曾经是温州矾矿的老职工,后任苍南县政协主席。退休后,他一直致力于矾山矾矿工业文化的宣传和保护。

矾山的转型需要水的滋养。张传君认为,矾山已进入后工业时代,如何让生态文明与后工业文明共同作用,从更大的水网空间着眼为矾山带来新的发展机会,是摆在矾山面前的一个课题,也是他心中深深的牵挂。

“2019 年年底我刚到矾山任镇长,第一件事就是‘找水’。”林开新说,“我们的水过去受过‘伤’,产业转型首先要让‘好水’看得见、摸得着、喝得到!”

近年来,苍南县水利局投入 2000 多万元助力矾山水源地扩建,有效解决了矾山镇水源单一、应急能力差的问题。2019 年,又投资约 1000 万元改造提升矾山溪,建设拦水堰坝、亲水平台、观景点、木栈道,方便人们亲水近水。

温州市水利局局长李红健说,“十四五”期间,温州市把矾山的水系连通纳入全市水网建设布局,打造现代化水管理体系和水治理示范,为矾山的转型提供坚实水保障。

张传君这位老矾工的牵挂,也是千千万万乡村百姓的共同期盼。

2005 年,在“千万工程”实施的第三年,习近平同志在浙江余村提出了“绿水青山就是金山银山”,近 20 年来,一幅幅生态美、百姓富的幸福画卷在之江大地铺展开来。

苍南县莒溪镇党委书记陈楷曾经在矾山工作过,他把在矾山推动山水之变的经验应用到新的岗位:投入 3000 多万元开展治污净水,打造 600 米长的莒溪大溪“风情水街”,将莒溪镇建设成温州市乐水小镇、水美乡村。

与矾山镇毗邻的桥墩镇八亩后村,得益于好水的滋养,成为桥墩千年茶业的传承基地,并依托万亩无公害有机茶园发展生态旅游,将“好山好水好茶”打造成引流 IP(知识产权)。

成功创建 9 条美丽河湖、5 个乐水(水美)小镇、15 个水美乡村,矾山镇南堡村被评为 2020 年浙江省美丽乡村特色精品村……水网空间多大,发展空间就有多大。苍南县水利局局长甘先景说,苍南正在积极促进“美丽河湖”与“文体农旅”深度融合,打通绿水青山向金山银山转化的通道,为乡村振兴、共同富裕提供绿色动能。

从古遗址到“新富矿”，面向未来的转型。

戴上安全帽，坐上小火车，沿着曾经运送明矾的轨道，可穿梭于矿山、巷道和斜井，体验矿工生活，揭开“世界矾都”的神秘面纱。

这个矾山镇新打造的旅游项目自推出以来就广受欢迎。今年“五一”期间，仅小火车的门票收入每天就近万元。

600多年开采史给矾山镇留下了100多处矿业遗址，以及炼矾工艺、矾塑、矿工号子、矾业民谣等一批非物质文化遗产。随着矾矿申报“世界工业文化遗产”的进程加速，它的文化魅力，正逐步被世界发掘。

文化加持，这处世界级的矾矿“活遗址”，正在成为矾山产业转型的“新富矿”。

世界矾都矿山文化产业园、国家矿山公园成为新名片；“探矿之旅”研学活动、“山水之旅”康养活动成为旅行新业态；地下硐穴酒店、工厂车间酒店充满现代工业风，特色精品民宿展现矾山烟火气……矾山的工业文化旅游正在快速发展。2022年全镇旅游人数超80万人次，旅游经济总量达1200万元。

习近平同志在2003年“千万工程”启动会上强调：要正确处理保护历史文化与村庄建设的关系，对有价值的古村落、古民居和山水风光进行保护、整治和科学合理地开发利用。

在矾山镇，一座座历史古村落正在依托山水资源和矾矿遗迹焕发出新的生机与活力。

福德湾古村，因为保留了很多古民居，结合矾矿遗址，入选“中国首批传统村落”“第六批中国历史文化名村”名录。

埔坪村内，百年甘宋溪穿村而过，春季油菜花满地金黄，夏季水塘里荷叶田田，溪滨公园成为美丽乡村的核心景观。

鹤顶山上，矾山溪旁，嘉祥村依托300多年来积淀的孝文化，正在打造“山水田园·崇孝尚廉”的清廉村居。

“世界矾都”25年前的艰难选择，如今已经有了清晰的答案——

矾山镇正在实施“幸福矾山”创建行动，计划到2025年，工农业总产值50亿元以上，年游客总人数突破150万人次，城镇居民人均可支配收入6.3万元以上。同时，常态化推进人居环境整治，建设现代化美丽城镇和美丽乡村，打造生态宜居新空间。

幸福在绿色发展，幸福在山水之间，幸福在文化传承。“世界矾都”正在以青山绿水之美、文化遗产之雅，蹚出一条通往幸福的非“矾”之路。

（原载于2023年《中国水利报》 李平　迟诚　郑盈盈　钟若茜）

一滴水折射的乡村重塑

——“千万工程”里的水利故事

年近70岁的蔡继兴，是浙江省天台县平桥镇金碧村的老支书。这天，他用货车拉着满满两大蛇皮袋的番薯来到了台州市天台县水利局门口。

“要不是你们修好了村里的拦水坝、防洪堤，我们哪有这么好的收成！”

他气喘吁吁地放下番薯，激动地握着水利局工作人员的手。

这是发生在2022年11月25日的一幕。那一段时间，天台县水利局门前时不时迎来各村的乡亲们。送锦旗、送番薯，乡亲们用朴素的方式表达对水利部门的感激之情。

2023年端午节前夕，记者深入浙东乡村采访“千万工程”，刚到天台县，就听到了这个故事。

之后的几天，记者听到了更多关于水甜、水美、水富的幸福故事。水，正在润物无声地深入万千乡村的生命肌体，带来潜移默化的改变。

保障乡村基本民生——城乡共饮一缸水

走进绍兴市上虞区汤浦镇达郭村村民毛如立的家，仿佛走进了一个小小植物园，满院子花花草草，造型别致。

毛如立正在浇花。谈到用水的变化，他回忆道：“早些年我们都是到远处去挑井水喝，吃水是个老大难。2005年左右，政府给家家户户都安装了自来水，一拧水龙头，水哗哗就来了。”

浙江人也会缺水喝吗?

2003年之前，浙江深受水污染和水资源短缺的困扰，出现“江南水乡没水喝”“海岛、山区找水喝”的现实尴尬。

2003年“千万工程”提出后，浙江当年就迅速启动了“千万农民饮用水工程”。到2017年，全省建成供水工程2.92万处，覆盖农村人口3200万人；农村自来水覆盖率由2002年的62%提高到99%，基本实现了农村居民“有水喝”。

“有水喝”同时还要“喝好水”。2018年浙江接续擘画蓝图，聚焦“城乡同质、县级统管”，启动农村饮用水达标提标三年行动，将推进农村供水规模化发展和城乡供水一体化，作为高质量推进乡村振兴的关键一招。

作为全省农村饮用水达标提标行动的标杆，绍兴市上虞区20年来累计投入20亿元改善农村饮水条件。如今，上虞区城乡一体化联网工程覆盖人口比例超

96%，农村饮用水达标人口覆盖率达 100%。

“现在的水是甜的，拿来泡茶特别香！”毛如立说，言语之间流露出幸福和满足，“而且遇到大旱，也没断过水。如果临时出现问题，很快有人来修，小半天就解决了。”

“很快有人来修”，说的就是浙江城乡供水数字化管理平台——“浙水好喝”的功劳。

在上虞区供水公司数字化管理中心，中控平台 24 小时专人值班，大屏幕显示着 12 辆维修车的 GPS（全球定位系统）定位，代表 12 支专业化检修队伍此刻待命的位置。一旦哪里出现问题，最近的车辆就会第一时间应答并赶到现场，实现水质管理“最多 1 小时”工作圈。

温州市苍南县桥墩镇八亩后供水站，设立在五凤茶园附近的小山包上，院落干净，设备整洁。记者碰到正在巡检的技术人员王楹，他说：“供水站平时无人值守，我们每周巡查一次。这里配置了自动投药、安防监控、在线监测设备，数据会实时传到县城水务‘智慧中心’。”

水站无人值守，平台远程控制，数据联网直达省水利厅……在浙江，城乡供水数字化管理平台已经实现全省联网。

截至目前，围绕农饮水达标提标，浙江已累计投入近 240 亿元，全省城乡规模化供水人口覆盖率超过 90%，农村供水工程供水保证率超过 95%、水质达标率超过 96%，在全国率先基本实现“城乡同质饮水”目标。

城乡同饮一缸水，体现的是城乡基本公共服务的均等化。在浙江，农饮水达标提标给农民带来的不仅是“喝水无忧”，也带来了身份认同和价值认同，这让他们更有信心、更加主动地参与到乡村振兴的建设中来。

唤醒乡村内生动力——水美乡村引客来

走进台州市天台县安科村，一排排小楼房掩映在绿色中。浅山远望，溪水静流，一米宽的水渠里河水清清；水面上白鹭翻飞，水中锦鲤摆尾，两岸柳绿花红。

站在村口游客接待处“水韵安科”牌子下面，安科村党总支书记裘旦梁说，以前这里都是养猪场、养兔场，污水直排，溪水又黑又臭。

在 2003 年之前，浙江这样的乡村不在少数。2003 年，以整治农村人居环境为目的的“千万工程”正是在这样的背景下诞生，水利配套的“万里清水河道”“百江千河万溪水美工程”等河道治理工程也先后启动。

安科村一方面对违规养殖场进行集中整治，一方面积极开展河道清障、疏浚活水、控污截污、生态修复……母亲河始丰溪终于恢复了清澈畅流。

安科村不满足于此，还要把水的文章做得更大。

2021 年，浙江省唯一的水利部水系连通及水美乡村试点县落户天台县。

天台县水利部门对安科村入口两侧水景观及水系进行串联改造，辐射带动周边水系的互连互通；新建卵石护岸、景观栈桥、花海亭廊等滨水景观，形成“15 分钟亲水圈”。

环境好了，游客多了，安科村的农家乐产业也随之发展起来。汲取养殖场致污教训，安科村在每个“农家乐”都铺设了污水管道，实现污水集中收集和处理；实行“一米河长”，全村 54 名党员义务参加巡河护河；设立“生态银行”“积分超市”等常态化管理机制，实行分段护河保洁员制度；组织专业化培训，建立群众参与机制，当地村民成为河道公益性维护的重要力量。

看，水系连通不仅美化了环境，也探索出一系列乡村基层治理的宝贵经验。

20 年来，浙江水利推进“活水入镇，清水绕村”，“15 分钟亲水圈”覆盖率扩大到 73%。全省 308 个乐水小镇、数千个水美乡村成为美丽乡村的示范样板。

20 年来，浙江的众多河流成为乡村发展的重要枢纽，推动自然、人文、产业等要素向滨水空间集聚，一个个美丽乡村从外在风貌到内在机理，都焕发出前所未有的蓬勃生机。

打造乡村造梦空间——水岸兴起新业态

电音炫酷、灯光璀璨，流光溢彩的水上舞台美轮美奂，水溪旁的观众区掌声雷动，劲歌热舞嗨翻全场。

这是天台县塔后乡村啤酒音乐节的现场。连续举办 6 年的音乐节，已成为塔后村的品牌活动。但很少有人知道，塔后第一届音乐节竟然是村党总支书记陈孝彤自掏腰包举办的。

陈孝彤曾在外地做生意，2017 年回到塔后村带着乡亲们创业。推进乡村振兴，他更看重新业态的培养和塑造：“举办水上音乐节，就是要释放一个信号，一个乡村也能举办很时尚的音乐节，从而吸引人气和流量。”

2022 年的塔后音乐节，在线观看直播人数最高超过 1204 万人，线下每天吸引 5000 余名游客打卡。

把人引来了，看什么、干什么？

2021 年，天台县水利部门带着水系连通项目进驻塔后村。通过引水补源、修渠筑堤，塔后水系连通率达 100%，全村再没有一条孤立的河流。

水通了，水中、水上、水边，一条环水经济带构建起塔后村的发展新空间。

盛夏，30 余亩荷花热情绽放，洗护、香薰等高附加值产品的研发生产让每亩荷花田产值达1万元。连通的水绕屋而行，全村70余座滨水民宿散落其间，每一座民宿都独具风韵。2022年，塔后村仅民宿收入就超2300万元。台州学院专门在塔后村成立了“民宿学院”，开展民宿管理和创新的教学培训。借助黄精、乌药等形成了一条康养产业链条，直播间每月销售额超过40万元。打造“不夜村”经济，每周一次的乡村夜市更是吸引更多游客住下来、融进来……

互联网时代的乡村，有了很多“新玩法”。在塔后村的“共富工坊”服务站，设有“我们村”直播展示中心。“红色村播直播日”活动安排表上，不同主题、不同村庄的直播都已排满全年12个月。

“‘我们村’的含义是，这是我们共同创业的平台。”陈孝形把“我们村”赋予“共建共富”的内涵。几年来，塔后村吸引很多社会资本到村里投资兴业，已有20多名“新乡贤”回乡创业。

目光从塔后向四周延伸。天台县安科村，乡村会客厅、咖啡馆和茶空间等“观水经济”异军突起；衢州市灵山港流域2022年吸引游客约280万人次，创造旅游收入约27亿元；温州市瓯海区沿河沿溪村集体经营年收入20万元以上的实现了全覆盖，50万元以上的超过90%……

行走在浙江，一个个美丽乡村既承载着浓浓乡愁，又散发出时尚气息，乡村正在成为拥有更多可能的筑梦空间。

回望浙江“千万工程”走过的20年，从“千村示范、万村整治”引领起步，到“千村精品、万村美丽”深化提升，再到“千村未来、万村共富”迭代升级，水利始终深度融入，在这个伟大的基础工程、生态工程、筑梦工程中，参与并见证中国乡土社会的文明跃迁。

一滴水，折射出“千万工程”带来的乡村重塑，正在乡村振兴与高质量发展的洪流中激荡起新的浪花。

（原载于2023年《中国水利报》 李平　迟诚　郑盈盈　马瑜彬）